踏月空山

张春晓◎著

燕山大学出版社
·秦皇岛·

图书在版编目（CIP）数据

踏月空山 / 张春晓著．—秦皇岛：燕山大学出版社，2020.4（2026.1重印）
ISBN 978-7-81142-911-4

Ⅰ．①踏… Ⅱ．①张… Ⅲ．①中国文学—文学欣赏 Ⅳ.①I206

中国版本图书馆 CIP 数据核字（2020）第 053195 号

踏月空山

张春晓　著

出 版 人：陈　玉
责任编辑：孙志强
封面设计：朱玉慧
出版发行：燕山大学出版社 YANSHAN UNIVERSITY PRESS
地　　址：河北省秦皇岛市河北大街西段 438 号
邮政编码：066004
电　　话：0335-8387555
印　　刷：廊坊市印艺阁数字科技有限公司
经　　销：全国新华书店

开　　本：787mm×1092mm　1/16　　印　　张：21.25　　字　　数：440 千字
版　　次：2020 年 4 月第 1 版　　印　　次：2026 年 1 月第 2 次印刷
书　　号：ISBN 978-7-81142-911-4
定　　价：78.00 元

自序

铁凝女士认为她一生中最悲哀的事，就是一辈子都读不完自己喜欢的书。我跟她有同感。读书，是一件只赚不赔的事。你可以通过一本书认识更多的人物，了解更多的故事，也可以通过一本书看到别样的风景，体会别样的感情。

遇到一本好书，真有“三月不知肉味”之感。

热爱音乐的人会觉得生命中不能没有音乐，热爱舞蹈的人会觉得生命中不能没有舞蹈，而热爱读书的我，则觉得生命中不能没有书。

现代社会，物欲横流，我们必须保持自己心灵的花园不荒芜，才能更好地行走在人生旅途，才会有幸福感。文学，就是保持我们心灵的花园不荒芜的那缕清泉。

记得刚上大学的时候，我们班一个同学问辅导员学文学有什么用。辅导员跟他说文学确实不能直接转化为金钱，但是它却可以让我们的内心保持一份宁静。辅导员的话一直镌刻在我心上。现在，我把这句话送给读到这本《踏月空山》的朋友们。

我一直都认为一个人首先得有内在的深度和厚度，才可能有外在的风度和气度。

所以，你无论是学文还是学理，无论是经商还是从政，只要想让自己更有魅力，就要去阅读、去体会、去感动、去休整、去丰富和涵养自己。

此书是我读文、品诗、听歌的一些感悟。因为功力有限，一定极为粗浅。但无论如何，是自己这些年的所得。真的希望通过这本书和您探讨一下什么是美文佳句，什么是心动人物，什么是真挚感情；什么是对，什么是错；什么是善，什么是恶；什么才是美的，什么才是丑的；什么叫自私，什么叫博爱；什么叫“字字看来皆是血”，什么叫“为人性僻耽佳句”；什么样的感情才是令人神往的感情，什么样的人生才是真正有价值的人生。

我希望我所有的读者朋友，哪怕早已走过了白衣飘飘的年代，哪怕再也看不到在风里唱歌的少年，也不会忘记用文字来滋润和激荡自己的心灵。

张潮在《幽梦影》中写道：“文章是案头之山水，山水是地上之文章。”品人生百

味，读天下文章。走千山万水，看世事沧桑。

朋友，让我带您领略这青山秀水，品味寥寥数语，倾听歌中深情。让我们怀着慧心，踏月空山，灵台清明，自在欢畅。

张春晓

2019 年 7 月 16 日

青山秀水此中寻——品读名著名篇

任是数语也动人 ——品读诗词佳句

目录

总有那么一首歌——品读歌中深情

目 录

踏月空山

青山秀水此中寻

——品读名著名篇

文章是案头之山水，
山水是地上之文章。

中国古代文学史

《诗经》里传来奴隶们伐檀的歌声
楚辞中看到屈原涉江时的愁容
老子在青牛背上背诵他的《道德经》

逮谁都叫老师的孔子，谆谆教诲，颇具仁者气度
处处爱较真儿的孟子，侃侃而谈，大有智者之风
逍遥游世界的庄子，化蝶的闲梦，千年不醒

荀子说：你信不，驽马十驾比骐骥一跃要远
墨子说：还是穿布衣草鞋，这样比较有个性
韩非说：都别嚷，来，我讲个寓言给你们听

李斯埋怨秦王逐客造成人才外流
贾谊三次过秦道出秦亡是在必然之中
晁错说不管怎样，粮食总是重中之重

司马相如弹着琴问文君能否将自己的痴心读懂
兰芝与仲卿的至死不渝是不是对现代爱情的嘲弄
花木兰回家换回衣服，战友们才知道她是个女生

曹操在蒿里行走时说我不服老
曹丕听着听着《燕歌行》就哭出了声
曹植迈完七步后说：得了，何必那么假惺惺

建安七子，王粲、刘桢哪一个才华更高
竹林七贤，阮籍、嵇康哪一个骨头更硬
陆机、潘岳竭力寻找华丽的词汇
左思、刘琨专门书写寒士的不平

陶渊明采着菊花看着日升日落
谢灵运穿着草鞋跨过万岭千峰
鲍照和庾信在南北朝人气攀升

初唐四杰，个个才大官小
陈子昂四顾无人，哭着说老天不公
张若虚慨叹着江月相似，人已不同

王维、孟浩然在田园风光中流连忘返
高适、岑参在边塞风雪里哆嗦不停
王昌龄说：我心都冻成冰了，也不似你们这般怕冷

李白跷着腿说：高力士啊，这靴子也该脱了
杜甫跺着脚说：什么破风，卷走我的茅屋顶
白居易擦着眼说：别弹了，不是我不坚强，是太让人感动

韩愈品着茶说：世间美有很多，只是缺少发现美的眼睛
柳宗元摇着头说：这税那税还真是要人的命
刘禹锡耸耸肩说：都一贬再贬了思想还这么僵硬

温庭筠在花间使劲煽情
李煜关于春花秋月何时到头把人问得脑袋发蒙
柳永在杨柳岸晓风残月中衣带宽了又松

苏东坡打猎的时候惊动了全城百姓
李清照皱着眉看着忧愁重得叫船载不动
辛弃疾告诉天下人生个儿子像孙权一样聪明

马致远的枯藤老树开出了绚丽之花
关汉卿的千古奇冤是中国人的幸中之幸
王实甫很看好莺莺和张生的自由恋爱
汤显祖说：既然大家这么投缘，不如一块儿去趟牡丹亭

罗贯中笔下的诸葛亮和关羽皆非神明
施耐庵的三个女人和一百零五个男人的故事也不是你想象中的那一种

吴承恩深谙猴类、猪类的生活习性

蒲松龄心里很希望自己就是那个半夜逢美人儿的书生
吴敬梓说：除非中了举，穷酸别想这类好事情
曹雪芹喝着粥、赊着酒，继续做他的《红楼梦》

现代文学三十年

鲁迅呐喊累了，皱着眉头抽烟
胡适尝试够了，架着眼镜看天
郭沫若在女神面前发了癫

周作人在苦雨飘飞中上乌篷船品茶
废名拿三姑娘的东西从来不给钱
俞平伯说：同是“言志派”，这做人的差距让我没法谈

徐志摩在康桥上悠悠闲闲地赏着云
朱湘在荷塘里轻轻盈盈地采着莲
闻一多钱掉死水里，急得胡子直往脸上翻

冰心在小橘灯下说：亲爱的小读者们，你们好吗
朱自清红着眼圈说：父亲啊，这个冬天我用你的背影取暖
许地山拍拍土说：孩子们，你们要学落花生朴实有用的一面

叶绍钧送给患难中的潘先生三五斗米
郁达夫说：我沉沦成这模样怎么没人管
张资平说：不如再写暴露一点儿，和我吃同一碗饭

茅盾说：你们知道吗，子夜时分可不能出来走动
老舍说：坏了，祥子这会儿还出车岂不是很危险
巴金说：你看怎么样，待在家里还怕撞什么鬼和仙

沈从文对他的学生张兆和穷追不舍
丁玲从她叛逆的母亲身上获益匪浅
萧红、萧军在八月的乡村捧读一本《呼兰河传》

张恨水作品字数之多居中国作家之首
刘云若作品情节曲折处诸位写手之巅

还珠楼主的想象让今天所有人脸红到脚面

戴望舒在雨巷里撑着一把油纸伞
卞之琳站在桥上看风景又被楼上的人当风景看
何其芳把梦画下来猜想这是什么预言

曹禺说：不经历雷雨，怎么见日出
熊佛西说：我们还是应该走农民戏剧的路线
夏衍说：我很想念上海的那个大屋檐

赵树理最爱吃的东西，是小二黑家的山药蛋
孙犁最常去的地方，是水生家旁边的荷花淀
路翎的一部长篇顶人家别人两部半

张爱玲穿上旗袍说：朋友，出名要趁早啊
苏青拿着照片说：结婚十年，才知道人终究会变
钱锺书躲进被子里对记者说：请少关注点鸡，多研究些蛋

白羽的十二金钱镖威震天下
郑证因料想谁也破不了他的鹰爪铁布衫
王度庐冷笑说：那是没碰上我的青冥剑

艾青念念不忘他的保姆大堰河
绿原认为童话是人类最美的摇篮
冯至写诗总是十四行就凑成一篇

贺敬之的白毛女演出过程中差点出了人命
魏风最痛惜的女性是十五岁就义的刘胡兰
陈白尘说：在魔窟里还有什么自由与尊严可言

江山代有才人出
各领风骚数百年
且看《现代文学三十年》

《水浒传》中的英雄好汉

禅杖打开危险路　戒刀杀尽不平人
——谈鲁智深

鲁提辖道："郑屠的钱，洒家自还他，你放这老儿还乡去！"——水浒传《史大郎夜走华阴县 鲁提辖拳打镇关西》

评论大家金圣叹在"还乡去"处批道："三个字掉下人泪来。"

有人说："这个世界上从不缺少正义感，缺少的是勇敢。"有正义感但不作为又有什么用呢？有人说："见到不平而不敢抗争，等于参与不平。"还有人说："纵容就是帮凶。"

金家父女背井离乡，受尽欺辱，叫天天不应，叫地地不灵。身边有的只是那些事不关己高高挂起的无聊看客，抑或见怪不怪敢怒而不敢言的无胆善民。在这种情况下，竟然有人愿意为这素昧平生的二人出头，让他们得返家乡且不图回报，这怎能不让人热泪盈眶？

鲁提辖听说了金家父女的遭遇，第一反应是"你两个且在这里，等洒家去打死了那厮便来"！晚上回到房里竟气得"晚饭也不吃，气愤愤的睡了"。他虽然不是什么精神领袖、思想导师，却有着一种近乎天然的道德自觉，这一点有些像李逵。李逵听说宋江强占民女，抡斧子就要砍人。鲁达听说郑屠作恶，想立刻把对方打死。反之当他第一眼见到史进史大郎"长大魁梧，像条好汉"，就会上前"与他施礼"。真是爱憎分明、一派天然。

为了早点送父女二人离开这里，第二天天色微明他就到店里发付二人起身回乡，而且怕店小二去给郑屠报信他又拿条凳子在店里坐了足足两个时辰，也就是四个小时。

要知道鲁达原本是个急性的人。因见李忠非得磨磨蹭蹭要卖完膏药再跟自己和史进去吃酒，鲁达就"焦躁，把那看的人一推一交"，李忠赔笑说"好急性的人"。而吃酒时听到隔壁有人哭，作者又写"鲁达焦躁，便把碟儿盏儿都丢在楼板上"。这样一个动不动就"焦躁"的急性人却可以坐四个小时。还有一点，不知大家注意到没有，鲁达气得晚饭没吃，第二天又"天色微明"就来找金家父女，我揣测着这早饭应该也没吃，然后，又坐了四个小时。一个急性人坐四个小时且长时间不吃饭，为什么？只为救人，救一对非亲非故的苦命人。

鲁提辖拳打镇关西一节实为天下妙文，不可不赏。

他让郑屠切了精肉切肥肉，切了肥肉切寸金软骨，既能消遣激怒郑屠，又能为金

家父女离开这是非之地争取宝贵的时间。

看鲁达百般刁难郑屠，读来实在解气。

“奉着经略相公钧旨：要十斤精肉，切做臊子，不要见半点肥的在上面。”

“送甚么！且住！再要十斤都是肥的，不要见些精的在上面，也要切做臊子。”

“再要十斤寸金软骨，也要细细地剁做臊子，不要见些肉在上面。”

这种要求也亏鲁提辖能想得出。郑屠恼怒，拿刀要和鲁达拼命。书中写“鲁提辖早拔步在当街上”。为何“早拔步”？因为已经忍得太久了。鲁提辖心想，就为你这厮，我觉没睡好，饭没吃好，今天非为金家父女讨回公道不可，所以动起手来一拳比一拳重。相信每位读者都会在鲁达拳头落下时在心里喊一声“打得好！”三拳下去，郑屠死了。鲁达走的时候还要小聪明说“你这厮诈死”。读到这儿读者才发现这个莽汉子竟有这样机敏的一面。

武松醉打蒋门神与鲁提辖拳打镇关西两节同为至文，可相较一观。同样为了挑起事端，武松要蒋门神的小妾陪自己喝酒，鲁达却是要郑屠给自己切肉，如果是铁牛大哥，恐怕就直接拿斧子上去砍人了。《水浒传》写人，确是各不相同。武松装流氓，鲁达扮兵痞，二人都是演技派。同样是在当街打斗，武松想的是怎么显得自己威猛：“我就接将去。大路上打倒他好看，教众人笑一笑。”鲁达则根本没想如何显示自己的武艺，只想着找个宽敞地方痛痛快快地把郑屠揍一顿。武松是为报答施恩的恩情而醉打蒋门神的，尽管施恩也只是一个收保护费的黑社会分子；而鲁达却只是为了救人于危难之中。鲁达比武松的格调要高。

鲁达救了金家父女，这对金家父女而言是天大的恩德。后来鲁达因三拳打死了镇关西，漂泊在江湖上。金父看到鲁达后将其领到家中想好好表达一下感激之情。鲁达却说“不须生受，洒家便要去”。而金父执意拦下并说要去准备饭菜时，鲁达又赶紧说“不消多事，随分便好”。

救了金家父女他闹着要走，而在鲁达成为鲁智深后，当刘太公担心鲁智深走了，被鲁智深教训的小霸王周通回来报复怎么办时，智深的答复却是“甚么闲话！俺死也不走！”要走是因为救人的使命已经完成，不走会连累他人；不走是因为救人的使命还没有完成，走了是失了本分。这就是鲁智深，他救人从不会计较任何回报，全出自一片真心。一个要走，一个不走，读来令人眼眶发热。

智深野猪林搭救林冲一节，让人热血沸腾却又几欲落泪。

且看这段描写：

当时薛霸双手举起棍来望林冲脑袋上便劈下来。

说时迟，那时快。薛霸的棍恰举起来，只见松树背后，雷鸣也似一声，那条铁禅杖飞将来，把这水火棍一隔，丢去九霄云外，跳出一个胖大和尚来，喝道：“洒家在林子里听你多时！”

“雷鸣也似一声”先声夺人，可见鲁智深之威，而飞将来的禅杖将水火棍丢去九霄云外又足显鲁智深之能。人物还未露面，雷霆之威已足够令董超、薛霸肝胆皆碎，然后才是“跳出一个胖大和尚来”。

“路见不平一声吼，该出手时就出手。”

看他对林冲说话一句一个“兄弟”；看他自叙一路相随，数度隐忍，只为在僻静处结果董超、薛霸二人；看他说出“洒家放你不下，直送兄弟到沧州”；看他打听实了前方再无僻静处才与林冲作别；看他又是耍禅杖又是给银两对两位公人恩威并施；看他话别林冲的最后四个字“兄弟，保重”。一步步，为林冲安排了个妥妥当当。书中说他“生得面圆耳大，鼻直口方，腮边一部落腮胡须，身长八尺，腰阔十围”。这个面容粗豪、体格强悍的大和尚，竟生有这样一颗细腻的心。

鲁智深上山后，和林冲相遇，鲁智深问林冲：“洒家自与教头别后，无日不念阿嫂，近来有信息否？”有好事者竟从这句话揣测说鲁智深喜欢林冲的妻子。对这种评论我无话可说。偌大梁山水泊，对于天雄星林冲的心事，只有天孤星鲁智深了解。亚里士多德说：“真正的朋友，是一个灵魂孕育在两个躯体里。”林冲和鲁智深都对招安有着清醒的认识且灵魂同样高贵。肝胆相照，一见如故，说的就是他们两个吧。

鲁智深处处为他人着想，却好像从未关心过自己。为了救金家父女，他打死镇关西，丢了工作；因救刘太公的女儿，他不想和李忠、周通之流为伍，而从后山滚到山脚；为救寺院的僧人，他饿着肚子，以一敌二；为救林冲，他大闹野猪林，自己只能上山为盗。

在五台山做和尚，他这不能做，那不能做。“醉打山门”一节里他把内心的无数懊恼都发泄了出来，却就是没说一句后悔言。而在大相国寺看菜园子前听人介绍了一大堆寺院里的大小差事后，他丝毫不感到头疼，反而说：“既然如此，也有出身时，洒家明日便去。”然后便去看菜园，而且还看出了名堂。

鲁智深不像林冲，他从来没有愁眉苦脸过，在他眼里，这世上好像根本就没有“发愁”这两个字。他也不像武松，怕被人笑话才硬着头皮去景阳冈打虎。他从心出发，去做他该做的一切。而做这一切所带来的后果，他都能坦然接受。坦坦荡荡，随遇而安。鲁智深原名鲁达，正合“达人知命”之意。“唯大英雄能本色，是真名士自风流。”鲁智深不愧是好汉子、真英雄。

如果你问“鲁智深这一辈子到底在追求什么”，我想，应该是“但求心安”四个字吧。

他一次又一次为了他人而丢掉自己原本衣食无忧的生活，他一辈子都在用自身的义无反顾去温暖那个渐趋冰冷的世道。

这样的人放到今天，足以感动中国！

明朝李贽在点评鲁提辖三拳打死镇关西时激动地在书上眉批道：“仁人、圣人、勇人、神人、罗汉、菩萨、佛。”仁人、圣人、勇人，是儒家追求的目标；神人，是道家追求的目标；罗汉、菩萨、佛，是佛家追求的目标。此等评价，足见李贽对鲁智深喜欢程度之深。

鲁智深虽是佛门弟子，却好像并不敬佛。

智深敲了一回，扭过身来，看了左边的金刚，喝一声道：“你这个鸟大汉，不替俺

开门，却拿着拳头吓洒家！俺须不怕你！”跳上台基，把栅剌子只一扳，却似撅葱般扳开了；拿起一折木头，去那金刚腿上便打，簌簌地，泥和颜色都脱下来。

佛在心中就好，真正需要花费心力去拯救的是天下苍生。在给佛祖敬一炷香和向弱者伸一双手之间，鲁智深选择了后者。

惩恶就是扬善。一生坦荡为人，锄强扶弱的鲁智深最终悟大道、成正果，圆寂，得以善终。

鲁智深笑道：“既然死乃唤做圆寂，洒家今已必当圆寂。烦与俺烧桶汤来，洒家沐浴。”

在生命的尽头，鲁智深依旧洒洒脱脱、从容不迫，何必机关算尽，从心出发便是“智深”。

禅杖打开危险路，戒刀杀尽不平人。

鲁智深的一生好像就是为了救人与杀人而来。救该救的人，杀该杀的人。救人就得杀人，杀人只为救人。他提着禅杖大踏步行走在江湖之中，让好人温暖，令恶人胆寒。

鲁智深，鲁智深！起身自绿林。两只放火眼，一片杀人心。忽地随潮归去，果然无处跟寻。咄！解使满空飞白玉，能令大地作黄金。

信然！

两只精拳打天下　一把钢刀震乾坤

——谈武松

“你到来发话，指望老爷送人情与你？半文也没！我精拳头有一双相送！碎银有些，留了自买酒吃！看你怎地奈何我！”

林冲见差拨左一个“差拨哥哥”右一个“老哥”，先取五两银子，再取十两银子。而武松却是自称“老爷”，且半文不送，送也是送一双“精拳头”。武二之心性高傲可见一斑。武松不会像宋江一样到了牢里上下使钱，更不会像林冲一样自降身份。他天不怕，地不怕，自信拳头可以摆平一切。

武松的拳头有多厉害？各位看官可以去问问景阳冈的那头斑斓猛虎，也可以去问问充大尾巴鹰的蒋门神。

武松说：“我却不是说嘴，凭着我胸中本事，平生只是打天下硬汉。”

平生打天下硬汉，那武二郎当然就是硬汉中的硬汉。

打斑斓猛虎，虽然是好面子迫不得已，但以凡人之力打死伤人无数的猛虎，也实在是可歌可赞。“打虎英雄”的金字招牌也在武松的一次次提及中被越擦越亮。

两个猎户不信武松打死了猛虎，“武松把那打大虫的本事再说了一遍”。下冈后见到其他的猎户武松又“把那打虎的身分拳脚细说了一遍”。注意，这里用的是“细说”。见了知县，“武松就厅前将打虎的本事说了一遍”。这就三遍了。

后来知道施恩想让自己将养好身体再做事时，武松说："我去年害了三个月疟疾，景阳冈上酒醉里打翻了一只大虫，也只三拳两脚便自打死了……"

这是第四次提及打虎，患疟疾说明体力有限，酒醉说明脚步不稳，而结果却是"三拳两脚"搞定。这当然是在吹大话，因为武松打虎是费了很大力气的。当初见猎户时武松是"细说"，那么跟施恩说时就是在戏说了。如果换作智深或林冲，绝不会如此添枝加叶。施恩说明蒋门神之事后，武松的反应是："今便和你去，看我把这厮和大虫一般结果他！"还是不忘把打虎之事带上。打蒋门神武松提出要多喝酒，施恩怕武松酒醉不敌蒋门神。武松又说："若不是酒醉后了胆大，景阳冈上如何打得这只大虫？"而把蒋门神踏到地上，武松又说："景阳冈上那只大虫，也只三拳两脚，我兀自打死了。"

景阳冈打虎，确是二郎平生最得意之事。

武松天生神力，武艺超群。把个大虫打得"眼里，口里，鼻子里，耳朵里，都迸出鲜血来，更动弹不得，只剩口里兀自气喘"。三五百斤的石墩他"右手去地里一提，提将起来，望空只一掷，掷起去离地一丈来高"，而后还能"接来轻轻地放在原旧安处"。打蒋门神，他用"玉环步，鸳鸯腿"把蒋门神打得"在地下叫饶"。飞云浦，他戴着枷锁连杀四名公差，干净利落。"血溅鸳鸯楼"一节更是把个艺高胆大、血气冲天的武松塑造成了地狱使者。

说时迟，那时快，蒋门神急要挣扎时，武松早落一刀，劈脸剁着，和那交椅都砍翻了。

武松便转身回过刀来。那张都监方才伸得脚动，被武松当时一刀，齐耳根连脖子砍着，扑地倒在楼板上。两个都在挣命。

这张团练终是个武官出身，虽然酒醉，还有些气力；见剁翻了两个，料道走不脱，便提起一把交椅轮将来。武松早接个住，就势只一推。休说张团练酒后，便清醒时也近不得武松神力！扑地望后便倒了。武松赶入去，一刀先割下头来。

第一刀砍翻交椅，第二刀砍着脖子，第三刀赶上割头。"血溅画楼，尸横灯影"。一把复仇之刀，直杀得天昏地暗、鬼泣神愁。

可是，武松是一开始就想拔刀杀人的吗？不是。武松一开始甚至想从都头做起，在仕途之水中试试温度。

做都头，武松做得很快意。武大郎虽"身不满五尺，面貌丑陋，头脑可笑"，但对弟弟武松一口一个"兄弟"，叫得人眼眶发热。有武大在，武松就有家。事业起步，哥哥在旁，这时的武松无论如何也没有理由走上梁山。甚至在武大惨死后，武松最初想的也是从体制内求公道。但西门庆的钱财让武松的状子成了一纸笑谈，所以他只能用拳头和刀去求一个公道。

好武松，一看知县不想秉公执法，他不喊一声冤枉，也不哀求一句，"既然相公不准所告，且却又理会"，他就收好证据，准备纸笔，邀请乡邻，找来王婆，让手下把好前后门，这才开始自己正义的审判。论做事果敢、行事周密，武松在水浒英雄中绝对可以排在前几位。

看武松拔刀，声势极为骇人：

武松便不开口，且只顾吃酒。何九叔见他不做声，倒捏两把汗，却把话来撩他，武松也不开言，并不把话来提起。

列位看官可以想象一下当时的情景，武松请何九喝酒，但自己一句话都不说。越不说话何九越害怕。书中接着写道："酒已数杯，只见武松揭起衣裳，"飕"的掣出把尖刀来插在桌子上。"

当时酒馆里，"量酒的都惊得呆了，那里肯近前看！何九叔面色青黄，不敢抖气"。

我读到这里也不觉胆寒，好似那把"飕"的掣出的尖刀插在了我的心头之上！

武松捋起双袖，握着尖刀，指何九叔道："小子粗疏，还晓得'冤各有头，债各有主'！你休惊怕，只要实说！对我一一说知武大死的缘故，便不干涉你！我若伤了你，不是好汉！倘若有半句儿差，我这口刀立定教你身上添三四百个透明的窟笼！"

何九叔道明武大确是被毒死之后，武松便去邀请各位乡邻。等把邻居邀到之后，武松就让手下筛酒，喝过七杯酒，士兵收拾了杯盘。邻居以为可以走了。武松却又问谁会写字。书中写道：

姚二郎便道："此位胡正卿极写得好。"武松便唱个喏，道："相烦则个。"便卷起双袖，去衣裳底下飕地只一掣，掣出那口尖刀来；右手四指笼着刀靶，大拇指按住掩心，两只圆彪彪怪眼睁起，道："诸位高邻在此，小人'冤各有头，债各有主'，只要众位做个证见！"只见武松左手拿住嫂嫂，右手指定王婆。四家邻舍，惊得目瞪口呆，罔知所措，都面面厮觑，不敢做声。

都是先喝酒，喝酒本来是件放松的事。在武松这儿，就成了拔刀的前奏了。邀请邻居时武松说话极为得体。一口一个"高邻"更是让邻居们觉得武松是个很有教养的青年人。可是刚刚唱了个喏并说了句"相烦则个"之后就"飕"的掣出刀，有心脏病的邻居估计吓也吓死了。

用刀来威胁下层百姓，这当然不是武松的风格，可是他又不得不如此。

在张都监门下，武松一句一个"恩相"，可见他还对官场有所留恋。但张都监的欺骗与陷害让武松的幻想彻底破灭。武松就是一只猛虎，虎本无伤人之心，人却有杀虎之意。这一次，武松没有选择告官，因为他知道当时的黑暗官场比景阳冈上伤人的猛虎还要可怕，所以他直接拔出了自己的刀。

先是哥哥被陷害，再是自己被陷害。武松不再留恋这体制内的一切，他用一把刀杀出一个公道，就此踏上江湖。

正义江湖行，刀出非我心。

短短十个字，道出了多少江湖儿女的心声。

大侠金庸说："大闹一场，悄然离去。"浪子古龙说："人在江湖，身不由己。"其实很多时候悄然离去的原因，正是身不由己。

因这八个字而感叹的人必定经历了太多的痛苦与沧桑。徐克导演的《笑傲江湖之东方不败》中，华山派大弟子令狐冲原打算退出武林，没奈何还是被卷入江湖的腥风血雨之中。另一部功夫电影《叶问》中，叶问原本过着与世无争的生活，但最终还是要站出来用拳头为自己的同胞赢取尊严。影片末尾叶问在战胜日本军官后，没有振臂高呼、意气洋洋，有的，只是一脸的沉痛与索然。

且看血溅鸳鸯楼里的一段描写：

武松拿起酒钟子一饮而尽；连吃了三四钟，便去死尸身上割下一片衣襟来，蘸着血，去白粉壁上大写下八字道："杀人者，打虎武松也！"

这一次提到打虎，当然还是有自恋的成分在里面，但我觉得武松的内心一定在流血。杀了这么多人，武松知道，他再也无法过他想要的生活了。

"血溅鸳鸯楼"，有快意恩仇，却也有无可奈何。那三四盅（钟）酒，又何尝不是用来消二郎万千之烦忧？

孙二娘将武松装扮成头陀后，武松道："我照了自也好笑，不知何故做了行者……"

武松觉得好笑，我却有些鼻酸。"不知为何"，只因这世道昏暗、善恶不分。只因是非颠倒、状告无门。

武松走了，武行者来了。从此，行者武松的两把戒刀和花和尚鲁智深的一条禅杖成为梁山泊里最具神性的存在。

是谁把一个个本不想成为英雄的人逼成了英雄？

武松醉打蒋门神前一路走来，一路在路经的酒肆喝酒，一者可壮声势，二者可造影响，三者可显神威，看他说出"在这里不回去时，我见一遍打你一遍，见十遍打你十遍，轻则打你半死，重则结果了你命"时，真如周润发饰演的小马哥般霸气直露，几欲令人喷出血来！可就这样一个勇若天神、心思缜密的人中翘楚，却成了一个带发头陀。

豪气干云、快意恩仇的武二郎成了武行者，这不是武松的悲哀，而是当时整个大宋的悲哀。

江湖难填恨海，剑出伤我心怀。

武松是高傲且冷静的。断臂之后，他不愿再回朝廷。情愿在六和寺出家，至八十善终。要知道宋江对武松既有知遇之恩，又有抬爱之意，可对宋江的政治路线，武松却有着自己清醒的认识。为一个施恩，武松都可以去醉打蒋门神。为知己宋大哥，武松本应誓死追随才是，但是他没有。

书中写道：

当下宋江看视武松，虽然不死，已成废人。武松对宋江说道："小弟今已残疾，不愿赴京朝觐。尽将身边金银赏赐，都纳此六和寺中，陪堂公用，已作清闲道人，十分好了。哥哥造册，休写小弟进京。"宋江见说："任从你心！"

武松以断臂为由远离宋江和朝廷，并说自己"十分好"。至仁至义的宋大哥对之前左一个"兄弟"又一个"兄弟"相唤的武二郎只留下这句"任从你心"，便率众离开。二人的告别如此敷衍简单，又如此意味深长。"武松醒来，看见左臂已折，伶仃将断，一发自把戒刀割断了。"武松割断的不仅是自己的一条左臂，也是宋江的一条左臂，更

是武松对宋江对朝廷的最后一点儿念想。

一代打虎英雄，在漫长的寂寞中走到了生命的终点。

武松，热血因你沸腾；武松，热血因你而冷。

独立风雪心撕裂　为官为盗皆纠结
——谈林冲

欲送登高千里目，愁云低锁衡阳路。
鱼书不至雁无凭，几番欲作悲秋赋。
回首西山日又斜，天涯孤客真难度。
丈夫有泪不轻弹，只因未到伤心处。

——昆曲《夜奔》

高衙内见到林冲的娘子貌美，调戏未果，回到家闷闷不乐。他的手下一个叫富安的，献计道："有何难哉！衙内怕林冲是个好汉，不敢欺他。这个无伤。他见在帐下听使唤，大请大受，怎敢恶了太尉？轻则便刺配了他，重则害了他性命。"

衙内看上了林冲的老婆，那就把林冲整垮或整死，这就是富安的思维方式。富安把自己所想的计策告诉了林冲的朋友陆虞候，我们再来看陆虞候的反应：

陆虞候一时听允，也没奈何，只要衙内欢喜，却顾不得朋友交情。

上级是爹娘，朋友是衣服，爹娘不能忘，衣服随便换，这就是陆虞候的思维逻辑。结果此计没有成功，为了让高太尉知道此事，两个人又找到了高太尉身边的老都管。

两个邀老都管僻静处说道："若要衙内病好，只除教太尉得知，害了林冲性命，方能够得他老婆和衙内在一处，这病便得好；若不如此，一定送了衙内性命。"老都管道："这个容易，老汉今晚便禀太尉得知。"

总觉得老年人应该心思宽厚一些，可是这位老都管听到二人要定计害人，一点儿都没有犹豫，直接说"这个容易"，如此不假思索，如此自然而然，可见其做缺德事已经不是一次两次了。

这事儿最后就到了当时大宋的国防部长高俅高太尉那里。按理说如此位高权重之人应该考虑群众影响，掂量掂量这事儿该不该做了吧，结果：

"我寻思起来，若为惜林冲一个人时，须送了我孩儿性命。"

林冲犯什么罪了吗？

没有，什么罪都没犯。

那他为什么必须死？

因为国防部长高太尉的干儿子高衙内看上了林冲的老婆。

原来如此。

原来如此？

原来如此！

原来如此……

一戏结发妻—二戏结发妻—定计白虎堂—刺配沧州道—行凶野猪林—火烧草料场。一步步，把个豹子头逼上绝路。

草料场的熊熊大火和陆谦之流的斩尽杀绝让林冲彻底放弃了回到体制之内的念头，“逼上梁山”四个字用到林冲身上，再合适不过了。

林冲是多么不情愿造反啊。他不是李逵那样彻彻底底的无产者。赌徒李逵无非把造反看作一次押上身家性命的豪赌。但林冲不一样，他有事业，有家庭。事业上，林冲任东京八十万禁军枪棒教头，有稳定的生活来源；家庭生活上，妻子美丽温柔，丫鬟锦儿聪明伶俐，老丈人也通情达理。林冲在书中第一次出场时衣着讲究，手拿纸扇，高贵儒雅而又英气逼人。

这样的一个人，实在不愿意失去现有的一切。可是世上的事就是这样，你越因害怕失去而退让，失去得只会越快。

妻子被调戏，林冲见是高衙内，“先自手软了”。鲁智深的反应却是“你却怕他本管太尉，洒家怕他甚鸟！俺若撞见那撮鸟时，且教他吃洒家三百禅杖了去！”

《水浒传》写林冲，处处怕，因为怕，所以不敢；写鲁智深，处处不怕，因为不怕，所以处处令别人不敢。

薛霸用滚汤折磨林冲后还“喃喃的骂了半夜”，林冲不敢回话。董、薛二人要把林冲捆树上，林冲不敢拒绝。见到柴进，心里寻思却不敢问。跟洪教头唱喏施礼吃了钉子，林冲头都不敢抬。见差拨时被骂了个一佛出世二佛升天，林冲也丝毫不敢抬头应答。

鲁智深呢？店小二不肯放金家父女走，鲁智深两拳把店小二打得口中吐血并门牙掉落两枚，店主人也不敢出来拦着。鲁智深去找郑屠，店小二知道郑屠要倒霉，却远远看着不敢过来报信。智深拔步在当街，邻居和十来个火家没有人敢上来劝。两拳下去，郑屠已经没了人样儿，众人却还是不敢上前。打死了郑屠，鲁智深大踏步走人，街坊邻居和郑屠火家都不敢来拦。

林冲和鲁智深，一个自己的妻子被调戏也能忍，一个得知不相干的人被调戏却不能忍；一个总是怕这怕那，一个却是天不怕地不怕；一个颤巍巍进退全由他，一个赤条条来去无牵挂。

林冲一直在忍，他总觉得忍一忍也就过去了。所以当得知妻子在屋里被高衙内调戏时，他的表现不是赶紧跑过去踹门而是“立在胡梯上”喊“大嫂开门”。这哪里是在喊给自己的妻子，分明是喊给高衙内。等高衙内跳窗跑了，他又装模作样地在屋里寻。这有何必要？踹门进去，自然知道高衙内跑没跑。他这一寻，自然给了高衙内逃跑的时间。林冲进屋后对娘子没有一句安慰的话，只是问了句“不曾为这厮玷污了？”当娘子回复说“不曾”后，林冲为了面子，也是心里气不过，把陆虞侯家砸了一通。读到这里，我有些为林冲娘子气苦。

每次读到这里我都会想，如果林冲娘子回复说已经被高衙内玷污了，林冲又会做何反应呢？他会追上高衙内将其打死吗？思来想去，我总感觉林冲不会。林冲可以在不影响仕途的情况下搭救像李小二那样的小人物，但在影响仕途时却连保护妻子的勇气都没有，林冲做正确的事也会考虑成本。从这方面来看，鲁智深无疑比林冲简单得多也可敬得多。

林冲不光能忍，而且麻痹。几日无事，他居然就“把这件事都放慢了”。

他放慢，高太尉却步步紧逼。林冲买刀后因被唤来与高太尉的宝刀比较一番而误入白虎节堂，我怀疑他买的那口刀本就是高太尉的那一把。林冲被拿下后，书中写道：“就把宝刀封了去。”高太尉这一招也算是借“刀”杀人吧。

府尹审问林冲时，林冲也明白说出是高太尉在设计陷害他。但是他依旧老老实实地接受刺配沧州道的判决结果，并且给妻子写了休书，大有重新做人、一去不复返之意。

很多《水浒传》研究者都对林冲休妻一事存在争议。一派认为林冲休妻是不想耽误妻子的青春，是大仁大义之举。另一派则认为林冲休妻只不过是想跟妻子撇清关系，不再给高俅陷害自己的动机。我觉得各有道理，甚至我觉得可以把两者结合起来理解。林冲既想撇清关系，保全自己，又想让自家娘子不再因等一个罪犯而耽误了年华。也许这样更符合林冲的个性与追求。

但无论如何，林冲妻子是无辜的。林冲没有担当起一个丈夫应该担当的责任，这一点毋庸置疑。

夺妻之恨都能忍，还有什么不能忍呢？在路上林冲对两位公人不敢有半点反抗。人家要杀他时，他也只会“泪如雨下”。我一直在想生得“豹头环眼，燕颔虎须”的林冲是如何做到在这样两个小恶人面前泪如雨下的。这样的一个林冲，也太可怜了些。

鲁智深将他救下。林冲生怕鲁智深走，“师兄，今投那里去”的问话，听来可怜。

鲁智深护送林冲。自此“鲁智深要行便行，要歇便歇”，林冲这才活得像个人了。可是等鲁智深一走，再吃饭时，林冲又赶紧“让两个公人上首坐了”。

如果林冲不想就范，区区董超、薛霸恐怕根本奈何不得豹子头。武松戴着枷锁一人可以摆平四个公人。身为梁山五虎将之一的林冲，武功绝不在武松之下。唯一的解释只有一点，那就是林冲不想流落江湖，而是想通过所谓“赎罪”回到体制之内。

到了沧州，听李小二说起有人可能要算计他，他买尖刀前街后街地寻，可是寻了三五日，他又“心自慢了”。我读到这儿都为他着急，人家已经把刀架在你脖子上了，你居然还能选择性遗忘。他甚至还想着找个泥瓦匠把栖身的草屋好好修修，安安稳稳地过个冬天。

鲁智深栖身五台山是因为打死了作恶的镇关西，林冲栖身草料场却是因为得罪了调戏自己妻子的高衙内，二人都能做到随遇而安。只是前者在行侠仗义，后者在苟且偷生。前者可敬可叹，后者可惜可怜。

但是，厄运不会因为你躲它就不来。陆虞侯等三人在草料场点起了大火，林冲仅为苟且偷生而做的一切努力都在这一把大火中成为笑谈。

再看一看，拾得他一两块骨头回京，府里见太尉和衙门时，也道我们也能干事。

听到这样的话，林冲再也忍无可忍了。他拿起花枪，取出尖刀，手刃仇敌，大快人心！读到林冲听清几人要害自己，下定决心手刃贼人前居然不是一脚踹开庙门而是轻轻地把石头掇开时，书本外的我已惊讶得说不出半句话来。

太能忍了，太可怕了。这是个怎样的人呀？！

回来把富安，陆谦头都割下来，把尖刀插了，将三个人头发结做一处，提入庙里来，都摆在山神面前供桌上。再穿了白布衫，系了搭膊，把毡笠子带上，将葫芦里冷酒都吃尽了。被与葫芦都丢了不要，提了枪，便出庙门投东去。

杀人，喝酒，这种风范还真和武二郎血溅鸳鸯楼时有几分神似。只是武松豪迈，而林冲悲壮。林冲绝望了，绝望的林冲终于为自己做了一次主。他在风雪夜扛着花枪渐行渐远的背影是那样孤独，让人倍感凄凉。

刚刚杀过人的林冲因买酒被拒，将火炭头挑到那名斥责他的老庄客脸上，又将其他人赶走。东京八十万禁军枪棒教头豹子头林冲此时终于有了些许血性。“都走了，老子快活吃酒”的言语也让人看到了林冲大哥级的风范。因醉酒，林冲被众庄客生擒。血溅鸳鸯楼后，武松也因疲倦之极被人绑住。龙游浅水，虎落平阳，当真令人嗟叹。

总算上得梁山，却又被王伦逼着交“投名状”，林冲刚有的那点儿血性又变得无影无踪。第一次下山一无所获。书中写道：

王伦问道：“投名状何在？”林冲答道：“今日并无一个过往，以此不曾取得。”王伦道：“你明日若无投名状时，也难在这里了。”林冲再不敢答应，心内自己不乐，来到房中，讨些饭吃了，又歇了一夜。

“讨些饭吃了”，我们的林教头和叫花子有什么分别呢？

做官被逼迫，做贼也被逼迫。一个不能做官却从内心深处不愿做贼的人，一个不得不做贼却连做贼都不能的人，他的内心何其凄惨、何其悲凉！

晁盖上山，林冲被吴用利用火并了王伦。宋江上山，千方百计地架空晁盖。晁盖见宋江越做越大，执意要去打曾头市，以求获取功劳，压制宋江上升的势头，却不幸被射中，多亏“刘唐、白胜救得晁盖上马，杀出村口来。村口林冲等军接应，刚才敌得住”。生死关头，晁盖的身边却只有智取生辰纲的班底和早早上山的林冲。梁山的权力之争，林冲心知肚明。他也知道晁盖斗不过宋江，却依旧舍命救护晁盖。说林冲义薄云天，可有疑乎？

晁盖去世后，为了梁山的稳定，林冲以元老的身份力推宋江做梁山之主，虽然他一向不主张招安。

与洪教头过招，林冲三招两式就击败了对手，让柴进颇为欣赏；与扈三娘交手，林冲干净利落生擒一丈青于马上，连宋江都忍不住喝彩。林冲本应是个顶天立地的大英雄，却屡屡被动着接受一切，读来实在令人心酸。

宋江接受招安，林冲没有说话。

我们无法想象接受招安的林冲和大仇人高俅那样的衣冠禽兽同朝为官时的心情，

这种心情我们想一想都会很痛。

独立风雪心撕裂，为官为盗皆纠结。这便是对林冲悲剧性一生的写照。

天雄星林冲最后死在了西湖边，没有死在朝廷里，这是他的造化。因为不合作的话，有可能像李逵一样被及时雨宋大哥毒死。而合作的话，又很可能等来同僚高俅再一次对他施以毒计。思来想去，这个窝窝囊囊的归宿好像已经是林冲最好的归宿了。

林冲曾在上梁山前在酒店的白粉壁上写下“他年若得志，威震泰山东”这样的豪言壮语，但他这一生几乎一直命若浮萍，身不由己，始终郁郁不得志。

我对林冲这个人一直充满了好奇。他有情有义又无情无义，他勇猛善战又懦弱无力，他心思细密又粗疏根本，他要的很少却失去很多，他明白那么多为人处世的道理，却还是没能过好他宁肯卑微的一生。他就是这么拧巴这么纠结，这么让人看不破也放不下。

风瘫的林冲，守候他的，是断臂的武松，曾经天神一样的武松！他们之前并无太多交集，但同命相怜的二人却给予了对方最后的温暖。

男儿有泪不轻弹，只因未到伤心处。

我想知道，当这两个昔日名动天下的英雄凄然相望的时候，那面目全非的水泊梁山，有没有在滴血？

风流灵巧空余恨　热心冷眼走红尘

——谈燕青

一百单八将中最不缺的是肌肉棒子，像燕青这样相貌俊俏的偶像派可称得上万绿丛中一点红了。

书中写他“唇如涂朱，睛如点漆，面似堆琼”，写他“腰间斜插名人扇，鬓畔常簪四季花”。从长相到打扮处处透着一股洒脱与帅气，而且燕青不光人长得帅，才艺也是一流。相扑射箭无人不服，吹拉弹唱男女通吃，更要命的是还聪明灵巧。书中说他“百头百俐，道头知尾”，再加上“浪子”的名号，一个风流儒雅、聪明乖巧的形象便跃然于纸上了。

燕青极懂感恩，因为卢俊义对其有再生之恩，所以燕青一直将卢俊义视为自己的主人兼父亲。卢俊义被关在牢中，燕青去看卢俊义。书中写道：

只见司前墙下转过一个人来，手里提着罐，满面挂泪。蔡福认得是浪子燕青。蔡福问道：“燕小乙哥，你做甚么？”燕青跪在地下擎着两行珠泪，告道：“节级哥哥！可怜见小人的主人卢俊义员外吃屈官司，又无送饭的钱财！小人城外叫化得这半罐子饭，权与主人充饥……”

其情其景，读来令人感叹。

为救卢俊义，他一路相随，直到薛霸意欲行凶，这才放冷箭救人。董超和薛霸对

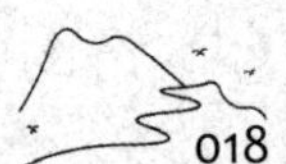

待卢俊义的种种和对待林冲的种种几乎一般无二，而卢俊义和林冲的反应也大致相同。作者这样安排，可能是想告诉读者不要对恶势力抱有任何幻想吧。

卢俊义曾因为燕青说他娘子和李固私通而将燕青一脚踢倒，而燕青在救下卢俊义后见其不能走路背起卢俊义就走。小乙哥不计前嫌、有情有义，端的是百里挑一的好男儿!

燕青不光冷箭无双，相扑也是一绝。

燕青却抢将入去。用右手扭住任原，探左手插入任原交裆，用肩胛顶住他胸脯，把任原直托将起来，头重脚轻，借力便旋四五旋，旋到献台边，叫一声："下去！"把任原头在下脚在上，直攛下献台来。

去挑战任原前，宋江怕燕青不是对手。燕青的答复是：

不怕他长大身材，只恐他不着圈套。常言道："相扑的有力使力，无力斗智。"非是燕青敢说口，临机应变，看景生情，不倒的输与他那呆汉。

"无力斗智，临机应变"，确是燕青好处。

鲁达拳打镇关西，全用蛮力而显其粗豪；武松醉打蒋门神，重在作秀而显其霸道；林冲生擒扈三娘，颇有大将风度；燕青智摔擎天柱，则尽显其机敏灵巧。四人各有一番英雄气象。

燕青为何一定要去打擂呢？擎天柱任原并未向梁山好汉挑战呀。我的理解是燕青虽依靠自己的聪明伶俐在梁山站稳了脚跟，但在梁山这样一个尚武的雄性荷尔蒙爆棚的群体当中，不露一手真本事是不行的。君不见摸着天杜迁和云里金刚宋万两个傻大个儿除了身高一无所长，就只能当小弟中的小弟么？

燕青非常善于搞人际关系。本来身为卢俊义家的小厮，他的地位是不尴不尬的。毕竟梁山上主要还是大哥宋江的人。可是第一个反对卢俊义当老大的宋江的贴身保镖黑旋风李逵就对他心服口服，挨摔不少却还是左一个"小乙哥"右一个"小乙哥"地叫个不停。

在李逵负荆的故事当中，燕青和李逵去对付假宋江一伙儿。我们来看看燕青的表现：

燕青见这出来的好汉正斗李逵，潜身暗行，一棒正中那好汉脸颊骨上，倒入李逵怀里来，被李逵后心只一斧，砍翻在地，里面绝不见一个人出来。

……

燕青转将过去，那汉见了，绕房檐便走出前门来。燕青大叫："前门截住！"李逵抢将过来，只一斧，劈胸膛砍倒……

好一个"倒入李逵怀里"，好一个"燕青大叫"，说燕青神助攻也不为过。燕青若想了结这两个贼人，放冷箭即可。燕青为何不争功？因为需要赎罪的是李逵而非燕青。如此不露痕迹地给对方面子，实在高妙！

李逵对燕青又怕又敬。在梁山上能让李逵如此敬畏的，也只有宋江了。

李逵负荆这一章，还可看到燕青的思虑之深、谋划之远。李逵听说宋江欺负民女就要去砍宋江时，燕青不问那户人家所谓宋江的长相，等到宋江让他们二人去弄清原委时燕青才问。原因当然是一开始燕青也不能完全确定此宋江不是彼宋江。要真是宋江，他如何自处？后来宋江让燕青陪李逵同去调查。宋江想的是燕小乙你既然这么聪明，那就陪着走一遭吧。燕青说："哥哥差遣，小弟愿往。"不说小弟听令，而说愿往，听起来入耳至极。两个人都是个中高手，你来我往，令人回味无穷。

这样的人，干公关工作确实是太合适了。所以日后宋江进京找李师师帮忙疏通关系，燕青就成了不二人选。看宋江几杯酒下肚便当着李师师的面"把拳裸袖，点点指指"，把在旁的柴进都惹笑了。柴进心说大哥你干吗来了这么失态。此时燕青什么表情，施耐庵没有交代。但我猜应该是若无其事，比柴进还要淡定。

面对李师师，燕青圆转自如。他又是吹箫，又是唱曲，使出浑身解数，把个花魁娘子迷得神魂颠倒。李师师居然让燕青露出一身花绣来让她看，这已经是赤裸裸的挑逗了。看到李师师为自己动情后，浪子燕青却并未放浪胡来，而是赶紧巧妙地用"结义姐弟"的名分断绝李师师的念头，还把李妈妈请来拜作干娘。为了巩固既定成果，燕青又收拾一包金银细软，一半给李妈妈，一半分给全家大小。结果当然是"无一个不欢喜""合家大小，都叫叔叔"。"美男计"用到如此地步，真是"一团俊俏真堪夸，万种风流谁可学"。梁山之上用金钱融洽关系达到此等水平的除了龙头大哥宋江，也只有燕青燕小乙了。

清风寨上，花荣给自己的几个体己人拨款用来陪宋江逛街用，结果宋江一次次请这些人吃饭喝酒后都是自己掏腰包。花荣派的这些人一不用上班，二白吃白喝，三还能把花荣的拨款占为己用。所以，宋江"自从到寨子里，无一个不敬爱他的"。

燕小乙出手，"无一个不欢喜"；宋大哥出手，"无一个不敬爱"。两个人都特别注重笼络下层人的心，可谓棋逢对手、将遇良才。宋江虽处处提防卢俊义，但对燕青却颇为欣赏和信任。比如李逵元夜闹东京，宋江就不让别人看顾李逵，只安排燕小乙一人负责此事，这应该与宋江将燕青视作自己的同类是分不开的。征服李逵很简单，但能把腹黑的宋江征服，燕青真是不简单。

小乙热心冷眼。对卢俊义，他感恩图报。而对于即将发生的一切，他总能洞察先机。卢俊义因算命一事要去泰安州。燕青的揣测竟丝毫不差。

主人在上，须听小乙愚言：这一条路，去山东泰安州，正打梁山泊边过。近年泊内是宋江一伙强人在那里打家劫舍，官兵捕盗，近他不得。主人要去烧香，等太平了去。休言夜来那个算命的胡讲。倒敢是梁山歹人，假装做阴阳人，来煽惑主人，要赚主人在那里落草。

打方腊，梁山一百单八将死伤过半，燕青劝卢俊义不要回京。

卢俊义道："自从梁山泊归顺宋朝已来，俺弟兄们身经百战，勤劳不易，边塞苦楚，弟兄损折，幸存我一家二人性命。正要衣锦还乡，图个封妻荫子，你如何却寻这等没结果？"燕青笑道："主人差矣！小乙此去，正有结果，只恐主人此去定无结果。"

卢俊义不说主仆二人而说一家二人，可见两人感情之深。但卢俊义至死不悟，燕小乙见识高深。这一主一仆，境界却相颠倒。

卢俊义不信燕青的话，“燕青纳头拜了八拜，当夜收拾了一担金珠宝贝挑着，竟不知投何处去了。”燕青去了哪里？没有人知道。一些影视剧把浪漫主义玩儿过了头，竟把燕青和李师师撮合到了一起，可能是想让这对才子佳人配为良缘吧。

每次读《水浒传》读到燕青告辞这一节我都会想，这样一个看似在万丈红尘中穿梭如意的人物，一个看似最懂得享受生活的人物，一个凭其大智大勇终于成功使得道君皇帝招安梁山泊的人物，却选择了远离功名利禄，只身回归江湖。

没有一双冷眼，没有大智慧，断然做不出这样的抉择。

燕青射术一流，风流俊雅，善于言辞，从容进退。鲁智深也很从容，但不如燕青儒雅。林冲也很儒雅，但不如燕青乖巧。柴进也很善言辞，但不如燕青接地气。花荣也是射术一流，但不如燕青知进退。宋江也很善于搞人际关系，但不如燕青既年轻又长得帅。那些只会一门本事的什么刻印的、写字的、杀猪的、开店的、扛旗的、唱歌的就更不用说了。

直到六十一回才潇洒出场的浪子燕青可算水浒英雄中近乎完人的存在！

可就这样一个完人，却依然无法在当时那个世道为国尽忠、为民谋福，甚至连和自己的兄弟们在一起都无法实现。

当一百单八将风流云散，当自己的精神之父卢俊义遭人陷害而死，当龙头大哥宋江饮鸩而亡，当机关算尽的智多星和百步穿杨的小李广自挂了东南枝，得知消息的小乙哥，会不会泪倾如雨、银牙咬碎？他的箫音中还会不会有昔日的似水柔情？

《水浒传》里有古风一首单表燕青，最后四句为“功成身退避嫌疑，心明机巧无差错，世间无物堪比论，金风未动蝉先觉”。先知先觉的小乙哥在梁山好汉狂热的英雄主义氛围中，会不会感到寂寞？

很快，梁山好汉们的秋天便如燕青预料的那样来了。身为天巧星的他猜中了开头，也猜对了结局。

燕青离开是对的。可是，天下之大，又有哪块王土是他的安身之地？施耐庵没有告诉我们燕青去了哪里以及最终的结局，或许，他老人家是想给我们一点安慰吧。

走吧燕青，走吧小乙，变成一只燕子，飞离这黑白难辨的尘世。梁山众好汉的坟墓总要有个人祭扫，不是么？

嗜杀成性乐天真　疾恶如仇孝子心
——谈李逵

铁牛大哥出场，是在宋江和戴宗饮酒时。

戴宗便起身下去，不多时，引着一个黑凛凛大汉上楼来。宋江看见，吃了一惊……

宋江也算是见过世面的人，可是见了李逵竟“吃了一惊”，可见李逵的长相有多凶狠了。可这样一个长相凶狠的人，他后面的言行，却让人啼笑皆非。李逵看着宋江问

戴宗道：“哥哥，这黑汉子是谁？”等戴宗说这是宋江后，李逵道：“莫不是山东及时雨黑宋江？”戴宗训斥李逵，并让他赶紧给宋江下拜。李逵道：“若真个是宋公明，我便下拜；若是闲人，我却拜甚鸟！”

一开始称“黑汉子”也就罢了，戴宗已经明白告诉他这就是宋江，他还得说“黑宋江”。我不知道这是不是因为李逵本身黑，所以就特别喜欢这个字。戴宗让他下拜，他居然还说“我却拜甚鸟”。这下，宋江不光黑，还有了成鸟的嫌疑。最有意思的是，宋江还真就称自己为“山东黑宋江”。

李逵的粗鲁天真，宋江的世故稳重。短短三百字，交代了个清清楚楚。

三人坐下喝酒，工夫不大，李逵就连续惹了四次祸。他拿着银子去赌，赌输了就赖账，还打人。宋江拿银子为他出面摆平。然后李逵又把鱼汁泼酒保脸上，宋江只得对酒保说：“你只顾切来，我自还钱。”宋江想喝鲜鱼汤，李逵自告奋勇去讨活鱼，结果和浪里白条张顺斗了一番。宋江倚仗自己的“及时雨”之号才化解了干戈。宋江、戴宗、李逵和张顺四人坐一起喝酒，李逵嫌卖唱女扰了他的兴致，竟“跳起身来，把两个指头去那女娘子额上一点”，使得“那女子大叫一声，蓦然倒地……桃腮似土，檀口无言”。没办法，又是宋江拿出二十两银子才把事情平息。

李逵遇宋江，笑断人肠。

读完这一章我心中有一个疑问：铁牛大哥，你是不是就是为了闯祸而生的呢？

真是个有劲儿没处使、见树也要踹三脚的主儿。

在这里我们需要补充说明一下北宋时一两银子的购买力，大概相当于现在的 600 元人民币。《水浒传》中吴用让阮小七用一两银子买了一瓮酒，二十斤生熟牛肉，一对大鸡，600 元应该差不多，甚至要更多。算算二十斤牛肉就知道了，一斤牛肉少说也得 30 元人民币吧。宋江这一出手就给了卖唱女 12000 元人民币。再加上刚见李逵时给李逵用来还赌债的 10 两银子，这样宋江与李逵初次见面花在李逵身上的钱就有 18000 元人民币。就这样宋江还说“量这些银两，何足挂齿”。宋江的“仗义疏财”真是生猛。

李逵是天真的，全出一派自然。宋江给他钱，他毫不推让，也不说半句客套话，竟说“却是好也”。那意思有人给钱真好。吃鱼的时候，他不用筷子，“便把手去碗里捞起鱼来，和骨头都嚼吃了”。见到这种吃相，宋江不吃了，戴宗也不吃了。李逵见二人不吃，根本没想检讨一下自己的做法，竟然“便伸手去宋江碗里捞将过来吃了，又去戴宗碗里捞过来吃了”，搞得“滴滴点点，淋一桌子汁水”。

这种在吃东西时毫不顾忌形象的做法，也只有猪二哥能和李大哥有一拼。

宋江大把撒钱的作风让李逵心服口服。于是在为救宋江劫法场时，李逵极为卖力。书中写道：

茶坊楼上一个虎形黑大汉，脱得赤条条的，两只手握两把板斧，大吼一声，却似半天起个霹雳，从半空中跳将下来，手起斧落，早砍翻了两个行刑的刽子，便望监斩官马前砍将来。众士兵急待把枪去搠时，那里拦当得住！

李逵救宋江，智深救林冲。一个“半天起个霹雳”，一个“雷鸣也似一声”，都极有声势。一个使两把板斧，一个用一条禅杖，都极显力大。二人同为猛将，但是智深从不妄杀无辜，李逵却是嗜杀成性。书中写道“百姓撞着的，都被他翻筋头都砍下江里去”。之后，李逵为逼朱仝就范，竟斧劈了无辜的小衙内。其对生命的漠视令人不寒而栗。

李逵为天杀星，武松为天伤星。碰到他们哥俩儿，当然是非死即伤，二人都滥杀。只是武松血溅鸳鸯楼后就成了替天行道的行者，“夜走蜈蚣岭”便是二郎行侠仗义的开端，但李逵从头至尾都是滥杀无辜的。

李逵天真、滥杀，却又孝顺、疾恶如仇。

劫法场之后的第三回《假李逵剪径劫单人 黑旋风沂岭杀四虎》中，李逵把自己孝顺的一面展现给了读者。

这一章一共讲了三件事。第一件是真假李逵，第二件是母子重逢，第三件是斧劈四虎。三件事却都由一个“孝”字串将起来。

真假李逵林中遭遇。李鬼“喝道”，李逵却是“大喝道”。劫道的胆气还比不上被劫的，真是妙文。李逵放过李鬼，是因为听李鬼说家里有九十岁的老母。李逵想的是“既然他是个孝顺的人，必去改业。我若杀了他，也不合天理”。

铁牛心中，天理大过王法。

而见到母亲之后的一系列描写，则把个孝顺的李逵活画了出来。

看他一句一个“娘”字，叫得人心热；看他怕娘不肯跟自己走而谎称自己做了官，李逵一向是粗鲁天真的，但为了把娘接走，他竟动起了心眼。看他背了娘便走，一个是黑脸，一个是白发，确是一幅绝佳的孝子图。看他听娘喊口渴就赶紧去寻水，尽管自己“也困倦的要不得”。

《水浒传》开篇的第一个反面人物是高俅，第一个正面人物是王进，也是个禁军教头，可与林冲作比。二人同样武艺高强，对头也都是高俅。只是林冲是实在没退路才上了梁山，而王进却是早早便明白高俅不会善罢甘休，怕高俅陷害，于是带着母亲趁天色未明便逃奔延安府。出发时，王进“扶娘上了马”，到了史进家又“请娘下了马”。娘心疼病发，王进谢史太公药方。见娘的病痊愈了，王进就“收拾要行”。看王进不是称“老母”就是说“子母二人”，足见母亲在其心中地位之重。辞别史进时“王教头依旧自挑了担儿，跟着马，母子二人自取关西路上去了”。

李逵和王进，都是孝子的典范。而宋江，则可以当作反面典型来读。《水浒传》写人，多作对比。

刚刚要接娘去过好日子，娘就被老虎吃了，铁牛斧劈四虎，令天地为之变色。武松打虎，部分原因是怕下山被酒家笑话，书中写道：“我回去时，须吃他耻笑，不是好汉，难以转去。”这确是武二郎心声。而李逵呢？丝毫没有安危方面的考虑。

见那母大虫张牙舞爪望窝里来。李逵道：“正是你这孽畜吃了我娘！”放下朴刀，胯边掣出腰刀。

“吃了我娘”，我就必要你命。这就是孝子李逵的思维方式，简单，而又感人。

母大虫负伤逃跑，李逵“就洞里赶将出来”。在李逵之前，恐怕没有人敢“赶”老虎。这时雄虎出现了。书中写道：

李逵恰待要赶，只见就树边卷起一阵狂风，吹得败叶树木如雨一般打将下来。自古道：“云生从龙，风生从虎。”那一阵风起处，星月光辉之下，大吼了一声，忽地跳出一只吊睛白额虎来。那大虫望李逵势猛一扑。那李逵不慌不忙，趁着那大虫势力，手起一刀，正中那大虫颔下。那大虫不曾再掀再剪：一者护那疼痛，二者伤着他那气。那大虫退不够五七步，只听得响一声，如倒半壁山，登时间死在岩下。那李逵一时间杀了母子四虎，还又到虎窝边，将着刀复看了一遍，只恐还有大虫，已无有踪迹。

雄虎出场，先声夺人。但李逵却是“不慌不忙”。杀了这只雄虎后，他竟然又跑到老虎窝边“复看了一遍”。我觉得李逵杀死四只老虎，应该已经很累了。但是他还是要斩草除根，足见他对老虎吃母之恨。

武松是为了尊严打虎，李逵是为了报仇杀虎。武松打虎，步步惊心；李逵杀虎，痛快淋漓。

看李逵杀光老虎后才“大哭了一场”，读来不禁恻然。

李逵疾恶如仇，见殷天赐欺辱柴进，他“便拽开房门，大吼一声，直抢到马边，早把殷天赐揪下马来，一拳打翻”。即使是对待平时哥哥长哥哥短的宋江他也一视同仁。听说宋江（日后证明是假宋江）夺了人家的女儿，李逵“睁圆怪眼，拔出大斧，先砍倒了杏黄旗”，然后就“拿了双斧，抢上堂来，径奔宋江”。诸多猛将在场，李逵想伤宋江是不可能的。他若略有些城府，先暂时不发作，等到自己陪伴在宋江身侧时再偷袭，还有几分胜算。当然，那样他也就不是李逵李铁牛了。

宋江问他为什么这么动怒。他“气做一团，那里说得出”。好李逵，确是黑白分明。等真相大白，李逵负荆请罪，然后将功折罪。铁牛大哥是知错能改，敢于担当的真汉子、好男儿！

在梁山，李逵是先锋，冲锋陷阵，毫不畏缩。他一心一意跟随宋江，出生入死，绝无怨言。但是最后，却是宋江把毒酒赐给了他，真是“成也宋江，败也宋江”。宋江告诉李逵是怕李逵造反才给他下药的。

李逵见说，亦垂泪道：“罢，罢，罢！生时伏侍哥哥，死了也只是哥哥部下一个小鬼！”言讫泪下，便觉道身体有些沉重。当时洒泪，拜别了宋江下船。回到润州，果然药发身死。

宋江需要李逵时就会把李逵当兄弟，不需要时就会把李逵当阻碍。宋江毒杀李逵之举，又如何对得起他“孝义黑三郎”的名号？倒是李逵，不顾安危斧劈四虎为老娘尽孝，一路追随舍生忘死为宋江效忠。这样的人才配得上“孝义”二字。

燕青扑倒李逵，李逵就老老实实跟随，再不敢反抗，简单得像个孩子，也乖得像个孩子。

这样一个孩子般的李逵一定想不到对自己千般好而自己也曾为他抛洒热血的宋大

哥，竟用这种方式送自己上路。这件事超出了天真如孩童的李逵的领悟范围，除了流泪，除了不解，李逵又能怎样呢？

天杀星李逵一生只流过两次泪：一次为老娘，一次为宋江。老娘是他的生身之母，宋江则是他的精神之父。生身之母命丧虎口于前，精神之父下药相杀在后，李逵死前的痛苦与孤独该是多么深沉。

粗鲁天真、嗜杀成性、孝顺至极、疾恶如仇而又满是孩子气的李逵就这样走了。

始为放火图财贼，终作投降受命人。千古英雄两坯土，暮云衰草倍伤神。

义气深重胆力豪　心思精细志气高
——谈石秀

以鲁智深为主角的水浒故事到第八回基本结束。以林冲为主角的水浒故事到第十九回基本结束。以武松为主角的水浒故事到第三十二回基本结束。三十二回到四十三回中虽有花荣的潇洒射雁和李逵的勇猛杀虎，但还是觉得乏善可陈。直到四十四回拼命三郎石秀出场，才又令读者眼前一亮。可以说从四十四回往后，施耐庵着力塑造的也就只有石秀和燕青这两个英雄形象了。其他人要么面目可憎，比如杨雄和吴用；要么面目模糊，比如呼延灼和徐宁等降将。

石秀自幼父母双亡，他武艺超群，一身是胆。本应如常山赵子龙那般横扫千军、建功立业，却流落蓟州，卖柴度日。《水浒传》前有杨志卖刀，后有石秀卖柴。如此英雄却落得如此境遇，读来令人嗟叹。

这样身在异乡且无权无势的草根阶层，按理说应该遇事绕着走才对。可石秀一出场就是路见不平、拔刀相助。将素不相识的病关索杨雄解救开来。按他自己的话说“自小学得些枪棒在身，一生执意，路见不平，便要去相助，人都呼小弟作拼命三郎”。

什么叫“一生执意”？按现在的说法可以解释为从小到大就是这么任性。当然，石秀的任性不是胡作非为，而是仗义相助。有研究者称石秀救杨雄是因为知道杨雄是军官，出于利益的考虑才出手的。对此，笔者高度不认同。大凡混社会的都知道君子好惹、小人难缠。石秀如果真出于利益考虑，就不该趟这浑水。要知道石秀救杨雄时并不能预想杨雄会给自己一个差事。如果杨雄只是说声“谢谢”然后给几两银子了事，那么石秀将来要面对的可能就是纠缠杨雄的那些军汉们的打击报复。何况石秀说的“路见不平，便要去相助”那番话也绝不像一时抖机灵。

救下杨雄之后，二人结为异姓兄弟。杨雄投桃报李，给了石秀一个寄居之处，还给了石秀一份看管肉铺的工作。英雄石秀虽由樵夫变为屠户，但总算有了一些体面。两个月之后，石秀还给自己整治了一套新衣服。原来流落江湖无依无靠，如今背靠大树衣食有着。石秀的内心颇感安慰。

不料一日打外边归来，店门未开，肉案收起。自尊心极强且被施耐庵称为“精细

的人”的石秀第一反应就是自己置办新衣服一事，遭到了杨雄之妻潘巧云的猜疑。好个石秀！看他先赶猪入圈，完成本职工作；再收拾包裹行李，以示必走之心；然后细细写了一本清账，交代给潘公，彰显自己的君子坦荡荡，眼里不揉一点儿沙子。最后的一句“若上面有半点私心，天地诛灭！”更是掷地有声、正气凛然！

如果石秀真如某些研究者说的行事都从自身利益考虑的话，写清账目自证清白即可，大可不必收拾行李，如此决绝。

等石秀弄明白这是潘巧云要为前夫做功果而撤掉肉案之后，才知道这是场误会。不过施耐庵笔法之妙就在于一波刚平，一波又起。石秀若遇不到杨雄受纠缠，便不会拔刀相助，就不会有肉铺的工作，也就不会早早穿上新衣服，更不会以为潘巧云在猜疑自己。而石秀知道原来潘巧云是想做法事，在解除误会的同时，也正好引出与潘巧云偷情的和尚裴如海。当然也正是因为石秀杀了裴如海，杨雄杀了潘巧云，兄弟二人才上了梁山。自然而然，毫不刻意。施耐庵讲故事的水平真的是太高了。

前面几篇我也提到过，《水浒传》写人，多用对比。杨雄虽是石秀的结义大哥，而且在上梁山之后的诸多行动中二人也多成双出现。但无论是比见识比格局，还是比精细度比决断力，杨雄跟石秀都不是一个段位的。

石秀何等精细，听潘巧云刻意强调裴如海是个老实的和尚并忍不住夸对方“这般好声音”时，石秀便瞧出二人有一分暧昧。和尚念经念得熟练即可，关注声音好听与否是何道理？等石秀看那和尚接潘巧云递过的茶时涎瞪瞪看着潘巧云而潘巧云不恼不怯笑脸相迎，石秀已看出二人之间的两分暧昧。再想到潘巧云平日里对自己说的风话，石秀已猜出二人的三分暧昧。石秀之精细在这“两看一想”中展现得淋漓尽致，这也是石秀虽号称“拼命三郎”却上应“天慧星”的来由。

这里有一个细节颇为耐人寻味。如果不是石秀想到潘巧云平日里对自己说风话，那么我们所有读者肯定不知道原来潘巧云还撩拨过石秀。施耐庵之前一笔未写，石秀之前也只字未提。施耐庵不写可能是为了节省笔墨，石秀不提则能看出石秀的坦荡与深沉。如果是被施耐庵称为“性急的人”的杨雄，估计早说出去了。我们再回过头品读一下石秀归来看到肉店关门之后的第一反应是潘巧云猜疑自己那段文字，也会猛然惊觉：原来石秀不仅认为潘巧云在猜疑自己，也在恼怒自己。这才觉得这地方待不下去了，这才如此决绝！施老爷子的笔法，当真神鬼莫测！

可是，等根据种种细节猜到十分之后，深沉的石秀却面临着说与不说的抉择。如果你是石秀，你会不会告诉结义兄长这件令他蒙羞的事呢？其实从纯利益角度考虑的话，石秀置身事外岂不更好？反正自己有吃有喝有住，而且潘巧云有了裴如海就不会再骚扰自己。杨雄又一天天不着家，干吗管别人家的闲事呢？但石秀还是选择告诉杨雄，他的想法按原著的话是“怕哥哥日后中了奸计”。从这件事来看，石秀不仅不是一个投机分子，还是一个义气深重的好兄弟。

石秀告诉杨雄一定不要打草惊蛇，杨雄也回应说“兄弟见得是”（这句话很像沙僧的那句“大师兄说的对呀”）。但杨雄当晚就在酒醉之后大骂潘巧云，让潘巧云来了个

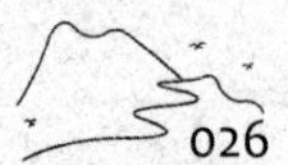

恶人先告状。杨雄竟立刻信了潘巧云诋毁石秀调戏自己的话，放狠话说“他又不是亲兄弟，赶了出去便罢”。我读到这里，和石秀一般无语。

石秀看到肉店的案板和柜子被拆掉之后，不恼不怒，竟然笑了。石秀立刻想到肯定是杨雄走漏了消息，被潘巧云颠倒了是非。石秀想“我若和他分辩，教杨雄出丑。我且退一步了，别作计较”。在被猜疑被羞辱时，石秀依然考虑杨雄的面子，拼命三郎石秀是进退有度的好男儿。

但石秀只是暂退一步，因为很快他就刀杀裴如海，设计翠屏山，为自己证明了清白。

石秀在杨雄猜疑自己后隐忍不发，武松在为兄申冤报官遭拒后也隐忍不发。但随后石秀刀杀裴如海，力证清白；武松斗杀西门庆，报仇雪恨。两个人的行事风格何其相似！

当杨雄确定石秀所说为真而潘巧云所说为假之后，立刻就要杀人。书中写道：

石秀笑道：“你又来了！你既是公门中勾当的人，如何不知法度？你又不曾拿得他真奸，如何杀得人？倘或是小弟胡说时，不错杀了人？”

读到“你又来了”前我正在喝水，等读到这句话时，我一口水直接喷到了书上。在翠屏山上杀了潘巧云和丫鬟迎儿，二人决定投奔梁山后，杨雄居然还想着回城去取行李盘缠，读到这里时，我并没有喝水，但一口老血差点儿喷出来。杨雄，你不该叫杨雄，叫杨大傻才对，字阿呆，号蠢萌居士。

杨雄毫无主见，粗疏至极。石秀排名在他之后，实在委屈。

是金子总会发光的。上得梁山后，石秀又凭借三打祝家庄站稳脚跟，凭只身劫法场确定地位。

三打祝家庄战役中，石秀是先锋探哨人员，可以说一上山就得到了宋江的重用。看他与当地一老丈聊天时先称“丈人”再唤“爷爷”，再尊为“老爷爷”，且说哭就哭，说跪就跪，极尽谦卑之能事。如此，才套得重要情报。

燕青和石秀同为公关天才。只不过燕青公关李师师主要靠的是耍帅，石秀公关老爷爷主要靠的是卖惨。当然宋江公关主要靠撒钱。李逵公关呢？李逵不会公关，铁牛大哥只会抡斧子。《水浒传》写人，尤其是几个主要人物，确是各不相同。

石秀故意让病尉迟孙立捉住自己，然后在祝家庄做梁山泊的内应。拼命三郎果然胆力非凡。要知道，祝家庄是完全有可能直接把石秀杀掉的。

祝家庄被攻破后，庄主祝朝奉想要投井，被石秀“一刀剁翻，割了首级”。获取情报在前，巧做内应在中，刀杀魁首在后。三打祝家庄的主角不是带队的宋江，而是新上山的纯草根儿人员石秀。

石秀号称拼命三郎，最鲜明的特点自然是敢打敢拼，舍生忘死。梁山上狠人不少，但似石秀这般狠到拼命程度的人却并不多。最典型的事例自然是六十二回《放冷箭燕青救主　劫法场石秀跳楼》。这一回既能看出燕青的细密，也能看出石秀的勇猛。

看石秀在酒楼上不慌不忙地大碗喝酒，大块吃肉，真是豪气纵横。眼看卢俊义就要人头落地。

楼上石秀，只就那一声和里，掣出腰刀在手，应声大叫：“梁山泊好汉全伙在此！”蔡福、蔡庆撇了卢员外，扯了绳索先走。石秀楼上跳将下来，手举钢刀，杀人似砍瓜切菜，走不迭的，杀翻十数个；一只手拖住卢俊义，投南便走。

一人劫法场，而且是从楼上跳下来劫法场，还能砍瓜切菜，杀翻数人。鲁达拳打镇关西，武松醉打蒋门神，林冲生擒扈三娘，燕青智扑擎天柱，虽都打得很漂亮，但都是一打一。像石秀这般敢与全世界为敌者，实在罕见。何况他还拉着一个卢员外呢。

不说石秀在此或梁山好汉在此，而说梁山好汉全伙在此，石秀勇中有智，令人叹服。

被捕之后，石秀骂不绝口。一句“你这与奴才做奴才的奴才”更是痛快淋漓，颇有鲁迅先生的风采。拼命三郎是百里挑一的铁血男儿！

书中写道：“厅上众人都呆了。梁中书听了，沈吟半晌……”

众人不是被骂怒了，而是被骂呆了。梁中书也被骂得沉吟半晌。想必石秀定是骂得合辙押韵，颇具艺术性，所以才有了这“东船西舫悄无言，唯见江心秋月白”的艺术效果。

石秀出身低微，父母双亡。他不是关胜和呼延灼等朝廷降将，也不是柴进和李应等当地豪强；没有公孙胜的特异功能，也比不了吴用的神机妙算；缺乏鲁智深倒拔垂杨柳和武松打虎的壮举，也比不了燕青的多才多艺和花荣的百步穿杨；不如李逵和宋江关系铁，更不具备林冲三朝元老的资格。但他硬是凭自己的胆力之豪、义气之重、心思之细与志气之高坐上梁山第三十三把交椅，真是一个奇迹。

读完石秀的故事我想说：如果这个世界没有给你什么资源，那么你不要怨也不要恨，你要做的就是利用好你自己仅有的这点儿资源。这就是天道。是的，天道就是把你自己能做的事情做到最好，剩下的事情交给老天去安排。

结　语

山东宋江、江南方腊本来俱为陈胜吴广式的人物，但宋江接受了招安，受朝廷指派去征讨方腊。宋方之间的这场争战，无论谁胜谁败，笑到最后的都是朝廷。

宋江征辽，一百单八将毫发无损。但征方腊却死的死，伤的伤。作者无非是想通过这种对比告诉我们，什么叫自折羽翼，什么叫同类相残。宋江用超群之才领导各位兄弟，却不能洞察当权者的阴谋，当宋江向方腊磨刀霍霍的时候，却不知道自己的脑袋也已经让人家按在了屠刀之下。

宋江一直希望得到主流社会的承认，一上台就迫不及待地把“聚义厅”改为“忠义堂”。但最终，还是死在了这个“忠”字上。梁山上的各位好汉因义聚首，因忠断头。施老爷子的立场，不言自明。

皇帝的昏庸、高俅之类的奸佞、董超和薛霸之流的无耻、差拨管营之辈的卑劣，他们构成了大宋王朝黑暗的底色。

但是再看一看被压迫与被损害的人们：史进为了朋友可以放弃家产，石秀为了救人可以从楼上跳下，李小二和金老汉知恩图报。他们用人性的光辉为黑暗的大宋王朝增添了几缕光亮，送去了几丝温暖。

这些雄风万丈的英雄，多么令人神往，又多么让人心痛！

张顺被乱箭射死，刘唐被闸板砸死，扈三娘被金铜砖打死，李逵被宋大哥毒死，解珍和解宝的尸首"风化在岭上"，秦明在躲飞刀时被方天戟戳死，吕方和敌将"滚下岭去"同归于尽，智深坐化，林冲风瘫，武松断臂，小乙逃离。每个人的结局都让人扼腕叹息。

有人说："《三国演义》讲的是庙堂上的江湖，《水浒传》讲的就是江湖上的庙堂。"

水泊梁山，这个承载着太多人梦想的圣地，到头来，也只是一个令各位看官无限惆怅的乌托邦。

鲁智深的禅杖、武二郎的戒刀、林教头的花枪、燕小乙的冷箭、黑旋风的板斧、拼命三郎的钢刀都已湮没在荒烟蔓草间。宋江的坟墓无语向黄昏，吊死在宋江坟前的吴用、花荣的尸体，随风摇晃。

他们纷乱的头发是在质问大地吗？他们不瞑的双目是在拷问苍天吗？

天罡尽已归天界，地煞还应入地中。

梁山梦醉，梁山梦醒。

生又何欢，死又何惧？

《西游记》里的神仙鬼怪人

淡定出于实力　智慧产自民间
——谈如来佛祖

如来是西天的佛祖，是孙悟空的第一克星。

悟空大闹天宫，东方无人能将其制服，所以玉皇大帝赶紧找人去请西天的如来佛祖。

如来闻说，即对众菩萨道："汝等在此稳坐法庭，休得乱了禅位，待我炼魔救驾去来。"

"稳坐"说明无须着急，"待我"说明手到擒来。这话说得底气十足，大有一出手就能把猴子搞定的意思，不过人家也确实是一出手就把孙猴子搞定了。

到了灵霄门外，如来见三十六位雷将正围着悟空。书中写道：

佛祖传法旨："教雷将停息干戈，放开营所，叫那大圣出来，等我问他有何法力。"

"放开营所"说明如来不怕悟空逃跑更不怕跟悟空单挑。如来实在是太淡定了。反观悟空又是"怒气昂昂"，又是"厉声高叫"，还未比试，气度上已然落了下风。

悟空和如来打赌。说赌胜了就让玉帝把天宫让给他。问如来能不能做玉帝的主，如来说："做得，做得。"看到这儿不用往下看，就知道悟空一定会输。

好大圣，急纵身又要跳出，被佛祖翻掌一扑，把这猴王推出西天门外，将五指化作金、木、水、火、土五座联山，唤名"五行山"，轻轻地把他压住。

翻掌之间，之前上天入地的孙悟空便被降服了。看如来搞镇压都这么淡定低调——"轻轻"地把孙悟空压在五行山下。

看到水帘洞，悟空的想法是："真个是我们安身之处。里面且是宽阔，容得千百口老小。我们都进去住也，省得受老天之气。"知道万物皆有一死之后，悟空想的是："今日虽不归人王法律，不惧禽兽威服，将来年老血衰，暗中有阎王老子管着，一旦身亡，可不枉生世界之中，不得久住天人之内？"可以说悟空想获得绝对的自由自在，既不想受天管束，也不想被地辖制。但是这世上根本就没有绝对的自由，如此好动的孙猴子，竟被佛祖于谈笑间判了五百年有期徒刑。

淡定出于实力，如来的法力对几无败绩的悟空而言是摧毁性的。这种摧毁不仅是法力层面的，更是精神层面的。

如来制服了悟空，大家和谐地在一起吃饭。三清、寿星和赤脚大仙等各路神仙一个个屁颠屁颠地跑来给如来送礼物。如来一一笑纳。有人请如来为这次大会起个名字，

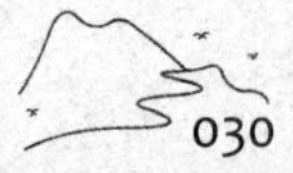

如来起名叫“安天大会”，那意思我如来有安天之功。书中写道：

各仙老异口同声，俱道：“好个‘安天大会’！好个‘安天大会’！”

我读到这里，也想说：好个“异口同声”！好个“异口同声”！神仙就是神仙，掐指一算，都能猜到对方在想什么。所以拍起马屁来才能如此不用彩排而整齐划一，心意相通、自有灵犀。王母娘娘又让仙子们给佛祖献蟠桃。看仙子们“飘荡荡舞向佛前”，然后唱歌跳舞助兴，真是美不胜收，可以说当时的场面把个如来捧到了极点。

“众各酩酊”之际，听报悟空探出头来了。如来说：“不妨，不妨。”然后便拿出写有六字真言的帖子，让手下贴到五行山上。我觉得说“做得，做得”和“不妨，不妨”时的如来佛祖特别有范儿，胸有成竹，淡定无比。

在这里简单说一下这张帖子。“唵、嘛、呢、叭、咪、吽”六字真言翻译成汉语是“莲花里的宝珠”。所以说周星驰导演的《西游降魔篇》中将黄渤饰演的孙悟空困到一个莲花封顶的洞里的情景设置是有几分道理的。

回到灵山，如来原原本本地把如何擒住悟空跟各位菩萨罗汉讲了一遍。看他又是说“概天神将，俱莫能降伏”，又是骄傲地显摆“玉帝大开金阙瑶宫，请我坐了首席，立安天大会谢我”，得意之情溢于言表。与武二郎对自己打虎过程的精细描述颇为神似。收到的效果是“大众听言喜悦，极口称扬”。“极口”二字，当真肉麻得紧。

如来佛祖可真是一点儿都不谦虚呀。

当然，人家如来不谦虚是有实力做保障的。悟空奈何不了的妖魔鬼怪，比如六耳猕猴，比如大鹏金翅雕，都是如来降伏的。黄风怪也是，虽然是灵吉菩萨先用定风丹后用飞龙宝杖将其拿住，但这两样东西都是如来给灵吉菩萨的。还有一些悟空摸不着头绪的，也是如来指点迷津，比如太上老君的坐骑独角兕。不过话说回来，这些劫难也都是如来他们商量好了的。到了西天，观音菩萨掐指一算还不够八十一难，立马给四人赠一难，还真不吝啬。

如来降伏大鹏金翅雕之前，跟悟空一本正经地讲了讲和这个妖怪的渊源。最后结论是那妖怪是他舅舅。

行者闻言笑道：“如来，若这般比论，你还是妖精的外甥哩。”

读到这儿，我感觉如来真萌。八戒嫌如来给自己封个净坛使者，不高兴。

如来道：“因汝口壮身慵，食肠宽大。盖天下四大部洲，瞻仰吾教者甚多，凡诸佛事，教汝净坛，乃是个有受用的品级，如何不好！”

读到这儿，感觉如来不仅萌，而且好玩儿死了。这句“有受用的品级”和玉皇大帝封悟空为齐天大圣后说的那句“官品极矣，但切不可胡为”有异曲同工之妙。把哄孩子的话说得如此高大上，二人真不愧是当领导的。

如来处事圆融。量独角兕本领再高，也一定难不住如来。但我们的西天佛祖只是暗示悟空其主人是谁，而不跟道教祖师太上老君伤了和气。如来有仇必报。得知文殊菩萨被乌鸡国国王在御水河里浸泡了三天三夜，就让文殊菩萨的坐骑青毛狮子把这国王推到井里泡了三年。三年抵三天，如来也真够狠的。如来智慧无边。看真假孙悟空打斗而来便说道：“汝等俱是一心，且看二心竞斗而来也。”那意思根本就不是什么真假孙悟空，只是孙悟空自己的佛心和魔心两颗心在争斗罢了。

如来还非常接地气。西行四众历尽劫难，最后得到的却是无字经。跟如来去理论，得到的答复是：“但只是经不可轻传，亦不可以空取，向时众比丘圣僧下山，曾将此经在舍卫国赵长者家与他诵了一遍，保他家生者安全，亡者超脱，只讨得他三斗三升米粒黄金回来，我还说他们忒卖贱了，教后代儿孙没钱使用。”翻译成现代用语就是：“一手交钱，一手交货。”

不过话又说回来，若真经太便宜，世人一定不会珍惜。与俗人交，就得用俗人的方式。不然既玷污了真经，也度化不了众生。这种现实主义操作方式与儒家孔子让拾金不昧者坦然领取奖励以激励更多的人去拾金不昧的做法如出一辙。

真正的圣人一定是既能接天又能接地的。不接天就没有广阔的视野、高远的站位；不接地气就不能从大众视角看问题。大智慧不是孤高绝尘、曲高和寡的，而是用众生能理解的方式对其进行潜移默化的影响。

乐乐呵呵，从不着急，淡定出于实力；解忧解难，绝不孤高，智慧来自民间。有一点儿小傲娇，偶尔还卖个萌。你没看错，这就是如来佛祖。

神通广大救苦难　大慈大悲结善缘
——谈观世音菩萨

如果说如来佛祖是西天的“董事长”，那么观世音菩萨就是“总经理”。很多事情，如来他老人家决策就行，主要干活儿的还是观音菩萨。

观音菩萨在《西游记》中第一次出场是在蟠桃会上。

菩萨与众仙相见毕，众仙备言前事。菩萨道：“既无盛会，又不传杯，汝等可跟贫僧去见玉帝。”众仙怡然随往。至通明殿前，早有四大天师、赤脚大仙等众，俱在此迎着菩萨，即道玉帝烦恼，调遣天兵，擒怪未回等因。菩萨道：“我要见见玉帝，烦为转奏。”

后面众仙随往，前方众仙相迎，前呼后拥，足见菩萨的身价与号召力。而听说玉帝烦恼，便要见玉帝为之解忧则可见菩萨急人之困的好心肠。吴承恩在书中第一次称菩萨用的是“南海普陀落伽山大慈大悲救苦救难灵感观世音菩萨”这样一行字眼。可以说一上场，观音菩萨的人设就已经非常明晰了。

观音派弟子惠岸行者约战悟空，惠岸不敌，落败而回。观音菩萨不羞不恼，更不像一般做师父的听说弟子落败就下场挽面子，而是推荐二郎显圣真君相助玉帝，其格局、心胸、眼光无不令人赞叹。

菩萨搞不定悟空么？当然不是。四十二回，悟空献殷勤，求菩萨帮忙降服红孩儿。菩萨故意让悟空去拿海里的玉净瓶，结果悟空分毫也动不得。书中的说法是“好便似蜻蜓撼石柱”，原来那净瓶里装的乃是一海之水。再看菩萨“走上前，将右手轻轻的提起净瓶，托在左手掌上”。“提起”，不仅是“轻轻的”，而且是单手。话说悟空也曾在与银角大王斗智斗勇时身藏一万三千五百斤重的如意金箍棒还能担两座山前行，也算是神力了，但在菩萨面前却弱小得如同孩童。

菩萨知道悟空拿不动还故意让他拿，此举除了可以用来展示自己的无穷法力，当然也可以警告孙悟空别整天瞎嘚瑟。

之前在悟空跟二郎神激战之时，菩萨想抛下玉净瓶相助，被心理阴暗想报私仇的老君拦下，菩萨照样不争功、不显摆，低调内敛至极。其实菩萨若先装上一海之水然后投下去的话，估计《西游记》这本书就结束了。什么斗战胜佛？你以为观音菩萨手里捧着的瓶子是做摆拍用的么？

如来对观音菩萨的神通也极为认可。选派人去东土寻觅取经人时，观音菩萨应声而出。

理圆四德，智满金身。缨络垂珠翠，香环结宝明。乌云巧迭盘龙髻，绣带轻飘彩凤翎。碧玉纽，素罗袍，祥光笼罩；锦绒裙，金落索，瑞气遮迎。眉如小月，眼似双星。玉面天生喜，朱唇一点红，净瓶甘露年年盛，斜插垂杨岁岁青。解八难，度群生，大慈悯。故镇太山，居南海，救苦寻声，万称万应，千圣千灵。兰心欣紫竹，蕙性爱香藤。他是落伽山上慈悲主，潮音洞里活观音。

《西游记》原著中的这段描写介绍了观音菩萨的庄严宝相、无穷法力、广大智慧和大慈大悲。

如来说：“别个是也去不得，须是观音尊者、神通广大，方可去得。”要知道大势至菩萨、文殊菩萨、普贤菩萨也都是法力超群的，如来这番不怕得罪人的评价，足见观音菩萨的实力，而观者菩萨也确实不辱使命。

师徒四人和白龙马都是菩萨物色的。这里面有能坚持的唐僧、能打的悟空、能驮的白龙马、能扛的猪八戒（别被电视剧误导，八戒才是挑担的）、能拥护的沙僧。也就是有理想目标，有实力保障，有后勤支持，还有群众拥护。可见观音菩萨是懂人力资源管理的。

师徒之间有了矛盾，师兄弟之间有了隔阂，菩萨也忙着从中调停。

悟空跟唐僧第二天就因打死了六个毛贼（人的六欲）被唐僧呵斥而闹着回花果山。看菩萨先化一老母宽解唐僧，再驾云去教育悟空早早去寻师父，两头奔波，不辞劳苦，真是操碎一片慈悲心。真假孙悟空一节，悟空受了委屈去找菩萨诉苦，如同孩子去找自家母亲倾诉。

再看悟空请菩萨相助降伏红孩儿，菩萨管悟空要东西作抵，当时悟空的调皮言语，也活脱一个孩子在跟母亲撒娇。

你教我留些当头，却将何物？我身上这件绵布直裰，还是你老人家赐的。这条虎皮裙子，能值几个铜钱？这根铁棒，早晚却要护身。但只是头上这个箍儿，是个金的，却又被你弄了个方法儿长在我头上，取不下来。你今要当头，情愿将此为当，你念个

松箍儿咒，将此除去罢，不然，将何物为当？

先称“老人家”以悦其心，再哭穷以动其情，最后请菩萨把自己的箍去掉以展其颜。悟空在全书中说的其他俏皮话加起来都不及这段话精彩。

看菩萨怎么回复的：

菩萨道：“你好自在啊！我也不要你的衣服、铁棒、金箍，只将你那脑后救命的毫毛拔一根与我作当罢。”行者道：“这毫毛，也是你老人家与我的。但恐拔下一根，就拆破群了，又不能救我性命。”菩萨骂道：“你这猴子！你便一毛也不拔，教我这善财也难舍。”

悟空无父无母，却又父母双全。如来是他一言不合就镇压的严父，观音则是他一路相助不辞远的慈母。

看菩萨唤悟空“你这猴子”时的亲昵，多像一个妈妈喊自己儿子“混小子”时的样子。哪怕喊“泼猴”，也是那么似嗔实爱。

菩萨对西行四众一路相助、一路扶持，还时不时地予以警告和提醒。可以说菩萨对取经队伍所有成员既有提携之情，又有救助之恩，还有督促之力。

收服黑熊怪、四圣试禅心、医活人参果树、收纳红孩儿、降伏金鱼怪这些故事里都有菩萨忙碌的身影。看菩萨用杨柳枝便医活了众仙一筹莫展的人参果树，最神奇的是还能将已入地的人参果重新复原。看菩萨用一个小竹篮就制服了把唐僧师徒折腾够呛的金鱼精，用一个莲花台就整治了把悟空烧个半死的红孩儿，一枚杨柳叶就成了悟空脱离阴阳二气瓶的救命毫毛，当真是神通广大、法力无边。

观音菩萨是佛教慈悲和智慧的象征，因其最能适应众生的要求，对不同的人都化以不同的身相，所以最为人们所钦敬和推崇。观音菩萨可以化作多少身份呢？《楞严经》卷六中说观世音菩萨为了适应各种不同根性及类别的众生，可化为三十二种不同的身份，为之说法教化。唐代以后，更是定为“三十三观音”。其中的杨枝观音和鱼篮观音最为我们所熟知。其实我们仅凭观音那千手千眼的造型就知道她有多勤奋、多慈悲了。观音在唐代以前多是大丈夫形象，后来妙善公主的传说流行后，观音菩萨在汉地便多以女身出现。一些学者则直接称其为东方的女神。

现在女神这个词已经被用滥了，我认为在我们东方能配得上“女神”这个称号的只有观世音菩萨，没有之一，麻辣女王老干妈也不行。

不过观音女神也有自己的小算盘。

大圣道：“如来哄了我，把我压在此山，五百余年了，不能展挣，万望菩萨方便一二，救我老孙一救！”菩萨道：“你这厮罪业弥深，救你出来，恐你又生祸害，反为不美。”大圣道：“我已知悔了，但愿大慈悲指条门路，情愿修行。”

悟空恨如来“哄”了他，却求观音菩萨“指条门路”。而菩萨丝毫不为如来辩解，只是说悟空出来后还会惹祸。结果当然是悟空日后只会把观音当作恩人，而不念如来什么情了，凭悟空调侃如来是大鹏金翅雕的外甥一节我们就能看得出来。

还有那三个箍，本来如来是让观音菩萨给唐僧的徒弟用的。结果只是悟空用了一

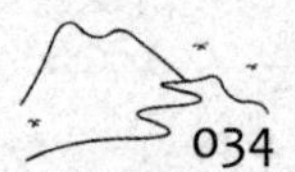

个，其余两个，观音菩萨给了红孩儿和黑熊怪。二人一个做了她的善财童子，一个做了她的守山大神。我要说观音菩萨搞公物私用，应该没人反对吧？

其实救苦救难也好，如意算盘也罢，都无损观世音菩萨的庄严宝相。她这点儿小狡猾，反而为她平添了几分亲切的平民气息。收服黑熊怪前，菩萨化身为妖。

行者看道："妙啊！妙啊！还是妖精菩萨，还是菩萨妖精？"菩萨笑道："悟空，菩萨妖精，总是一念。若论本来，皆属无有。"行者心下顿悟……

悟空跟菩萨开玩笑，足见二人没有距离；而菩萨借机教育悟空，则更显其长者风范。菩提祖师教悟空本领，菩萨却教悟空为人。

悟空一向云里来雾里去，不遮不掩。在佛祖如来的手上都曾大小便，但在菩萨面前，却不好意思施展筋斗云，按他的说法"弟子不敢在菩萨面前施展。若驾筋斗云啊，掀露身体，恐菩萨怪我不敬"。能让桀骜不驯的孙猴子钦敬到这种程度的，纵观整部《西游记》，也只有观音菩萨了。

看菩萨制服红孩儿前，让众神把所有生灵迁走以免误伤，连悟空都不禁赞叹。看她听说情况紧急，穿着家居服就要跟悟空去收降金鱼精，悟空请菩萨着衣，菩萨道："不消着衣，就此去也。"

八戒与沙僧看见道："师兄性急，不知在南海怎么乱嚷乱叫，把一个未梳妆的菩萨逼将来也。"

我一直认为善者的最佳福报就是你自身所拥有的善良。行善积德，哪怕单单为了取悦自己，也是值得的。何况，面对这样一个大慈大悲救苦救难的善者，别说悟空，我们所有人又怎会不敬重她呢？

宝贝最重要　低调才深沉
——谈太上老君

太上老君者，大道之主宰，万教之祖宗，出乎太无之先，起乎无极之源，终乎无终，穷乎无穷。他是公认的道教始祖，即道教中具有开天创世之功与救赎教化之能的太上道祖。

太上老君的名号第一次被提及是孙悟空偷吃仙丹之前。老君住在三十三天之上的离恨天兜率宫。当时的情况是："老君与燃灯古佛在三层高阁朱陵丹台上讲道，众仙童、仙将、仙官、仙吏，都侍立左右听讲。"

这里我们有必要介绍一下燃灯古佛。佛教有三世佛，即过去、现在、未来佛。现在佛是为我们所熟知的释迦牟尼佛，即如来佛祖。未来佛是弥勒佛，也就是《西游记》中降伏黄眉童子的那位大肚子和尚。过去佛就是燃灯古佛，燃灯古佛曾为释迦牟尼佛授记。《金刚经》云："善男子，汝于来世，当得作佛，号释迦牟尼。"

也就是说太上老君在跟为如来授记的燃灯古佛讲道。这级别，这辈分，实在高得

吓人。

老君不仅级别高、辈分高，还是很多上古神器的锻造者。

比如我们都以为金箍棒就是大禹治水的定海神针，是悟空从龙王那里抢来的。其实单纯一段铁条是成不了如意金箍棒的。在《西游记》原著第七十五回里，悟空自己交代得就很清楚：

大圣喝道："你若问我这条棍，天上地下，都有名声。"老魔道："怎见名声？"他道："棒是九转镔铁炼，老君亲手炉中煅。禹王求得号'神珍'，四海八河为定验……"

八戒的九齿耙，也是老君采铁冶炼，还借了五方五帝、六丁六甲之力。

这两件兵器已经令悟空和八戒威风八面，令诸多妖怪闻风丧胆了。但跟老君造的另三样法宝比起来，就不值一提了。

第一件法宝是观音坐骑金毛犼的宠物铃——紫金铃。紫金铃可放出红火、青烟、黄沙，威力无穷。按权威人士观音菩萨的说法是："若不是你偷了这铃，莫说一个悟空，就是十个，也不敢近身！"

第二件法宝是老君给坐骑青牛怪穿牛鼻用的金刚琢。这个琢子把悟空折磨得完全疯掉，什么兵器、水火、金丹砂，全部不灵，要知道金丹砂可是如来给的。

书中写悟空"空着手败了阵，来坐于金睛山后，扑梭梭两眼滴泪"。纵观全书，孙悟空被整哭的时候并不多。

第三件法宝就是老君用来搞定青牛怪的芭蕉扇，也是在其八卦炉中锻造而成。

老君念个咒语，将扇子扇了一下，那怪将圈子丢来，被老君一把接住；又一扇，那怪物力软筋麻，现了本相，原来是一只青牛。老君将金钢琢吹口仙气，穿了那怪的鼻子，解下勒袍带，系于琢上，牵在手中。

和悟空的狼狈相相比，老君这一系列动作真是帅呆了。

介绍一下老君家的日用品：用来盛水的是具有声音识别功能的羊脂玉净瓶，用来装丹的是具有强烈腐蚀作用能将吸入品化为脓血的紫金红葫芦，用来当腰带的是捆住就往死里勒的幌金绳，用来扇火的是两扇便要把悟空整废的制服青牛怪的芭蕉扇……

太上老君才是天上地下古往今来的第一土豪，没有之一！

说到芭蕉扇，有好事者推算铁扇公主是老君的情人，红孩儿是他们的私生子。原因有四：

一、根据书中交代，芭蕉扇乃是天地初开混沌之时长在昆仑后山太阴之精的叶子，和它长在一块儿的还有太上老君的紫金葫芦。太上老君是开天创世之祖，能拿到这两样东西不足为奇，但铁扇公主的辈分与太上老君相差甚远，拥有这样一把宝扇实在可疑。

二、火焰山是由悟空踢倒八卦炉后掉落的炉砖落地形成的。而铁扇公主却以宝扇降温在火焰山旁获得利益，也就是说铁扇公主其实捧的是老君给的饭碗。如此靠山吃山，实在诡异。

三、红孩儿长相俊美，不像长得不和谐的牛魔王的后人。而且红孩儿会三昧真火，

这门本事其父母都不会。当然书中说红孩儿这门本事并非家传，而是自己在火焰山修炼三百年习得的。那么是红孩儿悟性奇高，还是其他妖怪过于愚钝呢？而《西游记》中提到会用三昧真火的另一个人就是太上老君。

四、红孩儿在自家地盘上号令六十名山神、土地。这些天庭员工白天晚上不休息，给红孩儿烧火顶门，捕捉野味，不服管就被拆庙宇、剥衣裳。这么欺负员工，天庭也没人管一管，红孩儿貌似有背景。

其实说到这儿的话我也有些疑虑，因为之前给太上老君看银炉的童子即银角大王下界为妖，也是这般欺负天庭员工的。书中写道：

土地道："那魔神通广大，法术高强，念动真言咒语，拘唤我等在他洞里，一日一个轮流当值哩！"行者听见"当值"二字，却也心惊，仰面朝天，高声大叫道："苍天，苍天！自那混沌初分，天开地辟，花果山生了我，我也曾遍访名师，传授长生秘诀。想我那随风变化，伏虎降龙，大闹天宫，名称大圣，更不曾把山神、土地欺心使唤。今日这个妖魔无状，怎敢把山神、土地唤为奴仆，替他轮流当值？天啊！既生老孙，怎么又生此辈？"

银角大王和红孩儿为何猖狂到连悟空都"心惊"的地步？除了法力高强之外，最重要的原因应该是靠山太硬。银角的靠山是老君，那么红孩儿的靠山呢？

这么一推论，我也有些心惊。吴承恩到底怎么动的心思我们无法得知，但他老人家在下一盘很大的棋我是认同的。

老君法力无边，印象中好像只有一次跟观音菩萨赌胜时落了败：老君将菩萨的杨柳枝放于八卦炉中烤焦，而在菩萨拿来放于玉净瓶后不久，杨柳枝就又焕发了生机。除此之外，老君出手，基本上是无往而不利的。但就是这样一个厉害角色，却被吴承恩塑造得畏畏缩缩，一点儿都不像一教之主。

悟空和二郎神赌变化、斗输赢。一帮仙家在那里商量怎么阴悟空一下。观音菩萨说把她的净瓶抛下去，"即不能打死，也打一跌"。在上一篇中我们已经介绍了菩萨的神力，所以说菩萨还是很谦虚的。而痛失仙丹的太上老君则认为菩萨的净瓶是瓷器，不中用，他建议不如用他的金刚琢。老君介绍了一下这金刚琢的来历与威力，然后说"等我丢下去打他一下"。虽然吴承恩没写老君的表情，但我觉得说这句话时，老君应该是带着一脸坏笑的。果然，他一琢下去，悟空跌倒，被二郎神生擒活捉。

读到金兜洞一章时我一直在想：太上老君在悟空与二郎神打斗时何必用金刚琢打悟空呢？用琢把他连棒带人一起套走不就结了吗？你不是说"水火不侵，能套诸物"么？是老君被气糊涂了想一琢把悟空砸死，还是剧情需要呢？

悟空被捉，可是刀砍斧劈，枪刺剑剁，甚至雷部众神一通作法也奈何不了悟空。这时候太上老君想了一个主意：不若与老道领去，放在八卦炉中，以文武火煅炼。炼出我的丹来，他身自为灰烬矣。

看来老君想自己的仙丹已经想疯了，竟出了这么个缺德主意。玉帝点头应允。老君把个悟空炼了七七四十九日，原以为可以取回他的宝贝仙丹了，没想到却造就了悟

空的火眼金睛。悟空因祸得福，老君倒霉了，“却被他一捽，捽了个倒栽葱……”老君结结实实当了一回悟空的背景帝。

师徒乌鸡国除妖，需要把苦命的国王救活，悟空去找老君要还魂丹。

老君道：“你那猴子，五百年前大闹天宫，把我灵丹偷吃无数，着小圣二郎捉拿上界，送在我丹炉炼了四十九日，炭也不知费了多少。你如今幸得脱身，皈依佛果，保唐僧往西天取经，前者在平顶山上降魔，弄刁难，不与我宝贝，今日又来做甚？”

先说悟空偷吃了他的丹，再说悟空费了他的炭，最后还不忘说“不与我宝贝”，唉，那些一去不复返的仙丹已经成了老君的心病了。老君原本不愿借给悟空，却又怕悟空来偷，就忍痛给了悟空一粒。悟空跟老君开玩笑，“扑的往口里一丢”。

慌得那老祖上前扯住，一把揪着顶瓜皮，揝着拳头骂道：“这泼猴若要咽下去，就直打杀了！”

悟空把老人家都给整急眼了，老君真是可爱。

如果说老君就是个守着宝贝过日子的畏畏缩缩的小老头，那就大错特错了。他的童子和坐骑可都生猛得很。更何况他本人呢？人家只是低调而已。

我说的童子就是金角、银角，坐骑就是一个圈子打天下的独角兕。

银角的移山之术连悟空都着了道。书中写道“那大圣力软筋麻，遭逢他这泰山下顶之法，只压得三尸神咋，七窍喷红”。悟空脱身不得，“珠泪如雨”。悟空总是乐呵呵的，可是银角都把悟空整哭了，后来多亏众神念动真言才把悟空给放出来。悟空用千般变化制服二妖之后，师徒几个继续西行。

正行处，猛见路旁闪出一个瞽者，走上前扯住三藏马，道：“和尚那里去？还我宝贝来！”

这个要宝贝的，就是太上老君。老君对自己家的宝贝还真是看重啊。

有人说独角兕（也就是老君的坐骑青牛怪）是看主人处处对悟空示弱才打算为主人出头的，这种观点我比较赞同。你孙猴子不是狂吗，我就给你点儿颜色看看，也让你知道我家主人那都是让着你呢。

别的神仙整悟空一次就够了，可老君却买一送一，而且两次都把悟空弄哭了。如果把红孩儿也算进去的话，就是三次。老君和悟空交情着实不浅。老君派童子和青牛下界时心里想的一定是——好个猴头，还我仙丹！

宝贝最重要，低调才深沉，可依此为老君画像矣。

人见人爱老滑头
——谈太白金星

太白金星在《西游记》中的戏份极少，不过这世上从来都是没有小角色，只有小演员。太白金星绝对是钻石级配角。

太白长庚很有纵横家的风采。

言未已，班中闪出太白长庚星，俯首启奏道："上圣三界中，凡有九窍者，皆可修仙。奈此猴乃天地育成之体，日月孕就之身，他也顶天履地，服露餐霞；今既修成仙道，有降龙伏虎之能，与人何以异哉？臣启陛下，可念生化之慈恩，降一道招安圣旨，把他宣来上届，授他一个大小官职，与他籍名在箓，拘束此间，若受天命，后再升赏；若违天命，就此擒拿。一则不动众劳师，二则收仙有道也。"

太白金星摸准了领导不想动刀兵的心思，所以先是对悟空的身份表示认同。一句"与人何以异哉"可谓石破天惊、振聋发聩。我若是悟空，听到这番话，一定会忍不住跟金星握个手。而后面的"慈恩"二字则将领导摆在胸襟开阔、慈悲普度的高大上位置，玉帝一定颇为受用。而后面对招安结果的一番细致分析，更是有理有据，能进能退，也难怪玉帝会"闻言甚喜"并"依卿所奏"了。

招安悟空，玉帝派金星前往。我们来看外交家金星的卓越表现：

"我乃天差天使，有圣旨在此，请你大王上界，快快报知！"

这话说得极为庄重，悟空想请金星吃了饭再走。

金星道："圣旨在身，不敢久留。就请大王同往，待荣迁之后，再从容叙也。"

依然是有礼有节，确有仙家气度。读到这儿，读者肯定觉得太白金星还算是个比较靠谱的老神仙。可从后面发生的事儿中我们才看到他老滑头的一面。

悟空筋斗云快，可把守南天门的天兵天将不放行，悟空很生气，以为金星在耍自己。

金星笑道："大王息怒。你自来未曾到此天堂，却又无名，众天丁又与你素不相识，他怎肯放你擅入？"

然后金星对众兵将高喊，说悟空是下界仙人。可是等到了灵霄宝殿，太白金星向玉帝汇报工作时悟空就成了"妖仙"。先是"大王"，再是"下界仙人"，最后是"妖仙"。金星真是乖巧。

悟空因"弼马温"一事一怒打出南天门，下山做齐天大圣去了。玉帝派李天王并哪吒三太子率众捉拿，却无功而返，玉帝很是郁闷。

班部中又闪出太白金星，奏道："那妖猴只知出言，不知大小。欲加兵与他争斗，想一时不能收伏，反又劳师。不若万岁大舍恩慈，还降招安旨意，就教他做个齐天大圣。只是加他个空衔，有官无禄便了。"

这次，悟空从"妖仙"又降级成"妖猴"了。不过金星的"有官无禄"的主意还是比较高明的。玉帝见金星胸有成竹，就再次派其下山招安悟空。群猴一看是让他们大王当了弼马温的太白金星到了，都要上前用爪子跟金星的脸打下招呼。

金星道："那众头目来！累你去报你大圣知之。吾乃上帝遣来天使，有圣旨在此请他。"

好嘛，悟空又变成"大圣"了，而且金星对悟空的保安队队长都很客气，说"累你去报"，也就是让你受累通报的意思。要知道太白金星可是玉帝的信使，如此纡尊降

贵，如此自降身价，老爷子真是不容易。

金星第一次招安悟空，他的动作是“按下祥云，直至花果山水帘洞”。而此次招安就变成了“趋步向前，径入洞内”。“趋”什么意思？就是小步快跑，常表恭敬之意。一个白胡子老头儿，见了孙猴子小步快跑着过来，就差喊声“报告”了。这还不够，金星还一个劲儿地冲悟空表白。看他又是一口一个“大圣”，又是说“众武将还要支吾，是老汉力为大圣冒罪奏闻，免兴师旅……”把悟空抬成“大圣”，把自己降为“老汉”，一升一降，很是谦卑，悟空当然受用。还有本来金星一提议，玉帝就拍板了。可金星倒好，为了衬托自己怎样为悟空着想，不惜让众武将躺着中枪。金星可真是个老滑头。

不过话又说回来，面对孙悟空这样一个不知等级秩序为何物的猴子，你拿宣旨开恩那一套肯定是行不通的，何况还是在弼马温事件之后。太白金星具体问题具体分析，见人说人话，见猴说猴话，其外交手段着实高明。

不承想悟空大闹蟠桃会，最终被如来压在五行山下。这段时间，金星一直没露面，估计让玉帝给骂回老家去了。

唐僧取经这一路上，金星在幕后也没闲着。唐僧辞别唐王所历第一难是碰到熊山君、寅将军和特处士。唐僧被吃人的场面吓个半死。金星变为一老叟帮一无所依的唐僧解开了绳索并宽慰唐僧说：“前行自有神徒助，莫为艰难报怨经。”颇有长者风范。

后来，金星不仅指点悟空黄风怪和犀牛精的来历，还提醒悟空当心狮驼岭的妖怪，并且告诉车迟国的和尚们会有一个叫齐天大圣的来解救他们。可谓跑前跑后，没有功劳也有苦劳，没有苦劳也有疲劳。这些事金星本都可以不做的，但金星还是无怨无悔地做了。一片热诚，令人感动。

陷空山无底洞那一章，金星充当了一次悟空和李天王的润滑剂。悟空状告李天王，天王却把悟空给捆了。等弄明白怎么回事儿想解开悟空的时候，悟空开始耍赖了。天王无奈，只得向金星求助。

真个金星上前，将手摸着行者道：“大圣，看我薄面，解了绳好去见驾。”

注意，你没看错，那个动词确实是“摸”，金星也太会套近乎了。一个“趋”，一个“摸”，当真让人五体投地。我想着都肉麻，他老人家居然能做得出来。要知道，金星之前跟李天王可是刚说了“这猴子是个有名的赖皮”来着。此时，却说喊“大圣”就喊“大圣”，说“摸”就“摸”，演技还一点儿都不显浮夸，真是厉害！

悟空不从。金星又把招安时自己怎么卖力说了一遍，悟空这才让天王解开。不过解开也不算完，悟空非得让天王去见驾。天王又没辙了，只得再去恳求太白金星。要不怎么说人家金星有才呢，看人家这思维和口才：

我说天上一日，下界就是一年。这一年之间，那妖精把你师父陷在洞中，莫说成亲，若有个喜花下儿子，也生了一个小和尚儿，却不误了大事？

这一番假设，说得悟空登时就不胡闹了。谁是悟空的命门？当然是唐僧。金星一出手就拿住悟空的命门，悟空能不就范么？太白金星轻描淡写，一击即中，不做金牌调解团团长可惜了。

既要揣摩领导玉帝的心思，又要把握工作对象悟空的脉搏；既善周旋，又特热心。金星是个老滑头，却人缘最好，人见人爱，这也是做人的一种境界吧。

与主见绝缘　同胆识无分
——谈玉皇大帝

三界之主玉皇大帝，我觉得他不是低调，是真没能力。

首先说他极没主见。

听说悟空又是闹龙宫又是闯地府，玉帝就怒了，嚷嚷着派人下界镇压。“朕即遣将擒拿”这句话说得很是铿锵。等太白金星一剖析形势，立马“依卿所奏”。议定官职时武曲星君说少个弼马温，玉帝就传旨封悟空为弼马温，根本不想会不会留下后遗症。后来悟空嫌官小打下了南天门，玉帝立马派天兵天将下界擒妖。等李天王父子吃了败仗，太白金星再次请旨招安，玉帝又是“依卿所奏”。玉帝还真是和谐呀。有人建议给悟空个差事，好拘束于他，玉帝居然让悟空去看守蟠桃园。他老人家很少自己想办法，好不容易自己想个办法出来，竟是这种水准的。难道他没听说过“猴子偷桃”这一招吗？

其实在悟空看管蟠桃园前，吴承恩已经埋下了伏笔。书中是这样写的：“玉帝即命工干官——张、鲁二班——在蟠桃园右首，起一座齐天大圣府，府内设个二司：一名安静司，一名宁神司。”也就是说悟空的隔壁就是蟠桃园。我们再关注一下两个司的名字，“安静”和“宁神”两个词满满地都是对悟空的心理暗示，玉帝他老人家也算煞费苦心。

有人说玉帝让悟空看守蟠桃园就是为了让悟空惹祸，请如来镇压，确保悟空护送唐僧取经。这是玉帝在下一盘很大的棋。对此脑洞大开的说法，在下不敢苟同。我们想一下，唐僧取经有利于佛教的传扬，玉帝受益面很窄；而且悟空大闹天宫使玉帝威严扫地，搞得人人皆知。如此代价，玉帝又是何必？所以说这种说法站不住脚。

玉帝没主见却也学人家要心眼。金星把悟空带到天庭，玉帝开始忽悠猴子：“那孙悟空过来。今宣你做个‘齐天大圣’，官品极矣，但切不可胡为。”

“官品极矣”，读到这儿，我几乎厥倒。

其次，玉帝极没胆识。

悟空出世，“目运两道金光，射冲斗府，惊动高天上圣大慈仁者玉皇大天尊玄穹高上帝……”人物还未出场，这将近二十个字的定语已把人震住了。知道是下界一个石猴拜四方所致后，玉帝的反应是：“下方之物，乃天地精华所生，不足为异。”看起来还是挺从容淡定的。可后面就不是那么回事儿了。我觉得吴承恩写人特别喜欢欲抑先扬。悟空大闹蟠桃盛会，还盗了老君的仙丹，玉帝听报的反应竟然是“悚惧”。还没交锋，老大先悚惧了，当初他可是说过“不足为异”的。

后来奎木狼下界为妖，悟空上天讨说法，玉帝罚奎木狼去烧火，天师怪悟空不知

道谢恩。玉帝道："只得他无事，落得天上清平是幸。"玉帝还真是坦白。

真假悟空一章，两位大圣去请玉帝分辨真假，我估计当时玉帝的心理阴影面积有一足球场那么大。

说不了，两个直嚷将进来，唬得那玉帝即降立宝殿，问曰："你两个因甚事擅闹天宫，嚷至朕前寻死！"

"寻死"二字说得非常霸气。那意思："有完没完？一个猴子就够头疼的了，还来两个，你们真觉得我玉帝好欺负是吧？逼急了我真要怒了！"其实玉帝还可以加一句台词："你们知道吗？我生起气来连我自己都害怕！"

读到这里我心想：既生玉帝，何生悟空啊？

见过老大无能的，没见过这么无能的。玉皇大帝好歹也是三界之主，却一无主见，二无胆识，真不知道他是怎么上位的。

如来给我们的解释是："他自幼修持，苦历过一千七百五十劫。每劫该十二万九千六百年。你算，他该多少年数，方能享受此无极大道？"

按照如来的逻辑就是谁受的劫难越多，谁越有可能当老大。或者说谁活得越惨，谁越有可能当老大。好吧，玉帝对自己够狠。其实如来倒不如这样解释：人家玉帝能活十二万九千六百乘以一千七百五十这么多年，论资排辈也该人家是老大。

忽然觉得好有道理。玉帝——你赢了。

实力超群真显圣　心高气傲自由身
——谈二郎神

观音菩萨向玉帝举荐二郎神时说他听调不听宣，人物还未出场，却已知二郎神性格。要知道二郎神可是玉帝的亲外甥。玉帝派鬼王去请二郎神。

真君大喜道："天使请回，吾当就去拔刀相助也。"

"拔刀相助"四字传达的意思是，是玉帝有求于我，可不是我主动要去给他打工的。二郎端的是傲气冲天。把兄弟们召集到一起，二郎说的是："适才玉帝调遣我等往花果山收降妖猴，同去去来。"到了花果山和各天将见面，二郎说的是："把天罗地网的神将听着：吾乃二郎显圣真君，蒙玉帝调来，擒拿妖猴者，快开营门放行。"两次用的都是"调"字，果然听调不听宣。吴承恩说他："心高不认天家眷，性傲归神住灌江。"一个"调"字把二郎跟天庭的界限勾勒得甚为分明。而"擒拿妖猴者"五个字更是说得底气十足，自信满满。

真君笑道："小圣来此，必须与他斗个变化，列公将天罗地网，不要幔了顶上，只四围紧密，让我赌斗。若我输与他，不必列公相助，我自有兄弟扶持；若赢了他，也不必列公绑缚，我自有兄弟动手。只请托塔天王与我使个照妖镜，住立空中。恐他一时败阵，逃窜他方，切须与我照耀明白，勿走了他。"

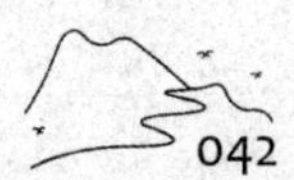

先是“笑”，再是自谦为“小圣”，然后再说明输赢都不用他人相助。一来可见二郎战胜悟空的信心，二来可见二郎对兄弟的信任，三来也可见二郎对众天神的鄙视。前面还说有输有赢呢，最后说的却是“勿走了他”。二郎已然成竹在胸矣。

从悟空眼里看二郎神：“仪容清秀貌堂堂，两耳垂肩目有光。……腰挎弹弓新月样，手执三尖两刃枪……”真是威风凛凛、相貌堂堂。悟空虽号称美猴王，但和二郎神一比，就显得有些猥琐了。

二人斗兵器，拼武艺，比身高。翻转腾挪，你死我活。可因为看到猴子猴孙遭殃，悟空便慌了神，变身逃走。要知道十万天兵下界，没有抓住哪怕一只猴精。而二郎神的梅山兄弟及帐下一千二百草头神却是定点突破，逢猴儿便捉，见猴儿便拿，这才让悟空慌了手脚。二郎神是颇懂心理战的行家高手！

二人赌斗变化一节，是《西游记》里最精彩的片段之一。吴承恩把他的浪漫主义在二人的变化中展现得淋漓尽致。

二郎神不仅武艺高强，善于变化，判断力也极为惊人。悟空变成了鱼儿。

二郎看见道：“打花的鱼儿，似鲤鱼，尾巴不红；似鳜鱼，花鳞不见；似黑鱼，头上无星；似鲂鱼，腮上无针。他怎么见了我就回去了？必然是那猴变的。”

好个二郎神，眼光真是歹毒！

悟空情急无奈，变成了花鸨，此鸟极为低贱。二郎神不再变化，转而用弹弓杀伤悟空。二人境界，高下立判。

悟空变庙宇被认出后消失不见。二郎神去问高擎着照妖镜的李天王。他问的是：“天王，曾见那猴王么？”二郎神一开始称悟空为“妖猴”；跟悟空对战前放狠话时称的是“你这造反天宫的弼马温猢狲”；等到悟空说明二郎神的身世后二郎神大怒，称其为“泼猴”；此时却改称“猴王”。简单的一个称呼上的变化，却能看出二郎神在与悟空单挑过程中微妙的心理变化。二郎神已经对悟空有了惺惺相惜之意。

老君用金刚琢助阵，悟空被擒，人们都说是二郎神的功劳。二郎神很是谦虚，说道：“此乃天尊洪福，众神威权，我何功之有？”这话说得很是漂亮。但仔细一想，你说“天尊洪福”，可是你分明听调不听宣，不拿玉帝当回事；你说“众神威权”，可你分明不让众神插手，根本看不起众神。所以这谦虚中其实都是满满的骄傲，要不然就不会美滋滋地“驾云头，唱凯歌，得胜朝天”了。

如来远胜悟空，但悟空却觉得如来在使诈。遍观全书，悟空真正佩服的，其实只有观音菩萨和二郎显圣真君两人而已。可以说，二郎神无论在武功技艺上还是精神气度上都征服了悟空。

九头虫一节，二郎神又一次出现在读者的视野。这已是《西游记》六十三回的故事了。

两人正自商量，只听得狂风滚滚，惨雾阴阴，忽从东方径往南去。行者仔细观看，乃二郎显圣，领梅山六兄弟，架着鹰犬，挑着狐兔，抬着獐鹿，一个个腰挎弯弓，手持利刃，纵风雾踊跃而来。

悟空也曾“即去耳中掣出如意棒，迎风幌一幌，碗来粗细，依然拿在手中，不分好歹，却又大乱天宫，打得那九曜星闭门闭户，四天王无影无形”。太上老君也曾“将金钢琢吹口仙气，穿了那怪的鼻子，解下勒袍带，系于琢上，牵在手中”。两人都是帅得掉渣。但再帅也帅不过此时此地的二郎神！不用看二郎神如何，就看人家这出场前的氛围，这出场时的排场、阵势、神韵，尤其看“纵风雾踊跃而来”七个字，这风一般的奇男子，怎一个帅字了得！

悟空有意相邀，却不好意思开口。“但内有显圣大哥，我曾受他降伏，不好见他。”要知道悟空跟玉帝也顶多唱个喏，见了老君也是没大没小，跟菩萨也常开玩笑，跟龙王和阎王以及山神、土地之流就更不用说了，唯独对二郎神一本正经，不敢造次。这更能从侧面烘托出二郎神之风采与神威。

八戒请来二郎神。二郎神与悟空久别重逢。

二郎爷爷迎见，携手相搀，一同相见道：“大圣，你去脱大难，受戒沙门，刻日功完，高登莲座，可贺！可贺！”行者道：“不敢，向蒙莫大之恩，未展斯须之报。虽然脱难西行，未知功行何如。今因路遇祭赛国，搭救僧灾，在此擒妖索宝。偶见兄长车驾，大胆请留一助，未审兄长自何而来，肯见爱否。”

“携手相搀”，足见二人惺惺相惜之情。而二郎神的“刻日功完，高登莲座”和悟空的“自何而来，肯见爱否”均说得文雅至极，一个称“大圣”，一个称“兄长”，甚是相敬。两人早已不复当年的肝火旺盛，皆已成熟许多。

可是九头驸马也不是好惹的，之前也曾生擒八戒，惊住悟空。此刻“在山前打个滚，又现了本象，展开翅，旋绕飞腾。”再看二郎神杨戬，不慌不忙。“即取金弓，安上银弹，扯满弓，往上就打”。“即”字说明反应之快，“扯满”说明力气之大，不用瞄准“往上就打”说明技艺之高。几个动作一气呵成，潇洒纯熟至极！

九头虫负伤败逃，悟空把功劳归于二郎神。

二郎道：“一则是那国王洪福齐天，二则是贤昆玉神通无量，我何功之有！”

这次没有高傲之意，倒显得极为坦诚。

二郎神技艺精湛、实力超群。他不慕荣华，只求逍遥自在。悟空本为花果山之王，二郎神为灌江口之主。二人同样本领高强，但悟空最终由人驱使，二郎神这样的神二代却始终本色生活。二郎神是《西游记》众神中最另类的存在。灌江口里，二郎神呼朋引伴，弯弓打猎，独享一方香火，当真令人神往之至。

痴心一片谁知我　多情却被无情恼
——谈赛太岁、黄袍怪

《西游记》中有两个极为痴情的妖怪，一个是赛太岁，一个是黄袍怪。二怪一个是观音的金毛犼，一个是天庭的奎木狼。

只是因为在人群中多看了金圣宫娘娘一眼，就再也不能忘掉她容颜。让她气来让她骂，只要她不离开自己身边。赛太岁守着个仙人掌美女，从未沾过身，还照样跟捧着宝儿一样。悟空让金圣宫娘娘把赛太岁请过来叙夫妻之情，好做手脚。

娘娘叫："有来有去，快往前亭，请你大王来，与他说话。"好行者，应了一声，即至剥皮亭对妖精道："大王，圣宫娘娘有请。"妖王欢喜道："娘娘常时只骂，怎么今日有请？"

赛太岁觉得被金圣宫娘娘"请"而不是"骂"就受宠若惊得不得了，看来一直对娘娘很好。除了真爱，好像没有别的解释。

金圣宫娘娘不用过多思量，更不用提前彩排，骗痴情种赛太岁的话张嘴就来。

娘娘道："我蒙大王辱爱，今已三年，未得共枕同衾，也是前世之缘，做了这场夫妻，谁知大王有外我之意，不以夫妻相待。我想着当时在朱紫国为后，外邦凡有进贡之宝，君看毕，一定与后收之。你这里更无甚么宝贝，左右穿的是貂裘，吃的是血食，那曾见绫锦金珠！只一味铺皮盖毯，或者就有些宝贝，你因外我，也不教我看见，也不与我收着。且如闻得你有三个铃铛，想就是件宝贝，你怎么走也带着，坐也带着？你就拿与我收着，待你用时取出，未为不可。此也是做夫妻一场，也有个心腹相托之意。如此不相托付，非外我而何？"

这话其实并不高明。第一，你不是被娶过来的，是被摄来的，而且没有夫妻之实，充其量是绑架的和被绑的关系。这算什么前世之缘？第二，你穿的虽不是绫罗绸缎，但已经是妖精们的顶端配置了。哪里亏待你了？第三，第一次跟人家阿赛正经说话就要拿走人家的镇洞之宝紫金铃，如此直奔主题，任谁也会生疑吧？但结果却是：

妖王大笑陪礼道："娘娘怪得是！怪得是！宝贝在此，今日就当付你收之。"便即揭衣取宝。

是的，就是这么简单，然后悟空就把紫金铃拿走了。如此拙劣的美人计，竟一击而中。无他，因为爱情。悟空偷了紫金铃却不会用，又被赛太岁拿回。赛太岁至此也没有丝毫怀疑金圣宫娘娘，使得悟空又与金圣宫娘娘定计盗铃。这次又成功了。

那娘娘接过来，轻轻地揭开衣箱，把那假铃收了，用黄金锁锁了，却又与妖王叙饮了几杯酒，教侍婢："净拂牙床，展开锦被，我与大王同寝。"那妖王诺诺连声道："没福！没福！不敢奉陪……"

悟空拿了紫金铃，胆子壮了，跟负责通报的小妖说自己叫外公，好占赛太岁的便宜。这观音坐骑竟然萌萌地不知道外公是什么，于是郑重地向娘娘询问。

妖王道："这来者称为外公，我想着百家姓上，更无个姓外的。娘娘赋性聪明，出身高贵，居皇宫之中，必多览书籍。记得那本书上有此姓也？"娘娘道："止千字文上有句外受傅训，想必就是此矣。"妖王喜道："定是！定是！"即起身辞了娘娘，到剥皮亭上，结束整齐，点出妖兵，开了门，直至外面，手持一柄宣花钺斧，厉声高叫道："那个是朱紫国来的外公？"行者把金箍棒攥在右手，将左手指定道："贤甥，叫我怎的？"

“怪的是”连说两遍，显得非常谦卑；“没福”连说两遍，则有几分自嘲在里面；“定是”连说两遍，则透着一种对知识分子和完美情人的崇拜。赛太岁在自己心爱的女人面前特别喜欢用“反复”这种修辞手法，那么激动，又那么顺从。他并不知道金圣宫娘娘身上的倒刺何时才会消失，就这么耐心地等着，耐心地爱着。他被悟空调侃，被金圣宫娘娘暗笑，被两个人合伙骗了两次，却依旧爱着，而且自始至终没有怀疑过自己心爱的女人。

他像一只大黑熊一般不知如何去爱怀中的蝴蝶，因为无论怎样去爱都显得那样笨拙与狼狈。我不知道赛太岁得知娘娘骗自己之后的具体感受，但我知道那滋味儿一定很苦。

赛太岁对金圣宫娘娘痴情一片，算是个疼媳妇儿的模范，不过黄袍怪也不遑多让。

原来是八戒、沙僧与那怪在半空里厮杀哩。这公主厉声高叫道：“黄袍郎！”那妖王听得公主叫唤，即丢了八戒沙僧，按落云头，揪了钢刀，搀着公主道：“浑家，有甚话说？”

这一连串的动作描写，把个疼媳妇儿的好男人写得呼之欲出。“浑家”二字更是喊得亲热非常。有点儿像金庸《射雕英雄传》中陈玄风喊梅超风的那声“贼婆娘”。

我们再来看百花羞公主骗老公的一番话。

公主道：“郎君啊，我才时睡在罗帏之内，梦魂中，忽见个金甲神人。”妖魔道：“那个金甲神？上我门怎的？”公主道：“是我幼时，在宫里对神暗许下一桩心愿：若得招个贤郎驸马，上名山，拜仙府，斋僧布施。自从配了你，夫妻们欢会，到今不曾题起。那金甲神人来讨誓愿，喝我醒来，却是南柯一梦。因此，急整容来郎君处诉知，不期那桩上绑着一个僧人，万望郎君慈悯，看我薄意，饶了那个和尚罢，只当与我斋僧还愿，不知郎君肯否？”

喊“郎君”足足喊了四次，夸对方是“贤郎驸马”，再说与对方“欢会”，真是浓情蜜意。别说黄袍怪，任何男人听了都会心动吧？再把“金甲神人”这种没法找来对质的人物抬出来，更能显出百花羞之聪明机敏。但其实她不必这么聪明的。

那怪道：“浑家，你却多心呐！甚么打紧之事。我要吃人，那里不捞几个吃吃？这个把和尚，到得那里，放他去罢。”

只要媳妇儿高兴，说放就放。注意，他错过的可是当时天上地下最贵的肉——唐僧肉。

无他，还是因为爱情。

唐僧给国王报信，国王竟激动紧张得打不开信，真是可怜天下父母心。得知女儿遭难后，国王恳求唐僧师徒相助，八戒为了一顿好饭慨然应允。沙僧也驾云升天，豪壮至极。但很快八戒躲起来，沙僧被生擒。这两位天上的神仙合体都打不过神仙体系中位次极低的二十八宿之一的奎木狼，真是让我大跌眼镜。黄袍怪怀疑公主送信，非常生气。但沙僧却义正词严，说乃是自家师父看到榜文才知道此事。老实人说起谎来果然容易被相信。

那妖见沙僧说得雄壮，遂丢了刀，双手抱起公主道：“是我一时粗卤，多有冲撞，莫怪莫怪。”遂与他挽了青丝，扶上宝髻，软款温柔，怡颜悦色，撮哄着他进去了，又请上坐陪礼。

沙僧骗黄袍怪，黄袍怪就变成美男子去骗宝象国国王。唐僧看不出白骨精是妖怪，唯独悟空能看出；满朝文武都看不出被黄袍怪变为猛虎的是好人，也唯独悟空能看出。读《西游记》这样的名著，要多停下来想一想其中的关节，如此才能获得更多的审美感受。

悟空见到公主后，说要去找黄袍怪算账。公主的话是：“和尚啊，你莫要寻死。昨者你两个师弟，那样好汉，也不曾打得过我黄袍郎。”“我黄袍郎”四个字唤得多么真情流露，亲切自然。

奎木狼被带回天庭后，交代了前因后果。

万岁，赦臣死罪。那宝象国王公主，非凡人也。他本是披香殿侍香的玉女，因欲与臣私通，臣恐点污了天宫胜境，他思凡先下界去，托生于皇宫内院，是臣不负前期，变作妖魔，占了名山，摄他到洞府，与他配了一十三年夫妻。

奎木狼知道百花羞是自己前世的恋人，可是百花羞却对此一无所知。对于痴心一片的奎木狼来说，这算不算一种悲哀？

悟空将百花羞带回了宝象国。公主的话是：“多亏孙长老法力无边，降了黄袍怪，救奴回国。”

我很想知道，百花羞公主说这番话的时候有没有一丁点儿心痛？而黄袍怪如果听到了这番话，又会不会痛断肝肠？以前，她喊的可一直是“黄袍郎”啊。连悟空都说“你与他做了十三年夫妻，岂无情意”。而百花羞却说嫌弃就嫌弃，真是令人费解。

为了你，我由神变妖；而你，却感谢降妖的人。两个孩子也被活活摔死，这让我如何堪受呢？

许仙爱白娘子吗？当然爱，但因为白娘子是蛇妖，许仙就有了心理障碍。其实换了谁都会有障碍，你能想象自己身边躺着一条大蛇吗？如果你不能，就不要苛责许仙了。我们都是人，都有人的本能反应，我们别无选择且无处遁逃。

《聊斋志异》中的狐精花仙甘愿去献身给那些落魄的书生。哪怕她们有千年的道行，却还是想能站到和人一样的高度。他们只求那些书生把自己当作一个最普通的人来看，尽管她们当中有很多比人类更有情有义。

自卑的狐精花仙，自卑的白娘子，痴心一片的赛太岁和黄袍怪，“多情却被无情恼”，我仿佛听到了他们被人类拒绝后那心碎的声音。

长相不重要　品位见高低

——谈黑熊怪

悟空与唐僧一起取经碰到的第一个具有挑战意义的难关是黑熊怪盗袈裟。本来这一难是可以避免的，但悟空非要显摆自家的锦斓袈裟，勾起观音院住持金池长老的贪心，才有了这场劫难。所以说，臭显摆这种事儿最好别做。

观音院长老法名金池，听起来实在不像个出家人。总感觉他的寺院里不该供奉观音，倒该供奉财神爷。

这老和尚头上戴的是一顶毗卢方帽，猫睛石的宝顶光辉；身上穿的是一领锦绒褊衫，翡翠毛的金边晃亮。一对僧鞋攒着八宝，一根拄杖嵌着云星。给唐僧师徒献茶时用的茶具是一个羊脂玉的盘儿、三个法蓝镶金的茶盅。家里的七八百件袈裟更是“穿花纳锦，刺绣销金”。

我读到这里，已感觉这寺庙说不出的诡异，整个价值体系好像都有问题。要不是它的名字是观音院，我几乎可以立刻断定这是家黑寺。

悟空不听唐僧劝阻，执意要人前显贵：“放心，放心，都在老孙身上。”不料一语成谶，讨回袈裟一事还真就把他忙了个半死。

“满面皱痕，好似骊山老母；一双昏眼，却如东海龙君。口不关风因齿落，腰驼背屈为筋挛。”这是吴承恩对该长老的外形描绘。都老成这般模样，而且按他自己说的都已经活了二百七十多岁了，居然还因不能霸占锦斓袈裟而不顾形象、号啕痛哭。这住持也真是贪财得可以！“上梁不正下梁歪”，老和尚的两个弟子广智和广谋，竟献计烧杀师徒二人，且连三间禅房烧了也在所不惜。最让人感到吃惊的是其他和尚听说这个计策后的反应竟然是“无不欢喜”，然后便争先恐后地去抱柴——这是一个多么可怕的佛家清修之地！

不料悟空机敏非常，上天借了避火罩保护师父，还吹风鼓气，以助火势。悟空防卫过当，乐此不疲，以牙还牙，实在够狠。

这观音院正南二十里远近，有座黑风山，山中有一个黑风洞，洞中有一个妖精，正在睡醒翻身，只见那窗门透亮，只道是天明。起来看时，却是正北下的火光晃亮，妖精大惊道：“呀！这必是观音院里失了火！这些和尚好不小心！我看时与他救一救来。”

守望相助。是的，这就是黑熊怪出场的原因。妖精给我们的印象一般都是杀人放火、无恶不作，反正是没什么道德枷锁和良知底线的。纵观《西游记》全书，妖精们的出场原因有的是想吃唐僧、有的是想嫁唐僧、有的是想偷兵器、有的是想代替他们去西天取经。但出场是为了救火救人的，只有黑熊怪这一位。当然，这也为后文悟空变成金池长老去见黑熊怪埋下了伏笔。

不过黑熊怪毕竟不是活雷锋，见了锦斓袈裟就不再救火，反而趁火打劫，溜之大吉。妖精的劣根性一览无余。

悟空晚上不休息，白天也不休息，知道可能是黑熊怪盗走袈裟后，施展筋斗云倏忽不见。和尚们已经吓得骨软筋麻，我们的唐僧兄又来了句：“但恐找寻不着，我那徒弟性子有些不好，汝等性命不知如何，恐一人不能脱也。”这师徒二人一个负责动手，一个负责动嘴，配合得相当默契。把众僧吓得“提心吊胆，告天许愿”。悟空的劳模本色、唐僧的唬人艺术、众僧的墙头草本事被吴承恩三言两语便勾勒了出来，好看至极！

悟空来到黑风山，正值春天。如果不看原著，你十有八九会以为这黑风山一定是个怪石嶙嶙惨雾阴阴之所，其实不是的。

万壑争流，千崖竞秀。鸟啼人不见，花落树犹香。雨过天连青壁润，风来松卷翠屏张。山草发，野花开，悬崖峭嶂；薜萝生，佳木丽，峻岭平岗。不遇幽人，那寻樵子？涧边双鹤饮，石上野猿狂。矗矗堆螺排黛色，巍巍拥翠弄岚光。

没错，你看到的确实是黑熊怪居住的黑风山。悟空第一次见到黑熊怪时，黑熊怪正和苍狼精、蛇精聊天。三人聊的不是杀人食肉的勾当，而是“立鼎安炉，持砂炼汞，白雪黄芽，旁门外道”等长生话题。都说“道不同不相为谋”，聊天的内容也决定了人的品位。由三怪谈论的内容观之，黑熊怪确是个不俗的妖怪。之前众僧也曾提到黑熊怪常到寺院听金池长老讲道，看来所言非虚。

接下来黑熊怪提到后天是他的“母难之日”，也就是生日。孩儿出生为母亲之劫难，黑熊怪其心可嘉，而且人家稀罕的不是金银珠宝、山珍海味，而是一件袈裟；搞的不是唐僧肉共享大会而是以赏玩锦斓袈裟为主题的“佛衣会”，也足见其不落流俗。

可以说黑熊怪一出场，就是一个比较雅、比较有品位的形象。海德格尔说：“人应该诗意地栖居在大地上。”这一点，黑熊怪无疑做到了。

悟空追到黑熊怪的洞府，只见“烟霞渺渺，松柏森森。烟霞渺渺采盈门，松柏森森青绕户。桥踏枯槎木，峰巅绕薜萝。鸟衔红蕊来云壑，鹿践芳丛上石台。那门前时催花发，风送花香。临堤绿柳转黄鹂，傍岸夭桃翻粉蝶。虽然旷野不堪夸，却赛蓬莱山下景”。要知道松柏是常青之树木，蓬莱是海外之仙山，野鹿又常为仙家之坐骑。古人讲究天人合一。菊花旁的陶渊明、梅花下的林和靖都是志向高洁的典范。那么以松柏、野鹿和蓬莱衬托黑熊怪，岂不是说黑熊怪是仙家而非妖怪。通过结局可知，人家黑熊怪确实成了正果，吴老爷子的笔法，可谓高深。

行者到于门首，又见那两扇石门，关得甚紧，门上有一横石板，明书六个大字，乃“黑风山黑风洞”，即便轮棒，叫声“开门！”那里面有把门的小妖，开了门出来，问道：“你是何人，敢来击吾仙洞？”

“仙洞”二字着实把孙行者的鼻子给气歪了。我读到这儿，也要笑得泪奔。把门小妖自然而然说出“仙洞”二字，可见对自家主人的追求是相当有认同感的。观音院众僧贪财忘义，黑风山小妖却有如此的价值观自觉。《西游记》一书，多用对比，以对比来深刻描绘世态人生。

悟空笑话黑熊怪“烧窑的一般，筑煤的无二”，说人家“烧炭为生”。悟空说这些刻薄话的时候一点儿都没想自己长相如何。前面众僧第一次见到悟空的尊容都喊他

“雷公爷爷”，悟空的回答是“雷公是我的重孙哩”。悟空不知道自己长什么样，也应该知道雷公长什么样吧。但是这些好像都不妨碍悟空讥笑别人。没办法，猴哥就是这么自信。

我不知道黑熊怪日常吃什么，反正吃人的可能性不大，人家可是“仙洞”之主。看人家洞府的对联“静隐深山无俗虑，幽居仙洞乐天真”，这哪是妖怪呀，简直就是一位得道高人！

黑熊怪还见多识广。悟空本想报出名头吓唬对方一下。等他长篇大论（足有四百多字）把自己如何学艺，如何大闹天宫，如何保了唐僧一一讲来，尤其最后还放了“你去乾坤四海问一问，我是历代驰名第一妖”这等狠话之后。黑熊怪只是笑了笑，然后说你原来就是那闹天宫的弼马温啊。这份淡定比之狮驼岭的青狮和白象一听孙悟空名头就害怕成那样可强多了。

黑熊怪的淡定源于自身强大的实力。看他“与行者斗了十数回合，不分胜负”。只是因为要按时用膳才暂且收兵。黑熊怪还挺遵守作息时间，该上班上班，该吃饭吃饭，真是有趣。悟空则不然，回到寺院吃了些许斋饭就又原路返回，来斗黑熊怪。

行者变作金池长老。从他眼中看去：但见那天井中，松篁交翠，桃李争妍，丛丛花发，簇簇兰香，却也是个洞天之处。接下来到了三层门里，行者看到的是“画栋雕梁，明窗彩户”。读到这儿，我都有些羡慕黑熊怪了，这哥们儿的家也太有情调了。

此次悟空又没成功，回到寺院被唐僧一顿抢白。第二天天刚亮，唐僧便起来嚷道：“悟空，天明了，快寻袈裟去。”没办法，悟空只好“一骨鲁跳将起来”。我读到这儿，感觉此时的悟空特别像被王伦逼迫交投名状的林冲一样：特惨，还没辙。

悟空去请观音菩萨，观音菩萨对黑熊怪的评价是：“那怪物有许多神通，却也不亚于你。”怪不得能与悟空如此比拼，原来如此。

菩萨变成妖怪，好让悟空施展手段。悟空与菩萨间有一段经典的对话：

行者看道：“妙啊！妙啊！还是妖精菩萨，还是菩萨妖精？”菩萨笑道：“悟空，菩萨妖精，总是一念。若论本来，皆属无有。”行者心下顿悟……

皈依佛门的黑熊怪又何尝不是一念之间，便由黑风山的妖精变为普陀岩观音菩萨的守山大神呢？你偷东西，我就让你守山。菩萨真会做人事安排。

我们最后再借菩萨双眼看一看黑风山：山有涧，涧有泉，潺潺流水咽鸣琴，便堪洗耳；崖有鹿，林有鹤，幽幽仙籁动间岑，亦可赏心。

吴承恩如此不吝笔墨，自有用意。书中写道：

菩萨看了，心中暗喜道：“这孽畜占了这座山洞，却是也有些道分。”因此心中已是有个慈悲。

悟空变作仙丹，然后跑到黑熊怪肚子里卖弄手脚。黑熊怪也便成了被悟空参观五脏庙的第一个妖怪。后面还有翠云山的铁扇公主、狮驼岭的青狮、无底洞的金鼻白毛老鼠精、小雷音寺的黄眉童子和七绝山的蟒精。对悟空的这种特殊癖好，在下实在不明就里。

长相不重要，品位见高低。黑熊怪一无雄厚背景，二无俊俏相貌。一路走来，全靠自身的打拼与悟性。最后跟随观音菩萨做了守山大神，终成正果。只是觉得观音菩萨的审美有些奇怪。要知道龙女、善财、惠岸几个都是女美男帅，黑熊怪的画风与这几位实在不搭。各位不妨跟我读一下：龙女、善财、惠岸、黑熊……是不是也觉得不搭？菩萨的站位果然比我等俗人要高。

可怜那金池长老，玩火自焚，还被一群见风使舵的弟子称为“老死鬼”。若他泉下有知，不知会不会后悔。

但愿他会。

夫妻千般恩重　双拳难敌四手
——谈牛魔王、铁扇公主

唐僧师徒路阻八百里火焰山，需借来罗刹女铁扇公主的芭蕉扇才能顺利通过。之前悟空曾在枯松涧大战牛魔王与罗刹女的儿子红孩儿，还在解阳山折断了牛魔王弟弟如意真仙的如意钩，双方的梁子结得实在太深。悟空有些没底，不料一樵夫却开解悟空说注意人家的脸色，只提扇子的事儿，别提旧事不就行了。悟空对樵夫深深致谢后这才飞身赶往翠云山，三调芭蕉扇的故事也便就此开启。

细细品来，《西游记》有些不太起眼的小人物其实也相当不简单，这个樵夫就是如此。看他唱的山歌“云际依依认旧林，断崖荒草路难寻。西山望见朝来雨，南涧归时渡处深”。用语随意而讲究，意境古雅而深沉。《西游记》全书，多有高人，看官不可不察。

翠云山是怎样的呢？我们借悟空之眼看一下：

山以石为骨，石作土之精。烟霞含宿润，苔藓助新青。嵯峨势耸欺蓬岛，幽静花香若海瀛。几树乔松栖野鹤，数株衰柳语山莺。诚然是千年古迹，万载仙踪。碧梧鸣彩凤，活水隐苍龙。曲径荜萝垂挂，石梯藤葛攀笼。猿啸翠岩忻月上，鸟啼高树喜晴空。两林竹荫凉如雨，一径花浓没绣绒。时见白云来远岫，略无定体漫随风。

简单概括一下就是山莺野鹤、碧梧乔松、猿啸鸟啼、彩凤苍龙、白云缭绕、藤葛丛生，可以说既清新雅致又幽静飘逸，妙似仙界，却是人间。铁扇公主当真不俗。

我们再拿其他两个女妖怪的住所和翠云山比较一下。

白骨精所在的白虎岭是：“峰岩重叠，涧壑湾环。虎狼成阵走，麂鹿作群行。无数獐犯钻簇簇，满山狐兔聚丛丛。千尺大蟒，万丈长蛇。大蟒喷愁雾，长蛇吐怪风。”金鼻白毛老鼠精所在的陷空山是：“顶摩碧汉，峰接青霄。周围杂树万万千，来往飞禽喳喳噪。虎豹成阵走，獐鹿打丛行。向阳处，琪花瑶草馨香；背阴方，腊雪顽冰不化。崎岖峻岭，削壁悬崖。直立高峰，湾环深涧。松郁郁，石磷磷，行人见了悚其心。打柴樵子全无影，采药仙童不见踪。眼前虎豹能兴雾，遍地狐狸乱弄风。”这一比较更能看出铁扇公主格调和品位的与众不同。

悟空借扇子，罗刹女不乐意，说悟空害了自己的孩子红孩儿。悟空辩解说红孩儿得了正果。

罗刹道：“你这个巧嘴的泼猴！我那儿虽不伤命，再怎生得到我的跟前，几时能见一面？”

人们很喜欢用自己的标准来衡量别人是不是快乐。红孩儿是当山大王舒服还是当善财童子舒服，这个问题不是悟空说了算，还是得去问红孩儿本人。而一个母亲见不到自己的孩子，多么堂皇的理由都太残酷。

看悟空一而再再而三地去找一个并不是什么坏人的女人的麻烦，我有些看不下去了。钻入人家肚子里已经够不厚道了，装扮成人家老公占人家便宜就有些不入流了。

“若还要借真蕉扇，须是寻求大力王。”土地当行者面不称老牛为魔王，而称大力王，足见老牛威风。

悟空去找牛魔王。只见“龙潭接涧水长流，虎穴依崖花放早。水流千派似飞琼，花放一心如布锦……”老牛居住的环境不亚于黑熊怪。

长相丑陋且不懂得怜香惜玉的悟空成功把老牛的情人玉面狐狸吓跑。

却说那女子跑得粉汗淋淋，唬得兰心吸吸，径入书房里面。原来牛魔王正在那里静玩丹书，这女子没好气倒在怀里，抓耳挠腮，放声大哭……

“粉汗淋淋”和“兰心吸吸”八个字我觉得可同写杨贵妃的“一枝梨花春带雨”相较一观。虽然一个是落泪一个是出汗，但同样性感迷人。而后面的“倒在怀里，抓耳挠腮”则把个撒娇使性的玉面狐写活了。吴承恩写人，三两笔就是一个人物。“丹书”是道教炼丹之书。牛魔王独占一方成霸主，红袖添香夜读书，既有事业追求又有爱情滋润，既霸气又文艺，真是春风得意，羡煞旁妖。

老牛出洞和悟空理论。书中写道：“行者在旁，见他那模样，与五百年前又大不同。”牛魔王没有虚度光阴，早已练就一身本领。二人相斗百十回合，未分胜败。老牛不愧“四海有名称混世，西方大力号魔王”。不故步自封，不浅尝辄止，苦练本领，追求卓越，牛魔王是一个律己甚严、忧患意识极强的妖怪。

后来乱世山碧波潭有人来请吃饭，老牛从容赴宴，压根没把悟空当回事儿，而且从老牛被请这件事上可以看出，老牛是有一定的交际圈子的。

有功夫，有家产，有妻子，有情人，有朋友，老牛这日子过得应该说是相当滋润的。直到悟空路经火焰山，老牛的牛生轨迹才被迫改变。

悟空变成老牛的样子把扇子骗走，老牛就以彼之道还施彼身，变成八戒的样子把扇子骗回。大力王并非一味用蛮力，其实还颇有谋略。

听完铁扇公主诉苦，老牛勃然大怒。老牛很生气，后果很严重。

老牛与悟空斗了一夜，悟空都不禁感叹“这厮骁勇”。八戒助阵，三人依然打了个难解难分。老牛当真是恼了。二人赌斗变化，原来老牛还有这等神通。看老牛屡屡受制之后嘻嘻一笑，现出原身，真是顶天立地，威猛无匹。但魔高一尺，道高一丈，悟空也将身子变大，抡棒便打。读到老牛“硬着头，使角来触”，我有些为老牛心酸。一

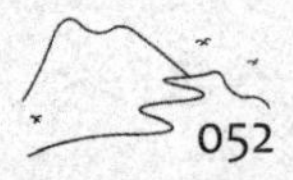

众神将把一座翠云山围了个水泄不通，爱妾玉面狐被八戒一钉耙打死。

书中写道：

牛王方跑进去，喘嘘嘘的，正告诉罗刹女与孙行者夺扇子赌斗之事，闻报心中大怒，就口中吐出扇子，递与罗刹女。罗刹女接扇在手，满眼垂泪道："大王！把这扇子送与那猢狲，教他退兵去罢。"牛王道："夫人啊，物虽小而恨则深。你且坐着，等我再和他比并去来。"

牛魔王之前听玉面狐狸说是铁扇公主派悟空来的，立刻说："那芭蕉洞虽是僻静，却清幽自在。我山妻自幼修持，也是个得道的女仙。"牛魔王对妻子其实是很认可的，"山妻"的称呼更是似谦实敬。铁扇公主本来对自家丈夫在玉面狐狸那里做家长心有怨恨，但看到悟空变成的牛魔王时已恨意全消，而看到丈夫在与以悟空为首的取经团队的比拼中越发狼狈，则只剩下心疼了。二人一个"满眼垂泪"，一个"你且坐着"，皆动情至极。夫妻之间千般恩重，生死关头互见真心。

老牛是真不想活了。但东南西北都有佛祖派来的金刚挡住，想向上跑，却又被天庭的李天王父子截住。《西游记》全书中牛魔王是唯一一个被佛道两家一起围剿的妖怪。老牛再次变回原身，要最后一搏。三太子砍一剑，老牛就长出一个头，而且还"口吐黑气，眼放金光"。每每读到这里，我都会想起无头的刑天执干戚而舞的情形，那情形是那样壮烈，令人无法逼视。

但是，双拳难敌四手。书中写道："哪吒取出火轮儿挂在那老牛的角上，便吹真火，焰焰烘烘，把牛王烧得张狂哮吼，摇头摆尾。才要变化脱身，又被托塔天王将照妖镜照住本象，腾挪不动，无计逃生。"

肉体上的剧痛让老牛再也牛不起来了，只得投降。

罗刹听叫，急卸了钗环，脱了色服，挽青丝如道姑，穿缟素似比丘，双手捧那柄丈二长短的芭蕉扇子，走出门，又见有金刚众圣与天王父子，慌忙跪在地下，磕头礼拜道："望菩萨饶我夫妻之命，愿将此扇奉承孙叔叔成功去也！"

儿子被带走，丈夫被围剿，自己被羞辱，铁扇公主却还是要换衣服以示郑重，捧扇子以示恭敬，慌忙下跪、磕头礼拜以表谦卑，如此种种，只为救自己的丈夫。都说夫妻本是同林鸟，大难临头各自飞，但罗刹女却并未置丈夫于不顾，"我夫妻"三个字说得更是甜蜜又令人心酸。

牛魔王也曾对土地愤怒地说："你这土地，全不察理！那泼猴夺我子，欺我妾，骗我妻，番番无道，我恨不得囫囵吞他下肚，化作大便喂狗，怎么肯将宝贝借他！"

其实借是情分，不借是本分，何况双方还有莫大的冤仇。但是因为火焰山阻在四众西行途中，就必须得借。

铁扇公主和大力牛魔王并没做什么伤天害理之事，甚至还用宝扇造福一方百姓。但最终还是在政府军的围剿中缴械了。孙悟空踢下炉砖祸害百姓这么些年没人过问，靠宝扇下雨以得奉养的铁扇公主一家却被逼入绝境。没办法，谁让你不在体制之内呢？

老牛被牵走了，火焰山被扇熄了，四众又踏上了取经之旅。我们所有人的目光也

都随着他们的脚步向西而去。几乎没有人会去想失去儿子、丈夫和赖以生活的火焰山的铁扇公主，该如何度过她的孤独岁月。

我们的关注点其实是很小很小的，哪怕有悲天悯人之心者也多半如此，所以自然会忽略掉很多悲喜。虽然那悲喜对每一个个体而言，就是他（她）的整个世界。不知道铁扇公主再想到丈夫跟人家你死我活比拼前对自己说的那句“你且坐着”时是微笑，还是流泪呢？也许先是微笑，接着便是潸然泪下吧！

胆小谨慎　手足情深
艺高胆大　一心为妖
——谈金角大王、银角大王

金角道：“你不晓得。我当年出天界，尝闻得人言：唐僧乃金蝉长老临凡，十世修行的好人，一点元阳未泄，有人吃他肉，延寿长生哩。”银角道：“若是吃了他肉就可以延寿长生，我们打甚么坐，立甚么功，炼甚么龙与虎，配甚么雌与雄？只该吃他去了。等我去拿他来。”

吃唐僧肉长生不老这个所谓“天机”在书中第一次被泄露是在白虎岭，当时是白骨精说的这事儿。我到现在也猜不出到底是谁散播的这个消息，但几乎可以断定，一定不是任何一个妖怪。如来和观音的可能性最大。因为金蝉子是如来的弟子，知道这层关系的只有如来和如来的一些手下。再加上必须凑够九九八十一难这个硬设计，给妖怪们一个害唐僧的动机也就理所当然了。

有趣的是这金角和银角，跟着太上老君怎么着也能蹭两颗仙丹吃吧，居然也来凑吃唐僧肉这个热闹。白骨精吃唐僧肉是为了躲过轮回，金角和银角却好像只是想尝尝鲜，或者干脆就可以说是来恶心悟空的。

看银角的话语“等我去拿他来”，真是视唐僧师徒如无物。金角并未说“好的兄弟，外套给我”，他说的是“兄弟，你有些性急”，然后便把影身图形交给了银角。几句话下来，年少轻狂的银角和谨慎周全的金角便已跃然纸上。读《西游记》这种名著，一定不能只看情节，人物对话、个性装束甚至居住环境都要细细看来。各位看官务必留心在意。

八戒巡山，被银角捉个正着。各小妖将个八戒“抓鬃毛，揪耳朵，扯着脚，拉着尾”。这哪里是在平顶山擒拿八戒，分明是在肉联厂捆缚生猪。金角说银角拿错了，八戒立刻说：“没用的和尚，放他出去罢。”八戒在任何时候都能卖萌这一点一直为我所钦佩，跟悟空在任何时候都能笑得出来有一拼。八戒有趣，银角更有趣。既然吃了猪肉不能长生不老，那就腌起来，而且还交代了具体用途——等天阴了下酒。

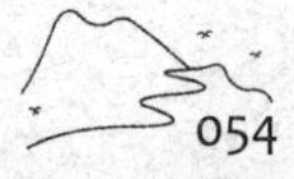

悟空抡铁棒护送师父一路赶来，被银角看到，银角当即决定不可强夺，只能智取。要知道银角说“等我去拿他来”的大话于前，要腌吃八戒的狠劲儿在后，一般人此时头脑一热，可能就要与悟空正面冲突。但银角偏偏没有。银角审时度势、进退有度，真是厉害人物。

看银角化作跛脚道人后专点悟空来背自己，艺高胆大，端的不凡。悟空想摔死老道，银角竟早已知晓，立刻遣山来压悟空，这二大王竟然还有移山这等本事！好大圣，肩着须弥山和峨眉山两座山，居然还能“飞星来赶师父”。两人阴谋阳谋，你来我往，真是好看。银角虽被悟空震惊得“浑身是汗”，但依旧抖擞精神，又将泰山移来，这次把个悟空压得“三尸神咋，七窍喷红”。被震惊是正常反应，但惊而不畏则足显其实力之强和心态之稳。

将悟空搞定后，银角又马不停蹄，“疾驾长风，去赶唐三藏”，而且是从“云端里伸下手来”。真是纵横天下，势不可当！

银角不仅会移山之术，武功也相当了得！书中写道：“那魔十分凶猛，使口宝剑，流星的解数滚来，把个沙僧战得软弱难搪，回头要走。早被他逼住宝杖，轮开大手，挝住沙僧，挟在左胁下。将右手去马上拿了三藏，脚尖儿钩着行李，张开口，咬着马鬃，使起摄法，把他们一阵风，都拿到莲花洞里。”

好家伙，手、脚、口并用！这一系列动词，把银角的威风八面活画了出来。

金角见没拿到悟空，很是担心，听银角说已经把悟空困住了，这才转忧为喜。二人一对比，金角的胆小谨慎和银角的艺高胆大就体现出来了。

金角大王不光谨慎胆小，还没主意，什么事都得问银角。怎么拿悟空要问，差谁去压龙洞请他们干娘也要问，金角还真是谦虚。见悟空变来变去，金角怕惹火烧身，劝银角罢手，放了唐僧、八戒、沙僧，还了行李和马匹。银角不同意。书中写道：“真所谓畏刀避剑之人，岂大丈夫之所为也？你且请坐勿惧。我闻你说孙行者神通广大，我虽与他相会一场，却不曾与他比试……”

这番话说得意气高昂。金角听完后说：“贤弟说得是。”我觉得金角的“贤弟说的是”绝对可以同沙僧的“大师兄说得对呀”相媲美。

悟空在被山神解救出来后感叹“既生老孙，怎么又生此辈”，与《三国演义》中周瑜“既生瑜，何生亮”的感叹如出一辙。但悟空毕竟是悟空，遇强更强正是美猴王的当行本色。看他先变老神仙骗了红葫芦和玉净瓶，再变苍蝇跟随精细鬼和伶俐虫进洞并得知二妖要派人去请压龙洞干娘的计划，再变成去请人的倚海龙去压龙洞见九尾狐狸并得了幌金绳，然后再变成九尾狐狸回莲花洞救师父和师弟。随机应变，变化无方，真真羡煞我等凡夫俗子。

悟空在妖精洞里居然还有心思拿八戒开涮，要吃他的猪耳朵。八戒情急之下嚷出悟空的身份，可惜了悟空的诸般变化。悟空用幌金绳捆住银角，银角竟暗念咒语将绳索解开，还将红葫芦和玉净瓶搜将了去。悟空忙来忙去，又回到了原点，甚至还被红葫芦给吸了进去！

好悟空，先设计从葫芦中逃出，再施展变化将葫芦拿到手中，然后反将银角大王吸了进去。人生的大起大落，实在太快太残酷。

银角大王曾在自家宝贝被悟空骗走时说："我若没本事拿他，永不在西方路上为妖。"这话再说通俗一点就是我要没两把刷子，搞不定唐僧，也就没脸干妖怪这一行了。我每次读到这句话时，崇敬之情都会油然而生。这世上有理想的人千千万，但把"为妖"作为自己崇高理想的估计没几个。黄眉童子、六耳猕猴都把去西天、成正果作为自己的奋斗目标，而人家银角大王却恪守做妖怪的本分，一心想的是如何才能成为一个称职的妖怪，实在不能不让人佩服啊！

虽说金角大王是大哥，但貌似二哥比大哥要猛。至少，敢算计悟空的妖怪并不多。但银角无论有多厉害，还是棋输一着，被悟空给装进了葫芦里。金角知道后"唬得魂飞魄散，骨软筋麻，扑的跌倒在地，放声大哭……"

银角擒拿唐僧和沙僧以及掠走马匹和行李的一系列动作显得霸气十足，而金角听闻兄弟被捉的这一连串动作描写，则活画出金角的无能，两兄弟真是不一样。

但是，金角听说悟空骂上门来，立马化悲痛为力量，要跟悟空玩儿命。直到最后，也没有投降求饶。车迟国那一章，虎力已经死于非命，法力不及大哥的鹿力、羊力明知不敌也要跟悟空进行自杀式 PK。你可以说这是不知天高地厚、自取灭亡，但是不是也可以说是生死与共、兄弟情深？

金角大王和银角大王最后都回到了老君身边，恢复了他们的童子身份。而唐僧师徒也都踏上了取经的征途，一切恍如从前。但我相信悟空绝不会忘记银角大王的泰山压顶，而兜率宫里那个老老实实看银炉的童子，也绝不会忘记自己在尘世中的那段光辉岁月。

当银角又一次回忆莲花洞的往事，我猜这时那看金炉的童子就会跟那看银炉的童子说："兄弟，别走神儿，好好看炉子才是正经。"是的，我相信这就是兜率宫的温馨日常。

《西游记》妖怪之最

一、最执着又能尊重对手的妖怪

白骨精实力一般，之所以名声在外，是因为悟空因她而被贬回了花果山。

无数獐豝钻簇簇，满山狐兔聚丛丛。千尺大蟒，万丈长蛇。大蟒喷愁雾，长蛇吐怪风。

仅凭环境，便可知白骨精不是善类。听说唐僧经过，白骨精施展变化，想一击而中，结果被悟空识破。

"几年只闻得讲他手段，今日果然话不虚传。"这是白骨精变化为少女，被悟空打杀后的感叹。

那怪物在半空中，夸奖不尽道："好个猴王，着然有眼！我那般变了去，他也还认得我。"

这是白骨精变化为老妇，被悟空打杀后的反应。

从对悟空由"他"到"猴王"的称谓变化可以看出，白骨精对悟空的神通是相当欣赏的，她对自己的对手充满了敬意。我想，除了想吃唐僧肉外，能和这样伟大的对手交交手应该也是她毅然决定第三次变化的原因之一吧。能够在两次失败后去欣赏对手，白骨精的境界也算不低了。不过她实在太过执着。

若过此山，西下四十里，就不伏我所管了。若是被别处妖魔捞了去，好道就笑破他人口，使碎自家心，我还下去戏他一戏。

妖精也是各有地盘的，白骨精既不愿前功尽弃，也不愿遭人耻笑，这才决定再下去，不过她这次下去了就没能再上来，被悟空一棒"断绝了灵光"，又一次成了孤魂野鬼。

过分的执着就是愚蠢，誓不回头可能也就真回不了头了，人可以说错话，却不可以走错路。白骨精死无葬身之地，当然是咎由自取。但历千劫而不得人身，也确实反映了妖精生存之艰难。

二、最有理想却又最不可能成功的妖怪

一向久知你往西去，有些手段，故此设象显能，诱你师父进来，要和你打个赌赛。如若斗得过我，饶你师徒，让汝等成个正果；如若不能，将汝等打死，等我去见如来取经，果正中华也。

以上是黄眉童子的理想自白。黄眉童子（自称黄眉老佛）真是个很有想法的妖怪。他不爱兵器，不贪袈裟，也不稀罕唐僧肉，却一门心思想着去西天取经。不过我觉得他应该不敢去，因为他家主人弥勒佛也在西天呢。他也许天真无邪，但总不会自己往枪口上撞。如果非要找个理由，那只能说这位黄兄在和尚堆里太寂寞了，想跟唐僧师徒整个恶作剧。唐僧他们若真恼了，人家顶多说个"逗你玩"也就回家找他主人去了。

红孩儿顶多变个观世音菩萨，这黄眉童子却一步到位，直接变成如来佛祖，胆子实在够大。

这位胆子很大的老兄武艺平平，却有两件超酷的法宝：一件是金铙，一件是人种袋。

金铙把悟空困里面，悟空是打也打不动，变化也没用。紫金红葫芦和阴阳二气瓶都没能困住悟空，这金铙却要把个悟空逼疯了，后来多亏二十八宿里的亢金龙出马，才把悟空给带出来。悟空闹天宫那会儿，二十八宿连打酱油的都够不上，可是制服蝎子精得靠昴日星官，搞定三个犀牛精更是得四木禽星出面。相信悟空也会在心里感叹："我不做大哥好多年，五百年过去，沧海变桑田。"

悟空一棒打碎金铙，以为可以大展拳脚了，没想到人种袋比金铙更厉害，见什么装什么。什么二十八宿，什么五龙二将，什么小张四神将，一律来者不拒，照单全收，

概不赊账，童叟无欺。青牛怪是拿圈子套兵器，而黄眉童子是兵器和人一锅端。

二十八宿和八戒、沙僧等被捉后，独自逃脱的悟空在东山顶上“咬牙恨怪物，滴泪想唐僧，仰面朝天望，悲嗟忽失声”。小张太子被捉后，悟空“立于西山坡上，怅望悲啼”。《西游记》中能把悟空整哭的妖怪没几个，把悟空整哭两次的好像也就只有黄眉童子了。

“解铃还须系铃人”，笑弥勒一到，黄眉童子的好日子也就到头了。悟空哭，弥勒笑；悟空六神无主，弥勒胸有成竹。绝望到极点可能也就是希望之光出现的时候。笑弥勒略施小计便使悟空钻入了黄眉童子肚中，褡包再厉害，却也无从装下自己肚子里的东西。黄眉童子曾拿金铙困住悟空，悟空百般用计，受尽苦楚。如今黄眉童子想把悟空从肚里请出来，却“请神容易送神难”了。因果轮回，怎不让人感慨唏嘘。

黄眉童子仗着两件法宝走天下，尤其是人种袋。袋子用不上，他那两下子应该不够悟空热身用的。

人往往这样，有了简单的制敌方法，总想着“一招鲜，吃遍天”，就懒得再去开发自身的潜力。这种想法其实是要不得的。因为如果那一招使不出来，岂不是任人摆布？

打铁还要自身硬。只有理想，却没有强大的实力作支撑，理想也只能是空想。

黄眉童子导演的这出大戏，明星众多，大腕云集，剧情跌宕，高潮迭起。到头来，曲终人不见，只有江上的数座山峰见证了黄眉童子的这场白日梦。

三、最看重个人形象且真喜欢唐僧的妖怪

那怪走下亭，露春葱十指纤纤，扯住长老道：“御弟宽心，我这里虽不是西梁女国的宫殿，不比富贵奢华，其实却也清闲自在，正好念佛看经。我与你做个道伴儿，真个是百岁和谐也。”

这纤纤春葱的非是旁妖，正是蝎子精。蝎子精调戏唐三藏，悟空怕师父就范，赶紧出来破坏氛围。

掣铁棒喝道：“孽畜无礼！”那女怪见了，口喷一道烟光，把花亭子罩住，教：“小的们，收了御弟！”他却拿一柄三股钢叉，跳出亭门，骂道：“泼猴惫懒！怎么敢私入吾家，偷窥我容貌！不要走！吃老娘一叉！”这大圣使铁棒架住，且战且退。

蝎子精拿出钢叉后我以为她会说：“泼猴，坏了我的好事！”没想到却是在怪悟空偷窥了她的容貌。这位妖怪姑娘对自己的颜值看来是相当自信的。而“老娘”的自称则能看出她的泼辣与骄狂。人家也确实可以骄狂，你没见悟空都“且战且退”么？我觉得悟空连连后退的一个原因应该是蝎子精确实挺猛，让悟空没想到。另一个原因应该是悟空被蝎子精的“偷窥我容貌”这句话给雷住了，一时没反应过来，或者说醉了。这才让蝎子精一时间占了上风。

蝎子精着实能打，竟能跟悟空、八戒兄弟二人“斗罢多时，不分胜负”。最后还把石猴悟空的脑袋给扎了一下。蝎子精得胜回洞，继续调戏唐僧。唐僧坚守底线，坚决不从。

把那怪弄得恼了，叫："小的们，拿绳来！"可怜将一个心爱的人儿，一条绳，捆的象个猱狮模样，又教拖在房廊下去，却吹灭银灯，各归寝处。

"心爱的人儿"五个字可以说生动地体现了蝎子精对唐僧的喜欢，而且见唐僧不从，蝎子精也没有一气之下吃掉唐僧，唐僧的女人缘真是好。

第二天悟空救师父前说自己头不疼了，就是有些痒。八戒调侃悟空说那就再让妖怪扎一下，结果妖怪还真就扎了一下，只是扎的是八戒而已。悟空变成蜜蜂与师父聊天。

他师徒们正然问答，早惊醒了那个妖精。妖精虽是下狠，却还有流连不舍之意，一觉翻身，只听见"取经去也"一句，他就滚下床来，厉声高叫道："好夫妻不做，却取甚么经去！"

"流连不舍"和"好夫妻"七个字又一次印证了蝎子精是真心喜欢唐僧这件事。八戒举钉耙砸门，一耙搞定。《西游记》全书大部分洞门都是被八戒凿坏的，猪二哥不干拆迁工作实在可惜。见八戒来势凶猛，蝎子精的丫鬟们赶紧报告主人，她们喊的是："前门被昨日那两个丑男人打破了！"不说两个和尚，也不说两个丑和尚，而是两个丑男人，蝎子精居住的琵琶洞从上到下的价值观都非常统一，那就是美丽至上，男女一样。这一点和黑熊怪看门小妖说自家洞府是仙洞的价值观自觉何其相似。

丫鬟们的话已经很神奇了，更神奇的是蝎子精听说两兄弟又来找碴，不说"小的们，快去取我的披挂来"，说的竟然是"小的们！快烧汤洗面梳妆！"大敌当前，竟如此从容不迫。照样该理云鬓理云鬓，该贴花黄贴花黄，对美的追求真的已经达到了一种境界。你既然认为对方是丑男人，又何必那么在乎自己的外貌呢？看来蝎子精已经达到了"草木有本心，何求美人折"的做事只求取悦自己的精神高度。

悟空请昴日星官这只大公鸡来降伏蝎子精，蝎子精的好日子终于到头了。

三人来到琵琶洞，蝎子精正"教解放唐僧，讨素茶饭与他吃哩"。知道对方不吃荤，就给安排素茶饭，蝎子精对意中人的耐心与贴心真的让我有一些感动。很快，昴日星官就现了原身，蝎子精"浑身酥软，死在坡前"。"一物降一物"，真是没奈何。

蝎子精像金毛犼一样爱得那么笨拙。如果说金毛犼像一只狗熊那样不知如何去拥抱花中的蝴蝶，蝎子精则像一个灰姑娘那样不知如何去讨好殿上的王子。金毛犼和奎木狼都没有因爱而死，而蝎子精却因为爱上了人而死于非命。她只是想像一个正常人那样去爱另一个人，但因为她是妖怪，就注定要接受失败的结果，甚至为此牺牲了卿卿性命。她虽然爱错了人，但爱的本身并没有错。她的爱理应得到读者的理解与尊重，但几乎所有读者都在她"死在坡前"时拍手称快，读来实在可悯可叹。爱美之心人皆有之，妖怪又何尝不是如此呢？但愿下辈子蝎子精能修个真正的人身，也真的能成为一个漂亮的姑娘，勇敢自信去追爱。

深深祝福。

四、最有才思却下场最凄惨的妖怪

却说那老者同鬼使，把长老抬到一座烟霞石屋之前，轻轻放下，与他携手相搀道："圣僧休怕，我等不是歹人，乃荆棘岭十八公是也。因风清月霁之宵，特请你来会友谈

诗，消遣情怀故耳。”那长老却才定性，睁眼仔细观看，真个是：漠漠烟云去所，清清仙境人家。正好洁身修炼，堪宜种竹栽花。每见翠岩来鹤，时闻青沼鸣蛙。更赛天台丹灶，仍期华岳明霞。说甚耕云钓月，此间隐逸堪夸。坐久幽怀如海，朦胧月上窗纱。

《荆棘岭悟能努力　木仙庵三藏谈诗》是《西游记》全书非常雅致又非常残忍的一章。我到现在都搞不懂吴承恩为什么要这样设计情节。

看十八公也就是松树精将唐僧“轻轻放下”，与他“携手相搀”，彬彬有礼，毫无害人之意；看吴承恩都评价这荆棘岭是“清清仙境人家”“此间隐逸堪夸”，正是个修道参禅之所；看孤直公也就是柏树精“霜姿丰采”，拂云叟也就是竹竿精“绿鬓婆娑”，凌空子也就是桧树精“虚心黛色”，个个仙风道骨，风采不凡。让人无论如何都不会把这些人物看作精怪。

再看他们的自我介绍，就更觉得他们是一群得道的仙人。

唐僧问四人的年寿。孤直公柏树的回答是一首诗：“我岁今经千岁古，撑天叶茂四时春。香枝郁郁龙蛇状，碎影重重霜雪身。自幼坚刚能耐老，从今正直喜修真。乌栖凤宿非凡辈，落落森森远俗尘。”

这首诗交代了自己身为柏树的诸般特点，其中的“碎影重重霜雪身”一句有情有景，尤其动人。我们再来看看其他三位老者的自我介绍：

凌空子笑道：“吾年千载傲风霜，高干灵枝力自刚。夜静有声如雨滴，秋晴荫影似云张。盘根已得长生诀，受命尤宜不老方。留鹤化龙非俗辈，苍苍爽爽近仙乡。”拂云叟笑道：“岁寒虚度有千秋，老景潇然清更幽。不杂嚣尘终冷淡，饱经霜雪自风流。七贤作侣同谈道，六逸为朋共唱酬。戛玉敲金非琐琐，天然情性与仙游。”劲节十八公笑道：“我亦千年约有余，苍然贞秀自如如。堪怜雨露生成力，借得乾坤造化机。万壑风烟惟我盛，四时洒落让吾疏。盖张翠影留仙客，博弈调琴讲道书。”

三位老者都是“笑道”，可见其风度之从容、才思之敏捷。而从四翁诗中的“修真”“不老”“仙游”“道书”等言语中则能看出他们在修真悟道方面的努力。细观之，凌空子的“苍苍爽爽近仙乡”和孤直公的“落落森森远俗尘”遥相呼应，对仗工整，意蕴、格调俱是不俗。《西游记》全书杀伐之气居多，搞笑之处常有，但像荆棘岭这个夜晚这般文化气息和温暖情味兼备的场景却仅此一次。

唐僧认为“道乃非常，体用合一”，不用考虑彼此的不同；而拂云叟却认为“忘本参禅，妄求佛果”者是无法接引的。唐僧乃东土大唐得道高僧，学识渊博，精通禅理，但从这次谈禅来看，唐僧应该是处于下风的。

接下来几个人又开始进行吟诗大会，虽然用了顶针的写法，但整体水平不算太高。只有三藏的“百尺竿头须进步”一句自道怀抱，可以一观。如果不是这一章，我们可能无法了解到唐僧还有这样出口成章的好本事。孤直公的点评水平虽然也一般，但吟诗点评、相互切磋倒是风雅之至。三藏告辞时说“厚爱高情，感之极矣”，四老的回复是“圣僧勿虑，我等也是千载奇逢，况天光晴爽，虽夜深却月明如昼，再宽坐坐，待天晓自当远送过岭，高徒一定可相会也”。也就是说人家一点儿都没打算害唐僧，相反

还很珍惜这次相逢，最后还提出天亮后将唐僧送过岭去。

四翁已是不凡，却又来一杏仙，异峰突起，煞是好看。这杏仙不仅生得貌美，竟然也会吟诗，“雨润红姿娇且嫩”一句将个杏花仙子的娇俏秀丽生动细致地刻画了出来。杏仙想与唐僧欢好，唐僧坚决不从。唐长老真是个心念至诚的高僧。

师兄弟三人来寻师父，树精花仙皆消失不见。唐僧将前事一一讲来，悟空立刻判断出这些人是何物所化。八戒“不分好歹，一顿钉钯，三五长嘴，连拱带筑，把两颗腊梅、丹桂、老杏、枫杨俱挥倒在地，果然那根下俱鲜血淋漓”。三藏扯八戒不要伤他们，因为他们并没有害自己。连吴承恩都说八戒“不分好歹”，但悟空说这些妖怪可能以后会生事，于是“那呆子索性一顿钯，将松柏桧竹一齐皆筑倒……”

每次读到“鲜血淋漓”这四个字，我都会想，这些树精花妖，有的风雅庄重，有的娇柔俏丽。虽然杏仙略显轻浮，但也绝无害人之意。为什么吴承恩偏要安排这样一个残酷的结局呢？曾经的“仙境人家”成了屠戮之所，曾经的你唱我和成了你死我活。这样写是想批判呆子的鲁莽粗野还是悟空非黑即白的思维方式呢？悟空曾在跟黑熊怪做自我介绍时说自己是“历代驰名第一妖”，为何至此就无法再接纳其他并没惹是生非而且甚是风雅的妖怪呢？电视剧中将杀戮改为了警告，我认为这种改动才更符合佛教中人慈悲为本的特点。

可怜那四位老翁，断子绝孙；可怜那杏花仙子，红颜殒命；可怜那两位女童，千百年修行毁于一旦。荆棘岭拦不住唐僧师徒这样的过路客，却成了这些生于斯长于斯的树精花妖的生死场。

谁对谁错，谁对谁错呢？

五、最狂妄也最凶狠的妖怪

《西游记》中有的妖怪很狂妄但是不凶狠，比如想上西天的黄眉童子；有的妖怪很凶狠但是不狂妄，比如力敌孙悟空、猪八戒和四面金刚的牛魔王；既狂妄又凶狠的妖怪非常少，而能称之为最的则只有狮驼岭的三魔大鹏金翅雕了。

《西游记》第七十五回《心猿钻透阴阳窍　魔王还归大道真》中有对大鹏金翅雕的一番描述：“金翅鲲头，星睛豹眼。振北图南，刚强勇敢。变生翱翔，鷃笑龙惨。抟风翮百鸟藏头，舒利爪诸禽丧胆。这个是云程九万的大鹏雕。”

“星睛豹眼”写大鹏雕眼神之锐利，“云程九万”写大鹏雕脚程之迅疾，“百鸟藏头”和“诸禽丧胆”从侧面描写大鹏金翅雕的威猛无俦。而从“鲲”“图南”“九万”等庄子《逍遥游》中的几个字眼则能看出，这只大鹏雕完全是按照庄子笔下那只由鲲变化而成的大鹏来写的。只不过庄子笔下的大鹏逍遥而志向远大，《西游记》中的大鹏雕则霸道且狂妄无比。

好个大鹏雕，悟空变成的小钻风只是闪着身笑了一声，就被他发现了雷公嘴。“星睛豹眼”，果然名副其实。再看那青狮，虽被大鹏雕尊为大哥，却丝毫没有发觉悟空的破绽。

悟空被擒，大魔青狮要吃酒庆功，三魔大鹏雕却说：“且不要吃酒。孙行者溜撒，

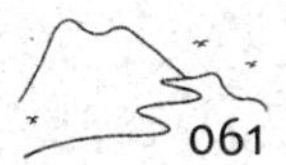

他会逃遁之法，只怕走了。教小的们抬出瓶来，把孙行者装在瓶里，我们才好吃酒。”大鹏雕不仅目光敏锐，而且极为精细。

悟空被阴阳二气瓶折磨得差点儿崩溃，这三魔竟有这等要命法宝，真是个厉害角色。若没有菩萨赐的救命毫毛，悟空估计就真的交代了。

悟空斗青狮精时故意让其吞入肚子里，青狮精得意扬扬回洞。大鹏雕却告诉他不能吃孙悟空，其阅历与见识再次秒杀青狮。悟空让青狮喊外公，青狮就乖乖就范。青狮这个大哥当得实在是太搞笑了，难不成是因为他胡子长么？

悟空让青狮张嘴，青狮又是乖乖就范。大鹏雕悄悄对青狮说：“大哥，等他出来时，把口往下一咬，将猴儿嚼碎，咽下肚，却不得磨害你了。”大鹏雕真是狠毒。

悟空战胜二魔白象，让他们抬轿相送，三魔假意应承，却用调虎离山之计拿住唐僧，这大鹏雕还工于心计，善用智谋。八戒被擒，沙僧被捉，悟空孤掌难鸣，慌忙驾筋斗云逃走，不料那金翅雕竟两扇就赶上大圣。书中写道：

所以被他一把挝住，拿在手中，左右挣挫不得。欲思要走，莫能逃脱，即使变化法遁法，又往来难行：变大些儿，他就放松了挝住；变小些儿，他又揝紧了挝住。复拿了径回城内，放了手，摔下尘埃……

不仅被拿住，而且连动弹都无法动弹。《西游记》全书中像大鹏金翅雕这样能将悟空秒杀到这种程度的除了如来佛祖，也就只有镇元子和九灵元圣了。

悟空逃脱后到如来佛祖处求援，青狮主人文殊菩萨和白象主人普贤菩萨依佛旨来相助悟空。青狮慌了手脚，大鹏雕却说：“大哥休得悚惧，我们一齐上前，使枪刀搠倒如来，夺他那雷音宝刹！”

纵观《西游记》全书，在大鹏雕之前和之后都没有一个妖怪敢说“搠倒如来”，敢说“夺他那雷音宝刹”，大鹏金翅雕真是狂妄到了极点！

如来施展无边法力将其控制住，这金翅雕依然不服不忿，竟对如来说：“你那里持斋把素，极贫极苦；我这里吃人肉，受用无穷！你若饿坏了我，你有罪愆。”好家伙，如来不让他吃肉，如来就有罪。

曾经吃光了狮驼国国王、百官及全城男男女女，最狂妄也最凶狠歹毒的大鹏金翅雕却没有被如来一举歼灭，而且还可以享受四大部洲众生的祭祀供奉。原因很简单，人家是如来的亲戚。

《西游记》这本书千万不要读得太认真，不然你真的会对人类社会失望的。

六、还有很多之最

黄狮精——最能跟百姓和睦相处的妖怪

他们家，不是，他们洞吃牛羊竟然用买的。第一，狮子捕牛羊很难么？第二，就算自己不想捕，你是妖怪，不可以直接抢么？还能不能好好做妖怪了？第三，百姓竟然不怕他们，有买有卖。第四，悟空和八戒变作小妖刁钻古怪和古怪刁钻的样子带着扮作客商的沙僧回洞取没付够的钱，还请示黄狮精可否让沙僧吃了饭再走，黄狮精竟然同意了。

我想问这一洞妖怪对送上门来的大活人都不吃么？他们可是狮子精或狼精啊！不

吃人，吃牛羊跟人买，不欠账，还留人吃饭……

小妖叫刁钻古怪，我觉得确实很古怪，但一点儿都不刁钻，很和谐、很共生呀。

这真是一个奇妙的世界。

六耳猕猴——最不可思议的妖怪

这家伙跟悟空本领一般无二，也会筋斗云，也会七十二般变化。跟悟空受虐情况竟然也一样，听到唐僧念紧箍咒会喊疼，看起来不是影帝级的发挥，而是真疼，实在不可思议。更不可思议的是这位猴兄竟可以用手中的铁棒对战使用如意金箍棒的悟空，如意金箍棒天地间应该只有一根呀。更更不可思议的是这猴子竟一路作，见了观音菩萨作，见了如来佛祖还作。更更更不可思议的是如来说六耳猕猴“善聆音，能察理，知前后，万物皆明”。既然知前后，也就是知道自己早晚会因作而死，那为何还要作呢？好像只有一种解释：六耳猕猴是悟空的心魔，所以如来才会说“且看二心竞斗而来也”。这应该就是事情的真相。其实多品味一下书中常用的“心猿”一词，我们就明白了。

虎力、鹿力、羊力——最适合跑江湖卖艺的妖怪

虎力大仙会求雨。一声响风来，二声响云起，三声响电闪雷鸣，四声响雨落，五声响云散雨收。可以说既有实用价值，又颇具观赏性。除了求雨，虎力大仙还会云梯显圣这样的高空项目。虽然在悟空的算计下掉了下来，但虎力还是那么帅，等了没一会儿就跑去跟悟空比砍头了。鹿力大仙会隔板猜枚，每次打开柜子都可以说是见证奇迹的时刻。最后兄弟三人一个表演砍头再长，一个展示破腹重生，一个挑战油锅洗澡，像跑江湖卖艺的那样，用最惊险刺激的玩法来压轴，只是没压住而已。

我只能说，不想当卖艺之王的大仙不是好妖怪。

金鱼精——最敢仗势吃人又最欺软怕硬的妖怪

观音家池塘里的小金鱼，竟然可以每年吃陈家庄一对童男童女。朱紫国国王和乌鸡国国王都倒霉遭殃，那是因为一个射伤了孔雀明王，一个得罪了文殊菩萨。虽然惩罚过重，但至少这两位国王都做了错事。可是陈家庄上上下下好像并没得罪观音菩萨呀。这金鱼精却仗势吃人，无所顾忌，缺德透顶！就算因为八十一难这个硬设计要给唐僧师徒添堵，也没必要玩儿这么大、这么真吧？属下作恶，千手千眼的观音菩萨不可能不知道，但好像她对自家小宠物吃人家孩子这件事熟视无睹。文字外的我，细思极恐。

那怪物拦住庙门问道：“今年祭祀的是那家？”孙行者笑吟吟地答道：“承下问，庄头是陈澄、陈清家。”那怪闻答，心中疑似道：“这童男胆大，言谈伶俐，常来供养受用的，问一声不言语，再问声，唬了魂，用手去捉，已是死人。怎么今日这童男善能应对？”怪物不敢来拿，又问：“童男女叫甚名字？”孙行者笑道：“童男陈关保，童女一秤金。”怪物道：“这祭赛乃上年旧规，如今供献我，当吃你。”孙行者道：“不敢抗拒，请自在受用。”怪物听说，又不敢动手，拦住门喝道：“你莫顶嘴！我常年先吃童男，今年倒要先吃童女！”八戒慌了道：“大王还照旧罢，不要吃坏例子。”

先是“不敢来拿”，又是“不敢动手”。见这个小男孩儿没被自己吓个半死就要先

吃小女孩儿，真是欺软怕硬、色厉内荏。这条鱼就该被就地正法，但人家主人是观音，于是就没事儿了。孙悟空还得感恩戴德。相信白骨精、花豹精、黄狮精、红鳞大蟒精这些被杀死的妖怪若知道这一切，一定会羡慕嫉妒恨吧。

小鼍龙——最孩子气的妖怪

最孩子气的妖怪并不是红孩儿，红孩儿的气场和机敏不亚于其父牛魔王，狠毒程度则更胜其父。黑水河的小鼍龙才是最孩子气的妖怪。

小鼍龙仗势欺人，占了人家的洞府。后来竟胆大妄为，拿了唐僧。悟空从河神处得知西海龙王敖顺是这小鼍龙的舅舅，于是跑去兴师问罪。原来敖顺的妹妹就是被魏征在梦中斩杀的泾河龙王的妻子，两人生了九个孩子，小鼍龙排行在末。

孙行者道："一夫一妻，如何生这几个杂种？"敖顺道："此正谓龙生九种，九种各别。"

悟空问得缺德，敖顺答得郑重。读来令人捧腹。

敖顺派太子摩昂去降伏小鼍龙，小鼍龙竟听不进表哥的话，说翻脸就翻脸，硬气至极，也孩子气至极。后来被表哥拿住后，却说叩头就叩头，而且"叩头不止"。早知如此，你何必当初呢？

这娃实在是太年轻了。同样是年轻人，你听人家摩昂说的话："你只知他是唐僧，不知他手下徒弟利害哩。"那意思如果徒弟不厉害，兄弟，其实唐僧是可以吃的，你以为我不想吃么？

老鼠精——最爱脱鞋的妖怪

黄鼠狼精借臭气熏人，蝎子精拿钩子蜇人，九头虫用头咬人，白象精凭鼻子卷人，这都属于专业对口。但老鼠精却经常动不动就脱鞋子，还是绣花鞋。这是什么防御措施？一点儿都不对口。当然她爱吃人这一点倒是符合老鼠必须咬东西才不至于让门牙把上唇豁穿这一特点。

小白龙——开始最帅，后来最衰的妖怪

古老的鹰愁涧有一条龙，他的名字叫小白龙。悟空是心猿，白龙马是意马。所以《西游记》中才会有《心猿归正　六贼无踪》《蛇盘山诸神暗佑　鹰愁涧意马收缰》这样的回目。

小白龙刚出场时当然是以妖怪的形象出现的。

只见那涧当中响一声，钻出一条龙来，推波掀浪，撺出崖山，就抢长老。慌得个行者丢了行李，把师父抱下马来，回头便走。那条龙就赶不上，把他的白马连鞍辔一口吞下肚去，依然伏水潜踪。

你一路读下来，是不是也感觉这条龙很帅？"响一声"先声夺人，"钻""推""掀""撺""抢""吞"一系列动词非常霸气，连行者都慌得丢了行李，抱着唐僧就跑。而且这条龙居然能连白马带鞍鞯和辔头一口吃下，也不怕消化不良，事了还"伏水潜踪"，既可消食养神，也可等待时机。小白龙"静若处子，动若脱兔"，真是帅呆了！

但是很快"小龙委实难搪，将身一幌，变作一条水蛇儿，钻入草科中去了"。

属蛇的都喜欢说自己是属小龙的，主要是觉得“蛇”这个属相不够响亮。可小白龙倒好，心甘情愿大龙变小蛇。开始从涧中“钻出”的时候多帅，此时“钻入”草科的时候多傻。

喂，你不是挺横的吗？你咋不再“响一声”呢？你倒是再钻出来呀？躲啥子？

蜘蛛精——最适合当裁缝的妖怪

这个好像没得选。

多目怪——眼睛最多的妖怪

这个好像也没得选。

九头虫——最有头脑的妖怪

没得选……

他是这样的猪八戒

大凡一提到猪八戒，人们的惯常反应包括百度百科上给的介绍都是好吃懒做、既蠢且萌、爱占小便宜、好色、胆小怯懦等一大堆标签。好不容易给个优点，也顶多叫个“憨厚率真”，这个词基本可以理解为“蠢萌”也就是“傻乎乎的可爱”，反正要多惨有多惨。可是为什么喜欢猪八戒的人并不比喜欢孙悟空的人少呢，那是因为孙悟空太强悍，让人觉得不亲近。而猪八戒一身毛病，丑态百出，让人们无端地生出诸多优越感。这种说法可以浓缩为一句话——八戒安好，便是晴天。我觉得这个逻辑确实挺严密，但我还是想心疼八戒一秒。猪二哥，你可知道，一些读者喜欢你并不是因为你有多好，而是你会让他们觉得自己很好。说到这儿，我想再心疼八戒一秒。

其实八戒的真实面貌和我们很多人的认知是不一样的，让我们一一看来。

一、八戒好吃懒做么？

确实好吃，不过事出有因。八戒托生猪胎，食肠宽大，这是客观事实。《法身元运逢车力 心正妖邪度脊关》一章中，师兄弟三人变作三清享用供品。八戒和沙僧都是胡吃海喝，悟空却“只吃几个果子，陪他两个”。这个很好理解，一来悟空修行高深，二来猴子饭量本来就比猪小得多，何况还是野猪呢？我一说野猪，受电视剧影响的人又觉得奇怪了。我们看乌巢禅师怎么说的：“野猪挑担子，水怪前头遇。多年老石猴，那里怀嗔怒……”

石猴当然是悟空，水怪是沙僧，野猪是谁？当然就是八戒。经典版《西游记》中的八戒是按家猪的嘴脸塑造的，其实原著中写的是“野猪模样”。为何按家猪塑造？可能是因为看起来比较舒服和可爱吧。

我们拿悟空这样的石猴来跟八戒这样的野猪比饭量，纯粹是欺负人。

跟着唐僧这一路，八戒吃饱的时候是比较少的。难得碰上几回能吃饱的机会，当然就放开嘴巴，风卷残云了。这一点大家应该体谅。

再说懒做，八戒跟悟空这样的劳模比起来确实有些懒。但他该做的一点儿没少做，比如挑担子。我们受电视剧影响太深，总觉得挑担的是沙僧，扛着个耙子甩着大袖子跑的是八戒。其实西行途中大部分时候都是八戒挑担的。“沙僧牵马，八戒挑担，行者紧随左右”是三兄弟的常见分工方式。当然沙僧也确实挑过担，比如八戒被捉了的时候或者悟空有安排的时候，到玉华府就是沙僧按悟空的安排挑的担子。

八戒挑担这件事如来心中有数：“因汝挑担有功，加升汝职正果，做净坛使者。”取经归来，三藏向唐王介绍时也说八戒“一路上挑担有力，涉水有功”。

都说没有功劳还有苦劳，何况还是这般辛苦呢？

且听八戒心声：“哥啊，你看看数儿么：四片黄藤蔑，长短八条绳。又要防阴雨，毡包三四层。匾担还愁滑，两头钉上钉。铜镶铁打九环杖，篾丝藤缠大斗篷。似这般许多行李，难为老猪一个逐日家担着走，偏你跟师父做徒弟，拿我做长工！”

这担子应该是很重的。再看下面这段描写：

那师父正按辔徐观，又见悟空兄弟方到。悟净道：“师父不曾跌下马来么？”长老骂道：“悟空这泼猴，他把马儿惊了，早是我还骑得住哩！”行者陪笑道：“师父莫骂我，都是猪八戒说马行迟，故此着他快些。”那呆子因赶马，走急了些儿，喘气嘘嘘。口里唧唧哝哝的闹道：“罢了！罢了！见自肚别腰松，担子沉重，挑不上来……”

唐僧责怪，悟净冷观，悟空赔笑，八戒呢？只有挑着担子“喘气嘘嘘”。挑着这么重的担子，经常吃不饱饭，一走就是十万八千里，还经常得不到师兄弟的怜悯与认同，你还忍心说猪二哥好吃懒做么？

除了挑担子，八戒凿碎洞门（好多洞门）、助力师兄（悟空的得力助手）、背回死尸（乌鸡国国王）、怒杀先锋（黄风怪的虎先锋）、拱开道路（拱臭烘烘的七绝岭）、常入水中（谁让他是天蓬元帅）。哪里懒做了？

二、八戒既蠢且萌么？

八戒确实萌。让我们看下面这段描写：

八戒道：“不瞒师父说，老猪自从跟了你，这些时俊了许多哩。若象往常在高老庄走时，把嘴朝前一掬，把耳两头一摆，常吓杀二三十人哩。”行者笑道：“呆子不要乱说，把那丑也收拾起些。”三藏道：“你看悟空说的话！相貌是生成的，你教他怎么收拾？”行者道：“把那个耙子嘴，揣在怀里，莫拿出来；把那蒲扇耳，贴在后面，不要摇动，这就是收拾了。”那八戒真个把嘴揣了，把耳贴了，拱着头，立于左右。

第一点，说话萌，特别会讨师父欢心。从唐僧说悟空“你教他怎么收拾”也能看出唐僧对八戒夸奖自己的话是很受用的。其实不光对唐僧，对悟空也是的，有次悟空变成一个俊俏的小和尚，八戒立刻说：“老猪就滚上二三年，也变不得这等俊俏！”又是夸奖，又是自嘲，“吓杀”和“滚上”这两个词用得要多萌有多萌。第二点，动作萌，特别听悟空的话。悟空让八戒收拾起嘴脸，八戒就努力收拾。大伙儿想想，把嘴揣了，喘气舒服么？把耳贴了，脸热不热？拱着头，脖子疼不疼？但人家八戒就是这么乖乖听话，你说萌不萌？

八戒萌，但八戒一点儿都不蠢。我们先拿八戒请悟空出山降伏黄袍怪这件事来分析一下。

为何要拿这件事做分析呢？因为白骨精一章，悟空被贬走，也算拜八戒所赐。要不是这呆子频频煽风点火，唐僧也不会那么决绝。师父被变成猛虎，自己和沙僧双战黄袍怪而不敌，白龙马也受伤而回，必须去请大师兄，可自己还得罪了大师兄。这就是八戒面对的困难局面。

八戒是怎么做的呢？

一是在群猴中给悟空磕头，在悟空明知故问的情况下，自嘲自己的窘相，让悟空大笑，缓和了紧张的气氛。二是极力渲染悟净、白龙马与妖怪拼杀惨败的情景，暗示只有悟空才能救师父，激起悟空的好胜心和好战心。三是借白龙马之口称赞悟空是个“有仁有义的君子”，投其所好。“万望哥哥念一日为师、终身为父之情，千万救他一救”一句说得恳切之至。四是抓住悟空心高气傲、争强好胜的弱点，编造妖怪骂他的恶语来激怒悟空，“我剥了他皮，抽了他筋，啃了他骨，吃了他心”，八戒一着急，排比句张嘴就来。四步走下来，悟空欣然应允，八戒大功告成。

请问，这是蠢人做出来的事么？

再举个例子，悟空大战红孩儿，气火攻心，晕了过去，“浑身上下冷如冰”。且看这段描写：

沙和尚满眼垂泪道：“师兄！可惜了你，亿万年不老长生客，如今化作个中途短命人！”八戒笑道：“兄弟莫哭，这猴子佯推死，吓我们哩。你摸他摸，胸前还有一点热气没有？”沙僧道：“浑身都冷了，就有一点儿热气，怎的就是回生？”八戒道：“他有七十二般变化，就有七十二条性命。你扯着脚，等我摆布他。”真个那沙僧扯着脚，八戒扶着头，把他拽个直，推上脚来，盘膝坐定。八戒将两手搓热，仵住他的七窍，使一个按摩禅法。原来那行者被冷水逼了，气阻丹田，不能出声，却幸得八戒按摸揉擦，须臾间，气透三关，转明堂，冲开孔窍……

沙僧“垂泪”，八戒“笑道”，两相对比，可见八戒之淡定；对悟空有七十二条性命的分析，可见八戒之理性冷静；而会使用按摩禅法则更是意外之喜，八戒还有这等好本事。

这两件事一件发生在请悟空出山时，一件发生在悟空晕死时。也就是说当指望不上师兄的时候，八戒的智慧与风范才彰显出来。

三、八戒爱占小便宜么？

确实爱占小便宜，要不就不会承认存私房钱了。多少私房钱呢？七十六回中八戒明确说出，悟空也立刻检查过，也就只有四钱五六分银子，应该说少得可怜。还有一点大家要注意，八戒若事事想占便宜，拈轻怕重，头一件就应该把挑担的活儿给了三弟沙僧。他是二师兄，他让沙僧挑，沙僧也没话说，但八戒并没有。八戒是任劳任怨的真汉子、好和尚。

四、八戒好色么？

确实好色。见蜘蛛精洗澡，变成鱼往人家身下钻，这个确实不厚道。见了女儿国国王，“忍不住口嘴流涎，心头撞鹿，一时间骨软筋麻，好便似雪狮子向火，不觉的都化去也”，其表现也确实不够矜持。看美女这件事，沙僧不会看，悟空不屑看，唐僧不敢看，八戒看了又看。

孟子说：“食色性也。”我们也常说：“爱美之心人皆有知。”这本不是什么丢人的事儿，但八戒调戏霓裳仙子被贬凡间后依然如此作为，确实修行不够。唐僧看到女儿国国王，也可能会心动。但他不会说“唉呀妈呀，太美了”。他说的应该是“阿弥陀佛”或“罪过，罪过”。八戒好色，但是不装，这是他的可爱之处。

五、八戒胆小怯懦么？

确实胆小，经常被妖怪的长相或阵势给吓住。也确实怯懦，碰到硬茬不敢上。不过只要有师兄带着，就敢去。比如去见灵感大王、去战红鳞大蟒等。也就是说在保证安全的情况下八戒还是蛮拼的。其实八戒若真的特别胆小怯懦完全可以在悟空点名要他助阵时说：“哥呀，我肚子疼，还是让沙师弟去吧！”但是八戒并没有，而且八戒一旦被妖怪擒住，任你多凶多恶，也绝不会求饶，这是八戒的刚硬之处。

总结一下：猪八戒好吃但不懒做，呆萌但不愚蠢，占便宜但不欺负师弟，爱美女也是符合人欲，胆小怯懦但勇担使命且绝不屈膝求饶。

是的，他就是这样的猪八戒。

看八戒虽平时不大施展身法，请悟空出山时却能“撑起两个耳朵，好便似风篷一般”；看八戒平时嚷嚷着要分家，但看到师父遭难便“不嫌秽污，把个头抱在怀里，跑上山崖。向阳处，寻了个藏风聚气的所在，取钉钯筑了一个坑，把头埋了，又筑起一个坟冢”；看八戒见师兄寡闻，立刻纠正说“哥哥不曾读书，百家姓后有一句上官欧阳”；看八戒想在凤仙郡住上半年，多吃几顿饱饭，被唐僧训斥便“不敢言，掬掬嘴，挑着行囊，打着哈哈”。我们又怎么忍心像悟空一样骂人家“夯货”呢？“猪八戒照镜子”固然里外不是人，但我们拿八戒来照照自己，就一定比人家优越么？

别再拿人家的缺点来彰显我们的优越感了。何况八戒的好多缺点我们自身也有，不是么？让我们因八戒的诸多优点和他身上有着我们同样也有的缺点而喜欢他吧。这样的喜欢才更显尊重，这样的被喜欢才更有尊严。

他是这样的沙和尚

大部分人看《西游记》电视剧或读《西游记》原著，都觉得沙僧是个存在感极低的人物。这也难怪，沙僧不像唐僧帅得犯规，一路招惹女妖怪或女王；也不像八戒丑得出格，一路上把正常人吓得四散而逃；本事不如大师兄，变化和脚程都极为有限；沉默寡言，不像悟空那般抖机灵也不似八戒那般卖萌，而且沙僧主要干的是照管马匹、

行李和保护师父这样的后勤工作。存在感低也就是理所当然的事情了。

但是我想说的是沙僧的存在感虽然低，却是《西游记》中不可或缺的人物，而且他的诸多侧面，很多人并没有看到，待我一一讲来。

一、沙僧有幽默细胞么？

悟空嘴皮子好使，损起人来不带脏字；八戒会讨师父欢心，拍马屁时从不脸红；悟空和八戒凑一起调侃起妖怪来，活脱一对说相声的；就连唐长老都可以偶尔来一句冷幽默。但是沙僧好像一直都是一本正经、不苟言笑，那么，沙僧有幽默细胞么？

答案是——有。

八戒撞天婚未果，还被菩萨们捉弄了一番。沙僧对被解救下来已是很羞愧的八戒笑道："二哥有这般好处哩，感得四位菩萨来与你做亲！"能说出这种高水平的调侃加讽刺的话，没点儿幽默细胞，能行么？八戒误饮了子母河的水，腹痛难忍，沙僧足足笑话了八戒三次：

二哥，莫扭莫扭！只怕错了养儿肠，弄做个胎前病。

二哥，既知摧阵疼，不要扭动，只恐挤破浆泡耳。

哥哥，洗不得澡，坐月子的人弄了水浆致病。

大伙儿看看沙僧说的这些话，真是要多坏有多坏。之前对二师兄撞天婚一事如果还有讽刺的意味在里面，在这里就是纯搞笑了。而且是拿生育常识一本正经地搞笑。我若是八戒，喝完落胎泉的水肚子不疼后，第一个，就要找一脸坏笑的沙僧算账。

二、沙僧口才不好么？

沙僧确实沉默寡言，但不爱说话不代表不会说话。我们来看下面三个片段。

第一个片段发生在黄袍怪怪罪百花羞公主让唐僧捎信，将公主推倒在地之后，当时被捆绑着的沙僧没有过多时间犹豫和思考，他说了一段话，成功使得黄袍怪消除了对公主的疑虑。这番话是这样的：

那妖怪不要无礼！他有甚么书来，你这等枉他，要害他性命！我们来此问你要公主，有个缘故，只因你把我师父捉在洞中，我师父曾看见公主的模样动静。及至宝象国，倒换关文，那皇帝将公主画影图形，前后访问，因将公主的形影，问我师父沿途可曾看见，我师父遂将公主说起，他故知是他儿女，赐了我等御酒，教我们来拿你，要他公主还宫。此情是实，何尝有甚书信？你要杀就杀了我老沙，不可枉害平人，大亏天理！

这段话既有原因分析，又有性命做抵，可谓有理有据、有胆有义。结果是"那妖见沙僧说得雄壮，遂丢了刀……"也就是说黄袍怪被沙僧的一身正气给镇住了，非但没杀公主，也没杀沙僧。如果沙僧依旧沉默寡言，到此一定救不了自己，也救不了公主。其实沙僧的口才是很好的。

下一个片段就更能说明问题了。这个片段发生在假悟空将行李取走，沙僧去花果山讨还行李时。假悟空打伤了师父，抢走了行李，沙僧到人家的大本营讨行李，而且本事又远远不如人家。如果是你，既不能丢了份，又得把行李要回来。这话该怎么说？

是不是很难说？我们看沙僧怎么说的：

沙僧见他变了脸，不肯相认，只得朝上行礼道："上告师兄，前者实是师父性暴，错怪了师兄，把师兄咒了几遍，逐赶回家。一则弟等未曾劝解，二来又为师父饥渴去寻水化斋。不意师兄好意复来，又怪师父执法不留，遂把师父打倒，昏晕在地，将行李抢去。后救转师父，特来拜兄，若不恨师父，还念昔日解脱之恩，同小弟将行李回见师父，共上西天，了此正果。倘怨恨之深，不肯同去，千万把包袱赐弟，兄在深山，乐桑榆晚景，亦诚两全其美也。"

这话有四层意思：第一，你被逐赶回家，是因为师父性暴和自己没能好好劝解，这是我们的错。第二，你被逐赶回家还能返回为师父寻水化斋，真是个好大哥，你站位很高。第三，师父不识好人心，执法不留，伤了你心，你才打倒师父，所以说打倒师父不能全怪你。第四，恨与不恨师父都请将行李赐还，反正你在深山继续称王也不吃亏。这四层意思有原因分析，有事实评价，有解决途径，极力弱化唐僧被打这件事，并极力突出"悟空"的仁义和无奈，而且不卑不亢，既给对方台阶下，也给自己台阶下。而先称对方为"师兄"再称"兄"，先称自己为"弟"再称"小弟"的称谓变化，又在不露痕迹间拉近了彼此的距离。什么是情商高？这就是情商高。

第三个片段发生在悟空与老鼠精比拼，被对方用花鞋脱身后。悟空见师父不见了，焦躁得怒打保护师父的八戒、沙僧。八戒"慌得走也没路"，沙僧的好口才又一次拯救了团队。

"兄长，我知道了，想你要打杀我两个，也不去救师父，径自回家去哩。"行者道："我打杀你两个，我自去救他！"沙僧笑道："兄长说那里话！无我两个，真是单丝不线，孤掌难鸣。兄啊，这行囊马匹，谁与看顾？宁学管鲍分金，休仿孙庞斗智。自古道，打虎还得亲兄弟，上阵须教父子兵，望兄长且饶打，待天明和你同心戮力，寻师去也。"行者虽是神通广大，却也明理识时，见沙僧苦苦哀告，便就回心……

先让悟空承认绝不会自己回家，而不去救师父，也就是铺设了大前提。然后再引经据典说明要想救师父就不能打杀两位师弟。吴承恩说他"软款温柔"，真是难为老沙。

沙僧确实沉默寡言，但真需要他开口说话的时候，他的口才与思维的缜密程度，绝对在悟空和八戒之上。之所以我们感受不到，是因为他说这么一大段话的时候少之又少。但也正因为如此之少，才如此可贵。各位千万不要略过。

三、沙僧没主意么？

人们特别爱拿沙僧的那句"大师兄说得对呀"来调侃他是个没主意的闷和尚。沙僧不爱出头，确实是真的。比如下面四句话：

"正是正是，大哥说得有理。"

"二哥箝着口，休乱说，只凭大哥主张。"

"大哥说得有理，恐一时不分内外，惹施主烦恼。"

"大哥言之极当。你两个着意，我在此处看守。"

沙僧确实非常拥护大师兄，但要说沙僧没主意，我不敢苟同。

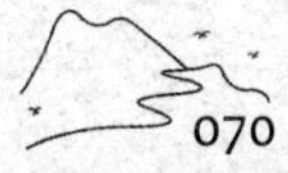

假悟空说自己要上西天成正果。沙僧就没说“大师兄说得对呀”，面对大是大非，沙僧很有原则，而且义正词严。

沙僧笑道：“师兄言之欠当，自来没个孙行者取经之说。我佛如来造下三藏真经，原着观音菩萨向东土寻取经人求经，要我们苦历千山，询求诸国，保护那取经人。菩萨曾言：取经人乃如来门生，号曰金蝉长老，只因他不听佛祖谈经，贬下灵山，转生东土，教他果正西方，复修大道。遇路上该有这般魔障，解脱我等三人，与他做护法。兄若不得唐僧去，那个佛祖肯传经与你！却不是空劳一场神思也？”

“自来没个孙行者取经之说”一句一针见血。“空劳一场神思”一句则说得铿锵有力、气势不凡。

悟空想去跟红孩儿认亲，沙僧并没说“哥哥快去吧，准备好了酒席，你就告诉我和二师兄一声”。他说的是：“哥啊，常言道：三年不上门，当亲也不亲哩。你与他相别五六百年，又不曾往还杯酒，又没有个节礼相邀，他那里与你认甚么亲耶？”

结果悟空没听进去，真的去找红孩儿认亲，然后被烧了个半死。

悟空拿红孩儿没办法，书中写道：“沙和尚倚着松根笑得呆了。”“笑得呆了”四个字中满满的都是对悟空的不屑。悟空问他为什么笑，沙僧的回答是：“那妖精手段不如你，枪法不如你，只是多了些火势，故不能取胜。若依小弟说，以相生相克拿他，有甚难处？”

请问这是没主意的人说出来的话么？

悟空与唐僧探讨参禅悟道之法。

沙僧在旁笑道：“师兄此言虽当，只说的是弦前属阳，弦后属阴，阴中阳半，得水之金；更不道水火相搀各有缘，全凭土母配如然。三家同会无争竞，水在长江月在天。”那长老闻得，亦开茅塞。正是理明一窍通千窍，说破无生即是仙。八戒上前扯住长老道：“师父，莫听乱讲，误了睡觉。”

悟空有想法，沙僧更有想法，而且沙僧的想法竟能使得唐僧“亦开茅塞”，可见沙僧悟性非俗。再看八戒，却只怕“误了睡觉”。在这一段中，沙僧的悟性与见识超越了两位师兄，甚至超越了师父。

若沙僧一味只知道拥护悟空，讨好师兄，他本不必如此的。沙僧并非没主意，只是非常低调而已。

唐僧要去盘丝洞化斋，八戒想替师父去，还说了一堆诸如“小的服其劳”这样冠冕堂皇的话。沙僧听了也并没有说：“二师兄说得对呀！”他说的是：“师兄，不必多讲，师父的心性如此，不必违拗。若恼了他，就化将斋来，他也不吃。”

看来沙僧不仅有主意，不一味在悟空或八戒的身后站队，而且极懂领导的心思。沙僧端的不凡。

四、沙僧粗疏么？

若要问谁是《西游记》中的精细之人，大家的第一答案可能都是孙悟空。悟空确实很精细，但沙僧也一点儿都不含糊。

唐僧看到通天河结冰，忙着要上路。沙僧赶紧相劝："师父啊，常言道，千日吃了千升米。今已托赖陈府上，且再住几日，待天晴化冻，办船而过，忙中恐有错也。"

唐僧执意前往，果然落水被擒。

悟空邀沙僧与自己一起去解阳山管如意真仙要落胎泉的水。悟空忙着赶路，沙僧却恐怕井深，而带两条索子前去。沙僧就是这般精细。

假悟空打倒唐僧，沙僧到菩萨处跟真悟空理论。真悟空提出跟沙僧去一辨究竟时要先走。

沙僧扯住道："大哥不必这等藏头露尾，先去安根，待小弟与你一同走。"

先"扯住"悟空，表明态度，再说明为什么不让对方先走，而且"大哥"的称呼和"小弟"的自称又显得从容不迫。沙僧不光精细，该"扯住"就"扯住"，抓落实抓得也非常到位。

唐僧被蝎子精摄入琵琶洞。悟空头被蜇，八戒嚷嚷着要去索战，悟空无法前往。

沙僧道："不须索战。一则师兄头痛，二来我师父是个真僧，决不以色空乱性，且就在山坡下，闭风处，坐这一夜，养养精神，待天明再作理会。"遂此三个弟兄，拴牢白马，守护行囊，就在坡下安歇不题。

在师父被擒、大师兄受伤、二师兄莽撞的时候，沙僧的一番细致分析在取经团队中起到了主心骨的作用。这不仅是精细，简直就是有领袖气质了。

五、沙僧没什么功劳么？

《西游记》中旗帜属于唐僧，妖怪属于悟空，担子属于八戒，那沙僧有什么功劳呢？

沙僧有功劳，而且功劳还不小。

第一，沙僧也是跟着两位师兄降过妖的。比如三兄弟大战青狮、白象、大鹏和辟寒、辟暑、辟尘。

第二，沙僧是西行团队中意志最坚定的一个，可以使团队更为稳固。

行者道："兄弟们，我等自此就该散了！"八戒道："正是，趁早散了，各寻头路，多少是好。那西天路无穷无尽，几时能到得！"沙僧闻言，打了一个失惊，浑身麻木道："师兄，你都说的是那里话。我等因为前生有罪，感蒙观世音菩萨劝化，与我们摩顶受戒，改换法名，皈依佛果，情愿保护唐僧上西方拜佛求经，将功折罪。今日到此，一旦俱休，说出这等各寻头路的话来，可不违了菩萨的善果，坏了自己的德行，惹人耻笑，说我们有始无终也！"行者道："兄弟，你说的也是……"

八戒回头道："哥啊，若照依这般魔障凶高，就走上一千年也不得成功！"沙僧道："二哥，你和我一般，拙口钝腮，不要惹大哥热擦。且只捱肩磨担，终须有日成功也。"

行者道："师父，你常以思乡为念，全不似个出家人。放心且走，莫要多忧，古人云，欲求生富贵，须下死工夫。"三藏道："徒弟，虽然说得有理，但不知西天路还在那里哩！"八戒道："师父，我佛如来舍不得那三藏经，知我们要取去，想是搬了；不

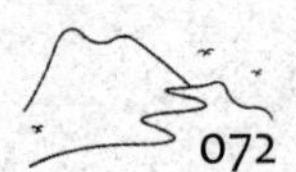

然，如何只管不到？”沙僧道：“莫胡谈！只管跟着大哥走，只把工夫捱他，终须有个到之之日。”

以上三段中，唐僧、悟空、八戒都有犹豫或开小差的时候，反倒是进入团队最晚的沙僧信念最为笃定。看沙僧在“四圣试禅心”一章中断然拒绝唐僧的指派：“怎敢图此富贵！宁死也要往西天去，决不干此欺心之事！”真是掷地有声，振聋发聩。

第三，沙僧是悟空和八戒的黏合剂。

一夜无词，不觉的鸡声三唱。那山坡下孙大圣欠身道：“我这头疼了一会，到如今也不疼不麻，只是有些作痒。”八戒笑道：“痒便再教他扎一下，何如？”行者啐了一口道：“放放放！”八戒又笑道：“放放放！我师父这一夜倒浪浪浪！”沙僧道：“且莫斗口，天亮了，快赶早儿捉妖怪去。”

如果任凭悟空和八戒这么闹下去，估计唐僧早被妖怪给坑了，没老沙还真不行。

沙僧懂医术。看他说出“大黄味苦，性寒无毒，其性沉而不浮，其用走而不守，夺诸郁而无壅滞，定祸乱而致太平，名之曰将军。此行药耳，但恐久病虚弱，不可用此。”真是真人不露相。

沙僧不怕死。看他被黄袍怪拿住后一番心理活动：想老沙跟我师父一场，也没寸功报效，今日已此被缚，就将此性命与师父报了恩罢。

沙僧重情义。悟空大战红孩儿，气火攻心，晕了过去。沙僧“连衣跳下水中，抱上岸来”。见师兄已浑身冰凉，沙僧泪流满面。“师兄！可惜了你，亿万年不老长生客，如今化作个中途短命人！”假悟空打倒唐僧。沙僧以为师父已死，叫了一声师父后，“满眼抛珠，伤心痛哭”。八戒要把师父埋了，“沙僧实不忍舍，将唐僧扳转身体，以脸温脸……”

沙僧有血性。见假悟空团队中居然也有个沙僧，就勃然大怒，“我老沙行不更名，坐不改姓，那里又有一个沙和尚！不要无礼！吃我一杖！”将假沙僧打死后，还能在假悟空为首的群猴围困中“东冲西撞，打出路口”。

沙僧很仁义。九灵元圣怒打悟空，“八戒、唐僧与王子见了，一个个毛骨悚然。少时，打折了柳棍，直打到天晚，也不计其数。”但他们就是不说话。只有沙僧说：“我替他打百十下罢。”

读到这里，你还觉得沙僧是个存在感极低的人物么？

沙僧本是灵霄殿下侍銮舆的卷帘大将。只因在蟠桃会上，失手打碎了玻璃盏，被玉帝贬下界来，在流沙河为妖，而且每七天就要承受一次飞剑穿胸胁百余下的苦楚。他之所以如此低调、如此内敛，实在是因为受伤太重。如他自己所说：“败军之将，不敢言勇。”

幽默风趣，有情有义，口才一流，思维缜密，勇于担当，不畏强敌，他就是这样一个沙和尚。

沙悟净，汝本是卷帘大将，先因蟠桃会上打碎玻璃盏，贬汝下界，汝落于流沙河，伤生吃人造孽，幸皈吾教，诚敬迦持、保护圣僧，登山牵马有功，加升大职正果，为金身罗汉。

不灭金身沙悟净，为你点赞！

他是这样的孙悟空

齐天大圣孙悟空是很多人当然也包括我在内的儿时偶像，他神通广大、除暴安良、永不言败，虽然长得不帅却以其一身是胆和有情有义使得“美猴王”这个称谓光芒万丈。那么除了这些，孙悟空还有哪些形象特征呢？我们的惯常认识中又有哪些是比较偏颇的呢？

一、悟空生性高傲狂妄么？

悟空确实生性高傲狂妄，用他自己的话说：“老孙自小儿做好汉，不晓得拜人，就是见了玉皇大帝、太上老君，我也只是唱个喏便罢了。”这语气特别像《水浒传》中天神级的人物武松武二郎。猪二哥也说悟空“尊性高傲”，绝不会干挑担子这种粗活儿。美猴王见了玉帝顶多唱个喏，管道教祖师太上老君喊“老官”，直呼如来，调侃观音，笑话师父唐僧软蛋，见了山神、土地等底层神仙就更不用说了，动不动就是“伸过孤拐来，各打五棍见面，与老孙散散心”。

到龙宫求兵器，悟空反客为主，“将宝贝执在手中，坐在水晶宫殿上”。悟空要了兵器又要披挂，龙王稍微一迟疑，他立刻说：“真个没有，就和你试试此铁！”你见过求兵器还这么横的人么？被无常拘到地府，悟空竟一顿老拳，痛殴鬼卒，而且还“执着如意棒，径登森罗殿上，正中间南面坐上”。这个“正中间南面坐下”也就是坐在坐北朝南的尊位上。这还不算，他竟然将生死簿上所有猴子的寿数全给涂了，导致山中多有不死老猴，这等于把整个阴阳秩序都给破坏了。海洋和地府任他胡为也就罢了，天庭居然也被他搞得鸡犬不宁。如此海陆空三栖捣乱，也真是没谁了。

被老君投入八卦炉中锻炼，悟空也一点儿都没打算罢手。且看下面悟空出炉之后的这段描写：

慌得那架火、看炉，与丁甲一班人来扯，被他一个个都放倒，好似癫痫的白额虎，风狂的独角龙。老君赶上抓一把，被他一捽，捽了个倒栽葱，脱身走了。即去耳中掣出如意棒，迎风幌一幌，碗来粗细，依然拿在手中，不分好歹，却又大乱天宫，打得那九曜星闭门闭户，四天王无影无形。

本来还没打算抢玉帝的位子，见玉帝这样对自己，悟空在如来面前竟然说出“‘皇帝轮流做，明年到我家。’只教他搬出去，将天宫让与我，便罢了。若还不让，定要搅乱，永不清平”这样狂妄到极点的话。

狂得没边，傲得没界，这就是孙悟空。哪怕后来跟着唐僧西天取经，求人相助，也没见他有多么低姿态。而在车迟国请各路神仙助阵祈雨，悟空铁棒一指，四方呼应。那阵势，那派头，活脱一个帮会大佬。且看下面这段描写：

行者道："不是打你们，但看我这棍子往上一指，就要刮风。"那风婆婆、巽二郎没口的答应道："就放风！""棍子第二指，就要布云。"那推云童子、布雾郎君道："就布云！就布云！""棍子第三指，就要雷鸣电灼。"那雷公、电母道："奉承！奉承！""棍子第四指，就要下雨。"那龙王道："遵命！遵命！""棍子第五指，就要大日晴天，却莫违误。"

不打人家就觉得是对人家的恩赐了，求人办事儿还这么狂的天上地下估计也就只有一个猴儿哥了。

高傲狂妄是悟空身上特别有光彩的一面，人不轻狂枉少年嘛，但我们绝大部分人是做不到这一点的。自由来去、没大没小、一身傲骨、潇洒逍遥，想想都觉得很酷。八戒动不动就钻草丛躲灾，这种事儿悟空就一定干不出来。不过悟空在拜师学艺的过程中却是非常谦逊低调的，一点儿都不高傲狂妄。

见了菩提祖师，美猴王"倒身下拜，磕头不计其数"。祖师问他是哪里人，悟空说是东胜神州的。祖师喝令将他赶出去，猴王"慌忙磕头不住"。祖师问他怎么来的，猴王又是"叩头"才说话。虽然石猴的脑袋比较硬，但一连这么磕下来，估计也会很疼吧。而悟空一点儿也不嚷疼，祖师收了自己做徒弟就十分欢喜。得了姓名，更是"怡然踊跃，对菩提前作礼启谢"。作者多次用"猴王"而不是用"石猴"或"猴子"来称呼悟空，估计也是想委婉地暗示读者这猴王很能放得下身段吧。

悟空拜完师父，还要拜大众师兄。住的是"廊庑之间"，也就是东西两侧的厢房，而不是正屋。要学"洒扫应对，进退周旋之节"，还要学"言语礼貌、讲经论道，习字焚香"，闲下来就要"扫地锄园，养花修树，寻柴燃火，挑水运浆"。总之，什么都学，什么都干，每天如此，而且一干就是六七年。

悟空在水帘洞是老大，不用拜任何人，住的一定是正屋。不用学这学那被人管束，更不用干这些粗活儿、累活儿，但在斜月三星洞里，悟空却能坦然接受这一切，谦逊之至，也低调之至。无他，只因为心中有着更高的追求。那就是躲过轮回，自在长生。

有人说他之所以这么低调是因为他还没啥本事，没有狂的资本。问题在于这世上没啥本事就张狂无比的人并不在少数，而且他完全可以占山为王，自由自在，不这样"自讨苦吃"。但悟空没有，他放下猴王之尊，谦逊低调，只为实现心中的理想，实在难得。

二、悟空有文化么？

悟空给很多人的感觉就是打打杀杀，嘁里喀喳，不像个文化人。其实不是这样的。悟空虽是天产石猴，缺乏父母的教导，也没接受过系统的学校教育，但悟空非常有文化，这与他强大的学习力是分不开的。

悟空带群猴进入水帘洞后，见猴子们只忙着搬东西，立刻引用孔夫子的话说"人而无信，不知其可"。至于这猴子什么时候学的这些圣贤之言，书中并没有交代，但悟空在有意识学文化以充实自己总是不错的。

为得长生，悟空漂洋过海，"摇摇摆摆，穿州过府，在市尘中，学人礼，学人话。

朝餐夜宿，一心里访问佛仙神圣之道，觅个长生不老之方”。一个猴子，人生地不熟，摇摆着异类的身子，承受着异样的目光，好好学习，天天向上。这个场景，想想都觉得励志而动人。

正是因为学了人间礼节，悟空见了樵夫才能做出“起手”这样的动作，博得樵夫的好感。也正是因为悟空学了人话，才能在樵夫唱山歌时推断对方是得道的神仙。那句问樵夫的“黄庭乃道德真言，非神仙而何？”就透着满满的文化味儿。

不努力学习，不用心揣摩，能行么？

到龙宫求兵器，悟空学以致用，引经据典，信手拈来。且看下面这段描写：

悟空道：“‘一客不犯二主。’若没有，我也定不出此门。”龙王道：“烦上仙再转一海，或者有之。”悟空又道：“‘走三家不如坐一家。’千万告求一件。”龙王道：“委的没有；如有即当奉承。”悟空道：“真个没有，就和你试试此铁！”龙王慌了道：“上仙，切莫动手！切莫动手！待我看舍弟处可有，当送一副。”悟空道：“令弟何在？”龙王道：“舍弟乃南海龙王敖钦、北海龙王敖顺、西海龙王敖闰是也。”悟空道：“我老孙不去！不去！俗语谓‘赊三不敌见二’，只望你随高就低的送一副便了。”

在这短短一段话里，悟空就引用了三句话。虽然这三句话我都没听说过，而且听起来很无赖，但就是觉得人家倍儿有文化，强要东西都要得这么高端大气上档次。

悟空不光会引用，还会作诗。除去那些跟妖精比拼前的自吹自擂的顺口溜不说，上天庭查金兜洞兕大王来历时，悟空就曾即兴赋诗一首：“风清云霁乐升平，神静星明显瑞祯。河汉安宁天地泰，五方八极偃戈旌。”虽然这诗有拍马屁之嫌，但文从字顺，合辙押韵，也算水平不低了。

三藏心疼经文残损，悟空的文化人特点又一次彰显出来。

三藏懊悔道：“是我们怠慢了，不曾看顾得！”行者笑道：“不在此！不在此！盖天地不全，这经原是全全的，今沾破了，乃是应不全之奥妙也，岂人力所能与耶！”

悟空作诗的水平一般，但这天地不全之论实属上乘。

读到这儿，大家可能会想，原来悟空还能开解唐僧啊。其实《西游记》全书中悟空开解唐僧之处颇多，且看下面这段描写：

三藏道：“徒弟，如今天色又晚，却往那里安歇？”行者道：“师父说话差了，出家人餐风宿水，卧月眠霜，随处是家。又问那里安歇，何也？”

出家人尤其是取经路上的出家人就应该随处是家，随遇而安。悟空的认识无疑高出唐僧一筹。不过这还不是悟空最厉害的一段话。且看下面这段描写：

唐僧道：“悟空，你说得几时方可到？”行者道：“你自小时走到老，老了再小，老小千番也还难。只要你见性志诚，念念回首处，即是灵山。”

这是悟空在师徒四人到达万寿山五庄观前的一番高论。这里面完美诠释了什么叫心“诚”就能到达“灵”山，也就是心诚则灵。什么叫“念念不忘，必有回想”。《西游记》全书共一百回，悟空的这番高论发表于第二十四回。也就是说在师徒四人合体取经时间不长的时候，悟空就已经知道西天如何才能抵达了。要不他完全可

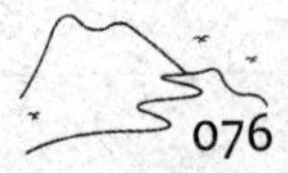

以背着师父一个筋斗云到达西天，因为他一个筋斗云的里程恰好是取经之路的里程。吴承恩如此设计悟空的脚程和取经的距离，也自有他的用意在里面。悟空深深明白，取经要“诚”，这是取经的大前提，勇敢和智慧反而在其次。也就是说悟空很早就为整个取经队伍定好了调子。这份功劳，不亚于他的一路拼杀。因为具体操作固然重要，但理论指导同样重要。这段话既彰显了悟空的文化品位，也表现了悟空的超凡悟性。

除了引经据典、吟诗作赋、悟道参禅，悟空竟然还懂医术。看他为那朱紫国国王笑吟吟悬丝诊脉，惊煞旁人，又羡煞旁人。看他说出“右手寸脉浮而滑者，内结经闭也；关迟而结者，宿食留饮也；尺数而牢者，烦满虚寒相持也。诊此贵恙是一个惊恐忧思，号为双鸟失群之证”时那从容不迫的风范、那胸有成竹的气度，恰似诸葛孔明。看他自设奇方，把两个师兄弟支使得团团转，马尿的运用更是妙到毫巅。看他还装模作样定要用无根水煎服，而且为这还把龙王喊来。真是要多有范儿就多有范儿，要多有腔调就多有腔调。

文化人孙悟空，可有疑乎？

三、悟空对唐僧真的很不屑么？

悟空对唐僧很多时候确实是不屑的。悟空天不怕，地不怕，而长老却是这也怕，那也怕。

正走处，忽听得一棒锣声，路两边闪出三十多人，一个个枪刀棍棒，拦住路口道：“和尚！那里走！”唬得个唐僧战兢兢，坐不稳，跌下马来，蹲在路旁草科里，只叫：“大王饶命！大王饶命！”

悟空若看到唐僧这等脓包相，一定崩溃。有读者要问了，再怎么着，悟空也不会当面说自家师父脓包吧。没事儿，我有证据，且看唐僧的白马被小白龙吃去后师徒二人的一场对话：

三藏道：“既是他吃了，我如何前进！可怜啊！这万水千山，怎生走得！”说着话，泪如雨落。行者见他哭将起来，他那里忍得住暴燥，发声喊道：“师父莫要这等脓包形么！你坐着！坐着！等老孙去寻着那厮，教他还我马匹便了。”三藏却才扯住道：“徒弟啊，你那里去寻他？只怕他暗地里撺将出来，却不又连我都害了？那时节人马两亡，怎生是好！”行者闻得这话，越加嗔怒，就叫喊如雷道：“你忒不济！不济！又要马骑，又不放我去，似这般看着行李，坐到老罢！”

又是“脓包”又是“不济”，悟空都抓狂了。还有呢，太白金星说狮驼岭的妖怪着实凶恶，书中写道：

三藏闻言，止不住眼中流泪道：“徒弟，似此艰难，怎生拜佛！”行者道：“莫哭莫哭！一哭便脓包形了！”

你说悟空这样的大英雄碰到这样爱哭且婆婆妈妈的师父能不心烦意乱么？不屑也就是想当然的事情了。有人说聪明人领导笨人，难受的是聪明人；笨人领导聪明人，难受的还是聪明人。面对唐僧这种奇葩无比的师父，悟空难受，可以理解。

不过悟空虽常有不屑或焦躁情绪，更多的却是对师父的敬爱与疼惜。

如果不敬爱疼惜，怎会在三打白骨精被师父贬走前那般依依难舍？那时的金箍其实戴与不戴都已无甚分别。如果不敬爱疼惜，怎会在被师父一次次冤枉后依然回来解救师父？怎会对八戒说出“我老孙身回水帘洞，心逐取经僧”这样的动情言语？怎会在镇元子大仙要打师父、炸师父时抢着受过？连镇元子都说“这泼猴，虽是狡猾奸顽，却倒也有些孝意”。如果不敬爱疼惜，怎会在跟随八戒降伏黄袍怪前怕被爱干净的师父嫌弃自己妖精气重了，要先下海去洗洗身子？怎会在被红孩儿烧伤气火攻心晕死过去又被八戒救转后第一句话就是“师父啊”？连沙僧都忍不住说：“哥啊，你生为师父，死也还在口里，且苏醒，我们在这里哩。”悟空为唐僧操碎了心，累坏了身，流千次泪，走万里程。实在感人。

黄眉童子将悟空一次次击败。书中写道：

话说齐天大圣，空着手败了阵，来坐于金睛山后，扑梭梭两眼滴泪，叫道：“师父啊！指望和你：佛恩有德有和融，同幼同生意莫穷。同住同修同解脱，同慈同念显灵功。同缘同相心真契，同见同知道转通。岂料如今无主杖，空拳赤脚怎兴隆！”

这么多“同”字一口气说下来，真是师徒同心，感人肺腑。

不屑师父的是他，但拼了命保护唐僧周全的也是他。悟空虽爱人前显圣、鳌里夺尊，却经常烘托师父。比如甘心变作五彩祥云护送师父上云梯，对其他任何人，悟空都不会这么做。《西游记》全书，悟空称“我师父”足有二百多次，这份崇敬，这份认可，多么令人温暖。

这就是孙悟空，有胆有识又有情有义的美猴王！

悟空敢于挑战。群猴连呼三声，无人敢入水帘洞，悟空就能“应声高叫”，说进去就进去，为自己积攒了称王的资本。

悟空有领袖气质。其他猴子进洞后忙着搬凳子抢东西，只有他端坐高处，冷眼旁观。因为他知道反正只要确定了自己的领导地位，全洞的东西便都是他的。

悟空有觉悟。别的猴子吃吃喝喝，悟空却能想到早晚有一天会死，要想一个万全之法。这种忧患意识值得我们所有人学习借鉴。

悟空有超强的执行力。有了寻仙访道的想法，马上开始准备。“明日就辞汝等下山，云游海角，远涉天涯，务必访此三者，学一个不老长生，常躲过阎君之难。”掷地有声，说干就干！

悟空有犀利的眼神、冷静的头脑。“见世人都是为名为利之徒，更无一个为身命者。正是那：争名夺利几时休？早起迟眠不自由！ 骑着驴骡思骏马，官居宰相望王侯。只愁衣食耽劳碌，何怕阎君就取勾？继子荫孙图富贵，更无一个肯回头！”

悟空干工作兢兢业业。给天庭当弼马温如此，给唐僧做徒弟也是如此。是符合社会主义核心价值观的。

悟空热爱生活。他从不辜负好山好水，去寻每一个妖怪前他几乎都会先赏玩一番那里的景致。《西游记》全书绝大部分的山水都是通过悟空的那双火眼金睛描绘给读者的。

悟空不折不挠。哪怕有时被妖怪折磨得痛哭失声、遍体鳞伤，却依旧笑得出来，使得出力，玩儿得起命。他东伐西讨、南征北战，他上天入地、寻根问底。他屡战屡败后依然能屡败屡战，这是他的倔强与刚强之处。

八戒、沙僧虽也各有光彩，不可或缺，但悟空才是《西游记》中最顶天立地、最酣畅淋漓、最神奇勇武、最精彩浪漫的存在！

原来那猴王，已打破盘中之谜，暗暗在心，所以不与众人争竞，只是忍耐无言。祖师打他三下者，教他三更时分存心，倒背着手，走入里面，将中门关上者，教他从后门进步，秘处传他道也。

悟空哪里能想到，当年的这一次领悟，成就了之后的斗战胜佛。

称过王，学过艺，闯过祸，挨过整，斗过妖魔鬼怪，也拜过菩萨佛祖，流过鲜血热泪，也走过江湖山河，但就是没有放弃过和凑合过，他就是这样的孙悟空。“鸿蒙初辟原无姓，打破顽空须悟空。”无论是谁，若像他这样活了一辈子，也都算值了吧。

你说呢？

他是这样的唐三藏

有人说三藏法师在《西游记》全书中起的是线索人物的作用，因为大部分磨难都是因为妖怪要么想吃他、要么想嫁他而产生的。这句话的言外之意是唐僧他老人家在整个取经团队中没啥作用，只满足了剧情发展的需要。我觉得这种评价比说猪二哥“憨厚可爱”还要惨。

唐长老确实是线索人物，因为线索事件本就是唐僧取经。没有取经这件事，就不会有西行的基本配置，就不会碰到那么多妖魔鬼怪，就无法取得真经。但仅仅将其当作线索人物来看待，实在小看了这位大和尚。他的身上其实有很多值得琢磨研究之处，让我们一一道来。

一、唐僧取经是出自主观意愿么？

很多人都以为唐僧去西天取经是他自己的意愿。这其实是把历史上偷渡西游的玄奘法师和《西游记》中的玄奘法师给混淆了。《西游记》中的玄奘法师虽然也是得道高僧，却并没有那么宏伟的志向。他去西天取经主要是因为唐太宗李世民。唐王想派人去西天取经，也不是出自什么宏愿，最主要的原因应该是这大乘佛法可以“解百冤之结”“消无妄之灾”，也就是可以帮他彻底解决那些向他讨债的冤魂的问题。

当时的情况是唐王不惜花费重金将锦斓袈裟和九环锡杖买下来赐予唐僧，虽然最终菩萨没要钱，但这份圣恩实在深重，而且观音菩萨是在唐僧讲小乘佛法时宣传的大乘佛法。这样一来，唐僧不做这个取经人就实在说不过去了。所以唐僧取经并非出自主观意愿，而是形势所迫。再来品品“贫僧不才，愿效犬马之劳，与陛下求取真经，祈保我王江山永固”这句话，我们还可以知道唐僧取经其实并非为了普度众生，而是为了尽忠朝廷。

唐王与圣僧结拜，称其为“御弟”，唐僧非常感激，他激动地说：“陛下，贫僧有何德何能，敢蒙天恩眷顾如此？我这一去，定要捐躯努力，直至西天。如不到西天，不得真经，即死也不敢回国，永堕沉沦地狱。”这番话说得郑重至极，颇有几分“士为知己者死”的决绝意味。

唐僧回到洪福寺里，徒弟们都说西方一途多虎豹妖魔。唐僧的答语中有这样一句话：“大抵是受王恩宠，不得不尽忠以报国耳。”唐僧出得长安关外，到达法门寺。寺里众僧又一次提到此去路上多虎豹妖魔，唐僧的回复是：“心生，种种魔生；心灭，种种魔灭。我弟子曾在化生寺对佛设下宏誓大愿，不由我不尽此心。这一去，定要到西天，见佛求经，使我们法轮回转，愿圣主皇图永固。”

先是“不得不”，再是“不由我”，六个字道尽了唐僧的无奈。

二、唐僧像电视剧里那样爱哭么？

电视剧已经对唐僧进行了相当程度的正面包装，原著中的唐僧比电视剧里的唐僧爱哭多了。有时边叹息边哭：“一边嗟叹，一边泪落如雨。”有时因分别而哭：“三藏心惊，轮开手，牵衣执袂，滴泪难分。”有时跟人一起哭：“沙僧与长老嘤嘤的啼哭。”大部分时候自己低调着哭：“那长老泪眼双垂。”白马被吃了会哭：“说着话，泪如雨落”。被妖怪捉住会哭：“那师父纷纷泪落。”流沙河难渡会哭：“那长老满眼下泪。”通天河难渡还是会哭：“三藏心焦垂泪。”见八戒和沙僧要各回各家，竟然“睡在地下打滚痛哭”。总之，特别会哭，也特别能哭。

唐僧不光爱哭，还特别容易被吓着。

刚出长安，“只见狂风滚滚，拥出五六十个妖邪，将三藏、从者揪了上去。唬得个三藏魂飞魄散”，紧接着从者被妖怪像“虎啖羊羔”一般吃尽，“把一个长老，几乎唬死”。书中写道：“这才是初出长安第一场苦难。”看到刘太保使三股叉迎敌，“唬得个三藏软瘫在草地”；听到悟空喊：“我师父来也！我师父来也！”三藏便又被唬得“痴呆”；听说老妇人要招赘他们师徒，唐僧的反应是“好便似雷惊的孩子，雨淋的虾蟆，只是呆呆挣挣，翻白眼儿打仰”。“雷惊的孩子”倒没什么，显得咱们长老还挺纯真，这“雨淋的蛤蟆”则把唐僧刻画得也太丑陋腌臜了些。吴承恩对大和尚的调侃实在刻薄。

唐僧是骑马的，被吓着后特别容易跌下来。强盗要强夺马匹和行李，三藏“魂飞魄散，跌下马来，不能言语”。又遇强盗，这次强盗们还没怎么着，只是喊了声“和尚，哪里走”！三藏便“战兢兢，坐不稳，跌下马来，蹲在路旁草科里”。孙悟空把杨老儿逆子的首级取来，三藏“大惊失色，慌得跌下马来”。听八戒说悟空被青狮精吞了，“三藏听言，唬倒在地，半晌间跌脚拳胸”。还有一次特别离谱的，一口钟冷不丁响了一声，居然也能“把个长老唬了一跌，挣起身要走，又绊着树根，扑的又是一跌”。

孙悟空脑袋硬这件事大家都知道，但我觉得唐僧的脑袋一定也硬得相当可以。要不然，早跌死或跌成脑震荡了。

三、唐僧自私么？

电视剧里的唐僧虽然会流泪，虽然会被吓得掉下马来，但至少是个坦荡无私的好和尚。原著中的唐僧是相当自私的。

镇元子将师徒几个捆绑，并打了悟空。唐僧不心疼和感激悟空也就罢了，竟埋怨三个徒弟闯祸，连累了他，悟空说挨打的事儿自己已经扛了。没想到唐僧却说："虽然不曾打，却也绑得身上疼哩。"我要是悟空，听他这么说，绝对不会再抢着替他挨打了。这是什么师父嘛。

六耳猕猴那一章，唐僧被贼人截住，又没有买路财奉上，情急之下竟说自己的徒弟身上有银子。这个徒弟说的就是孙悟空。悟空打死了贼人，唐僧先是"猢狲长""猴子短"说了一大篇，又给这些贼人祷祝。其中有这么两句："你到森罗殿下兴词，倒树寻根，他姓孙，我姓陈，各居异姓。冤有头，债有主，切莫告我取经僧人。"这意思，都是悟空干的，与我好和尚无关。拜托，人家悟空是因为要救你才杀人的好么？

八戒笑道："师父推了干净，他打时却也没有我们两个。"三藏真个又撮土祷告道："好汉告状，只告行者，也不干八戒、沙僧之事。"大圣闻言，忍不住笑道："师父，你老人家忒没情义。为你取经，我费了多少殷勤劳苦，如今打死这两个毛贼，你倒教他去告老孙。虽是我动手打，却也只是为你……"

悟空笑了，连八戒这么格调低的人都忍不住笑了，我说唐僧是自私的甩锅侠大伙儿应该没意见吧？你要是悟空，会不会被气死？当然也有可能被笑死。枉费了悟空为唐僧流了那么多眼泪。

我们再来看一段话：

三藏道："你十分撞祸！他虽是剪径的强徒，就是拿到官司，也不该死罪；你纵有手段，只可退他去便了，怎么就都打死？这却是无故伤人的性命，如何做得和尚？出家人扫地恐伤蝼蚁命，爱惜飞蛾纱罩灯。你怎么不分皂白，一顿打死？全无一点慈悲好善之心！早还是山野中无人查考；若到城市，倘有人一时冲撞了你，你也行凶，执着棍子，乱打伤人，我可做得白客，怎能脱身？"

这段话的精华不是"扫地恐伤蝼蚁命"，更不是"慈悲好善之心"，而是"我可做得白客，怎能脱身"。按理说如果已确定杀人这件事不对，那么在任何地方行凶都是不应该的。所以这句精华之语不仅写出了唐僧的胆小自私，而且也刻画了唐僧为了私利可以丧失原则的性格侧面。

你可能会说这是唐僧被悟空气糊涂了才说出口的，那么我们再来看一段：

唐僧道："猴头！还有甚说话！出家人行善，如春园之草，不见其长，日有所增；行恶之人，如磨刀之石，不见其损，日有所亏。你在这荒郊野外，一连打死三人，还是无人检举，没有对头；倘到城市之中，人烟凑集之所，你拿了那哭丧棒，一时不知好歹，乱打起人来，撞出大祸，教我怎的脱身？"

这段话的精华不是"春园之草"和"磨刀之石"，而是"撞出大祸"和"怎的脱身"。现在各位信了吧？

四、唐僧好色么？

唐僧不算好色，但唐僧应该和我们平常人一样，也是喜欢美女的，只是相对内敛一些而已。

白骨精变成美女来骗三藏。唐僧先是“连忙跳起身来”，然后合掌当胸说：“女菩萨，你府上在何处住？是甚人家？有甚愿心，来此斋僧？”

又是“跳起身来”，又是问长问短，看起来实在不够庄重。虽然唐僧在《西游记》原著中确实很絮叨，招人烦，但见了女施主问这么多问题，总归不太合适。悟空何等眼力，当即便说中唐僧的内心。

行者道：“师父，我知道你了，你见他那等容貌，必然动了凡心。若果有此意，叫八戒伐几棵树来，沙僧寻些草来，我做木匠，就在这里搭个窝铺，你与他圆房成事，我们大家散了，却不是件事业？何必又跋涉，取甚经去！”那长老原是个软善的人，那里吃得他这句言语，羞得个光头彻耳通红。

如果内心坦坦荡荡，又何必羞成这般模样呢？

五、唐僧幽默么？

唐僧不像悟空那样会刻薄人，也不像八戒那样会卖萌，但唐僧也有自己的幽默法门，那就是一本正经地搞笑。

车迟国中，悟空帮助唐僧与鹿力大仙比试隔板猜物。悟空告诉师父里面是“破烂流丢一口钟”，唐僧竟一本正经地问悟空“流丢”是何物。这与金毛犼问“哪个是朱紫国来的外公”有异曲同工之妙。

唐僧被捉，悟空变成萤火虫飞到师父近前。唐僧竟抹着眼泪说：“呀！西方景象不同，此时正月，蛰虫始振，为何就有萤飞？”悟空忍不住喊了声师父。唐僧高兴地说：“悟空，我心说正月怎得萤火，原来是你。”“原来是你”四个字多么温暖，又多么幽默有趣。

从来没化过斋，第一次自作主张去盘丝洞化斋就被擒住了。事后唐僧沉痛地说：“徒弟呵，以后就是饿死，也再不自专了。”“再不自专”四个字是多么痛的领悟，又是多么幽默的进步。

宝象国里，八戒为了几顿好饭，自告奋勇要去降伏黄袍怪，救出百花公主。于是“足下生云，直上空里”，沙僧也迷之自信地“纵云跳将起去”，赶去相助八戒。书中写道：

那国王慌了，扯住唐僧道：“长老，你且陪寡人坐坐，也莫腾云去了。”唐僧道：“可怜可怜！我半步儿也去不得！”

读到“可怜可怜”四个字，我差点儿笑抽。

狮驼国中，唐僧和八戒、沙僧被妖怪放入蒸屉。八戒给沙僧讲闷气蒸和出气蒸的不同，唐僧的两句台词堪称神来之笔，且看下面这段描写：

只闻得八戒在里面道：“晦气，晦气！不知是闷气蒸，又不知是出气蒸哩。”沙僧道：“二哥，怎么叫做闷气、出气？”八戒道：“闷气蒸是盖了笼头，出气蒸不盖。”三藏在浮上一层应声道："徒弟，不曾盖。"八戒道："造化！今夜还不得死！这是出气蒸了！"行者听得他三人都说话，未曾伤命，便就飞了去，把个铁笼盖，轻轻儿盖上。三藏慌了道："徒弟！盖上了！"八戒道："罢了！这个是闷气蒸，今夜必是死了！"沙僧与长老嘤嘤的啼哭。

读到"不曾盖"三个字，我跟着八戒长出了一口气。读到"盖上了"三个字，我没有跟着长老哭，因为我笑得已经不行了。生死关头，八戒还在给沙僧讲两种蒸法的不同，唐僧还在一本正经地说明现状，悟空还有心思拿他们开玩笑，唐僧和沙僧两个大男人竟然"嘤嘤的啼哭"。真是要多有趣就多有趣，要多好玩儿就多好玩儿。吴承恩真是不正经。

唐僧被钟声吓倒在地，竟然怀疑这钟成了精，感叹说"想是西天路上无人到，日久多年变作精"。这时一个道人过来搀住说："老爷请起。不干钟成精之事，却才是我打得钟响。"

亲爱的读者，请告诉我，你读到这里，是不是也笑得不行了？

六、唐僧絮叨么？

特别絮叨，在这儿就不举例了，怕大家受不了。反正跟周星驰《大话西游》里的唐僧形象非常接近。

七、唐僧长得帅么？

特别帅。书中通过诸人的眼看去，三藏基本上都是"面貌清奇""丰姿非俗""丰姿标致""眉清目秀""额阔顶平""罗汉临凡""十分俊雅""相貌轩昂"。站在师兄弟三人中间，就显得更帅了，也难怪蝎子精和女儿国国王都那么爱他。

除此之外，唐僧还护短、固执、缺心眼儿。

总结一下，唐僧是一个被迫上路、哭哭啼啼、胆小自私、喜欢美女、絮絮叨叨、护短、固执、缺心眼儿又有些冷幽默的美男子。分析到这里，你是不是对唐僧已经失望透顶了呢？别急，我的话还没说完。

唐僧虽然被迫上路，但他始终忠于朝廷，坚守使命。"徒弟，我们在这里贪图富贵，谁却去西天取经？那不望坏了我大唐之帝主也？"一句话说得掷地有声，令人不禁肃然。"忠心赤胆大阐法师"的称号实在不算过誉。

唐僧确实胆小，但他不抛弃也不放弃。一路咬着牙，全终全始。按他自己的说法是："总记菩萨之言，有十万八千里之远。途中未曾记数，只知经过了一十四遍寒暑。日日山，日日岭，遇林不小，遇水宽洪……"看唐僧"迎着清霜，看着明月""拨草寻路"；看唐僧"一只手拄着锡杖，一只手揪着缰绳，凄凄凉凉"；看唐僧"孤身无策""万分凄楚"。真是不易。可就是这样一个怯怯懦懦、多愁善感的大和尚却有着这样一颗坚毅的心。唐僧是个凡人，他没有悟空的钢筋铁骨和通天本领，也没有八戒和沙僧的变化之能和飞升之法。他最容易被明算或暗算，也最容易被折磨：他被捆起来过，被吊起来过，被放到蒸屉里过，被藏在石匣里过。他见过那么多面貌狰狞、心狠手辣的妖魔鬼怪，他被吓哭和吓跌下来那么多次。但他硬是凭着自己的意志力一路向西，终成正果。而且需要他站出来的时候，他也绝不含糊，比如跟虎力大仙比试云梯显圣。

唐僧确实自私、爱甩锅，但在悟空为朱紫国国王治好病后，却并不贪功。国王向他下拜，他赶紧让国王去谢悟空。车迟国里，悟空跟羊力大仙比试油锅洗澡消失在油锅中后，唐僧大可以漠不关心，只为自己念阿弥陀佛。但他并没有，而且要求为徒弟祝祷一番。车迟国国王都赞叹说“那中华人多有义气”。唐僧的祝词情真意切，感人肺腑，表达了为徒弟牺牲的悲痛和自己视死如归的决心。全文如下：“徒弟孙悟空！自从受戒拜禅林，护我西来恩爱深。指望同时成大道，何期今日你归阴！生前只为求经意，死后还存念佛心。万里英魂须等候，幽冥做鬼上雷音！”

爱甩锅往往是因为唐僧知道悟空搞得定，比如告诉毛贼自己没钱，徒弟有钱。而当真正考验生死的时候，唐僧无疑是勇于担当的。

唐僧确实爱哭也爱絮叨，但他很多的眼泪和絮叨的话语都彰显着一颗慈悲之心。看到比丘国小儿被放于鹅笼，唐僧便“止不住腮边泪下”并伤感地说：“这正是古人云，黄梅不落青梅落，老天偏害没儿人。”看到乌鸡国国王的尸体，唐僧惨凄地说：“陛下，你不知那世里冤家，今生遇着他，暗丧其身，抛妻别子，致令文武不知，多官不晓！可怜你妻子昏蒙，谁曾见焚香献茶？”说完“忽失声泪如雨下”。看到金光寺凄凉非常，“三藏心酸，止不住眼中出泪”。这些眼泪，这些絮叨，让人心生感动。

唐僧确实也有爱美之心。但无论是面对天竺国公主还是女儿国国王，他都能坚守本心，洁身自好。那些女妖怪之流就更不用说了。这份持守，甩出动不动就凡心大动的八戒好几条街。

唐僧确实护短，偏袒八戒，常说他“老实”。那是因为一路上他和八戒受悟空的“教导”最多。但他不让一口浊气的八戒而让一口清气的悟空给乌鸡国国王度气，不让八戒和沙僧乱说，却认定悟空解的无言语文字才是真解。襟怀坦荡，端的不凡。

唐僧确实固执、缺心眼儿，但那都是因为他肉眼凡胎，受自身条件的限制。

看唐僧饭前念经，逢塔扫塔，说做就做，持守精严。

看他为相貌丑陋的徒弟们鸣不平：“你看不出来哩，丑自丑，甚是有用。”爱徒之心，彰显无遗。

看他在悟空央求将金箍去掉时说出“当时只为你难管，故以此法制之。今已成佛，自然去矣，岂有还在你头上之理”这样一番精妙的话，真是令人佩服。

看他说出“世间事惟名利最重。似他为利的，舍死忘生，我弟子奉旨全忠，也只是为名，与他能差几何”这等自省深刻的话来，又不由得让人由衷赞叹。

“千经万典，只是修心。”这一点，唐僧无疑做到了。

宝象国、乌鸡国、车迟国、西梁女国、祭赛国、朱紫国、狮驼国、比丘国、灭法国、凤仙郡、玉华州、金平府，通关文牒上哪一个印章的背后都有一段可说可写、可歌可泣的往事。而这些往事中，几乎都有唐僧那悲悲切切、战战兢兢却又义无反顾、一往无前的身影。

一辈子，一件事，一颗心，一条路，他就是这样的唐三藏。

他是这样的小白龙

首先声明一下，小白龙是电视剧里的称呼，这个称呼在《西游记》原著中一次都没有出现，但为了与大家的阅读习惯保持一致，我还是称他小白龙。他本是敖闰龙王玉龙三太子，因纵火烧了殿上明珠，被西海龙王以忤逆之罪表奏天庭。玉帝将其吊在空中打了三百下，并要将其诛杀。后因观音菩萨出面才免于死罪，最终，小白龙被贬到蛇盘山鹰愁涧等待唐僧。

按理说，小白龙才应该是二师兄，但他低调至极，管八戒、沙僧都喊师兄。他特别清楚自己的位置，不该说话的时候，绝对一句话都不说，不该出手的时候，就老老实实做自己的坐骑。看到师父一次次被擒，他会不会着急？看到悟空和八戒嬉笑打趣，他会不会也想笑？看到沙僧明哲保身，他会不会暗地里一声叹息？看着妖怪们耀武扬威，他想不想变回原身，秀出自己的实力？也许他都会、都想，但他都没有。他把一切故事和感受都藏在心里，这是多么沉静的一匹马呀。

当大师兄被贬，师父被擒，两个师兄又远不是黄袍怪的敌手时，小白龙这才孤身犯险于前，力劝八戒在后。

好白龙，“忍不住，顿绝缰绳，抖松鞍辔，急纵身，忙显化，依然化作龙，驾起乌云，直上九霄空里……”每每读到这一段，我的眼眶都不禁湿润。沉默了这么久，低调了这么久，平庸俗常的坐骑生涯却丝毫未磨去小白龙的半分光彩。

好白龙，变作女子给黄袍怪斟酒。“举着壶，只情斟，那酒只情高，就如十三层宝塔一般，尖尖满满，更不漫出些须。”白龙马竟有“逼水法”这等好本事。

好白龙，“潜于水底，半个时辰听不见声息，方才咬着牙，忍着腿疼跳将起去，踏着乌云，径转馆驿，还变作依旧马匹，伏于槽下。可怜浑身是水，腿有伤痕”。每每读到这一段，我的眼泪都会忍不住流下来。悟空、八戒、沙僧好歹能在敌人面前秀出风采，但悟空和八戒嚷过分家，沙僧也曾跟着八戒分行李，而默默无闻的小白龙却从没有开过小差，受了伤，便老老实实变回白马。

好白龙，看他“止不住眼中滴泪”“沉吟半晌，又滴泪”。看他又是说：“师兄啊！你千万休生懒惰！”又是说：“师兄啊，莫说散火的话……”左一个“师兄啊”，右一个“师兄啊”，真情流露，动情至极，怎不让人心酸欲泣？

好白龙，说悟空是个“有仁有义的猴王”，并告诉八戒只要能把悟空哄来，悟空就一定会救师父。对悟空评价最高、最了解悟空的人，原来在这里。

好白龙，他时常被妖怪当作一匹普通的马抓入洞中，不说话，也不反抗，低调得可怜而又可敬。但见假悟空将师父打倒在地，“白马撒缰，在路旁长嘶跑跳”，则悲愤而又无奈。

好白龙，知道大师兄为朱紫国国王治病需要马尿，“往前扑了一扑，往后蹲了一蹲，咬得那满口牙龇支支的响亮，仅努出几点儿，将身立起”。真是让怎么配合就怎么配合，谦逊之至，亦老实之至。

灾劫历尽，九九归真，也许当佛祖敕封小白龙为八部天龙广利菩萨时，读者才注意到小白龙的存在。

如果是你，能忍受由龙变马，任人骑乘么？能忍受默默无闻，被人忽视么？

小白龙能，所以他成了八部天龙。

尼采说："一个人知道自己为何而活，就可以忍受任何一种生活。"说的就是小白龙这样的人吧。

我常常想：最后的最后，翻腾在化龙池中的小白龙，回想起自己这默默无闻的十万八千里长途时，会不会感慨万千，泪湿青衫呢？

说不尽的《西游记》

一路写下来，感觉真的没什么还需要大写特写的了，但又觉得还有好多好多的话没有说。伟大的作品、经典的作品总是让人说不尽的。

读《西游记》可以开悟。

悟空、悟能、悟净，若想开悟，先要做个有心人。因为"悟"字本就是"吾有心"呀。六小龄童说："苦练七十二变，笑对八十一难。"猴子和猪经过一番努力，尚可修成正果，我辈又何尝不可呢？若以人身去行那猪狗不如之事，又有何面目去读八戒、悟空？

读《西游记》可懂交际。

悟空跟群猴说天兵天将没捉到一个猴子，所以不必烦恼。结果他被困五行山，也没见哪路朋友去看他或照顾他。你不以真心待人，别人又怎会以真心待你呢？

读《西游记》可晓真情。

《西游记》全书，不仅唐僧爱哭，悟空、八戒、沙僧、小白龙也个个爱哭，妖怪们爱哭的也不少。全书共有"哭"字229个，"泪"字190个，"泣"字9个。兄弟情、师徒情、夫妻情、君臣义，无所不包，无所不有。有人说《水浒传》是一部怒书，《西游记》是一部悟书。其实《西游记》又何尝不是一部情书呢？

读《西游记》可见大好山川。

虽说吴承恩笔下的部分山水有美化或神话的成分，但主体部分还是非常真实的。一座座山，一道道岭，一条条溪，一弯弯河，巍峨磅礴，秀美清逸，阳刚阴柔，各尽其妙。

读《西游记》可知神仙体系。

天上的凌霄宝殿里住着玉帝，三十三层天之上的兜率宫里忙活着炼丹的老君，西方的雷音宝刹中如来佛祖经常讲法，南海普陀岩潮音洞里观音菩萨闲编花篮，四海甚至井中都有龙王在那里繁衍龙子龙孙，地下的森罗殿里住着十代阎君，也别忘了地藏王菩萨的小宠物名叫谛听。蓬莱海岛，方丈仙山，有得道高人；小须弥山中，千花洞里，有修真神仙。二十八星宿轮流值班，玉兔在月宫里寂寞伤神。天上地下，东方西方，仙山海岛，都有仙的足迹、神的传说！

读《西游记》可以笑，可以哭，可以怨，可以怒，可以掩卷深思，可以仰天长叹，可以流连忘返。

淡定的如来佛祖、慈悲的观音菩萨、爱宝贝的太上老君、耍滑头的太白金星、高傲的二郎神杨戬、懦弱的玉皇大帝、痴情的黄袍怪和奎木狼、品位非凡的黑熊怪、执着的白骨夫人、爱美的蝎子精、和谐无比的黄狮精、狂妄至极的大鹏雕、夫妻情深的牛魔王与铁扇公主、威猛笑傲的银角大王、颇有理想的黄眉童子、不可思议的六耳猕猴、年少轻狂的小鼍龙、才思了得的荆棘岭树精、倏忽一现的昴日星官，哪一个都是光芒万丈、令人叫绝。而低调的白龙马、深沉的沙和尚、卖萌弄乖的猪八戒、奋勇向前的孙悟空、持守精严的唐三藏，这几位主角就更不用说了。哪怕就一个精细鬼或伶俐虫，一个有来有去或者小钻风，也让人觉得回味无穷。

这就是经典的魔力，这就是名著的魅力。

说不尽的《西游记》，走不完的取经路。

如果读完我写的这些粗浅的感悟，你也想把这部伟大的作品再读一遍，那赶紧去读吧。怎么读都会有收获。敢问路在何方？路在脚下……

谈人说鬼话《聊斋》

痴心不改孙子楚

《阿宝》中的孙子楚生来六指，性格木讷，人送外号“孙痴”，可这样一个人却娶到了富比王侯的大家主的千金——绝色美女阿宝。孙子楚没有潘安那般让众女子掷果满车的相貌，没有司马相如那般让卓文君决心与之私奔的琴音，没有萧峰那般高超的武功来救美人于急难，也没有柳永那般超绝的文笔来令异性倾倒。他有的，只是一颗谁都无法匹敌的“痴心”。

人们逗孙子楚，让他向阿宝求婚，孙子楚就真的照办了，阿宝觉得他太不自知，说他把枝指去掉，就嫁给他（渠去其枝指，余当归之）。孙子楚就真的把那个多余的手指头给剁了下来。

书中写道：

生以斧自断其指，大痛彻心，血益倾注，滨死。过数日始能起。

笔者看到这里不禁感叹：真是个“痴”人啊。什么都容易当真，始终用真心对待他人，孙子楚，单纯得可爱而又可敬。

阿宝听说后觉得这人很古怪，她又调侃说如果孙子楚能把他的“痴”去除掉就嫁给他，在这里我们不能苛责阿宝，如果你是她，相信也不会轻易地托身于一个人们都称之为“傻子”的人吧。孙子楚没觉得自己痴，当然也就无从去除，于是他死了心。

清明节妇女出游，阿宝亦在其中。本已死心的孙子楚看到了阿宝的绝世容貌，不觉间自己的魂魄竟随之而去。蒲松龄的文思真是奇妙。《西厢记》中张生初见莺莺，脱口而出“我死也”。《鹿鼎记》中的韦小宝看到阿珂也是连说“我死了”。美，真的是有杀伤力的啊。孙子楚的魂魄与阿宝朝夕相伴，阿宝问他是谁，他回复说自己是孙子楚，阿宝有些害怕，却又不得不感叹其情深。

魂魄回到身体后，孙子楚对阿宝念念不忘。他听说浴佛节阿宝要去水月寺降香，老早就在路边等侯，后来果然等到了阿宝。阿宝降完香走了，孙子楚回到家病了。他看到家里的一只鹦鹉死了，心想要是能变成鹦鹉多好，念头闪过，他就真的变成了那只鹦鹉，飞到了阿宝的身边。

聪明人往往做傻事，傻子做事却比任何人都执着得多。

阿宝知道这鹦鹉就是孙子楚后，被他彻底打动。

女祝曰：“深情已篆中心。今已人禽异类，姻好何可复圆？”鸟云：“得近芳泽，于愿已足。”

《聊斋志异》中的狐妖花仙为了亲近人类，多幻化为人形。他们多以身为异类而自卑。而孙子楚却恰恰相反，他心甘情愿化为异类，只求陪在心上人的身边。这份痴情，世间无二。

再后来，孙子楚复化为人，终得与阿宝携手。

孙子楚为阿宝死，为阿宝生；为阿宝成为异类，又为阿宝恢复人形。痴心一片，经久不变。

韦小宝发誓说："死皮赖活，上天下地，枪林箭雨，刀山油锅，不管怎样，非娶了这姑娘做老婆不可。"孙子楚没有韦小宝这般豪言壮语。他的要求非常之低——得近芳泽，于愿已足。当一个人要求非常低的时候，他却往往会得到上天更多的馈赠。

我一直认为"痴心妄想"这个词可以理解为一个褒义词。有一点妄想，再加上不变的痴心，未尝不是一件好事。无论之于爱情，还是之于事业。

看到《非诚勿扰》栏目中一位位男嘉宾因为这样或那样的原因被淘汰掉，我不禁感叹今人择偶之艰难。

孙子楚若活在今天，他的舍生忘死与痴心不改未必就能为他赢得爱情。所以子楚兄活在《聊斋志异》中，对自己，对读者，都是一种慰藉。

孙子楚病死，书中写道：

女哭之痛，泪眼不晴，至绝眠食，劝之不纳。

鬼卒报告孙子楚妻阿宝的魂魄要来地府，阎王见生死簿上阿宝寿数未到，问鬼卒为何，鬼卒说阿宝已经三天不吃东西了。阎王被这份深情打动，令孙子楚还阳与阿宝团聚。

阿宝对孙子楚从无视到觉得古怪，到被其情深所打动，到被其执着所征服，到愿意到地府追随夫君，这一切都是因为孙子楚对她的痴心一片。当阿宝决意以死相随的时候，她也成了一个"痴人"。当阎王让孙子楚还阳的时候，阎王又何尝不是"痴"了一回呢？

以痴心回应痴心，这应该是世上最美好的一种回应了吧。

什么是爱情？什么是聪明？读完阿宝与孙子楚的故事，相信你可以找到答案。

愁上心头的爱神——狐女阿绣

海州刘子固到盖州探望自己的舅舅，看到了在杂货铺前卖货的民间少女阿绣，想借买东西的机会接近对方。刘子固说买扇子，阿绣就喊她的父亲过来招呼客人，刘子固就故意压价。等阿绣的父亲一走开，他就又过来买扇子。阿绣又要喊父亲过来，刘子固赶紧说别喊了，你说多少钱就多少钱。阿绣见这个青年有些故意，就抬高了价钱。刘子固只顾看阿绣，根本没心思讲价，直接把身上所有的钱都给了心上人。

这一对小儿女，都有点儿小狡猾。刘子固买扇子是假，看美女是真。阿绣则发挥善

于察言观色的生意人特长狠狠敲了刘子固一笔。你想近色，我就让你破财。真是绝配。

如果刘子固第二天没去，这个故事也就结束了，无非他吃了个桃花亏。

可是第二天，刘子固又去了，这次情况跟上一日一样，他又被敲了一笔。付了钱往回走，阿绣却追了出来，将多出来的钱退给了他。《聊斋志异》中并没有对刘子固往回走时的情形细加描绘。我想肯定是垂头丧气、失魂落魄的，而也正是这副呆样才打动了阿绣。可以想见，如果刘子固在买东西时对阿绣有轻薄之语，以小阿绣的性格，肯定会照单全收，然后再宰他一笔。但是刘子固没有。想来书呆子刘子固也不精通什么追女秘籍，只知道买东西，然后买东西，然后买东西……真不知道，如果阿绣不追出来，社会好青年刘子固是不是就这么继续买下去，直到把钱花完为止呢？

被阿绣喊住，刘子固肯定是万分惊喜的，而得知阿绣是来退还银子时，他更为阿绣的诚挚叹服。原来这个阿绣姑娘不仅人长得漂亮，心灵还这么纯美。相信每一个读者朋友读到这里，也会喜欢上这位有一点儿小狡猾却容貌心灵兼美的小阿绣吧。

甚至我们可以说没有这么一点儿小狡猾，小阿绣也不会这样光彩照人。因为这点儿小狡猾使得阿绣更灵动也更娇俏了。各位看官以为如何？

渐渐地，两个人熟识起来。一次刘子固买了一包东西，阿绣用纸将东西包好后，又用舌尖舔了一下纸边将纸包粘好。文中写道：

刘怀归不敢复动，恐乱其舌痕也。

翻译成白话文就是刘子固把阿绣舔过纸边的那包东西放在怀里带回家，然后像供奉神灵一样地放好，再也不敢动一动，因为生怕把心上人舔过的痕迹给抹掉。唉，多么痴情的一个小伙子。

可是无论出来多久，总还是要回家的。刘子固回到家，整天闷闷不乐，只是在打开箱子拿出从阿绣那里买来的东西睹物思人时才会得到一些安慰。我们可以想见他有多少次对着那包阿绣舔过纸边的东西痴痴相望。

第二年，刘子固又到了盖州，他迫不及待地去找阿绣，却听到了阿绣一家去了广宁的消息。后来，更是听说阿绣已经许配给了广宁的一户人家。他非常伤心，常捧着那口箱子哭泣，盼着有第二个阿绣出现。

刘子固梦想成真，第二个阿绣果然出现了。原来他的痴情打动了一位狐仙，她化作阿绣的样子来与他见面。刘子固见到了狐女阿绣，其表现是“涕堕如绠”。“绠”是井绳，泪流得像井绳也就是泪落如雨。看到刘子固为了另一个女人如此痴情，狐女给予的回应是“隔堵探身，以巾拭其泪”，也就是隔着墙探过身去用丝帕为他擦拭眼泪。

我一向不太喜欢一个大男人动不动就哭，但少男刘子固的哭泣让我只有感动，狐女阿绣为刘子固拭泪的场景更让人觉得温情无限。这一幕和金庸《笑傲江湖》中的一个场景有神似之处。华山派令狐冲向任盈盈假扮的婆婆倾诉自己爱小师妹而不得的痛苦，任盈盈因见这个男人对自己的小师妹如此深情而怦然心动，她用琴音开解抚慰令狐冲的片段是《笑傲江湖》中最暖心的场景。狐女阿绣用手帕，黑木崖任大小姐用琴声。两位因他人深情而动情的女子同样令人敬重。

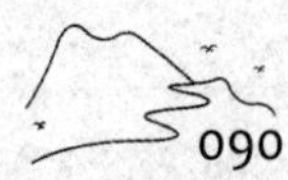

狐女阿绣和刘子固度过了很快乐的一段时光，但老家人却怀疑这个阿绣是狐类所化。老家人说为什么几年的衣服也不换，而且这个阿绣脸色略白、两颊略瘦，不如真阿绣漂亮。这些问题为什么刘子固没发觉？呆是一个原因，主要应该还是——“爱情使人盲目”吧。

刘子固慌了神，毫不犹豫地听从了老家人拿武器共同逮住这个阿绣的计划，将以往数日的恩爱都抛于脑后，读来令人心寒。这是白娘子等异类的惯常命运，人类的世界就是这样理智而又冷漠。

《聊斋志异》中有一篇写花神与凡人爱情的《葛巾》。花神葛巾被丈夫猜忌，决绝而去，所生的孩子也化为牡丹。狐女阿绣也指责了刘子固几句，还端起酒杯来喝了一口，任谁都觉得她要么大开杀戒要么飘然而去，没想到她说的却是“我且去，待花烛后，再与新妇较优劣也”。意思是我暂且离你而去，等你新婚后，我再来和你的新娘子比比到底谁更美，谁更爱你。

真阿绣从广宁回来，碰到闹兵灾，被俘虏。一个女子忽然出现，拽着阿绣的手腕跑了好久，脱离危险后，放开阿绣的手说：“别矣！前皆坦途可缓行，爱汝者将至，宜与同归。”翻译成白话文就是：“告别了。前面的路都很平坦，你可以慢慢走。爱你的人就要到了，你同他一块回家吧。”

狐女没有食言，她果然把真阿绣送到了刘子固的身边。“爱汝者”三个字细细品来，渗透着多少心酸。

君子成人之美，不成人之恶。——《论语•颜渊》

狐女阿绣是狐中的君子，相信她也爱着刘子固，但因为刘子固爱的是真阿绣，她便选择了退出，并且心甘情愿帮他们缔结良缘。爱，不是一味占有，而是无私付出。她在刘子固最孤独难过的岁月中用真心真情抚慰他，又在他得知真相后无私无悔地帮助爱人。

狐女阿绣本可以不救助真阿绣，然后取而代之。也就是说她本可以直接剥夺真阿绣与她比谁更美、谁更爱刘子固的机会，但她没有。狐女阿绣不是鬼怪，而是爱神，真正的爱神。

后来狐女还曾到刘子固家中变成阿绣让他分辨，他看了好久，但终于辨别了出来，并向她作揖致谢。假阿绣很是惭愧。她和阿绣已极为相像，但最终还是在最懂真阿绣特点的刘子固面前露了怯。她到底也成不了可以替代阿绣的那个人。

电视剧《情深深雨濛濛》中有这样一个片段，如萍知道自己很难再进入书桓的世界，因为书桓爱的是自己的妹妹依萍。于是她说了很多依萍比自己更适合书桓之类的话，表达了对书桓和依萍的祝福，但是最后如萍还是忍不住问道：“你为什么不选我？”是啊，你为什么不选我，我也同样深爱着你啊。相信在刘子固认出真阿绣后，狐女也是此等心声吧。毕竟爱情，从来都只是单行道啊。狐女笑着离开，但我总有种“只见新人笑，不闻旧人哭”的哀戚之感。

小说设计了一个大团圆结局，起初狐女还偶尔到刘家看一看，有时还帮着解决家

里丢东西等问题，三年后，再也不来了。有时丢了东西，真阿绣就扮成狐女阿绣的样子吓唬仆人们，且同样有效。蒲松龄让两个阿绣还有这样的一番互动。

很多评论者都不吝惜对狐女阿绣的赞美，我也不例外。只是，又有谁愿意去想：一去不返的狐女阿绣，在孤独无告的时候，只能在荒山野岭中独自蜷缩。

罗文演唱的《尘缘》中有这样几句歌词："尘缘如梦，几番起伏终不平，到如今都成烟云。情也成空，宛如回首袖底风，悠悠一缕香，飘在深深回眸中。"

尘缘梦醒，深深回眸，爱神狐女阿绣带着笑，却愁上心头。

我爱你，你却爱着她。这又有什么办法呢？

至情至性耿去病

太原耿氏的老宅经常发生门自动开合的情况，举家搬迁之后，留下看门的老翁又常常听到楼上传来笑语、歌吹之声。耿氏的侄子耿去病住在这里。一天晚上，老翁见楼上灯火明灭，赶紧来报告耿去病。青凤的故事就这样开始了。

《青凤》一文自始至终也未交代耿去病为什么要到这样一个有些不祥的老宅子里居住，是因他天生胆大，还是因其坦荡为人呢？抑或二者兼有吧。

耿去病上楼并没有一开始就见到青凤，而是先见到了青凤的叔叔、婶婶和孝儿等人。通过耿去病的眼睛，我们看到青凤的叔叔"儒冠南面坐"。头戴儒冠，说明其身份，面南而坐表明其在家中的地位。后来我们又得知其名义君，其子名孝儿。封建统治者提倡的"忠孝节义"四字道德准则，老翁家已占其二。虽说姓胡这一信息已透露给我们这是狐仙一家，但如果放在人类社会来看，胡义君家无疑是个颇为正统的封建大家庭。

谈兴正浓之间，老翁让青凤来旁听。于是，"弱态生娇，秋波流慧，人间无其丽也"的女主角青凤终于出现在耿去病和读者面前。对弱女子，男人总会很自然产生一种想要保护她的冲动。何况是面对这样一个眼神中透着智慧、美丽非常的女郎呢？

耿去病之前自称"狂生"，见到青凤之后，果然狂性发作。他一边喝酒一边目不转睛地盯着青凤，把这个小狐仙看得低了头。儒家所讲的"非礼勿视"那一套礼法规范在耿去病这里完全失效。他一味跟着感觉走。你看，他又用脚去轻轻地踩人家姑娘的莲足。"非礼勿视"他也视了，"非礼勿动"他也理直气壮地照动不误。青凤赶紧缩脚，却并没有表现出生气的神色。耿去病见青凤没生气，又果断抛弃了"非礼勿言"。他拍着桌子说："得妇如此，南面王不易也！"胡老汉在家里面南而坐，俨然一个封建大家庭的家长。而耿去病却说只要娶了青凤，南面称孤也不换。

青凤的低头、缩脚与很多大胆示爱的狐仙不同，这与她所受的"正统教育"是分不开的。《聊斋志异》虽多谈狐说鬼，但其实绝大多数篇章都可以找到人类社会的影子。

耿去病的一番非礼言行，正襟危坐的胡老汉焉能不知？耿去病再来，胡老汉化作

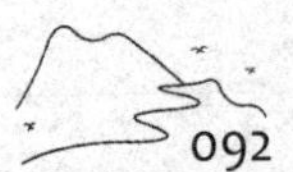

厉鬼，想让他知难而退。文中写道：

一鬼披发入，面黑如漆，张目视生。生笑，拈指研墨自涂，灼灼然相与对视，鬼惭而去。

翻译成白话文：一个鬼披散着头发进到耿去病屋里，脸黑得像漆一样，瞪着眼珠子看耿去病。耿去病乐了，用手指在砚台里研磨，然后把墨涂在自己脸上，忽闪着大眼睛跟来吓唬他的鬼对视，那意思咱比比谁更黑，鬼很无奈，惭愧地离去了。

读到这儿，我也是醉了。一个“笑”，一个“灼灼然”，把个狂生活画了出来！

再见到青凤，两人互诉衷肠。胡老汉忽然现身，怒斥青凤行为不检。“忠孝节义”中的“节”字，胡老汉看得甚重。文中写道：

闻青凤嘤嘤啜泣。生心意如割，大声曰：“罪在小生，与青凤何与！倘宥青凤，刀锯鈇钺，愿身受之！”

不怕厉鬼吓，唯恐佳人哭。在如此鲜明的对比之下，耿去病之至情至性可见一斑。

第一次见青凤，耿去病便“不能忘情于青凤也”，这次见青凤，他“而未尝须臾忘青凤也”。一见钟情，然后便念念不忘，痴情的耿去病，与断指求爱的孙子楚不相伯仲。

再见青凤，是在郊外，一狐被犬逼迫，向耿去病求救。耿去病将狐抱回家中，放于床上，狐竟化为青凤。耿去病的反应简单至极，“大喜”二字让人敬佩万分。他没有丝毫的恐惧和惊讶，只要是青凤，是青凤就欢喜，管她是狐是鬼！《聊斋志异》中太多的狐妖花仙因暴露了异类的身份就被那些呆腐的书生自然而然地嫌弃。即使是《白蛇传》里那样温婉贤淑的白素贞，也为许仙所伤。被所爱的人嫌弃猜疑，还有比这更大的伤害吗？青凤怕因自己是异类，被耿去病憎弃。耿去病回复道：“日切怀思，系于魂梦。见卿如得异宝，何憎之云！”意思是我每天都在深切地思念你，每晚都梦到你，见到你就像得到一件珍贵奇异的宝物一样，我怎会憎弃你呢？

我要是青凤，一定会被耿去病感动得泪落沾襟，从此生死相随。爱一个人，就要接受他的全部，就要把爱他当作自己这一生永不退休的事业。耿去病说爱就爱，义无反顾，其境界真不知比许仙之流高出多少！

青凤料想家人必以为自己已葬身犬腹，也便放下矜持，与耿去病结为夫妻。蒲翁的铺垫，使人物的种种选择合情合理。青青小凤、疏狂耿去病从此幸福地生活在了一起。

故事还没结束，再后来，青凤的叔叔有难，耿去病不计前嫌将其救出。救青凤的叔叔也是耿去病爱青凤的一种体现，毕竟其叔曾棒打鸳鸯散，曾让青凤“嘤嘤啜泣”。救出胡老汉之后，一家人终于尽释前嫌，在救命大恩面前，在一对恩爱的夫妻面前，作为封建卫道者的胡义君，也只能接受现实。

小说虽以“青凤”为题，真正的主人公却是耿去病。“亦狂亦侠真名士，能歌能哭迈俗流。”为情而生，从心而行，狂放无拘，潇潇洒洒，真是神仙中人。

只是，这世上了无羁绊、至情至性的人还是太少了啊！

笑语盈盈暗香去——婴宁

“婴宁”之名有论者说出于《庄子·大宗师》，其中有所谓“撄宁”，指“撄而后宁”，即经困扰而后达成合乎天道、保持自然本色的人生，也有人说只是形容父母希望婴孩儿平安宁静地度过一生，其实我们完全可以把两种说法放在一起，婴宁，就是保持本色，平安宁静。

婴宁喜欢花。初见王子服，她手拈梅花；再见王子服，她手拈杏花；嫁给他，又在他们的家里到处种满各种各样的花。

婴宁更喜欢笑。王子服初见婴宁，婴宁“笑容可掬”，又“遗花地上，笑语自去”。把个王子服迷得神魂颠倒。这样花面交相映、笑语嫣然的女子，哪个不喜欢？二见婴宁，婴宁“含笑拈花而入”，等到鬼姨向王子服引见婴宁，未见其人，先闻其声：“闻户外隐有笑声”“户外嗤嗤笑不已”。等到“婢推之以入”，婴宁“犹掩其口，笑不可遏”，然后“忍笑”，憋不住了就“大笑”。更离奇的是在小园，婴宁“见生来，狂笑欲堕”“女笑之作，倚树不能行，良久乃罢”。一个人，而且是姑娘家家的，能笑得要从树上掉下来。当真是花枝乱颤、一派天然。然后笑得站不住，靠着树都不能走。笑成这样，也真是没谁了。与王子服同归王家之后，婴宁全然不顾三从四德、笑不露齿那一套。“但闻室中吃吃，皆婴宁笑声”，婆婆在前，她“犹浓笑不顾”，刚行过礼，“翻然遽入，放声大笑”。结婚仪式上，新娘子婴宁竟然“笑极不能俯仰”。

我若是王子服，哪怕爱婴宁到极点，估计也被笑傻了。亲爱的，您这么笑，不累吗？

对婴宁而言，保持本色没问题；对她老公王子服来说，平安宁静就甭想了。文中一点儿都没提及两人结婚后王子服的心态如何，只交代了婴宁多么招家里人喜欢。是蒲翁有意为之，还是王子服的心态实在太难写呢？

很多人都在为婴宁蔑视礼法、天然去雕饰的举动击节称赞。可是，这并不是婴宁的全部，或者说这并不是真实的婴宁。真实的婴宁用笑里藏刀的计策惩治了好色之徒；真实的婴宁从小便被母亲离弃，被鬼母养大；真实的婴宁因看到人世间居然有溺死女童这种悲剧而痛心疾首；真实的婴宁会哭着恳求丈夫收敛老母的尸骨。

文章最后，婴宁因被告到衙门而被婆婆训斥，从此再也不笑。文字外的我，也已笑不出来。谁能真正选择自己的生活呢？生活，却往往左右着人的选择。

哪怕身为异类，哪怕天真不羁，还是不免为人世间的种种所禁锢，蒲松龄一边纵横笔墨，极力描绘婴宁的天真烂漫；一边又将婴宁拉回中规中矩、模板化的现实。读者可从中窥得作者内心的纠结与矛盾。

婴宁所走的路，是每一个想天马行空、自由自在却最终向现实妥协的人所走的路。这条路是那样的不容置疑，它的“正确”与“权威”，让所有不同节奏的声响哑然失声。

有人评价专制体系说：“没有人敢说话，到处都很平静，但你不感觉它平静得像是

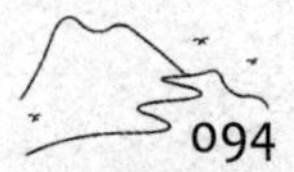

坟墓吗？”婴宁从荒郊野外的坟墓中来，却是一个爱笑任情的女子。反而是看似热闹的人世，让婴宁不再笑，且“竟日未尝有戚容”。哭出来还好，不笑也不哭，这是怎样的一种心灰意冷啊！笑语盈盈暗香去的婴宁就这样还没与人世交手几个回合就弃子认输。不认输，又能怎么样呢？争而无用，莫若不争。

小说的结局，婴宁产下一女，这个女孩儿在襁褓中便不怕生人，见人就笑。蒲松龄总算给了喜欢婴宁的读者们几丝安慰。不过我们试着往下再想一步，这个生来爱笑的女孩子将来能永葆这样的笑容么？张艺谋电影《大红灯笼高高挂》的最后，发疯的四姨太颂莲看到五姨太文竹嫁了进来。可是只要宅院还是那个宅院，文竹的命运便可想而知。

莲入污泥，竹被折枝，婴宁告别本色。很多事情，往下想一步，才会明白它如此残酷。

悲剧就是把有价值的东西毁灭给你看。

本色为人，困难重重；戴上不同面具，才能进退自如。有人说：“唯大英雄能本色，是真名士自风流。”可是，英雄在哪里？名士在何处啊？

想起了陈淑桦演唱的《笑红尘》中的几句歌词：醒时对人笑，梦中全忘掉，叹天黑得太早。来生难料，爱恨一笔勾销，对酒当歌，我只愿开心到老。

相信开心到老是全天下每个人的祈愿。但“今天哭，明天笑，不求有人能明了”的潇洒还是离凡尘俗世的我们太远太远。

看蒲翁难掩对婴宁的喜爱之情，在“异史氏曰”一部分将婴宁称为“我婴宁”。是啊，除了表达一下对婴宁的喜爱与怜惜，蒲翁又能怎么样呢？我们又能怎么样呢？卫道士们喜欢的不是婴宁这般天真烂漫的解语花，而是龚自珍《病梅馆记》中畸形怪状、受尽束缚的病梅啊！

拈花微笑啊拈花微笑，蓦然回首，那花朵已枯萎，那笑容已凋残……

带上尊严去爱你——莲香、红玉

为了爱一个人，放下自己的尊严，这不是牺牲，而是自轻。带上尊严去爱你，因为那样的我才更值得你爱，值得你去呵护与珍惜。

莲香与红玉便是这样两个带上尊严去爱的美丽女性。

《莲香》讲的是书生桑子明与狐女莲香和鬼女李氏的三角恋故事。开篇俗得很，书生独居，美女来访，两情相悦，如胶似漆。我想这并不是因为蒲松龄才尽或技穷，而是因为他太潦倒，也太寂寞。现实生活中，他无处寻觅那份红袖添香夜读书的浪漫，所以只能在自己的著作中寻求慰藉。文人，可怜又可爱。

这个自荐枕席的美女就是莲香。她自称“西家妓女”，虽说有妓女吓唬桑子明在前，如此自称可让桑子明放松警惕，但还是不免让人觉得她耻于自己狐女的身份。一边自卑身份，一边又自荐枕席。又自卑又大胆，这是何必？与之相比，狐女阿绣是为了慰藉痴念真阿绣的刘子固的相思之苦才去找他；家教甚严的青凤是因为耿去病救了她的性命才抛开道德枷锁投入爱人的怀抱；笑语盈盈，让王子服神魂颠倒，为老母尽孝心的婴宁就更不用说了。读完第一段，感觉莲香的格调实在不高。

但接下来的故事，却我让对这位狐女的看法大为改观。

第一处，莲香发现桑子明神情萧索，问他为什么，桑子明推说自己不觉得。莲香不追问更不质问，书中写道："莲便告别，相约十日。"

第二处，十日里，桑子明天天与鬼女在一起，导致身体每况愈下。莲香为其医好后，桑子明依然不拒绝李氏，且不听莲香苦劝，还以为莲香不让他和李氏在一起是出于妒忌。莲香"怫然径去"。

第三处，李氏借尸还魂于富户张家，想让桑子明入赘其家，桑子明与莲香商量，莲香"怅然良久，便欲别去"。桑子明流泪询问，莲香说你到人家去拜天地，我跟着去算什么呢？

第四处，莲香因李女还魂为人，自己还是狐女身份，所以淡然而死，欲投胎为人。死前说："子乐生，我乐死，如有缘，十年后可复得见。"且真的再遇桑子明。

这四处，第一处不问，第二处不争，第三处不随，第四处不生。哪一处都没有顺着桑子明的心意，却又都体现出莲香的自尊。

莲香不爱桑子明吗？不爱他怎会自荐枕席于前，治病期间又拒绝与桑子明同床在后？不爱他又怎会一次次进献逆耳忠言？怎会苦劝无益"怫然径去"后用三个月的时间到三山采药，等着救他的痴郎君？怎会有在采药回来见桑子明病入膏肓后说出"田舍郎，我岂妄哉"时的又气又疼？不爱他怎会在李氏主动离开后，桑子明魂不守舍时说出那句"窈娜如此，妾见犹怜，何况男子"的贴心话语？怎会在他迎娶李氏时将一个贫寒之家装饰得"百千笼烛，灿烈如锦"给了桑子明足够的面子？怎会按捺住内心的苦楚扶新妇入青庐？怎会为了得到一个与李氏女平等的人的身份而与他淡然而别，相约十年？

莲香好姑娘，情敌李氏女也被其大度与自尊折服，愿把骸骨与莲香骸骨一处安葬。桑子明何德何能，得莲香如此垂爱？

《红玉》的开篇与《莲香》类似，也是美女深夜到访，只不过一个是敲门，一个是爬梯。红玉与书生冯相如两情缱绻，被冯父撞破。冯父骂红玉不守闺戒，红玉想结束两人之间的关系，冯相如说父命不可违，但要想保持现状，红玉忍辱含垢些即可。意思是暗度陈仓照旧，被老父发现，大不了再挨一顿骂。这个书生的格调与桑子明相差无几。

书中写道：

女言辞决绝，生乃洒涕。

红玉愿为冯相如另觅佳偶，冯相如说自己家里穷，红玉便给了他四十两白金并告诉他卫氏女是他良配。冯相如去卫家提亲，见那卫家女儿"神情光艳"就"心窃喜"。读到这儿，我有些为红玉气苦。不敢大胆地拉着红玉的手说我死也要跟你在一起也就罢了，在红玉说愿为其寻佳偶时竟能说出自己家里穷这种话，而带着红玉给的金子见了卫氏女后“窃喜”时估计早已把红玉抛在脑后。凉薄如此，令人齿寒。

之后因妻子貌美，宋官御史派人来强抢，冯相如父子被痛打，冯妻被抢走后自杀，孩子啼哭不止。后来，冯父怒病交加，也撒手人寰。再后来，有侠士为冯相如出头报仇杀了御史，冯相如因嫌疑最重被捕，孩子也被差役夺走抛弃。

几经波折，冯相如回到了家中，但妻离子散，家破人亡。人生之悲，莫过于此。蒲松龄写冯相如或“泪潸潸堕”，或“于无人处大哭失声”。

就在这时，红玉回来了，在冯相如一无所有的时候回来了，而且还带来了冯相如的儿子。

书中写道：

“烛之，则红玉也。挽一小儿，嬉笑跨下。生不暇问，抱女呜哭，女亦惨然。”

我读到这儿，也不禁眼眶发热。

天还没亮，红玉站起，冯相如问红玉干什么去，红玉说自己该走了。冯相如跪在床头，央求红玉不要走。红玉笑着说我骗你呢，现在家里穷，不夙兴夜寐是不行的。在红玉的操持下，冯家渐渐成了家境殷实之家。

红玉哪里是带来了一个孩子，她给冯相如带来的是一个家呀。

真走是为了不让冯父诟病，假走则是为了试探冯相如对自己是否有情。自尊的红玉，让人油然生敬。

红玉深爱着冯相如，如果不爱就不会“出白金四十两”为他人作嫁衣裳；不爱就不会视冯相如的孩子为自己的孩子（从“儿在女怀，如依其母”可以看出）；不爱就不会在冯相如一无所有时给他一个家。

书中写道：“女袅娜如随风欲飘去，而操作过农家妇。”为了他，不用狐仙的法术，踏踏实实过农家日子。

红玉好姑娘，冯相如何德何能，值得红玉如此牺牲？

带上尊严去爱你，我们是并肩而立的两棵树，我不是缠绕在你身上的一根藤。在我的男人一切顺遂时我可以骄傲地对他说：“亲爱的，你很优秀，但我也很有能力。让我们俩一起建设我们的小家庭。”在我的男人不如意时我可以心疼地对他说：“亲爱的，不要焦虑，这个家还有我呢？你一定要振作起来呀！”这才是最和谐的婚恋模式。

带上尊严去爱你，爱你而不忘爱自己。

蒲松龄还是太寂寞了，这样两个好姑娘，怎会是这样的选人眼光？蒲翁的男性立场还是太明显了呀。

无愧须眉陶望三

书生陶望三，为人倜傥，风流不羁。每每酒后便独自离开，朋友中有人故意唆使

青楼女子前去诱惑他，他笑纳并不拒绝，但其实他对来访女子整晚没有任何沾染。笑纳表现其洒脱不羁，不沾染则彰显其风格品位。陶望三经常住在姜部郎家，有婢女夜晚私自来找他，他坐怀不乱，从没有行为失当的时候。姜部郎因为陶望三的坚定不被诱惑而十分器重他。

《小谢》这一故事的男主人公陶望三与《聊斋志异》中很多男主人公都不一样。《莲香》中的桑子明，《阿英》中的甘钰，《画皮》里的王生，《翩翩》里的罗子浮，要么来者不拒，要么主动出击，荷尔蒙泛滥，种马气十足。仅凭不滥情也不乱性这一点，陶望三便可称得上是大丈夫。

姜部郎家闹鬼，只能举家搬迁，可留下看家的仆人一个接一个地莫名死去，让这所宅邸彻底废弃。陶望三家里穷，盛夏时节，他所住的几间茅屋湿热难当，于是他想借用姜部郎的废宅读书。姜部郎认为那鬼宅太过凶险而拒绝了他，于是陶望三写了篇《续无鬼论》献给部郎，并豪言说："鬼何能为。"姜部郎见他执意去住，便答应了。

接下来的故事，读过《聊斋志异》的朋友一定都能猜到。孤单且潇洒的书生，破旧荒废的宅院，不来个狐妖女鬼、花仙树怪，那就太不"聊斋"了。猜得不错，此地果然有女鬼，不过不是一个，而是一双。

陶望三住进鬼宅的当天傍晚，女鬼便出现了，而且是以非常活泼的方式。陶望三打扫完厅堂，刚刚把书放下，返回取其他的东西，一转眼刚放好的书就没了。陶望三很诧异，便仰卧在床上，屏息以伺其变。好个陶望三，看门奴仆接连死去，又是傍晚独自一人在此，依旧不慌不忙，不畏不惧。连饮十八碗叫嚣大虫何惧的武松看到官府张贴的景阳冈闹大虫的告示后，差点打了退堂鼓，怕遭耻笑才勉强上路。杀神武松尚且如此，陶望三一介书生，却言行如一，说不怕就不怕。

《青凤》中的耿去病是天真孩童般的不怕，《陆判》中的朱尔旦是愣头青般的不怕，陶望三则是大丈夫一般的不怕。蒲松龄写人，仔细辨去，各个不同。

过了大约一顿饭的时间，突然，听到了脚步声，陶望三斜眼一看，见两个女子自房中蹑手蹑脚地走出来，把刚刚不见的书放到了案上。这两位女子，一个大约二十岁的年纪，另外一个也就十七八岁，两人均容颜俏丽绝俗，有倾国之色。蒲松龄笔下的女鬼多半漂亮迷人，此次也不例外。

这两位美女站到床边，相视而笑。陶望三依然闭目不动。不知是怕抵挡不了诱惑，还是想静观其变。年纪大一些的姑娘见这书生如此镇定，于是翘起一只脚轻轻地踹陶望三的肚子，年纪略轻的姑娘则在一旁掩口偷笑。来自美丽女郎的赤裸裸的挑逗让陶望三思绪渐乱，杂念丛生，有点儿不能自持。于是立刻让心神稳固，收起了杂念。饮食男女，不动心是假，关键是能守住心。《天龙八部》里段誉跟王语嫣共乘一马，《神雕侠侣》中杨过与陆无双同眠一榻，都曾难以自持，也都因自己的难以自持而打自己耳光。真实的人性，真实的挣扎，读来不觉其人品低劣，反而更令人感动。

接下来，这两个姑娘更加肆无忌惮，一会儿拽胡子打脸，一会儿又用东西拨陶望三的鼻孔。陶望三把两人吼走，可再次睡下，又被那姑娘用小纸棒拨弄耳朵。总之，一晚上那两个姑娘就没消停，望三苦不堪言。

一个野蛮女友也就罢了，还来两个，陶望三“艳福”不浅。

再后来，姑娘们对陶望三所读的书本产生了兴趣，要么坐在陶望三的位子上读书，要么捂着他的眼睛不让他读书。陶望三就是为读书才来的这鬼宅，现在书都不能好好读了，是可忍孰不可忍。他不禁说出“小鬼头！捉得便都杀却”的威胁言语，可是“小鬼头”三字似怒实嗔，两个女孩子焉能不知。陶望三没办法，只好换了口气说：“男欢女爱的事，我一点儿都不了解，你们俩儿纠缠我有什么用呢？”没想到，这两位女孩子因为陶望三这句君子之言，反而不再跟他逗闹，而是微笑着走向灶台去给他做饭了。如果陶望三一开始见了这两位妙龄女郎就存非分之想，估计早就跟那些看门的奴仆一般结局。

凡事皆有因果，古往今来如此。

饭做好后，两人又争着把羹匙、筷子、碗在几案上摆好。陶望三深表感激。两个女子笑着说：“这饭里啊，下了砒霜、鹤顶红，你赶紧吃吧。”陶望三道：“我和两位从来没有什么恩怨，怎么可能对我下这样的毒手呢？”于是，大口吃粥，吃光后又要去盛，当真是了无心机，一派天然。两个姑娘都争着去为他盛饭，陶望三开怀大笑。

“君子坦荡荡，小人长戚戚。”陶望三是人中君子。

这两个女子，大一点儿的叫秋容，小一些的叫小谢。三人日久生情，小谢曾逗陶望三可是想娶她。陶望三正色道：“与两位丽人终日相对，我非草木，怎么会一点情不动呢？但是，你两人为鬼身，我如果与你们亲近，你们身上的阴冥之气必定置我于死地。如果你们不想和我同住，大可以走好了；如果想和我同在一个屋檐下生活，安分些最好不是吗？我如果根本不爱你们俩儿，何必让两位佳人受到玷污？如果我真的爱你们，何必枉死一个狂生呢？”

陶望三的一番话让两位女子相顾动容。我读到这儿，也不禁动容。

能刻苦攻读，也能玩笑嬉闹；潇洒无拘，亦能坚守底线。陶望三端的是《聊斋》诸须眉里数一数二的好男儿！

再后来两个女子跟陶望三学写字、学文章。他坐着的时候两人给他抓背，躺着的时候两人就给他按腿，不但不捉弄他，还都争相献媚于他。小谢又把她的弟弟三郎带到了老宅子，同样也拜在陶望三的门下，自此，鬼宅变学堂。有趣的是，姜部郎听到这个消息十分高兴，居然按时给他薪水作为资助。这位姜部郎也真是个风雅豪爽之人，教鬼也付钱。《聊斋志异》中，妙人多多。

数月之后，秋容与三郎的水平已经到了能作诗的程度，时不时地相互对诗作赋。私底下，小谢偷偷地叮嘱陶望三，让他别教秋容，他答应了；秋容也同样偷偷地叮嘱陶望三别教小谢，他同样应允。我读到这儿，不禁莞尔。为秋容、小谢的女儿心计，也为陶望三的从容大气。人鬼相处到这种程度，真是一种境界。

好景不长，陶望三因写文章讥讽权贵被陷害投入监狱，秋容为他送来饮食。秋容走了没几天，小谢到来，面对陶望三，悲痛欲绝。原来秋容回去的路上被城隍祠的黑判官强行抓去，秋容不屈从，被囚禁了起来。小谢奔走数百里，被荆棘扎到脚心，痛

彻骨髓，陶望三看去，血已经浸透了小谢的双脚。小谢不敢多加停留，拿出三两黄金交给陶望三，跛着脚，一瘸一拐地走了。两位好姑娘为了心上人竟受如此之苦，情深义重，令人无限唏嘘。

因为三郎执着为陶望三申冤，陶望三最终被释放。回到老宅，整晚没有一个人。之前二女巧笑倩兮、美目盼兮，三郎伏案学文、书声琅琅的场景一去不复返了。过了子夜，小谢才出现。小谢告诉陶望三，冥王因为三郎义气深重让他托生到富贵人家去了。秋容被关了很久，小谢写了状子到城隍那，城隍却压下状子，不予理会。

文中写道：

生忿然曰："黑老魅何敢如此！明日仆其像，践踏为泥，数城隍而责之。案下吏暴横如此，渠在醉梦中耶！"

在那封建迷信盛行、等级秩序森严的时代，陶望三竟丝毫不畏强权鬼神，字字掷地有声，句句正气凛然，真乃大丈夫也！

秋容忽然飘然而至。书生和小谢惊喜万分，原来黑判官见秋容宁死不从，无奈作罢，放秋容回返。经过这样一番生离死别，陶望三主动要求与二女行夫妻之礼，他说："今日我愿意为两位知己而死。"

拒绝同床，是因为不想玷污两位美丽少女；主动要求，则是不愿辜负两位少女对自己的如海深情。"士为知己者死"，陶望三深谙其味。小谢和秋容坚决不同意。她们抱在一起相互安慰，二人均知对方对书生的感情都如同夫妻一般。二女因为这次磨难的缘故，相互的妒念全部消除了。

陶望三在路上遇到一个道士，道士说他身上有鬼气，他把自己的经历讲了一遍。道士感慨说："这是两个好鬼，你可不要辜负人家呀。"《阿宝》中的阎王因为听说阿宝想随孙子楚而死便令孙子楚还阳，《小谢》中的道士因为知道了小谢、秋容对陶望三的痴情也感叹这是两个好鬼。温暖有爱的阎王和道士，其境界要比《白蛇传》中不懂爱的法海高太多了。

道士画了两道符给陶望三，让他回家交给二女，倘若听到门外有哭死去的女儿的，让她们赶快吞符出门，先到的那个可以即刻回转人世。果然有人哭女儿，小谢、秋容争相出门。小谢乱中出错，忘记吞自己的那道符。秋容直扑棺椁，在棺材前隐没消失了；小谢因为没吞符而没法进入棺材，痛哭而返。

蒲松龄并没有写两个女子为了爱情相互谦让，自愿退出，而是让她们大胆追求，勇敢去爱。依然是真实的人性，依然是真实的感动。

秋容与陶望三畅叙平生，忽然听到"呜呜"的声音，原来是小谢在暗处哭泣。两人宽慰小谢，然而小谢哭得伤心，泪满衣襟，痛不可解，临近拂晓才离去。如此过了六七夜，夫妇也没能同房。陶望三又去找道士，道士又帮小谢还阳，三个人才终于幸福地生活在了一起。

读完《小谢》，抚卷深思：人这一生，男女之间知己相交是一件多么难的事啊。陶望三怀拥双美，让文字之外的男性读者羡慕不已。不过羡慕有什么用呢？什么样的男子

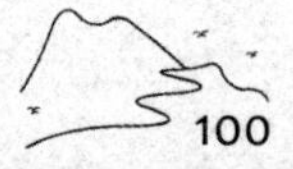

就应该拥有什么样的女子。与其羡慕陶望三摘得双生花，不如先把自己这个男人做好。

陶望三既是坐怀不乱的真君子，又是不畏强权的大丈夫。既能坦坦荡荡行天下，又能从从容容走红尘。《聊斋志异》也好，现实人生也罢，在书生陶望三面前，很多男儿不用比就已经败下阵来。有情，有义，无私，无惧，说陶望三无愧须眉，可有疑乎？

纯真痴狂霍匡九

霍桓，字匡九，父亲早早就去世了，母亲对他过于爱惜，从不让他迈出家门，结果这孩子都已经十三岁了还分不清自己家的亲戚。读了《青娥》的开头，我只能说这娃被他妈妈用养宠物的方式养得还是很成功的。

同乡有个武评事，喜欢修道，进入深山再也没回来。他家有个姑娘叫青娥，十四岁了，美得超出众人。这姑娘小时候偷偷读过他父亲常看的书，结果崇拜上了何仙姑，然后就立志不嫁人了。老的修道很任性，小的学仙一根筋。这家人的故事，可算传奇。

霍桓有点儿瓜，青娥有点儿轴。这样两个人，有交集的话估计结局也是再无交集。可蒲松龄老不正经，非要把他们捏一块儿，才有了这场啼笑姻缘。

有一天，懵懂少年霍匡九在青娥家门外瞥到了青娥，这位瓜男立刻爱上了青娥，而且还爱得很深。文中写道："只觉爱之极，而不能言。"为何不能言？前面已经说了，这孩子有点儿瓜。不过这也不能怨他，是他妈妈的功劳。美丽的青娥像一道闪电把霍匡九处于懵懂状态的感情世界一下子就照亮了。既然自己不知道如何表达，那只能找妈妈。匡九妈知道青娥立志不嫁，对这事儿就不太上心。霍匡九很郁闷，对孩子无比疼爱的霍匡九妈怕孩子郁闷出病来，只得硬着头皮托人去武家提亲，武家人果然没同意。

虽说可怜天下父母心，但武家人不同意，妈妈也没办法。妈妈没办法，霍匡九更没办法。一天，有个道士在他家门口站着，手里拿着个一尺来长的小铲。霍匡九少年心性，问这道士拿着铲子干吗。道士说他的铲子是用来挖掘药材的，东西虽然小，但威力无穷。霍匡九不信，道士拿铲子砍石头，居然像砍豆腐一样把石头砍开了。霍匡九被这铲子迷住了，想买下来，道士把铲子给了他，且分文未取。

我不知道这道士把这么厉害的一把铲子送给这样一个懵懂少年到底是何居心，是觉得这人间太平静、太无趣了吗？

霍匡九拿到了铲子，找砖头石块去试，果然锋利无比。然后，他就很自然地挥舞着铲子穿墙破户来到了意中人青娥的房间。这娃根本不考虑这样乱闯民宅是不是犯法，他的行为实实在在地匹配了他的智商。

青娥已经熟睡，霍匡九脱了鞋，悄悄爬上了青娥的床，然后，就一把抱住了青娥？错！就凑过去狂吻了青娥？更错！他不拥抱也不亲吻，只是蹑手蹑脚地躺在了青娥的被子旁边，只闻着青娥的少女体香就觉得很满足。然后，他竟因为刚才的拆迁工作过于劳累——睡着了。

唉，这孩子太纯真、太可爱了。

青娥醒来，听到有呼吸声，睁眼一看，见有亮光射入房间（霍匡九穿墙之功），文中写青娥："大骇，急起，暗摇婢醒，拔关轻出。""骇"和"急"是正常反应，"暗"和"轻"则看出青娥的从容镇定，青娥姑娘比呆瓜霍匡九可要成熟多了。

丫头和老妈子一同点着火把拎着棍棒来到小姐的卧房，"则见一总角书生，酣眠绣榻"。大家仔细一看，原来是霍家的公子霍匡九。婢女们把他推醒，他急忙起来，目光灼灼像流星一样，好像不怎么害怕，只是羞答答地不说一句话。咱们前面已经说了，这不能怪这孩子，这孩子被宠得有些失语症。婢女们都说他是贼，吓唬他，责骂他，他才哭着说："我不是贼！实在是因为我太爱小姐，想看看她的美丽容貌。"一个动辄不知道怎么表达的人，哭着说出这样一番话，当真是真情流露。

大家要把这事儿去告诉夫人，青娥低头沉思，好像不愿意。婢女们知道了青娥的意思，都说："这个人的名声门第，倒也不玷污小姐，不如放他回去，让他们托媒人来说亲。等明天，就告诉夫人说昨夜遭了强盗，怎样？"小丫鬟们的悟性和口才一点儿不逊于《西厢记》中的红娘。

青娥没说话，婢女们就让霍匡九快走。霍匡九向众人索要小铲子，他这个要求太可爱了。婢女们的回答更可爱，她们笑着说："傻小子！还忘不了凶器！"霍匡九看见青娥枕边有一个凤钗，就偷偷装进袖中。婢女看见了，急忙告诉青娥，青娥不说话，也不生气。一个老妈子拍着霍匡九的脖子说："别说他傻，心眼儿机灵极了！"就拉着他，仍然让他从墙洞里钻了出去。这老妈子对霍匡九的评价让我笑喷了。

懵懂纯真的霍匡九，机灵活泼的小丫鬟，世故温暖的老妈子，芳心暗许又一本正经的青娥，个个有趣，个个好玩儿，这样一群人碰到一起，读者有福了。

霍匡九手持小铲来到心上人身边，读者以为他会有所行动，没想到他只是静卧其旁。丫鬟、婆子拿着棍棒前来，读者以为霍匡九免不了要挨一顿暴打，没想到却被这样礼貌地遣返回家。节奏有张有弛，情节出人意料，令人回味无穷。

青娥三次不说话，看得出有些被霍匡九的痴情打动。一个少年，拿着把铲子大费周折来到你身边，没有什么非分之想，只是想看看你的容貌。搁谁身上，也会有些小感动吧。冯梦龙《卖油郎独占花魁》的故事里，卖油郎秦重攒了一年的血汗钱，想用来换取与花魁娘子莘瑶琴的一夜欢好。结果那天瑶琴醉酒，秦重并没有趁机实施自己的想法，而是细心体贴地照顾了瑶琴一夜，包括为对方处理醉酒后呕吐的污秽之物。瑶琴也因此爱上了他。

追爱，从来都不是一味地穷追猛打，更重要的是对对方的一颗敬爱怜惜之心啊。

霍匡九回到家，不敢如实告诉母亲，只是嘱咐母亲再托媒人到青娥家去提亲。母亲不忍拒绝他，便到处托媒人，急着为儿子另选良配。青娥知道后又急又慌，暗暗让心腹给霍母透露风声，看来青娥姑娘是真的动情了。再者说丫鬟、婆子都知道霍匡九睡自己的床上，按当时的传统观念，不嫁他又能嫁谁呢？

霍母非常高兴，托媒人去武家说亲。恰巧有个婢女泄漏了那天晚上的事，武夫人感到很耻辱，非常气愤。媒人一来，她用手杖戳着地，大骂霍匡九和他母亲。媒人害怕，逃了回去，把详情告诉了霍母。霍匡九的母亲也很生气，见了武家的亲属，便宣扬他儿子睡在青娥床上的事。青娥听说后，羞愧得要死。武夫人也很后悔，却没法堵住霍母的嘴。青娥暗自让人去婉转地告诉霍母，发誓说自己非霍匡九不嫁。霍母很感动，就不再说了。但是两家的亲事也就此搁浅。

青娥妈不分轻重，霍匡九妈不知进退，霍匡九又傻乎乎的。唉，也真难为青娥姑娘了。到了这个时候，事情已成僵局。但蒲松龄总是有办法的。县令见霍匡九文章不错，问他结婚了没有。霍匡九说喜欢青娥，但娶不成。县令把这事儿揽了过来，派属下带着礼品去青娥家提亲。青娥妈顺坡下驴，同意了，真是“得来全不费功夫”。过了年，霍匡九把青娥娶进门。青娥一进家门，就把小铲子扔在地上说：“这贼寇用的东西，快拿回去吧！”霍匡九笑着说：“不能忘了媒人。”小两口洞房秘语，妙趣横生。

故事讲到这里，其实可以结束了，但是文章却异峰突起，再次出乎我们的意料。

青娥为人温厚善良，沉默寡言。一天三次拜见婆母，其余时间只是关门静坐在书房里，不太留心家务事。婆母有时因红白公事出门到别的地方去，她便事事过问，且都能处理得井井有条。青娥是一个深藏不露、进退有度的好儿媳，比她的婆母强多了。

过了一年多，青娥生了个儿子，她把孩子委托给乳妈照料，好像不大关心似的。又过了四五年，青娥忽然对霍匡九说：“我们的美满姻缘到现在已经八年，如今就要长久分离了。有什么办法呢？”霍匡九惊讶地问她怎么回事，青娥默默地一句话不说，妆扮好了拜见了婆母，接着转身回到屋里。霍匡九同母亲追到房中问她，她已躺在床上咽了气。

为什么不关心孩子？为什么说死就死？蒲松龄吊足了读者的胃口。

青娥死了一年多，霍匡九妈因思念青娥得病，霍匡九也苦苦思念着青娥。有一次霍匡九到山中去，竟意外地看到了青娥。青娥惊奇地问：“郎君，你是怎么来的？”霍匡九顾不上说话，抓着她的手呜呜地哭了起来。当年因为难以辩解而哭，而今因为久别重逢而哭。都说男人有泪不轻弹，但此情此景，又有哪个男子不会泪湿青衫？

青娥劝住他，问起婆母和儿子，霍匡九就把家中的苦处述说了一遍，青娥也惨然泪下。原来青娥已成仙人，当年所埋葬的，只不过是一根竹杖。青娥带霍匡九去见父亲，蒲翁之前交代青娥的父亲入山修道不返，原来在此。此草蛇灰线技法，真是妙哉。青娥父亲对女婿表示欢迎，却不让二人同房，说会玷污了自己的洞府。面对仙人岳父，霍匡九一点儿都不畏惧，他义正词严，把老岳父说了个理屈词穷，“儿女之情，人所不免”，可谓掷地有声。青娥父亲骗霍匡九说同意让女儿跟他走，没想到，他刚一出门，岳父就把门关死回去了。霍匡九回头一看，只见四周都是山岩，看天上斜月高悬、星斗稀疏，他由悲伤变为怨恨，对着石壁号叫，始终无人应声。他气愤至极，从腰中拿出小铲，奋力挖凿石壁，边挖边骂，瞬息间已凿进三四尺。手舞小铲、为爱痴狂的霍匡九，酷极了，也可爱极了。

岳父无奈，只得让青娥跟霍匡九回家，再不同意估计他的仙洞就被霍匡九挖塌了。

霍匡九和青娥终于过上了幸福的生活。

两次挥舞小铲，都是为了见到自己的爱人，只不过第一次还略显懵懂，第二次却执着非常。曾经的霍匡九无比纯真，纯真得像一张白纸，一派天然，让人啼笑皆非；现今的霍匡九无比痴狂，狂放得像那把疯狂的小铲，无坚不摧，让人油然生敬。

真正的爱情，原本就应该是无坚不摧的啊！

合上书卷，我的眉梢、眼角依然全是笑意。眼前好像就站立着这样一个男子，他腰间的小铲子锃明瓦亮，冒着温暖的寒光。

我也想拥有一把这样的小铲子，若有人惹怒了我，我就可以晚上挥舞着小铲来到他的床前，把铲子放下，掀开被子，然后用手去狠狠地——挠他的胳肢窝。

读金庸

阿紫：不敢大声说爱你

瑟瑟几响，花树分开，钻了一个少女出来，全身紫衫，只十五六岁年纪，比阿朱尚小着两岁，一双大眼乌溜溜地，满脸精乖之气。

这个少女，就是阿紫。金庸《天龙八部》一书美女众多。读者们有的喜欢博学多识的神仙姐姐王语嫣，有的喜欢一派纯真任天然的小钟灵，有的喜欢泼辣执着的黑玫瑰木婉清，甚至有人喜欢吴侬软语对慕容复一往情深的阿碧，喜欢灵鹫宫娇憨可人的梅兰竹菊四婢女，而温婉动人、善解人意又有些俏皮的阿朱就更不用说了。

但是阿紫呢？估计没有几个读者会喜欢，包括我。

她一出场就带着一股邪气，先是用钓竿尖端插鱼，水上鲜血淋漓。接着用渔网戏弄段正淳四大家将之一的褚万里，且最终导致褚万里不堪受辱，用类似自尽的方式死去。段正淳制服她，她表面上求饶，翻手就发歹毒之物。段正淳将暗器挥落后，她又佯装落水而死。后来萧峰看出她是装死，她一跃而起扶萧峰肩膀时，却又扣了毒针在手。

可以说阿紫出场后的一系列表现让读者们都厌恶至极。褚万里见其插鱼时说她“年纪轻轻的小姑娘，行事恁地狠毒”，实在不是虚言。

仅仅因为看店伙儿不顺眼，阿紫就切掉人家的舌头。仅仅因为游坦之要害萧峰，阿紫就对其百般折磨，甚至让毒虫噬咬他。马夫人更惨，先是被她破了相，然后又被她用蜂蜜引来蚂蚁，让马夫人又疼又痒，求生不得，求死不能。

这般狠毒，这般对生命的极度漠视，让人不寒而栗。李莫愁滥杀无辜，好歹是为情所伤；阿紫杀人害人，却好像纯粹是恶作剧式的变态发泄。

这还不是最可怕的，最可怕的是阿紫好像毫无感情。她的父亲与段延庆决斗，她竟有意无意地提醒段延庆用另一根铁杖便可制胜；她的姐姐阿朱死于萧峰的掌下，她没有一点儿悲伤之色；甚至她与自己的母亲阮星竹也没有什么情感上的互动。骨肉至亲，竟凉薄如此，令人费解而又齿冷。

她眼睛失明后对游坦之示好只不过是为了寻个依靠；对虚竹示好，则是为了求对方医治自己的眼睛。人格品位，让人无从赞誉。

阿紫虽和她的姐姐阿朱容貌相似，性情上却是判若云泥。阿朱善良温厚，阿紫恶毒凉薄；阿朱善解人意，阿紫任性刁蛮；阿朱可以用自己的牺牲去化解仇恨，阿紫却是用他人的痛苦来取悦自己。可就是这样截然相反的两个人，却都深爱上了《天龙八部》中的第一英雄萧峰。

阿朱爱上萧峰是从萧峰凭其大智大勇平定杏子林叛乱开始的。萧峰的果敢、豪气、机智，萧峰的行方智圆、从容不迫，让小阿朱怦然心动。而后萧峰为请薛神医救阿朱，在聚贤庄英雄大会上的神威凛凛、大义担当，更是让阿朱芳心暗许。这种英雄救美的恋爱模式在金庸武侠世界里比比皆是。就像小昭，仅因为张无忌在危险关头把她护在身后，就愿意做他一辈子的小丫头，女皇都不想做；就像仪琳，因为令狐冲为救自己宁肯被砍伤也要跟田伯光比刀法，就很自然地爱上了他。

阿紫爱上萧峰却很特别。书中写道：

“在那小桥边的大雷雨之夜，我见到你打死我姊姊，哭得这么伤心，我心中就非常非常喜欢你。”

阿朱是被萧峰的英雄气概征服，阿紫却是被萧峰的深情打动。阿朱对萧峰更多的是仰慕与感激，阿紫对萧峰更多的却是怜惜与尊重。从对萧峰的爱这方面来讲，阿紫的精神高度是高于阿朱的。

爱上萧峰，让阿紫终于有了可爱的一面。

看她跟萧峰斗嘴，跟萧峰胡搅蛮缠，任性中带着深情，霸道中透着依恋。她竟然天真到想用毒针射伤萧峰，这样就可以不被他赶走，就可以照顾他，跟他在一起。虽然不可理喻，却是情根深种。萧峰打伤她，她毫无怨言；萧峰照顾她，她只有欢喜。

萧峰盼着她尽快好起来，她的内心深处却盼着自己好得慢一些。

阿紫一直喊萧峰为姐夫。因为不喊姐夫，不把姐姐要萧峰照顾妹妹的遗言搬出来，萧峰根本就不会把她放在心上。不喊姐夫，她无法走近他。而也正是因为这一声姐夫，她这一生都无法真正走近他。无论她的外貌与阿朱有多么相似，萧峰的心里都已装不下第二个女人。这一声姐夫，甜蜜又酸楚，热望又绝望。

少室山前，萧峰如天神下凡，从丁春秋手中救出双目失明的阿紫。阿紫道：“好姐夫，多亏你来救了我。”在这样久别重逢、生死周折的时刻，阿紫依然未能喊出那声“大哥”。面对心中有了袁紫衣的胡斐，程灵素可以喊一声大哥；面对心中有了小龙女的杨过，程英可以喊一声大哥；面对心中有了任盈盈的令狐冲，仪琳可以喊一声大哥；而面对心上人已死去的萧峰，阿紫却还是喊出了那声“姐夫”。

爱一个人，可以让自己变得无比谦卑，无比软弱。刁蛮任性、行事乖张的阿紫，也可以让自己这样“低到尘埃里”。爱情对人的重塑力，可谓惊人。

在辽国的日子里，阿紫一直想成为萧峰的心上人。大辽皇帝耶律洪基也有意撮合，但萧峰心有所属，坚如铁石。

阿紫叫道：“……你就从来不把我放在心上。”

萧峰轻轻抚摩阿紫的秀发，低声道：“阿紫，我年纪大了你一倍有余，只能像叔叔、哥哥这般的照顾你。我这一生只喜欢过一个女子，那就是你的姊姊。……我关怀你，全是为了阿朱。”

阿紫又气又恼，突然伸出手来，拍的一声，重重打了他一记巴掌。萧峰若要闪避，这一掌如何能击到他脸上？只是见阿紫见得脸色惨白，全身发颤，目光中流露出凄苦之色，看了好生难受，终于不忍避开她这一掌。

阿紫一掌打过，好生后悔，叫道："姊夫，是我不好，你……你打还我，打还我！"

目光"凄苦"，喊着"打还我"的阿紫，让人如何恨得起来？萧峰不愿伐宋，耶律洪基为迫使萧峰就范，让她的妃子利用阿紫给萧峰喝毒酒。得知真相后：

阿紫哭道："不，不！穆贵妃给了我一瓶水，她骗我说，如给你喝了，你就永远永远的喜欢我，会……会娶我为妻。我实在傻得厉害，姊夫，我跟你一起死，咱们再也不会分开。"说着抽出腰刀，便要往自己颈中抹去。

萧峰怪阿紫对为她献出双眼的游坦之不好，阿紫说："姐夫，你的眼睛倘若盲了，我也甘心情愿将我的好眼睛换给你。"

为他"凄苦"，为他"哭"，为他甘愿挖去自己的眼睛，为他甘心去死。谁让她爱上他，深深地爱上了他呢？爱上他，就是欠了他啊。

萧峰自杀之后，阿紫尖叫着冲上前去，压抑太久的情感终于如火山般喷涌而出。

阿紫凝视着萧峰的尸体，怔怔的瞧了半晌，柔声说道："姊夫，这些都是坏人，你别理睬他们，只有阿紫，才真正的待你好。"说着俯身下去，将萧峰的尸体抱了过来。萧峰身子长大，上半身被她抱着，两脚仍是垂在地下。阿紫又道："姊夫，你现下才真的乖了，我抱着你，你也不推开我。是啊，要这样才好。"

……

阿紫厉声道："你别来抢我姊夫，他是我的，谁也不能动他。"

……

阿紫高声道："啊，是了，我的眼睛是你给我的。姊夫说我欠了你的恩情，要我好好待你。我可偏不喜欢。"蓦地里右手伸出，往自己眼中一插，竟然将两颗眼珠子挖了出来，用力向游坦之掷去，叫道："还你！还你！从今以后，我再也不欠你什么了。免得我姊夫老是逼我，要我跟你在一起。"

……

阿紫抱着萧峰的尸身，柔声叫道："姊夫，咱们再也不欠别人什么了。以前我用毒针射你，便是要你永远和我在一起，今日总算如了我的心愿。"说着抱着萧峰，迈步便行。

群豪见她眼眶中鲜血流出，掠过她雪白的脸庞，人人心下生怖，见她走来，便都让开了脚步。只见她笔直向前走去，渐渐走近山边的深谷。众人都叫了起来："停步，停步！前面是深谷！"

段誉飞步追来，叫道："小妹，你……"

但阿紫向前直奔，突然间足下踏一个空，竟向万丈深谷中摔了下去。

可怜的阿紫，生命的最后时刻，他已不会再推开她，她喊的却还是那声酸楚又甜蜜的"姐夫"。

阿朱是幸运的，虽然被萧峰失手打死，却也正因如此，她永远占据了萧峰的情感

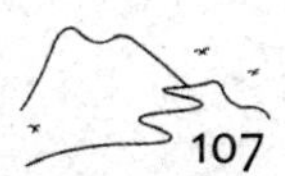

世界。倒在萧峰怀中的那一刻，阿朱的幸福比苦楚更多。阿紫呢？她为萧峰而死，全世界都知道，却只有萧峰不知道。她的爱在他那里也从未得到过回应。阿朱死在萧峰怀中，心满意足；阿紫抱着萧峰的尸身跳下万丈深谷，也心满意足。阿紫的爱无疑更为决绝，更不计得失，更令人悲恻不已。

这世间，有几人愿意去坚守这无望的爱情呢？

从小被亲生父母抛弃，在星宿派学得一身谄媚的本领，因被星宿老怪骚扰，小小年纪就在江湖上闯荡。爱上了一个不爱自己的人，最后为他殉情而死，且对方一无所知。这就是阿紫的一生。

阿朱爱萧峰，阿紫也爱萧峰，在爱的天平上，她们姐妹的爱同样贵重。

萧峰是幸运的，得这样一对姐妹倾心相爱；萧峰又是不幸的，阿朱被他误杀于前，阿紫为他殉情在后。萧峰是金庸武侠世界中的第一孤独英雄，阿紫是金庸武侠世界中的第一伤心少女。

爱一个人，就是选择了一种生活。萧峰点亮了阿紫的世界，却关闭了自己的心门。阿紫的悲剧早已注定。殉情的结局其实符合阿紫的心愿，因为，她终于可以和他在一起，任谁都拆不散。萧峰若泉下有知，不知是感动还是叹息。

不敢大声说爱你，因为怕你把我嫌弃；不敢大声说爱你，因为怕你把我远离；不敢大声说爱你，只愿傻傻陪着你；不敢大声说爱你，只愿痴痴恋着你。

雪白面庞、鲜血淋漓的阿紫就这样去了，终年一十九岁。

阿碧：你可知道我爱你

阿朱、阿紫、阿碧，若没读过《天龙八部》，人们很可能会以为这是三姐妹，其实不然。阿朱和阿紫是亲姐妹，阿朱和阿碧则同是姑苏慕容复的丫鬟。三人同样以喜穿衣服的颜色命名，简单又有趣。

阿朱善调香露，住在“听香水榭”；阿碧雅抚瑶琴，住在“琴韵小筑”。仅凭两个小丫鬟的居所之名，读者即可管窥姑苏慕容之博雅气象。两人同在《天龙八部》第十一章出场。

便在此时，只听得欸乃声响，湖面绿波上飘来一叶小舟，一个绿衫少女手执双桨，缓缓划水而来，口中唱着小曲，听那曲子是：“菡萏香连十顷陂，小姑贪戏采莲迟。晚来弄水船头滩，笑脱红裙裹鸭儿。”歌声娇柔无邪，欢悦动心。

这个绿衫少女，就是阿碧。

阿碧歌声柔美，段誉身为大理镇南王世子，听歌看舞的场面一定经历过不少，而且其本身也有着较高的艺术修养，但听到阿碧的歌声，竟然“不由得心魂俱醉”。从段誉和崔百泉、过彦之眼中看去，“那少女一双纤手皓肤如玉，映着绿波，便如透明一般”。崔百泉和过彦之虽大敌当前，也不禁转头向她瞧了两眼。

歌声让人心魂俱醉，纤手令人不禁转头。不能说色艺双绝，可也算是一位极有魅力的女孩子。

金庸在后面也没有具体描写阿碧的长相，只说她“声音极甜极清，令人一听之下，说不出的舒适”“满脸都是温柔，满身尽是秀气”，跟人说话“都是殷勤探询，软语商量，教人难以拒却”。总之，阿碧之长不在容貌之秀美，而在性情之温柔。“小家碧玉”“温润如玉”这些词汇，用在阿碧的身上极为贴切。

如段誉所想：“其实这少女也非甚美，比之木婉清颇有不如，但八分容貌，加上十二分的温柔，便不逊于十分人才的美女。”

而对于几乎所有男人而言，女性的温柔永远是最具魅力的吸引。像木婉清那样，动不动就打人耳光；像阿紫那样，一言不合就放毒针。无论多美，让人爱起来，都实在太难。

男人喜欢的是女孩子，不是女汉子。要想了解成为一个女孩子的基本素养，阿碧可以为师矣。

看阿碧把软鞭和算盘这两件伤人的兵器当作乐器来弹，好似在枪管之中插入一朵玫瑰，化暴力为艺术，让人悠然神往。崔百泉在阿碧向自己借用算盘时竟疑心阿碧要加害自己，崔百泉越作如此想，越见阿碧姑娘之纯真坦荡。

阿碧毫无心机，天真烂漫，善解人意，温柔无限。金庸武侠著作中符合这些特点的，除了阿碧，也只有《笑傲江湖》中的仪琳了。

金庸著作中的很多女性形象是有心计、有权谋的。这样的女性，总让人感觉有些畏惧。不用说统领丐帮的黄蓉、号令玄冥二老的赵敏和一呼百应的任大小姐；更不用说心机叵测的周芷若、深谋远虑的程灵素和善用阵法的程英；哪怕是温柔可人的小昭，也怀揣着偷乾坤大挪移心法的任务；就连温婉动人的阿朱，也去少林寺扮作和尚为自家公子盗经。

有人说香香公主和钟灵没有心机呀。但是香香公主完全是按婴儿心性塑造的，做作至极，像个假人。钟灵则还是个未成年的少女，是真正的幼小，而不是风格使然。阿碧和仪琳则是活生生的毫无心机，让人倍感亲切。

但阿碧与仪琳又有所不同。仪琳毕竟是佛门女尼，善良坦荡之于她而言，是再正常不过的品质。而阿碧作为一个武林世家的小小婢女，也能如此，我们只能说这是由于她对这世界充满爱与希望了。江湖中的血雨没有潮湿她的琴音，人世间的腥风也没能吹皱她的心湖。

过彦之见阿碧不紧不忙，心里焦躁，砸碎椅子吓唬阿碧。

阿碧既不惊惶，也不生气，说道：“江湖上英雄豪杰来拜会公子的，每个月总有几起，也有很多像过大爷这般凶霸霸、恶狠狠的，我小丫头倒也吓没吓煞……”

吴侬软语，气度俨然。好阿碧，温柔又刚强，有礼而淡定。

这样一个好姑娘，应该有很多人喜欢倾慕才对。但是没办法，《天龙八部》中的女性有的长相极美，有的地位尊崇，阿碧在群芳之中也只是不起眼的存在。

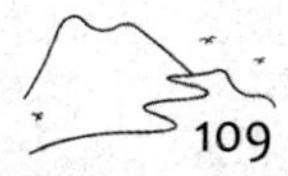

李秋水的小妹子是无崖子的真爱，王语嫣被段誉惊为天人，阿朱被萧峰一生铭记，西夏国公主与虚竹两情缱绻，阿紫让游坦之极度迷恋。阿碧呢？无人呵护亦无人爱怜。老天真是不公。

无人爱阿碧，阿碧心中却有深爱的人。我们可以不被人爱，但谁能剥夺我们爱的权利呢？阿碧的心上人，就是人称“南慕容”的慕容复，慕容复身边的女性中，王语嫣比阿碧漂亮，阿朱比阿碧聪明，自己又与慕容复身份地位相去甚远，自认平凡的小阿碧除了默默地爱他，又能怎么样呢？

阿朱轻笑道：“你是就会体贴人。小心公子晓得仔吃醋。”阿碧叹了口气，说道：“格种小事体，公子真勿会放在心上。我们两个小丫头，公子从来就勿会放在心上。”阿朱道：“我要俚放在心上做啥？阿碧妹子，你也勿要一日到夜牵记公子，呒不用格。”阿碧轻叹一声，却不回答。

不说把我放在心上，而说“我们两个”，且强调自己是“小丫头”。尊卑的差别让阿碧对慕容复望而却步。而在阿朱的追问下，阿碧也只是一声轻叹，不是长叹，而是轻叹。这样隐忍，这样无奈，这样让人怜惜。

在王夫人庄上，王语嫣与阿朱、阿碧谈慕容复的事儿，一开始都是王语嫣与阿朱的对话，后来王语嫣说到慕容复的打狗棒法使得有些快了，阿碧才开口问：“这打狗棒法使得快了，当真很不妥当么？”雅善琴韵的阿碧，忽然关心起习武方式的利害，对自家公子的关切之情，溢于言表。

段誉离开三女之前，依稀听到阿碧说要同阿朱用一晚上的时间给慕容复各缝一套内衣裤。为公子缝制衣裤的时候，阿碧应该是幸福的吧？段誉离开三女后遇到萧峰，全书也便从段誉的叙事视角转移到萧峰身上，而后是虚竹，这种写法与《水浒传》颇为类似，这期间的三十多回里阿碧基本上没有出场。

全书最后，帝王梦破灭的慕容复神志昏乱，坐在坟头上接受一群小孩的朝拜，阿碧才再一次进入读者的视线。

慕容复道：“众爱卿平身，朕既兴复大燕，身登大宝，人人皆有封赏。”

坟边垂首站着一个女子，却是阿碧。她身穿浅绿衣衫，明艳的脸上颇有凄楚憔悴之色，只见她从一只篮中取出糖果糕饼，分给众小儿，说道：“大家好乖，明天再来玩，又有糖果糕饼吃！”语音呜咽，一滴滴泪水落入了竹篮之中。

从段誉眼中看去，阿碧看慕容复的眼神中柔情无限。

依旧柔情无限，依旧痴心一片。

在默默爱恋这一点上，仪琳与阿碧很像。但仪琳毕竟有机会在令狐冲（他化装成哑婆婆）面前倾诉衷肠。而阿碧却自始至终未对自己深爱的公子爷倾吐半分爱意。

江淹《别赋》中写道：“春草碧色，春水绿波，送君南浦，伤如之何？”慕容复的每一次远行都牵动着这个绿衣少女的心。他的王图霸业她不懂，他的雄心抱负她不懂，她在为他缝制衣裤的时候只希望他的公子爷能平平安安地回来，那样她就很欢喜、很满足了。

终于见到他了，可他已不复当年的英俊倜傥、睥睨天下。他成了一个疯子，一个让人避之唯恐不及的疯子。不过这有什么关系呢？王姑娘不要你，阿碧要你，阿碧愿意永生永世陪着你。

深情不及久伴，真爱何须多言？这个配角中的配角，这个江南水乡中水一样温柔的女子，却以她因爱情激发出的勇敢与执着震撼了我们的心灵。

如果不是一场大火，简·爱不会去找罗切斯特；如果不是因为慕容复疯了，阿碧又怎么会跟他在一起呢？变故消弭了距离，不幸带来了幸运。可她们还是不同的。尽管罗切斯特身体残疾了，可他毕竟精神正常，简·爱可以和他在灵魂上沟通交流；而阿碧，却终日守着一个神志昏乱的疯子。阿碧比简·爱更不顾一切呀。

我终于可以勇敢地爱你了。公子爷，我不嫌你落魄，更不嫌你疯癫，只要是你就够了。我由于被你需要而更加爱你，因为我的爱之于你，终于有了意义。

因为房子或车子分道扬镳的情侣们，在阿碧面前，该不该局促不安、脸飞红霞？

听过不少老夫老妻之中一人患了老年痴呆症，另一个不离不弃好生照料的故事。但无论如何，两人曾经厮守多年，都明白彼此对自己的爱。而阿碧，从来没得到过对方的爱，却也能爱得如此无怨无悔。都说“夫妻本是同林鸟，大难临头各自飞”，阿碧和慕容复却连夫妻都不是，这份爱情，这份痴心，这种无论你是富贵还是落魄我都爱你的矢志不渝的态度，除了真爱，又有什么更好的解释呢？

爱一个人，守一份情。天荒地老，默默无声。

阿朱为爱死得悲苦，阿紫为爱死得惨烈，阿碧为爱活得凄凉。但阿朱无悔，阿紫无悔，阿碧亦无悔。问世间情为何物，直教人生死相许。

有人问张晓风如何在感情中不受伤。张晓风说：“受伤，这种事是有的——但是你要保持一个完完整整不受伤的自己做什么用呢？”

是啊，就像歌曲中唱的那样——何必计算代价，爱了就爱了。

爱一个人，怎么会思量那么多呢？

在清晨，在黄昏，在风雪之中，在雷雨之夜，在他失神的时候，在他狂笑的时候，在他莫名其妙落泪的时候，在用无比温柔的琴音和无比动听的歌喉也不能使他安静下来的时候，哪怕自己已忍不住泪眼潸然，阿碧也总会柔情无限地看着他，她在心里一次又一次地轻叹：“公子爷，你可知道我爱你？”

这，就是婢女兼圣女——阿碧的心声。

阿朱：爱你让我如此勇敢

阿朱出场是在第十六回《向来痴》，但最开始却不是以真面目，而是以易容的身份出现的。小阿朱一出场，居然就“胆大妄为”，戏弄起了功夫一等一的吐蕃国师鸠摩智。看她又是拐弯抹角地骂贼秃，又是故意装耳聋听错话，还让其给自己下跪，当真

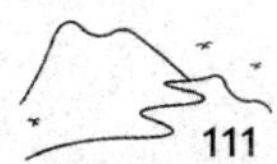

如段誉所想“这个姑娘精灵古怪”。阿朱让鸠摩智下跪，鸠摩智凭内力造假。阿朱让识破其身份的段誉下跪，段誉便恭恭敬敬磕了三个头，并且说要跪给美人。造假的鸠摩智令阿朱厌恶，真诚而睿智的段誉则让阿朱陡生好感。

真诚是永不过时的品质。

如果没有段誉，只有鸠摩智、崔百泉和过彦之三个只知道打打杀杀的臭男人，阿朱戏弄鸠摩智这一段一定没有这么精彩、这么有趣。虽说“好看的皮囊千篇一律，有趣的灵魂万里挑一”，但如果一个人碰到的全都是无趣之人，自己拥有再有趣的灵魂估计也无聊死了。段誉和阿朱棋逢对手，心照不宣，把个鸠摩智蒙在鼓里，好看至极。论有趣这门功夫，段誉和阿朱绝对凌驾于自命不凡的鸠摩智之上。

换完妆后的阿朱，从段誉（还是得段誉来看）眼中看去：“盈盈十六七年纪，向着段誉似笑非笑，一脸精灵顽皮的神气。阿碧是瓜子脸，清雅秀丽，这女郎是鹅蛋脸，眼珠灵动，另有一股动人气韵。”

阿朱是个精灵剔透又美丽动人的好姑娘。

同样是出场就捉弄人，妹妹阿紫行事做事透着一股邪气，姐姐阿朱言谈举止却透着一股灵气。阿紫刁蛮，不计后果；阿朱温良，思虑周全。两姐妹判若云泥。

青城派寻衅滋事，阿朱一番推理，让众人都冷静了下来。王语嫣只知道苦背武功套路，阿碧除了她的公子爷好像也不关心其他事，包不同“非也非也”说了不少，也没有让众人冷静下来的本事，阿朱则凭她的审慎成熟给在场的所有人都上了一课。

如果没有遇到萧峰，估计这就是阿朱的日常。主要任务是照顾公子，善调香露且烧一手好菜，偶尔用易容术搞搞无伤大雅的恶作剧，被包不同、风波恶等哥哥们宠着，有阿碧这样的好朋友做伴，虽是仆人却并不卑微，遇事不慌审慎成熟，很体面，也很幸福。但是萧峰毕竟还是出现了。从萧峰来到阿朱面前那一刻起，阿朱的生活就完全改变了。阿朱甚至一下子从一个无忧无虑的小姑娘成长为一个大气而又决绝的女性。爱情，竟有这样的魔力！

段誉被包不同嫌弃，独自到酒楼喝酒，得遇萧峰。段誉感叹：“好一条大汉！这定是燕赵北国的悲歌慷慨之士。不论江南或是大理，都不会有这等人物……”萧峰在同性面前竟也有如此魅力，在小阿朱那里，就更不用说了。

杏子林中，萧峰一显身手，连有架必打的风波恶也不得不低头说“强弱相差太远，打起来兴味索然”。连嘴上一向不饶人的包不同也说“技不如人兮，脸上无光”。而更让人佩服的是，萧峰在风波恶中毒后赐解药于前，又欲为其吸出毒液在后，如此恩威并重，如此大仁大义，怎能不让小阿朱怦然心动呢？

此后，萧峰智擒全冠清，又用近乎自虐的方式博得几位长老的认可。且看书中这段描写：

宋长老惨然变色，叫道：“帮主，你……”乔峰一伸手，将左首一柄法刀拔起。宋长老道：“罢了，罢了，我起过杀害你的念头，原是罪有应得，你下手罢！”眼前刀光一闪，噗的一声轻响，只见乔峰将法刀戳入了他自己左肩。

我当年读到此处，感觉有一股热血要从胸口喷出来！直至今天，依然被震撼得张口结舌。强悍的萧峰、威武的萧峰、孤独的萧峰、无奈的萧峰、天神一般的萧峰，让读者如何不心折？让小阿朱如何不心折？

马夫人貌似柔弱，却咄咄逼人，阿朱三言两语便道出了其言语中的漏洞，可见阿朱之冰雪聪明。

少林寺菩提院内，萧峰救了前去盗经的阿朱。他为她渡真气，给她讲故事，跟她柔声地说话。豪雄的大丈夫萧峰，应该是第一次这样与异性接触吧。他哪里知道当阿朱把他当作依靠之时，他其实也是很需要有这样一个人跟自己说说话的。

人活一世，谁能忍受绝对的孤独呢？

萧峰睡着之后，阿朱瞧着他沧桑的面容"忽起怜悯之意，只觉得眼前这个粗壮的汉子心中很苦，比自己实是不幸得多"。萧峰不明了自己的身份，阿朱也不明了自己的身份。两个无根无源客，一对天涯沦落人。相近的遭遇和母性的悲悯，让阿朱的心不由地向对方靠得更近。

聚贤庄上，萧峰一人独斗群雄，提出的条件却是让薛神医给阿朱治病。杀声震天，血染庭院。

阿朱低声道："乔大爷，我不成啦，你别理我，快……快自己去吧！"

萧峰眼见群雄不讲公道，竟群相欺侮阿朱这奄奄一息的弱女子，激发了高傲倔强之气，大声说道："事到如今，他们也决不容你活了，咱们死在一起便是。"

这句"死在一起便是"彻底击中了阿朱的女儿心。阿朱先前对萧峰也许只有敬重、感激和怜惜，而现在，却一定是爱情了。还有什么比"死在一起"更令人动容动情的话呢？

萧峰被其父救走，得到了精心的照料。阿朱也被薛神医治好，二人再次相见，已是二十天之后。

阿朱道："乔大爷，你好！"她向乔峰凝视片刻，突然之间，纵身扑入他的怀中，哭道："乔大爷，我……我在这里已等了你五日五夜，我只怕你不能来。你……你果然来了，谢谢老天爷保佑，你终于安好无恙。"

五日五夜，诚心守望，没有嗔怪，只有欣喜，阿朱好姑娘。

在找马夫人之前，萧峰不再让阿朱喊他萧大爷，而是萧大哥。

阿朱细声道："大……大哥！"

萧峰哈哈大笑，说道："是了！从今而后，萧某不再是孤孤单单、给人轻蔑鄙视的胡虏贱种，这世上至少有一个人……有一个人……"一时不知如何说才是。

阿朱接口道："有一个人敬重你、钦佩你、感激你，愿意永永远远、生生世世陪在你身边，和你一同抵受患难屈辱、艰险困苦。"说得诚挚无比。

萧峰纵声长笑，四周山谷鸣响，他想到阿朱说"一同抵受患难屈辱、艰险困苦"，她明知前途满是荆棘，却也甘受无悔，心中感激，虽满脸笑容，腮边却滚下了两行泪水。

萧峰先笑后哭，足见其感激之至、欣慰之至。当他说出“这世上至少有一个人”的时候，萧峰对阿朱的情感也发生了质的变化。可是他们哪里知道，就是这个马夫人，让他们彼此刚刚确认的爱情成风。

小镜湖，阿朱确认了自己的身份，还没来得及投向父母的怀抱，感受家庭的温暖，她就设计让爱侣杀死了自己，以期用自己的死消弭萧峰和自己父亲段正淳的仇怨。当阿朱强颜欢笑的时候，当阿朱说出“我害怕”的时候，当阿朱害怕萧峰夹攻父亲“颤声”说话的时候，当阿朱说自己“好冷好冷”的时候，当阿朱“叹了一口气”的时候，我多想冲入文字间告诉萧峰：阿朱已经在做赴死的准备了，你知道么？你怎的如此心粗？就这样错过了自己的挚爱。

萧峰大声道：“我不恼你，我恼我自己，恨我自己。”说着举起手来，猛击自己脑袋。

阿朱的左手动了一动，想阻止他不要自击，但提不起手臂，说道：“大哥，你答允我，永远永远，不可损伤自己。”

杏子林中，萧峰自插尖刀平定纷争；小镜湖边，阿朱设计自杀化解仇怨。但是萧峰被丐帮驱逐，阿朱被马夫人算计，都没有真正成功。两个刚刚走到一起的苦命人，转眼间就阴阳两隔。老天，你为何如此弄人？！

雷电交加，泪水决堤。美丽的阿朱、善良的阿朱、精灵古怪的阿朱、审慎成熟的阿朱、大气深情的阿朱、傻傻的阿朱、可怜的阿朱，就这样在这个雷电之夜永永远远地离开了萧峰。萧峰，也走向了彻底的孤独。

萧峰大喜，突然抓住她腰，将她身子抛上半空，待她跌了下来，然后轻轻接住，放在地下，笑眯眯的向她瞧了一眼，大声道：“阿朱，你以后跟着我骑马打猎、牧牛放羊，是永不后悔的了？”

阿朱正色道：“便跟着你杀人放火，打家劫舍，也永不后悔。跟着你吃尽千般苦楚，万种熬煎，也是欢欢喜喜。”

大喜的萧峰，正色的阿朱，相依为命的爱情。可是转眼之间，这些美好的回忆，全部变成了惩罚。

因为爱你，所以无论多少人孤立你，我都愿意陪在你的身边。因为爱你，所以五日五夜，我也不曾远离。因为爱你，所以死在你的手上我也无怨无悔。爱你，让我变得如此勇敢！

每次读到阿朱之死，我都会想到程灵素之死。相同的是她们对爱情的态度。不同的是前者悲壮，而后者凄美。她们用自己的方式诠释了她们的爱情也证明了她们的爱情。与萧峰、胡斐这样的大英雄相比，她们毫不逊色。两个勇敢的女人，在生命的最后一刻，折了多少热血男儿的腰？

阿朱走了，萧峰的心也空了。有些人的位置，注定无法取代！直到生命的终结，萧峰再也没爱过第二个女人。“曾经沧海难为水”，阿朱的好，真的没人能比得了。何况，她还为了爱死在了他的手上呢？

从用易容术戏弄鸠摩智开始，到用易容术死在爱人掌下结束；从先前的有趣到最后的悲壮，阿朱完成了自己的生命之旅和爱情之旅。对于萧峰或者每一个读者而言，阿朱更像一个哲学概念般的存在，值得让人反复参详。

爱你，让我变得如此勇敢。

想要问问你敢不敢，像我这样为爱痴狂？

读古龙

小李飞刀成绝响

冷风如刀，以大地为砧板，视众生为鱼肉。

万里飞雪，将苍穹作洪炉，溶万物为白银。

在《多情剑客无情剑》全书的开头，古龙用奇巧的比喻为我们营造了如此肃杀阴冷的氛围。就在这样的氛围之中，文能定国、武能安邦，却因为爱情而萧然出关，如今重归江湖的一代浪子游侠李寻欢出场了，而且一出场，就光芒四射，如同他的出手一刀！

看他咀嚼着自己平生最厌恶的寂寞，看他大口地喝酒、大声地咳嗽，看他用小刀雕刻着一个女子的相貌，看他将那雕好的人像痴痴地埋进冰雪，看他柔声地唤雪地上独行的少年上车来喝杯酒，看他一眼就能看出这独行少年那把不起眼的剑其实是把利器，看他不无讥讽地说急风剑诸葛雷“这狂徒，居然能活到现在”。一个嗜酒如命、病病恹恹、情根深种、悲天悯人、目光犀利、爱憎分明的李寻欢已跃然于纸上。

王者归来，他的飞刀绝技神妙如昔。作者用层层烘托的笔法来写小李探花飞刀之“快”。诸葛雷的急风剑已够快，但碧血双蛇的快剑却把诸葛雷迫得围着桌子爬了一圈，而一剑杀死白蛇的少年阿飞却把他的兄弟黑蛇骇得几欲发狂。在古龙的江湖中，“天下武功，唯快不破”。诸葛雷从背后偷袭阿飞，眼看他的剑就要洞穿阿飞的心脏，一柄飞刀却无声无息穿透了他的咽喉。小李飞刀，果然例无虚发。

我认真研读过很多书的第一章，但《多情剑客无情剑》的第一章《飞刀与快剑》给我留下的印象最深。它的氛围营造、人物刻画、世态勾勒无不夺人眼目，令人叹服。李寻欢这个人物，也一下子抓住了我的心。

李寻欢一踏入江湖，就被卷入了梅花盗的阴谋之中。金钱、美女，只要能擒获江湖中人人恨之入骨的梅花盗，就可以得到这两者，尤其是后者。这后者就是江湖第一美人林仙儿。

《多情剑客无情剑》的前二十五章写的是智破梅花盗的故事。梅花盗暗器伤人，所以有了可刀枪不入的武林至宝金丝甲就可立于不败之地。于是，我们看到带着人家的女人私奔的孙逵为了一件金丝甲而杀死跟随自己多年的女人；看到被人斩断双腿形同肉球一样的妙郎君花蜂因为抢了金丝甲而为自己招来杀身之祸，被暗器钉满全身；看到玉罗刹、施耀先等江湖人物也一个个因为金丝甲而倒下。

宝物真的那么重要吗？比爱情重要，还是比生命重要？这是古龙留给我们的思考题。

李寻欢苦笑道："鹿角若无茸，羚羊若无角，也不会死于猎人之手了。"

是啊，易求无价宝，难得有情人。世人却往往看不破。

孙逵被青魔手所伤，生不如死，只求死个痛快，李寻欢把孙逵的链子枪递给他。

孙逵挣扎着拾起了它，颤声道："谢谢你，谢谢你，我死也忘不了你的好处。"

从李寻欢对这平凡小人物的态度，更能看出他的悲悯。

李寻欢看淡宝物，也看淡美色。他虽名为寻欢，但在武林第一美人林仙儿脱光衣服诱惑他时，他却说："已经很久没有这么样的眼福了，谢谢你。"风流却不下流，探花郎是人中君子。

他被花蜂下了毒，花蜂死后，他的仆人铁传甲到花蜂的身上找解药，他赶紧提醒铁传甲别被花蜂身上的暗器割伤了手。在生死的关头，他依然在惦念他人的安危。他不怕死，只要一杯在手，就已足够。嗜酒如命、爱友如己、出刀如飞、视死如归。这是一个绝不混同于金庸笔下英雄人物的多情浪子，是一个随时会倒下又好似永远都不会倒下的落拓英侠。

古龙从一开始就把这样一个惊才绝艳的英雄推上绝境。当他被梅大先生解了毒，却因为伤了来找梅二先生看病的龙啸云之子龙小云而被推入更绝望的处境之中。

原来李寻欢当年被仇家围攻，龙啸云将其救下，二人结为异姓兄弟，而龙啸云偏偏爱上了李寻欢青梅竹马的情人林诗音，并为她缠绵病榻。李寻欢经过一番痛苦的思想斗争，将心一横，故意去疏远林诗音，甚至将妓女带回家好让林诗音心灰意冷。林诗音最终选择了龙啸云。李寻欢也散尽家财，萧然出关。从此嗜酒如命，借酒浇愁，咳嗽连连，甚至经常呕出鲜血。

伤了龙小云，就等于伤了林诗音。

在被医治以前，李寻欢还好整以暇地想：那庭院是否仍依旧。她是否还时常坐在小亭的栏杆上，数梅花上的雪花，雪花下的梅花。

他是诗意的、浪漫的、多情的侠客，他好像从来都不会慌乱，哪怕面对死亡。但是他却偏偏伤了他日思夜想的意中人的独生爱子。命运之弄人，实在可悲可叹。

古龙用环境描写来写李寻欢黯然的心境。

雪，又在落了。

雪花轻轻地滴在窗子上，宛如情人的细语。

不用"落"，而用"滴"，既能体现雪的细密，又能写出李寻欢几欲流泪的感伤。"情人的细语"一句看似温柔美好，但李寻欢却再也不能把林诗音视作自己的情人，一声"大嫂"，让多少相思成灰。古龙用这样美好的比喻来反衬李寻欢寂寞悲凉的心境，实在高妙。

定力超人的李寻欢方寸大乱，怕李寻欢要来夺走他一切的龙啸云又何尝不是方寸大乱？他自知不是李寻欢的对手，于是与田七、赵正义一干人定下毒计，诬陷李寻欢就是作恶多端的梅花盗。

众人围住李寻欢，却没有人敢第一个出手。因为谁都知道，最先出手的人就会最先被李寻欢一刀封喉。看李寻欢被数人围住却谈笑自若，手抚刀锋，依次邀请那些所谓正人君子出手，当真痛快至极。再快的兵器也快不过他手里的飞刀，但结义大哥的一个“挽住肩膀”的动作却差点让他丧了命。

腐坏的人心，本就比任何兵器都毒。

李寻欢在这一瞬间已看清龙啸云的真面目，但为了维护他和林诗音的爱情，他选择了缄默。哪怕林诗音偷听到了事情的真相，他依然选择原谅龙啸云。

心眉大师和田七押送李寻欢上少林寺，李寻欢穴道被点。这一路上，凶险重重，青魔手伊哭要为爱徒丘独报仇，拦下马头，心眉大师也不幸中招。

伊哭瞪着李寻欢，狞笑道：“你还有什么话说？”

李寻欢望着他青光闪闪的青魔手，缓缓道：“只有一句话。”

伊哭道：“什么话？你说！”

李寻欢叹了口气，道：“你何必来送死？”

他的手忽然挥出！

刀光一闪，伊哭已凌空侧翻了出去。

原来田七拍开了李寻欢一条手臂的穴道，递给了他一把飞刀。一条手臂能动，兵器谱排名第九的青魔手便负伤而逃。小李飞刀，果真霸绝天下！

明枪易躲，暗箭难防。苗疆极乐峒主五毒童子在途中处处下毒，意欲将李寻欢一行人置于死地。但李寻欢总能看出哪些东西是下过毒的，目光之犀利，实非旁人所能及。

田七对李寻欢恶语相向。

李寻欢笑了笑，道：想不到你对我倒真是深情款款，只可惜你不是个绝色的美人，我对男人又偏偏全无兴趣。

受到如此的冤枉，经历这样的凶险，面对此般的恶徒，李寻欢照样嬉笑怒骂，活得洒洒脱脱。当田七也终于中毒身亡，心眉大师放李寻欢走，李寻欢却坚持要保护心眉上少林寺。

心眉道：你为何要救我？我本是你的敌人。

李寻欢道：我救你，就因为你毕竟还是个人。

五毒童子已近在咫尺，李寻欢却照样从容不迫。看他先“微笑”再“笑”，继而“大笑”，原以为他是赤条条来去无牵挂，没想到他却在五毒童子也“咯咯笑”之时，循声辨位，飞刀出手，竟依旧是例无虚发。而那些快要爬到他和心眉大师身上的毒虫闻到了五毒童子身上的血腥气也全都回蹿到五毒童子身上，将其咬成一堆枯骨。李寻欢虽看淡生死，视死如归，但只要他不想死，又有谁能躲过他的出手一刀?

心眉大师感叹李寻欢不仅飞刀天下无双，定力也天下无双。这个大和尚也坚信这个一身正气的人绝不会是无恶不作的梅花盗，并提出到了少林寺要为李寻欢作证。

李寻欢的飞刀、定力双绝，其实轻功也不遑多让。

李寻欢脚步放缓，到了这两人面前，突然一掠三丈，从他们头顶上飞掠了过去，脚尖沾地，再次掠起。在这积雪上，他竟还能施展蜻蜓三抄水的绝顶轻功，少林僧人纵然眼高于顶，也不禁为之耸然动容。

让少林僧人耸然动容，定非等闲之辈，而且我们别忘了，当时他的背上还有一个心眉大师。

李寻欢经过少林历代祖师埋骨处想到“这些大师们生前名传八表，死后又何曾多占了一尺地”。李寻欢就是这样一个既看破红尘又拥抱红尘的多情剑客。

但悲哀的是心眉大师到了少林寺不久便圆寂了。李寻欢非但不能证明自己不是梅花盗，甚至无法证明自己不是杀害心眉大师的凶手。如果换了郭靖，肯定会把脸涨得通红，着急辩白；换成令狐冲，也不知要用多少坛子酒来浇心头之块垒；如果是韦小宝，必然会找机会溜之大吉。可他是李寻欢。少林住持心湖大师问他有什么话说。李寻欢的回答只有三个字——没有了。无谓的解释倒不如不解释，这就是李寻欢，坦荡洒脱的李寻欢。

少林虽为武林正宗，高手如云，却依然没有人敢第一个出手。小李飞刀的威慑力实在惊人。但人总是要吃饭的，李寻欢在一个禅房中制住了少林高僧心树大师，于是再也不愁吃喝。他不仅点了几个菜，甚至还要求给他送上三斤上好的竹叶青。这种做派，实在帅到了极点。

最终，李寻欢通过和心树大师一番细致的分析，推断出少林心鉴才是毒害心眉大师的凶手，而他的同党、品评天下兵器的百晓生也在挟持心湖大师时死在了李寻欢的飞刀之下。

真正的梅花盗原来是林仙儿，这也是李寻欢推理出来的，有勇有谋，思维缜密。谈笑间，闹了少林寺个人仰马翻；挥刀处，让拿心湖大师作掩护的百晓生命丧黄泉。

好个李寻欢！

《多情剑客无情剑》前二十五章写智破梅花盗，后六十四章写瓦解金钱帮。前一个故事写的是人对财宝和美色的贪欲，后一个故事写的是人对权力的无限追求。林仙儿虽然计谋多多，五毒童子也够毒够狠，但金钱帮的帮主上官金虹才是李寻欢真正意义上的敌手。

上官金虹的一对龙凤双环在兵器谱排名第二位，李寻欢的小李飞刀排在第三位。金钱帮权势极大，且收拢了一批诸如兵器谱排名第七位、横扫千军诸葛刚这样的狠辣角色。李寻欢却总是那么潦倒，咳嗽连连，借酒浇愁。

龙啸云怕从少林寺归来的李寻欢向自己寻仇，一去无消息。李寻欢选择守护兴云庄，守护难以忘怀的恋人林诗音，这一守就是一年多。

恶名昭著的蓝蝎子是青魔手伊哭的情人，她来找李寻欢报仇。李寻欢虽然拗断了她的手腕，却也感动于她的痴情，放她走，并告诉她杀人不能消除情人死去的痛苦，只有找到一个可以代替伊哭的人才能获得新生。之前，藏剑山庄少主游龙生为了林仙儿找李寻欢拼命，李寻欢制服了他并让他至少要七年后再来找自己报仇。他这么做是不愿让游龙生为了林仙儿这样的女子而意志消沉，步入歧途。

李寻欢做了一生中最错误的一个决定，因而追悔一生，所以对所有做出错误决定的痴男怨女都格外心有戚戚。因为懂得，所以慈悲，博爱的李寻欢，令人油然生敬。

林仙儿在江湖上散布谣言说兴云庄将有重宝出现，于是诸多江湖人物打起了兴云庄的主意，金钱帮也派了诸多高手前来。一时间，江湖上又掀起了轩然大波。

金钱帮的人给每个来孙驼子店里打探消息的江湖人物头上都放了一枚金钱，只要金钱落地，就得人头落地，当真霸道得很。

绰号水蛇的胡媚不小心掉了头上的金钱，转瞬间就要被金钱帮的人杀死。她求情人杨承祖救救自己，书中写道：

杨承祖眼睛直勾勾地瞪着前面，脸上一点表情都没有。

胡媚道：你难道连看都不愿看我一眼？

杨承祖索性将眼睛也闭上了。

胡媚突然笑了起来，指着杨承祖道：你们大家看看，这就是我的情人，这人昨天晚上还对我说，只要我对他好，他不惜为我死的，但现在呢？现在他连看都不敢看我。

最后，胡媚选择让杨承祖杀死自己，杨承祖如果动手，势必会使头上的金钱掉落。但他刚说了一个“不”字，金钱就掉了下来，气急败坏的杨承祖挥刀砍死了自己的情人，然后也自杀了。如果是李寻欢，他宁肯拼了命也会保恋人的周全。古龙此书，对比多多。

蔷薇夫人与孙逵的故事已足够令人叹息，杨承祖和胡媚的故事又何尝不令人慨叹？夫妻本是同林鸟，大难临头各自飞。古龙用他悲天悯人的笔墨描写这两对男女的恩恩怨怨，为我们展示了残酷的世态人生。

诸葛刚、上官飞、唐独、燕双飞等人想去兴云庄滋事，但只要有李寻欢在，又岂容这些宵小打扰林诗音的安宁？

诸葛刚、上官飞、高行空眼睛盯着他手里的刀锋，咽喉里就像是已被一件冰冷的东西塞住，再也说不出一句话来。

只有燕双飞想拿自己的飞枪和李寻欢比一比，结果他的劲力还未全部使出，李寻欢便一刀追魂。读到这里，他的飞刀好像根本就碰不到敌手，直到，他遇到郭嵩阳。

郭嵩阳，擅使铁剑，百晓生品评天下兵器，嵩阳铁剑名列第四。排名第七的诸葛刚只跟他过了一招便丧命于他的剑下。

以电报体著称，惜墨如金的古龙用了一百多字来写郭嵩阳的外貌：他身材高大而魁伟，比那麻子几乎宽一倍，但看来却丝毫不见臃肿，反而显得很瘦削矫健。他面上带着种奇异的死灰色，双眉斜飞，目光睥睨间，骄气逼人，颔下几缕疏疏的胡子，随风飘散。他整个人看来显得既高傲又潇洒，既严肃又不羁。无论谁只要瞧了他一眼，就知道他绝不会是个平凡的人。

这样的人当然是个可怕的对手。李寻欢也觉得自己很可能会丧命于他的剑下。两个人决战之前，李寻欢向郭嵩阳托付身后事，郭嵩阳慨然应允。惺惺相惜的二人颇似金庸笔下的胡一刀与苗人凤。只不过胡一刀与苗人凤拼了几天几夜，而李寻欢与郭嵩阳却三招便见了胜败。

论《多情剑客无情剑》中情势之险恶，绝不会避开五毒童子在雪地上催动毒虫，而要论对战之精彩写意，则非此次的枫林决战莫属。古龙巧妙地穿插进“红叶”这一意象，使决斗场面如诗如画，紧张而又浪漫。

风吹过，卷起了漫天红叶。剑气袭人，天地间充满了凄凉肃杀之意。

……

郭嵩阳长啸一声，冲天飞起，铁剑也化做了一道飞虹。他的人与剑已合而为一。逼人的剑气，摧得枝头的红叶都飘飘落下。这景象凄绝！亦艳绝！

李寻欢双臂一振，已掠过了剑气飞虹，随着红叶飘落。

……

就在这一瞬间，满天剑气突然消失无影，血雨般的枫叶却还未落下，郭嵩阳木然立在血雨中，他的剑仍平举当胸。

李寻欢的手缓缓垂下！最后的一点枫叶碎片已落下，枫林中又恢复了静寂。

读古龙之前，绝不会想到有人可以把决斗写成这个样子。语言的爽利、环境的凄迷、郭嵩阳的霸气、李寻欢的飘逸，无不令人拍案叫绝。而古龙用“知己仇敌”四个字来形容这两人，也新奇而又贴切。

李寻欢本有机会飞刀夺命，但对郭嵩阳的敬重，让他没有这么做；而李寻欢刀锋已折，杀气已竭，郭嵩阳本有机会致他于死地，却罢手认输，输得心服口服。之后，更是用生命的代价来告诉李寻欢上官金虹的第一手下荆无命的习惯出手部位。这份友情，实在令人动容。

李寻欢用生命去换友情，郭嵩阳又何尝不是？古龙对友情之看重可见一斑。

这部书写了李寻欢与郭嵩阳、铁传甲等人的友情，但最突出的还是他与阿飞的友情。

那个雪地上独行的少年从一开始就让李寻欢感觉说不出的亲切，或许是“同是天涯沦落人”的缘故吧。梅花盗的故事里两个人肝胆相照，携手破敌。可阿飞得知林仙儿就是梅花盗时，却不忍心下手，两个人避世隐居。不过阿飞却不知道林仙儿还在暗中利用美色为自己赚取资产。李寻欢知道了这一切，他不想让阿飞继续被愚弄下去，于是请求兵器谱排名第五位的吕凤先去杀林仙儿，可是吕凤先也被林仙儿迷惑。阿飞知道吕凤先是出于李寻欢的指使，提出与李寻欢断交。后来当阿飞终于看清林仙儿的真面目时，这个岩石一般坚韧的少年开始自暴自弃，他的快剑也失去了往日的锋芒。

看对林仙儿始终守之以礼的阿飞沉浸在上官金虹布置的温柔乡中，看他跌跌撞撞地跑到上官金虹的厅堂里要酒喝，看他要低下头拾起上官金虹掷在地上的银子，这哪里还是那个让碧血双蛇中的黑蛇发狂、让青魔手伊哭命丧当场、用一段冰柱就要了少林七大高手之一心鉴的命的快剑阿飞？相信每一个读者读到这里都不禁喟然长叹，有的甚至已泪落沾襟。

情之弄人，实在可悯可叹。

上官金虹的脸上闪过了残酷的笑意，他最希望看到一个人的尊严被自己践踏。可就在这时“一柄飞刀闪电般飞来，将这块银子钉在地上”。李寻欢来了！他单枪匹马，就这样大大方方地走进来，而且还走到桌子前为阿飞倒了一杯酒，视上官金虹为无物。是艺高人胆大，还是大丈夫有所不为有所必为呢？

书中写道：

酒杯已送到阿飞手里。

他痴痴的望着这杯酒，两滴晶莹滚圆的眼泪，慢慢的从眼睛里流了出来，滴在酒杯里。

他一向只肯流血，他的泪一向比血更珍贵。

落拓的中年人眼眶也已有些湿了，热泪已盈眶，但嘴角却还是带着一丝微笑。

一听到“兄弟”这个词，之前我总会想起去而复返的小马哥驾着船，双枪齐发，与豪哥并肩作战；想起段誉和虚竹在少室山天下英雄面前，与成为武林公敌的萧峰结为生死兄弟。可当我读了《多情剑客无情剑》的这个片段，“兄弟”这个词给我的第一反应却是阿飞与李寻欢这两个男人的热泪。

原来流泪的男人也可以这样迷人，这样令人心动心折。

古龙用两个比喻句来写上官金虹与李寻欢的对视：上官金虹的眼睛就仿佛藏着双妖魔的手，能抓住任何人的魂魄。这人的眼睛却如同浩瀚无边的海洋、碧空如洗的穹苍，足以将世上所有的妖魔鬼怪都完全容纳。上官金虹的眼睛若是刀，这人的眼睛就是刀的鞘！

李寻欢与上官金虹的这次对位又与枫林决战不同。古龙营造了让人紧张至极的氛围，两个人也马上就要当场比拼，可他偏偏让孙老先生与孙小红在暗中对话。有张有弛，妙趣横生。这两位才是这次对位真正的主角。两个人论武学巅峰的一番话，也渗透了古龙对武学之道的理解，其中的“物我两忘”才是武功的最高境界之说不由得让人掩卷沉思，李寻欢与上官金虹箭在弦上的紧张气氛也在这一番高论下悄然消散。

施耐庵写打虎，武松勇而李逵蛮；古龙写决斗，枫林决战似画，厅堂论武如禅。

孙小红是个可爱的女孩子。她像林仙儿一样聪敏，但她纯洁；她像林诗音一样善良，但她勇敢。她喜欢和李寻欢斗嘴，也喜欢和他斗酒，其实只要能和他在一起，小红斗什么都无所谓。

辫子姑娘冷笑道：别人都说李寻欢是真正的男人，想不到原来些娘娘腔。

李寻欢平生也挨过不少骂，但被骂做“娘娘腔”，这倒还真是生平第一次，他实在有些哭笑不得。

辫子姑娘的大眼睛瞅着他，道：你既没有话说，为什么不咳嗽呢？

李寻欢叹了口气：姑娘目光如炬，想必也是位高人，我倒失敬了。

辫子姑娘突又嫣然一笑，抿着嘴道：你少捧我，我还没你肩膀高，怎么能算是高人？

李寻欢果然已忍不住咳嗽起来。

辫子姑娘柔声道：我知道你一向不愿自夸自赞，总是替别人吹嘘，这是你的好处，却也正是你的毛病，一个人既然活着，就不能太委屈自己。

李寻欢道：姑娘——

辫子姑娘嘟着嘴，道：我既不姓姑，也不叫做娘，你为什么总叫我姑娘？

李寻欢也笑了，他忽然觉得这女孩很有趣。

辫子姑娘板着脸道：我姓孙，叫孙小红，可不是上官金虹那个虹，而是红黄蓝白那个红。

斗嘴一般都不是特别愉快的事，而孙小红与李寻欢的斗嘴却趣味盎然，让人轻松愉悦。看小红一会儿冷笑，一会儿嫣然一笑，一会儿柔声，一会儿嘟着嘴，一会儿又板着脸。实在是可爱至极，真性情至极。

孙小红深爱着李寻欢，也尊重李寻欢对林诗音的感情，甚至宁肯自己孤独一生也要成全他们。就像任盈盈对令狐冲的倾心是因为令狐冲对小师妹的一片深情。任盈盈和孙小红是金庸和古龙武侠世界里我最喜欢的两个女孩子。因为她们都尊重感情，而我一向认为，只有尊重感情的人才配拥有感情。

经历了一番风风雨雨，孙小红和李寻欢的感情越来越深。上官金虹设下圈套等待李寻欢，李寻欢明知可能遇伏，可他依旧慨然前往。

李寻欢淡淡道："他苦心设下这圈套，就因为他知道我也是非进去不可的，就算有人已将我的两条腿砍断，我爬也要爬进去！"孙小红盯着他，热泪又忍不住要夺眶而出。她忽然扑过来，紧紧的抱住了李寻欢，热泪沾湿了他憔悴的脸。她磨擦着他的脸，仿佛要以自己的眼泪来洗去他脸上的憔悴——世上若只有一样事能洗去人们的憔悴，那就是情人的泪。

李寻欢活得太累太苦，孙小红是她最好的伴侣，因为她懂得李寻欢，并真正用行动支持他。上官金虹找李寻欢决斗，孙小红神情虽悲伤，但目光却那么温柔，那么坚定，她的嘴虽没有说话，但她的眼睛却在告诉李寻欢："既然这是你非做不可的事，你就只管放心去做吧，我绝不会拉住你，也不会打扰你，无论你做什么，我都知道你一定会做得很好，做得很对。"

李寻欢觉得自己遇到这样一个女人实在是自己的运气，其实换作谁，又不会有如此感叹呢？林诗音坦承自己如果像小红一般勇敢、坚强，就一定不会有她和李寻欢、龙啸云之间的爱情悲剧。永恒的女性，真的可以引导人类上升。

上官金虹是可怕的，他不用出手就击败了不可一世的吕凤先，后来他还杀死兵器谱排名第一位的天机老人。在李寻欢面前，他拥有着绝对的优势，何况他身边还有一个狠辣绝伦的荆无命。而李寻欢的好朋友阿飞却还没有从颓废中醒来。小红的爱情有结果吗？

就在这关键的时候，阿飞醒来了，他摆脱了林仙儿这心灵的枷锁，用一柄竹剑杀到了金钱帮！

古龙用李寻欢和上官金虹作比，用阿飞和荆无命作比。李寻欢和上官金虹都是绝顶高手。但一个博爱，一个冷酷；一个淡泊名利，一个热衷权势。最终，随时都会倒下的李寻欢战败了睥睨天下的上官金虹。

阿飞和荆无命都是出剑如飞。但一个热情如火，一个冰冷如刀；一个重视友情但有自己的性格，一个习惯被驱使完全丧失了灵性。荆无命不会堕落，因为他是一部精准的杀人机器，可当开动机器的人死去，荆无命的杀手生命也就走到了尽头；阿飞会堕落，因为他首先是一个有情感的生命，而有情感的人，也总有一天会闯过情关，更上层楼。古龙用哲学思维来讲两个人的此消彼长，颇为耐人寻味。

故事的结局，阿飞腰挎长剑，走上寻根之路。李寻欢也摆脱了林诗音的影子，牵手孙小红，从此远离江湖。

书中这样写阿飞的心声：他从荒野中走入红尘，并不是为了要活得好些，而是为了要向人类报复，为他的母亲报复。 但他第一个人就遇见了李寻欢。李寻欢使他觉得人生并不如他想象中那么痛苦，杀人也并不像他想得那么丑恶，他在李寻欢身上发现了许多许多美德。他本来根本不相信世上有这些美德存在。他这一生受李寻欢的影响实在太多，甚至比他的母亲还多。因为李寻欢教给他的是爱，不是恨，爱永远比恨更容易令人接受。

从这段话中，我们可以看到博爱悲悯的古龙对人生的思考和对爱、恨的体会。

《神雕侠侣》中，李莫愁因情入魔，武三通因情成疯；《多情剑客无情剑》中李寻欢因情受苦，阿飞因情自弃。情之一物，害人匪浅。但正如李寻欢所说——泪眼里看他人成双成对，也胜过无泪可流好几倍。有情，毕竟还能证明自己活在这个世上。这，就是古龙的态度。

时光匆匆，多少英雄已走向末路，多少佳人已魂归黄土。热血古龙已长眠于地下三十年了，那个波澜壮阔又诗意浪漫的江湖也已渐渐远去。

但我总也忘不了五毒童子的阴狠、林仙儿的娇笑、龙啸云那声言不由衷的“兄弟”，忘不了所谓名门正派的色厉内荏、荆无命死灰色的眼睛、上官金虹冷酷的笑容。

更忘不了铁传甲拉着大车在冰天雪地之中为李寻欢求医时那悲壮的神情，忘不了蓝蝎子流泪离去的身影，忘不了郭嵩阳那一声“我败了”，忘不了阿飞坚毅的脸庞，也忘不了孙小红春天般温暖俏丽的面容。

甚至忘不了孙逵与蔷薇夫人、杨承祖与胡媚的双双毙命，忘不了中原八义的义薄云天，忘不了吕凤先被剥夺自尊后的落魄凄惨，忘不了上官金虹死也要握紧的双手。

梦一般的江湖，诗一般的江湖。人生又何尝不是如诗似梦呢？

人生之路，到底如何去走？情之一物，到底如何去悟呢？

破空而来，又破空而去。

小李飞刀已成绝响，我却还在这里低吟着魂兮归来！

人间不见楚留香

金庸写大侠，梁羽生写名士，温瑞安写捕快，古龙写浪子，李凉之流就只能写混混儿了。大侠有点儿累，比如郭靖；名士有点儿酸，比如张丹枫；捕快有点儿板，比如四大名捕；混混有点儿不着调，比如杨小邪；浪子则有点儿颓废，比如李寻欢。有没有一个武侠人物，他既能如大侠般豪气干云，亦能如名士般风流儒雅，还能如捕快般机智缜密，有混混儿的交友天下、浪子的潇洒来去却又不颓废呢？思来想去，还真有一个，这个人，就是今天我们要聊的楚留香。

闻君有白玉美人，妙手雕成，极尽妍态，不胜心向往之。今夜子正，当踏月来取，君素雅达，必不致令我徒劳往返也。

古龙楚留香系列第一部《血海飘香》的开头是一封书信。看措辞，看文笔，你哪里能想到这是一个小偷写的偷盗通知呢？偷白玉美人不是因为贵重，而是因为“极尽妍态”，也就是漂亮，可知其品位。不说偷，说“取”，既文雅别致又显得口气超大。取就取，还不选在一个乌云蔽月的晚上，偏偏还要踏月来取。浪漫，却又透着十足的傲气。后面两句，写得更是气人，翻译成大白话就是：“您向来就是个有雅量的人，肯定不会让我白来一趟吧。”这是书信的内容。我们再来看看信纸和字迹。该书信用的是淡蓝色的纸张，字迹飘逸潇洒。没有署名，只是带着缥缈而又诗意的郁金香的香气。除了楚留香，我真不敢相信，写个信，而且是偷盗宣言，还有谁能做到这么讲究呢？

未见其人，先见其文。古龙寥寥几笔，一个对自己的偷盗之技极为自负、文笔雅致、品位不俗、浪漫神秘却又有点儿无赖的楚留香已呼之欲出。

紧接着古龙介绍守护白玉美人的都是哪些成名人物。当然这些人很快就成了楚留香的背景演员，对其起到了侧面烘托的作用。看楚留香利用声东击西之计把几大高手玩得团团转，不禁赞叹其智商之高、身法之快。

窗外有低沉而极有吸引力的语声带笑道：“玉美人已拜领，楚留香特来致谢。”

书中第一次提到楚留香的声音是低沉而有吸引力的，而且还带笑。整个楚留香系列，楚留香大部分时候都在笑。笑，是一种自信乐观的体现，也是对生命本身的一种热爱。

白玉美人被盗走之后，书中写道：

万无敌过去一瞧，只见匣子里赫然又有张淡蓝的纸笺，发出同样缥缈而浪漫的香气，同样挺秀的字迹写着：公子伴花失美，盗帅踏月留香。

好个楚留香，偷了人家东西，还拿如此对仗工整、如此诗意浪漫的留言条气人。

文笔我们见识了，身法智谋我们见识了，声音也见识了，那么楚留香到底长什么样子呢？请原谅我接下来要大段引用古龙对楚留香的外貌描写。

宽阔的、赤裸着的、古铜色的背。海风温暖而潮湿，从船舷穿过，吹起了他漆黑的头发，坚实的手臂伸在前面，修长而有力的手指，语声低沉，充满了煽动的吸引力。

他双眉浓而长，充满粗犷的男性魅力，但那双清澈的眼睛，却又是那么秀逸，他

鼻子挺直，象征着坚强、决断的铁石心肠，他那薄薄的，嘴角上翘的嘴，看来也有些冷酷，但只要他一笑起来，坚强就变作温柔，冷酷也变作同情，就像是温暖的春风，吹过了大地。

他抬手挡住刺眼的阳光，眨着眼睛笑了，目中闪动着顽皮、幽默的光芒，却又充满了机智。

这几段话可以概括出楚留香这么几个特点：帅气、性感、坚强、顽皮、幽默、机智而且还有同情心。

是的，这就是实力派兼偶像派楚留香——盗帅楚留香，有时被人称为楚香帅，当然也可以理解为处处留香。读到这儿我觉得老天已经足够眷顾这个年轻人了。可是往后读我们才知道，他不仅有自己的海船坐，有乳鸽、牛肉、白鸡、蒸鱼吃，有用海水冰镇的葡萄酒喝。更让人羡慕的是，他还有三个容貌一流的红颜知己——李红袖、苏蓉蓉和宋甜儿。她们三个一个精厨艺，一个精易容术，一个熟知各种武林掌故。

说实话，我读到这儿觉得古龙有些用力过猛。有着这种天大福分的人，怎么可能存在呢？后面的故事，又能给得了我这个活在俗世尘埃中的小人物什么呢？可当我读完整部楚留香系列小说我才明白，这样的人确实不存在，但是，却一点儿都不妨碍我们迷上他。

楚留香是小偷不假，但除了盗金伴花的白玉美人和无花的玉如意外（随后又还给了无花），书中再也没写过他的偷盗行为，而且通过李红袖的话我们得知他的钱多用来救济他人，可算一个侠盗。楚留香有自己的田庄，规模还不小，所以他坐三桅船、吃穿用度都很讲究就有了物质基础。楚留香并不是古龙完全天马行空创造出的一个角色。

楚留香的魅力我们大致可归纳为六个方面。

一、乐观自信

楚留香系列第一部《血海飘香》中，楚留香要去打探消息，苏蓉蓉怕一些帮派会找他的麻烦。

楚留香笑道：“他们虽然恨我，但还是拿我没法子的。”

仅此一句，就把一个自信甚至有点儿自负的楚留香的性格特征交代给了读者。

刚才我已经提到，楚留香是个特别喜欢笑的人。如果你仔细读一读原著就会发现，几乎每次楚留香出场，他都是带着笑的。仅第一部《血海飘香》中，他就有“笑”“微笑”“长笑”“强笑”“喃喃笑”“挥手笑”“远远笑”“哈哈大笑”“仰天大笑”“懒洋洋地笑”“眨着眼睛笑”“拍着她的手笑”等多种不同的笑。面对狭路相逢的伊贺绝顶高手天枫十四郎（后来得知是无花所扮），楚留香凝注对手一会儿后依然还是笑。面临顺境的时候笑，面临困境的时候也笑。

笑是乐观的体现，也是自信的体现。用楚留香自己的话说：“若刨去自信，楚留香能剩下的，只怕已不过是滩臭水罢了。”

在《大沙漠》中面对令江湖中人谈之色变的石观音，楚留香能“嘻嘻瞧着她”；在《画眉鸟》中面对李观鱼创的六人剑阵，楚留香依然“面带微笑”；面对着连石观音

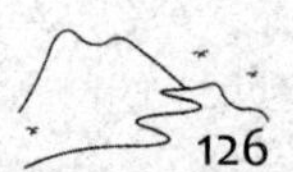

都畏之如虎的水母阴姬，从宫南燕眼中看去，楚留香依然是“迷人的微笑，懒散的神态”；在《蝙蝠传奇》中面对着不可一世的蝙蝠公子，楚留香照样自信满满。以下蝙蝠公子原随云与楚留香的这番对话可算作楚留香对自己屡破强敌心得的高度总结。

他霍然长身而起，微笑着道：“我闻你往往能以寡敌众，以弱胜强，我倒真想知道你用的是什么法子？”

楚留香淡淡道：“也没有什么别的法子，只不过是‘信心’二字而已！”

原随云道：“信心？”

楚留香道：“我确信邪必不能胜正，强权必不能胜公理，黑暗必不会久长，人世间必有光明存在！”

原随云的脸色终于变了，冷笑道：“信心能不能当饭吃？”

楚留香道：“不能，但人若无信心，和行尸走肉又有何异？”

大部分人面对强敌，还未动手，已经胆怯心慌。而一个胆怯心慌的人绝不可能想出克敌制胜的办法，更不可能有与之周旋到底的勇气。

乐观可化困境为桃源，自信则可平坎坷为通途。一个人只有自信才能令别人信任。楚留香站在正义的制高点，乐观自信，屡破强敌。

二、机智聪慧

自信当然是重要的心理基础，但战胜强敌，毕竟还是需要实力的。楚留香的武功固然深不可测，轻功更是天下独步，但楚留香克敌制胜的法宝却是他的机智聪慧。

《血海飘香》中，楚留香经过仔细的观察，推断出海上浮尸中的一具正是沙漠之王札木合，尽显其目光之敏锐与逻辑之严密。之后，他又通过追踪推理，破了无花奇案。在《蝙蝠传奇》中，楚留香更是大胆设想德高望重而且已经“被杀”的枯梅大师也是凶手之一，并揭穿了蝙蝠公子原随云的阴谋。《鬼恋侠情》中，古龙再展才思，设计了楚留香为薛衣人品剑的环节，楚留香以剑论人，猜出那把看似平凡的剑正是薛衣人所用之剑，令一代剑豪也不得不心悦诚服。

从聪慧、善于推理这一点来看，楚留香与金庸笔下的郭靖和梁羽生笔下的张丹枫全然不同，有点儿像福尔摩斯。但福尔摩斯只是推理能力强，而楚留香还具备无与伦比的应变能力。

《蝙蝠传奇》中，蝙蝠公子想拿棺材为楚留香等人收尸，但楚留香就偏偏能想到用棺材当船，用棺材盖当船桨，顺利渡过了在茫茫大海上没有船只的难关。就像落井的驴子将打算活埋它的泥土踩在脚下一点点走出来的智慧一样，只不过楚留香更显潇洒。

《血海飘香》中，黑珍珠甩动长鞭，施展“飞环套月，行云布雨”的绝技，一个又一个圈子套向楚留香。楚留香在闪避间瞥见桌子上有一筒竹签，立刻就有了主意。他将一根根竹签投入鞭圈，鞭子遇物发力，圈子也随之消失；丐帮败类白玉魔按动机关，“捉魂如意钵”陡长数尺，楚留香几乎避无可避。但随即他就用怀中的画轴伸进如意钵中，躲过一劫；无花所扮的天枫十四郎在断崖的石梁上使出迎风一刀斩。楚留香见对方势大招沉，石梁又极其狭窄，于是他纵身跃下，却用脚尖钩住石梁，等刀锋过后，

再施展绝顶轻功一跃而起，凌空下击。大智大勇，实在是酷到了极点。

梁羽生笔下这样机智的人物几乎没有，金庸笔下这样的人物也极少，令狐冲算一个。不过令狐冲智斗田伯光虽也称得上机智，但体现更多的还是他的舍己救人，而且其机智也少了几分洒脱，更少了几分搏命的惊险。若论描写场面宏大，无人能及金庸。但要论塑造人物潇洒飘逸，无人能及古龙笔下的楚留香。

《大沙漠》里，楚留香面对武功远在自己之上的石观音依然沉着冷静，最后他一掌击碎极度自恋的石观音常揽以自照的镜子，并在其愣神间，连点对方几大要穴。《鬼恋侠情》中，楚留香力战天下第一剑客薛衣人，他先是和对方聊天，让对方对自己产生好感，消减对方的杀气，然后故意不使用兵器让其自重身份，而不肯痛下杀手。这两战均可算作心理战术的绝佳战例。《画眉鸟》中，楚留香对战水母阴姬，先将其引入水中，消解对方的掌力，然后再用四肢将对方箍住，使其施展不出武功，最终将阴姬制服。

这些场面，每一个都令人心驰神往。不过最令人叫绝的还得要数他巧破拥翠山庄庄主李观鱼所创的六人剑阵那一次。此剑阵穷李观鱼平生智慧，威力实在是非同小可。楚留香谈笑自若，大家都以为他要空手入白刃，没想到他却突然出手，抢得一口宝剑。大家又以为他要一剑破六敌，没想到他竟将剑柄倒转，手持剑尖应敌。当大家都以为他要出怪招击败一人逃出生天，或是击落对方一口宝剑使剑阵难成时，他却找个机会将手中剑递到一位使剑者手中，而剑阵却因此滞闷。原来楚留香早已想到李观鱼的亲戚凌飞阁是用双手剑的高手，所以在打斗中留意观察。他发现有一位使剑者遇到紧张状况时左手也会握紧，好像握着一把剑，于是断定其人。然后趁机将自己手中的剑递到凌飞阁的手中，凌飞阁很自然地施展出自己非常习惯的双手剑法，却没想到剑阵少一把剑会有漏洞，而多一把剑也无异于蛇足。

这就是楚留香，与其说他福星高照、逢凶化吉，不如说他智勇足备、料敌先机。他总是能在险境中想出办法，这一点说来简单，做到却着实不易。

用古龙的话说："是以有些武功本比他高强的人，到了动手时，反而被他击败，虽然败得莫名其妙，但越是莫名其妙，反而越是服帖。"

泰山崩于前而色不变，这份定力，实在非常人所及，而在危难中屡出妙招，则更让其成为超一流的高手。

三、细腻体贴

凭借轻功上天入地的楚留香，回到地面上却是个细腻体贴的谦谦君子。

黑珍珠是沙漠之王札木合的女儿，霸道十足。中原一点红是杀手组织的顶级杀手，冷血残酷。但楚留香细腻体贴，宽以待人，最终以柔克刚。

中原一点红被无花的琴音控制，如魔似狂，楚留香将其诱入水中，然后点了他的穴道，将其抛到岸上。书中写道：

楚留香游回岸上，抱起一点红，寻了株高树，将他稳稳地架在树桠间，然后一掠下地，挥手笑道："咱们就此别过吧，再过半个时辰，你就会醒来，我知道你绝不愿意

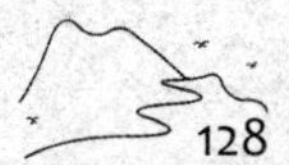

被我瞧见你醒来时的狼狈样子。”

放在高树上是怕其被野兽或他人所伤；稳稳地架好，是怕一点红掉下来；安排好后便离开，则是为了维护一点红的自尊。如此富有人情味儿，考虑如此周全，是侠客，更是一个温润如玉的君子。

黑珍珠步步紧逼，楚留香见有暗器打向她，赶紧为她击落，而黑珍珠的鞭子却落到了他的脸颊之上。楚留香摸着脸颊，微笑着不说话。中原一点红道破了其中的原委。书中写道：

黑衣少年身子一震，手里的竹签全落在地，面上忽青忽红，目光缓缓转向楚留香，颤声道：“你……你方才为……为何不说？”

楚留香笑道：“说不定这暗器并非要打你的。”

黑衣少年道：“暗器自我身后击来，目标自然是我。”

楚留香笑道：“挨你一鞭子，也没什么大不了，我又何苦说出来，让你难受。”

黑衣少年站在那里，大眼睛里竟似已有滴眼泪在滚动，只是他强忍着才未落下来。

楚留香故意不去瞧他，笑道：“红兄，方才暗算的人，你可瞧见是谁么？”

他处处为对方着想，先是说这暗器也许是打向自己的，再说挨一鞭子，没什么大不了，然后又“故意”不去看黑珍珠，转移话题，不让对方难堪。在这过程中他一直在笑，自己受了伤，却去安慰后悔不已的黑珍珠。

中原一点红虽对楚留香以德报怨的风范甚为钦服，但又急欲与楚留香一战，他以那封关乎连环杀人案的神秘信笺来逼迫楚留香还手。最后，楚留香拍断了一点红的长剑，而那封信也被一点红绞烂。一点红很是过意不去。

但楚留香只是哈哈一笑，道：“那也没什么。我拍断你的宝剑，本应向你道歉才是。”

一点红默然半晌，仰天长啸道：“终我一生，若再寻你动手，有如此剑。”

霸道的黑珍珠、杀人不眨眼的一点红都对楚留香心服口服，微笑有时比刀剑更锋利，这就是体贴与宽容的力量。

面对没有根本冲突的强敌，楚留香处处容让；面对容貌被毁的女性，楚留香更是柔肠百转。

楚留香想一睹江湖第一美人秋灵素的绝世风采，没想到看到的却是一副容貌尽毁的模样。秋灵素为自己没能让楚留香看到自己二十年前的容貌而遗憾。楚留香的反应极为暖心。

楚留香黯然半晌，柔声道：“在下只知道现在的任夫人，是世上最温和，最仁慈的女人，至于以前那秋灵素是怎样的，在下既不知道，也不关心。”

《大沙漠》里曲无容被石观音毁容，楚留香却说她的风骨任谁都毁不去。《蝙蝠传奇》中东三娘眼睛被缝，在黑暗中她的内心反而平静。然后火折子点燃了，楚留香及众人都看到了她诡异的面容，却都掩饰说火折子没能点燃。楚留香更是用行动去温暖可怜的东三娘的心灵。

楚留香只觉一阵热血上涌，忍不住紧紧拥抱她，柔声说道：“只要能和你在一起，

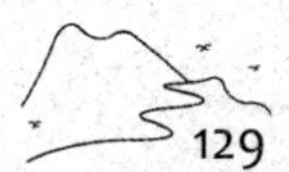

和我的朋友在一起，没有火又有什么关系？”

整部楚留香系列，楚留香“柔声”说话的时候特别多，仅《鬼恋侠情》中，就有十六次。左明珠在他的“柔声”中安静，石绣云在他的“柔声”中融化。有时他还会配以“拉手”“抚背”等动作，“柔声”与这些动作在郭靖、萧峰哪怕是令狐冲和杨过身上都是极少见到的。我想起了仓央嘉措的两句诗：“住进布达拉宫，我是雪域最大的王。流浪在拉萨街头，我是世间最美的情郎。”楚留香就是这样一个人，他上天入地，无所不能，却又细腻体贴得像个大哥哥。他的柔声细语，他的阳光笑容，足以令冬雪融化，让枯草逢春。

四、仗义为先

对敌人，楚留香能容则容；对女性，楚留香温柔体贴；对朋友，他仗义为先，两肋插刀。

楚留香的朋友，有在《大沙漠》中出场的姬冰雁和在《鬼恋侠情》中出场的左轻侯，还有《蝙蝠传奇》中的快网张三。

他曾怕姬冰雁有闪失而到处寻他，曾因左轻侯遭遇的借尸还魂迷局而大蹚浑水。但要说楚留香的朋友中古龙着墨最多的，还是与楚留香并称为“彩蝶双飞翼，花香动人间”的“潇湘侠盗”胡铁花。

胡铁花的存在有力消解了楚留香身上的“神性”。他嗜酒如命，他爱笑也容易被感动得热泪盈眶，他信奉“大丈夫有所不为有所必为”，他喊楚留香“老臭虫”。这样一个大呼小叫的虬髯大汉与文质彬彬、举止斯文的楚留香走到一起，看起来非常不协调。却也正因这种不协调，才产生了喜剧效果，也使楚留香这个人物更加真实可信。就像《红楼梦》不能缺少刘姥姥一样，缺少了庄稼人出身的刘姥姥，《红楼梦》就真成云里雾里的梦境了。

《大沙漠》中，自命风流俊逸的楚留香得知龟兹国大公主相中的居然是胡铁花时，难掩失望之情。书中写道：

他只是觉得有些失望，有些意外，也有些丢人——他再也想不到这公主看上的竟不是自己。

相信每一个读者读到这儿都会会心一笑，我们的楚香帅也有绷不住的时候。楚留香毕竟也是个凡人。楚留香是凡人不假，失望也不假，而胡铁花入了洞房，楚留香为其守夜，却尽显那份仗义。

姬冰雁上半夜为胡铁花守夜，头发上都已结了冰屑，也不站起来走动，因为站起来走动势必会影响听觉。楚留香替换姬冰雁下半夜为胡铁花守夜。我们要知道，下半夜比上半夜要冷得多。他坐了很久，也一动不动。如果不是真的发生，我们很难想象这个身负绝顶轻功的浪漫游侠却可以如老僧入定般坐在那片沙漠之中。这份对朋友的情谊实在令人动容。

无边无际的苍穹里，群星已沉落，无边无际的大沙漠上，像是只剩下楚留香一个人。

古龙不忘用广阔的天地来写楚留香的形单影只。但他不孤独，因为他是为了自己的朋友。古龙一生，重朋友，轻红颜。写楚留香，也是在写他自己。

《画眉鸟》中，胡铁花得知自己手臂中毒，想把手臂砍下来。但得知楚留香生病了，谈笑自若的他却立刻急得满头大汗。胡铁花一直是大大咧咧的，好像从来不知道什么叫着急，看到楚留香病倒却急成这个样子。就像李逵在其一生中只有在寻不到娘时才会心慌，古龙用这种鲜明的对比来写胡铁花对楚留香的关心。而这份关心，也侧面表现了楚留香对胡铁花的情谊。毕竟，人心是需要用人心去换的。胡铁花如此失态，是因为楚留香值得他如此。楚留香嘴唇抖得连话都说不清楚却要李玉函夫妇先去给胡铁花找解药。

楚留香怒道："你活到这么大年纪，怎地还不知轻重！我……我这病就算再等三天再治也没关系，但你的毒却连一时半刻也耽误不得。"

他挣扎着要站起来，但刚站起来就又跌倒。胡铁花急着去扶他，连话也顾不得说了，只是连连顿足。

虽说事后我们得知楚留香生病是装出来的，但是对胡铁花的关切之情溢于言表。破李观鱼六人剑阵之前，楚留香赶胡铁花走，他不想让胡铁花涉险，也希望胡铁花能趁自己与众人动手之机救出苏蓉蓉等人。

楚留香用手捏了捏他的手，含笑道："你若是我的好朋友，就该让我专心一意的动手，你总该知道我的脾气，若有别的事分了我的心，我就真的连这半分取胜的机会都没有了。"

胡铁花默然半晌，沉重地点了点头，只觉楚留香的手仍是那么温暖、那么坚定，他自己的手却已变得冰冷。他忍不住也用力握了握楚留香的手，久久不忍放开，好像这已是他们之间，最后一次握手了。

秋瑾写道："不惜千金买宝刀，貂裘换酒也堪豪。一腔热血勤珍重，洒去犹能化碧涛。"不知为什么，每次读到楚留香与胡铁花的这次握手而别，我都会想起秋瑾的这首诗。

仗义为先，至情至性。这样的好朋友，一个便已足够。

五、平等尊重

楚留香的朋友中有胡铁花这样漂泊江湖的浪子，有左轻侯这样富比王侯的地主员外，有无花这样的和尚（后来成了敌人），也有金灵芝这样的千金小姐。不管什么样的人，他都一视同仁，真诚对待，哪怕是小乞丐，他也能与之平起平坐，不带丝毫的优越感。

《鬼恋侠情》中，丐帮的小秃子和小麻子连名字都没有，但楚留香却把他们当兄弟看待。他拉着两人的手，称他们为自己的好朋友。要知道乞丐的手一般不会多卫生，而楚留香却是个连信纸都带着淡淡香气的翩翩书生。

乞丐们请楚留香喝狗肉汤，楚留香就跟他们在一口锅里舀汤喝。小秃子请他喝豆腐脑，吃烧饼油条，他也去了。书中写道：

小秃子开心极了，简直恨不得将这小店的烧饼油条和豆腐脑全搬出来，不停地劝楚留香多吃一些。

如果你真的尊重对方，那就让对方从心里感受到。相信在楚留香大口吃烧饼油条的时候，小秃子会认定楚留香是自己一生的好朋友。金庸的《射雕英雄传》中，哲别称帮自己遮掩的小郭靖为“小兄弟”；梁羽生的《萍踪侠影录》中，张丹枫称身手不凡的“云蕾”为小兄弟。郭靖够义气，云蕾够侠气，小秃子却什么都没有，楚留香的平等意识无疑更为彻底。

有人会说楚留香这完全是在收买人心，好让对方死心塌地为自己做事，实则不然。楚留香去薛家庄很久未归，小秃子放火，好让楚留香逃走。楚留香出来后非但没有表示感激，还痛斥了对方一番。他说自己什么样的朋友都有，杀人放火的朋友却没有，然后教育了小秃子一番，并告诉他要谨记“大丈夫有所不为”这七个字。书中写道：

小秃子“噗咚”一声就跪了下来，一把眼泪，一把鼻涕，哽声道：“我明白了，下次我再也不敢了，无论为了什么原因，我都绝不做坏事，绝不杀人放火。”

楚留香这才展颜一笑，道：“只要你记着今天的这句话，你不但是我的好朋友，还是我的好兄弟！”

他拉起小秃子笑道：“你还要记着，男人眼泪要往肚子里流，鼻涕却万万不可吞到肚子里去。”

不光对人，对牲畜，楚留香也平等看待，足够尊重。

《血海飘香》中，黑珍珠把马借给楚留香，并跟他叮嘱要拉三下马耳才行，楚留香就轻轻拉了三下马耳。书中写道：若是换了别人，必定要忍不住重重拉四下试试看，但楚留香却认为一个人永远不该对畜生恶作剧的，除非他自己也和畜生差不多。

楚留香甚至都没有骑上去，而是跟在后面观赏，他觉得肌肉的跃动和生命的节奏正是人生中至美至善的境界。我们人类的同情心大部分是针对同类而言的，许仙因为白娘子是蛇妖就无法接受，哪怕与她千年修得共枕眠。楚留香却能做到从心底去尊重异类，不掺杂任何功利的东西，这是他的了不起之处。

《桃花传奇》里古龙说楚留香骑马很少用鞭子，因为他讨厌暴力。胡铁花曾为救一只小猫任车轮从身上碾过，从这一点来看，他们两个是一类人，也难怪他们能成为肝胆相照的挚友。

整部楚留香系列，动人之处有很多：楚留香得知苏蓉蓉死讯时流泪长吟“载不动，许多愁”，华真真与楚留香在破浪前进的海船之上远望光明，怀着楚留香孩子的张洁洁让楚留香回到外面属于他的世界。每一个场景都是那么温暖动人。但我认为最动人的却是楚留香和小秃子面对面喝豆腐脑与他轻轻拉了三下马耳的两个场景。

在这两个场景中，我读到了平等与尊重。传奇终归是传奇，平等与尊重才是人间永恒的光芒。

六、博爱悲悯

楚留香饮食上喝酒吃肉，交友上三教九流，但他的博爱与悲悯却使他如同看穿世

事的僧人。

《血海飘香》最后，楚留香去见少林天峰大师。

无人的院落里，有种说不出的凄凉寂寞之意，生活在这古刹中的僧人们，那岁月又岂是容易度过的。

楚留香身形不停，心里却在暗暗叹息，对于能忍受寂寞的人们，他心里总是十分崇敬。只因他深知世上再也没有比寂寞更难忍受的事。

对于即将到来的连环杀人案大揭秘，古龙却好整以暇宕开一笔写寺院的环境，写楚留香的心情，仅此一点，就胜出温瑞安太多太多。有人说古龙的文风鲜明是鲜明，但极容易模仿，温瑞安就模仿得很像。不过我们要知道，温瑞安只是模仿了古龙电报式的语言，却模仿不了古龙营造意境的本领，更模仿不了古龙悲天悯人的情怀。

看到一代剑侠帅一帆，楚留香感慨："别人只知道十载寒窗，磨穿铁砚，金榜题名得来非易，却不知一个剑客若要成名，所下的功夫只怕更艰苦十倍，而他们不但要牺牲功名富贵，还要忍受别人不能忍受的寂寞，但得到的又是什么呢？只不过是江湖中数十年虚名而已。"这种认识在武侠世界中无疑是深刻的。

李玉函与柳无眉屡屡陷害楚留香，楚留香却还是放他们走。但他们夫妇依然骗楚留香去阴姬那送死。最后柳无眉身死，李玉函守在床前，楚留香完全可以痛快复仇。但看到李玉函悲痛欲绝的表情，他还是选择了宽容。

楚留香战胜水母阴姬后本可以点中对方的穴道，但因为阴姬流泪，他便选择了放弃。薛笑人组织刺客杀人来向自己的哥哥薛衣人证明自己。楚留香揭穿他的阴谋，薛笑人为了不连累哥哥拔剑自刎，鲜血喷到薛衣人身上。书中写道：

楚留香慢慢退了出去。为了这刺客组织的首领，他已不知花了多少心血，也不知道追踪了多久，现在他总算心愿得偿。可是他心里真的高兴么？

深秋昼短，暮色似已将来临。秋风舞着黄叶，伶仃的枯枝也陪着在秋风中颤抖。

古龙又一次用他诗意的笔触去写楚留香的心情，楚留香的心情也正如那枯枝一样在秋风中颤抖。古龙的笔法，含蓄而又动人。

《画眉鸟》中楚留香躺卧床上，听到琵琶女的吟唱。他想的是："作客异乡，投宿逆旅，在这冷清清的雨夜里，喝一杯淡淡的竹叶青，听听抱琵琶的歌妓唱两曲动人的小调，本是人生难得几回的享受。可是她们为什么偏偏要唱李后主的词呢？难道这些人前强笑、背人弹泪的女孩子，要将心里的哀怨，藉这亡国之主的凄婉之词唱出来么？"读到这里，感觉楚留香和琵琶女也似一对天涯沦落人。

《蝙蝠传奇》中听到东山娘说自己从来没有做过一件自己愿意做的事，楚留香听后非常难过。下面这些文字可看作古龙对楚留香悲悯性情的高度总结：

人们总觉得只有自己的悲哀才是真实的，根本就不愿去体会别人的痛苦。楚留香却很了解。他不但懂得如何去分享别人的成功与快乐，也很能了解别人的不幸，他一心想将某些人过剩的快乐分些给另一些太不幸的人。

所以他流浪、拼命管闲事，甚至不惜去偷、去抢。所以他才是楚留香——独一无

二、无可比拟的"盗帅"楚留香。盗贼中的大元帅，流氓中的佳公子。

若没有这种悲天悯人的心肠，他又怎会有如此多姿多彩，辉煌丰富的一生？那么，后人也就不会听到他这么多惊险刺激、可歌可泣的故事。

我们总觉得楚留香肯定是快乐的，其实他的孤独与痛苦只有自己知道。卓越者永远是孤独的，长笑的背后往往是酸涩的泪水。但也正因为这份孤独才造就了他的卓越。太阳是孤独的，月亮是孤独的，而星星却不可计数。

佛教中慈爱众生并给以快乐，称为慈；同感其苦，怜悯众生，并拔除其苦，称为悲。二者合称为慈悲。金庸笔下大慈大悲的扫地僧，自己受掌以消弭冤仇，体现了佛教中人的慈悲为怀。楚留香的慈悲与佛教讲的慈悲有几分相似，但也略有不同。他还有几分诗人的那种敏感，几分浪子的那种同病相怜。这使得楚留香这个形象更为亲切动人。

自信乐观、机智聪慧、细腻体贴、仗义为先、平等尊重、博爱悲悯，这就是楚留香，独一无二的楚留香。回到我们开头所说的，他既能如大侠般豪气干云，亦能如名士般风流儒雅，还能如捕快般机智缜密，有混混儿的交友天下，有浪子的潇洒来去却又不颓废。他爱笑也容易被感动，他豪迈飘逸却又细腻体贴，他武功高强却从不蛮干，他百战百胜却又从不痛下杀手，他有着平等的意识和悲悯的情怀。他甚至认为一个人无权结果他人的性命，因为这应该是法律的事。他无疑是个超现实的人物，却因为这以上种种走进了我们的现实生活。想当年古龙的楚留香系列推出后，人们都在谈论楚留香，好像他是一个真实存在的人物，如同英国的贝克街，因为有了福尔摩斯而声名远扬。虚构人物比现实作者还要有名，这样的人物并不多。

《桃花传奇》的最后，楚留香要在天梯的尽头选择一扇门推开。一扇门是外面的世界，一扇门是万丈悬崖。

楚留香忽然笑了笑，打开了其中的一扇门——他的手忽然又变得很稳定。

在这一瞬间，他已又回复成昔日的楚留香了。他迈开大步，一脚跨出了门——他开的是哪扇门呢？

没有人知道。

但这已不重要，因为他已来过，活过，爱过——无论对任何人说来，这都已足够。

是的，有过这样精彩的人生，确实已经足够。

楚留香去了哪里我们不知道，他已很久很久不在江湖上出现了。浪子古龙已长眠于地下三十多年了。三十多年，多少新生儿来到这个世界，又有多少人去了另外一个世界？三十年，红颜白发；三十年，星移斗转。

楚留香是坐在他的三桅船上吹着海风，还是在哪家的屋顶上赏着明月喝酒？他的旁边是否有眼睛亮得像天上星的胡铁花？是否有冷峻外表下一颗火热的心的一点红？蓉蓉、红袖和甜儿是否还陪伴在他的身侧？他是否还是那么爱笑？又是否还是那样柔声地说话呢？

我们的生活，庸常得几乎让我们已忘记自己还活着。我们多么需要一点浪漫、一点刺激、一点潇洒、一点灵动。哪怕我们明知道楚留香这个人物是假的，但我们依然希望他存在，甚至相信他存在。

这是楚留香的幸运，却是我们的悲哀。因为他被我们所需要，而我们却只能拥有这么一个楚留香。

这是我们的幸运，却是楚留香的悲哀。因为毕竟我们还拥有一个楚留香，而他的孤独寂寞却无人慰藉。

他管的闲事已经够多，他已经很累了，但我们还在这里痴痴地等着他，谁让他是这世上独一无二的楚留香呢？

想起费玉清演唱的《楚留香新传》的主题曲的歌词：

身似行云流水，心如皓月清风。笑傲江湖载酒行，有情却若无情。满怀浩然正气，一腔剑胆琴心。江山万里任漂泊，天地自在胸中。情脉脉，意茫茫。知音何处诉衷肠？且把浮名换了淡斟低唱。伴一船风月，乘千里烟浪，五湖四海共徜徉，五湖四海共徜徉。

潇洒飘逸的楚留香，忧郁浪漫的楚留香，独一无二的楚留香，你在哪里？你在哪里呀？

“公子伴花失美，盗帅踏月留香。”也许就在今晚，让我们盼望着就在今晚，那个带着缥缈而又诗意的郁金香香气的纸条就会飞到某个人的窗前。那一刻，整个世界又会变得浪漫与精彩起来！

亦真亦奇小鱼儿

《绝代双骄》开篇写的是玉郎江枫与移花宫花月奴这一对苦命鸳鸯逃亡未果惨遭杀害的故事，两个人的遗孤便是双胞胎兄弟小鱼儿与花无缺。金庸《射雕英雄传》中射雕英雄郭靖生于雪地之上，古龙《绝代双骄》中天下第一聪明人小鱼儿生于父母逃亡途中。同样身世坎坷，日后也同样名动江湖，正合亚圣“天将降大任于斯人也”的旷世论断。

小鱼儿自记事起已父母双亡，本来幸由父亲的义兄“天下第一大侠”燕南天收养，却又不幸落入恶人谷“十大恶人”之手。这条漏网之鱼，在一众恶人的“倾囊相授”之下，非但没有早夭，反而凭借自己的摸爬滚打与超凡悟性学就一身本领，更因智计百出而号称“天下第一聪明人”。

看他小小年纪就被血手杜杀这样的“虎爸”拿野兽去训练，相信每一位读者都会为他捏一把汗。但小鱼儿狠得下心，下得去手。杀狗、杀狼、杀山猫、杀老虎，一路拼杀将去，虽也曾眼含泪水、浑身是血，但每次都能杀出生天，笑到最后。这为他日后的天不怕地不怕奠定了强悍的心理基础。

读到小鱼儿杀狗后虽含着眼泪，却咬着嘴唇大声说“我又杀了它，十六刀”时，

我想起了古龙的一句名言："当一个人无所依靠的时候，他往往就会变得坚强起来。"

小鱼儿自小便是不怕疼不服输的好男儿！

小鱼儿不仅敢打敢拼，头脑也极为灵活。可谓智勇皆备，帅才出众。看他梳着朝天辫，笑嘻嘻啃着苹果用猛虎反训杜杀，真是大快人心。而看到杜杀被猛虎掀翻在地后，一句"杜伯伯，小心！"则又尽显其纯良本性。《绝代双骄》第八章的回目为《近墨者黑》，但小鱼儿却并未因生在大恶人堆里而成为小恶人。他像一朵莲花，出淤泥而不染。

为何会出现这种结果？这不是反逻辑么？原来除却父母的美好基因之外，谷中这些大奸大恶之辈中还有一位心地善良的名医万春流，他每天侍弄的药罐子叔叔原来就是被恶人们算计成为残废的大侠燕南天。年纪轻轻的小鱼儿最为了不起之处不是敢与虎狼搏斗，不是敢算计十大恶人之首杜杀，不是近墨者未成黑，而是能保守这样一个天大的秘密。

当一个人能够保守秘密时，其实就可以称之为一个大人了。何况小鱼儿保守这个秘密已有五年。

万春流跟小鱼儿坦言曾担心小鱼儿也会成为一个坏人，小鱼儿展颜说自己"坏起来可也真够坏的，只是，那却要看对付什么人"。如他所言，他利用李大嘴去捉弄屠娇娇，又利用屠娇娇去折磨李大嘴。既带有孩子气的恶作剧成分，又好似是对他们如此培养自己的一种打击报复。"十大恶人"本来是想把自身的种种恶集于小鱼儿一身，让他成为屠娇娇说的"鬼见了都怕"和哈哈儿说的"搞得天下大乱"的魔尊，好为自己这帮人出口气。但没想到小鱼儿成长迅速，青出于蓝，还没等到他祸害人间，自己这帮人却先被小鱼儿祸害成了倒霉蛋。

"笑里藏刀"哈哈儿称他为"小太爷"，并说"惹了他就倒霉"。"穿肠剑"司马烟叹气说听小鱼儿说话得想上六七回才敢回答，否则一定会上当。"不吃人头"李大嘴则苦笑说生怕小鱼儿找他麻烦。"血手"杜杀深沉地"默然半晌"后说若把小鱼儿跟他关在一间屋子里，最后活下来的一定是小鱼儿。"半人半鬼"阴九幽说要送小鱼儿走，并且越快越好。看着这群杀人不眨眼的魔头因一个十来岁的孩子而在一起互倒苦水并决定当天就把小鱼儿送走，文字外的我，已不禁笑出声来。

哈哈儿道："哈哈，江湖中的各位朋友们，黑道的朋友们，白道的朋友们，山上的朋友们，水里的朋友们，你们受罪的日子已到了……"李大嘴以手加额，笑道："这小鬼一走，我老李一个月不吃人肉……"黄昏后，恶人谷才渐渐有了生气……

好一个"水里的朋友"，好一个"以手加额"，好一个"有了生气"，这古灵精怪的小鱼儿竟把这群恶人们消遣成了这般模样！

他们摆酒为小鱼儿送行，书中写道：

两坛酒一个时辰里就光了。李大嘴的脸越喝越红，杜杀的脸越喝越青，哈哈儿越喝笑声越大，屠娇娇越喝越像女人。只有小鱼儿，一杯又一杯地喝着，却是面不改色。

古龙笔下的主人公果然个个好酒且个个能喝。

李大嘴问小鱼儿出谷之后的打算。小鱼儿顺着他的心意说遇见顺眼的就跟他喝酒，遇见不顺眼的就去害他。小鱼儿小小年纪已知揣摩他人的心思，少年老成，当真难得，更为难得的是这老成并未发展成虚伪狡诈，而是仗义温良。

杜杀突然道："你……还回不回来？"小鱼儿嘻嘻笑道："我将外面的人都害光了，就快回来了，回来再害你们。"哈哈儿道："哈哈，妙极妙极，你若真的将外面的人都害得痛哭流涕，咱们欢迎你回来，情愿被你害也没关系。"

杜杀为何"突然"问，而且问时还吞吞吐吐？那是因为经过这十几年的相处，他早已对小鱼儿产生了深厚的感情。古龙如此描写这个场面，是合乎人情的。再大奸大恶之人也毕竟是人。何况还是面对这样一个精灵古怪且会脱口说出"杜伯伯，小心"的小鱼儿呢？杜杀突然发问，小鱼儿嘻嘻应答。一个庄重，一个随性。但细究"回来再害你们"这句话其实也是真情流露。恶人谷是什么好地方？为何要回来？回来就回来吧，为何还直言相告是来害他们的呢？

长者杜杀含蓄表达依依不舍，晚辈小鱼儿则嘻嘻笑着潇洒劝慰，这个场景仔细品读是很温暖的。

杜杀不舍，但恶人谷其他人却对魔头小鱼儿的离开表示祝贺。

两边的屋子，有的开了窗，有的开了门，一个个脑袋伸了出来，眼睛都睁得圆圆的瞧着小鱼儿。小鱼儿道："我做了这么大的好事，你们还不赶紧拍掌欢送我……你们若不拍掌，我可就留下来不走了。"他话未说完，大家已一齐鼓起掌来。小鱼儿哈哈大笑，只有在走过万春流门口时，他笑声顿了顿，瞧了万春流一眼……只瞧了一眼，没有说话。万春流也没有说话，有些事是用不着说出来的。小鱼儿终于走出了"恶人谷"！

"一齐鼓起掌来"当然又一次印证了小鱼儿在恶人谷的狼藉声名，但只有万春流知道小鱼儿是什么样的人。下面，就让我们随着这脸带刀疤却英俊无比、拜恶人为师且青出于蓝的小鱼儿去闯荡江湖吧，看看他如何"残害生灵""为祸人间"！

古龙并未着急写小鱼儿的种种奇遇，而是先借小鱼儿的双眼去看这恶人谷外的广阔天地。

黄昏，山色已被染成深碧。

雾渐渐落下山腰，穹苍灰黯，苍苍茫茫，笼罩着这片一望无际的大草原，风吹草低，风中有羊嗥、牛啸、马嘶混合成一种苍凉的声韵，然后，羊群、牛群、马群，排山倒海般合围而来。

这是幅美丽而雄壮的图画！这是支哀婉而苍凉的恋歌。

黑的牛，黄的马，白的羊，浩浩荡荡奔驰在蓝山绿草间，正如十万大军长驱挺进！小鱼儿远远地瞧着，脸上闪动着兴奋的光，眸子里也闪着光，这是何等伟大的景象！这是何等伟大的天地！由薄暮，至黄昏，由黄昏，至黑夜，他就那样呆呆地站在那里，他的心胸已似突然开阔了许多。

"美丽而雄壮""哀婉而苍凉"是不是就是江湖的模样？心胸开阔的小鱼儿会去做

些什么事呢?

他先是利用人们的贪财心理，装傻充愣，捉弄了那些贪财的人。接着又将得来的金银珠宝随走随抛，大有“千金散尽还复来”的架势。桃花问他为何这么干，他说好人捡到一定开心，坏人捡到一定会因分赃不均打起来，懒人捡到则想不劳而获，整天到草丛里找金子，最终饿死。

他咯咯笑着，接道:“你瞧，我只不过是抛了这些东西出去，却显然不知要把多少人一生的生命都改变了，这岂非天下最好玩的事?”桃花整个人像是木头人似的呆住，呆了半晌，轻叹一声，道:“你简直是个小魔王。”

初出江湖，小鱼儿牛刀小试，已彰显了“天下第一聪明人”的实力，并且凭借自己的独特魅力成功俘获了桃花姑娘的芳心。小鱼儿说桃花不会忘了自己，桃花问为什么，小鱼儿说因为任何人见过他一面后都不会忘记他的。如此自信、自恋，也真是没谁了。

有人可能会问古龙为何不让小鱼儿去行侠仗义呢?他本就是个好人，又看到了那样广阔雄伟的自然景观，为何要安排他去捉弄人呢?我的理解是这既符合小鱼儿在恶人谷中养成的精灵古怪的性格，又符合他的年龄段特征，还能体现他另类的劝世、警世的侠义风格，只不过带着一些恶作剧的成分而已。而也正是这些恶作剧成分将小鱼儿与其他传统意义上的侠义之士鲜明地区分开来。

紧接着，小鱼儿又骗铁心兰把她自己点住。这当然又体现了他的诡计多端。不过在“小仙女”张菁找铁心兰麻烦时，小鱼儿则用火烧张菁所乘马的马屁股的方法将铁心兰救出。铁心兰给小鱼儿下药，小鱼儿轻松换过，比一些老江湖还要老江湖。

小鱼儿不贪钱财，仗义出手，目光敏锐，沉稳迅捷。一出道，就显出自己的与众不同和非凡能力。

张菁骑的小红马叫樱桃，小鱼儿就给小白马起名为白菜。古龙童心飞扬，将小鱼儿这个痞痞的少年侠士刻画得活灵活现、呼之欲出。

铁心兰已经服服帖帖，下面轮到小仙女张菁倒霉了。

张菁很美，但脾气很火爆。小鱼儿夸她美，她竟然掴小鱼儿耳光，并明确表示“就算美也不要你说”。读来不觉莞尔。这“小仙女”倒不如叫“辣妹子”。小鱼儿忍着怒火，故意在打水时将水溅到张菁身上，然后在给张菁擦拭时借机点中其穴道。这下挨打的变成了张菁，不仅挨打，还被小鱼儿强行亲了一下，把个张菁弄得崩溃大哭。

打女人并强行亲人家这种事儿，李寻欢、楚留香、傅红雪、萧十一郎、沈浪一定干不出，更不用说萧峰、郭靖和张丹枫了。能做出这种没有任何思想包袱的事儿的除了小鱼儿，估计也只有韦小宝韦爵爷了。

你说他是个孩子吧，他处处显出老江湖的一面;你说他是个大人吧，他又处处表现出少年心性。真是让人爱恨交加。不过这令人爱恨交加的本事本就是一种奇异的魅力，如果不是，铁心兰为何也从此对他念念不忘呢?

这个世上像小鱼儿这样有趣有品又有点儿坏的男人毕竟还是太少了呀。

草原之旅要结束了，小鱼儿看着那千里无际、平静但又雄奇壮丽、单调却又变化迷人的大草原静静地沐浴在星光下，草浪起伏如海浪，却也不再回头。他是游向大海的鱼儿，正要海阔凭鱼跃，哪怕再广阔美丽的草原也是留不住他的。

恶人谷不留恋，大草原也不留恋，小鱼儿告别铁心兰，他的江湖在远方。

不过还没等小鱼儿奔向他的远方，他就又一次看到了需要救助的铁心兰，真正的侠士不会因为远方的江湖而忽略身边的善举。小鱼儿是真正的侠士。

看他见到铁心兰的病容忍不住失声询问，看他在铁心兰说不要管她时说偏偏要管她，真是既霸道又亲切。书中写道：

小鱼儿突然飞快地伸出手，一探她的额角，她额角竟烫得像是火。铁心兰拼命拦开他的手，颤声道："我不要你碰我。"小鱼儿道："我偏要碰你。"突然飞快地抱起了她。铁心兰大叫道："你敢碰我……你放手，你滚。"她一面挣扎一面叫，但挣扎既挣不脱，叫也没力气，她拳头打在小鱼儿身上，也是软绵绵的。小鱼儿道："你已病得要死了，再不乖乖的听话，我……我就又要脱下你的裤子打屁股了，你信不信？"铁心兰嘶声叫道："你……你……"突然埋头在小鱼儿怀里，又放声痛哭起来。

小鱼儿的语言虽还是那么刁钻，但任何一个女孩子在他坏坏又温暖的怀中，估计都会哭起来吧？

铁心兰醒来时，小鱼儿在煎药。她挣扎着要爬起，小鱼儿却将她按下去并且大声说："不准开口！"铁心兰见小鱼儿因熬了许多夜照顾自己而眼圈深陷，不禁流下泪来。端药过来的小鱼儿又说："不准哭。"两次"偏要"，两次"不准"，这份霸道的宠溺，任谁都会很受用吧？

冤家路窄，两人又遇到小仙女张菁。小鱼儿不慌不忙，巧用易容术逃之夭夭。恶人谷出来的孩子，果然多才多艺！

铁心兰手脚"冰冷"且"簌簌发抖"，小鱼儿的手却"仍是那么稳"。两相比较，高下立判。张菁拔刀试小鱼儿，小鱼儿竟不闪不避，真是沉稳到了极点，也胆大到了极点。

她糊里糊涂的被小鱼儿扶上了马，小鱼儿拉着马居然还在慢吞吞地走，铁心兰忍不住道："老天，求求你，走快些好么？"小鱼儿道："千万不能走快，他们或许还在后面瞧，走快就露馅了。"

《水浒传》中心思深沉的宋江给智取生辰纲闯下大祸的晁盖等人送信前也曾将马匹慢慢牵出，无人注意时才打马飞奔。小鱼儿小小年纪，竟已心思深沉至此，真是令人叹服。

张菁再次赶来，小鱼儿技不如人，屡屡挨打。但他无论被打倒在地有多惨，都能一次次站起来，颇有硬汉风范，连张菁都有些佩服，有些不忍。

铁心兰失声惊呼，道："小鱼儿你……你……"哪知小鱼儿不等她话说完，一个翻身又跳了起来，擦了擦从嘴角淌下来的鲜血，笑嘻嘻道："你放心她打不死我的，只要她打不死我，我总能打倒她。"

无论身处何等境遇，都能笑得出来。这也是小鱼儿的致命吸引力之一。且看下面这段描写：

铁心兰默然半晌，悠悠道：“我真没想到，你真的打起来时，竟那么狠，那么不怕死……”小鱼儿大笑道：“我也许是个坏蛋，但却绝不是孬种，别人想要我干什么都容易，但谁也休想叫我求饶。”铁心兰媚然一笑，柔声道：“不错，你就算坏，但也坏得是个男子汉。”星光月色都很亮，银子般的月光，将他们的影子照在地上，他们两人的影子，几乎已变成了一个。

“休想叫我求饶”正是小鱼儿男人味儿十足之处。看铁心兰又是“悠悠”，又是“媚然一笑”，又是“柔声”，早已被小鱼儿征服。古龙两个影子变成一个的写法则将两人的亲密关系有形化，写意而又充满风情。

小鱼儿不仅够狠、不怕死，而且颇为自傲自负。铁心兰认为小鱼儿见不到“玉娘子”张三娘有些可惜，小鱼儿则认为张三娘见不到自己才可惜。侠士黑蜘蛛抬举小鱼儿做自己的小兄弟，小鱼儿却让黑蜘蛛喊自己大哥。

我一向认为自傲自负也胜过自卑自怜，当然更胜过自暴自弃。

恶人谷里的人不是对手，谷外贪财的人不是对手，铁心兰不是对手，张菁也不是对手，可是很快，小鱼儿的对手一个接一个地来了。十二星相、江别鹤父子、移花宫大小宫主。段位越来越高，挑战越来越大。这条曾经的漏网之鱼能够神龙夭矫、震动江湖么？

碧蛇神君藏毒蛇于米饭之中，小鱼儿迅速识破，救了铁心兰。小鱼儿目光如电，机警非常，真是一流人物。而悲悯无辜老人被杀于前，扔金请人厚敛老人在后，则尽显其侠义风范。对小白马一句不起眼的“小白菜，辛苦你了，抱歉抱歉”又体现了他的善良与博爱。与铁心兰纵马前行，小鱼儿捏蛇七寸，潇洒如意。被毒剑刺伤后又能坦然面对生死，说笑便笑，毫不含糊。书中写道：

铁心兰扑到他身上，泪流满面，道：“这毒有救的，你根本不知道……”小鱼儿大笑道：“我从小就在使毒的大名家群中打滚。我若不知道，天下还有谁知道？”他居然还像是得意得很，居然还笑得出来。铁心兰叫道，“既然如此，你就该能配解药。”小鱼儿道：“我自然能配解药。”铁心兰大喜道：“你……你原来又在吓我！”小鱼儿缓缓道：“但这解药却要三个月才配得好！”

铁心兰笑容还未绽开，又已软软地跌倒，流泪道：“你现在还有心情开玩笑，你……你……你叫我怎么办呢？”流泪变为抽泣，抽泣变为痛哭，痛哭捶地道：“你简直不是人，你竟对自己的生命都要开玩笑，却不管别人心里如何，我恨死你……恨死你了。”

面对生死，谈笑自若，这一点，韦小宝是比不了的。看小鱼儿后文中胸膛见血时还能放声狂笑说出“剖肚子乃人生一大快事也，不想我江鱼竟在无意中得之”！被困在水中时便自嘲只有自己一个人享受这样一大锅鲜鱼汤。真是视死如归的真豪杰、好汉子！

小鱼儿身体上是硬汉，嘴上也从不输人。看他对慕容九说“我可没有激你，也并未要你救我，我自己高兴死就死，高兴活就活，用不着别人操心”，逞强也逞强得这么有腔调，真是迷人。“高兴死就死，高兴活就活”的人生宣言更是洒脱帅酷到了极点。慕容九打算救他，他竟毫不领情地说：“这可是你自己心甘情愿要做的，我既未求你，你纵然救活了我，我也不会感激你的。”慕容九说自己是天下第一，小鱼儿立刻接口道：“你这自我陶醉的本事，的确可算是天下第一。”一个正儿八经的人若与小鱼儿斗嘴，实在是一种灾难，因为他根本就不按套路出牌，生性冷淡的慕容九被他气得浑身发抖，如书中所说：“她确也是个冷漠寡情、不易动怒的人，但不知怎地，小鱼儿随便三两句话，就能把她气得发疯。”慕容九的崇拜者顾人玉怪小鱼儿故意气她，小鱼儿却说慕容九生气的样子比那副冷冰冰的样子好看得多。

看来慕容九非但不该生小鱼儿的气，还该感激他才是。

斗起嘴来绝不饶人，根据闺房陈设分析起慕容九几个姐姐、姐夫的特点来却又异常缜密精准，看到慕容九脱衣练功后故意问“九姑娘在哪里”而不使其难堪，不想让慕容九练成泯灭人类情感的所谓神功而当机立断将秘籍图册毁掉。这个小鱼儿到底是人，是鬼，还是神呢？

古龙时而写他捉弄他人时的古灵精怪，时而写他救助他人时的侠肝义胆；时而写他油嘴滑舌嘴上不饶人，时而写他心思缜密眼里有门道；时而写他怕被女人缠上，又时而写他视死如归无惧无畏。

这样一个看似矛盾又一点儿也不矛盾的小鱼儿，估计你也会忍不住喜欢上吧？

十二星相中的黄牛和白羊与小鱼儿互相算计。小鱼儿用李大嘴的名头唬人，二星相就顺坡下驴将计就计。二星相揭穿小鱼儿打算痛下杀手，小鱼儿就说给二人的牛肉汤里下了毒。二星相不信，小鱼儿就让他们摸自己的“乳根穴”处以验证是否发麻。二星相给小鱼儿下跪求药，小鱼儿给了解药后二星相马上翻脸，可是没想到小鱼儿根本没在牛肉汤里下毒，解药才是毒药。人心叵测，见招拆招，跌宕起伏，真是好看。也多亏是小鱼儿，换作没有黄蓉在侧的靖哥哥，估计早就剧终了。

算计完阴狠恶毒的黄牛和白羊，又离间杀人不眨眼的灰蝙蝠和猫头鹰。小鱼儿临危不乱，智计百出，令人眼花缭乱、拍案叫绝。

唬赵全海，小鱼儿杜撰名号脱口而出，才思之敏捷令人瞠目。“万蛇之圣，万剑之尊，万王之王，打遍三山五岳，南七北六十三省无敌手，惊天动地玉王子”，这么长的定语，也亏他老人家能想得出。

《绝代双骄》读到这里，感觉就没有聪明人小鱼儿搞不定的事，直到他遇到自己的同胞兄弟——已是移花宫嫡派传人的花无缺。

花无缺处处可与小鱼儿作比。小鱼儿的名字土气简单，花无缺的名字高雅精致；小鱼儿来自臭名昭著的恶人谷，花无缺来自人人敬畏的移花宫；小鱼儿脸上刀疤道道，花无缺则是“陌上人如玉，公子世无双”；小鱼儿油腔滑调爱捉弄人，花无缺温文尔雅爱扶持人；小鱼儿战胜别人更多的是靠鬼点子，花无缺征服别人则全凭实力与修养。

人见人怕也人见人爱的小鱼儿，就这样瞬间被令众人“心神皆醉”的花无缺实力碾压，连一直深爱小鱼儿的铁心兰也在瞧着花无缺时“嘴角不知不觉间泛起了一丝钦佩的笑意”。小鱼儿第一次尝到了妒忌的滋味，看他先是啐了一口说“那小子好神气”，又突然说“那小子实在太神气了”，实在有些可怜。而“啐了一口”的不雅举动，更是自己就把自己摆低了。

之后花无缺更是凭超强实力不战而屈人之兵，从小鱼儿手中救走慕容九。小鱼儿又第一次被“气炸了肺”。但实力是硬道理，小鱼儿又能怎么样呢？看花无缺衣衫雪白、神态安详地坐在那里，小鱼儿也不得不承认他是人间少有的美男子。小鱼儿体验到了强烈的挫败感，不仅在江湖群雄面前，更是在铁心兰面前。虽然他后面能令十二星相中的献果神君心服口服，虽然他依然能想出将珠宝抛到崖底以引人前来的好主意，虽然他能在与“迷死人不偿命”的箫咪咪周旋时从容不迫，虽然他能看透江别鹤之子江玉郎的心机，但他还是败给了花无缺。

他心里在想：这世上若还有我的对手，就是这小狐狸。但这念头还未转完，他已知道自己错了。这世上他还有个对手，一个更可怕的对手！他眼前似已泛起了一条人影，那是个文质彬彬，温柔有礼的，又风流体贴，永远不会动怒的人影。花无缺，无缺公子，他既不狠毒，也不奸诈，似乎完全没有什么心机，除了武功外，似乎全无任何可怕之处。但这种“全无可怕之处”，正是最最可怕之处——他整个人就像是大海浩浩瀚瀚、深不可测。

小鱼儿至此才发现自己一路走来原来全凭心眼，并非自己的绝对实力。这发现让他难过，也让他自省。

对于一个自命不凡的人而言，还有什么比让他忽然意识到自己其实很渺小、很无力而更令其难过的事情呢？

在这难过中，小鱼儿迅速长大。如果说知道了自己的不幸身世是童年小鱼儿的第一次成长契机，那么看到了自身本领上的局限性则是少年小鱼儿的第二次成长契机。这个过程虽然比较痛苦，但任何人都要学会自己长大。

不过在武功提升之前，小鱼儿先要搞定江玉郎。江玉郎是江别鹤的儿子。江别鹤原是小鱼儿父亲“玉郎”江枫的书童，在出卖江枫后摇身一变成了江南大侠。江玉郎为了节约时间并且不引起箫咪咪的怀疑能做到在厕所边大便边挖逃生通道，也实在是一个励志非常的狠角色。

江玉郎与小鱼儿的斗智斗勇代表了《绝代双骄》全书算计人的最高水平。尤其小鱼儿的实实虚虚、虚虚实实，更是让自诩聪明绝顶的江玉郎与没见过什么世面的读者朋友（包括我）大开眼界。

江玉郎拿“天绝地灭透骨针”对准小鱼儿，小鱼儿却大笑说针筒是空的。因为若不是空的，怎会被人抛在地上，而且说打造这针筒的“神手将”早已去世了，所以说这针筒里一定无针。江玉郎扔掉针筒后，亲热地喊小鱼儿哥哥，稳住小鱼儿后，又用“五毒天水”对准小鱼儿，没想到小鱼儿却用透骨针针筒对准了他。江玉郎笑话小鱼

儿拿的是空筒，小鱼儿又给江玉郎科普说这针因制作费时，所以每个针筒里都藏着三套透骨针，试想如果只能用一次，用完就得找“神手将”重新打造的话，世人又怎会把它看得如此珍贵。江玉郎又一次喊小鱼儿大哥，并夸赞小鱼儿见多识广，然后便将“五毒天水”放回了原处。没想到小鱼儿发动了透骨针，把个江玉郎吓个半死，针筒里却没针射出来。小鱼儿又给江玉郎科普说这透骨针一发便是一百三十根，针筒这么小，是不可能装下三套的。

江玉郎被气晕了过去。我想换作任何人，估计都会被气晕过去吧。爱算计人的人不可怕，可怕的是这人还特别有文化。被算计也不可悲，可悲的是次次被算计还次次不长记性。

江玉郎并非一坏到底，他也会在重见天日时眼泪流淌，也会担心小鱼儿与“恶赌鬼”轩辕三光赌输后要倒霉，但他受其假仁假义的父亲影响太深，只能步步堕入罪恶的深渊。

轩辕三光输给了敢拿自己开刀的小鱼儿，认赌服输，将掌门铜符送给小鱼儿，要小鱼儿做神锡道长等人的掌门。但小鱼儿以不愿受清规戒律约束为由将铜符送还神锡道长，换得了神锡道长的“深深一揖”。

小鱼儿是有所不为有所必为的好男儿!

江玉郎已成手下败将，江别鹤翩然出场，“青衫秀士、眉清目秀、面如冠玉、潇洒已极、微笑一揖”，江南大侠果然风采超然，聪明人小鱼儿都觉得除了花无缺外，还未见过如此令人着迷的人物。江别鹤主动要求与轩辕三光赌斗掌力穿透桌面而不使桌上的鱼翅羹溅出一滴。只见他先是用极高明的掌法将轩辕三光镇住，又用只敬轩辕三光一杯酒的方式进行处罚。干得漂亮，说得更漂亮，足可与金庸《笑傲江湖》中的“君子剑”岳不群相媲美。小鱼儿发现了江别鹤的秘密，江别鹤将其制住，花无缺忽然到来。江别鹤刚刚称小鱼儿为自己人，见花无缺原来是来杀小鱼儿的，正好借刀杀人。但又不能丢了面子，正在踌躇间，他突听儿子江玉郎惨呼一声，然后倒在地上，立刻心领神会，也捂着肚子坐倒在椅子上。这父子俩儿心有灵犀，丑态同步，确是一脉相传。

江别鹤原名江琴，“一琴一鹤”是指为官清廉，江别鹤如此自诩却龌龊不堪。江玉郎之名取自“玉郎”江枫，江别鹤对儿子如此期许，无奈江玉郎金玉其外败絮其中，颇有其父之风。看到儿子如此像自己而不像江枫，也不知江别鹤欢喜还是难过。

相对于这对三观无缝对接的伪君子，还是李大嘴和屠娇娇这些真小人更可爱一些。

花无缺在小鱼儿面前拥有绝对优势，但小鱼儿却说花无缺什么都有，就是没有情感。

小鱼儿大声道：“你不服么？好，我问你，你可真的懂得什么叫爱，什么叫恨？你可曾尝过爱的滋味？恨的滋味？”他一步步往前走，接道：“你甚至连烦恼都没有，老、病、愁闷、贫苦、失望、悲伤、羞悔、恼怒……这些本是全人类都不能避免的痛苦，但你却一样也没有……一个完全没有痛苦的人，又怎能真正领略到欢乐的滋味。”他长叹了一声，缓缓接道：“你既没有真正爱过一个人，也没有真正恨过一个人，你没有痛苦，也没有欢乐……别人也许都羡慕你，我却觉得你活着实在没有什么意思。”

花无缺默然半晌，神色竟还是那么安详，绝没有任何变化，他只不过是淡淡笑了笑，道："也许你说得不错，这只怕也是我从小的环境造成的。"

小鱼儿苦笑道："不错，只有'移花宫'才能造出你这样的人，使你变成个活动的木头人。你虽然对每个人都谦恭有礼，但心里却绝不会认为他们值得尊敬，你虽然对每个女孩子都温柔体贴，但也绝不是真的喜欢她们。"他又长叹一声，道："就算你要杀人，你心里都未必认为他是该杀的。"

花无缺叹道："这的确是遗憾得很。"

小鱼儿的自我觉醒是知道自己技不如人，花无缺的自我觉醒是知道自己生不如人。是的，就算你与人对敌百战百胜，就算你身处中心前呼后拥，可是你连普通人的喜怒哀乐都没有，再完美无缺，活着又有什么趣味呢？杀不知何罪的人，小鱼儿让花无缺反思自己的被动选择；对每个女孩子都温柔体贴，铁心兰则让花无缺反思自己的情感判断。

当花无缺成为一个有血有肉的人，他与小鱼儿手足相残的命运悲剧才有可能避免。

小鱼儿在与花无缺的较量中落败，自我放逐，自我怀疑，他加入卖艺班子，去翻跟头逗人开心。但看到海红珠被调戏，他挺身而出，惩治恶徒，却又不得不再一次踏上自我放逐之路。

书中写道：天上的繁星，就像是海红珠的眼睛，每一只眼睛，都在流着泪，向小鱼儿流着泪，小鱼儿的眼睛却闭起了！黎明时，小鱼儿已远远离开了这地方，他茫无目的向前走，更穷、更脏，他都根本不放在心上。

我们的小鱼儿，竟也有这样灰心落寞的时刻。

他到餐馆洗碗、炒菜，消磨自己也锤炼自己。在需要他重出江湖的时候则又一次站了起来。

书中写道：

他又茫无目的地向前走，还是那么脏，那么穷。但此刻，他的心情，他的武功，却已和往昔不可同日而语了。绝代之英雄，终于已将长成！

他变得更从容也更悲悯。

他同情"女孟尝"三姑娘不被人看作女人，却也善意提醒对方想让人看作女人就不要整天男儿相。江别鹤追杀小鱼儿，小鱼儿情急进入一个房间，见床上睡着一个女子就窜过去迅速掩住对方的嘴，另一只手去按她肩头，并警告对方不要出声。没想到这女子力大无比，出手如电，竟将小鱼儿的两只手给扣住了。江别鹤问里面是否有贼人闯入，小鱼儿闭起眼睛，已准备认命，没想到这女子竟然支开了江别鹤。小鱼儿又惊又喜又发呆，然后才知道这女子正是三姑娘。小鱼儿无心插柳，三姑娘有心示爱。

小鱼儿突然拉过三姑娘的手说求对方一件事，三姑娘以为小鱼儿要向她表白，赶紧说"无论求我什么，我都答应你"。小鱼儿求对方把自己送出去，三姑娘失望之下，竟突然放声大喊这里有强盗。小鱼儿又惊又怨又恨。没想到在江别鹤赶到后三姑娘却说那强盗跑到了铁姑娘住的地方，并成功护送小鱼儿离开险地。真是一波三折、妙趣横生。

优秀的作家常常会在紧张的事件之中加入适当的轻松成分，以达到有张有弛、引人入胜的艺术效果。

躲过了江别鹤，躲不过花无缺。花无缺肩负师命，要杀小鱼儿。小鱼儿失去铁心兰，嫉妒花无缺。两个人身形相持，大战一触即发。

突然，一只燕子自窗外飞了进来。这是只迷失了方向的孤燕，盲目地冲入了有光和亮的地方，为的只怕是来寻求一份温暖。它竟飞入了小鱼儿与花无缺相持着的身形之中！众人也不见小鱼儿与花无缺有任何动作，但这燕子却不知怎地，竟飞不过这无形的杀气。这燕子竟直坠下来！落下的燕影，掠过了花无缺的脸！

古龙笔法卓绝，在生死之战中引入燕子这一意象，使凌厉的场面多了几分浪漫与飘逸。如同吴宇森在所导电影《喋血双雄》的教堂决战中引入白鸽这一意象。小鱼儿期望一击必中，花无缺却以一招“移花接玉”轻松将小鱼儿击倒在地。但尽管如此，在罗九说花无缺少年无知时，小鱼儿却力挺花无缺聪明内蕴、深藏不露。行就是行，不行就是不行。不再多逞嘴上功夫，小鱼儿已然成熟不少。

黑蜘蛛喜欢慕容九却又觉得配不上对方，小鱼儿说只要彼此喜欢，过再苦的日子也是开心的。说出这种话的小鱼儿已经是一个有了一定感情阅历的大人了。

古龙其他作品中的主人公多是一出场就已经是大人。一点点儿长大、一点点儿成熟的小鱼儿实在是个例外。另外小鱼儿没有李寻欢的飞刀神技，没有楚留香的绝顶轻功，没有陆小凤的灵犀一指，有的只是他的古灵精怪、随机应变与古道热肠。这样一个相对平凡的人，注定要经历更多的艰难险阻才能成长为一代名侠。

小鱼儿感叹这世上没人能对付得了花无缺。屠娇娇却含笑瞧着他说：“只有你。”只有“咱们的小鱼儿”。可是小鱼儿真的能击败在与慕容家赌斗时想出连小鱼儿都想不到的妙法以制胜的花无缺么？

小鱼儿能，因为他只要将花无缺变作自己的朋友就等于击败甚至消灭了这个敌人。事实证明他做到了，他不仅将花无缺变为了自己的朋友，并最终将其变为自己的兄弟，亲兄弟！

小鱼儿要学燕南天，堂堂正正找花无缺决斗，而不学屠娇娇和李大嘴只知暗中捣鬼。小鱼儿不会像恶人们那样见死不救，而是提水来将欧阳兄弟身上被血腥引来的虫蚁冲洗干净。小鱼儿勇敢面对花无缺，并约定三月之后与其决斗。敢于担当、心怀悲悯的小鱼儿，越来越有名侠之风。

南天大侠路仲远将花无缺震翻在地，小鱼儿不顾一切相救。书中写道：“小鱼儿但觉热血冲上头顶，竟忘了他与花无缺之间的恩恩怨怨，情仇纠缠……他竟突然忘了一切，不顾一切，竟突然飞扑过去！”并以三月之约说服路仲远。

小鱼儿与花无缺推心相交，都觉得做上三个月的朋友再决斗也是人生一大快事。花无缺长叹一声，小鱼儿也恰在同时长叹一声。“两人忍不住对望一眼，相视一笑”，绝代双骄终于心有灵犀，成为事实上的兄弟。后来移花宫邀月宫主假扮铜先生将小鱼

儿擒获，并要花无缺杀之，花无缺也以三月之约说服邀月。

花无缺面对路仲远假扮的燕南天毫无惧色，小鱼儿面对邀月假扮的铜先生亦毫无惧色。看花无缺说出“在下胆子纵不大，却也不是贪生畏死的懦夫”，看小鱼儿在邀月面前嘻嘻哈哈、妙语不断。绝代双骄，果然名下无虚。

路仲远被江玉郎陷害而死，真正的燕南天不知身在何方。

小鱼儿忽然挺起胸来，大声道：“你当然还能见着他，他当然不会死的，他还没有见到我扬名天下，他又怎能放心一死？”

花无缺凝目瞧着他，展颜一笑，道：“不错，燕大侠若是不愿死时，谁也无法要他死，甚至阎王老子也不能例外，我终有一日，能再见着他的。”

小鱼儿仰天笑道：“说得好，你说话的口气，简直和我差不多了，再过七十五天，就算我死了，你也可以替我活下去。”

两兄弟惺惺相惜，读来令人感叹。

小鱼儿武功越来越高，当众揭穿江别鹤的阴谋，并将其击败。武功高了，兄弟有了，爱情也来了。这位小鱼儿生命中最重要的女人苏樱在全书第八十一回终于出场。

苏樱是十二星相之首子鼠魏无牙的养女，风华绝代、聪慧果敢，令江玉郎和花无缺都为之倾倒。但她偏偏喜欢上了这个她口中让她没法子的“小坏蛋”，这个她眼中“整天嬉皮笑脸的，走起路来，扬扬得意，好像总觉得自己很神气，很了不起”的江小鱼，并坚信自己再也找不到像小鱼儿这样的人。她对铁心兰说小鱼儿又聪明，又风趣，又可爱，有时却又有点儿讨厌，然后又赶紧加一句“只有一点点儿讨厌”。聪明风趣和可爱都不难做到，有点儿讨厌比较难，只有一点点儿讨厌一点点儿坏是最难的。

无可替代的这一点点儿坏才是小鱼儿最大的魅力吧。

看苏樱与小鱼儿斗嘴，可谓高手过招，精彩纷呈。

她缓缓接道：“那日你身中毒刀之后，没多久就晕迷不醒，魏无牙算定你必死无疑，就要叫人将你抬出去喂老鼠。”

小鱼儿吐了吐舌头，失声道：“喂老鼠？”

苏樱道：“嗯。”

小鱼儿全身都痒了起来，却还是笑道：“好运气呀好运气。”

苏樱嫣然道：“你如今也知道你自己运气不错了么？”

小鱼儿笑道：“不是我运气不错，而是那些老鼠运气实在不错。”

苏樱愕然道：“你说老鼠的运气不错？”

小鱼儿正色道：“我全身上下，里里外外，连筋带皮带骨头，早就已坏透了，老鼠若是真的吃了我，不上吐下泻才怪。”他话未说完，苏樱已笑得弯下了腰。

小鱼儿道：“你觉得很开心么？”

苏樱笑着笑着，忽然不笑了，痴痴地怔了半晌，竟然幽叹道：“你可知道，我从生下来到现在，从没有这么样开心的笑过。”她眼圈忽然红了，垂下头，不再说话。

小鱼儿瞧了她很久，耸了耸鼻子，笑道：“你莫难受，我嘴里虽这么样说，心里还

是很感激你的。”

苏樱垂首道：“我知道你嘴里虽说得坏，其实心里……心里却是善良的，但有些人嘴里虽说得漂亮．一颗心却比什么都丑恶。”

看苏樱又是“嫣然”，又是“愕然”，又是“幽叹”，一会儿笑，一会儿不笑，一会儿又红了眼圈。反观小鱼儿则又是吐舌头，又是耸肩膀，又是正儿八经搞笑。很明显，第一回合，小鱼儿胜。再看下面这段对话：

小鱼儿大声道：“到了这时候，你还不放我出来，让我出去瞧瞧？”

苏樱叹了口气，道：“我现在若是让你出来，就等于在害你，我这一生中从来没有关心过别人的死活，只有你。”

小鱼儿怒道：“我偏要死，你又怎样？”

苏樱嫣然一笑，道：“我这人下了决心，永远再也不会更改……你现在就算真的自杀，我想尽法子，也要将你救活的。”

小鱼儿道：“你……你简直不是人，是个女妖精。”

苏樱抿嘴笑道：“女妖精配小坏蛋，岂非正是天生一对么？”说着说着，她自己脸也红了，红着脸逃了开去。

小鱼儿瞧着她，竟似变得痴了，喃喃苦笑道：“天下竟会有这样的女人，倒也少见得很，看样子她竟像是要跟定我了，这倒是件麻烦事。”

只听苏樱远远道：“你在这里等着，我去瞧瞧那位前辈究竟在哪里，立刻就回来的。”

小鱼儿忍不住道：“那人武功深不可测，你……你要小心了。”

苏樱笑道：“你放心，你还没有死，我也舍不得死的，何况，这位前辈既然救了我，又怎么会对我有恶意。”语声渐渐远去，没入树影花丛中。

小鱼儿摇头叹道：“这人看来比谁都柔弱，又有谁能想到她竟有这么大的胆子，这么硬的脾气？”

看小鱼儿又是“大声”，又是“怒道”，又是“忍不住道”。反观苏樱则一会儿“嫣然一笑”，一会儿“抿嘴笑”。第二回合，很明显是苏樱胜了。第一回合中苏樱“痴痴地怔了半晌”，第二回合中小鱼儿“竟似变得痴了”。第一回合中，苏樱能看到小鱼儿坏坏口吻下的善良本性，第二回合中，小鱼儿能看到苏樱柔弱外表下的过硬胆气。两个人棋逢对手，将遇良才，相互吸引，相互发现，真是绝配。

爱情，最重要的是合拍，能够同频共振，能够说多少话都不觉得无趣。想知道两口子如何玩儿高水平的打情骂俏，可以参考小鱼儿和苏樱这对欢喜冤家的日常对白。有趣的灵魂万里挑一，两个有趣的灵魂碰到一起，读者们有福了。

铁心兰嫣然道：“你哪里知道，他还说自己是天下第一聪明人哩。”

想起小鱼儿，苏樱的心里也觉得甜甜的，娇笑道：“他若说自己是天下第一厚脸皮，那倒是一点儿也不假。”

爱上一个人，就会心心念念着他的好，哪怕是调侃他，也带着只有自己才有资格

如此调侃的浓浓爱意。

小鱼儿被困山洞，苏樱去寻他。小鱼儿看到“她的脸已被划破了，满脸湿淋淋的，也不知是汗水，还是眼泪”。那么爱斗嘴的姑娘，竟为了自己着急难过至此。那一刻，相信小鱼儿也已深深爱上了苏樱吧。不过小鱼儿好像天生有着爱情恐惧症，总是不够自信，躲躲闪闪，需要苏樱这样的女孩儿强力推动才行。

小鱼儿怔了怔，忽然一松手，将苏樱抛在石头上，大声道：“我问你，你这究竟是什么意思，我和你根本连狗屁关系都没有，你为什么要为我死？难道你要我感激你？一辈子做你的奴隶？”

苏樱悠悠道：“我也不想要你做我的奴隶，我只不过想要你做我的丈夫而已。”

小鱼儿又怔了怔，指着苏樱向胡药师道：“你听见没有？这丫头的话你听见没有？脸皮这么厚的女人，你只怕还没有瞧见过吧？”

苏樱笑道：“无论如何，他现在总算瞧见了，总算眼福不错。”

小鱼儿瞪着眼瞧了她很久，忽然叹了气，摇头道：“我问你，你为了一个男人要死要活，这男人却一见了你就头疼，你难道竟一点也不觉得难受么？”

苏樱嫣然道：“我为什么要难受？我知道你嘴里虽然在叫头疼，心里却一定欢喜得很，你若一点也不关心我，方才为什么要跳起来去抱我呢？”

小鱼儿冷冷道：“就算是一条狗掉下来，我也会去接它一把的。”

苏樱笑道：“我知道你故意说出这些恶毒刻薄的话，故意作出这种冷酷凶毒的模样来，只不过是心里害怕而已，所以我绝不会生气的。”

小鱼儿瞪眼道：“我害怕？我怕什么？”

苏樱悠然道：“你生怕我以后会压倒你，更怕自己以后会爱我爱得发疯，所以就故意作出这种样子来保护自己，只因为你拼命想叫别人认为你是个无情无义的人，但你若真的无情无义，也就不会这么样做了。”

小鱼儿跳起来道：“放屁放屁，简直是放屁。”

苏樱笑道：“一个人若被人说破心事，总难免会生气的，你虽骂我，我也不怪你。”

读过此处，我只想说：小鱼儿，活该你有这种好福气，有这么一个口齿伶俐的女人陪着你，又有这么一个爱你至深的女人管着你。你还是从了吧？不从又有什么好法子呢？这一回合，你又输了。输就输吧，输也那么幸福甜蜜。

苏樱垂下头，黯然叹息。

小鱼儿苦笑着又道：“现在我们就好像是一群关在笼子的猴子，只好做把戏给他看了。”

苏樱再也说不出什么了，过了半晌，小鱼儿又笑了起来，喃喃道：“我临死前会变成什么样子，现在连我自己都想象不出，这倒有趣得很。我说不定会将你吃下去，你怕不怕？”

苏樱柔声道：“那么我们两个就永远变成一个，我怕什么？”

小鱼儿注视着她的脸，良久才叹息着道：“只可惜你太聪明了些，否则说不定我真

的会喜欢你了。”

苏樱红着脸，咬着嘴唇道：“我听说女人生了孩子后，就会变得笨些的。”

若是换了平时，小鱼儿听到这话一定会放声大笑起来，但此刻他只是觉得心里泛起一阵甜蜜的温柔之意，又带着种说不出的酸楚，他也不知道这究竟是什么滋味，只知道这种滋味他平生也没有领略过。

任何人能领略一次这种滋味，这一辈子便没有白活。这一回合，两个人都胜了。输的是那个不想让他们在一起的世界。

爱情来了，魏无牙来了，十大恶人来了，邀月、怜星二位宫主来了，燕南天也来了。《绝代双骄》终于迎来了它的高潮与结局。

小鱼儿求燕南天放过十大恶人，他的理由是这些人“受了二十年活罪后，简直已变成了一群可怜虫，每天都在心惊胆战，东窜西逃，又像是一群丧家的野狗”。听到这话的李大嘴感动得热泪盈眶，并说明培养小鱼儿是为了让他出去害人，没必要如此。但小鱼儿却说“无论你们是为了什么，但总算将我养大了，现在我活得既然很有意思，就不能忘记你们的恩情”。

小鱼儿不念旧恶，知恩图报，无愧男儿本色。

李大嘴坦言自己讨厌吃人肉，吃人肉完全是为了吓唬人，完全是为了让自己能在恶人堆里活下去，其实经常背着人去吃猪肉。原来每个人都有自己的不易。

几大恶人互相算计，自相残杀。躲得过江湖人士的围剿，却躲不过彼此的不信任。善良是给善良者最好的回报，邪恶是给邪恶者最大的惩罚。

魏无牙是侏儒，求婚邀月与怜星未果，便设计陷害众人，最终却被小鱼儿算计。一生都活在怨恨中，这样的人即使报复成功，又怎会收获幸福？

邀月、怜星因情系“玉郎”江枫一生未嫁。邀月冷冷冰冰，怜星也只是比其多口气而已。小鱼儿曾问怜星“像你这样漂亮的女人，为什么直到现在还没有嫁人呢？难道这么多年来，竟没有一个男人爱上你么？”书中写道：“怜星宫主霍然转过身，小鱼儿可以瞧见她脖子后面的两根筋都已颤抖起来，满头青丝，也忽然在西风中飞舞而起。”邀月本可以在抚养花无缺时重新塑造自己的性情，重新打造自己的人生。但她偏偏一意孤行，抚养花无缺，原来只是为了让他与亲生兄弟小鱼儿决斗，从而毁掉花无缺，以此来报复不爱自己的“玉郎”江枫。精心把一个孩子养大，竟是为了完成自己这样一个残酷的计划，想想都觉得不寒而栗。怜星宫主忍不住说出真相，却被自己的亲姐姐邀月杀死。书中写道：

怜星宫主嘴唇颤抖着，忽然用尽全身力气，大呼道：“你们莫要再打了，听见了吗？因为你们本是亲生的兄弟！”邀月宫主冷笑着并没有阻止她，因为她虽然用尽了力气在呼喊，但别人却只能听到她牙齿打战的声音，根本听不出她在说什么？怜星宫主目中不觉流出了眼泪来，数十年以来，这也许是她第一次流泪，但她流出来的眼泪，也瞬即就凝结成冰。

邀月宫主自以为杀掉了最后一个知道真相的人，且又亲眼看到小鱼儿死在了花无缺手上，于是她说出了真相。可是她没想到的是小鱼儿乃是假死。小鱼儿复活归来，与花无缺兄弟相认。邀月宫主那一刻才知道自己苦心经营了这么多年，除了面对无法挽回的光阴和无法救活的妹妹，什么都没有得到。

小鱼儿欢呼一声，跳起来抱住了花无缺，大笑道："我早知道我们绝不会是天生的对头，我们天生就应该是朋友，是兄弟！"他虽然笑着，但眼泪却也不禁流了出来。

花无缺更是已泪流满面，哪里还能说得出话，燕南天张开巨臂，将这兄弟两人紧紧拥抱在一起，仰天道："二弟，二弟，你……你……"他语声哽咽，也唯有流泪而已。

但这却是悲喜的眼泪，大家望着他们三人，一时之间，心里也不知是悲是喜？热泪也不禁夺眶而出。慕容双情不自禁依偎到南宫柳怀里，心里虽是悲喜交集，却又充满了柔情蜜意，再看她的姊妹，亦是成双成对，互相偎依。

萧女史擦着眼睛，忽然道："无论你们怎样，我却再也不想回去了，这世界毕竟还是可爱的。"

邀月宫主木立在那里，根本就没有一个人睬她，没有人看她一眼，她像是已完全被这世界遗弃。

是的，这个世界毕竟还是可爱的，拥抱世界者必将收获幸福，仇恨一切者必将被世界遗弃。这不仅仅是这部小说的主题，更是天道！

真诚、真心、奇人、奇遇，"眼睛又大又亮，鼻子又直又挺，薄薄的嘴唇，懒洋洋的笑意""为了求生，虽然也做出过一些不择手段的事，但却有一颗对人类充满了热爱的仁慈的心""令人割不断、抛不下、朝思夜想、又爱又恨的"亦真亦奇小鱼儿的故事就这样结束了。

美与丑、善与恶、爱与恨、罪与罚、博大与狭隘、怜惜与算计，到头来，各有各的去处，各有各的归宿。邀月月未至，怜星星不来。燕子高翔南天，鱼儿夭矫入海。别鹤奔忙一场梦，无牙智算亦成空。十二星辰纷纷落，十大恶人可怜虫。

为什么不能敞开心怀？为什么不能相亲相爱？多少所谓的名宿高手，竟在年纪轻轻、古灵精怪的小鱼儿面前败下阵来。这是《绝代双骄》给我们每一位读者的最深沉的启示。

苏樱将这半个柚子也分成两半，柔声道："你既然已将这半个柚子送给我，这就是我的，我自然也要送一半给你。"

小鱼儿道："我不要。因为你那一半比我大，我要你那一半。"

苏樱噗哧一笑，道："我若生个孩子像你，我不被他气死才怪。"

苏樱你不会被气死的，因为他是天上地下独一无二的小鱼儿！你肯定会常常"噗哧一笑"。世界是可爱的，不是么？生命是美好的，不是么？

不用李寻欢的小李飞刀，不用楚香帅的绝顶轻功，不用陆小凤的灵犀一指，只需要真诚并倔强地爱着这个世界便已足够。亦真亦奇小鱼儿，你——值得拥有！

踏月空山

任是数语也动人

——品读诗词佳句

我一直觉得人与小动物相比，不是胜在拥有智慧，而是胜在可以心动。永葆心动之感，便是人生至福。哪怕只是为了一句话，或者一处风景。希望这个系列中的诗句能带给你心动的感觉。

结发为夫妻，恩爱两不疑

硬汉苏武就像古龙笔下的李寻欢，性格虽刚强，情感却极脆弱。

迎风吞雪，高擎汉节。一十九年的寂寞，自己把伤口抚摸。

苏武坚信朝廷会把他接回，坚信家中有个人在等着他。他曾在临行前为妻子留下一首《留别妻》：

结发为夫妻，恩爱两不疑。欢娱在今夕，嬿婉及良时。征夫怀远路，起视夜何其。参晨皆已没，去去从此辞。行役在战场，相见未有期。握手一长叹，泪为生别滋。努力爱春华，莫忘欢乐时。生当复来归，死当长相思。

我想这首诗的潜台词应该是“等我回来”。

如果不告诉你，你敢相信这是苏武的诗作吗？这首诗充满了柔情蜜意，也充满了对妻子的千般不舍。实在不像我们传统印象中的那个不甘受辱、视死如归、甘受寂寞、坚毅刚强的勇士苏武。

苏武想的是，哪怕自己只是个平凡的男人，妻子是个平凡的女人，他们也一定是世上最幸福的一对平凡夫妻。苏武不需要荣华富贵，不需要高官厚禄，他要的只是和自己的妻子相互扶持，白首不相离。

当苏武被风雪的爪子抓破面颊的时候，当苏武被寂寞的虫子噬咬灵魂的时候，相信他也曾想过这种坚持有没有意义。但是一想到大汉，一想到妻子，他就又一次握紧了手中的汉节。

青草池塘，月上梢头，蛾眉淡扫，一灯如豆。这一切，构成他心中最美的王国。

一十九年，日月轮回，山河变色。只有苏武，从不改变。

但苏武的妻子却选择了改嫁。

等待，日复一日、年复一年的等待折磨着妻子的耐心，她最终选择了放弃。

等待，实在是世上最慢性而又最猛烈的毒药。

苏武回来了，破衣烂衫，手握汉节。他得到了举国上下所有人的尊重，可是派自己出发的皇帝已死，自己日思夜想的妻子已嫁。须发皆白的苏武除了硬汉的名号，一无所有。

结发为夫妻，恩爱两不疑。

古人成亲时将头发结在一起，表生死不离之意，而且一生中只能结发一次。这就是“结发夫妻”四字称谓的由来。

苏武赢得了硬汉的名号，却肝肠寸断，心碎了一地。

造化竟是这般弄人的么？

相顾无相识，长歌怀采薇

东皋薄暮望，徙倚欲何依。树树皆秋色，山山唯落晖。

牧人驱犊返，猎马带禽归。相顾无相识，长歌怀采薇。

——王绩《野望》

隋末唐初的诗人王绩对于很多人来说都比较陌生。他的哥哥王通在当时很有名，是隋末的大学者、大教育家。更有名的是王通的孙子，那便是初唐四杰之首的王勃。

王绩入唐后以秘书省正字待诏门下省，这应该是个很小的官职，维持家庭的温饱可能都存在问题，苏门四学士之一的黄庭坚便曾有“正字不知温饱未”的说法，王绩不久辞官还乡。贞观中出为太乐丞，太乐丞是掌乐之官，从八品下，官职也非常小，所以王绩不久又辞官还乡。此诗当作于诗人辞官隐居东皋（在今山西河津）之时。

哲学家叔本华在《人生的智慧》一书中写道：“在这世上，除了极稀少的例外，我们其实只有两种选择：要么是孤独，要么就是庸俗。”王绩的《野望》就为我们传递了看似淡然又甚是深邃的孤独感。

“薄暮”点明时间是傍晚，“徙倚”为徘徊之意。前两句译成白话文为：傍晚时分站在东皋纵目远望，我徘徊不定不知该归依何方。清晨往往让人精神振奋，而傍晚则往往让人意志消沉。诗人在傍晚纵目远望，感觉天地之大，竟没有一处可供自己容身之地。徘徊不定，身世飘零，正如曹操《短歌行》中“绕树三匝，无枝可栖”的凄惶的乌鹊。良禽择木，忠臣择主；择而不得，辗转反侧。这便是那时王绩心境的写照。

既是“野望”，那么这样一个孤独彷徨的人会看到什么样的景象呢？他看到层层树林都染上秋天的色彩，重重山岭都披覆着落日的余光。“树树皆秋色，山山唯落晖。”远近秋色，俯仰夕阳，黄叶红日，寂寞山冈。这种场景，想一想已令人心碎，何况是映入孤独彷徨的王绩的眼帘中呢。大自然不会去管人世间的悲欢离合，只是按照自己的节奏因风皱面，为雪白头，添了新衣，换了旧裳。

王勃《山中》一诗中的“况属高风晚，山山黄叶飞”之句，应该脱胎于叔祖父的“树树皆秋色，山山唯落晖”。用这种方式致敬祖辈，确实不俗。

天地萧瑟冷落，自然不念多情。那山野之中的百姓又是怎样的呢？他们放牧、打猎，早出晚归，辛劳一生。牧人和猎人已经盘活了整个画面，牛群和猎物则使浓浓的烟火气扑面而来。上一幕让人倍感冷落，眉头紧锁；这一幕则让人心生温暖，脸带笑意。

“牧人驱犊返，猎马带禽归。”这样热气腾腾地活着多好！

“树树皆秋色，山山唯落晖”写的是大自然，“牧人驱犊返，猎马带禽归”写的是

人世间。但无论是大自然还是人世间都紧扣题目中的“野”字，且都照应了时间“薄暮”。前者是静景，后者是动景；前者是远望，后者是近观；前者面，后者点；前者冷，后者暖。短短二十个字，人物相映，光影交织，动静结合，冷暖相宜，真是大家笔法。

按理说写到这里诗人应该得到一些宽慰了呀，但诗歌的结句却是“相顾无相识，长歌怀采薇”。“采薇”代指隐士生活。大家相对无言彼此互不相识，我长啸高歌真想隐居在山冈！

是啊，乡野之间的百姓固然过着与世无争、自给自足的生活，但没有共同语言的我既走不进这生活，也走不近这人群。避世隐居是因为在朝廷找不到同类，可乡野之中，也照样找不到同类。居庙堂之高，不合拍；处江湖之远，还是不合拍。想有所作为，但不被重用；想就此隐居，又心有不甘。牧人和猎人都有家可归，我的家园又在何处？长歌当哭，恨不得与采薇首阳山的伯夷、叔齐为伴，但他们早已零落成泥碾作尘，消失在历史的天空。

要么孤独，要么庸俗；要么庸俗，要么孤独。人生，为何竟如此艰难？

人生太短了，且只有一次，用来做什么好像都有些浪费。但无论做什么，也总好过进退两难。王绩的孤独，便是所有进退两难者的孤独。

相顾无相识，长歌怀采薇。

真正的孤独不是临水自照时身体的形单影只，而是热闹人群中灵魂的茕茕孑立。

今宵酒醒何处？杨柳岸，晓风残月

一首牢骚满腹的《鹤冲天》让仁宗皇帝记住了柳三变，于是大笔一挥：“且去浅斟低唱，何要浮名？”当年孟浩然也是因为两句“不才明主弃，多病故人疏”的诗弄得玄宗皇帝很不爽，小孟一生布衣，不能不说与这两句诗有关。有人说文人不能对皇帝乱撒娇，我觉得不错。尤其是面对不解风情的皇帝。

撒娇不成反挨打的柳永想离开伤心之地京城去外地，可又不忍与恋人分别，于是他写就了这篇抒发离愁别恨的佳作——《雨霖铃》。

《雨霖铃》在情景的拿捏上妙至毫巅。“今宵酒醒何处？杨柳岸，晓风残月”几句更是被千古传诵。

翻译成白话文就是：今晚，醉酒的我会在何处醒来？我想，应该是在那杨柳岸边、晓风中和残月下吧。

为什么短短的几句诗会得到这样多的赞誉呢？诗论者说因为酒为消愁之物，杨柳表惜别之情，残月表人生不圆满之憾。几种意象共同构成一种极为凄美的意境，再加上酒醒后独自面对这些凄美之境，更让人增添几分伤感之情。

不过联系柳永的人生遭际，恐怕还不止离愁别恨这么简单。柳永醒在杨柳岸边，而不是在旅馆客栈，说明他还在路上。在路上，当然就会离爱人越来越远。可以这么说，走了多远，相思就有多长。

而前路呢？“念去去，千里烟波，暮霭沉沉楚天阔”一句已经交代了柳永的心境，那就是一片迷茫。

酒醒了，晓风吹颊，遍体生凉，但更凉的是漂泊的心。上面残月高悬，身边杨柳依依，夜是这样静，没有人知道我的悲伤。了解我的恐怕只有这杨柳、晓风和残月了吧？后面，是离自己越来越远的爱人；前路，是离得再近也无法预知的未来。后面，是面对爱情的感伤；前路，是面对事业的迷茫。这让我浪子柳永怎能不泪落沾襟呢？

鲁迅先生说：“人生最痛苦的事是梦醒了无路可走。”那么对柳永而言，最痛苦的事就是酒醒后还是要面对这在路上的感伤与迷茫。

今宵酒醒何处？杨柳岸，晓风残月。

古今事业爱情双双误的多情才子读之可同柳七一哭。

夕阳西下，断肠人在天涯

枯藤老树，数点昏鸦，古道西风，瘦马夕阳。

古人真是厉害，短短几个字就可以把你带入肃杀苍凉的情境，让你心为之悲，情为之伤。

人言“春女思，秋士悲”。秋天总是士人容易感伤的季节。这些士人的心声可能就像陶喆在《寂寞的季节》中唱的那样：“风吹落最后一片叶，我的心也飘着雪。”

枯藤、老树与昏鸦，都是迟暮之景，犹如游子昏黄的心。游子是悲伤的。尤其是当他看到小桥流水人家之后那种悲伤之情更为浓厚。因为小桥流水人家是平常人拥有的小幸福，而这位游子却无法在此停留。他还是要骑上瘦马，迎着西风，踏上古道，踏上漫漫前路。

他要去的也许是杏花春雨江南，也许是大漠秋风塞北，反正不是这里，不是这个和平宁静的地方。

流浪，被人们赋予了太多浪漫的色彩，尤其是三毛的远走撒哈拉更是将“流浪”之美推到了顶峰。但是无休止的流浪呢？无休止的流浪，永远身似浮萍，马尚且为“瘦马”，人何以堪？如此，审美上的意义还剩多少？他因何断肠，因何流浪？是因为不为庙堂所容而避世天涯，是因为为情事所伤而黯然远走，还是因为为生活所迫而颠沛流离呢？

后世的我们是无法知道答案了，我们只知道一个游子骑着一匹瘦马独自在夕阳下嗟叹。而他嗟叹的身影成为后世人们心中永远的诗意的追问。

夕阳西下，断肠人在天涯。

已是黄昏，却还是要上路，连瘦马都把头垂得更低。而前路，越来越黑了。

可怜白发生

岁月如飞刀，刀刀催人老。

辛弃疾是个热血男儿，是个文武全才的俊杰，他一心想的是有一个舞台，让他尽情施展自己的才华。他的《美芹十论》陈述抗金救国、收复失地、统一中国的大计。十篇下来，颇有精辟之语。但结果却是“把栏杆拍遍，无人会，登临意”。

辛弃疾曾率两千民众参加北方抗金义军。他上马冲锋陷阵，下马读书填词，当真是文武双全。

可是正直的文人永远都无法在圆滑的官场如鱼得水，辛弃疾屡遭猜忌。四十二岁时，他因受到弹劾而被免职，归居上饶。此后二十年间，他除了有两年一度出任福建提点刑狱和福建安抚使外，大部分时间都在乡闲居。“闲居”，在国家用人之际，辛弃疾这样的雄才竟被闲置起来。这对怀着“男儿到死心如铁”信念的他来说，实在是太大的打击。

1203 年，辛弃疾先后被起用为绍兴知府、镇江知府等职。1205 年秋，又被罢官。1207 年秋，已经六十八岁的辛弃疾身染重病，朝廷再次起用他，任他为枢密都承旨，令他速到临安赴任。但辛弃疾因卧病在床，只得上奏请辞。这年农历九月初十，文武全才的辛弃疾带着满腔忧愤离开人世。据说临死前还在高呼：“杀贼！杀贼！”

《破阵子》中他挑灯看剑，他沙场点兵，他想“了却君王天下事，赢得生前身后名”，但是一句“可怜白发生”将所有的理想都拉回了现实。

现实是残酷的，残酷得让人无从回避。勇士、猛士、战士、斗士，辛弃疾在理想的王国自由驰骋，但一回到残酷的现实，全身沸腾的血液立刻冰冻凝固。

他说“廉颇老矣，尚能饭否”，他说“千金纵买相如赋，脉脉此情谁诉”，他说“西北望长安，可怜无数山”。是啊，年华渐逝，却还是无人让自己上阵杀敌，更无人理解自己的忧伤与愤懑。

可怜白发生。

短短五个字。所有的孤独，所有的无奈，所有的慨叹，都在里面了。不知道辛弃疾写完这五个字的时候是仰天长啸，还是仰天长笑呢？

我却有些想哭。

记得绿罗裙，处处怜芳草

这两句词出自五代词人牛希济的《生查子》。牛希济的词我读得不多，但这两句词却让我记住了这篇写恋人离别的再普通不过的《生查子》，也记住了牛希济。

因为你穿的是件绿色的裙子，所以和你分别后，我见到芳草都会生出无限的爱怜，这是多么动人的离别赠言啊。我要是那个女孩子，应该就感动得哭了。

见识了柳永的“今宵酒醒何处？杨柳岸，晓风残月”，领略了杜牧的“蜡烛有心还惜别，替人垂泪到天明”，也赏鉴了王实甫的“晓来谁染霜林醉，总是离人泪”，却不知道还可以这样写离愁别绪。

爱屋及乌。没办法，谁让你穿的是绿裙子呢，让人家看到芳草就动情。

诗家本就有用春草以赋离情的传统。

早在《楚辞·招隐士》中就有“王孙游兮不归，春草生兮萋萋”的句子；而后又有乐府《相和歌辞·饮马长城窟行》中的“青青河畔草，绵绵思远道”；后又有白居易《赋得古原草送别》中的“又送王孙去，萋萋满别情”。

你的裙子是别的颜色倒也罢了，偏偏还是绿色。这绿色恰恰是极易触发他人离愁的春草的颜色，而这春草，又是随处可见的一种事物。亲爱的，你是想用这种方式时刻提醒我别忘了你吗？

其实，你多虑了。我怎么会忘了你呢？从和你相识那天起，你的样子就镌刻在了我的心里。更何况你还穿着那件绿色的罗裙呢？我虽然离你越来越远，但是“离恨恰如春草，更行更远还生”啊！

记得绿罗裙，处处怜芳草。

这是我见过的最浪漫的告白。

当时却道是寻常

谁念西风独自凉？萧萧黄叶闭疏窗，沉思往事立残阳。

被酒莫惊春睡重，赌书消得泼茶香，当时只道是寻常。

——纳兰性德《浣溪沙·谁念西风独自凉》

纳兰性德，武英殿大学士纳兰明珠长子，一生淡泊名利、善骑射、好读书、擅长于词。纳兰曾用三四年时间，编成四卷集《渌水亭杂识》，其中包含历史、地理、天文、历算、佛学、音乐、文学、考证等方面知识，可以看出他相当深厚的学识素养和广泛的兴趣爱好。

这样一个学者型的高富帅，本应风光无限、神气十足、前程似锦、飞黄腾达，可是他却偏偏喜欢迎风陨泪、对月伤怀，最后郁郁寡欢、英年早逝。无他，只因一个“情”字。

情之一物，害人不浅。可是没有情，也就没有人了。《神雕侠侣》整部书写的就是一个“情”字。李莫愁因情入魔，武三通因情成疯，杨过因等不来小龙女而纵身跳崖，雕儿因见爱侣死去而撞死山前。

“问世间情为何物？直教人生死相许。”杀人如麻的李莫愁在焚于烈火时的疑问，又有谁能够解答？

纳兰性德一生情根深种。我想，他来到这世上是不是就是为了爱一回？爱一回，便此生无憾。

亲情浓厚，爱情神奇。爱情可跨越年龄，超越民族，冲破仇恨，甚至对方可以不是同类，或者人鬼殊途也不能阻隔绵绵情思。不知九泉之下的卢氏看到纳兰性德如此伤怀，是感动还是难过？

李少红导演的《大明宫词》中有一段对爱情的阐释，很唯美：

爱情，意味着长相守，意味着两个人永远在一起，不论是活着还是死去，就像峭壁上两棵纠缠在一起的常春藤，共同生长繁茂，共同经受风雨最恶意的袭击，共同领略阳光最温存的爱抚，共同枯烂腐败，化作坠入深潭的一缕缕烟尘。

卢氏走了，纳兰性德缠绕的那根藤已坠入了深潭，可他仍习惯性地保持着缠绕的姿态，后来才发现这种姿态已经没有任何意义。于是他毅然割断了自己的那根藤，叹息一声，也无悔地去做那坠入深潭的缕缕烟尘。

黄叶萧萧，西风凉凉，疏窗常闭，独立斜阳。温润如玉的纳兰公子，在对往事的沉思中黯然神伤。

一个笑话，一次误会，一场游戏，甚至一次恶作剧，都因爱人的离去而成为弥足

珍贵的回忆。最珍贵的东西，就是不可复制的东西，可纳兰性德当时只觉得都是些再平常不过的小事。

当时只道是寻常。

有时候，你忽略了一刹那，也就丢掉了永远。

君家何处住

君家何处住？妾住在横塘。停船暂借问，或恐是同乡。

——崔颢《长干行·君家何处住》

小姑娘一点儿都不矜持，一听船上有人口音和自己相似，张口就问“君家何处住”，而且不等对方回答又急切地说“妾住在横塘”。最好玩儿的是她还把船停下，要问问是不是老乡。林妹妹看到宝玉面熟，也只是在心里想想，而这个女孩子却是想问就问，还要问个明白。

为什么单单问这个男孩子呢？因为“或恐是同乡”。我大胆猜测这个男孩子的相貌应该是比较文雅的。如果是个长相丑陋或凶恶的人，估计这位女孩子会避之唯恐不及吧。

老乡见老乡，不一定非得泪汪汪，但至少彼此之间乡音亲切。两个人一块儿聊聊家乡的趣事，一块儿赏赏两岸的风景，确也是人生一大乐事。

旅途中没有一个可以聊天的人，肯定特别无趣。人是害怕寂寞的动物，每个人都需要听众，需要共鸣。何况是这样一个娇憨可爱的女孩子呢？

那个被问的男孩子肯定先吃了一惊，但他很快就组织好了回复的话：“家临九江水，来去九江侧。同是长干人，生小不相识。”短短二十个字，把相见恨晚之意表达得明明白白。

两个人就这样相遇了，两岸的风光也因为二人的相遇而显得旖旎非常。

那么，这一个娇憨、一个文雅的两个人接下来又会发生什么故事呢？也许是演绎了一段令人心醉的爱情，也许又有一个同乡的男子或女子上了船，三个人火花四溅。这都符合才子佳人的故事套路，也符合我们传统的思维方式。

但也许什么都没发生，两个人只是聊了一会儿天，然后船儿便继续前行，一会儿那男子就下船了。就像现在人们常说的：“然后，就没有然后了。”其实这种可能性是最大的。只是因为它太普通太不传奇，我们才不愿意去设想这样一个结局。我们被影视剧中的爱情故事影响得太深了，总觉得男女主人公从出场那一刻就必然会产生爱情，并且自然而然地认为现实生活中也会如此。其实，我们错了。

有首歌这样唱道：“人生悲欢，缘分不同。你拥有你的来时去时路，我若同行，命运如何？聚散离合，谁能预测？别追问今夕可有旧时梦。烟雨中，心迷蒙。”

是啊，谁都有谁的路要走，我若同行，命运如何？聚散离合，谁能预测呢？

可是，在每个人孤独的旅行中，相遇毕竟是美好的。少男少女的相遇更是如此。

君家何处住？

一句问话便开始了一个故事。这已经很美了，又何必煞风景地非得去追问结局呢？

即使那个男子只是与那个女孩子擦肩而过，相信那个女孩子也会由衷感激。因为毕竟，他们曾经相遇过啊！

花开堪折直须折，莫待无花空折枝

杜秋娘，唐代金陵人。容貌秀美，十五岁就成了李琦的侍妾，后来李琦造反失败，杜秋娘被纳入宫中。再后来被赐归故乡。她作的这首《金缕衣》常被李琦唱起。

《金缕衣》诞生的一千多年前，《诗经》中有一篇《摽有梅》，抒情主人公是位直白大胆的女孩子。她说："梅子落地纷纷，树上还有七成。有心求我的小伙子，请不要耽误良辰。梅子落地纷纷，枝头只剩三成。有心求我的小伙子，到今儿切莫等待。梅子纷纷落地，收拾要用簸箕。有心求我的小伙子，快开口莫再迟疑。"

《金缕衣》诞生一千一百多年后，席慕蓉有一首《一棵开花的树》。诗的最后是这样写的："在你身后落了一地的，朋友啊！那不是花瓣，是我凋零的心。"

《摽有梅》的热辣也好，《一棵开花的树》的幽怨也罢，其实抒发的都是杜秋娘以及如杜秋娘一般的女性们的心声。

梅子落地和枝头无花说的都是青春不再。而对青春逝去的敏感，女性比男性更甚。因为才气是男人的无形资产，容貌是女性的有形资产，所以古人才说"郎才女貌"乃是天作之合。所以骂一个男人最狠的话就是说他笨，而骂一个女人最狠的话则是说她丑。因此，英雄末路与美人迟暮就成了让世间的男男女女最不愿意面对的现实。

光阴是容貌的敌人，当然也就成了女性的敌人。她们盼望着在自己最美丽的时刻碰到那个对的人，但是命运总是无常。

《摽有梅》的主人公与其说是热烈不如说是焦急，《一棵开花的树》中的主人公与其说在嗔怨，不如说在叹息。

多少等待，只为这一世的花开。可是为什么就没有人把我欣赏，把我采摘呢?

"待我长发及腰，少年娶我可好。"可是如果那少年一去不回呢?

"君生我未生，我生君已老。"可是如果连一个大自己很多却懂自己的男人都碰不到呢？毕竟不是每个女子都能成为柳如是啊。

在当今这个开放的年代，尚有这么多的大龄剩女，古代的女孩子们除了叹息又能怎么样呢？有几个能做到像卓文君、红拂女那样主动呢?

是啊，她们不能怎么样。可是毕竟青春等不起，爱情等不起，生命等不起。从桃之夭夭到人老珠黄，这段经历虽说不上惊心动魄，却足以令人断肠。

花开堪折直须折，莫待无花空折枝。

这种深沉的哀叹穿越时空，今日读来依然让我们怅惘不已。

雨中黄叶树，灯下白头人

“雨中黄叶树，灯下白头人”译成白话文就是：“枯黄的树木在风雨中落叶，昏暗的灯光映照着白发老人。”这场景是那样萧瑟凄凉，让人倍感伤怀。

黄叶本就不如绿叶在枝头站得牢，却还要经受雨打风吹。这样一来，黄叶必然簌簌而落。树本想留住黄叶，留住青春的记忆，但“无奈朝来寒雨晚来风”。黄叶飘落，每一次飘落都伴随着一声幽幽的叹息。有叶子在枝头，就总还觉得这生命还未逝去，可是无法挽留的东西，终究是无法挽留的。

屋内的人呢？白发苍苍的他，听着窗外的雨声，想着忧伤的往事，心里不禁一阵阵发冷。那如豆的孤灯在风中摇曳，它不懂得主人的忧伤，只知道努力地摆正身躯，把全身的温度传递给面前这个呆呆出神的老人。

屋外的黄叶树不就是屋内的白头人吗？那冷雨打在屋外的树上，又何尝不是打在老人的心头？

宋玉在《九辩》中写道：“悲哉秋之为气也，萧瑟兮草木摇落而变衰。”曹丕在《燕歌行》中写道：“秋风萧瑟天气凉，草木摇落露为霜。”

黄叶树，白头人。两者都已走到了生命的秋天。

屋内屋外，他们相顾无言，却又同命相怜。

每个人都希望诸事圆满，但风雨，总是不请自来。

风雨无关人情。

当一切往事都如过眼烟云，当苍苍白发已宣布青春不再，那淅淅沥沥的雨声便是最好的休止符。罢了，雨总会停，灯总会灭，日子总是会一天天少下去的。

可是，树的叶子，黄了可以再绿。而人呢？原来树木也比人要好过得多。

雨中黄叶树，灯下白头人。

风雨，是老天从未忘记的赐予；人生，是一场有去无回的旅行。

雨打梨花深闭门

萋萋芳草忆王孙。柳外楼高空断魂。杜宇声声不忍闻。欲黄昏。雨打梨花深闭门。

——李重元《忆王孙·春词》

“又送王孙去，萋萋满别情。”看到芳草，我想你；“昔我往矣，杨柳依依。”看到柳树，我想你；杜鹃唱着不如归去，我想你；梨花在风雨中落了一地，我还是想你。

远方的人儿，你可能听到我内心的呼唤？你可知道我在想你吗？

怎么办？思念本已折磨得我日渐消瘦，眼里、耳中却又全是触发我想你的东西。我只好把门关紧，把眼睛闭上，把耳朵堵上。不去看萋萋的芳草，不去看依依的杨柳，不去听杜鹃的悲啼，这样，可能会好过一些吧。

但是思念，又怎么可能会被一扇门隔断呢？

“梨花院落溶溶月，柳絮池塘淡淡风”是多么清丽淡雅的景象。而冷雨，却将梨花无情打落。那落下的梨花，不就是我落下的眼泪吗？我心上的人儿，你到底何时才能回到我的身边呢？只要有你，那萋萋芳草也是人间胜景，那依依杨柳也是柔情万缕，那杜宇啼唱也是甜蜜乐音，那梨花飘落也是伴舞风雨。

可是，梦里醒来，眼泪湿了枕畔，你，依然没有回来。

芳草更为萋萋，杨柳更为依依，杜宇更为悲切，梨花更为销魂。我还是要独自面对这一切，在黄昏中叹息着继续想你。

日升日落，与我无关；月圆月缺，与我无关；花开花谢、草枯草荣也与我无关。与我有关的，只是你的消息。可是为什么，你一去无消息呢？

雨打梨花深闭门。

屋门紧闭有何用？你在我的心门里。

斜风细雨不须归

西塞山前白鹭飞，桃花流水鳜鱼肥。青箬笠、绿蓑衣，斜风细雨不须归。

——张志和《渔歌子·西塞山前白鹭飞》

西塞山风景区现今是 3A 级景区，古代只怕更美。

风景优美的西塞山前，身材修长、通体雪白犹如仙子的白鹭潇洒地飘然翩飞。白鹭之雪白可比渔夫之清高，白鹭之潇洒可比渔夫之闲逸。此句吟罢，不禁悠然神往。

天上白鹭飞翔，地下桃花灿烂，水中鳜鱼肥美。诗人笔宕天地，连点成面。只见那青山绿水与灼灼其华的粉面桃花相映，身材修长、空中飞翔的白鹭与体型肥胖悠游浅底的鳜鱼比美。大自然造化之功堪称神妙。

这两句交代了渔夫的生活环境。单凭环境即可断定这个渔夫一定不是个鄙俗之人。

看他的装扮，头戴青箬笠，身着绿蓑衣。连穿着的颜色也暗含青山绿水之意。他走在这样的天地山水之间，完全可以融入其中，成为画面的一部分。

人，本就应该是树上的一片叶、山中的一根藤、水里的一块石。因为人，原本就是自然之子啊。

再看他的心声——斜风细雨不须归。这一点风雨，根本没必要匆匆回返，倒可以欣赏玩味一番。雨一来，鳜鱼势必要到水面透气，多捕它两条，才不辜负了大自然的一番美意，而且在这样的山水间多待一会儿，就可少见几个外面的俗人。

朝代兴败，世事荣辱。与我又有什么关系呢？我只想做一个闲云野鹤般的渔夫。渴了，掬水可饮；累了，蓑衣当被。篓内鳜鱼，可以换酒；风中细雨，足以洗心。无边风月，醉卧桃花；春光正好，吟赏烟霞。无忧无虑乐天真，不恋人间荣与贵。

争名的，为名劳苦；逐利的，因利亡身。

红尘滚滚，谁能如《渔歌子》中的渔夫这般了无挂碍，潇洒来回？

奔波忙碌如你，忙碌奔波如我。又到哪里去寻觅我们的翩翩白鹭、细雨斜风呢？

张晓风说：“天地也无非是风雨中的一座驿亭，人生也无非是种种羁心绊意的事和情，能题诗在壁总是好的！”

其实，对我辈而言，能读到这壁上的诗也是好的。

斜风细雨不须归。

无论落入唇中的是什么，愿你总能品出几分诗意的滋味。

谁复挑灯夜补衣

重过阊门万事非，同来何事不同归？梧桐半死清霜后，头白鸳鸯失伴飞。

原上草，露初晞，旧栖新垅两依依。空床卧听南窗雨，谁复挑灯夜补衣！

——贺铸《鹧鸪天·半死桐》

贺铸生活清贫，亡妻赵氏生前经常在灯下为其缝缝补补，贺铸二十九岁那年曾经写过一首《问内》的诗，说的是赵氏在夏日蒸暑天里，就开始翻出贺铸的“百结裘”打补丁。“百结裘”就是有很多补缀的皮衣。可见贺铸之清贫，也可见赵氏之贤惠。

贺铸一生官位卑微，且多是外放任职。夫妻两个，聚少离多。

1098 年 6 月至 1101 年 9 月，贺铸因母丧，依制停官在苏州闲居，他把赵氏接到苏州，恩爱夫妻，这才有了较长的一段团聚的时光。但是幸福的时光总是太过短暂，1100 年赵氏不幸病故，葬于苏州郊外。妻子死后，贺铸在同年北上汴京述职，再返苏州时，看到妻子的新坟，写下了这首《鹧鸪天·半死桐》。

最后两句可以这样翻译：躺在空床上愁听南窗外的雨声嘀嗒作响，还有谁再来为我连夜挑灯缝补衣裳！

无论生活多么不如意，只要自己最亲最近的人对自己不离不弃，这生活就有趣味与暖意。贺铸无疑是幸福的。可以想见，做官在外的贺铸，在凄凉冷落的时候，定是用贤妻赵氏那挑灯补衣的背影来为自己取暖。

可是这样贤惠的妻子却离自己而去了，这原本可以长一些的聚首竟是这般短暂。每一次，贺铸都会在相聚之后匆匆离开；每一次，盼君情切的赵氏都会抓紧丈夫在家的这段日子为他缝好一切应当缝好的衣服。而这一次匆匆离开的，却是赵氏。

终于有时间陪你了，可是，你已不能等我。

风雨凄凄，一灯如豆。你的背影走了又来，来了又走。

贺铸曾在四十六七岁时以一首《惜余春》表达对远方妻子的思念。词中有这样两句：“鸳鸯俱是白头时，江南渭北三千里。”而在《鹧鸪天·半死桐》中，则成了“梧桐半死清霜后，头白鸳鸯失伴飞”。哪怕是相隔三千里，也总有重逢之日，而今却阴阳两隔。除了自己身赴阴司，再无相见之时。即使能再相见，恐怕也是“纵使相逢应不识”了吧？

人死如灯灭。灯可挑亮，人，却不能复生。

窗外的雨滴，如泣如诉；窗内的贺铸，也不禁泪落潸然。他把絮被盖了又盖，却还是觉得浑身发冷。他多想再看到妻子挑灯补衣的背影，多想啊！

谁复挑灯夜补衣！

没有谁，再也没有了。

如果，你能读懂这其中的无奈与酸苦，那么，就请把爱人的手握得更紧一些吧。

悲欢离合总无情

少年听雨歌楼上，红烛昏罗帐。壮年听雨客舟中，江阔云低，断雁叫西风。

而今听雨僧庐下，鬓已星星也。悲欢离合总无情，一任阶前，点滴到天明。

——蒋捷《虞美人·听雨》

蒋捷，宋末元初阳羡（今江苏宜兴）人。咸淳十年（1274年）进士。南宋亡，深怀亡国之痛，隐居不仕，人称“竹山先生”。

少年蒋捷不识愁滋味，歌楼之上，烛影幢幢；壮年蒋捷已知人生苦，客舟之中，雁叫西风；老年蒋捷只有空叹息，僧庐之下，听雨成痴。淅淅沥沥的雨滴贯穿了蒋捷人生的三个阶段，同样的雨滴，却是不同的感受。“物是人非事事休，欲语泪先流。”

国已破，山河变色。即使再给你烛影幢幢，当年的那份心情也已不再。人生的航船之上，蒋捷见识了绿柳繁花，也经历了风霜雪雨，到最后，一切皆如梦境。过往如一轴轴画卷，在他的眼前依次展开。当最后一轴画卷收起，人生也已走到暮年。可怜的是，在这苦寒的人生之冬，这些不堪回首的雪泥鸿爪拿来只能徒增心痛，无法取暖。

老年人，总是喜欢回忆。在回忆中沉醉，也在回忆中叹息。余晖隐没，晚钟敲响，黑暗笼罩大地。淅淅沥沥的雨声成了这天地间唯一的声响，它不去管任何人的喜怒哀乐，它只是按照自己的节奏一滴一滴，滴落在地上，滴落在蒋捷的心头。正如，我们升斗之民无法阻止的无常的命运。

悲欢离合总是无情，因为它们都不是我们能控制的。命运好似江流，个人正如浮萍。谁能知道下一步等待自己的是高山还是峡谷，是浅波还是急流呢？

“红烛昏罗帐”，一个“昏”字，叹少年无忧无虑，放浪形骸，昏天黑地；

“断雁叫西风”，一个“断”字，悯壮年东奔西走，心力交瘁，肝肠寸断。

独立僧庐，两鬓染雪，身世浮沉，雨打风吹。在这个不眠的夜晚，雨滴是最冷漠的过客，也是最知心的朋友。因为它，也是一夜无眠啊！

悲欢离合总无情。

无论你愿不愿意，当我们从温暖的母体来到这个世上，风霜雪雨便与我们形影不离。也许正如汪峰所唱的——我们都是这个美丽世界的孤儿。

犹是春闺梦里人

誓扫匈奴不顾身，五千貂锦丧胡尘。可怜无定河边骨，犹是春闺梦里人。

——陈陶《陇西行》

“誓扫匈奴不顾身”中的“不顾身”三字极写出士兵的大无畏精神，却也为“丧胡尘”埋下了伏笔。从“貂锦”二字可看出士兵装备之精良，也能想见士兵们的勃勃英姿。但就是这样一群装备精良、士气高昂的热血男儿却命丧沙场，死无葬身之地。

“古来征战几人回？”真的是如此啊。

这种悲剧不能避免吗？不能。正所谓有利益纠葛的地方就会有争斗，有争斗就会有牺牲，有牺牲就会有泪、有痛、有绝望与无助。

生离转眼间就会成为死别，所以征夫思妇类诗作在古代不胜枚举。

“长安一片月，万户捣衣声。”月亮出来，女人们都出来浆洗衣服。

“不知何处吹芦管，一夜征人尽望乡。”芦管传来，战士们都回头遥望家乡。

征夫思妇，天各一方，两两相望，永无断绝。

期盼是一味既苦且甜的药。虽然他现在还未回来，也可能已经很久没有他的消息，但只要有可能回来，我的期盼就有意义。

但是陈陶诗中思妇的期盼却已毫无意义。哪怕她站成望夫崖的一块石头，也再不会看到她丈夫的身影。因为她的丈夫已经死去多年，只剩下一副白骨，湮没于荒烟蔓草间。

“无知”的少妇依然在执着地期盼，英俊深情的丈夫还时常进入她的梦中。一方是铁一般冰冷残酷的事实，一方是蜜一般甜美幸福的梦境。越早知道结果，才能越早去寻求解脱。这种“无知”，则更为撼人心魄。

如果是你，要不要告诉这个女人她的丈夫早已战死沙场，还是隐瞒下去，让她从青丝盼到白头呢？

常说天人感应。所以东汉大树将军冯异故去，那大树自然凋零；易水畔荆轲一别，易水更为寒冷。那么，在这五千战士壮烈捐躯之后，无定河又会怎样呢？

也许，根本就没有怎样，死了就是死了，天地山河一无变更。五千人没回来，朝廷可能会再派去一万人。“凭君莫问封侯事，一将功成万骨枯”啊。

碰到一个带兵有方、体恤士卒的将领，士卒们会为解衣推食之恩舍命冲杀；碰到一个志大才疏、无视士卒的将领，士卒们又很可能因将领的无能而全军覆没。

左也是死，右也是死，只不过一个光荣一个屈辱罢了。

军人的天职是服从，包括去死。

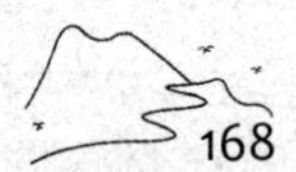

浩浩二十四史，没有哪一篇传记属于一个普通的战士。可是对于一个家庭来讲，一个普通的战士就是一根妻子可以仰仗的梁、一棵孩子可以依靠的树。

赤壁之战中，曹操仓皇间乘小舟欲走。一些落水的士兵拼命想爬上船，结果他们的手刚搭上船舷，许褚手起刀落，手指头伴着声声哀号滚落船上。

“卒”有士兵之意，又有死亡之意，士卒的宿命从释义上是否已经注定？

犹是春闺梦里人。

那少妇辗转反侧之后，终含泪又带着笑睡去，有梦可做就做下去吧，不要醒。

风雨如晦，鸡鸣不已

风雨凄凄，鸡鸣喈喈。既见君子，云胡不夷。风雨潇潇，鸡鸣胶胶。既见君子，云胡不瘳。风雨如晦，鸡鸣不已。既见君子，云胡不喜。

——《国风·郑风·风雨》

该诗翻译成白话文就是：风凄凄呀雨凄凄，窗外鸡鸣声声急。风雨之时见到你，怎不心旷又神怡。风潇潇呀雨潇潇，窗外鸡鸣声声绕。风雨之时见到你，心病怎会不全消。风雨交加昏天地，窗外鸡鸣声不息。风雨之时见到你，心里怎能不欢喜。

这首《风雨》美在氛围的营造与纠结的心情。女主人公用风雨来直接写环境的恶劣，用鸡鸣来侧面衬托环境的恶劣，同时也暗示了女主人公内心的不平静。环境越恶劣，心情越不平静，心里就越纠结。

盼着你来，可是又怕雨把你淋湿，想跟你说要不就别来了，可是内心深处又多么希望你能来啊。女主人公柔肠百转，令人动容。

最终，痴情的你还是穿过风雨来见痴情的我，这让我怎能不高兴呢？“云胡不喜”四个字，坦诚而又动人。当心上人的身影映入眼帘的那一刻，相信女主人公眼前的风雨已不见，耳畔的鸡鸣亦不闻。因为，她能感知到的世界里只剩下他的影迹。

这首诗没有背景交代，我们不知道这个男子身在何处，也不知道这两个人是何时订下的约定。我们只知道在两千多年前的一个风雨交加的夜晚，一个女子痴痴等待，一个男子如约前来。女子担忧而又充满期盼，男子勇敢而又深情款款。

一约既定，万山莫阻。那个君子，那个浑身湿漉漉来履约的君子，让二人之间的感情显得愈发真挚而炽烈。这位君子足可与庄子《盗跖》篇中誓死守约的尾声相媲美。被今人视为文明欠发达的古代，痴情男子何其多也！

想起了那首《漂洋过海来看你》中的一句歌词：为了你的承诺，我在最绝望的时候，都忍着不哭泣。

风雨如晦，鸡鸣不已。

有一个值得想值得爱值得等的人，是一件多么幸福的事。

中庭月色正清明，无数杨花过无影

龙头舴艋吴儿竞，笋柱秋千游女并。芳洲拾翠暮忘归，秀野踏青来不定。

行云去后遥山暝，已放笙歌池院静。中庭月色正清明，无数杨花过无影。

——张先《木兰花・乙卯吴兴寒食》

张先，北宋词人，与柳永齐名。因其《行香子》中有“心中事，眼中泪，意中人”句，人称“张三中”。后因写有三句含“影”字的好词而被誉为“张三影”。这句让我一读便为之心折的“无数杨花过无影”还不在“三影”之列。

张先在北宋词人中算是高寿的，享年八十八岁。

这首《木兰花》作于宋神宗熙宁八年（1075 年）。退居故乡吴兴的张先度过了他人生的第八十六个寒食节，写下了这首词。该词上片极写节日的欢乐，下片极写欢乐后的宁静。二者相得益彰，毫无滞涩之感。

月光皎洁，杨花洁白。月光柔和，杨花轻柔。二者的相遇是天作之合。

为何杨花无影？可能是月光太亮，如手术室的无影灯一般，覆盖了杨花的影子；也可能是杨花太白，白得透明，根本留不下影子；还可能是白色的杨花已完全融在了皎洁的月色中，当然不会有影子；又可能是月光朦胧，杨花亦朦胧，朦朦胧胧，不见其影。这两句多解的诗足以代表中国古诗的神韵之美。美是什么？美就是神秘，就是“静穆”，就是“不可云”。

杨花为暮春之景，但在张先笔下，却并没有“点点是离人泪”那样伤春惜春的悲悲切切，八十六岁的老人，尽情享受着属于自己的热闹与宁静。天人合一，自然而然。

字面上写“无影”，其实营造的却是“无声”之境。以视觉写听觉，可谓高妙。也许在张先心中，上片的热闹就是自己的少年，下片的宁静就是自己的暮年。少年有少年的欢乐，暮年有暮年的幸福。只要爱着生命，每一个时期都可以魅力非凡。

月华如水，杨花似雪，雪入水中，了无踪迹。

这是怎样的一种境界！

无数杨花过无影。

原来：世界，可以如此单纯而又崇高；人生，可以这样安静而又美好。

泪眼问花花不语，乱红飞过秋千去

庭院深深深几许，杨柳堆烟，帘幕无重数。玉勒雕鞍游冶处，楼高不见章台路。

雨横风狂三月暮，门掩黄昏，无计留春住。泪眼问花花不语，乱红飞过秋千去。

——欧阳修《蝶恋花·庭院深深深几许》

对该词末句常见的有两种理解：其一，红色的花瓣如同秋千一样荡来荡去地随风飞去了。其二，红色的花瓣纷乱地飞掠秋千架而去。两相比较，我更喜欢后者。因为它意象更多、韵味更浓。

乱红就是落花。花本不止红色这一种，但人们还是习惯以绿叶红花来相配。大概是因为红色是热烈、热情的象征，更符合花儿给人的那种热情美好的感觉。

可是你是否想过，红色也是鲜血的颜色。一边是热烈热情的花，一边是残忍鬼魅的血。一边是热烈地开放，一边是残酷地陨落。造物主的心思，就是这样耐人琢磨。而当花儿落下时，红花、鲜血则合二为一。那落在地上的片片花瓣，多像洒落一地的殷殷鲜血。

触目惊心地开放，触目惊心地凋零。生命，竟是这样一场残酷又圆满的轮回。

荡秋千本是少男少女尤其是少女们在庭院中的一种消遣娱乐活动。罗裙轻扬，发丝飘拂，笑语盈盈，暗香盈袖。此等景象，单单联想一番已是美极。难怪《聊斋志异》的《西湖主》一篇中书生陈明允看到荡秋千的西湖公主，不禁心神飞扬。难怪苏轼未见其人单单听到荡秋千女子的笑声便感慨“多情却被无情恼”。

可是如今，秋千上的人已不在。她正流着泪看着落花，问它为什么一定要落下。落下已够凄恻，为何还要“飞过”呢？其实，它也不想飞过，那是因为风，因为雨，因为无法操控的命运。“飞”字极写出花儿陨落之快，之不可挽留，之无可奈何。花儿是身不由己的，如同身不由己的芸芸众生。

血一般的花瓣在风雨中飞掠过空空荡荡又飘飘荡荡的秋千，一生红妆，零落成泥，甚至来不及发出一声叹息。

这景象，凄绝，艳绝！

天涯倦客说：“千古江山，难过英雄剑；千古英雄，难过美人眼；千古美人，难敌光阴箭；千古光阴，逝去如风烟。”

是啊，任你如花美眷，怎奈似水流年。柳梦梅的感叹，林黛玉的眼泪，一时间，都在眼前。

泪眼问花花不语，乱红飞过秋千去。

为何有泪？青春易逝。为何不语？花亦含悲。美好的生命，为什么总是如此短促？

浊酒三杯沉醉去，水流花谢知何处

人生南北多歧路。将相神仙，也要凡人做。百代兴亡朝复暮，江风吹倒前朝树。

功名富贵无凭据。费尽心情，总把流光误。浊酒三杯沉醉去，水流花谢知何处。

——吴敬梓《秦时月》

该词上片我们可以这样理解：人生处处都有许多不同的境遇，将相神仙也是由凡人来做的（将相神仙也不过是凡人）。无数朝代的兴亡有如朝暮更迭，江风吹倒了前朝的树（寓指前朝繁华散尽）。

从《诗经・王风》中的《黍离》篇，对王朝兴亡的感慨就开始了。这种感慨之所以屡屡见诸诗词，是因为一兴一亡反差实在巨大，这种巨大反差产生的冲击力让多愁善感的诗人们叹惋不已。国家王朝尚且如此，何况是渺小的自己呢？对人世兴亡的感慨，又何尝不是对生命短促而无常的感慨呢？

该词下片我们可以这样理解：功名富贵是难以料定的，费尽了心神，最终总是耽误了时光。（还不如）喝几杯浊酒沉醉而去，（又何须）管它水流花落到何处。

既然生命短促无常，那就不要再徒劳心神。干脆三杯两盏浊酒，管它冬夏春秋。字里行间，看似洒脱超然，其实透露更多的却是无奈。

造物主只负责把“无常”二字抛给世人，至于为何无常，却始终缄默不语。佛说“众生皆苦”，我觉得主要原因就在于人始终看不破，猜不透。

旧时王谢堂前燕，已伴寻常百姓；今夜长空皎皎月，曾照无数古人。

简媜说：“生的源起是个谜，何以拣选我、安置我于此世间，能观看、能听闻却不能道破？”是啊，这一切到底是为什么？

不知道，谁也不知道。我们始终上下而求索，却始终不得门径。醉酒是一个很好的法子，它可以让我们暂时停止思考，不去想将来到底会发生什么。不知道古代的诗人们那么爱喝酒，是不是这个原因。想起了罗隐的“今朝有酒今朝醉，明日愁来明日愁”。可是，酒醒了，谜题依然在脑海心田。

水流花谢，物是人非。既然一切我们都无法把握，我们也只能让自己尽量活得快乐一些，毕竟，老天让我们来到这个世上，不是为了让我们愁眉深锁的。不是么？

浊酒三杯沉醉去，水流花谢知何处。

懂即是不懂，不懂即是懂。一切随缘，万法皆空。

共饮长江水

我住长江头，君住长江尾。日日思君不见君，共饮长江水。

此水几时休，此恨何时已。只愿君心似我心，定不负相思意。

——李之仪《卜算子·我住长江头》

读了李之仪的《卜算子》我才知道，只要发乎性情，诚恳走心，近乎白话的诗歌也可以如此动人。

“我住长江头，君住长江尾。”空间的阻隔亦是情感的阻隔，何况这距离是中国第一长河——长江的长度呢？词人并没有告诉我们这样两个住在长江头尾的人是如何相遇相识的，只是上来就把纠结与矛盾摆在读者的面前。是啊，我爱你，可是你我相距实在太远，每天想你却不能见到你，我对你的爱意该如何传达呢？当千万读者为这个痴情的人儿苦寻对策时，李之仪已经给出了答案——“共饮长江水”。

不管怎么样，我和你毕竟还共饮着这一江之水，因为你曾饮过这江里的水，每次饮下我都觉得它温柔而又甜美，正如你温柔又甜美的笑靥。苏轼也说：“但愿人长久，千里共婵娟。”既然不能见到自己的弟弟，那共赏这一轮明月也可以聊慰相思。

共同拥有，让我们的距离不再遥远。

当然这句话也可以反过来理解，你我共饮这一江之水，我好像能感觉到你，却无法与你见面。沈从文说：“我们相爱一生，但一生还是太短。”可是为什么这短暂的一生，还不让我们朝夕厮守，而要让我们遥遥相望呢？

词人问道：“此水何时休，此恨何时已。”这水何时才能停止流淌？这遗憾何时才能消除？无法停止，也无法消除。江水不舍昼夜正如此恨绵绵无绝期。江水不停，我对你的思念又怎会原地踏步呢？长江水，向东流。相思无涯愁上愁。魂牵梦萦千万里，心城寂寞冷清秋。

唉，既然一切都无法改变，我只能愿你思念我如同我思念你，你也同我一样在苦苦煎熬。也只有这样一个你，这样一个痴情的你，才不辜负我对你的一片情意。而这一片情意，已足够支撑我继续等下去，盼下去。

这首词到这里就结束了，可是相思又怎会因词句的结束而结束呢？《行行重行行》中女主人公苦苦盼自己的丈夫回来而无果，最后的那句“努力加餐饭”，看似释然，其实却满腹心酸。“定不负相思意”也好，“努力加餐饭”也罢，只要你不在我身边，明天，我依然会这般痴痴地想你。

相思虽然美丽，但我宁肯我们像凡尘浮世中的普通夫妻那样，面对面吃着再简单不过的饭菜，你去耕田，我在家打扫，晚上在烛光摇曳之下，肩并肩说几句知心的话语。可是我们，却只能“共饮长江水”。

一支信天游中有这样一句火辣辣的歌词：“面对面躺着还想你”。我们离得，是不是太远了？

心儿已等碎，永隔一江水。永隔一江水，心碎也无悔。

谁让我爱的是你呢？爱，不存在什么公不公平，只有愿不愿意。

共饮长江水。

饮下用江水煮就的一盏清茗，我用爱你去抵挡那夜的黑。

多情却被无情恼

花褪残红青杏小，燕子飞时，绿水人家绕。枝上柳绵吹又少，天涯何处无芳草！

墙里秋千墙外道，墙外行人，墙里佳人笑。笑渐不闻声渐悄，多情却被无情恼。

——苏轼《蝶恋花·春景》

暮春时节，行人走向远方。眼前，花已衰残，柳絮稀少。但行人想的却是春色无边，到哪里寻觅不得一处芳草呢？此句写伤春后的自我解脱，含随缘旷达之意。苏轼曾说："我生百事常随缘，四方水陆无不便。"贬谪海南时期，也曾高唱"日啖荔枝三百颗，不辞长作岭南人"。旷达的苏轼，一生多次被贬的苏轼，这一次，又不知身在何处，而生出此等慨叹。

从一道围墙之外走过，能听到佳人清脆美好的笑音，多情的行人感觉这笑音是为自己而发。他痴立墙外，神驰墙内。人称"张三影"的张先有"隔墙送过秋千影"之句。张先好歹能看到影子，行人却只能听到声音，相形之下，行人当然更落寞。落寞的行人通过这甜美的笑音努力想象着墙内的情景，想象着佳人的样貌。而随着笑音渐渐地几无可闻，多情的行人才回过神来。他怅立良久，想再次听到笑声的响起，但最终也没有听到。

我觉得你对我敞开了门，可当我想要迈进时，你却落了锁。

行人因为这笑音就爱上了墙内的人吗？不敢说，但他应该爱上了墙内人温暖幸福的生活。也许，多听听这笑音，自己受伤落寞的心也会好过一些。但一面墙隔开两个世界，自己的风只能自己去吹，自己的雨也只能自己去淋，谁又能成为谁的剧中人呢？

想起了郑愁予《错误》中的两句诗："我达达的马蹄是个美丽的错误。我不是归人，是个过客。"苏轼笔下的行人又何尝不是这种心绪呢？你甜美的笑音是个美丽的诱惑，你不是归宿，也不是驿所。

我把你当作情感的寄托，而你却一无所知。如果我把我的失落告诉你，马背上的男子，秋千上的女孩儿，你们会如何作答？

我们可以把这首诗理解为一个感情失意的少年在喃喃诉说，也可以理解为苏轼面对仕途不顺、韶华逝去时的自我解嘲。其实，这些都已不太重要。我们只要明白：人生有太多有意无意的邂逅，悲欢离合，浮沉荣辱，谁都难以预测规避。悲伤也好，苦痛也罢，至少，能够证明我们还活着。

古龙《多情剑客无情剑》中有这样一个片段：

远处有夜笛在伴着悲歌。凄凉的夜笛，如思如慕：

"何必多情？何必痴情？花若多情，也早凋零。人若多情，憔悴，憔悴……人在天

涯，何妨憔悴，酒入金樽，何妨沉醉。醉眼看别人成双作对，也胜过无人处暗弹相思泪……”“卖唱的人本身已够悲苦，又何必再以这种凄凉的歌声来赚人眼泪？”李寻欢满满地喝了杯酒，忽然以筷敲杯，随着那凄凉的夜笛漫声低吟：“花木纵无情，迟早也凋零；无情的人，也总有一日憔悴。人若无情，活着还有何滋味？纵然在无人处暗弹相思泪，也总比无泪可流好几倍。”

是啊，人若无情，活着还有什么滋味？

多情却被无情恼。

有爱才有痛。爱，就爱得刻骨；痛，也痛个随心。

花落家童未扫，莺啼山客犹眠

桃红复含宿雨，柳绿更带朝烟。花落家童未扫，莺啼山客犹眠。

——王维《田园乐》

如果是“昨夜风狂雨骤”，那么桃花应呈凋落凌乱之象，而这山中的桃花在一夜风雨过后非但没有褪去娇嫩，反而因为有水珠点缀其间，更显娇艳柔媚。一个“含”字将桃花人格化，灼灼其华的粉面桃花如同二八年华的女子，桃花含雨正如女子脉脉含情，这脉脉含情的女子不禁让人想起“一枝梨花春带雨”的杨玉环。只不过前者娇艳而后者忧伤，但同样动人。

桃之夭夭看罢，杨柳依依又来。纤细的柳枝，如同女子纤细的腰肢，她随风摇曳，不知在为谁依依不舍。薄雾如纱，笼罩绿柳，朦朦胧胧，甚为夺魂。这红桃绿柳，在色彩的映衬作用下，红的更显浓艳，绿的更显淡雅，一浓一淡，相得益彰，一幅花柳竞春图跃然于纸上。都说王维“诗中有画画中有诗”，实在不假。

因为一夜风雨，所以有花儿落下，但因为桃花并无凌乱之象，所以说明这雨并不是很大，落花也必然不多。黄莺欢快地啼叫，好像在为这春日清晨的美景赞叹，又好像在招呼同伴们一起歌唱。童子没有去扫院子里的落花，而客人还在房子里安睡。

童子为什么不去扫落花？是不能扫还是不必扫？不能扫，是因为客人还在熟睡，弄出声响岂不扰了客人的清梦？不必扫，是因为花开花落皆为随缘，又何必遮拦掩饰呢？

山客为什么还在酣眠？是不想醒还是不必醒？不想醒，是因为在梦中可以任思绪自由驰骋，醒来则难免受到羁绊；不必醒，是因为本来就无职一身轻，又何必拘泥又匆匆呢？

或者，二者都有吧？

短短四句诗，有静有动，有声有色，有物有人，有禅意。

王维这首诗名为“田园乐”。乐的是这如画美景，乐的是这份宁静。乐的是这闲适生活，乐的是这份心情。心无所待则心无所忧，一无所求则一无所惧。王维“晚年惟好静，万事不关心”，如大彻大悟的高僧，也难怪人们将其称为“诗佛”了。

花落家童未扫，莺啼山客犹眠。

不管它，也不理它，活个安安然然、从从容容、潇潇洒洒。

山山黄叶飞

长江悲已滞，万里念将归。况属高风晚，山山黄叶飞。

——王勃《山中》

这首《山中》创作于唐高宗咸亨二年（671 年），是王勃旅蜀后期二十三岁时的作品。情感真挚深沉，用语简省有力。一扫齐梁诗坛风云月露、辞藻巧艳的弊病。

“长江”这一意象在古诗中既可表示空间的广阔，也可表示时间的绵长。空间广阔更显人身躯之渺小，时间绵长则更衬出人生命之短暂。身躯渺小而生命短暂的人类，在见到长江时往往会有自怜之感。而在王勃的笔下，浩荡长江竟甘心为人所驱使，诗人因滞留其地而倍感苦闷，而长江似也因诗人的苦闷而停滞难行。一个“悲”字似写诗人，又似写“长江”。诗人移情于物，山川风物皆在股掌。初唐四杰之冠的王勃，笔力果然健爽非常。

“万里”应为虚指，极写离家之远、归程之长。“念将归”本为漂泊离家游子之常情，但因前面有“万里”二字，思归的念头也只能自生自消。

“高风”一词诗论家有的理解为山中吹来的风，也有的理解为秋风。我倒觉得可以理解为从高天吹来的秋风，与老杜“风急天高猿啸哀”句相似。吴文英词云：“何处合成愁？离人心上秋。”本已是深秋，秋风却又偏偏在傍晚袭来，更增添几分萧索凄凉之意。

最后一句“黄叶飞”三字与上句“高风晚”相呼应。不言“落”而曰“飞”，更显秋风之大、秋意之浓。如为“山中黄叶飞”倒也不足为奇。但用一叠词，眼前竟似千山万岭黄叶飘飞，壮阔之至，又凄迷之至。老杜用“无边”来写落木，抽象却写出具体感；子安用“山山”来写黄叶，具体却写出抽象感。各尽其妙，俱臻上乘。

“山山黄叶飞”以景结情，对自然造化之功的慨叹，因有家难回的无奈，都与这片片黄叶一起，随风飞舞，落满大地。

我以为翻过这座黄叶飘飞的山就可以不必这么忧伤，没想到下一座山依然是黄叶飘飞，是啊，这是深秋。哪一座山不是木叶飘零呢？黛玉吟道：“谁家秋院无风入？何处秋窗无雨声？”原来我不懂，现在我懂了。有人说落叶是疲倦的蝴蝶，一只只蝴蝶随风舞动，又随风落下，当真凄美动人。纷飞而落是叶子的宿命，也是蝴蝶的宿命。宿命，也就意味着无可奈何。

况属高风晚，山山黄叶飞。

自然的规律总是无情，回家的念头让人温暖又心碎。

马蹄踏月响空山

马蹄踏月响空山。梅生烟壑寒。水妃去后泪痕干。天风吹珮兰。

纫香久，怕花残。与君聊据鞍。一枝欲寄北人看。如今行路难。

——赵子发《阮郎归・马蹄踏月响空山》

忘了是在哪本书上读到的“马蹄踏月响空山”这一句，当时就有一种怔住了的感觉。然后把全词搜出来，再读，更是喜欢。作者赵子发是宋代词人，《全宋词》存词17首。此人名气不大。不过，哪怕署名无名氏，只要有令人怦然心动之句，就是知心人。反过来说，哪怕名气大得吓人，但他的词没有一句能引起你的共鸣，那他对你来说也只是一个符号罢了。

该词上阕写离别情景，下阕叹自身际遇，颇多用典。“水妃”用《洛神赋》之典故。“纫香”化用的是“纫秋兰以为佩”，正与上阕末句相应。“一枝欲寄北人看”用的是《西洲曲》中折梅寄远的典故。

词人没有选那些易落之花入诗，选的是兰花和梅花，这二者都不易衰败。但是再持久的花，也终敌不过朝来寒雨晚来风，敌不过“一年三百六十日，风刀霜剑严相逼”。如同驻颜有术的女子也终有一天会走向迟暮。这样写，更显光阴之无情。

美人迟暮，英雄末路，分别是女子和男子面对的最大困境。在赵子发笔下，女子“怕花残”，男子“行路难”。男人女人，同样落寞。人生，充满着太多的无可奈何。

“马蹄踏月响空山”是这首词的首句，因山空所以马蹄声清晰可闻。马蹄踏月本为浪漫自赏之景，但结合后文中词人的落寞与无奈，这些浪漫自赏就全变为了孤寂凄凉。一个人骑在马上，踏着清冷的月光，听着达达的马蹄声。马蹄声在山间回响，前方的路依然坎坷而迷茫。

孤独而伤感的词人走在孤独而伤感的路上。

赵子发还有一首《望江南》。其词云：

新梦断，久立暗伤春。柳下月如花下月，今年人忆去年人。往事梦中身。

兴灭的感慨，轮回的叹惋，一切都似是而非。《望江南》的青春易逝和《阮郎归》的梅兰飘零同出一脉。

“马蹄踏月响空山”，已是夜晚，却依然在路上。不过，再长的夜晚，也总有黎明的出现。哲学上的辩证法存在于生命中的各个角落。

想起了李健《依然在路上》的几句歌词：

路还有多远？哪里是终点？能怎样？体会那起起落落的心和不得已的坚强。生命的霞光，融化了征途的风霜。就让平凡的你我，依然在这不平凡的路上。

马蹄踏月，空山无语，心随云去，花开四季。

苦累就苦累，无奈就无奈。毕竟，还有月亮做伴，还有马儿做伴，还有达达的蹄声做伴，还有一个冷冷清清却依然前行的自我做伴。无论对谁来说，这些都已足够。

马蹄踏月响空山。

感恩并品味生命赐给我的任何一种境遇。马蹄达达，踏月而行，不负我心，不负我生。

天下谁人不识君

千里黄云白日曛，北风吹雁雪纷纷。莫愁前路无知己，天下谁人不识君。

——高适《别董大二首·其一》

这首送别诗作于天宝六年（747 年），当时高适在睢阳，送别的对象是著名的琴师董庭兰。因排行第一所以人称董大。董大少年时不肯读书，到处游荡，甚至做过乞丐，向人讨饭。直到五十岁，方才归正，努力读书，学做诗人，几年之后就引起了人们的关注。董大是吏部尚书房管的门客。盛唐时盛行胡乐，能欣赏七弦琴这类古乐的人不多。崔珏有诗道："七条弦上五音寒，此艺知音自古难。惟有河南房次律，始终怜得董庭兰。"其中所说的房次律就是房管。房管是董庭兰的知音，房管被贬出朝，董大也被迫离开长安。此时，董大已是五十二岁了。

高适，少孤贫，爱交游，以建功立业自期。二十岁西游长安，功名未就而返。开元二十年去蓟北，体验了边塞生活，后漫游梁、宋（今河南开封、商丘）。天宝三年（744 年），与李白、杜甫、岑参同游梁园（今河南商丘）。天宝八年（749 年），经睢阳太守张九皋推荐，五十岁才应举中第。

董大和高适，一个五十二岁被迫离京，一个四十七岁还在到处游荡，同样失意，同样潦倒。按我们惯常的思维，这样两个失意潦倒的人短聚分别之时，应该流着泪相互安慰，或者喝着酒抱怨朝廷，或者自嘲，或者故作潇洒。可是两个人却偏偏不走寻常路，《别董大二首·其一》让我们领略到了别离之情的别样表达。

"千里黄云白日曛"，黄云即乌云，曛为昏暗之意。乌云满天，日色昏暗，给人以压抑沉闷之感，以环境写心境。诗人与好友董大也因人生的种种失意和即将到来的分别而倍感压抑和沉重。

"北风吹雁雪纷纷"，北风凛冽，寒意入骨。"北风"交代了当时的时令是冬天。大雁高翔，鸣动四野，更增凄凉之意。白雪纷纷，万物如银，空旷的环境写出茫然的心境。从感官角度来看，乌云白雪与风声雁鸣的视听结合，极富现场感。从动静方面来看，诗歌前两句一静一动，动静结合，共同营造了一种凄寒压抑的氛围。

但是，"黄云"前加"千里"二字，极言云之广；雪后加"纷纷"二字，又画出雪之大。虽凄寒压抑，却有一种雄浑壮阔之气掩匿其中。都说高适诗风雄健，果然如此。

在中国的古典诗词里，无论是红尘北道、碧波南浦还是黄叶西风，无论是灞桥的细柳之下还是渭城的朝雨之中，我们一看便知是离别之所。而本诗前两句给人的感觉却不像友人离去，更像战士出征。像边塞诗，而不是送别诗了。

战士出征，生死未卜。我们都以为后面的惜别之情肯定比一般的送别诗更为强烈，没想到诗歌的后两句却是“莫愁前路无知己，天下谁人不识君”。上句以“莫愁”二字起笔，气势高昂，给朋友董大以无穷的信心。下句以“谁人”二字反问，交代朋友不必发愁的原因。老兄你只要一张古琴在手，四海之内，皆兄弟也，有什么可发愁的呢？如果我是董大，听到这两句话一定会哈哈大笑，然后冲高适一拱手，昂首走入风雪之中。管它天也苍苍、地也茫茫。管它四顾无亲、独自闯荡。是啊，还有什么比朋友的肯定与激励更好的送别礼物呢？

《别董大》组诗共两首。第二首的内容是“六翮飘飖私自怜，一离京洛十余年。丈夫贫贱应未足，今日相逢无酒钱。”大意为六翮飘摇自伤自怜，离开京洛已经十多年。大丈夫贫贱谁又心甘情愿，今天相逢可又掏不出酒钱。虽说掏不出酒钱之说可能有些夸张，但高适当时穷困潦倒总是事实。在那样穷困潦倒的时候，不沮丧沉沦，还能给友人以力量，高适的胸襟可谓阔大。对董大的激励与信心又何尝不是对自己的激励与信心呢？

天下谁人不识君。

其实，无论你身处何等境地，都可以给他人带去力量。只要你心中的那团火，还在倔强猛烈地燃烧。

朝朝不见日，岁岁不知春

杳杳寒山道，落落冷涧滨。啾啾常有鸟，寂寂更无人。淅淅风吹面，纷纷雪积身。朝朝不见日，岁岁不知春。

——寒山《杳杳寒山道》

寒山出身于官宦人家，多次投考不第，后出家，三十岁后隐居于浙东天台山，享年一百多岁。他是贞观（一说大历）时代的诗僧，长期住在天台山寒岩，诗就写刻在山石竹木之上，多达六百首，现存三百余首。此诗为其中一首。

首联“杳杳”二字写出山道的寂寞幽暗，“落落”二字写出涧边的幽僻寥落，再加上一“寒”一“冷”，天台山寒岩的寂寞冷清可想而知。

如此冷清，就没有一点儿声音吗？有的。在这里，可以经常听到鸟儿的啼鸣，却听不到人类的声响。颔联一动一静，以动衬静，突出表现山道的寂静。与王维的“鸟鸣山更幽”有异曲同工之妙。

诗歌前四句未出现一个“静”字，却句句围绕“静”字来写。寂静的环境、平和的心境，天人合一，自然而然。

天台山寒岩除了寂静，天气也很糟糕。虽然有岩石阻挡，但冷风无孔不入。冷风如刀，刺向诗人渐趋苍老的面颊；白雪纷纷，洒落在诗人单薄的僧衣之上。在这样寒冷的时候，鸟儿变得沉默，涧水也已成冰。陪伴诗人的就只剩下白云与幽石了。

尾联客观叙事，因在深山之中，身处其中天天见不到阳光，年年也不知道有春天。欧阳修有“庭院深深深几许”的词句，但再幽深的庭院与天台山寒岩都是无法相比的。

诗歌后四句写环境的幽深。我们仿佛可以看到风雪之中，寒山道上，诗僧寒山那踽踽独行的身影。

全诗八句，开头均用叠字，这在中国古典诗歌当中是罕见的。用叠字，不仅使得音韵和谐、朗朗上口，而且使得意味叠加，更富感染力。

寒山在他的《重岩我卜居》中写道：“重岩我卜居，鸟道绝人迹。”在《可笑寒山道》中写道：“可笑寒山道，而无车马踪。”这样杳无人迹的天台山寒岩，寒山一住就是六七十年。此等信仰，此等修行，非常人所能为也。

有唐一代，隐居深山想走终南捷径的诗人并不在少数。他们隐居是假，标榜是真。一边装模作样地眠云卧石，一边又打听着朝廷的动向。只要统治者冲他们一勾手指头，他们便心领神会，忙不迭地跃入红尘。而寒山却能做到“心如古井水，遇风不起波”。他诵经赋诗，不求知音，悄悄强健，又悄悄衰老。这种淡然至极的态度，是源自对生命深刻的体悟还是源自对信仰虔诚的坚守呢？或者二者兼有吧。

全诗前六句写景，末两句叙事。不发表议论，也不抒发情感。但是我们却分明可以从中体会到诗人信念的笃定和心境的超脱。“此心光明，夫复何言。”

有人投身红尘搏风雨，有人退隐深山赏松云。到底哪一个更佳？到底怎么做才更能彰显生命的价值？并无定论。人活一世，听从内心的呼唤去生活，便是不枉此生，好与不好，全在当事人自己的感觉。

朝朝不见日，岁岁不知春。

又寂寞又美好。只要心中日光常在，春意不老，寒山便是乐土，苦修亦是享福。

小楼一夜听春雨，深巷明朝卖杏花

“小楼一夜听春雨，深巷明朝卖杏花。”翻译过来就是：在小楼上听着春雨淅淅沥沥地下了一夜，明早在深幽小巷中又会传来那叫卖杏花的声音吧。

小楼对深巷，春雨对杏花。清丽而又雅致。每次读到这两句诗都觉得说不出的舒服和熨帖。诗心如此，夫复何求？深情如此，人生何憾？

有春雨淅沥，就有人在小楼一夜静听；有杏花开放，就有人买来插于瓶中。自然界给人的馈赠，由怀有诗心与深情的人欣然领受。大自然与有缘人的因缘聚会，让人感到自然真美，活着真好。

在这世上，我只羡慕两种做买卖的人：一种是卖书的，一种是卖花的。这两种买卖人守着墨香与花香，并与每一个爱书爱花的人分享。幸福自己，也芬芳他人。

只是想知道，那彻夜听雨的人到底是因对大自然的风霜雪雨无限爱怜，还是因怀揣着他难言的心事呢？也许，二者兼有吧。

这两句诗的后面两句是“矮纸斜行闲作草，晴窗细乳戏分茶”。乍一看挺闲适，可结合背景，我们才能品出其中滋味。陆游作此诗的时候正在严州知府任上。国家屈辱求和，而这个职位根本无法让他施展自己的政治抱负，梦铁马冰河的陆游，看山河破碎的陆游，盼北定中原的陆游，却只能在作书品茶中消磨时光，这怎会不让他忧心如焚，无语问天？但陆游是硬汉，是英雄。罗曼·罗兰说：“世界上只有一种真正的英雄主义，那就是在认清生活的真相后，依然热爱生活。”无论世事如何变迁，我都不会辜负这自然馈赠，不会辜负这大好年华。

老杜“感时花溅泪，恨别鸟惊心”传递出的为国为民的焦灼情绪固然令人感动，但无论内心有多少痛苦与绝望，也绝不错过春雨的温柔与杏花的烂漫，是不是也是一种境界？

陈百强在《一生何求》中唱道：“冷暖哪可休，回头多少个秋。寻遍了却偏失去，未盼却在手。”

人生中追求与获得的错位确实令人无奈。但用心动情地去把握自己能把握的，边走边唱，一生又有何求？

小楼一夜听春雨，深巷明朝卖杏花。

愿你无论身处何种境遇，都不忘用心去领受造物主的美丽馈赠。那，也许就是我们能更好地活下去的理由。

当时轻别意中人，山长水远知何处

碧海无波，瑶台有路。思量便合双飞去。当时轻别意中人，山长水远知何处。

绮席凝尘，香闺掩雾。红笺小字凭谁附。高楼目尽欲黄昏，梧桐叶上萧萧雨。

——晏殊《踏莎行·碧海无波》

碧海是传说中的海名，意为蓝色的大海，有时也指青天。瑶台本为神仙所居之地，后引申为雕饰华丽的楼台。碧海不生波澜，瑶台也有去路。从客观条件来看，我是可以和我的意中人双双飞去、双宿双栖的。但当时我却因为某种原因轻易地告别了我的意中人，而今天地广大，山隔水阻，我又到哪里去找寻她的芳踪呢？

“轻别”二字说来简单，其间追悔的意味却极为深重。无论是轻轻一别、轻松一别还是轻狂一别，意中人都已消失在抒情主人公的视线里。

这一别，老了红酥手；这一别，浊了黄縢酒。这一别，“狂风落尽深红色，绿叶成阴子满枝”。这一别，“掉头一去是风吹乌发，回首再来已雪满白头”。

很多时候，你告别一个人，就是告别了一个世界，告别了一种生活。你要习惯他的不在给你带来的种种不习惯。个中滋味，酸苦自知。

抒情主人公也想写一封信遥寄相思。但即使写了一封封洒满相思泪痕的书信，又能把这些信寄往何处呢？他只得登上高楼遥望远方，黄昏将近，细雨纷纷，梧桐无言，徒留伤悲。

风吹木叶、雨滴梧桐向来就是孤独忧愁的象征。而在这样一个黄昏将近的时刻，忧愁的意味更浓。

全词以写景收尾，余韵悠长。丝丝细雨，滴在梧桐叶上，也滴在主人公的心头。

想起了《潮湿的心》中的几句歌词：是什么淋湿了我的眼睛，看不清你远去的背影；是什么冰冷了我的心情，握不住你从前的温馨。是雨声喧哗了我的安宁，听不清自己哭泣的声音；是雨伞美丽了城市的风景，留不住身边匆忙的爱情。

是啊，怪只怪我走得太匆匆，忽略了身边这匆匆的爱情。

原来相逢那样简单，重逢却这样难；原来离别那样简单，相见却这样难；原来失去那样简单，重来却这样难；原来生命中有你的日子是那样珍贵。只是因为已经习惯得有些麻木，我就这样与你挥手作别，在我的不经意间。

轻轻一别，山长水远。山有多长，我的思念就有多长；水有多远，我的悔恨就有多远。而悔恨，是最刻骨的记忆。

当时轻别意中人，山长水远知何处。

每个人都终将为自己当时的某种不在乎付出代价。这代价到底有多大，只有当事人自己明白。

系我一生心，负你千行泪

薄衾小枕凉天气，乍觉别离滋味。展转数寒更，起了还重睡。毕竟不成眠，一夜长如岁。　也拟待、却回征辔；又争奈、已成行计。万种思量，多方开解，只恁寂寞厌厌地。系我一生心，负你千行泪。

——柳永《忆帝京·薄衾小枕凉天气》

落魄江湖却笑傲王侯，放荡不羁又深情款款。这，就是柳永——大宋第一流行词人。

爱上柳永是一件幸福的事，因为他是那样有才，那样多情，那样痴狂，那样能读懂一个女人的心。

爱上柳永是一件痛苦的事，因为他是那样有才，那样多情，那样痴狂，那样能读懂每一个女人的心。

他也会像在这首词中描写的那样在晚上因被冻醒而思念远人。也会一夜难眠，度日如年。但为了功名他不会回返，只会继续前行，与一个又一个女人“执手相看泪眼”，为一个又一个女人“消得人憔悴”。

柳永是大众情人，不专属于任何人。他欠下的风流债，估计也只有唐代的元稹能与之匹敌。

有人说：不在乎天长地久，只在乎曾经拥有。被柳永这样一个天下闻名、魅力十足的男人爱过，这辈子也算值了。哪怕如烟花般绚烂一瞬即凋零飘散也总比一辈子古井无波、死水无澜强。

但是话虽说得轻松。感情这种东西，哪里是说放下就能放下的呢？何况“曾经沧海难为水”，爱过柳永这样男人中的男人，也许就断绝了再爱上其他男人的可能性。这个代价，不是太大了吗？

这世上有一种爱情带着强烈的矛盾性，那就是与浪子的爱情。浪子放荡不羁，不受礼法约束，这使得浪子身上带有某种浪漫与神秘的特质，这种浪漫与神秘的特质又使得浪子魅力逼人。爱他是因为他的神秘与浪漫。而他离开你，也是因为他的神秘与浪漫。

换句话说，如果你独享他，与他朝夕相对，就毁了他的这份神秘。而一个不再神秘的他，对你，还有那么大的魅力么？爱上一匹野马，试问你的家里可有草原？

郑少秋与赵雅芝主演的《戏说乾隆》第一部的最后，乾隆想让他的红粉知己、盐帮帮主程淮秀随他进宫。淮秀虽深爱乾隆，但还是断然拒绝了。因为她知道，他爱她是因为她与深宫中那些庸脂俗粉不同，如果她入了深宫，他可能不会继续爱她。这个道理，与爱上柳永这样的浪子是一样的呀。

那么怎么办呢？不去爱了吗？他那么好，能让我的生命与灵魂得到升华，我真能忍住不去爱他吗？可以爱，但一定要掂量好做这件事的后果。

系我一生心，负你千行泪。

柳永说：“对不起亲爱的，我会一生一世把你系在心上，但我又不得不辜负你为我流下的行行清泪。”

爱上一个浪子，真的需要勇气。

依旧满身花雨又归来

梦怕愁时断，春从醉里回。凄凉怀抱向谁开？些子清明时候被莺催。

柳外都成絮，栏边半是苔。多情帘燕独徘徊，依旧满身花雨又归来。

——田为《南柯子·春景》

愁绪满怀的时候，找不到更好的排遣之法，只能花钱买醉，只能沉沉入睡。即使是在春花盛开的季节，抒情主人公却依然一肚子的凄凉与悲伤。转眼已是清明，黄莺催促声声。这春天，也马上要离开了吧？

黄莺就是黄鹂，在中国古典诗文情境之中，黄鹂一直都是美好愉悦的象征。“两个黄鹂鸣翠柳，一行白鹭上青天。”“留连戏蝶时时舞，自在娇莺恰恰啼。”“草长莺飞二月天，拂堤杨柳醉春烟。”“花落家童未扫，莺啼山客犹眠。”“暮春三月，江南草长，杂花生树，群莺乱飞。”等等等等，无一例外。但在田为这里，黄莺却成了催促春天离去的讨厌鬼。词的上片并没有交代词人如此愁苦的原因。但既然连春光都懒得去欣赏体味，连黄鹂都这样去讨厌嫌弃，可见其愁苦之浓、伤心之深了。

柳絮纷飞是暮春的标志，栏边苔草丛生，表明倚栏望春的人很少。春天马上过去，却少有人来守候这最后的春光。春天是多么寂寞，词中人又是多么寂寞。

读到这里，句子外的我也不禁被这说不清道不明的愁绪惹得情绪低落、兴味索然。

一只燕子看到了帘内伤心的人儿，它徘徊，迟疑。它不相信帘内这满脸愁容、憔悴苦楚的人是它的旧人。一年未见，竟物是人非如此，连燕子都不由地要发出一声叹息。帘内的人望着燕子，他的眼神好像在跟燕子说：“小燕子，不要怀疑，你眼前的这个人就是去年你所见到的那个人呀。”燕子不再怀疑，它连身上如雨的花瓣都还未来得及抖去，就这样翩然飞来，穿帘入户，来到帘内人的面前。读到这只燕子，感觉它特别像王尔德《快乐王子》中陪伴着孤独的快乐王子的那只小燕子，它陪着他，直到死去。

一只燕子原来也可以如此多情！

也许，燕子本无情，只是因为抒情主人公太愁苦，也太寂寞，才把燕子的无意视为有情吧？晏殊在《浣溪沙》中写道：“无可奈何花落去，似曾相识燕归来。”两句词所传达的情绪与田为这两句词极为类似。但田为“满身花雨”四字，既能照应落花时节，又能写出燕子的温柔多情，较晏殊之语更为温暖动人。田为生卒年不详，也不知他和晏殊是谁影响了谁。

多情帘燕独徘徊，依旧满身花雨又归来。

现在，燕子终于可以抖落落花，与帘内人静静相望。人在无比寂寞的时候，哪怕一点儿安慰也会暖入心扉。“人生如逆旅，我亦是行人”，人生路上，请不要吝啬我们的爱与关怀。

野鹿眠山草，山猿戏野花

此二句用了两个“山”字，两个“野”字。读起来却丝毫不觉得重复板滞，反而贴切而又自然。上句“野鹿眠山草”是静态描写，下句“山猿戏野花”是动态描写，一静一动，动静结合。野鹿与山草拥眠，山猿与野花相戏，好一幅静谧而又活泼的山野风光图。

不眠于山草，鹿便不能称之为野鹿；不玩赏野花，猿也不能称之为山猿。反过来说，野鹿睡过的草才能叫山草，山猿戏过的花才能叫野花呀。

一山一野，相得益彰。

中国土生土长的道教有两个吉祥物，一个是鹤，一个是鹿。它们也常常是神仙的坐骑。比如寿星，也就是南极仙翁，骑的就是白唇鹿。信奉道教、喜欢炼丹的李白也在《梦游天姥吟留别》中写下过“且放白鹿青崖间，须行即骑访名山”的飘逸诗句。被神仙或诗仙骑的鹿已足够飘然世外，何况是自由自在的野鹿呢？更何况这自由自在的野鹿还正酣然沉睡在山草之上呢？红尘纷扰，与它何干？

猿颇具灵性，所以多有灵猿之说。我们习惯把猿和猴合称，其实猴和猿是不相同的，猴子比猿类在生物学分类上要低得多，也就是说，在与人的亲缘关系上，猿比猴要近得多。 而山中的猿，接受天地灵气、日月精华，更通灵性。这颇具灵性的山猿在野花间嬉戏，自由自在，自娱自乐。纷扰红尘，与它何干？

此二句的作者为张养浩，他是元代著名政治家、文学家。一生经历了世祖、成宗、武宗、英宗、泰定帝和文宗数朝。曾任礼部尚书、中书省参知政事等职，后辞官归隐，朝廷七聘不出。在归隐期间，他写下了这首《雁儿落兼得胜令》。全曲较长，大概描述了为官时与归隐后截然相反的生活状况。字里行间透露着辞官后的悠然轻松、潇洒飘逸。天历二年（1329 年），关中大旱，他心念百姓，出任陕西行台中丞，积劳成疾，同一年逝世于任上，享年五十九岁。

在朝廷七聘不出的日子里，他如那野鹿，悠然地卧于山草之上；如那山猿，潇洒地戏于野花之中。但心怀天下、勇于担当者，哪里能只顾自己的悠然与潇洒呢？赤条条来去无牵挂的隐士固然飘逸如仙，但扎根热土、心系苍生的志士才能推动历史、温暖人间。

前者令人羡慕，后者令人景仰。

野鹿眠山草，山猿戏野花。

野鹿安眠，山猿跳跃，野草茂盛，山花烂漫，这令人身心清静的山野田园多么让人留恋。但在百姓的呼唤声中，我还是要即刻出发。

人活一世，各有缘法。谁欠谁的，皆为定数。

柴门闻犬吠，风雪夜归人

日暮苍山远，天寒白屋贫。柴门闻犬吠，风雪夜归人。

——刘长卿《逢雪宿芙蓉山主人》

“日暮”交代了当时的时间，“天寒”则交代了当时的天气情况。俗话说：“望山跑死马。”前路遥远，何况又是在暮色降临的时候，何况天气还如此寒冷，旅人的焦急之情可想而知。

但是还不错，毕竟还是在这芙蓉山找到了一户可以投宿的人家。“白屋”二字一说是未经修饰的贫寒人家，一说是白雪覆盖的房屋。我认为在这首诗中可以组合到一起，即白雪覆盖下的贫寒人家。原因就在三四句中。“柴门”可印证其贫寒，“风雪”正呼应其白色。

汉语的很多词汇都意味深长。比如“贫寒”这个词，意思是非常贫苦。拆开来理解：“贫”为贫穷，“寒”为寒微。家境贫穷，地位自然寒微，所以贫家子弟又称寒门子弟。“天寒白屋贫”一句中，虽然“天寒”之“寒”非“寒门”之“寒”，但从字面上还是很容易让人产生一种风雪下的这户人家特别贫寒的感觉。日暮时分，苍山似乎更为遥远；天气寒冷，人家似乎更为贫寒。这种微妙的情绪反应，正是古典诗词的妙处所在。

前两句已经把投宿过程交代完毕，按常理后面应该描写这户人家的内部陈设、主人对客人的温情款待了。可是刘长卿没有，他直接从深夜所闻截取了一个小片段。他先是听到了犬吠声，然后听到人声，中间还夹杂着风雪声。

“归人”二字历来有两种解读，一种是归来的主人，这个容易理解，还有一种解读是旅人，也就是刘长卿。为何投宿却成为“归来”呢？因为刘长卿投宿到这户人家后，受到主人的热情款待。他不由地产生“宾至如归”的感觉。两者相较，我还是比较倾向于前者。因为如果按第二种理解，诗歌只围绕作者来写，意境较为狭窄。何况就算不说宾至如归，这样一户贫寒人家愿意接纳刘长卿，已经足够令人温暖了。何必还在盛情与否上去浪费笔墨呢？

作者躺在床上，也不知睡着还是没睡着。因为风雪夜比较寂静，即使睡着了，突兀的犬吠声也会把人吵醒。犬吠声后，有人拍门，也定有家人去应门。拍门声与应门声作者也都不写。此人进到院落后如何，与作者是否有过寒暄交流，诗歌中也都没有交代。语言极为简省，给人留下无尽的想象空间。

作者投宿时，暮色苍茫，天寒地冻；主人回家时，夜已深沉，寒冷尤甚。贫寒人家的主人竟操劳奔波至此。比他刘长卿更为劳碌。可是我们要知道，刘长卿有四顾茫然、颠连无依之虑。而这白屋的主人却知道在这山中有一盏灯在为自己守候，有一扇门在为自己开启。两个人，一个无助，一个辛苦；一个是天涯羁旅断肠人，一个是风雪载途奔波客。芸芸众生，谁又比谁更苦呢？

全诗前两句主要为视觉描写，后两句主要是听觉描写。视听结合，简单自然，却又含蓄蕴藉，意味无限。

唐代宗大历八年（773 年）至十二年（777 年）间的一个秋天，刘长卿受人诬陷获罪，被贬为睦州司马。《逢雪宿芙蓉山主人》写的是严冬时节，恰在遭贬之后。所以结合背景我们可以把这首诗理解为一个走投无路的人对人世间光明与温暖的一种渴望。真实的场景也好，作者想象出的情境也罢。一个人在孤单无助的时候，能找到这样一个可以托身或托心之所，真的是一件值得庆慰的事。

柴门闻犬吠，风雪夜归人。

诗中的主人与旅人其实已足够幸运。这世间还有多少人在这风雪夜依然奔波在外、依然漂泊无依呢？人间的路，为何竟这般难走？

念天地之悠悠，独怆然而涕下

前不见古人，后不见来者。念天地之悠悠，独怆然而涕下。

——陈子昂《登幽州台歌》

庄子说：“人生如白驹过隙，忽然而已。”泰戈尔说：“生命是荷叶上的一滴露珠。”

生命唯一而又短暂，于是，如何使用生命就成了每一个人必须思考的问题。有的人醉生梦死，有的人得过且过，有的人自欺欺人。他们都湮没无闻。

但是总有一些人，他们希望在这个世界上留下痕迹，他们想在自己肉体意义上的生命结束后还能开始另一个精神意义上的生命。我管这种人称作有着生命意识的人。

文人实现人生价值需要舞台，而这个舞台是最高统治者皇帝给予的，所以这里面就有很大的偶然性。一旦碰到的皇帝不赏识自己，那么对不起，你只能认倒霉，所以我们就不难明白为什么屈原要投江，为什么贾谊会抑郁，为什么李白爱发狂，为什么杜甫要皱眉，为什么苏东坡旷达却又说自己“不合时宜”，为什么辛弃疾刚强却又“揾英雄泪”了。他们都是有着强烈的生命意识的人，都是未遇知音，所以都同样痛苦。

陈子昂的《登幽州台歌》可以这样理解：生命如此短暂，往前，前世贤明的君主，我无缘得见；往后，后世贤明的君主，我等不及。天地这么大，我空有一身本领却无用武之地。一腔热血在体内哗哗流淌，我却无处抛洒。我痛苦至极，声泪俱下。我要让整个宇宙听一听我的恨与怨！

前两句极写时间之纵深，第三句极写空间之辽阔。时空交错，背景苍茫而又阔大。而在苍茫与阔大的背景映衬下，更显台上人之渺小、之无助。这种写法类似于杜甫的“飘飘何所似，天地一沙鸥”，类似于柳宗元的“孤舟蓑笠翁，独钓寒江雪”。

这首诗，一点儿都不考虑押韵，每句话都很浅显直白，但读来却让人感觉说不出的哀怨与苦闷。一个人得郁闷到什么程度才会如此急于袒露自己，甚至连押韵等基本要求都不去考虑呢？

陈子昂此诗作于武则天万岁通天元（696 年），他直言敢谏，却屡遭打击。郁闷苦恼之至，这才登高抒怀，慷慨悲吟。你喜欢做一个正直的人，但朝廷不喜欢。你不愿放弃自己的信念，那么朝廷就放弃你。

怎么办呢？是？非？坚持？妥协？何去何从？这真的是一道艰难的选择题。

有人说：“先逢绝境而后出绝唱。”吟着《登幽州台歌》的陈子昂，内心一定充满了绝望感。

念天地之悠悠，独怆然而涕下。

都说“男儿有泪不轻弹，只因未到伤心处”。如果可以，在这个时候我想走上前去，拍着他的肩膀对他说一声：“男人哭吧哭吧，不是罪。”

不结同心人，空结同心草

花开不同赏，花落不同悲。欲问相思处，花开花落时。

揽草结同心，将以遗知音。春愁正断绝，春鸟复哀吟。

风花日将老，佳期犹渺渺。不结同心人，空结同心草。

那堪花满枝，翻作两相思。玉箸垂朝镜，春风知不知？

——薛涛《春望词四首》

薛涛，长安人，父亲在京城为官，从小教她读书写诗。薛涛八岁那年，父亲在梧桐树下歇凉，忽有所悟，于是吟诵道："庭除一古桐，耸干入云中。"薛涛随口续道："枝迎南北鸟，叶送往来风。"八岁的小薛涛，其聪颖灵慧，已见端倪。

然而好景不长，薛涛的父亲为人正直，得罪权贵被贬。一家人从繁华的京城搬到了遥远的成都。后来父亲染病去世，年仅十四岁的薛涛与母亲相依为命。薛涛不得已，在十六岁时加入乐籍，成为一名营妓。

上帝的右手是仁慈的，但他的左手却可怕。谁能算得到这样一个出身官宦、聪颖灵慧的姑娘竟这么小就沦为妓女了呢？

聪颖美丽、气质出众的薛涛很快引起了众人的注意。其中就有任剑南西川节度使的韦皋，后来韦皋甚至推荐薛涛当秘书省校书郎。要知道大诗人白居易、王昌龄、李商隐、杜牧等都是从这个职位上做起的，历史上还从来没有哪一个女子担任过"校书郎"。虽未实现，但薛涛之名，自此播于天下。

薛涛四十二岁那年，遇见了她命中的男人——元稹。元稹与白居易齐名，才华出众，风流俊逸。当时元稹三十一岁，正是成熟与激情完美结合的年龄。两人一见如故，坠入爱河。这场姐弟恋轰轰烈烈，差距十一岁的两人竟爱得死去活来、惊天动地。薛涛把自己的全部身心都投入到这场恋爱当中，她以为自己终于找到了可以托付之人。但元稹只是个多情才子，却不是重义郎君。两人一块儿幸福地度过了三个多月以后，元稹因任职洛阳，离开了薛涛，再也没回来。

元稹一开始还给薛涛写信，薛涛回信。粉红信纸就是有名的"薛涛笺"。后来，元稹不再来信，薛涛粉红的信笺石沉入海，她在痴痴的等待中慢慢绝望。注意，我在"绝望"这个词前面加的是"慢慢"二字，慢慢绝望，这四个字足以令人痛断肝肠。在这灰暗的人生阶段，薛涛写下了这首《春望词》。

"两条玉臂千人枕，半点朱唇万客尝。"

生存的压力与生命的尊严，到底哪一个更重要？

我想起了老舍先生《月牙儿》中的母女两个，母亲为了抚养年幼的女儿沦为妓女，女儿长大后为了照顾衰老的母亲也沦为妓女。她们的生活暗淡无光，如同黑夜；了无生气，恰若死水。她们的命运就是那发出幽幽光辉的残缺的月牙儿。幽幽的光辉，幽幽的诉说。

如果在整日的迎来送往中彻底消磨掉了自尊与希望，成了行尸走肉，倒也不必再痛苦。就怕越是表面欢愉，越是内心孤寂；越是践踏自尊，就越是从心底升起耻辱感。

古时很多妓女也有自尊，也有梦想，也想嫁一个有情有义靠得住的男人，也想儿女承欢于膝下，但她们是妓女，于是，一切皆为笑谈。

莫攀我，攀我太心偏。我是曲江临池柳，这人折了那人攀，恩爱一时间。

——敦煌曲子词

曾为亡妻写出“曾经沧海难为水”诗句的元稹，曾与白居易往来酬唱的元稹，依然是当时的风流才子、大众情人。而被他抛弃的薛涛，在脱乐籍后，终身未嫁，孤独终老，于832年去世，终年六十四岁。

元稹是风流多情，薛涛就是水性放浪。元稹的诗文天下闻名，薛涛的苦痛又有几人知道？

后人将薛涛与鱼玄机、李冶、刘采春并称唐代四大女诗人，与卓文君、花蕊夫人、黄娥并称蜀中四大才女，流传至今的诗作有九十余首，收于《锦江集》。

薛涛走了，有几人知道这世上曾有过这样一位烟花女子？有几人读过她的《锦江集》，明了她的爱与恨呢？还有李香君、柳如是、寇白门这些谜一样的烟花女子。人们多关注她们的美貌风流，又有几人愿意去了解她们的所思所想所爱所怨呢？

不结同心人，空结同心草。

等不来那与我相守一生的人，我把象征爱情的同心草结得再漂亮又有什么意义呢？这些烟花女子的爱与怨只能独自消受。烟花绚烂，烟花飘散。在由男人们书写的历史卷册中，她们芳踪何处？

人面不知何处去，桃花依旧笑春风

去年今日此门中，人面桃红相映红。人面不知何处去，桃花依旧笑春风。

——崔护《提都城南庄》

少年崔护在桃花深处遇到少女绛娘，再去时却再难寻觅。于是他提笔写下《题都城南庄》，然后怅然而归。

你曾对我说，相逢是首歌，眼睛是春天的海，青春是绿色的河。相逢是首歌，同行是你和我，心儿是年轻的太阳，真诚也活泼。你曾对我说，相逢是首歌，分别是明天的路，思念是生命的火。相逢是首歌，歌手是你和我，心儿是永远的琴弦，坚定也执着。

——《相逢是首歌》

读完崔护的故事，总会不由地想起这首《相逢是首歌》。

这个世上的人，有的白头如新，有的倾盖如故。有的相逢不识，有的一见钟情。古龙说："有的人与人之间，就像天上的流星，只是一瞬间的相遇，却可以激起灿烂的火花。"崔护和绛娘的邂逅，就激起了灿烂的火花。

崔护是幸运的，他遇见了桃花一般艳丽的绛娘，命运的齿轮早一步或晚一步都可能使二人无法遇见；崔护又是不幸的，他只是遇见，却无缘和其携手一生。但我们假想一下，二人若真的能有缘再往前走一步，不一定就能过上幸福的生活，毕竟"相爱总是简单，相处太难"。如此，就不如留一份美好的回忆在心底。

有缘相识，已是莫大的幸运，那遗憾，也会渐渐沉淀为一份美丽。

"桃之夭夭，灼灼其华。"火红的桃花如绛娘红润的脸庞，又如绛娘的青春年华。青春如此美好，相遇如此美好。谁能想到下一次再去，就见不到那个想见的人了呢？这种怅然遗憾的情绪和欧阳修的"今年元夜时，花与灯依旧。不见去年人，泪湿春衫袖"中传递的情绪极为相似。只是两者两较，崔护的情感更克制一些。

桃花依旧，我心依旧，但她却已不在。那艳丽的桃花在我眼中还有什么魅力呢？都说"春风得意马蹄疾，一日看尽长安花"，但现在春风带给我的却只有失意。

至于绛娘去了哪里，诗中并没有交代，但越是不交代，越是让人觉得难以接受，而越是让人难以接受，就越是让人难以忘怀。回返的崔护肯定会在之后的人生路上时不时想起这个同样的问题——绛娘，你到底去了哪里？你为何就这样匆匆离去？

李汉荣在《转身》一文的开篇这样写道："一转身，那个动人的身影就不见了。在人海里，想再次打捞到她，再次与她相遇，哪怕匆匆一瞬，都是不可能了。"

是啊，哪怕匆匆一瞬，都是不可能了。

好在崔护还是少年，好在未来还会有其他面若桃花的女子出现在他的生命之中。

虽然她们都不是绛娘，但至少绛娘为崔护提供了一个让他心动的范本。不是吗？爱情的路，终归还是要继续走下去的呀。

相逢是首歌，歌手是你和我。不再抱怨，不再遗憾，曾经遇见，已足以让我感恩一生。

人面不知何处去，桃花依旧笑春风。

珍惜每一个遇见的人，祝福每一个离开的人。让那桃花继续含笑吧，在那春风之中；让那少年继续前行吧，拥抱美好，不负青春。

也信美人终作土，不堪幽梦太匆匆

沈家园里花如锦，半是当年识放翁。也信美人终作土，不堪幽梦太匆匆。

——陆游《春游》

多少了解一点儿中国文学史的人，大概都知道陆游与唐婉的爱情悲剧。在这里就不再细述了。

《孔雀东南飞》中的刘兰芝与焦仲卿一个举身赴清池，一个自挂东南枝；陆游和唐婉一个至死伤怀，一个伤怀致死，都是家长棒打鸳鸯，都是有情人被迫分飞。

经典老歌《未了情》中有这样两句歌词：都说那有情人终成眷属，为什么银河岸隔断双星？

“万事如意”只是一种美好的祝福。不如意者十之八九才是人生的本来面目。

焦仲卿与刘兰芝的“磐石”“蒲苇”之论，陆游与唐婉的《钗头凤》唱和。从纯文学角度欣赏，都极美极动人，但对当事人来讲，却没有丝毫美感，有的只是叹息与眼泪。

有的人一生遇不到所爱，有的人遇到却难以靠近，有的人靠近了却被迫分离。

一对有情人到底要有多大机缘、经历多少考验，才能修成正果，走向永远呢？

在那个春天，八十四岁的陆游拄着拐杖，走进熟悉的沈园。春光如此美好，花朵那般绚烂，爱人唐婉已经长眠于地下四十多年了。如锦的鲜花一如唐婉那如花的容颜，一如他们二人如花般短暂的爱情。陆游想：“花儿呀花儿，你开这么美，一半是因为想欢迎我这个旧人吧。”是的，陆游还在，花儿还在，沈园还在，而唐婉，却再也不会来到诗人的面前了。我很想知道，在陆游挥笔写下“也信美人终作土，不堪幽梦太匆匆”时，眼泪是否已流到了腮边？ 从青年到老年，他的相思泪又偷偷流了多少回呢？

陆游曾在他的《沈园》一诗中写道：“伤心桥下春波绿，疑是惊鸿照影来。”可是无论再怎么“疑是”，爱人唐婉都不会再来了。惊鸿一瞥，永难再会。王家卫导演的电影《东邪西毒》里有这样两句经典台词：“当你已经不能再拥有的时候，你唯一能做的就是不要忘记。”

陆游没有忘记，甚至因为对不起她而更铭心刻骨。这对长眠于黄土之下的唐婉而言，是不幸，还是幸福呢？

在这里想说一说唐婉的第二任丈夫赵士程。赵士程是南宋宗室，宋太宗玄孙赵仲湜之子，宋仁宗第十女秦鲁国大长公主的侄孙，出身极为高贵。唐婉是他的第一任妻子。他知道唐婉对陆游的感情，一直尊重她，呵护她。陆游与唐婉夫妇在沈园相见时，他故意借事离开，还让家人为陆游和唐婉准备了酒菜。第二年，唐婉再来沈园，未遇

陆游，伤感不已，同年去世。唐婉去世之前，赵士程派人去喊陆游，让陆游来见唐婉最后一面。陆游赶到时，唐婉已香魂飘散。唐婉去世以后，赵士程没有再娶。

历史上关于赵士程的记载少之又少。但仅仅这一点儿零星的信息已足以令人肃然起敬。我认为赵士程对唐婉的爱一点儿不逊色于陆游。唐婉好福气，被陆游挚爱于前，又被赵士程珍惜在后。

有人说一个人真正死去是从所有记得他（她）的人都死去开始的。那么从这个角度来说，唐婉的生命与这两个深爱她的男人同在。

两个男人用各自不同的方式表达着对自己的爱与怀念，唐婉若泉下有知，也该含笑，不是吗？

也信美人终作土，不堪幽梦太匆匆。

如花美眷，敌不过似水流年。世上所有美好的事物，都难免走向衰亡。可是爱情，真正的爱情却可以穿越时空，在一个人的心中成为永恒。

只要你真挚而深沉地爱着，谁又能凋零你爱情的春天呢？

入我相思门，知我相思苦

秋风清，秋月明，落叶聚还散，寒鸦栖复惊。相思相见知何日？此时此夜难为情！入我相思门，知我相思苦。长相思兮长相忆，短相思兮无穷极。早知如此绊人心，何如当初莫相识。

——李白《秋风词》

何字合成愁？离人心上秋。秋天，天气变冷，心境容易冷落，人亦敏感多情。

清风明月本是清幽飘逸之景，但因为心上人不在身边，那清风便徒增凄凉，明月也徒增清冷。在这样一个凄凉清冷的秋夜，我又想起了你。

本来聚在一起的落叶，在风中分散。刚刚栖息的寒鸦，也在冷月下惊醒。你我多像那曾经聚在一起的落叶，而命运便是那无常而又无情的冷风。你我多像那相偎入梦的寒鸦与寒枝，却转瞬之间便红尘梦醒。诗人以物喻人，尽显分离之无奈、人生之无常。

何时才能与你相见呢？这个问题我不知道答案，但我知道一定不是今晚，那么今晚，我该怎么办？

对于深深相爱的人而言，哪怕一刻不在一起，都会无比难熬。何况根本就不知道何时才能再与意中人相见呢？熬过一个夜晚，还有一个夜晚。从夏夜到秋夜，从秋夜到冬夜。日夜日夜日复夜，相思相思苦相思。何时才是尽头？

诗人放下写前几句时的矜持，直截了当地抒发着对意中人的思念。“感情”“感情”，本来就是感性直接的呀。

但作者还是怕别人不理解自己的难熬与焦灼。于是他忍不住说，不进到我相思的门中，你一定不知道这相思到底有多苦。是啊，没有爱过，怎知道爱的苦楚呢？哪怕你再能体察别人的情思，也总不及当事人那样刻骨、那样深沉。

长久的思念会带来长久的怀恋，让我辗转反侧；而短短的思念，也依然会连接成片，依然让我辗转反侧。那就索性不思念你，可是，我根本做不到。做不到不想你，又偏偏见不到你。长相思、短相思都深深地折磨着我。我无处可逃，因为你扎根在我的心里。唉，我若早知道相思如此羁绊人心，倒不如当初没有遇见你。抒情主人公的最后几句话矛盾而又动人，缠绵悱恻，言简意深。

想起了桑吉平措演唱的《相见》中的几句歌词：

如果不相见，便可不相恋。如果不相知，便可不相思。如果不相伴，便可不相欠。如果不相惜，便可不相忆……最好不相误，便可不相负。最好不相许，便可不相续。最好不相依，便可不相偎。最好不相遇，便可不相聚。

可是人世间哪里有那么多的“如果”？哪里有那么多的“最好”呢？

何况，如果真的遇不到他（她），体会不到这种相思的滋味，这白开水般的一生，又有什么趣味呢？

我深信，即使有“如果”，梁山伯还是会爱上祝英台，朱丽叶还是会爱上罗密欧，金岳霖还是会爱上林徽因，石评梅还是会爱上高君宇。

如果没有遇见你，我的生命又有什么意义？

“都说相思好，相思令人老，几番细思量，还是相思好。”当爱情来临的时候，我们只能含笑领受，怎会忍心让它擦肩而过呢？尽管相思苦，依旧苦相思。谁让我遇见了你呢？遇见你，是缘分也是天意。而天意，是不可违的啊。

入我相思门，知我相思苦。

真的好想你呀。我想你，哪怕只有窗外那瑟瑟的凉风懂我，那白白的冷月知我。

“人间自是有情痴，此恨无关风与月。”苦就苦吧。冤家，为了你，我愿意。

还君明珠双泪垂，恨不相逢未嫁时

君知妾有夫，赠妾双明珠。感君缠绵意，系在红罗襦。妾家高楼连苑起，良人执戟明光里。知君用心如日月，事夫誓拟同生死。还君明珠双泪垂，恨不相逢未嫁时。

——张籍《节妇吟》

张籍这首诗表面上写的是妻子对丈夫的忠诚，实际上表达的是不被藩镇高官拉拢的决心。在这里，我们只聊爱情，不谈家国。

爱情这件事，很多时候就是反理性的。过于理性的爱情太冷，但过于感性的爱情又可能会把人烧成灰。这个度，确实不容易把握。

虽然理智上一直在跟自己说不要爱，不要爱，人家已名花有主或人家是有妇之夫。但情感上还是难免荡起涟漪，甚至愿意为这份爱粉身碎骨。

林徽因曾直截了当地跟梁思成坦白说她也爱上了金岳霖。温婉睿智如林徽因女士，也有如此纠结的时候，可见专一是爱情的本性，却不是人的本性。

席慕蓉说："人生竟然是一场有规律的阴差阳错。"细思之，真的好有道理。人生几十载，没有早一步也没有晚一步，恰好遇见自己所爱也爱自己的那个人，从概率上讲，本就是极低的。人生不如意事十有八九，其中当然也包括爱情。只是其他的不如意还可以寻求解脱，而牵一发则动全身的爱情，又哪里是可以随随便便就"潇洒走一回"或"过把瘾就死"的呢?

最美的时刻，是谁握住了我的手？最懂爱的刹那，又是谁牵住了我的心呢？上苍的一个不小心，就会造就无数的痴男怨女。命运之弄人，本就是人生的题中之义。不过话又说回来，如果上苍把每件事都安排得符合每个人的心意，这世间也就没有了无奈与痛苦，而没有了无奈与痛苦，又怎么会有那么多湿人眼眸的故事和明知不得依然铭心刻骨的相思呢？而没有了这些故事与相思，我们又怎会去审视我们的爱情与人生，从而使我们的生命境界得到提升呢?

凡事皆有因果，还是上苍对了呀。

时过境迁，爱上不同的人本是一件很正常的事。只是不要说破，更不要接受了人家的明珠又还给人家，这样做就未免太伤人心了。

有情人终成眷属只是一种美好的祝愿。跟身边的爱人相濡以沫，与心中的爱人相忘江湖。也许，这才是爱情的真相。

情生情灭，缘深缘浅，聚散离合，甘苦悲欢。

还君明珠双泪垂，恨不相逢未嫁时。

人生苦短，爱是成全。愿你能觅得那个你最心仪的人，并且恰好那个人也正在寻

觅着你。愿你经营好你的爱情，当作自己的生命一样珍惜。如果遇见了一个更好的他（她），也请你收好你的明珠，只是默默欢喜。这份默默，才是真正的明珠，温润着你的爱情，那般美丽！

曾经沧海难为水，除却巫山不是云

曾经沧海难为水，除却巫山不是云。取次花丛懒回顾，半缘修道半缘君。

——元稹《离思五首·其四》

这是元稹为纪念妻子韦丛写的五首悼亡诗中的第四首，也是最有名的一首。元稹抛弃过薛涛，辜负过崔莺莺，而且对这些艳遇津津乐道，可以说是名副其实的渣男才子。但这两句诗确实写得极好。我们不能以言废人，也不能因人废言。

领略过沧海那浩渺的水，其他地方的水就再也不能荡起我心中的涟漪；见识过巫山那梦幻的云，其他地方的云就再也不能点亮我的眼眸；遇到过我心目中最好的你，其他的女子就再也不能留住我的脚步了。

新浪博主大漠刀客说：“爱情害怕比较，又最需要比较。”

没有比较就没有伤害，但没有比较，也就没有了幸福。因为幸福，原本就是比较出来的啊。

有了阿朱，阿紫至死也赢得不了萧峰的爱情；有了咬过自己一口的那个小无忌，连长大成人后的明教教主张无忌也不能赢得阿离姑娘对他的青睐。

爱情，就是这样任性而又固执。在任性与固执中孤独着自己，也捍卫着自己。考验着自己，也成全着自己。

不遇到他，不知道人生可以如此绚烂。但遇到他之后，再出现的人，都没有了意义。那么，遭遇这种不可替代的刻骨铭心的爱情，对于一个人而言，是幸运，还是不幸呢？

我想，更多的人还是会选择去遭遇一场这样的爱情吧。正如人生，大起，固然会伴着大落。但毫无波澜、平平淡淡、一眼望到头的人生，更是一种灾难。

《倚天屠龙记》中失身于杨逍的峨眉女侠纪晓芙给女儿起名“不悔”，便是对这个问题做出的回答。

林非在《话说知音》中为俞伯牙摔琴谢知音感到可惜。他认为既然俞伯牙学琴如此不易，就应该信心满满地去寻觅更多的知音。我也觉得他说得有理，因为这样，既对得起自己的琴艺，也可告慰泉下的知音钟子期。

知音可以再寻，但爱人呢？爱人与知音毕竟还是不同的啊。哪怕韦氏临终真的希望生者不要苦了自己，续弦再娶，但内心深处一定还是希望爱人能够永远把自己放在心里。

爱情，既然有时可以让人无私到献出生命也在所不惜的地步，那它这点小小的愿望，又有什么过分的呢？

爱是成全，也是霸占。如果成全和霸占在你那里恰好可以取得交集，那你就是这世上最幸运的人了。

曾经沧海难为水，除却巫山不是云。

我爱，你走之后，我失去了爱的能力。可这又有什么关系呢？这一生随波逐流，言不由衷的事做得还少么？在爱情面前，请原谅我的孩子气。

美人卷珠帘，深坐颦蛾眉

美人卷珠帘，深坐颦蛾眉。但见泪痕湿，不知心恨谁。

——李白《怨情》

美人卷起珠帘，像在把人痴痴地等待。她久久坐着，深皱的秀眉久久不开。我们看到她的眼泪打湿了她的胭脂脸，却不知道她究竟在怨恨着谁。

珠帘是用线穿成一条条垂直串珠构成的帘幕，主要起装饰作用，不至于挡住人的视线。但本诗中的美人却把珠帘卷起，可见她对意中人盼望之切。对一个人想念到一定程度，哪怕能早看见一秒钟也是好的。

她久久地坐着，痴痴地等着，可是那个人却迟迟没有现身。风吹帘动，叮叮作响，珠帘越是响动，内心越是冷寂。时间一点点过去，她娟秀的眉头皱得越发紧了。

天越来越晚，屋里越来越冷，为什么你还不来呢？你不知道我在等你吗？我的柔情你真的不懂？

诗歌之美、之韵味很多时候就是体现在它的言外之意和引发人的合理联想上。风吹自然珠帘响，天晚自然感到冷，身冷心更冷。我们读诗歌，一定要让自己的身心都跃入文字中，同时还要结合自身的阅历与对生活的体悟。如此，才能真正进入诗境，领悟诗情。

想领悟到深挚的感情，我们首先要有一颗同样深挚的心。

等待，实在是一件难熬的事。因为人们对于所等的人或事，根本无法左右；而对于其他的人和事，又根本全无兴趣。怀着希望慢慢绝望，慢慢绝望又怀着希望。万一,万一他会来呢？希望让人坚强，也让人悲壮。

古代女子往往处于被支配的地位，在情感上尤其如此。她们不能如男儿般“志在四方”，也不能“挥一挥衣袖，不带走一片云彩”。她们所能做的，只有等待。她们继续等待，继续无奈，继续叹息，继续让泪珠把双眼迷离。

南唐冯延巳写的“愁眉敛，泪珠滴破胭脂脸”与李白的“但见泪痕湿，不知心恨谁”有异曲同工之妙。如珠的眼泪晶莹剔透，与帘幕上的珠子一般无二。只是帘幕上的珠子作响，脸庞上的泪珠无声。帘幕上的珠子成串，脸庞上的泪珠滑落。再坚强的女子，面对自己无法把握的爱人，无法把握的命运，也往往会泪湿衣襟。薛涛苦等元稹，谢玉英苦等柳永，琵琶女苦等丈夫。男人们可以靠仕宦之路或与三五好友曲水流觞消解烦闷，而整日守在珠帘之后的她们，不等待，又能怎么样呢？

想起了郑愁予的《错误》中的两句诗：“我达达的马蹄是美丽的错误。我不是归人，是个过客。”但我觉得那马蹄实在不算什么美丽的错误。因为它带给这女子的不仅

有失望，还有折磨。

让这个帘内的女子等的男子到底是谁？他现在到底在哪里？他是不是遇到了什么突发状况所以不能如期赴约？让这样一个美丽而痴情的女子如此苦等，实在是一种罪过。

《子衿》中的女子，念着意中人那蓝色的衣领在城楼上走来走去，她也有些许的埋怨。“纵我不往，子宁不嗣音？”我纵然不去找你，你就没有半点音讯了吗？最后的“一日不见，如三月兮”更是活画出自己的柔肠百转。王建的《望夫石》这样写道：“望夫处，江悠悠。化为石，不回头。山头日日风复雨，行人归来石应语。”这位甘愿化石的女子相较卷珠帘的美人和对意中人青青衣领念念不忘的女子，竟连半点怨恨之意都没有。

女人，你为何这般痴情？这般苦等？

让这三位女子等待的男人都是谁？我们不知道。我们只知道一个女子在晶莹的珠帘之后潸然泪下，一个女子在高高的城楼之上黯然神伤，一个女子在悠悠的江水之旁痴痴凝望。还有高楼上独自凭栏的女子、闺房中倦梳头的女子、伫立在玉阶上的女子、伴着孤灯的女子……

诗句很美，意境很悲。诗歌最喜留白，感情需要的却是充实。

美人卷珠帘，深坐颦蛾眉。

人生如此短暂，全天下的男人们，不要让你的女人这般苦等。

人生如逆旅，我亦是行人

一别都门三改火，天涯踏尽红尘。依然一笑作春温。无波真古井，有节是秋筠。

惆怅孤帆连夜发，送行淡月微云。尊前不用翠眉颦。人生如逆旅，我亦是行人。

——苏轼《临江仙•送钱穆父》

苏轼与钱穆父这一对朋友一别就是三年，“人生在世屈指算，不过三万六千天”。人生，又有多少个三年呢？如今，却又要离别。

钱穆父远涉天涯，在红尘人间奔波辗转。“天涯”极言路途之远，尽显人之孤独。“踏尽”极言辗转之多，足表身心之累。字里行间，透出苏轼对友人的怜惜之意。可是钱穆父尽管奔劳如此，却依旧能在相逢一笑时如春天般温暖，依旧能心如古井水般波澜不惊，依旧能如竹竿般节操常存。

有人说：“苦难来自外界，而坚强来自内心。”笑如春天的钱穆父可以说是个温暖而坚强的人了。

坚强不易，温暖更难。因为坚强更多的时候是自身对外界打击的一种免疫，而温暖却是自身向外界辐射的一种力量。命运多舛，依旧坚强着笑对人生。骨头那么硬，心却那么软。

想起刘欢《在路上》的几句歌词：在路上，是我生命的远行。在路上，只为温暖我的人。

这样一个可敬、可爱又可交的朋友要连夜扬帆远行，本来就极易动情的苏轼的惆怅可想而知。天上朦朦胧胧的淡月微云，根本不知道人世间都发生了些什么。花鸟亦无情，何况是云和月呢？不过话又说回来，即使花鸟云月知道人世间发生了什么又能怎么样呢？既然“天若有情天亦老”，花鸟云月还是不动情的好。倒是陪酒的歌姬因看到苏学士的惆怅，也不由得对着酒杯把愁眉深锁。旁人尚且如此，当事人的情形可想而知。

可是苏轼毕竟是苏轼，他手拈酒杯，哈哈一笑说：“人生如逆旅，我亦是行人。”好啦，何必这样悲悲切切呢？人活一世，哪一个不是像住在旅店里一样？该走总归要走。我也只是一个匆匆过客罢了。

人生如逆旅并不是苏轼的首创。早在唐朝李白的《春夜宴从弟桃李园序》中就有“夫天地者，万物之逆旅也；光阴者，百代之过客也。而浮生若梦，为欢几何”的句子。只不过李白想阐释的是及时行乐的理论依据，而苏轼袒露的却是无关悲喜的豁达情怀。

人生苦短，这一点无从更改；聚散无凭，这一点也无从把控。所以在有限的生命

中，人们都希望能与自己的同类尽可能长地聚在一起。别说分别三年，哪怕一天，也是对这份机缘的深深辜负。毕竟，对浩瀚的宇宙来说，我们每个人都可算是天涯沦落人，甚至我们赖以生存的地球，也只不过是源于一次偶然。

由此观之，对每一个有血有肉的人而言，生死离别实在可以算作永恒的谜题。

人生如逆旅，我亦是行人。

感恩相遇，期待重逢。愿殊途同归的我们，独处时都能吟唱着生活的歌谣，相逢时都能如春天般会心微笑。

深林人不知，明月来相照

独坐幽篁里，弹琴复长啸。深林人不知，明月来相照。

——王维《竹里馆》

我独自一人，坐在幽深的竹林。一边弹琴一边长啸。没人知道我在竹林深处，只有明月相伴静静照耀。

“篁”泛指竹子。加一“幽”字，更显竹林之幽深茂密。竹身为四君子之一，凭借其挺拔、有节的特质历来为人赞赏。晋代书法家王子猷甚至有“何可一日无此君”的说法。就在这样一片幽深茂密的竹林中，诗人一个人一边弹琴，一边长啸。给人的感觉又孤独，又傲岸；又寂寞，又美好。

“琴棋书画”合称“文人四友”，亦称“雅人四好”。“琴”排在首位。抚琴需要安静的环境，也需要安静的心境。燃香一炷最好。总之，抚琴是一种颇具仪式感的活动。一个风雅之人在此弹琴，而且一边弹琴一边长啸。岳武穆有“知音少，弦断有谁听”之句，而王维好像根本不祈求有什么知音，只是弹给自己。不求回应，只是自我抒怀。是因为没有同类，还是因为一切随缘呢？王维曾有“行到水穷处，坐看云起时”之句，随缘之意便甚是分明。

“随缘”二字，说来简单，做到却是很难。“得之坦然，失之淡然。争其必然，顺其自然。”做到这四“然”，应该就算是活明白了吧。

我们再比较一下弹琴和长啸这两种抒怀方式。弹琴要遵循章法，长啸则更为自由自在。弹琴可弹出宫商角徵羽，长啸也可表达酸甜苦辣咸。长啸更自然，更舒服。随心所欲，心生欢喜。

“深林”照应“幽篁”。“人不知”照应“独坐”。这样写来，更显出人的孤独。但作者并未止步于这份孤独，因为人虽无知，明月却有情。它穿枝拂叶，将缕缕柔光洒在诗人的身上，洒在古琴的琴弦上。诗人到此才告诉我们当时的天上原来有明月高悬。月亮一出场，前面所有的场景一下子都亮了，读者的心房也随之亮了起来！

一个意象的出现竟可以有这般神奇的功能！

张潮在他的《幽梦影》中这样写道：物之能感人者，在天莫如月，在乐莫如琴。王维月下抚琴，心中的感受又是什么呢？

明月在天，独坐啸傲的诗人与幽深茂密的竹林都沐浴在明月圣洁的银光之下。琴声古雅，竹林掩映，天地寂然，明月清风。这场景，这气韵，这格调，这风范，无不令人神往。

短短二十个字，有人有物，天人合一；有动有静，以动衬静；有声有色，情景

交融。

诗人孤独吗？那为何又在明月下弹琴长啸，潇潇洒洒？诗人洒脱吗？那为何又一人独坐，无人慰藉？也许既不孤独，也不潇洒，只是淡淡然然，“由来无一物，何处惹尘埃”罢了。

诗佛王维素有禅心，禅心即清空安宁之心。这首《竹里馆》也颇有几分清空安宁之意。忧也淡淡，喜也淡淡，无忧无喜亦淡淡。色不异空，空不异色，空空色色皆如梦。

后世的刘长卿有“溪花与禅意，相对亦忘言”之句。刘长卿将“禅意”点出，随波漂流、前途未卜的“溪花”正可对应生灭无常的缘分。王维的《竹里馆》未点出禅意，而禅意却自在其中。

什么是禅？禅就是宁静之心，质朴无瑕，回归本真，参透人生。

深林人不知，明月来相照。

我的天地由我去走，我的竹林由我去守，我的琴声由我去听，我的心事由我去懂。趁着月色正好，收起瑶琴，走出竹林，长啸一声，归巢。

儿童相见不相识，笑问客从何处来

少小离家老大回，乡音无改鬓毛衰。儿童相见不相识，笑问客从何处来。

——贺知章《回乡偶书》

诗歌的字面意思非常好懂。少小离家，老大方回。乡音未改，鬓发斑白。这两句也可以用余光中先生的两句话来说，即“掉头一去是风吹乌发，回首再来已雪满白头”。

“物是人非”给人的感受基本上没有快乐的。因为从中你清楚地看到了生命的短促与岁月的无情。不想承认，又不得不承认，个中滋味可想而知。

少小离家与老大方回是对比，乡音未改与头发变白也是对比。人就是这样，对比越多，感慨便会越多。而感慨得次数越多，人往往也就越老了。

一个小孩儿打量了诗人好久，可能觉得诗人的口音与自己相似，而自己却从未见过这位老人。所以忍不住笑着问道：“喂，这位客人，你这是从哪里来？”诗人没有选青壮年或老人来写，因为青壮年不会像小孩子好奇心这么重，而老人就有可能认得诗人，而且小孩子的问话也能为诗歌增添几分活泼俏皮的气氛。

诗人本是此地的主人，而且成为村里人中的一员也远比这个小孩子要早。但几十年过去，先生前辈成了客人，后生晚辈却成了主人。

哪怕你再乡音未改，哪怕你依旧冰心一片，但岁月的剥蚀无休无止，生命的齿轮亦不断向前。前日红颜今白发，生若朝露逝如烟。

再活泼俏皮的氛围，也改变不了诗人对人世沧桑的感慨。

故乡，是一个多么温暖的词汇。故乡有青山隐隐，有绿水悠悠。有山花醉人，有炊烟暖心。故乡有乡亲父老伸出的虽粗糙却温暖的手掌，有土里土气却亲切无比的乡音。游子之于故乡，如子女之于母亲。可是有一天你发现，因为你长时间与故乡疏离，故乡的人已把你当作客人。而对待客人的客气，会一下子让你与故乡拉开距离，哪怕让你有“宾至如归”的感受，你也再不是归人，而是个过客了。

而如果认识你的人都已不在，老家的院落也已易主，又有谁来证明你曾在这片热土上生活过呢？

原来，我们就这样被时光、被故乡轻轻松松地遗忘。

全诗在儿童的笑问中结束，大量留白。不知在这位天真烂漫的孩童带着笑音的询问下，我们的老诗人有没有泪流满面？

歌曲《别来无恙》中有这样几句歌词：山高水长，别来无恙，无限相思尽在心上。风雨多年，别来无恙，知心的话说到天亮。

也许，还有人认得贺知章，还有人能唤出他的乳名。人们将他围拢起来，把知心的话儿说到天亮。

但愿如此……

儿童相见不相识，笑问客从何处来。

有一天我回到家乡，希望你们都能认得我；有一天我离开人世，希望你们都能记得我。

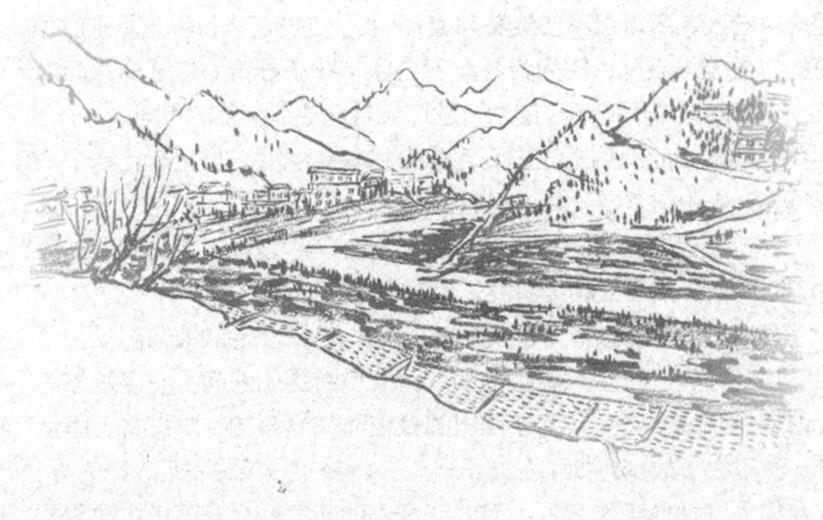

我是人间惆怅客，知君何事泪纵横

残雪凝辉冷画屏，落梅横笛已三更，更无人处月胧明。

我是人间惆怅客，知君何事泪纵横，断肠声里忆平生。

——纳兰性德《浣溪沙·残雪凝辉冷画屏》

上片写景。

“残雪凝辉”即尚未化尽的雪凝着了清冷的月光，月光清冷，残雪清冷，两相映衬之下，使原本温暖的画屏也变得冰冷。

三更半夜，夜悄无人，梅花飘零，横笛夜吹。一视觉描写，一听觉描写。凄恻的落梅，凄凉的夜笛，让那无人呵护的月色也显得愈发朦胧。

王国维《人间词话》中论有我之境和无我之境：“有我之境，以我观物，故物皆著我之色彩。无我之境，以物观物，故不知何者为我，何者为物。”本诗上片即有我之境。上片写雪，写月，写梅，写画屏，写夜笛，无一处提到人却又时时能让人感觉到人的存在。是人在看雪，看月，看落梅，听夜笛；是人产生了画屏变冷、月色朦胧的微妙感受。虽没有明写词人的情貌，词人情貌却已跃然于纸上。环境是幽暗冷寂的，实在是因为纳兰的心境也是幽暗冷寂的啊。

下片抒情。

我是世间哀愁的过客，所以我知道你为何涕泪交横。在断肠声里，我辗转反侧，想起我的一生。

词人写的是“知君”，但其实写的却是“知己”。因为自己的内心是惆怅的，所以知道自己为何一下子泪倾如雨。一个人得有多孤寂，才会自言自语、自说自话呢？

中华诗词向来以委婉含蓄为美，而词人却直抒胸臆、眼泪汪汪。就像幽州台上的陈子昂，怆然涕下，丝毫不顾形象；就像出门赴京的李白，仰天大笑，完全不懂低调。是的，他们太直白、太外露，缺少一些艺术上的克制。但这些都不妨碍我们被这三个真性情的男人深深打动。

人活一世，若总是这克制、那隐忍，即使完美符合这规矩、那套路，活着还有什么意思呢？就像我们读金庸武侠，无疑更喜欢亦正亦邪、无视礼法却又敢爱敢恨、用情至深的杨逍和金蛇郎君，而不想做少林寺里那个谨小慎微、苦己误人的玄慈。

凄凉的夜笛声中，词人含泪回想自己走过的这些年，辗转反侧，难以成寐。

我常常想，这世间每一个夜色如水的晚上，有多少人也同纳兰一样因为这样或那样的原因而难以入眠呢？他们的心事有谁知晓？他们的眼泪有谁明白？也许直到东方泛白，也无人知晓，无人明白。

原来每个人都有可能是天涯沦落人。

我是人间惆怅客，知君何事泪纵横。

如果有一天我突然间泪流满面，你可不可以不嫌我笑我，而是懂我知我呢？

不过，这个想法还是太奢侈了，人理解自己都很难，何况是理解别人呢？所以，人活一世，还是要学会并适应自己，与自己心心相印、相濡以沫。

这才是人生的真相，这才是人生的真相啊！

苔花如米小，也学牡丹开

白日不到处，青春恰自来。苔花如米小，也学牡丹开。

——袁枚《苔花》

都说万物生长靠太阳，但身为低级植物的苔花所生的地方却是阴凉潮湿之处。不过，没有阳光的照耀，苔花的青春依旧蓬勃而来。是啊，哪怕姥姥不疼，舅舅不爱，自己就要自暴自弃了吗？“自来”和“不到”相对，把个苔花的不卑不亢活画了出来。

对于一种花而言，所谓的青春蓬勃当然要体现在开花上。可是小如米粒的苔花，开与不开又有多大分别？又有多少人为之停步注目呢？苔花不知道有无分别，也不去考虑有无注目，它只是像美丽高贵的牡丹那样，该开就开，带着骄傲。“也学”二字透着作者对苔花的惊讶、怜惜，更多的则是敬重。

我们喜欢用“虽然某某平凡卑微，但却自信自强”这样的句子来赞美一些事物，其实很多时候都是我们人类的自以为是。哪怕再怜惜，再敬重，也还是有一些居高临下的意味。谁说人家苔花认为自己就是平凡卑微的呢？就像泰戈尔说露珠——荷叶上的露珠对荷叶下的湖水说：“你只是一颗大点儿的露珠罢了。”

我相信苔花也是这样想的。本来就没什么分别嘛，大家都是花呀。或者退一步讲，就算我不是花，我有我的好，它有它的好，又有什么不好意思的呢？

我相信这才是苔花的本心。很多时候，我们对外物最佳的态度不是敬重和仰视，而是信任和平视。

袁枚还有一首写苔的诗。“各有心情在，随渠爱暖凉。青苔问红叶，何物是斜阳？”青苔看不到太阳，所以只能去问红叶斜阳是什么。这里的苔花也有不懂，也有不甘，但它绝不因这不懂与不甘而无所作为。这是苔花坚韧之所在、倔强之所在。

蝴蝶难见秋叶，知了不知冬雪。它们的寿命都短得可怜，但蝴蝶依旧动情舞蹈，知了依旧纵声歌唱。蜉蝣朝生暮死，昙花一现即休。它们的寿命都短得凄惨，但蜉蝣照样慷慨前行，昙花照样铿锵绽放。有所作为，是一个生命对“生命”二字的最好诠释。流星划过，也许无人仰望；火柴燃尽，也许无人了解；天空不留下鸟的痕迹，也许无人得见。但流星无悔，火柴无悔，飞鸟亦无悔。造物主为何要造出这么多悲壮前行的事物，是无意为之、顺其自然，还是为了告诫人类、惜时爱生呢？

苔花如米小，也学牡丹开。

老天为万物分配的资源确实是不同的，但无论你多渺小，只要你的心还在，你的力还在，你都可以让自己笑得灿烂、站得笔挺、活得高贵，就像那苔花，用开花来告诉世界——我也是花，同牡丹一样的花！我也是花，同牡丹不一样的花！我也是花，无所谓同牡丹一样还是不一样的花！

从此无心爱良夜，任他明月下西楼

水纹珍簟思悠悠，千里佳期一夕休。从此无心爱良夜，任他明月下西楼。

——李益《写情》

作者躺在珍贵华美的竹席上，思绪起伏，难以成眠。为何难以成眠？因为千里佳期，等来的却是意中人的爽约。古人不比今人，今人若爽约总会发信息给个解释，使被爽约的一方多少得到些安慰。而古人爽约却不易加以解释，更何况是千里之隔呢？

她是自己不想来还是因为其他不可抗力使其难以成行呢？诗人不知道，他又是难过又是想不通，这想不通让诗人更为难过。他只有辗转反侧，看着明月一点点儿地从窗角隐没。

千里佳期，一夕皆休。这鲜明的对比与反差，对任何一个有血有肉的人来说恐怕都是极难承受的。我们可以想见，诗人为了这次见面做了多少准备，他的心情又是多么迫切。珍贵华美的竹席、月光如水的夜晚、如梦般美好的佳期、如玉般美好的爱人。这一切美好的人或物让诗人产生了更多的憧憬。可是诗人先是满怀希望地等，然后是为对方寻找各种理由地等，再是焦灼地等，最后到绝望地等，直等到明月西流，爱人也没有如约而来。在这苦等之中当有脚步声响或笑音传来，当风移影动或珠帘摇晃，诗人都有可能误认为是意中人来了，但却不是。脚步声和笑声属于他人，影子依旧虚幻，珠帘依旧孤单。这一次次地“误认为”更是把那颗等待的心折磨得伤痕累累。

希望越大，失望越大。在爱情的路上，谁越主动，谁就越被动啊！

这样一个令人失望的夜晚却偏偏又是一个明月在天的良夜。景象越是美好，内心越是苦恼。作者一生气、一失望、一难过，连带这明月夜也恼了起来。疯狂地爱上一个人，往往会使爱人者变得多少有些神经质。阿杜在《离别》中唱道：“突然恨透这个世界，因为要离别。”人在难过时连整个世界都会恨透，更不用说恨这个少你的夜了。所以不要因为爱上一个人自己变得跟以前不一样而懊恼自己，因为那本就是爱情的题中之义。

诗人说从此以后再也没心思去欣赏什么良辰美景了，就算是皎皎明月，也任他自下西楼。一个“任”字道尽了心中的无奈与怨怼，让读者读来感觉又激愤又有些孩子气。那么让人心疼，却又那么可爱。

是啊，没有你，明月夜又有什么意义呢？纵有千种风情，我又与何人说？

不过我相信，虽然诗人说得这么信誓旦旦，但只要爱人出现了，他就会重新爱上这明月夜，或者说会爱上任何一个有无明月的夜晚。

人生苦短，相逢良难。这千里之约耗费了多少心思与情绪？也许相见后的每次呼

吸都已反复排练，相见后的每句话语都已仔细斟酌。但你没来，我准备的这一切的一切一下子变得毫无意义。我的爱人，我日思夜想的爱人，你到底为何爽约呢？

从此无心爱良夜，任他明月下西楼。

月下西楼，泪下双眸。当我们疯狂地爱上一个人，生活就只剩下两种状态：一种是有他（她）的时候，一种是没他（她）的时候。

杏花疏影里，吹笛到天明

忆昔午桥桥上饮，坐中多是豪英。长沟流月去无声。杏花疏影里，吹笛到天明。

二十余年如一梦，此身虽在堪惊。闲登小阁看新晴。古今多少事，渔唱起三更。

——陈与义《临江仙·夜登小阁忆洛中旧游》

有些诗句，你第一次读到并不知道它具体好在哪里，但就是觉得好、觉得美、觉得有意味。比如王维的“明月松间照，清泉石上流”、比如嵇康的“目送归鸿，手挥五弦”、比如柳宗元的“孤舟蓑笠翁，独钓寒江雪”等。今天我们一道来赏析的“杏花疏影里，吹笛到天明”也是如此。

陈与义生于 1090 年，卒于 1138 年，仅仅活了 48 岁。其词存于今者仅十余首。这首《临江仙》大概作于他 45 岁或 46 岁的时候，也就是他去世前的两三年。

“忆昔午桥桥上饮，坐中多是豪英。”回忆当年在午桥畅饮，在座的多是英雄豪杰。这种场面想想都会豪气顿生。我们大部分人活了一辈子都没有这种与各路英雄豪杰举杯对饮的时刻。这两句虽然未点明时间，但猜测应该是在晚上。白天桥上人来人往，如何摆酒？即使能摆酒，又如何能把酒言欢而不受打扰呢？

果然，下句便是“长沟流月去无声”。桥上看桥下的月影，自然而然。月影逐波，既能看出水在流动，也能给人以时光一去不回之感。岁月无声，岁月无声啊。这一句在不动声色间，为下片回到现实做了铺垫。

天上有明月，水边有杏花，周遭有英豪，手中有美酒。良辰、美景、佳客、乐事，四者齐备，于是在杏花淡淡的影子里，我们吹起助兴用的竹笛，直到天明。

竹笛吹到天明，宴饮自然也到天明，酒逢知己，彻夜畅谈，竹笛吹响，豪气纵横。当时二十来岁正值青春年华的陈与义身处这些英豪之中，也必定是热血沸腾、逸兴遄飞吧？

杏花疏影，吹笛天明，有视觉有听觉，既雅致又豪迈，确是难得好句。

下片一开始便已是二十余年之后，人生在世屈指算，不过三万六千天，又有几个二十年呢？

二十多年的岁月仿佛一场春梦，我虽此身还在，但回首往昔却忍不住胆战心惊。那时是徽宗政和年间，天下太平无事，大可以优游玩乐。而其后金兵南下，北宋灭亡，我颠沛流离，饱尝艰辛。往事早已不堪回首。我百无聊赖中登上小阁楼观看新雨初晴的景致。古往今来多少历史事迹，都让渔人在半夜三更当作歌曲来唱响。

上片写回忆，洒脱豪迈。下片写现实，沉重寂寥。

陈与义赞成丞相赵鼎对金人用兵，无奈高宗只想与金人议和，以求苟延残喘。陈

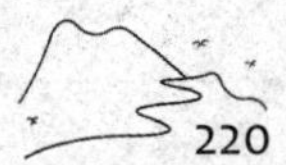

与义对朝廷非常失望，称病辞职。

当年的豪杰都去了哪里？当年的明月又照在何处？当年的杏花早已被雨凋零，当年的笛声早已随风而逝。

无声的岁月，无情的岁月，除了白了头发，一无所得。渔人在夕阳中唱响数年前的故事，不会洒泪，亦不会唏嘘。创造故事的人一辈又一辈地无奈老去，歌唱故事的人却总是年轻。

就算我再一次身在明月之下、杏花之中，我的笛声也早已暗哑。罢了，罢了，还是睡去吧。那些美好的曾经，早已风干。那些豪迈的过往，也已尘封。

杏花疏影里，吹笛到天明。

那个年轻豪迈的我也已随二十多年前那长沟的月影一去不回，我看了一眼窗外的明月和墙上的横笛，叹一口气，吹熄了床头那盏昏暗的灯。

落花无言，人淡如菊

玉壶买春，赏雨茅屋。坐中佳士，左右修竹。白云初晴，幽鸟相逐。

眠琴绿阴，上有飞瀑。落花无言，人淡如菊。书之岁华，其曰可读。

——司空图《典雅》

翻译成白话文为：用玉壶载酒游春，在茅屋赏雨自娱。坐中有高雅的名士，左右是秀洁的翠竹。初晴的天气白云飘动，深谷的鸟儿互相追逐。绿阴下倚琴静卧，山顶上瀑布飞珠。花片轻落，默默无语，幽人恬淡，宛如秋菊。这样的胜境写入诗篇，也许会值得欣赏品读。

无须细品，浅读两遍已觉趣味盎然，雅致非常。

玉壶是古代饮酒的器皿，暗含冰清玉洁之意。《全唐文》卷二百六《冰壶诫并序》云："冰壶者，清洁之至也。君子对之，示不忘乎清也。"王昌龄也写有"洛阳亲友如相问，一片冰心在玉壶"这样的美好诗句。桌上有酒，眼前有春，遇到会心动情之处，便自斟自饮几杯。试问今日，谁会如此动情？在茅屋中静坐听雨看雨，与天地精神相往来，雨声淅沥，心声自知。试问今日，谁能如此安静？

高雅名士在旁，美丽竹林为伴。名士如修竹，修竹亦如名士。会让人很自然想起刘禹锡《陋室铭》中的"苔痕上阶绿，草色入帘青。谈笑有鸿儒，往来无白丁"。与这样的名士和修竹同呼吸，怎不令人神清气爽？试问今日，谁有如此良友？以前酒逢知己千杯少，如今逢酒千杯知己少。

天晴了，白云飘动，鸟儿追逐。白云飘动，逍遥潇洒；鸟儿追逐，自在自由。泰戈尔说："鸟儿愿为一朵云，云儿愿为一只鸟。"司空图笔下的云和鸟又作何感想呢？其实无论是云还是鸟，都是令我等生活在大地上的人所羡慕神往的。

喝酒赏春，听雨清谈，累了就睡卧在树阴下、古琴旁。瀑布经历一场春雨，更为飞珠溅玉，而这水声，为人隔绝了尘世中的种种纷扰，更有利于入定入眠。试问今日，谁能如此想睡便睡，自在悠然？

自然界中没有比花更能代表生机与活力的事物，但花无百日红却是一个沉重的事实。无论是严恽的"尽日问花花不语，为谁零落为谁开"还是张泌的"多情只有空庭月，犹为离人照落花"，无论是李清照的"满地黄花堆积，憔悴损"还是林黛玉的"花谢花飞花满天，红消香断有谁怜"，花落生悲几乎是每个多情之人的惯常反应，但司空图却选择不喜不悲，默默无言。

与其难过遗憾，不如从容以对；与其感伤失去，不如把握拥有。这便是司空图面对落花与世事的态度。

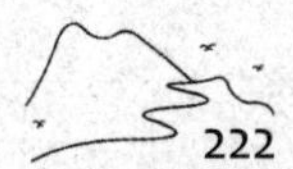

无论是元稹的“不是花中偏爱菊，此花开后更无花”还是白居易的“耐寒唯有东篱菊，金粟初开晓更清”，无论是阴行先的“山棠红叶下，岸菊紫花开”还是苏轼的“霜风渐欲作重阳，熠熠溪边野菊香”，菊花都给人以清高孤傲之感，但司空图却只愿做一朵恬淡的菊花，不念过往，不惧将来，迎风而立，且生欢喜。

一边悠然地手挥五弦，一边深情地目送飞鸟。不矜不傲，从容淡然。这便是司空图作文为人的追求。

都说无可奈何花落去，但花瓣轻轻飘落，不发出一声叹息；都说孤傲绝尘是一种凌厉的美，但这幽人却是那样恬淡，如同不矜不傲却又令人只可远观而不可亵玩焉的秋菊。

前有“白云初晴”，后有“落花无言”。“宠辱不惊，闲看庭前花开花落；去留无意，漫随天外云卷云舒。”这是何等的胸襟！前有“幽鸟相逐”，后有“人淡如菊”，人和鸟都飘然出尘，这是何等的境界！

当然，没有为花落伤心过，就不可能拥有无声胜有声的落花无言的胸襟；没有矜持孤高过，也很难拥有人淡如菊的超脱境界。“落花无言，人淡如菊”是经世事消磨后的温柔一瞥，是经岁月淘洗后的会心一笑。

幽士的心灵世界与他所处的清净环境高度契合，简单而又丰富，丰富且不显拥挤；低调而又深沉，深沉且不显孤高。让人好生羡慕。

司空图论的典雅主要指文学创作应该正派庄重，优美而不粗俗。我理解的典雅则是不着污秽，自在从容。

不悲不喜，落花无言；不矜不傲，人淡如菊。

当我们能够以一颗清净淡然的素心自觉远离污秽，悠然感受尘世，我们就会知道生活中原来处处都是艺术。

而艺术，是让我们在这纷扰尘世中得以感受美好不枉此生的必需品，没有之一。

踏月空山

总有那么一首歌

——品读歌中深情

有没有那么一首歌，能一下子击中你的心或打湿你的眼呢？相信，总有那么一首的……

坚持与抵抗
——听《清白之年》

故事开始以前，最初的那些春天。阳光洒在杨树上，风吹来，闪银光。街道平静而温暖，钟走得好慢。那是我还不识人生之味的年代。我情窦还不开，你的衬衣如雪。盼着杨树叶落下，眼睛不眨。心里像有一些话，我们先不讲。等待着那将要盛装出场的未来。人随风飘荡，天各自一方。在风尘中遗忘的清白脸庞。此生多勉强，此身越重洋，轻描时光漫长，低唱语焉不详。

数不清的流年，似是而非的脸。把你的故事对我讲，就让我笑出泪光。是不是生活太艰难，还是活色生香？我们都遍体鳞伤，也慢慢坏了心肠。你得到你想要的吗？换来的是铁石心肠。可曾还有什么人，再让你幻想？大风吹来了，我们随风飘荡。在风尘中遗忘的清白脸庞。此生多寒凉，此身越重洋，轻描时光漫长，低唱语焉不详。大风吹来了，我们随风飘荡。在风尘中熄灭的清澈目光。我想回头望，把故事从头讲。时光迟暮不返，人生已不再来。

第一次听《清白之年》是王珞丹在《跨界歌王》舞台上请朴树作为助唱嘉宾的那次。王珞丹白色的衬衫、清澈的眸子、虔诚的嗓音令人印象深刻。胡茬唏嘘的朴树、笑容羞涩的朴树、眼神沧桑又安静的朴树、清清瘦瘦的朴树，则让人又疼又暖。

朴树的每一首歌，都能让人迅速地安静下来。他像一个孩子在诉说，亦像一个游子在行吟。舞台上的朴树不懂和观众互动，更听不出有什么歌唱技巧，就是诉说，就是行吟，但就是那么安安静静又清清白白地叩击着你的心。

唱《白桦林》的时候，他还留着象征性的长发。如今的寸头，看上去，更是了无牵挂。

开始的开始，浪漫优雅，充满憧憬和希望；最后的最后，遍体鳞伤，满是不懂与惆怅。我们拥有了什么，又失去了什么？我们能把握什么，又必须割舍什么？清清白白的日子，白衣如雪的你，纯白无瑕的情感，都在吹来的大风中一一凌乱。

有几人能回头细数流年，又有几人能含泪笑着说不悔不悔呢？人生已不再来，已不再来。

可是毕竟，我们曾经拥有过。我们在路上，我们在成长。成长的代价到底有多大，我们心里都明白。

朴树，1973年出生，其父母都是北大教授。他1994年放弃首都师范大学学业开始音乐创作。1996年录制首支单曲《火车开往冬天》，1999年发行首张个人专辑《我去两千年》，其中就有让其名扬天下的《白桦林》和《那些花儿》。朴树在《New Boy》

一歌中唱“向前走你的路，猜猜未来会给你什么礼”。在《希望的田野上》一歌中唱“人们都是这样地匆忙长大，那些疑问从来没有人回答”。在《我去两千年》中唱“没有人仰望蓝天，繁星密布的夜。我和我那些秘密，又能唱给谁听？”在《旅途》中唱“这是个旅途，一个叫做命运的茫茫旅途。我们偶然相遇然后离去，在这条永远不归的路”。在《别，千万别》中唱“你可知人情冷暖？你可知世事艰险？天真是一种罪。在你成人的世界，生活不在风花月”。在《白桦林》中唱“雪依然在下，那村庄依然安详。年轻的人们，消逝在白桦林”。在《活着》中唱“我们都是很柔软的动物，活在壳里发誓抵抗。最后不过丢盔卸甲慢慢地顺从”。在《召唤》中唱“这平淡的生活，这不快乐的生活。可我仍然想回来，我为它们而生活。艰难而感动，幸福并且疼痛”。

26 岁的朴树，竟有如许的孤独与困惑、如许的悲伤与挣扎。没有什么年少轻狂的样子，老成得让人担忧，甚至有些不安。《那些花儿》就写于他 26 岁那年。“我们就这样，各自奔天涯。”每次吟唱起这纯净又酸楚的句子，我都会想：26 岁的朴树，他青春的记忆与深沉的忧伤到底从何而来？

《我去两千年》横空出世，卖了 30 万张唱片，朴树一唱成名，还唱着《白桦林》登上了万众瞩目的 2000 年春晚的舞台。

可即使如此，他依旧沉默，依旧低调。直到 2003 年，四年磨一剑的朴树才在 11 月 8 日生日这天推出第二张个人专辑《生如夏花》。专辑收录的 11 首歌的词曲全部由朴树一人完成。不骄不狂，心血所聚。朴树是音乐的圣徒。

“生如夏花般绚烂，死如秋叶般静美。”朴树从泰戈尔的诗句出发，融入自己对生命的理解与体悟。朴树在专辑封面上写道：“在蓝天下，献给你，我最好的年华。”这张专辑中的歌曲依然有悲伤，依然有挣扎，却也有着一个人的坚持与抵抗。

他就是那傲慢的上校：再没什么能让我下跪，我们笑着灰飞烟灭。人如鸿毛，命若野草，无可救药，卑贱又骄傲。无所期待，无可乞讨。命运如刀，就让我来领教。

他就是那绚烂的夏花：一路春光啊，一路荆棘呀。惊鸿一般短暂，如夏花一样绚烂。

2003 年，朴树 30 岁了。那个懵懂单纯如幼子又参禅入定若老僧的男子也 30 岁了。30 岁的朴树，依旧歌唱青春，歌唱爱，歌唱属于他以及像他一样的人的英雄梦想。

2004 年，该专辑获得第 11 届中国歌曲排行榜年度最佳专辑奖。主打歌《生如夏花》成为北京音乐台“中国歌曲排行榜”开榜以来榜龄最长的冠军金曲，共上榜 15 周。

2003 年后，朴树似乎消失了，而且一消失就是 13 年。2016 年韩寒《后会无期》上映，朴树献唱片尾曲《平凡之路》。《平凡之路》大气斐然、激情而又从容。朴树回来了，以最朴树的风格、最朴树的歌曲回来了。那么这些年他都在做什么？他的妻子吴晓敏在 2009 年时说朴树在安心做专辑，朴树则在 2015 年写自己消失这些年是因为病了。虽然医生查不出问题，但自己就是什么都做不了。他说生活就像炼狱一样，特别难熬。

朴树曾为了迎合市场画烟熏妆扮杰克船长唱《蓝精灵》。这个场景我看到过。朴树被摆弄来摆弄去，看着都让人心疼，不知这是不是他“病了”的原因。

所幸朴树还是回来了。虽说音乐界近些年愈发浮躁，但每一个真心喜欢音乐的人心中，都应该有一个位置为朴树，以及朴树这样老老实实做音乐的人留着。

2017 年 4 月 30 日，朴树第三张个人专辑《猎户星座》正式推出，其中便有这首《清白之年》。朴树坦承自己上综艺是因为缺钱。他坦然的样子看起来是那样涉世未深，无辜，而又洒脱。

生活就是这样子的，无论你怎么去体悟它拷问它甚至责斥它，它都会用最实实在在又让人无法抵抗的方式消耗你磨损你让你妥协。不做导师或评委的音乐赤子朴树依旧收入微薄，至今还是租房子住，他骑着小电动车，朴实中透着可爱。他清瘦得有些过分，也许是因为营养都给了音乐。

生活艰难，此生寒凉。清白脸庞，风中遗忘。

半生归来还是少年只是一种美好的祝愿，洒脱纯真如朴树也已经成了 47 岁的沧桑大叔。命运如刀，谁能全身而退？

但我们依旧拥着朴树，就像拥着自己那颗渴望飞翔却最终妥协的心。他孤军奋战，却又似在为我们每一个庸常的人挺身而出。他孤独纯粹，却又似为我们每一个碳化的人保持本真。

单曲《好好地》的封面上是一个金发小姑娘咧着嘴在笑。

在这首《好好地》发布之前，朴树曾在个人微博上发布了一篇名为《无论如何》的长文，他在文中表达了对于生活、事业的态度以及对新专辑拖延的歉意。朴树更为通透，曾被人盛传“抑郁”的他开始享受健康的生活和音乐的快乐，我看到一位网友评论道：“期待，这么些年都等了，不在乎这三天五天的。”还有一位网友则评论说：“就算只有一首歌也值。”

看到这些评论，我真心为朴树高兴。

往前走吧朴树，此生多寒凉，却也有这么多人陪在你身旁，愿你笑容常在，清白明亮。也愿每一个拥有清白脸庞或曾经拥有清白脸庞的人，无论大风如何吹来，都能在各自的平凡之路上拾起初心，庄严起航！

生亦何欢，死亦何苦

——听《别哭，我最爱的人》

别哭，我最爱的人，今夜我如昙花绽放。在最美的一刹那凋落，你的泪也挽不回的枯萎。别哭，我最爱的人，可知我将不会再醒。在最美的夜空中眨眼，我的眸是最闪亮的星光。是否记得我骄傲地说，这世界我曾经来过。不要告诉我永恒是什么，我在最灿烂的瞬间毁灭。

别哭，我最爱的人，今夜我如昙花绽放。在最美的一刹那凋落。你的泪也挽不回的枯萎。别哭，我最爱的人。可知我将不会再醒，在最美的夜空中眨眼，我的眸是最闪亮的星光。是否记得我骄傲地说，这世界我曾经来过。不要告诉我成熟是什么，我在刚开始的瞬间结束。

很多人给台湾歌手郑智化贴的标签第一个是残疾，第二个是《水手》，合在一起就是第三个标签——励志。

郑智化 1961 年出生，代表作《水手》发行于 1992 年。31 岁的郑智化拄着双拐在舞台上唱着“他说风雨中这点痛算什么，擦干泪，不要问为什么”，边唱边往下摁双拐。他摁得是那样有力，给人的感觉他下一秒钟可能就会扔掉双拐跳起来，跳得比所有健全的人都高。1992 年，我还在读小学，但已经被这样一个目光坚毅、豪情满怀的拄着双拐的男人深深打动，或者说震撼。人的骨头到底有多硬不能看身板，而要看灵魂。质感灵魂，开碑裂石。

后来他又推出了《星星点灯》这样的励志金曲。“远方的星星请为我点盏希望的灯火。星星点灯，照亮我的家门。让迷失的孩子，找到来时的路。”那么温暖，那么坚强。我在那时就悟出这样一个道理——在一些残疾人面前，某些所谓健全的人才是残疾的。他们四肢健全却无所作为，完全浪费了一副好身板，简直可以称其为残废。

《大国民》极尽批判之能事。“贪官污吏，一手遮天”之语痛快淋漓。有人说这种批判力度可以与鲁迅先生的《友邦惊诧论》相媲美。敢说话，敢说真话。“文以载道”，郑智化是铁肩担道义的好男儿。

对小人物的赞美与悲悯是他歌曲作品的一大部分。《中产阶级》中他唱“我的包袱很重，我的肩膀好痛。我扛着面子流浪在人群之中。我的眼光很高，我的力量很小，我在没有人看见的时候偷偷跌倒”。《蜗牛的家》中他唱“给我一个小小的家，蜗牛的家。能挡风遮雨的地方，不必太大”。既自嘲，又不甘。既向往，又失意。歌曲《小草》满是小人物的自强不息：“小小的草，迎风在摇。狂风暴雨之中挺直了腰。”体形渺小但不卑微，身处底层但不自怜。《落泪的戏子》像在讲一个故事，故事中充满了对小人物的同情："戏子呀戏子，没有自己的名字。一个默默无闻的我，演着小小的角色。"而另一首《生日快乐》故事的样子更清晰。"你的生日让我想起，一个很久以前的朋友。那是一个寒冷的冬天，他流浪在街头。我以为他要乞求什么，他却总是摇着头。他说今天是他的生日，却没人祝他生日快乐。"

越是受难者越懂得受难者的不易，郑智化的悲悯与担当比他《水手》与《星星点灯》中的积极向上更富打动人心的力量。

他也有悲伤无助的时候，比如《麻花辫子》一歌。当爱情远去，童年梦醒。他忧伤地唱着"是谁解开了麻花辫？是谁违背了诺言？谁让不经事的脸，转眼沧桑的容颜"。但是再悲伤无助，也比不过这首《别哭，我最爱的人》。

坚强、刚毅、有担当、懂悲悯的郑智化竟也有这样无助到绝望的时刻！

他决定如昙花一般在最灿烂的瞬间毁灭，在刚开始的时候结束。他决绝得甚至不给爱人任何挽回的机会，哪怕是爱人用她滚滚的热泪。他不向往永恒，更无意探讨成熟。他只是庄严而骄傲地告诉世界——我来过，这世上有一个叫郑智化的人来过。虽然残疾，但大步流星！

这首歌发表于 1990 年，他 29 岁那年，按理说正是意气风发的年纪。我第一次听这首歌是在我读高中的时候，大概是在 2000 年，只是忘了是在什么机缘下了，毕竟这种类型的歌不会有人点播。我当时听完这首又感伤又倔强、又像个成年人在表决心、却又透着一点儿孩子气的歌曲，真的特别想知道创作这首歌时的郑智化到底经历了什么。

有人说他是因为事业或生活中的不如意，想结束自己的生命。这首歌其实是一封遗书，所幸后来郑智化走出了困境，于是将其发表。

我比较相信这种说法。因为我知道，这世人根本就没有绝对刚强的人，毕竟每一个人，都是血肉之躯。而血肉之躯，是绝不可能刀枪不入的，尤其是那淌着热血的心头。

郑智化半带哭腔的嗓音在无动于衷的钢琴声的映衬下更显寂寞与倔强。

这首歌的感伤与绝望我不想再多说。我现在更倾向于把它当作一首人生宣言的歌来听。因为，并不是每一个人都能做到在死前对这个世界"骄傲地说"的，或者说根本就没几个人做得到。如果从这个层面来理解，郑智化的感伤与绝望中也有着无惧无悔的自我认定成分。

这世上，带着羞惭悔恨离开世界的人绝不在少数。昙花虽然会枯萎，但它绽放过；星光虽然会熄灭，但它闪烁过。而很多人终其一生也没能搞清楚自己来尘世一遭究竟为何。或者有的总算搞清楚了，丧钟却已经敲响。这些人与郑智化以及像郑智化一样可以很骄傲、很坦荡地跟世界对话的人相比，相差的何止几个光年。

点燃生命的火柴，或犹犹豫豫、思虑再三，或兜兜转转、一再错过。还未找到蜡烛，那火柴便已熄灭。这样的人生多么悲哀。

吕凯特说："生命不可能有两次，但许多人连一次也不善于度过。"诺贝尔说：

“生命是自然送给人类去雕琢的宝石。”生命如宝石般珍贵，好好雕琢，切莫浪费这天然美质。

暴殄天物者固然令我们憎恨，浪费生命者才更令我们叹息。

“生亦何欢，死亦何苦。”

如果我们真的活过、追寻过、爱过、拥有过。我觉得我们就可以跟爱人说：别哭，我最爱的人。这个世界，我真的来过。

这一辈子若能有这样的结束，是不是已足够幸福？

我们都需要有一个依靠

——听《在你面前我好想流泪》

看过太多太多的虚伪，看破太多太多的谎言。以为自己不再会轻信，为何又坚信你分担我伤悲。你轻轻说别为昨天后悔，那一刻我泪落纷飞。在你面前我好想流泪，我的心被你融碎。在你面前我好想流泪，告诉我沧桑后还有的滋味。

听过太多太多的赞美，听过太多太多的诋毁。以为自己不在乎毁誉，为何不敢忘记自己是谁。你轻轻说别过得太累，那一刻我泪落纷飞。在你面前我好想流泪，我的心被你融碎。在你面前我好想流泪，告诉我沧桑后还有的滋味。

想过太多太多的机会，经过太多太多的疲惫，以为自己不再有激情，为何又沉醉你柔情的安慰。你轻轻说剩下的太可贵，那一刻我泪落纷飞。在你面前我好想流泪，我的心被你融碎。在你面前我好想流泪，告诉我沧桑后还有的滋味。

现在很多人可能都不知道郭峰是谁了。

郭峰 1962 年出生，3 岁学琴，14 岁发表第一首歌曲《月光》，18 岁时便成为中国音乐家学会中最年轻的会员。1986 年，也就是纪念国际和平年，22 岁的郭峰发起并组织了第一届百名歌星演唱会，同时担任主题歌公益金曲《让世界充满爱》的作曲、编曲、制作人、指挥及键盘演奏。参与演唱这首歌曲的有崔健、毛阿敏、韦唯等大腕。这首歌翻开了中国流行音乐新的一页。2000 年由其担任词、曲、编曲、制作人、领唱的歌曲《实现梦想》获得奥申委批准作为申奥之歌。2005 年郭峰担任时长 92 分钟的大型音乐盛会《奥林匹克颂》的音乐制作总监。整个盛会所演唱的 20 首歌曲全部由他作曲，11 首由他编曲，绝大多数的歌词也是由他亲自填写的。他是被“东方时空”誉为“东方之子”的流行音乐第一人，集词、曲、编曲、制作、演奏、演唱、策划、导演于一身的全方位音乐人。

少年成名，青年得志，中年弥坚，郭峰一路勇往直前。他的情歌催人泪下，他的公益歌曲则暖人心扉。

喜欢戴眼镜、留直长发的郭峰，早已过了知天命之年，嗓音却依旧高亢透亮。

这首《在你面前我好想流泪》中的小提琴效果给人的印象尤其深刻，荡气回肠，又如泣如诉。

看过虚伪，看破谎言；听过赞美，听过诋毁；想过机会，经过疲惫。经历了这如许的酸甜苦辣，日白夜黑，到头来，我也只有在你的面前才好想流泪。

一个人这一辈子，若连一个发泄口都找不到，一定会发疯。那个无论何时都会轻轻地对我们说别后悔、别太累、剩下的太可贵的人，是我们永恒的港湾。让我们可以

随时停靠，收拾心情，再次出发。

原以为自己不会轻信，不在乎毁誉，也不再有激情，但还是坚信你能分担我的伤悲，还是沉醉在你柔情的安慰里。你呀你，就这样在我一次次咬牙硬撑再也撑不住，一回回揪心苦想总也想不通之时，成为我一生的珍贵。

能说出来的委屈就不是委屈，热泪有处抛洒就不算悲催。

有多少坚强是因为身不由己？有多少勇敢是因为无处遁逃？感谢你，让我可以在你面前暂时放下勇敢与坚强，肆无忌惮地哭泣，不怕丢人，傻傻的像个孩子。我的心，我曾包裹着硬壳不愿被任何人看到的心，就这样被你的柔情似水与善解人意彻底融碎。

不说融化，说融碎。是不是对方感动得自己都有些心疼了呢？这样的我，这样善于伪装不轻易相信别人的我，竟然让你这样无悔地靠近。你温暖我，抚慰我，我的心暖得都要碎了。你知道么？

一个人到底是冷酷到底、一无所依好，还是有个港湾、偶尔示弱好？

我认为是后者。

我们越不顾形象，说明我们面对的人于我们而言越亲密。可以完全不顾形象的，就是我们心底最亲密的人。

郭峰在他的《甘心情愿》中唱道：“多少岁月已流尽，多少时光一去不回头，可在我心中你的温存，到永久。”时光一去不回头，你在我心头。温存永久爱永久，你在我心头。

“人生天地间，忽如远行客。”虽然脚板无惧荆棘，但有一个肩膀可以靠一靠，便是一种安慰。那个总是对我们清风细雨般“轻轻说”的人，是上天送给我们的最好的礼物。

许巍在《礼物》中唱“头顶的蓝天，沉默高远。有你在身边，让我感到安详。在寂静的夜，曾经为你祈祷。希望自己是你，生命中的礼物”。

如果两个人互为对方生命中的礼物，该是一件多么可贵而幸运的事。

在你面前我好想流泪，想流就流吧，反正我不顾形象眼泪纷飞的样子，只有你知道。

用力把歌唱

——听《弹着吉他的少年》

一个来自农村的少年，他带着被子和吉他。他希望住在这城市里，他唱出伤心的旋律。1998 年的秋天，他写下这样的诗篇。他怀念家乡的日落，他想念初恋的女孩。他在弹着吉他，弹着吉他，弹着吉他，站在马路边。他在弹着吉他，弹着吉他，忧伤的音乐。

一个来自农村的少年，他带着被子和吉他。他希望住在这城市里，他唱出伤心的旋律。2013 年的冬天，他依然一个人在徘徊。他看着城市的日落，他知道什么也等不来。他在弹着吉他，弹着吉他，弹着吉他，站在马路边。他在弹着吉他，弹着吉他，忧伤的音乐。

每次他又被别人欺骗的时候，他只有音乐。每次这个城市脏得让人无法呼吸的时候，他只有音乐。每次他爱的人又被别人抢走的时候，他只有音乐。每次他又无家可归的时候，他只有音乐。弹着吉他的少年！

他在弹着吉他，弹着吉他，弹着吉他……

“一个来自农村的少年”为我们交代了这位有梦青年的身份，何况他怀揣的还是音乐梦。古往今来，音乐这条路都不好走。主观上需要灵性，客观上需要认同。没有孤独，难以造就卓越。但过于孤独，又很可能让人发疯。中国选秀风行十几年，真正成名成腕的寥若晨星。

残酷的北风之中，再个性张扬的花朵，也难免凋零。逼仄的现实，枯萎了多少人的美梦？

第一篇章中，“带着被子”意味着居无定所，“伤心旋律”意味着心事重重。一个人在 1998 年的秋天启程，他怀念家乡的日落，他想念初恋的女孩。但在讨生活的现实面前，他只有低下头来，努力弹着吉他。家乡代表亲情，女孩代表爱情。但是他在异乡，亲情自然遥远；他一无所有，爱情注定远离；他孤单前行，手上只有吉他。吉他是谋生的工具、是情感的寄托、是唯一的战友。

吉他是他唯一拥有的友情。

第二篇章中，他依然只希望住在这城市里，但直到 2013 年的冬天，依然一无所有的他依然吟唱着伤心的旋律。被人欺骗的时候，爱人被抢走的时候，无家可归的时候，他都只能用音乐来慰藉自己。哪怕是一次又一次被骗、被抢、无家可归。

被欺骗，友情没了；被抢走，爱情没了；无家可归，亲情没了。剩下的只有音乐，只有吉他。他吟唱的旋律是否愈发伤心？鲁迅先生“梦醒了无路可走”的慨叹，在今

天数以万计的大街小巷仍不时上演。

贾岛穷得只剩下他苦吟而成的诗篇，凡·高穷得只剩下他倾泻而成的画卷。这个从农村走来、一路从少年跋涉为中年的流浪歌手，穷得只剩下那把本应步入艺术殿堂却在路边嘶哑吟唱的吉他。

整首歌拿恢宏的音响效果开篇，以讲述的形式过渡，用类似哭喊的嗓音达到高潮，最后用呓语般的“弹着吉他”收尾。让人仿佛看到了这位流浪歌手，以及千千万万流浪歌手不甘受命运摆布又不得不受命运摆布的闯荡生涯。高潮部分主唱动情地演唱，配以架子鼓低沉而有力的背景，让人热血沸腾又心如刀割。

如果我们全力以赴过后，依然一无所有，我们还要不要继续往前走？如果我们为一件事坚持了十五年，依然毫无进展，我们还要不要握紧那最初的梦想？

新裤子在他们的《没有理想的人不伤心》中唱道：“我不要在失败孤独中死去，我不要一直活在地下里。”在《关于失眠和夜晚的世界》中唱道：“难过的时候你在哪里？你是否和我一样的忧伤？北京的夜那么的漫长，没有爱的人都睡不着。”

一直活在地下，且没有人爱，这是多么深沉的悲凉。

我曾在五年前写的一篇《信念照耀向阳花》中，就安与骑兵这一歌唱组合探讨过“信念”这一话题。当“有心栽花花不开”的时候，也许最好的选择就是去栽更多的花。

对于不想任由梦想凋零的追梦人而言，这应该是唯一而郑重的选择。

弹着吉他，弹着吉他，哪怕手掌裂了纹，手也不放下。想起了赵照的那首与本歌意境类似的《一把破吉他》。赵照 1999 年夏天背着吉他登上开往北京的列车，与本歌中 1998 年秋天启程的农村少年一前一后。《一把破吉他》中的赵照被倾盆大雨淋湿长发。他抱紧行李紧咬着牙，他也舍不得送别他的姑娘，但他还是背着吉他，勇闯天涯。

赵照最后唱着“他只有握紧拳头，用力把歌唱！”这是赵照的态度，相信也是新裤子乐队口中那位农村歌手的态度。

弹着吉他，怀揣梦想，在脏得让人无法呼吸的城市中的人们，握紧拳头，用力把歌唱！这场景，想一想都觉得既悲且壮！

既悲且壮，也总好过不疼不痒。

人生确实是虚无的，但热爱生命的我们总要用一些东西来对抗这种虚无，达成生命的充实与圆满。也许在别人看来，这些东西是那样的不起眼。但对新裤子和赵照们而言，它们是人生不可或缺的大地与蓝天。

往前走吧，打击——接二连三，孤军——也要奋战！哦，弹着吉他的少年。

人生苦短，行色匆忙

——听《一座桥梁》

人生，就是这样，风风雨雨，变化无常。清晨、黄昏、太阳、月亮，平平淡淡，匆匆忙忙。你曾经给我过悲伤，我曾经给你过凄凉。你曾经给我过光芒，我也曾给你过希望。

你我就是这样，喜怒哀乐，表情无常。你不曾说，我也不讲。欢喜悲伤，写于脸上。你曾经给我过悲伤，我曾经给你过凄凉。你曾经给我过光芒，我也曾给你过希望。

风儿吹红了太阳，雨儿淋湿了月亮。不要走得太匆忙，你我之间，有一座桥梁。

上大一的时候，因为这首《一座桥梁》迷上了零点，迷上了周晓鸥，那个人称孩童般笑脸、刀锋般嗓音的光头歌手。这才知道原来零点除了《爱不爱我》，还有这样好听的歌曲。因为我喜欢，舍友们也跟着听，又听到了《你的爱给了谁》《永远不说再见》《没有什么不可以》《放弃》《放开我》等一系列的好歌。不喜欢的是《相信自己》，感觉呐喊有余，而情感干瘪。虽然《相信自己》远比这首《一座桥梁》要有名。

喜欢《一座桥梁》的旋律、意境，更喜欢的是它的歌词。我也算得上是阅歌无数，但我觉得没有一首歌能比得上《一座桥梁》的开头。

“人生，就是这样，风风雨雨，变化无常。清晨、黄昏、太阳、月亮，平平淡淡，匆匆忙忙。”短短几句歌词，配以不急不缓的吉他扫弦，再加上主唱周晓鸥那干净又深沉的嗓音，有诗情，有画意，有哲思；平凡而不失大气，深刻又异常从容。静下心来想一想，人生，不就是这样吗？

一天又一天，一年又一年。风里来，雨里去。日出而作，日落而息。在平平淡淡中匆匆奔走，日渐老去。

就在这样极易错过的匆忙人生中，你与我产生了交集。悲伤凄凉也好，光芒希望也罢，只要产生过交集，明白了酸甜苦辣的滋味，一辈子便没有白活。

人如果不能与他人产生交集，是不可能品尝到人生百味的，那才是人生最大的损失。伤心过才知道什么是伤心，欢喜过才懂得什么是欢喜。遇上你，我很感激。

歌词中并没有交代二人是如何相识的，只是写了相识后二人的相爱相杀。有时两人相顾无言，仅凭对方的面容去揣摩对方是快乐还是悲伤。二人之间是亲情、友情还是爱情，歌词中也都没有交代。越没有交代，适用的范围就越广。

有人说所有的相遇都是久别重逢，我深以为然。因为如果不是重逢，怎么可能一见钟情？怎么可能心有灵犀？怎么可能终身误呢？这不客观，更不科学。你曾经给我过悲伤，我也曾给你过凄凉。你曾经给我过光芒，我也曾给你过希望。兜兜转转，大家还是扯平了。扯平了，就可以继续走下去。人间哪有什么完美无缺的人与完美无缺的情。有的只是你愿意迁就我、我也甘心容忍你罢了。

人生是真真实实而又平平淡淡的。所以，唯有真真实实而又平平淡淡的情感才能在人生的大地上找到家园。

“风儿吹红了太阳，雨儿淋湿了月亮”两句，把开头的风风雨雨和太阳月亮重新排列组合。用“吹红”写太阳的狂放热烈，用“淋湿”写月亮的羞涩温柔。人生的灿烂与黯淡、欢喜与悲伤都可用这两句进行诠释。“不要走得太匆忙”照应开头的“平平淡淡，匆匆忙忙”。为什么不要走得太匆忙呢？因为你我之间有一座桥梁。歌曲收尾处叩问般沉闷的鼓点与倾诉般优雅的吉他相得益彰，把人带入宁静又深沉的意境氛围当中。余音袅袅，余韵悠长。

好不容易我们之间搭建了一座桥梁，怎么能因为走得太快而轻易丢失了彼此呢？

还有比“走着走着就走丢了”更让人伤心的事么？

人生苦短，行色匆忙。这座桥梁，请你小心行走，用爱珍藏。

从心出发，不卑不亢

——听《活着》

每天站在高楼上，看着地上的小蚂蚁。他们的头很大，他们的腿很细。他们拿着苹果手机，他们穿着耐克阿迪。上班就要迟到了，他们很着急。我那可怜的吉普车，很久没爬山也没过河。他在这个城市里，过得很压抑。虽然他什么都没说，但我知道他很难过。我悄悄地许下愿望，带他去蒙古国。慌慌张张，匆匆忙忙，为何生活总是这样？难道说我的理想，就是这样度过一生的时光？不卑不亢，不慌不忙，也许生活应该这样。难道说六十岁以后，再去寻找我想要的自由？

一年一年飞逝而去，还是那一点点小积蓄。我喜欢的好多东西还是买不起。生活总是麻烦不断，到现在我还没习惯。都说钱是王八蛋，可长得真好看。慌慌张张，匆匆忙忙，为何生活总是这样？难道说我的理想，就是这样度过一生的时光？不卑不亢，不慌不忙，也许生活应该这样。难道说六十岁以后，再去寻找我想要的自由？

我不想这样活着，我不想这样活着，我不想这样活着，我不想这样活着，我不想这样活着，我不想这样活着，我不想这样活着，我不想这样活着，我不想这样。

慌慌张张，匆匆忙忙，为何生活总是这样？难道说我的理想，就是这样度过一生的时光？不卑不亢，不慌不忙，也许生活应该这样。难道说六十岁以后，再去寻找我想要的自由？

其实我也常跟自己说，人要学会知足而常乐。可万事都一笑而过，还有什么意思呢？

2014 年春晚，郝云唱了一首其用 48 小时便填词作曲完毕的《群发的我不回》，幽默又犀利地对群发短信的现象说不。歌中唱道：“不管你是谁，群发的我不回。不是我不给你面子，实在是觉得太累。不管你是谁，群发的我不回。这真不是面子的问题，我只是怀念真的东西。”

赤诚坦率，不想被套路，这就是郝云的态度。

同年 8 月上映的电影《心花路放》中，郝云写的插曲《去大理》又迅速成为治愈系好歌。“是不是对生活不太满意？很久没有笑过又不知为何。既然不快乐又不喜欢这里，不如一路向西去大理。”

不甘就范，从容来去，这就是郝云的风格。

无论是《群发的我不回》还是《去大理》，郝云都旗帜鲜明地告诉听众：人生最大的幸福，便是多做减法，从心出发。这首《活着》也是如此，只不过它更全面、更深沉，也更执着。

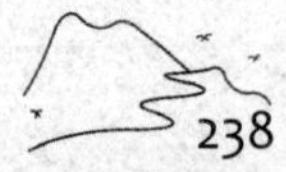

第一节中郝云写如蚁的人类头大腿细，一副畸形儿的样子。他们拿的苹果手机和穿的耐克阿迪都是顶配，但照样被生活驱赶来去。人在社会环境中被如此异化，真是既怪诞又真实。而“蚂蚁”的比喻则很容易让人想到“蚁族”这个新时代词汇。我诌了一副对联，上联是“蜗居尚可遮风雨”，下联是“蚁族亦能定乾坤”，横批“别当真”。

都说法律面前人人平等，生活面前又何尝不是如此？

郝云接着幽默地写自己家的吉普车在城市里很压抑。物犹如此，人何以堪？好不容易下定了决心，却是带吉普车去蒙古国。是繁华的地方去不成，还是本来就有意识地拒绝繁华呢？

第二节中郝云写现实生活。喜欢的东西买不起，麻烦却一点儿没减少。“都说钱是王八蛋，可长得真好看”一句，令人捧腹，又令人唏嘘。前些年听说过求职大学生们的一番话：别说资产阶级剥削人民，我们都在排着队欢迎剥削。因为没人剥削你，你就失业了。这就是现实，铁一般真实的现实。教育部门一直在努力给学生减负，这当然是好事，但家长们却在为学区房搏命。人们都说现代人太现实太浮躁，问题是房价如此浮躁，人心怎能不浮躁？就算你能吟出“近水楼台先得月，向阳花木易为春”这样诗意唯美的句子，但要真想得月，也总得先有个楼台吧，而且还得是近水的那种高级楼台。有人说人类应该“诗意地栖居在大地上”，诗意不诗意放一边，先有个“栖居”之地才是王道。而为了弄一块栖居之地，生活往往也就诗意不起来了。

郝云在他的《突然想到理想这个词》中唱“春眠不觉晓，处处问题不少”。是调侃，亦是无奈。

生存的压力与生命的尊严，到底哪一个更重要？

两节的高潮部分都是直抒胸臆。“慌慌张张，匆匆忙忙，为何生活总是这样”，一个“总”字道尽千般无助。后面两个“难道”引领的反问句，则直指人心。是啊，难道要这样度过一生的时光？难道要等六十岁退了休才能去做自己想做的事吗？

人生，经得起多少等待？

人生，经得起多少等待！

人生，经得起多少等待……

郝云一遍又一遍地唱“我不想这样活着”，那么坚决，又那么孤立无援。

郝云在他《逃跑的木偶》中唱“我是一个勤劳的木偶，也有疲倦的时候；我是一个快乐的小丑，也有笑不出来的时候”。他在《生日不快乐》中唱“理想他到底是个什么东西，实现它到底有什么意义”。疲倦、无奈、怀疑理想。郝云的精神困境是每一个生活在朝来寒雨晚来风的环境中拼命守护着理想之灯的追梦人的共同困境。

他最后也想自我排解，也想试着去知足常乐，但他还是忍不住问自己也问听者——可是万事都一笑而过，还有什么意思呢？是啊，如果什么都不在乎、不介意，一律痛而不言或笑而不语，总是四大皆空或物我两忘，任这寒风冷雨将理想之灯熄灭，还仰脖饮下“世上无难事，只要肯放弃”的“毒鸡汤”。那活着还有什么滋味、什么意思呢？

这些年，我一直在思考人的取舍困境问题，思考到底什么才是我们绝不能放下的东西。万物纷繁，人生苦短。生如蝼蚁，死如埃土。取舍，真的是个大问题呀！

朴树在他的《好好地》一歌中唱“自然得像植物”“天真得像动物”。郝云则唱“怀念真的东西”以及“不卑不亢，不慌不忙”。两人其实都是在说从容一些、纯真一些，生活就会更加美好。

《活着》这首歌节奏明快、张力十足，比较充分地体现了郝云的清新摇滚风格，而电吉他和架子鼓的快节奏则能让人感受到众生的忙忙碌碌。歌词犀利而不尖锐，也比较充分地体现了郝云的创作态度。只有追问没有解答和只有批判没有建设都是不负责任的。有担当的郝云，让人油然生敬。

“忙”由“心”和“亡”组成。过分的忙碌，让人不能静下心来思考自己到底在忙什么，最终等来的，只能是心灵的死亡。不必如“马蹄踏月响空山”那样一个人既孤独又美好，但至少要做到从心出发、不卑不亢，减少行囊、不慌不忙。

活着，是不是应该这样？

亲情是最暖的太阳

——听《在冬天和奶奶一起晒太阳》

在冬天和奶奶一起晒太阳，一只麻雀偷偷上了我家的房。邻居家的狗在叫着汪汪汪。我懒洋洋，我暖洋洋。我的心情就像身上的棉衣裳，我盘算着怎么吃下一块糖。如果我们能到集市上逛一逛，啊……啊……

大公鸡骄傲地张开一双翅膀，小花猫调皮地爬到枣树上。妈妈做的饭是什么这么香？这么香，这么香。在冬天和奶奶一起晒太阳，这是一段多么美好的时光。我的心情就像身上的棉衣裳，啊…… 啊……

赵照的歌，无论是经典的《当你老了》还是时新的《一树桃花开》，无论是《声律启蒙》还是《一把破吉他》，首首真诚，首首好听。有的人生来喜欢唱歌，有的人生来必须唱歌。赵照属于后者。

《当你老了》的最后“当我老了，我真希望，这首歌是唱给你的”是那么抒情，那么深情！《一树桃花开》最后，赵照一唱三叹地唱着“为你盛开，为你盛开，为你盛开……”那么痴，又那么暖，每一句都要把人融化。连《声律启蒙》的最后他都能巧妙地用“我对你，嘴对心，九夏对三冬”来表达对爱上便无论寒暑的理解。赵照真的是一位有情又有才的歌者。

这首回忆录式的《在冬天和奶奶一起晒太阳》，第一遍听，我就喜欢上了它。

欢快而温暖的小提琴声响起，然后手风琴蹦擦擦蹦擦擦地加入进来。听者与歌者一起进入情境。

冬天本是寒冷的，但因为有奶奶，有太阳，有如许多的小动物与趣事，冬天，也可以让人暖洋洋。

麻雀上房被赵照写成了偷偷摸摸的行为。小孩子的视角，就是这么有趣。邻居家的狗汪汪汪地叫着，把整个庄稼人的生活气息都叫了出来。不说汪汪汪地叫着，说叫着汪汪汪，更押韵，也更形象，让人如临其境。赵照用略带慵懒的嗓音伴着手风琴唱“我懒洋洋，我暖洋洋”，唱得歌曲外的我也不觉懒洋洋、暖洋洋起来。“心情就像身上的棉衣裳”，这么妙的比喻也多亏赵照想得出。棉衣裳是怎样的？一定是带着阳光下棉花的香味，带着冬天里妈妈的关怀。在这种香味与关怀下，这棉衣裳穿起来该是多么暖心，多么舒畅。比喻用得好是智者的特权，而且还往往是与生活无缝对接的智者的特权。在这又暖心又舒畅的心情里，若再来上一块甜甜的哪怕再劣质的糖，若还能哪怕什么都不买只是到集市上去逛一逛，也会觉得特过瘾，特幸福。

幸福，很多时候是需要对一些事物进行组合的。如同红泥小火炉需配上三两浊酒、

一碟豆干，再加上一个能对饮几杯的知己。如同花前树荫里需配上一轮明月、三缕清风，再加上一个能同行数里的爱人。这才是想要的生活，这才是幸福的模样。

陪着象征着温情与爱的奶奶，看着透着生活气息与好玩儿有趣的小动物们，有太阳照在肩头，有棉衣穿在身上，再吃块糖，逛一逛。想一想，都觉得美得很。

红泥小火炉之外，不管是不是白雪飘飞，或者最好是白雪飘飞。和奶奶一起晒太阳，不管是不是寒冬之时，或者最好是寒冬之时。因为越是这样的氛围，我们就越能感受到知己或亲人所带给我们的温暖与慰藉。

歌者唱完第一段，悠扬婉转的葫芦丝也加入进来，再加上歌者“啦啦啦”的烘托渲染，使得回忆的意味更浓。

大公鸡骄傲地张开翅膀，小花猫调皮地爬到枣树上。想起了一副很经典的对联，上联是“猫上猫耳瓦”，下联是“鸡啄鸡冠花”，既雅致又接地气。花猫和公鸡是庄户人家的标准配置，显得这人家既和谐又热闹。歌者还没跟它们嬉戏够，妈妈做的饭菜的香气已经飘到了鼻孔里。赵照连用三个“这么香”来写妈妈做的饭菜的香味儿，世上的每一位母亲好像都能烧出一手好饭，她们用浓浓的烟火气滋养和凝聚着整个家。妈妈在厨房，奶奶在身边，在这样两个女人爱的包围中，想不觉得这样的时光美好都难。

只是美好的时光，总是无比短暂；童年，也总是走得那么快。

可是毕竟，我们曾经拥有过这段时光，拥有的意义，便是让我们相信这世上有这样的亲情与爱，而这亲情与爱，可以让我们在未来的路上不畏寒冬，满怀希望。

歌曲最后用“啊……啊……”收尾，舒缓，而又真情流露；简单，而又动人心弦。

手风琴再次蹦擦擦蹦擦擦地响起，只是更加俏皮活泼。最后，赵照极为擅长的口琴也抖颤着声音进入节奏。整首歌在越渐消失的口琴声中悄然结束，令人回味良久。

赵照对于歌曲创作，强调将生活的点点滴滴融入音乐时“真我”的不可或缺，保持创作的自然。这首歌便是他创作特色的典型例证。

赵照在他的《花的心跳》中唱道“不求深刻，只望美好”。在冬天和奶奶一起晒太阳，谈不上浪漫诗意，更谈不上深刻凝练，甚至祖孙之间都没有进行任何对话。但回忆起来，却是那么暖、那么香、那么美好，让人永生难忘。

一念天堂

——听《醒来》

从生到死有多远？呼吸之间。从迷到悟有多远？一念之间。从爱到恨有多远？无常之间。从古到今有多远？笑谈之间。从你到我有多远？善解之间。从心到心有多远？天地之间。当欢场变成荒台，当新欢笑着旧爱，当记忆飘落尘埃，当一切是不可得的空白。人生是多么无常的醒来，人生是无常的醒来。

这首《醒来》2011 年推出，是李杰作词，英籍华裔小姑娘艾米丽·王嘉宝演绎的。当时的嘉宝只有 11 岁（按理说应该叫艾米丽，但觉得叫嘉宝更亲）。她只会很少的普通话，但这首歌听起来却一点儿都不像基本上不会说中国话的人唱的，可见小姑娘下了多么大的功夫。小姑娘喜欢古典文学，如狄更斯和莎士比亚的作品。嘉宝是一个有底蕴、有灵气的孩子。这样的一个孩子，把这首颇具禅理的《醒来》演绎得如此到位，真是令人叹服。

从生到死有多远呢？只是在呼吸之间。生命就是这样脆弱，人生就是这样难以预料。有人调侃说："我从生下来，就没打算活着回去。"但世间又有几人能笑看生死呢？对于每一位生者而言，生死是永恒的谜题。有人说僧道应该看破了生死，其实若真的看破，又何必苦修与参悟呢？

从迷到悟有多远呢？只是在一念之间。禅宗认为"迷"是因为"执"，"执迷"则"不悟"。破执的方式，有的是"棒"，也就是打他；有的是"喝"，也就是吼他，是为当头棒喝。在当头棒喝之下，一念闪过而顿悟，因顿悟而成佛。"佛"的意思本就是觉悟者。

从爱到恨有多远呢？只是在无常之间。世间的"恨"多半生于"爱"。至爱成痴，因爱生恨。真正的不爱不是恨，而是再不会因之而心动的漠然。所以，无论是爱还是恨，都是极深的情感。

从古到今有多远呢？只是在笑谈之间。这个设问句会让人很自然地想起杨慎《临江仙》中的"一壶浊酒喜相逢，古今多少事，都付笑谈中"这几句。"今人不见古时月，今月曾经照古人。"人世的沧桑变幻之于历史长河而言，也只是一瞬间。真是"多少六朝兴废事，尽入渔樵闲话"。

从你到我有多远呢？善解之间。从心到心有多远呢？天地之间。如果你理解我，哪怕相隔万里，你也是我的知己；如果你不懂我，哪怕你就在我身边，你我的心也如天地之隔。"理解万岁""心有灵犀"实在都是很有道理的话。

欢场变成荒台，荒台变欢场再变荒台，就像《红楼梦》中的"蛛丝儿结满雕梁，

绿纱今又糊在蓬窗上”。新欢笑着旧爱，新欢变成旧爱亦被新欢笑，就像杜甫的“但闻新人笑，哪闻旧人哭”。

欢场荒台，新欢旧爱，记忆尘封，人生才如此无常地醒来。

沧海桑田里，有几人能超然物外？聚散悲欢中，又有谁能心如止水呢？而这沧桑变化与人生悲喜，又极易催生人更深刻的领悟与看破。也许无常，也许无奈。但人生，终究还是这样醒来。

歌曲开头连续六次问“有多远”，其实能有多远呢？人生如此短暂，人世如此虚幻。连“永远”也根本没多远。

那么，既然如此，人活一世，到底是醒来好，还是不醒来好？到底是看破好，还是不看破好呢？反正人生都是短暂得可笑嘛，醒来看破反而可能会悲观厌世。

我的态度是醒来，但依然拥抱人世；看破，但依然活出精彩。

就像罗曼·罗兰说的“世界上只有一种真正的英雄主义，那就是在认清生活的真相后，依然热爱生活”。就像汪国真说的“无论天上掉下来的是什么，生命总是美丽的”。

值得一提的是歌曲的MV。一身白色衣裙的嘉宝从一个象征地球的透明圆球中走出，边行走边发问，边发问边领悟。MV的布景大气浑然，歌曲的配乐深沉古雅，嘉宝的童声空灵澄澈。既带给人美的享受，又引发人的哲理思索。《醒来》是旋律美与思想性兼备的不可多得的好歌。

司汤达说：“我从地狱来，要到天堂去，正路过人间。”

我说：“醒来与不醒来其实并不重要，只要你认真地走着、活着、爱着，这个世界，就是你的人间天堂。”

孤绝是一种罪

——听《一个人没有同类》

这一世传奇，寻觅初心。我一身绝学，难了尘缘。命运难莫测，杀戮的锋芒，隐剑在江湖。一起一落，拂衣去。一飞一落，心已止。青鸾舞镜，舞镜，一个人，没有同类。一个人，没有同类。

银鞍照白马，飒沓如流星。十步杀一人，千里不留行。身轻如风，心如止水。疾风吹过，叶无所动。一起一落，拂衣去。一飞一落，心已止。青鸾舞镜，舞镜，一个人，没有同类。一个人，没有同类。

红尘无果，玉剑焚煞不争，就此决别。感念往昔，不争朝夕。梦见乾坤，心住四海。一起一落，拂衣去。一飞一落，心已止。青鸾舞镜，舞镜。一个人，没有同类。一个人，没有同类。

我先于《刺客聂隐娘》电影上映之前听到了这首龚琳娜、老锣夫妇创作的电影推广曲《一个人没有同类》。龚琳娜低沉幽怨而又豪迈洒脱的唱腔，老锣编排的压抑又激昂的鼓点，再加上“一个人，没有同类”这句歌词的反复吟唱，一下子就把我带入了那个风尘滚滚而又遗世独立的刺客世界。

聂隐娘十岁时被一道姑掳走，十三年后归来时，已是一名身怀绝技的刺客。“十步杀一人，千里不留行”，可见她身手之敏捷、武功之卓绝。“身轻如风，心如止水”，可知她轻功之高、定力之强。这样的聂隐娘，怎不令人胆寒？

她带着刺杀使命来到江湖，目标是魏博藩主田季安。田季安的另一重身份是聂隐娘青梅竹马的表哥。进还是退？取还是舍？负师恩还是负情人？一身绝学本该冷酷到底的刺客聂隐娘，却碰上了这天大的难题。命运，就是这样难以预测。杀戮的锋芒，该如何续写？

面对昔日青梅竹马的人儿，一身绝学又有何用？

青鸾舞镜出自南朝的一个典故。当年某王得到一只鸾鸟，想尽各种办法让它鸣叫，但此鸟就是不叫。后来王的夫人说：“听人说鸟见到同类就会叫，为什么不挂一面镜子让它照一下自己呢？”王就按这个方法做了，结果鸾鸟见到镜子里的自己以后以为见到同类，便慨然悲鸣，展翅奋飞而死。

世上没有任何人能忍受绝对的孤独。没有同类，多么可悲。

青鸾起舞，青鸾高飞，青鸾声震四野，哪怕有去无回！孤独的青鸾、孤独的隐娘、莫测的命运、五味杂陈的人生。

刺客可能是这个世界上最孤独的一类人。他们往往独来独往、行迹飘忽。他们本

就像这鸾鸟一般孤独。比如司马迁《刺客列传》中刺赵襄子的豫让和刺韩相侠累的聂政。但豫让和聂政与行刺对象之间并无感情纠葛。而隐娘，独行在杀还是不杀抉择之路上的隐娘，则比其他一无纠结的刺客更为孤独。

“红尘无果，就此诀别。梦见乾坤，心住四海。”从此隐剑江湖的隐娘如此决绝，如此洒脱。可在这决绝与洒脱的背后，是她更加孤独的身影和更加憔悴的长发。

周国平说：“孤独是人的宿命，爱和友谊不能把它根除，但可以将它抚慰。”而隐娘一无爱，二无友谊，她是个刺客啊！

龚琳娜不急不缓、娓娓道来。吐字很轻，几乎一字一顿。但在配乐的烘托和歌词的映衬下，又显得特别有力。就像大海，平静下翻滚波澜。说到配乐，我真是佩服死老锣了。这个外国人怎么能把中国乐器运用得这么好？怎么能把这个中国侠义故事领悟得如此到位？

还有，第一人称“我”的运用极大地增强了整首歌的代入感。听罢不知是聂隐娘化身龚琳娜，还是龚琳娜化身聂隐娘。当年听到她的《小河淌水》已经对她佩服得紧，听完《一个人没有同类》则彻底被她折服。好嗓子，好演绎，好歌者！如果你只看到龚琳娜唱《金箍棒》和《法海你不懂爱》时的喜感，却看不到她唱《小河淌水》和《一个人没有同类》时的深情，你就错过了太多的风景。

但愿每个平凡的人都能找到同类，但愿每个孤独的人都不那样憔悴，但愿每一位歌者都能发出与自己灵魂相应和的声音。

最后强烈建议大家听一听这首歌，感受一下那平静海面下的波涛汹涌，那乱世江湖中的儿女情长。

做人最重要的是开心

——听《这一切没有想象的那么糟》

暴风雨来临那一天，迷途的羔羊还没回来。铁匠铺传来了叮当叮当声，这一切没有想象的那么糟。丰盛的酒席已准备好，尊贵的客人却没来到。熟睡的女儿露出笑靥，这一切没有想象的那么糟。想捕捉一只美丽蜻蜓，却打碎自己心爱的花瓶。燕子飞回了屋檐下的巢，这一切没有想象的那么糟。

每天都要精心的灌溉，兰花却一天天的垂败。清风送来了杏花香，这一切没有想象的那么糟。要爬上山顶去看风景，可走到山腰脚已起泡。停下来在溪边喝一口水，这一切没有想象的那么糟。被刽子手砍下了人头，魂魄还能留恋最后九秒。第七秒时突然从梦中惊醒，这一切没有想象的那么糟。

新浪网称万晓利为“后民谣时代的鲍勃·迪伦之子”。我不知道万晓利喜不喜欢这个称谓，反正我不喜欢，尤其不喜欢“之子”两个字。“人民的儿子”和“大地的儿子”都有道理。莫名成了某某人的儿子，还是算了吧。网易新闻则说他的歌有新民谣的特点，旋律和意境都很优美，朴素却又美得结实。这个评价我蛮认同。我不知道该给万晓利什么评价（当然我给了评价万晓利也不知道），我只觉得他的歌好听又有趣、朴实而深沉。就像他的名字，雅俗共赏。

第一次听万晓利，是他那首《姑娘啊，你真傻》。当听到他又像是说又像是唱地道出“姑娘啊你真傻呀，傻乎乎的太可爱了。姑娘啊你真傻呀，可你别害怕我比你更傻”时，我就喜欢上了他。后来听到他的《孤独鸟》，里面有几句歌词很是打动我：“有一种鸟，最擅长恋爱。自己是自己的情人，跳着刚刚发明的舞蹈，跳着跳着就忘了睡觉。”再后来又听到他写人生种种身不由己的《陀螺》，最后几句是“转转转转，高高地举起你的鞭。转转转，转转转转，轻轻地闭上我的眼”，我更喜欢他了。

《这一切没有你想象的那么糟》，唱给失意的人听，可以治愈；唱给得意的人听，可以提醒。意象纷至沓来，语言幽默风趣，主旨深入浅出。

暴风雨来了，羔羊却迷路了；酒席准备好了，客人却还没来；想捕捉蜻蜓，却打碎了花瓶；精心灌溉，兰花却垂败；爬上山顶看风景，脚却早早起泡。听到这儿感觉歌者也真够悲催的，好像喝口凉水都会塞牙。没有最糟，只有更糟。但是歌者不这么想，他觉得这些或客观原因或主观原因导致的不幸，其实都没有我们想象的那么糟。

“行到水穷处，坐看云起时。”关键不是有云在，而是有一颗从容看云的心。铁匠在用心创作，女儿在睡时微笑，燕子飞回了巢，杏花送来了香，还有溪水可以喝，这些小小的温馨与感动点缀在我们的生活中，让我们放下悲伤，欣然一笑，继续前行。

歌曲的最后，头颅被割下，魂魄也只有九秒的知觉。在这样一种疯狂的假设下，我们感觉人总该绝望了吧。但是万晓利接着唱“第七秒时突然从梦中惊醒，这一切没有想象的那么糟”。听到这儿感觉他真是坏死了，好玩儿死了。用这种方式开玩笑、讲道理，也亏他干得出来！整首歌到这里就结束了，不反复吟唱，也不升华提炼。结束了就结束了，剩下的内容留给听者自己去想。

配乐很简单，一把木吉他，一个口琴。旋律很简单，感觉从头到尾各个段落都一样。但是人生就是这样的，简简单单，平平淡淡，悲悲喜喜，聚聚散散。

我们尽量规避不幸，但如果不幸最终还是落到了我们头上，我们也只有接受它、淡化它，用身边触手可及的幸福提醒自己——路还很长，慢慢思量。

“心清水现月，意定天无云。”这句偈语告诉我们无纷无扰则自见美景，自有好梦。

其实老天已经为我们准备好了我们需要的一切。我们冷，于是就有太阳和棉花；我们热，于是就有清风和阴凉；我们饿，于是就有小麦和水稻；我们渴，于是就有溪流和泉水。想种庄稼，就有雨水；想做衣服，就有桑麻。哪怕我们受伤了生病了，老天也为我们准备好了各种草药。这些草药有止血化瘀的，也有消炎止痛的，有调理肠胃的，也有祛风除湿的——总有一款适合你。所以说老天一直在默默地爱着你、怜着你，绝不让你无依无靠。

既然身边的幸福如此之多，老天的赐予又如此之丰，那么，还有什么理由去眉锁清秋呢?

林清玄说：“两袖一甩，清风明月；仰天一笑，快意平生；步履一双，山河自在……”从容地生活，感恩地面对，本就是一种生活智慧。

朋友离去了，还有爱人；爱人离去了，还有亲人；亲人离去了，还有自己。都不算糟。自己离去了呢？自己离去了也就无所谓糟不糟了呀。

这一切没有想象的那么糟，而且只要你愿意幸福，你随时都可以做到。

终于遇到你

——听《穿过生命散发的芬芳》

我会穿过田野穿过村庄，穿过开满鲜花的山冈。我会遇见你在人海茫茫，我会牵你的手穿过热闹的街巷。我会穿过时空穿过无常，穿过生命散发的芬芳。我会陪着你在人海茫茫，我会拥抱着你穿过地久天长。我们此时此刻微笑着，感受着幸福溢满的对方。我们此时此刻幸福着，拥有着无比灿烂的时光。我会穿过田野穿过村庄，穿过开满鲜花的山冈。我会遇见你在人海茫茫，我会牵你的手穿过热闹的街巷。我会穿过时空穿过无常，穿过生命散发的芬芳。我会陪着你在人海茫茫，我会拥抱着你穿过地久天长。

侃侃，1979 年出生。2004 年，侃侃在她二十五岁那年，推出了首张个人音乐专辑《我是侃侃》。2014 年推出第九张个人音乐专辑《味道》。大家比较熟悉的应该是她为电视剧《北京爱情故事》演唱的插曲《滴答》。《滴答》收录在她 2006 年出版的第二张音乐专辑中。十年，九张专辑，其中仅 2012 年就出了三张专辑，体现了她超强的创作实力。侃侃的歌几乎首首好听。歌词舒服，唱得舒服，配乐也舒服。侃侃原名张小静，有人说她的歌声和名字一样安静。我觉得不止安静，还干净。

侃侃唱蝴蝶“无边的狂想，是我硕大的翅膀，带着我飞向远方”。

唱蒲公英“听从命运安排，发奋图强生长，自知只是另一个感伤”。

唱黄玫瑰“我默默的祝福你感觉到了吗？海角天涯哪里不是你的家。别怕啊别傻啊，哪里都能开花”。

流浪，但不自卑自怜；孤单，但不放弃希望。她相信自己像蒲公英，“到哪里哪就漂亮”；相信自己像蝴蝶，“飞向金色天堂”；相信自己像黄玫瑰，“心中有爱就很美”。

侃侃的歌，忧伤又倔强。

《穿过生命散发的芬芳》里没有忧伤，好像也就不再需要倔强。这首歌暖意满满，情意绵绵。听完有种“面朝大海，春暖花开”的感觉，美好、热烈、宁静而又奔放。

狂风呼啸处，口琴从容响起，然后便是侃侃温暖干净的歌声。

“我会穿过田野穿过村庄，穿过开满鲜花的山冈。”听了开头，以为又是一个人的出走。虽然有鲜花、田野和村庄这些暖色调的意象，但太长亦太常的漂泊，还是会让人容易感伤。不过不要紧，这一次，不是一个人。因为“我会遇见你在人海茫茫，我会牵你的手穿过热闹的街巷”。人海茫茫，遇到那个对的人是一件概率极低的事。遇到了，当然要抓住他，牵他的手，一起穿过热闹的烟火气十足的街巷。

“我会遇见你”一句唱得多么自信，“我会牵你的手”一句又唱得多么自豪。

为什么要穿过热闹的街巷呢？因为她想让更多的人看到她找到了他，并且紧紧握住不放。

穿过时空，从此不再受光阴与所在的羁绊；穿过无常，从此不再因聚散悲欢而怅惘。人生最怕时空交错，却往往时空交错。人生最怕世事无常，而世事又常常无常。穿过时空，穿过无常，在命运的夹缝中收获与你的爱情，真是不容易。

陪着你，拥抱你，有你在，生命如此芬芳。我想起了汪国真的两句诗："只要和你站在一起，还害怕什么地狱，还羡慕什么天堂。"鲜花是芬芳的，生命是芬芳的，爱情是芬芳的，虽然如席慕蓉所说"人生是一场有规律的阴差阳错"，充满太多错过与巧合。但只要生命还在，渴望爱的心还在，我们就有希望收获幸福。

歌者强调我们此时此刻微笑着，此时此刻幸福着。"此时此刻"才是最有价值的时刻。而在这最有价值的时刻，我们只需微笑着幸福相望，便已足够美好。沈从文说："我们相爱一生，但一生还是太短。"我说："只要我们真心相爱，此刻即是永恒。"

侃侃在她《隔世离空的红颜》中唱道："盛开的玫瑰让我心碎，寂寞的旅途会没人来陪。"而在《穿越生命散发的芬芳》中，寂寞旅途已是芳香一路。

我们要一起穿过茫茫人海，一起穿过地久天长。茫茫人海中，我们不卑不亢；地久天长里，我们不慌不忙。穿过，再穿过，穿过东南西北，穿过秋春冬夏，信马而去，我们不怕。

侃侃一直在用"我会"这两个字，单纯，而又执着，像在跟这个世界宣言，又像在跟自己聊天。

走了那么远，终于遇到你。人生那么短，终于遇到你。茫茫人海中，终于遇到你。世事无常里，终于遇到你！

时光灿烂，鲜花开满，街巷田野，你在身边。

穿过生命散发的芬芳，愿我们都能被这世界温柔相待。

做自己想做的那种人

——听《农夫渔夫》

如果有一天我能够拥有一个大果园，我愿放下所有追求做个农夫去种田，每一个早晨我耕耘在绿野田园，每一个黄昏我守望在乡间的麦田。我会把忧虑都融化在夕阳里，让孤独的心等待秋收的欢喜。哦，如果那个时候我身边没有女朋友，我不介意谁会来给我一个周末的问候；哦，如果那个时候我依然牵着她的手，我们会幸福地坐上树枝头。

如果有一天我能够拥有一条渔船，我愿放下所有执着做个渔夫住在海边，每一个早晨我航行在晨曦的海面，每一个黄昏我遥望在无际的海云间。我会把思绪都消失在波涛里，让澎湃的心等待风雨后的平息。哦，如果那个时候我身边没有女朋友，我不介意谁会来给我一个周末的问候；哦，如果那个时候我依然牵着她的手，我们会幸福地坐上弯弯船头。

哦，如果那个时候我身边没有女朋友，我不介意谁会来给我一个周末的问候；哦，如果那个时候我依然牵着她的手，我们会幸福地坐上弯弯船头。我们会停泊在爱人的码头。

初识大乔小乔，是因为那首火极一时的《消失的光年》。其中“每个人是每个人的过客，每个人是每个人的思念”两句一下子便击中了我的心。那是 2007 年的时候，也就是我教书的第二年。搜这个叔侄组合的相关信息得知：叔叔大乔叫乔小刀，是个木匠；侄女小乔叫乔木楠，是名少先队员。一个 32 岁，一个 10 岁。我当时虽然很喜欢他们俩的歌，但一想到让这么一个小女孩儿唱“每个人是每个人的过客”就觉得有些残忍。可是后来得知小乔的母亲很早就去世了，是大乔把侄女带到了北京。这可能也是小乔能够把《消失的光年》唱得那样投入而动听的原因吧。也就是在 2007 年，该组合解散。因为叔叔大乔认为侄女应该有自己想要的生活。我曾一度一次次搜他们的信息，又一次次失望地关闭网页，后来我就相信他们不再重聚了。直到 2017 年的某一天，忘了在哪种机缘下了，我听到了这首《农夫渔夫》，才知道他们叔侄又重新组合到了一起。原来 2012 年小乔初中毕业，叔侄俩重组，出版了音乐专辑《渔樵问答》，其中收录了这首《农夫渔夫》。五年，我竟然就这样与他们错过了五年。幸亏我还是听到了他们的歌，谢天谢地！

大乔的嗓音没有变化，依旧深沉，有时候听起来特别像许巍的嗓音。小乔的声音成熟了很多，但还是那么纯净。

有一个果园，每一个早晨耕耘，每一个黄昏守望。忧虑化于夕阳，孤独等待秋收。

如果真有这么一个果园，歌者愿意放下所有追求。

有一条渔船，每一个早晨航行，每一个黄昏遥望。思绪消失在波涛，澎湃的心等待平息。如果真有这么一条渔船，歌者愿意放下所有执着。

绿野田园，乡间麦田，在这样的地方做一个农夫，确实是一件很幸福的事。

晨曦海面，无际海云，在这样的地方做一个渔夫，确实是一件很幸福的事。

他们在其《北京情节》中唱道："一路走走停停，拾得风景柔情。"在《一切都是因为你》中唱道："过去的云霞一直在心里，直到候鸟归来的相遇。沉溪不语，静静地回忆，眼角流出一颗砂砾。"拾得风和景，守住云与溪，柔情诗意地栖居在大地上，不因忧伤或欢喜。

人是自然之子，这一点，我们永远都不要忘记。太久的石头森林里的鸽子窝生活，太多的精明算计明争暗斗，会让人发疯。当然，如果连发疯的力气都没有了，那就说明你已经完全麻木了。所以，我们太需要为自己觅得一个出口，做一个农夫或一个渔夫，真的是不错的选择，哪怕就只能做一小段时间呢。

我们经常拿"追求永无止境"之类的话来激励自己。但太紧的追求，往往会消磨掉我们生命的灵性。我们经常拿"执着一念，永不回头"之类的话来督促自己。但太深的执着，往往会消解掉我们内心的诗意。佛教三毒贪嗔痴。太紧的追求是贪，太深的执着就是痴啊！

如果拿不起，一定要放得下。拿不起也放不下的人，不会收获幸福。

如果到了这个时候，身边没有女朋友，无论是谁，只要她在周末时能给我一个问候。如果到了这个时候，还能牵着她的手，那就和她一起幸福地坐在树枝头，坐在弯弯船头。

是啊，这么美丽的田园，这么广阔的海面！如果有你在，该有多好。虽然说没有你在，我也可能会收到他人的问候。但最好还是有你在，因为那样我就可以把我找到的幸福与你分享。

幸福若没有人分享，其实根本就算不上幸福。

小乔清澈的嗓音传递温暖与诚挚，大乔略显沧桑的嗓音透着睿智与深沉。

农夫也好，渔夫也罢，都只是想给自己的心灵放个假。收拾心情，好再次出发。

他们在其《渔樵问答》中唱道："相逢总是那样短暂，恨不得让时光凝固下来。皎洁的月光下散步的人，一不小心就化作尘埃。"

人生如此短暂，切莫相互为难。渔樵悠然问答，你我红尘做伴。

让我们做一次自己想做的那种人，让我们走一走自己想走的那条路。这样的人生，才算没有白活。而如果还能与你一起这样活、这样走，那就再好不过了。亲爱的，你愿意么？

出走半生无少年

——听《行歌》

成长是一场冒险，迷途的人先上路。年少时处处风景，不想回头。成长是一场游戏，勇敢的人先开始。跌撞再慌张前行，不说回头。行歌，在草长莺飞的季节里喃喃低唱，走过人潮汹涌忽然止步。怎么，热烈时一步倦怠一步回望阑珊处，从前轻狂绕过时光。

成长是一场失去，肩负枉然的意义。无论你懂得与否，不能回头。从哪来要往哪去，曾听爱的人说起。就此匆忙的错过，不必回头。行歌，在恍然半生的好景里不再多想，走过平淡日常忽然止步。怎么，伶仃时一步漠然一步回首梦尽处，从前轻狂绕过时光。行歌，谁在一边走一边唱一边回头张望，有些苦涩始终都要去尝。怎么，这些年不会失望也不太提及过往，从前轻狂绕过时光。让我们彼此分享互相陪伴吧，一起面对人生这一刻的孤独吧，从前轻狂绕过时光。

陈鸿宇，中国内地民谣歌者，1989 年生人。听到他那首《一如年少模样》是在 2019 年。他唱“昨日担当，昨日敢想，昨日转眼就跌撞”，他唱“后来奔忙，后来失望，后来他乡即故乡”，可谓无奈、可谓悲伤。歌词讲究对称且长短错落，意境古雅、立意非俗。“困饱两餐，诗写云上，早春一去又如常。刻骨于雪，失落于风，长情意在夜雨香”，这样的句子让人一听就会爱上。“故事易写，年岁难唱，最是此刻不枉”，这样的句子则让人一听就有共鸣。

好的歌者总是能够轻易打动听者的心。

如果说《一如年少模样》唱的是人对时光流逝的思考，那么这首《行歌》则写的是人在成长路上的感悟与思量。

成长是一场冒险。我们往前走的每一步几乎都是在尝试，所以有人说人只能活一世的话等于没活过。意思是人活一世，必然会走很多弯路，可人又无法给下一辈子的自己做提醒，所以这辈子活的价值一定没有最大化，相当于没活过。由此得知，每一个成长路上的人，其实都是迷途者，他们不断向前去，对年少时的处处风景也不想回头去望，他们认为前面会有更多更美的风景。可是现实，却往往并非如此。

成长是一场游戏。可是我们不能像魂斗罗战士一样拥有三十条命或哪怕三条命，不能像电脑游戏界面所说的那样“胜败乃兵家常事，大侠请重新来过”。我们只有一条命，当然无法重新来过，所以只能在跌跌撞撞里摸索、慌慌张张中前行。但即便如此，我们也不说回头，只好一条路走到“Game Over”。

成长是一场失去。因为我们总会有意或无意地错过生命中的一些美好。无论我们

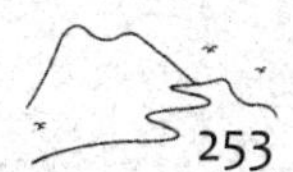

是否懂得我们失去的可能是一生中最不应该失去的东西，我们也不能回头。

听完陈鸿宇所概括的成长的含义，你是否也和我一样唏嘘不已？

说好了不回头，但在草长莺飞这样美好的季节、人潮汹涌这样热闹的时刻，歌者却忽然止步，回头去看自己的年少轻狂。本来，这草长莺飞可能正是歌者想要的风景，这人潮汹涌可能正是歌者想要的热烈。本来有这两者为伴，歌者应该还像从前一样不去回头。但歌者就这样停了下来，并深深回望。歌者为何如此？歌者没有说。也可能是想说而说不出，所以他用了“怎么”两个字。像在问自己，也像在问听者。

在风景与热烈中止步，也在恍然半生后的平淡日常里止步。随着年龄的增长，人回望来路的次数会越来越多。

“行歌，谁在一边走一边唱一边回头张望？”谁呢？应该是每一个赶路的人吧？苏轼说：“人生如逆旅，我亦是行人。”谁不是在自己的人生路上边行走、边领悟呢？我们一边走，一边唱。前望荆棘密布，我们勇敢前行。当我们披荆斩棘、登顶荣耀的时候，蓦然回首，已然暮云四合。高天不语，厚地无言。我们收获的是否一定就比失去的多呢？抑或说收获本身是否也是一种失去？失去本身是否也是一种收获呢？

人生的非重复性，让我们无奈无助，却也催发了我们对生命意义的哲理化思考。

“有些苦涩始终都要去尝”，因为别人告诉你那是苦的你也必须自己体验过才有意义。人生的意义，本来就是来过、看过、懂得过，活过、爱过、追寻过啊！

在这样边行走边成长、边失去边懂得的人生路上，我们更应该彼此分享，互相陪伴，一起面对人生的孤独。

人生不仅孤独，而且无常。天气预报可以预报风霜雪雨，命运却无法预报。所以在这无常的命运面前，我们更应该相亲相爱。

陈鸿宇嗓音低沉、磁性十足、不急不躁、娓娓道来，颇有行吟诗人的风范。而背景声中的吉他与鼓点又颇能感染人的思绪。

谁能行走半生，归来仍是少年？更多的应该还是我们回不去了，我们再也回不去了的感叹吧！

可以平凡，不能平庸

——听《理想》

一个人住在这城市，为了填饱肚子就已精疲力尽。还谈什么理想，那是我们的美梦。梦醒后，还是依然奔波在风雨的街头。有时候想哭就把泪，咽进一腔热血的胸口。公车上我睡过了车站，一路上我望着霓虹的北京。我的理想把我丢在这个拥挤的人潮，车窗外已经是一片白雪茫茫。又一个四季在轮回，而我一无所获地坐在街头。只有理想在支撑着那些麻木的血肉。理想今年你几岁？你总是诱惑着年轻的朋友。你总是谢了又开，给我惊喜。又让我沉入失望的生活里。

公车上我睡过了车站，一路上我望着霓虹的北京。我的理想把我丢在这个拥挤的人潮，车窗外已经是一片白雪茫茫。又一个四季在轮回，而我一无所获地坐在街头。只有理想在支撑着那些麻木的血肉。理想今年你几岁？你总是诱惑着年轻的朋友。你总是谢了又开，给我惊喜。又让我沉入失望的生活里。又一个年代在变换，我已不是无悔的那个青年。青春被时光抛弃，已是当父亲的年纪。理想永远都年轻，你让我倔强地反抗着命运。你让我变得苍白，却依然天真地相信花儿会再次地盛开。阳光之中，到处可见奔忙的人们。被拥挤着，被一晃而飞的光阴忽略过。

初识赵雷，是通过《中国好歌曲》中他演唱的那首《画》，其中“还有橡皮能擦去的争执”一句被导师刘欢大为赞赏。然后，我又搜到了他演唱的《南方姑娘》。其中“南方姑娘，我们都在忍受着漫长。南方姑娘，是不是高楼遮住了你的希望”两句给我留下了深刻的印象。再后来，2017 年《歌手》的舞台上，赵雷作为补位歌手，以一首《成都》惊艳四座，突围成功。赵雷的歌清新自然，不以飙高音或其他炫技手段见长。既有流浪歌者的神秘感，又颇具学院派的人文气质。我感觉导演组应该是把他按李健的风格推出的，都偏民谣一些。当然两个人还是有着明显不同的。李健的嗓音清澈，其人气质优雅。赵雷的嗓音沙哑，其人气质朴实。第二次出场的时候，他演唱了这首《理想》。但是排名很低，第三次出场唱的《月亮粑粑》，排名依然很低，赵雷遭到淘汰。返场时他唱的是《三十岁的女人》，共唱了四首歌的赵雷就这样匆匆结束了他的《歌手》之旅。

赵雷 1986 年出生，十七岁时便背着吉他穿梭在北京的地下通道，开始了地下歌手的生活 。从 2007 年开始，赵雷走过陕西、甘肃、云南、西藏等地。这样的游历经历给了赵雷更开阔的情感视野和更丰厚的人文底蕴。值得一提的是赵雷在酒吧驻唱期间遇到了他的恩师赵照。赵照教赵雷吹口琴，并告诉赵雷：“民谣要像说话一样唱歌，这样才够真诚。唱歌不是体育比赛可以更高更快更强，也可以更低更慢更弱，这就是艺术的魅力。最重要的不是方法，而是语气。”通过听赵雷的歌，我感觉他是按赵照指的方向走的。

这首《理想》创作于北京的一间八平方米的小屋。赵雷曾在走红后有一次接受节目采访时说道：“创作早期我在北京的小屋子写歌，去录音室来回都是坐公交，当时我就想，为什么这个城市那么繁华，我却这样微不足道。”这应该就是这首《理想》的创作缘由。

吉他轻轻响起，然后钢琴也悄悄加入，赵雷略显压抑而又足够倔强的声音句句传来。

一个人住在北京这样的大都市，为了填饱肚子就已筋疲力尽。既孤独，又饥饿。这个时候谈理想，确实有些不合时宜。理想是赵雷的美梦，也是所有在北京以及在像北京一样的大都市中挣扎生存者的美梦，所以赵雷唱“那是我们的美梦”。美梦醒来，还是要继续在风雨中奔波，想哭了也忍住不哭，泪水被生生咽进那一腔热血的胸口。短短几句，已然把每一个在大都市心怀梦想、艰难前行者的生存状态活画了出来。

泪飞顿作倾盆雨，如火热血可浇熄？

因为太过疲惫，公车上他睡过了车站。他望着霓虹灿烂的北京，发现自己是如此的渺小，被人忽略、被人无视。如同他在《鼓楼》中唱的“我站在什刹海边，一切繁华与我无关”。理想就这样把他丢弃在拥挤的人潮，不再向他多看一眼。等他醒过神来，再去看车窗之外，外面已是一片白雪茫茫。

一片白茫茫的大地真干净！一无所有，一无所得！

极富画面感的歌词，告诉我们时空已悄然变换，也告诉我们歌者的这种于公车之上摇摇晃晃的境地已经持续了好久好久。这种写法运用了电影的蒙太奇手法，赵雷真是不简单。

四季轮回，一无所获。如同海子所说“我一无所获，空留一身疲倦”。如果没有理想，他真不知道该如何继续。之前的一腔热血，如今的濒临麻木，现实对人的摧残可见一斑。他问理想几岁，怪她总是诱惑着年轻的朋友，怪她如花朵般谢了又开，让他苦苦坚持，却又深深失望。

赵雷曾跟某酒吧的老板告别时雄心勃勃地说自己下一年还会来这里，但不是以一个驻唱歌手的身份，而是以顾客的身份。他跟老板说他要在那个酒吧为自己点上几杯酒。第二年，赵雷果然又去了那个酒吧，但是他依然是台上为台下喝酒的人们唱歌的那个人。赵雷的无奈与失望可想而知。

赵雷在他的《吉姆餐厅》中唱道“端起酒杯，流泪的男人还没醉”。

浊酒一杯家万里，一无所有何处去？

黄家驹在他成名之前的那首落寞感伤的《再见理想》中唱道：“独坐在路边街角，冷风吹醒。默默地伴着我的孤影。”他也曾为自己的乐队只能于地下呐喊却迟迟得不到公众的认可而无助彷徨。赵雷的失望，黄家驹的彷徨，丝毫无损于他们倔强的形象，反而使他们更真实，更具穿透人心的魅力。

年代变换，物是人非，青春已逝，甚至已到了当父亲的年纪，理想，却还是那样遥不可及。歌者不抱怨，他反抗着命运，他相信花儿会再次盛开，为自己盛开。他看到阳光下到处都是和自己一样奔忙的人们。这个世上的追梦人，不会停止奔忙。因为他们明白并相信：理想，绝不会亏欠任何人。

哪怕你只是一个笨小孩，你也要相信老天自有安排。

如果说《成都》让听者爱上一座城市，那么《理想》则让听者寻得自己的初心。匆匆的《歌手》之旅，是赵雷多年追梦路的高度压缩还原。这么多年都挣扎过来了，这点儿挫败又算得了什么呢？

赵雷在他的《阿刁》中唱道“甘于平凡，却不甘平凡地腐烂”。

可以平凡，不能平庸。可以不进步，不能不进取！

理想今年你几岁？

无论你几岁，我都爱你不悔！

不空不色，不慌不忙
——听《如是》

轻，不轻，水深则流缓。昧，不昧，无愧心得安。路上有多长？修行有多远？花叶融一钵，香积云外天。难，不难，心静菩提现。苦，不苦，放下皆尘烟。慈悲着福慧，微笑着良善，百年后依旧，开那一朵莲。如是，茶一盏。如是，素琴弹。当时不杂，过时不恋。浅墨入画，岁月入禅。如是，茶一盏。如是，素琴弹。来时不忙，去时不慌。长歌一曲，春色人间。

2015年，忘了在哪个网页链接上发现了刘珂矣演唱的《一袖云》的MV。清新温雅的歌词，轻柔舒缓的演唱，颇具民族特色的器乐伴奏，还有水墨画气质的MV画面，都深深地吸引了我。后来，我又听到了这位禅意歌者演唱的《芙蓉雨》和《半壶纱》，更确定了她是我应该追听下去的那种歌手。我隔一段时间就会上酷我音乐搜她的新歌，一直听到前不久她刚推出的《暖山》。可以这样说，一首首追听下来，刘珂矣从来没让我失望过。

她的器乐伴奏多为古琴和箫笛，非常雅致。她的歌名也都非常雅致。有的取自故事，有的自出匠心。比如“渡风”“花笺”“缥缈醉”“泼茶香”“风筝误”“忘尘谷”等。

她的很多歌词修辞运用得极妙。比如“我把满山的月光送给你当行囊，天涯红尘伤会很烫”，比如“蔷薇初雨斜阳落，月光绣在水面波”。

很多歌词画面感极强。比如“草色将将，没过马蹄霜”“撑船人点着他的灯笼，江面竹排被映红”“墨已入水，渡一池青花”“空留一盏，芽色的清茶”“古塔旁拾一地金黄，雁扫落满腹旧霜”，还有“雪纷纷了红斗篷”等，都让人如临其境。可谓歌中有画、画中有歌。

很多歌词颇富哲理。比如“浮云苍苍，几人在江上，寸心垂钓悟两行”“风停千里外，梦里花笺来，是鸟是鱼是尘埃”“倚人间烟火，四月的风慈悲我，莫笑往事太执着。起笙歌淹没，行到哪家旧院落，是我，梦中身是客”“一色一物一夜已成空，一花一梦种菩提的种”“多一份情又怎地，站在别人的雨季，淋湿自己空弹一出戏”等，都让人几多琢磨。

遇到一位好歌手，很多时候靠的是缘分。但若想拥抱一位好歌手，就要靠真心与悟性了。

刘珂矣，是值得我用心去拥抱的一位好歌手。

她的歌，我都喜欢，尤其这首《如是》。什么叫“如是”？就是“像这样”。

轻，不轻，水深则流缓。昧，不昧，无愧心得安。路上有多长？修行有多远？花叶融一钵，香积云外天。

水深了，自然流动就缓慢了。就像大海，下面暗潮涌动，上面却平静无波。无愧了，自然心灵就安宁了。因为君子坦荡，但求无愧。

歌者问：这一路还有多长？这修行还有多远？

听者答：这一路无所谓长短，自在去走即可。这修行无所谓短长，且行且悟就好。

闻花叶融为一钵，看云天界线全无。世上的真真假假，起起伏伏，哪里那么容易看得清呢？

难，不难，心静菩提现。苦，不苦，放下皆尘烟。慈悲着福慧，微笑着良善，百年后依旧，开那一朵莲。

心静了，自然菩提就出现了。做到这一点，其实并不难。放下了，自然一切就成了尘烟。那些所谓的苦，其实都是闪念。“慈悲”“福慧”“微笑”“良善”，做一个单纯的好人，其实就是最大的福缘。如果你能做到这些，百年后便依旧可以开出属于自己的那朵莲花。中通外直，不蔓不枝，香远益清，亭亭净植。

如是，茶一盏。如是，素琴弹。当时不杂，过时不恋。浅墨入画，岁月入禅。如是，茶一盏。如是，素琴弹。来时不忙，去时不慌。长歌一曲，春色人间。

像这样，为自己斟上一碗茶。像这样，为自己弹起无弦的素琴。不过多追求声色犬马，只想让自己了无挂碍地优游卒岁。

“当时不杂”，拥有时便一心一意；“过时不恋”，失去时便彻底放下。该做的都做了，便可以了无遗憾。

浅墨可以入画，岁月亦可入禅。做事其实根本不需要太多的外在条件，有那样一颗心在便已足够。想修行，随处都可，甚至连“忘尘谷”这样的所在都不需要。如白落梅所说：这世上，任何地方，都可生长；任何去处，都是归宿。

“来时不忙”，因为生命在该开始的时候自然开始。

“去时不慌”，因为生命在该结束的时候自然结束。

赤条条来去无牵挂，一切皆为定数。

《如是》这首歌，有情，有景，有禅意。刘珂矣吐字极轻，却又充满张力。声音似从云外流淌而下，缥缈而又温润。如水的琴声古雅雍容，适当点缀，却绝不喧宾夺主。过渡部分从容不迫，引人入胜；收尾之处升华全曲，余音绕梁。

刘珂矣在《一袖云》中唱“在山顶揣一袖云，送给彼岸边的你，迟迟你不来，风起吹走山雨。在山顶揣一袖云，送给路上的自己。山外山上云外云，谁在那里遥望知己”？在《半壶纱》中唱“倘若我心中的山水，你眼中都看到。我便一步一莲花祈祷”。可以看得出诗人多么渴求知己。但到了《如是》，歌者已不再渴求知己。歌曲格局开阔，气度不凡，将一个人的修行写得既从容又骄傲。

不垢不净，不增不减，不空不色，不慌不忙。

既然一切都已了悟，那就放下纠缠，打开身心，为自己长歌一曲吧，你看那春色，已然满了人间。

活着是一场修行

——听《我心常自在》

江河，人海。山巅，云海。游走，掠过，尽收眼底。依稀昨日枉费风华的那个我，睡梦中翩翩翱翔。朝花夕拾何为境随心意转，杯杯思绪悠游徜徉。我心常自在，只求常自在，喜怒哀乐泡影。我心常自在，愿人间自在，繁华锦绣迤逦。来者，何来？去者，过客。赤子，初心，藏初心里。

古人，去矣。翰墨，犹在。我等，承载，几千年矣。琴瑟画卷如若能穿越这世界，念念之间来也去也。贤圣般然叹诵诗书的那些话，没忘却历历在耳。我心常自在，只求常自在，喜怒哀乐泡影。我心常自在，愿人间自在，繁华锦绣迤逦。来者，何来？去者，过客。赤子，红尘，藏初心里。

白发俨然的李晓东从湖南卫视的《歌手》舞台走向观众。这个人我以前没听说过，这不能怪我，他真的是一位很老的歌手，并且名气一般。中国人太多了，没有比较大的名气，如何让人记住姓名？名气这个东西，一定是优胜劣汰的。

李晓东 1988 年便开始歌手生涯。1992 年，他推出首张个人专辑《给我你的爱》。1994 年，这个年份对李晓东而言不同寻常。在《校园民谣 1》大火之后，大地唱片不失时机地推出《校园民谣 2》。李晓东演唱了其中的四首歌曲，他的歌曲开始传唱于大街小巷。你问我那为何我不知道，因为我当时也只不过 12 岁，迷恋的是风头一时无两的小虎队。还是那句话，中国人太多了，有才的人也太多了。1995 年，李晓东推出个人第二张专辑《快乐英雄》。1996 年推出的几首单曲收录于合辑《校园民谣 3》。1997 年李晓东离开大地唱片，到酒吧做乐队，淡出公众视野。这一别就是 20 年。

当我告别少年，开始有意识认真品味歌词聆听乐音的时候，李晓东不在那里。

2016 年，阔别歌坛多年的李晓东推出个人第三张音乐专辑《星座 4》。此专辑录制于 1999 年，17 年后才得以发行。2018 年，48 岁的他参加了湖南卫视的《歌手》节目，并坦承是为了自己一岁的儿子。

李晓东接受采访时说自己年少成名，但无人指路，错过了太多机会。是啊，一个人有多少个 20 年可以拿来消磨呢？为了儿子，他回到公众视野，他想告诉儿子他是一个会唱歌的人。

江河，人海。山巅，云海。游走，掠过，尽收眼底。

《我心常自在》歌曲开篇气魄宏大：茫茫人海，云山江河，一脚脚游走掠过，一眼眼看个真切。“游走”和“掠过”两个词把歌者写得洒脱不羁，一个“尽”字则把歌者的年岁沧桑交代无余。

依稀昨日枉费风华的那个我，睡梦中翩翩翱翔。朝花夕拾何为境随心意转，杯杯思绪悠游徜徉。

枉费风华正茂，一切恍如昨天。睡梦中翩翩翱翔，醒来后空自长叹。朝花夕拾，回忆涌上心头；对酒当歌，往事历历在目。哪怕歌者用的是“悠游徜徉”这样的潇洒之语，个中滋味却是苦涩交加。人生最痛苦的事之一不是我做不到，而是我本可以，但是就这样在有意无意中错失良机。飞天的翅膀，就这样错过了最好的时光。恍然大悟之时再回首，荆棘密布，彤云已遮断归途。

我心常自在，只求常自在，喜怒哀乐泡影。我心常自在，愿人间自在，繁华锦绣迤逦。来者，何来？去者，过客。赤子，初心，藏初心里。

无拘无束，我只求自由自在。喜怒哀乐只是一场泡影，又何必太介怀？无拘无束，愿众生亦自由自在，繁花锦绣连绵而来，又连绵而去。来到我生命的人啊，你从哪里来？离开我生命的人啊，你只是过客。身旁有谁常伴我？唯有最初心一颗。

那么孤独，又那么骄傲。

古人，去矣。翰墨，犹在。我等，承载，几千年矣。

古人已经离开，但他们的翰墨还在。我辈承载着上下五千年的文明之光，一定不要自怨自艾。

琴瑟画卷如若能穿越这世界，念念之间来也去也。贤圣殷然叹诵诗书的那些话，没忘却历历在耳。

琴瑟画卷，圣贤之言，其实从未远离我们的眼前耳畔。他们告诉我们秃笔可生花，污泥亦生莲。放下沉沉心事，才能走遍万水千山。

歌曲的第一篇章从对过往的思考入手，第二篇章则从对古人的借鉴入手，开阔而又厚实。

刘效松结实震撼的中国大鼓豪气奠基，刘霖洒脱从容的三弦帅气跟进，过渡处黄文强狂野泼辣的小唢呐助推，再加上李晓东略带沧桑又锐气十足的嗓音。一首《我心常自在》，令人血脉沸腾又若有所思。

赤子，红尘，藏初心里。

让我们无拘无束，自由自在。愿众生无拘无束，自由自在。滚滚红尘，赤子初心，只要初心不改，任他红尘翻滚来去。让自己的喉咙为自己的心灵发声，这种感觉才算真真实实地活着。

活着，就是一场修行。而修行，是为了找到更真、更好的自己。

李晓东在《歌手》的舞台上早早被淘汰出局。如一朵昙花，铿锵绽放，转眼便凄然落幕。有人说李晓东是败在了自己薄弱的粉丝群上，也有人说他的民谣风格已经过时。我不想参加这场讨论，虽然讨论本身能增加李晓东的话题性。我想说的是，只要还可以歌唱，只要还愿意歌唱，对于一个纯粹的歌者而言，其实便已足够。

他在《歌手》舞台上演绎的第一首歌是毛不易的《消愁》。他动情地唱着“一杯敬明天，一杯敬过往”。是啊，过往已逝，明天还在。四十八岁的自己，白发俨然的自己，早早被淘汰的自己，还可以让热血继续满腔。

“自在”为身心舒畅、无所拘束之意。在道家指的是无所达致、自然而然的一种状态。身心舒畅、自然而然又有所持守、当悟则悟，便是李晓东对自我以及对所有听到这首歌的有缘人的期许吧？

晓风渐起，日出于东。清白自在，快慰平生。

缘聚缘散，小心翼翼

——听《尘缘》

尘缘如梦，几番起伏总不平。到如今都成烟云。情也成空，宛如挥手袖底风。幽幽一缕香，飘在深深旧梦中。繁华落尽，一身憔悴在风里。回头时无风也无雨。明月小楼，孤独无人诉情衷，人间有我残梦未醒。漫漫长路，起伏不能由我。人海漂泊，尝尽人情淡薄。热情热心，换冷淡冷漠，任多少真情独向寂寞。人随风过，自在花开花又落。不管世间沧桑如何。一城风絮，满腹相思都沉默。只有桂花香，暗飘过。只有桂花香，暗飘过。

《尘缘》是第一首让我把自己唱哭的歌。当时我才八九岁。

是我的领悟力强，还是我多愁善感？都不是，因为它是电视连续剧《八月桂花香》的片尾曲。而《八月桂花香》讲述的是胡雪岩虽富可敌国却终与心爱之人湘莲错过的故事。当时虽不太懂却也知极美极真的歌词、罗文深情儒雅的演唱，再加上雪岩与湘莲那凄恻动人的爱情故事，常常让我泪湿眼眶。后来我学会了这首歌，经常一遍遍地唱给自己听。有一次我到一户人家外面玩耍，忽然就哼起了这首歌，然后就动情地唱了一遍，唱着唱着眼泪就流了出来。那户人家出来一个青年人，按辈分我应喊她姑姑。她说："唱得真好听，就是伤心了些，再给姑姑唱一遍好吗？"我没应声，害羞着跑掉了。转眼间，这件事过去已快三十年了。时至今日，再听这首歌，还是会伤感，还是会想到雪岩和湘莲这对有情人一次次地彼此错过，还会恨有情人不能终成眷属。

尘缘尘缘，这尘世间的缘分，到底谁能说得清呢？

开篇的乐音似散落在台阶上的珍珠，一个个自上而下蹦跳下来，落到平地上又弹起两次。然后罗文干净儒雅的歌声淡定而深情地响起：

尘缘如梦，几番起伏总不平。到如今都成烟云。情也成空，宛如挥手袖底风。幽幽一缕香，飘在深深旧梦中。繁华落尽，一身憔悴在风里。回头时无风也无雨。明月小楼，孤独无人诉情衷，人间有我残梦未醒。

尘缘像一场梦，起起伏伏总难平。连梦中都如此不圆满，更何况是在现实人生中呢？这些缘，到如今都如云似烟、缥缈虚幻。情已成空，宛如挥手间袖底的清风，那么轻盈，却又决绝得无法挽回。一缕桂花香幽幽飘来，又幽幽飘走，在旧梦中来回往返。繁华已经落尽，享尽繁华的斯人正在风中独自憔悴。"一身"二字既能看出抒情主人公的孤独，也能看出其遍体生寒的凄凉。蓦然回首，无风也无雨，所有的坎坷与波折都已过去。可是我心爱的你，却已不在那灯火阑珊处。明月上高楼，流光正徘徊。我的心事与衷情无处诉说，我那与你相守的残梦还依然未醒。

听到这里，所有有情人兼有心人都会忍不住一声叹息。造化弄人，人却奈何不了造化，而人推倒重来的机会又少之又少。任何一次大问题或小失误，都有可能导致满盘皆输。到老回头望去，烟锁重楼处，灯火已黄昏。

“漫漫长路，起伏不能由我。”很多不可抗力在干扰我们走向圆满，而我们又无可奈何。“人海漂泊，尝尽人情淡薄。”真心对我的能有几人呢？拿出的是热情热心，换回的却是冷淡冷漠。多少真情，就这样无依无靠，走向寂寞。身边的人来来往往，像风一样悄然来临又悄然离开。人间的聚散，不就像那花儿的开开落落？柳絮纷飞，思绪亦纷飞；柳絮无依无靠，人亦无依无靠。“满腹相思都沉默”一句中“满腹”二字写出相思之浓，甚至浓得将要溢出。而“沉默”二字则写出将要溢出的相思竟无处诉说的苦闷。想你念你，却只能都深藏在心里。这种无告的痛苦，才最是苦人。这个时候，那幽幽的桂花香，与你相识相爱时的八月桂花的香气自顾自地恼人又慰人地飘过，再飘过。

人情淡薄，便更会忍不住想起你的贴心与温柔。那些美好的日子，现在都成了对我的折磨。

席慕蓉说：“人生，竟然是一场有规律的阴差阳错。”都说有情人终成眷属，为什么那一道银河，却隔断双星？八月，本是收获的季节，可为何我竟因错过了一生挚爱而落得两手空空呢？

《尘缘》的词作者是陈玉贞，除了《尘缘》，她还写有《一剪梅》《水中花》等好歌，都意境古雅而情感真挚。《尘缘》五次用到了“风”这个词，风是难测的，像无常的命运；风是带着凉意的，像人世的种种消磨；风是无法挽留的，像一去不返的爱情。早上醒来，昨夜的风已停，而昨夜，是西风中凋零的碧树，是南浦上坠落的星辰，是永也愈不得的心伤，是再也回不去的曾经。

“桂花香”三字用得极好。用在收尾处，以景结情，言有尽而意无穷。耐人回味，回味悠长。中秋赏桂，本是人生乐事，但因鸳盟不再，那桂花香气再浓，那皎皎明月再圆，也自此全为虚设。歌曲唱完，乐音再次响起，如珍珠散落一地，无法收拾。

人在红尘，聚散皆缘。林清玄说缘来自愿，有愿才会有缘。不过问题是我已双手合十诚愿满满，却为何缘分竟如此之浅呢？

其实缘分这件事，只有上天知道。而天意，自古是“高难问”的啊！

我们能做的，也许只是在爱情的珍珠串还完好的时候倍加珍惜，小心翼翼。

是的，小心翼翼。

孤独也要热爱

——听《美丽世界的孤儿》

别哭我亲爱的人。我想我们会一起死去。别哭夏日的玫瑰，一切已经过去。你看车辆穿梭，远处霓虹闪烁。这多像我们的梦。来吧我亲爱的人，今夜我们在一起跳舞。来吧孤独的野花，一切都会消失。你听窗外的夜莺，路上欢笑的人群。这多像我们的梦。哦，别哭亲爱的人，我们要坚强，我们要微笑，因为无论我们怎样，我们永远是这美丽世界的孤儿。

有时我感觉失落，感觉自己像一颗草。有时我陷入空虚，可我不知道为什么。时光流走了，而我依然在这儿。我已掉进深深的旋涡。宝贝看看远处，月亮从旷野上升起。求你再抱紧我，我感觉冷，我感觉疼。你看车辆穿梭，就像在寻找什么。他们就像我们的命运。哦，别哭亲爱的人，我们要坚强，我们要微笑，因为无论我们怎样，我们永远是这美丽世界的孤儿。

汪峰的好歌太多，选一首最有感觉的真是一件很困难的事。喜欢他《生来彷徨》中的那句"我们精神褴褛，却又毫无倦意"，喜欢《加德满都的风铃》中的那句"宝贝，你知道我们的战争没有输赢。还不如默默地亲吻让乌云慢慢散去"，喜欢《沧浪之歌》中的那句"用那最猛烈的孤独，找寻你那失落的骄傲"，喜欢《硬币》中的那句"你有没有感到心如花朵般枯萎，你有没有体验过生命有多无可奈何"，喜欢《晚安，北京》中的那句"晚安，北京；晚安，所有孤独的人们"，喜欢《青春》中的那句"继续走，继续失去。在我忽然意识到的青春"，喜欢《存在》中的那句"是否找个借口继续苟活，还是展翅高飞保持愤怒？"，喜欢《在雨中》中的那句"我们还能不能像昨天，那样拥抱在雨中？"，喜欢《春天里》那句"如果有一天我悄然离去，请把我埋在这春天里"，喜欢《北京北京》中的那句"人们在挣扎中相互告慰和拥抱，寻找着追逐着奄奄一息的碎梦"。不用再列举了，大家可以自己去听。无论有多少人在讨论汪峰的婚姻与爱情，无论有多少人在关注他的皮裤与眼镜，我也只是愿意关心他的歌词、他的嗓音、他对世界与人生的感悟。

纯粹听歌就好，只要在大是大非上没问题，对一个歌者，何必苛求？

有人说我们所欣赏的一切，其实都是我们自己的内心，我高度认同。比如在所有汪峰的好歌中，我就最喜欢这首《美丽世界的孤儿》。

汪峰1971年出生，十九岁便填了《美丽世界的孤儿》，1999年他重新填词，2000年，全新的《美丽世界的孤儿》在他第一张个人专辑《花火》中发行。此歌成为后期汪峰演唱会中的必选曲目。一个十九岁的大男孩儿，为何会写出这样忧伤深沉的歌曲？而且丝毫未给人以“为赋新词强说愁”之感。我之前介绍朴树写的歌也提过类似的问题。也许，是因为诗人或歌者本来就早慧而易感吧？

想起纳兰秋在《诗人的眼泪》一书中的一段话：“常人是微痛的，诗人则会发酵，提升拓深，变为难以抵御的剧痛。”而这些剧痛，就绽放成了诗。

歌者开篇连续说了两次“别哭”，他给的理由是会一起死去，一切都已过去。可是人生短，花易残，如何让人不哭呢？车辆穿梭，充实而又忙乱；霓虹闪烁，繁华而又迷离。这多像我们的梦，触手可及，又遥不可及。

歌者请亲爱的人一起跳舞，歌者让孤独的野花一起摇摆。因为歌者知道，一切都会消失。趁着美好还在，一定不要辜负任何一个夜晚。窗外的夜莺动情吟唱，路上的人群高声欢笑。这多像我们的梦，动情、热烈，让人充满希望！

歌者再次跟亲爱的人说别哭，他让亲爱的人坚强、微笑，也让自己坚强、微笑。因为歌者明白，无论如何，我们永远是这美丽世界的孤儿——被拥抱，也被隔离。

李志在他的《梵高先生》中反复吟唱“我们生来就是孤独”。是啊，我们生来就是孤独。

歌者有时会感觉失落，他感觉自己像一棵草，风雨来袭，无依无靠。歌者有时会陷入空虚，可他并不知道是为什么。能言的痛就不是真正的痛。不明原因的空虚，才让人魂无所依。身如小草，心若空山，多么孤独！谁能一辈子做得到“从不寻找，从不依靠”呢？时光悄然而逝，可歌者还在那里。

君本温润如玉，奈何世事消磨？歌者掉进了深深的旋涡。

歌者忍不住跟亲爱的人说“宝贝看看远处，月亮从旷野上升起。求你再抱紧我，我感觉冷，我感觉疼”。

一直唤作“亲爱的人”，如今唤作“宝贝”。唤得越亲，越能看出对方的重要，也越能看出歌者的孤独。他希望对方在这旷野之中、明月之下抱紧他，因为他感觉冷，感觉疼。很多时候，冷给人带来的就是疼痛的感受。而疼痛，又往往会让人感到冷。连温柔的月亮都不能为歌者疗伤，歌者的忧伤多么深邃！

车辆穿梭，好像在寻找什么。命运不就是这个样子——遇见，错过，忙忙碌碌，寻寻觅觅。

花无百日红，人无再少年。孤独过、寻找过、拥有过、失去过，这本来就可算是生命的一种圆满。没有人的生命轨迹与我们绝对相同，谁都是天涯沦落人，谁都是孤儿般的存在。

所以，歌者告诉亲爱的人依然要微笑，依然要坚强。依然要像一个孤儿一样，虽然赤手空拳，也要在这个美丽世界勇敢闯荡！汪峰在唱到“孤儿”这两个字时略带哭腔。我能听到孤独，也能听到力量！

歌者是幸福的。虽然有迷惘，但也有领悟；虽然有忧伤，但也有坚强；虽看到玫瑰在哭泣，但也听到夜莺在歌唱。何况，还始终有一个亲爱的人陪在身旁。

当你在感到疼和冷的时候，有一个人，有一个你心爱的人把你紧紧拥抱。这样的

人生，已足够美好！罗曼·罗兰说：“只要有一双眼睛能陪我一同哭泣，我就愿意为整个世界受苦。”我心爱的人，当你紧紧抱紧流泪的我时，是不是也已经潸然泪下了呢？

人活一世，草木一秋。乌飞兔走，世事难料。

珍惜自己能把握的一切吧，世界和生活，其实从来都没有针对过谁。而且，只要你想让自己变得更好，想让这个美丽世界因你这个孤儿而更美丽，你就与这个世界建立了一种更亲密更牢靠的关系。如此，你就不再是孤儿，而是大地之子、世界之主。

坚强，微笑，充满希望。

生命是温柔无比的祝福与珍贵无比的馈赠，让我们不虚此行。

有情人永难再会

——听《红雪莲》

我走过了你的身旁看到了你的眼泪，我的心里涌起了一股浓浓的柔情。我不愿看到你的泪水再往下流，我决定帮你甩去失意重回到伊甸园。

你的笑容让我痴醉让我心里好冲动，你长长的黑发连起了我对你的柔情。你那深情的眼睛让我想起天山的湖水，你那坚强的身影让我坚定了自己的爱心。我来到了你的家门看到了你和你的旧情人，我收回了笑容任那泪水哗哗往下流。我的眼前是黑暗痛苦心绪难于再表白，我收回了写了一夜的情书我收回了我的爱。

你来到了我的身旁叫我不要再流泪，你给我了一个甜甜的吻叫我不要再伤怀。你说你需要真正的爱情不是虚伪的表白，我不愿听你的解释说你不是个好小孩。有一天你上了天山再也没有回家来，在冰雪过后我找到了你那冻僵的身怀。你的怀中放着为我病中所采下的红雪莲，我知道了这是你对我最后的表白，我知道了这是你对我最后的表白。

《红雪莲》的词作者是民谣歌者洪启，就是那位为寻找流浪儿童阿力木江写出《阿力木江你在哪里》这样颇具人文关怀气质歌曲的歌者。洪启还写有《城市黄昏》《谁的羊》《我站在你妈妈看不见的地方》《九棵树》等好歌。他的歌曲配乐都极简单，基本上就是木吉他。洪启是民谣歌者中的极简主义者。

洪启的嗓音很好，厚实而又温润，特别有韵味。比如《城市黄昏》，当他唱到“无数的小妹妹在晃动着灯”时，我感觉自己整个身心都随之舒缓了下来。但就表达效果而言，我认为他演绎的《红雪莲》版本不如小娟 & 山谷里的居民演绎的版本那样动人。也许是与这个故事的叙述视角有关，或者女性在表达伤心上天生就比男性有优势。

我搜到了这首歌的创作背景，是一个因误会导致的伤心故事。

一个女歌手在天山脚下结识了当地的一个小伙子，在一段美好难忘的日子过后，女歌手要回去录制新专辑了，她答应他，一定会回来找他；他答应她，一定会等她回来。一年后，她再次来到天山脚下，却看到他和另一个女人在一起，他的眼神充满了关爱与怜惜。她痛哭着转身跑开，由于精神上的痛苦加上高原反应，她在奔跑的过程中晕倒了。醒来时，她已经躺在帐篷里了。照顾她的是那个让她哭着跑开的女孩儿。原来女孩儿只是他的妹妹，而他已经上天山最寒冷的地方去为她采治病用的红雪莲了。明白真相的她不顾病痛，奔上天山寻找心爱的人。她不要红雪莲，她只要他在自己身边。可是在天山上，她却看到了最令她心痛的一幕：他被冻僵在冰雪之中再也无法醒来，手上捧着的是那朵血红的红血莲……

故事太让人伤感，世上的很多事，根本不给我们任何挽回的机会。我们只能眼睁睁地看着它走向无可挽救，走向悲剧，却又无可奈何。

爱上他，是因为看到一个男子竟可以这样流下真诚而坦荡的泪水。女性的柔情，怜惜的柔情，就此在心中生根发芽，最终成长为一树绚丽的桃花。她虽然因看到他的眼泪而生出柔情，却不愿看到他的眼泪再次溢出眼眶。爱情，就是这样神秘，妙不可言。

她决定帮他甩去失意，让他重回美好的伊甸园。真正爱一个人，就会想尽一切办法让对方快乐幸福。爱是给予，所以爱往往会让一个人变得强大、博大甚至伟大。在这种强大、博大与伟大中完成对爱的诠释与升华。

他的笑容让她痴醉，让她冲动莫名。爱人的笑容，真的可以胜过太阳。他的黑发又长又亮，牵动她的情思；他的眼睛深情无限，容纳她的心事；他的身影坚强健壮，让她怦然心动。她爱他，深深地爱着他。

我来到了你的家门看到了你和你的旧情人，我收回了笑容任那泪水哗哗往下流。我的眼前是黑暗痛苦心绪难于再表白，我收回了写了一夜的情书我收回了我的爱。

歌者不说“你和另一个女人”，而说“你和你的旧情人”，这种误判为后面的悲剧埋下了伏笔。她收回笑容，任泪水哗哗流下。“哗哗”二字，道出多么伤心与失望！小娟伤感的语调将“哗哗”二字演绎得极富画面感，令听者为之心碎。之前因看到他的眼泪而爱上他，此刻，却因看到他与“旧情人”的幸福而泪落如雨。有多少爱，就有多少伤害。爱情啊爱情，让人这样痛苦，却又欲罢不能。“一夜”写就的情书上该有多少相思之语与憧憬之景，她带着这相思与憧憬来寻他，他却已移情别恋。她收回写了一夜的情书，收回想为他倾其所有的爱情。她不听他的解释，他再也给不了她阳光，她的眼前一片黑暗。

可是她哪里知道，自己误会了他。他去为她采摘治病的红雪莲，然后再也没回来。等她找到他的时候，爱人已经冻僵。冻僵的躯体里是那颗舍生忘死去爱她的心，血一般的红雪莲是他对她最后的表白。

白雪无言，红花刺眼，天山静默，爱人长眠。感动与自责的泪水瞬间决堤，淹没整个大地。

整首歌旋律极为简单，也没有对高潮部分的反复吟唱。只是最后一句“我知道了这是你对我最后的表白”唱了两遍，然后歌声和木吉他的伴奏声便戛然而止，原本美好的爱情也骤然停顿。想起《天下有情人》中的一句歌词“爱是一朵六月天飘下来的雪花，还没结果已经枯萎”。是啊，原本以为你骗了我，现在才知道我误会了你。到如今，爱已回来，你却走了，有情人永难再会。

我想说：女孩儿，你为何不上前问一句就转身离开？是怕问了会让自己更伤心么？我想说：男孩儿，你为何已经到了她的面前还不将真相说明？是见她根本不相信自己而失望么？无论因为什么，误会已经形成，大错已经铸成，有情人永难再会，有

情人永难再会。

世上还有比有情人永难再会更令人痛苦的事实么？

想起了以前读过的一篇文章。因为某种原因，女孩儿要跟男孩儿分手，男孩儿冲着女孩儿的背影喊："请不要走！"女孩儿停了一下，又继续往前走。男孩儿没有再喊。时隔多年，已为人夫、人妇的二人又相遇了。男人鼓起勇气说："我依然爱着你，当年真想对着你的背影再喊一次不要走。"女人低下头幽幽地说："那当年你为何不再喊一次呢？"

《红雪莲》的阴阳两隔也好，这个故事里的阴差阳错也罢，错过了就是错过了，是造化弄人，亦是性格使然。

苍茫大地上好像有人在用悠远的声音动情吟唱——我们因何爱上？我们因何失望？我们因何寻找？我们因何成长？我们因何相爱又分离？我们因何拥有又失去？命运啊命运，你为我预备了几多悲伤、几多欣喜？

当阴阳两隔，单飞的鸟儿又能怎么样呢？也只能用一捧捧白雪覆盖他依然英俊的脸庞，把一朵红雪莲永远栽在自己柔软的心上。

简单的旋律，真挚的感情，纯美忧伤的吟唱，令人深思的命运。

余秀华说："我活着，却分分秒秒死亡着。"有情人永难再会，这样活着有何意义呢？

红雪莲啊，你盛放的样子是对我永世的折磨。

愿得有情人，甘苦共一程

——听《旅行》

阵阵晚风吹动着松涛，吹响这风铃声如天籁。站在这城市的寂静处，让一切喧嚣走远。只有青山藏在白云间，蝴蝶自由穿行在清涧。看那晚霞盛开在天边，有一群向西归鸟。谁画出这天地？又画下我和你？让我们的世界绚丽多彩。谁让我们哭泣？又给我们惊喜？让我们就这样相爱相遇，总是要说再见，相聚又分离，总是走在漫长的路上。

我总觉得，每一个听歌的人，都不可能不喜欢许巍。虽然这么说有点儿孩子气，但我还是想这样说。

许巍曾经穷困潦倒，甚至为了吃饭变卖了自己心爱的吉他。但他依旧走在“勇往直前的路上”（《曾经的你》），依旧向往“心中那自由的世界，如此的清澈高远”（《蓝莲花》），依旧“我爱这精彩的世界，交织着太多的悲喜”（《晴朗》），依旧相信“故事里始终都有爱，永远有美丽温暖的光明结局”（《故事》）。

许巍跟朴树一样，眼神毫无杂质。我曾在拙文《毕竟》中说过“不要总说当今只有娱乐圈没有乐坛。毕竟，还有不少老老实实做音乐的音乐人。比如许巍，比如朴树”。只要有他们这样的音乐人在，我对中国乐坛便永远充满信任和希望。

阵阵晚风吹动着松涛，这是一幅山林之中的温馨景象。风铃轻响，声如天籁。一个人站在城市边缘的寂静之处，静待一片喧嚣走远。人在很多时候，真的需要旅行，需要出走。因为忙忙碌碌、一成不变的生活势必会磨损生命的灵性。旅行，让蒙尘的心灵接受涤荡，重焕生机。

看青山藏在白云之间，看蝴蝶穿行在清清山涧。“藏”字写出了青山的活泼可爱，“穿行”则画出蝴蝶的翩然身姿。有山有水，有动有静，有声有色，还有蝴蝶这样美丽的生灵。自然之美、之趣尽在眼底。

晚霞如花，盛开在天边，一天的终结就要来到了。人儿倦了，鸟也倦了。一群归鸟自天空掠过，天空不留下它们的痕迹，但它们已傲然飞过。

“晚霞如花”，用有生命的鲜花来比喻无生命的晚霞，形象生动地写出了晚霞的美丽与生机。此比喻不可谓不高明。其实不止《旅行》，许巍创作的歌词中还有很多精彩的比喻。比如《喝茶去》中那句“透过这屋檐，珠帘般的雨水”，比如《时光》中那句“你是记忆中最美的春天，是我难以再回去的昨天”，比如《闪亮的瞬间》中那句“拥有只是为了再离别，就像这天边的夕阳如血，不停燃烧又熄灭”。当然最厉害的还是《晴朗》中的那句“只有那利刃般的女人，她穿过我的心”。我一直认为能写出好的比

喻句的人都是极有慧根、慧眼的人。不知《旅行》中许巍心心念念的这个“你”是不是就是《晴朗》中那个利刃般的女人呢？

松涛阵阵，风铃脆响，白云依青山，蝴蝶穿清涧，晚霞开天边，倦鸟归故园。歌者唱到这里，自然的美好、旅行的诗意都已令听者无限神往。歌者看着这美丽世界忍不住问道：“谁画出这天地？又画下我和你？让我们的世界绚丽多彩。谁让我们哭泣？又给我们惊喜？让我们就这样相爱相遇，总是要说再见，相聚又分离，总是走在漫长的路上。”

是啊，谁的神奇之手画出这大好天地？然后又在这大好的天地间画下了我和你？并且，让我们相爱相遇呢？世界绚丽多彩，人生哭泣惊喜，相爱相遇，相聚分离，一切好像都没有依据，又好像事先皆已说明。

美好的世界，美好的人生，美好的我和你。

还有什么可奢求的呢？

许巍的心中或身旁应该有这样一个女人：她是茫茫人海之中他故乡般的女人（《故乡》）；她会因他的一声呼唤，放下一切来到他的身边（《星空》）；她每次被歌者感受到，歌者就会听到有花开放的声音（《爱》）。

这该是一个怎样的女人？

许巍说自己是永远向着远方独行的浪子，但浪子也需要被关怀，甚至更需要被关怀。

青山与白云为伴，松涛与晚风纠缠，晚霞与鸟儿齐飞，蝴蝶与风铃共舞。我与你，就在这样的天地万物间深深相望。让我们肩并肩走向晚霞，一路上不必说话。就这样走啊走啊，走到夕阳西下，走到星光满天，走到太阳升起，走到老去。

人生又何尝不是一次旅行，只是踏上了路，便再无归途。歌者最后唱“走在漫长的路上”，其实看似漫长，却短得可怜。很多人终其一生，甚至都来不及好好亲近一下这个美丽的世界，来不及好好爱一次那个动人的姑娘。

相聚又分离，相聚又分离啊！

许巍在《在别处》中唱“爱情像鲜花它总不开放，欲望像野草一样疯狂地生长”，如此焦灼，如此绝望。可他又在《执着》中唱“是否爱你让我伤悲，让我心碎？可你知道我无法后退，纵然是我苍白憔悴，伤痕累累”，又如此不顾一切，如此心甘情愿。

飞扬的吉他，飞扬的风；深情的歌词，深情的人。

漫漫长路，只要有你，哪怕默默不语，悲伤也是欢喜。

愿得有情人，甘苦共一程。

让爱情有家可归

——听《等你一句话》

那一天遇见你，噢，再也不能忘记。风轻轻吹着天上的云，就像我的心不能平静。风不停心不定，一切都为了你，你总是默默地无言语。春花开，秋叶落，噢，冬天的雪又下。我等过四季等老岁月，就是等不到你一句话。我情愿用一生，等你说一句话，我情愿为了爱付出代价。我情愿用一生，等你说一句话，我情愿为了爱付出代价。虽然千盟万誓终成过眼云烟，我依然日夜守候你的诺言，在我的心中，是你的笑容永不变，不变。春花开，秋叶落，噢，冬天的雪又下，我等过四季等老岁月，就是等不到你一句话。

山鹰组合是一个彝族歌手组合，唱过很多好听的歌。他们在《土妹妹》中唱“听说嘛你要进城，是不是来看哥哥，哥哥在这里工作，只是一个小小工人，你却笑得那么甜蜜”，质朴得令人动容。他们在《好姑娘》中唱“山上花开一年年，是我无声的诺言，一遍遍直到永远”，深情得令人感慨。他们在《离开家的孩子》中唱“啊，我的山路；啊，我的羊。那时候陪你满山转，现在还好吗？”又忧伤得令人肃然。动感十足颇带摇滚范儿的《走出大凉山》《情人的路》和《七月火把节》，雄性十足地将人瞬间点燃，而安静舒缓的《索玛花》《鹰少年》和《好姑娘》，则纯净美好得让人瞬间入定。

这么一分析发现，几乎首首好听。

那一天，没有早一步，也没有晚一步，恰好与你邂逅，从此便再也不能忘记。就像蒲松龄笔下的刘子固看到了阿绣，一见钟情，难以忘怀，心神不宁，辗转反侧。歌者唱“风轻轻吹着天上的云，就像我的心不能平静”，飘逸的云如同我荡漾的心。可那风，却又偏偏不知疲倦，不停地吹啊吹，让人愈发心绪不宁。心欲静而风不止，如之奈何？

继续赏析“风轻轻吹着天上的云”这句歌词，“轻轻”能体现环境的宁静，而越是在宁静的环境中，人往往越容易思绪纷飞，心情就越是不平。

这一切不平静都是为了你，而你在我面前却总是默默，没有只言片语。

春花开了，秋叶落了，冬天的雪又开始下了。四季轮回之中，我感觉自己也在这苦等中迅速老去。但还是等不到你一句话。等不到也不怕，只要我还活着，我愿意用一生去等，我也情愿为了这份爱付出代价。

想起了王菲《我愿意》中的几句歌词：“我愿意为你，忘记我姓名……什么都愿意。”

爱，真的从来没有什么公不公平，只有愿不愿意。

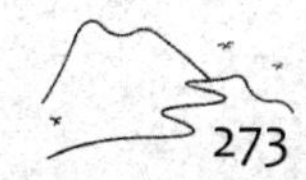

歌者唱“虽然千盟万誓终成过眼云烟，我依然日夜守候你的诺言”。虽说海枯石烂终成空，天荒地老亦如梦。但若活了一辈子都听不到一句类似的情话，是不是也是一种遗憾？有些话，也许确实难以实现，但能听到，也是一种幸福啊！比如“下辈子，我要早些遇到你”，比如“今生，我会永远把你装在心里”。

歌者唱“在我的心中，是你的笑容永不变，不变”。也许最终也等不来你的一句话，但只要心中装着一个你，一个笑靥如花的你，我的生命就已经提升了价值。歌者连续用了两个“不变”，把自己那颗为爱坚守的心展现给了心上人，也展现给了每一位听者。

爱，其实最终是对自己的一份交代。你有没有回应，其实并不是最重要的事。

听到这里，感觉歌者是豁达的、感恩的，歌者是知足的、珍惜的。但在歌曲的末尾，歌者还是透露了心声。他再次唱道“春花开，秋叶落，噢，冬天的雪又下，我等过四季等老岁月，就是等不到你一句话”。无论多少自我安慰，无论多少看似潇洒，歌者还是希望能听到意中人的一句话，哪怕就一句呢！

《蒹葭》中在水一方的女子，让那个男子魂牵梦萦，难以自已。《等你一句话》中让歌者一见倾心的女子，让歌者反复想念，无法自拔。她们都没有现身，只是通过男子的焦灼与渴盼来刻画她们的美好与魅力。这种笔法实在高妙，高妙得有些残酷。

读者和听者都会忍不住问一声——这是一个怎样的女子？她的魅力为何如此巨大？

噢，我爱，我与你只有一个转身的距离，你可知道我一直在等你一句话。一句就够了，一句就可以让我的爱情有家可归，一句就可以让我无惧被流放天涯。

妈妈是一朵慈祥美丽的花

——听《妈妈》

妈妈，耶…… 古拉得索啊莫噢，噢妈妈，嗯……耶…… 孩儿让你牵挂了妈妈。耶…… 孩儿让你受累了妈妈。嗬…… 是你擦干我第一滴眼泪妈妈耶……是你让我学会飞翔妈妈，我的妈妈。嗯……

妈妈，嘿，只是一个心愿未了妈妈，我真的不想让你失望妈妈，因为我的梦想在远方啊。妈妈，嘿，永远慈祥美丽的妈妈，你是我心中永远不灭的火把，黑夜里我不会迷失方向。啊嗯……

妈妈，嘿，只是一个心愿未了妈妈，我真的不想让你失望妈妈，因为我的梦想在远方啊。妈妈，嘿，永远慈祥美丽的妈妈，你是我心中永远不灭的火把，黑夜里我不会迷失方向，啊嗯……噢，我的妈妈。噢，我的妈妈。噢，我的妈妈。嗯……

彝人制造比山鹰组合要年轻，两者都是彝族三人组合，音乐风格也很接近。如果不仔细辨认，听者很可能会搞混两者。彝人制造曾先后推出《妈妈》《老爸》《姐姐》三首诠释亲情的歌曲，歌词都很好。比如《姐姐》中的这几句歌词：姐姐，那些背我走过的岁月里，我睡啊，哦睡啊，那么香甜，那么安详。哦，姐姐，我的眼泪淋湿了你肩膀。比如《老爸》中的这几句歌词：你的拳头打在我的身上，让我变得不再懦弱。你的双手抚摸我肩膀，让我学会宽容变得善良。

三首歌都非常好听，最好听的是这首《妈妈》。

《妈妈》的编曲非常简单淡雅，只用了三把箱琴、一个手鼓和一个沙锤，却起到了最好的烘托效果。

歌者开篇便开始呼唤“妈妈”，到歌曲终了共唤了二十次。二百多字的歌词，“妈妈”两个字就占了大约七分之一的字数。

妈妈是谁？妈妈是牵挂你的人。汪国真说：“无论我们走多远，都走不出母亲心灵的广场。”“走不出”的，就是妈妈的牵挂。

妈妈是谁？妈妈是为你受累的人。从生理学来看，女人本是柔弱的，但一旦成为妈妈，她们就成了最能受累的女人。

妈妈是谁？妈妈是擦干你第一滴眼泪的人。在你很小的时候，几乎每天都是妈妈离你最近，所以她能最先发现你流泪，并最先为你擦去。妈妈见不得自己的孩子流泪，妈妈宁肯自己流泪。

妈妈是谁？妈妈是让你学会飞翔的人。妈妈给你力量，也给你期望，妈妈让你明白人不应困在原地，而应展开双翼。

这就是妈妈，生我养我爱我伴我扶我疼我的妈妈，让我如何不爱她？

歌者两次都用“孩儿”自称，是啊，在妈妈那里，无论你多大，你都是她的孩儿，永远都长不大的孩儿。

这样的妈妈，我们怎能让她失望，让她神伤呢？所以歌者唱“妈妈，嘿，只是一个心愿未了妈妈，我真的不想让你失望妈妈，因为我的梦想在远方啊”。歌者为何要跟妈妈解释自己还有心愿未了，梦想还在远方？因为歌者知道，妈妈不想让孩子离自己那么远。但是为了不让妈妈失望，就必须到远方勇敢闯荡。离开妈妈原来是因为太爱妈妈，不想让她失望。这种离开也就染上了肩负使命、傲然前行的色彩。

孩儿一路闯荡，也并不害怕。因为有妈妈在，有永远慈祥美丽的妈妈在。妈妈是孩儿心中永远不灭的火把，哪怕在黑夜里，想起妈妈，也不会迷失方向。

世界第一推动力我们无从知晓，但我们每个人的第一推动力都是自己的妈妈。人类起源于何方我们也无从知晓，但我们每个人的起源都是自己的妈妈。有妈妈在，我们在人间就有了根，就有了一份更加从容不迫的定力。我们不小心摔倒第一时间喊的不是“疼呀”而是“妈呀”，在喊妈的那一刻，我们收获了旁人无法代替的安全感与抚慰感。世界名著《约翰·克里斯多夫》中约翰的祖父临死前喊出的是已经多年未喊的那个词语——妈妈。也许在面临死亡的召唤时，妈妈能够给予他穿越黑暗与未知的力量吧？

人类所有的语言“mama”的发音总是用来称呼母亲，谁让母亲是最接近上帝的人呢？歌者唱到最后可能也不知道该再唱些什么，于是就一遍遍地唤着“噢，我的妈妈”，在这一遍遍的呼唤中想起妈妈，感受妈妈，感激妈妈，也拥抱妈妈。

铺垫部分娓娓道来，高潮部分情感澎湃。“耶”“嗯”“嘿”“噢”等拟声词的运用显出歌者的真情流露，深沉温雅的箱琴伴奏又使得歌曲更为细腻动人。

彝人制造的《妈妈》，是值得每个人用一生去听的好歌。

记得那次我弹着木吉他唱起这首《妈妈》，我的老母亲就坐在旁边听。我唱完问她感觉怎么样，她说第一次听你连续喊这么多次“妈妈”，心里头特别暖和。

噢，妈妈，你的回答是典型的妈妈式的回答。噢，妈妈，你的回答是典型的妈妈式的回答。我爱你，妈妈，我的妈妈。

有你才是人生

——听《没你不行》

嘿嘿嘿，是你吗？海般湛蓝的天空，绵延的山峰，宇宙的苍穹，雨过后有彩虹。嘿嘿，一定是你吧。在我心里转不停，占据我眼睛，让我不能停，只有你。我沉睡的心，因你苏醒，坏情绪全都放晴。怀抱对幸福爱情憧憬，有你没什么不行。我慌乱的心因你安静，忘了伤口的痛，尽管对这世界太懵懂，因为没有你不行。

嘿嘿嘿，是你吗？记忆中温柔和风，随呼吸拂过，从身体穿透，最动人的节奏。嘿嘿，一定是你吧。颠倒时间的沙漏，点了一盏灯，在我的旅程，只有你。我沉睡的心，因你苏醒，坏情绪全都放晴，怀抱对幸福爱情憧憬，有你没什么不行。我慌乱的心因你安静，忘了伤口的痛。尽管对这世界太懵懂，因为没有你不行。我慌乱的心因你安静，忘了伤口的痛。尽管对这世界太懵懂，因为没有你不行。我没有你不行，我没有你不行，真的，没有你不行。

认识羽泉，是因为那首《最美》。当时，我在读高二。再后来，听到了他们的《彩虹》《深呼吸》和《那一站》，感觉都情意满满又清新脱俗。不喜欢他们的《冷酷到底》和《奔跑》，感觉用力过猛，情感反而抒发得没那么到位。其实羽泉在湖南卫视《歌手》舞台上翻唱过很多好歌，展现了他们高超的唱功和卓越的编曲能力。比如《狂流》《烛光里的妈妈》等。但我在此系列推荐的好歌还是以原唱为主，所以只得舍弃。

羽泉的歌曲中，我最喜欢的是这首《没你不行》。

1998 年，两个热爱音乐的男生陈羽凡和胡海泉签约滚石唱片，宣告羽泉组合正式成立，这一晃，已是二十多年过去。世上有几个组合或者乐队能人员不变撑过二十年？一定有，但也一定不多。陈羽凡和胡海泉彼此之间又何尝不是“没你不行”呢？

“嘿嘿嘿”三个字，又活泼，又亲切。亲爱的，那是你吗？你在那海般湛蓝的天空，在大地上绵延的山峰，还是在宇宙的苍穹，风雨过后的彩虹中呢？或者说你就是那天空、山峰、苍穹还是彩虹呢？好家伙，这是怎样的一个你呀，壮阔、美好又雍容。

“嘿嘿”两个字，又欣喜，又激动，因为我知道你在哪里了。知道了你在哪里后，你就占据了我的眼睛。你到哪里，我的眼睛就追到哪里，跟着你转不停。能把我的眼睛支配到这种程度的，也只有你了吧。

在我心沉睡的时候，你来到我身边，我的心便开始苏醒；在我一肚子坏情绪的时候，你来到我身边，坏情绪便全部雨过天晴；在我心慌乱的时候，你来到我身边，我的心便变得安静；在我受伤的时候，你来到我身边，我便忘记了那伤口的痛。

唤醒我，抚慰我，安顿我，温暖我。

你在我身边，我就可以满怀信心地怀抱着对幸福爱情的憧憬，有你在，就没什么不行。对这世界，我还有太多的懵懂。没有你，真的不行。

第一部分听完，别说抒情主人公觉得没有这个“你”不行，连我这个听者也觉得这个“你”实在不可或缺。有这样一个你在身边，就有了面对纷繁世事的充足底气。汪峰在他的《无处安放》中唱道：“没有你，我那颗叮叮当当的心啊，总是这样，这样无处安放。”你给我的，应该也是这样一种在心叮叮当当无处安放的时候迅速安静下来的力量吧。

被人关爱是一种幸福，说明你有这个福气；被人需要也是一种幸福，说明你有这个能力。相逢的美好，由此可知矣。

第二部分，歌者诚恳地说想起你，就如同温柔的和风随呼吸拂过，从我的身体穿透。有了你，时间也可以倒流，点上一盏灯，开始一段有你同行的旅程。

有时是湛蓝天空，有时是温柔和风，你，总是能成为我在某一刻最需要的样子。这样的你，让我如何不珍惜？这样的你，让我怎能不感动？

赵照在《启程》中唱道：“感觉每时每刻每一瞬间的喜悦，能拥抱着你像拥抱着一切。”

我所拥有的一切美好，细细想来，原来都与你有关。

歌者接着像第一部分高潮处那样阐释对方对自己的莫大影响，只是在最后，歌者反复唱道“没有你不行”，并且强调这是“真的”。

羽泉在《哪一站》中唱道：“不到终点无法预言，谁会在身边……闭上眼，只听见，岁月如风在心间。”

岁月如风，人生若梦，不知谁能陪我们走到最后，唯愿我们所经历的一切美好都能常驻心田。得你何其有幸，不得乃是我命。

羽凡声如金属，浑厚犀利；海泉声如水晶，清澈透亮。二人相得益彰，相互成全。出道二十多年，发行十一张原创专辑，当真“没你不行”。

歌曲配乐很有特色。用电音模拟闹钟指针的行进声，且贯穿始终。我的理解是一分一秒，都没你不行。

有人依靠有人疼，有人了解有人懂。无论是出自亲情、友情还是爱情，人这一辈子，身边或心中能有这样一个人，都可算不枉此生。

只是，在我说没你不行，真的没你不行的时候，也希望你能温柔地微笑着看着我说：“傻子，我又何尝不是呢？”

疯狂的春天

——听《春来了》

我的心里盛开了春天的花，我等我的燕子它慢慢回家。河边的青蛙它在咕呱咕呱，你看青草荷叶下。天边的白云变得越来越大，就像是棉花糖我要将它吃下。冬眠的人儿又开始叽叽又喳喳，你看春天又来了，怎么又来了？你看春天里那个百花香，啷哩个浪哩个浪里个浪。你看春天里那个百花香，啷哩个浪哩个浪里个浪。你看春天里那个百花香，打扮好了去找姑娘，那是啪啪咣咣当当梆梆咣咣。

春天来了，小燕子从南方飞回来了。春天来了，桃花、杏花、梨花都开了。小蜜蜂也出来采蜜了。春天来了，春风呼呼地吹，春雨沙沙地下。小草绿了，柳树也长出了嫩芽，柳树也长出了嫩芽。

你看春天里那个百花香，啷哩个浪哩个浪里个浪。你看春天里那个百花香，啷哩个浪哩个浪里个浪。你看春天里那个百花香，打扮好了去找姑娘，那是啪啪咣咣当当梆梆咣咣。你看春天里那个百花香，啷哩个浪哩个浪里个浪。你看春天里那个百花香，啷哩个浪哩个浪里个浪。你看春天里那个百花香。这歌儿叫什么？叫《春来了》！这歌儿叫什么？叫《春来了》！

第一次听《春来了》，正是今年春来了的时候。当时我心情不是特别好，可等听完这首歌，我有了砸桌子的冲动！太浪了，太爽了，深情，不矫情；欢快，不轻浮。迷死人了！刘相松这是要搞事情啊！

其实之前我听过南无乐队的歌，比如《两只小花狗》，比如《好好学习》，都很好听。无论是两只小花狗的悲情还是号召少年人好好学习的劲道，都让人印象深刻。我记住了南无乐队，记住了刘相松这个唱起歌来又疯又真的歌手。

《春来了》以小笛子和大鼓欢快开场。歌者还未开口，听者已经能感受到春回大地时的那种蓬勃与美好。等到主唱刘相松既妖娆又爽利的歌声一起，听者就被带得身心都痒了起来，有种想跳舞的冲动。

刘相松在唱"我的心里盛开了春天的花"这句时故意给"盛"字加了逻辑重音。给人的感觉那花儿真的正在怒放，极富画面感和感染力。春天来了，燕子纷纷归来。"我的燕子"这种叫法显得又霸道又亲切。天上飞的是燕子，河边叫的是青蛙。青草荷叶为绿色，花朵则多为红色。视听结合，俯仰结合，色彩映衬，美不胜收。"咕呱咕呱"拟声词的运用让人觉得春天不仅美，而且热闹万分。

天边的白云变得越来越大，是因为那春天的天空变得更高更远了吧？这么大的白云，歌者居然把它想象成棉花糖，想象大胆奇特，又颇具孩童心性。比之更奇的是冬

眠的人儿居然像春天的燕子一样叽叽喳喳，更更奇的是他们对春天来临并不感冒，反而嫌弃地问“怎么又来了”？这种慵懒，这种理不直而气壮，得了便宜还卖乖，让人忍俊不禁。

可是春天毕竟是来了，谁也无法阻挡。歌者反复唱“你看春天里那个百花香”，这倒没什么，春回大地，典型特征就是鲜花开放。主要是后面的“啷哩个浪哩个浪里个浪”实在是太风骚了。歌者因春天来临而喜悦、而兴奋、而语无伦次、而瞬间失语，干脆，就用这“啷哩个浪哩个浪里个浪”来表达内心难以言说的舒畅。而最让人受不了的是，歌者在这种癫狂的状态下居然也没忘记打扮好了去找姑娘，也真是浪到家了。

看青草，听蛙鸣，闻百花，吃白云，等燕子，找姑娘。

歌者天马行空，把春天和听者都尽情调戏。可是随之，他又一本正经地像个小学生一样朗诵了起来：

春天来了，小燕子从南方飞回来了。春天来了，桃花、杏花、梨花都开了。小蜜蜂也出来采蜜了。春天来了，春风呼呼地吹，春雨沙沙地下。小草绿了，柳树也长出了嫩芽，柳树也长出了嫩芽。

他越这么一本正经，我就越想过去狠狠地捶他一拳厉声喝道：“疯劲儿过了没？给哥说人话！”

歌者果然听话，再一次回到“浪哩个浪”的癫狂模式，而且在最后还跳出歌曲来连续两遍问听者“这歌儿叫什么”。

刘相松，你这样调戏大家真的好吗？看你留着像好人的发型，戴着像好人的眼镜，却这么耍乖搞怪，真是坏死了。

不过笑过之余，我们确实感受到了春回大地的美好对不对？

南无乐队用歌声和配乐为我们营造了一个场，一个欢快至癫狂的场。每一个听者都可以在这个场里感受春天，收获愉悦。这是他们的了不起之处。

听完这首歌我想：哪怕不是在春天，我们是不是也可以让自己的心里，永远都盛开着春天的花？

永远盛开！

为什么不呢？

啷哩个浪哩个浪里个浪……

迷人又苦人

——听《七月》

那一年的寒风中，你化了很浓的妆。第一次牵我的手啊，却装作老练的模样。你等我说，等我说你漂亮。哦，真的，我真的很想。又一年的夜色中，我遮住星星的光。第一次吻你的脸庞，多少有些惊慌。你等我说，说你是我唯一的港。哦，真的，我真的很想。七月的无奈，我们尽量不去想。你说你的山，我说我的水乡。七月的无奈，我们尽量不去讲。哦，真的，也许真的很傻。

那一年的大雪中，你轻轻敲我的窗。告诉我你堆的雪人，很像很像我的模样。你等我说，说我真的感动啊。哦，真的，我真的很想。又一年的大雨中，你倚在我的肩上。让雨水渐渐洗出，两情很真的脸庞。你等我说，说我爱得好疯狂。哦，真的，我真的很想。

七月的无奈，我们尽量不去想。你说你的山，我说我的水乡。七月的无奈，我们尽量不去讲。哦，真的，七月真的很长。哦，真的，七月真的很长。哦，真的，七月真的很长。哦，真的，七月真的很长。哦，真的，七月真的很长。

七月，属于大学毕业季。《七月》，关于无疾而终的爱情。

你是怎样的一个你呢？

你会在寒风中化很浓的妆，会在大雪中敲我的窗，会在大雨中倚在我的肩上。你牵我手时装作老练的模样，你堆成像我的雪人，你希望我爱得疯狂，希望我感动，希望你是我唯一的港。

为何要化很浓的妆？是为了掩饰自己真爱的表情，还是因为你本不会化妆，为了我，这是笨拙的第一次呢？

你是怎样的一个你呢？

你是个看似大大咧咧其实内心渴望浪漫且极度缺乏安全感的女孩儿。也许，当疯狂地爱上一个人，而又不知对方所想时，每个人都会缺乏安全感吧？对这份爱的安全感。

我是怎样的一个我呢？

我会在吻你时多少有些惊慌，会在你一次次希望我说些什么时却从来不说，只是真的很想。你做了那么多，顶风冒雨披星戴雪地为我做了那么多，我却连句表白的话都不说。为什么我如此懦弱？也许，越是深爱，就越是胆怯吧？

歌者是爱那个女孩儿的，如果不爱，就不会说“真的很想”，就不会说“两情很真的脸庞”，就不会感到无奈，就不会黯然神伤。可是世上的事，不是两人彼此真心相爱就足够了，还有太多这样或那样的不确定性因素或已确定性因素，使有情人难成眷属。

我只是好奇，既然“那一年”后“又一年”，就说明两人的恋情持续的时间并不短，但为何歌者却对未来没有一丝把握？既然没有一丝把握，又为何让它持续这么久呢？这种近乎自虐的爱情，到底会把两个人引向何方？

歌者拒绝去想，或者如歌中所唱“尽量不去想”。“你说你的山，我说我的水乡”。当山与水分属于你和我，“我们”这个词显得怎样的势单力薄。你我终究要走向自己的山或水乡，在山水之间遥遥相望。

七月很短，转眼来，转眼去；七月很长，拿不起，放不下。

爱情，是红尘男女人生路上的必答题，却又没有标准答案。能否解出，全凭悟性与机缘。

寒风中牵手，星光下接吻，滂沱大雨相依傍，白雪纷飞敲我窗。青春的你，青春的我，一起唱着属于青春的歌。那些极富画面感的场景至今想来都让人心醉心碎，更让人心醉心碎的是美好的爱情。

大雨属于夏季，白雪属于冬季。美好的爱情可以跨过春夏秋冬白天黑夜，为何竟跨不过一个七月呢？

七月本是一个美好的季节，却无奈伤离别。

刘倧的歌声干净而又忧伤，如星光透过树叶，明亮又苍凉。用于伴奏的吉他和手风琴悠扬婉转，像一个人欲言又止，几多思量。《七月》是安静的、舒缓的，却又给人以忍着泪水把歌唱之感。而越是忍着泪水，那泪水就越会淌在听者的心上。

老狼在《恋恋风尘》中唱道：“那天黄昏，开始飘起了白雪。忧伤开满山冈，等青春散场。午夜的电影，写满古老的恋情，在黑暗中为年轻歌唱。”

白雪黄昏，忧伤山冈，恋情已逝，青春散场，彷徨无奈，迎风吟唱。如此动人，如此感伤！

刘倧的《七月》是继老狼《恋恋风尘》之后最好听又耐听的校园民谣，至少我这样认为。只不过刘倧的嗓音清澈纯净，老狼的嗓音沙哑沧桑。

席慕蓉说：“生命是一首悲欢交集的歌，我们都是那唱歌的人。”

我们对自己到底能有多少把握？未来还有多少事会让我们无能为力举手投降呢？

七月真的很长，它关于无疾而终的爱情；七月真的很长，它关于一个人的沉思录；七月真的很长，它关于成长，关于希望与失望；七月真的很长，它关于我们必须面对的现实与远方。七月长得让人绕不过，参不破，也忘不了。

可是人，毕竟还是要往前走啊。当你终于走过对他人而言枝繁叶茂的七月，蓦然回首，是带着释然的笑容，还是依然任泪水轻轻滑落呢？

爱，是一件多么迷人又苦人的事。

谁为谁等候

——听《再回首》

再回首，云遮断归途。再回首，荆棘密布。今夜不会再有，难舍的旧梦。曾经与你有的梦，今后要向谁诉说？再回首，背影已远走。再回首，泪眼朦胧。留下你的祝福，寒夜温暖我。不管明天要面对，多少伤痛和迷惑。曾经在幽幽暗暗反反复复中追问，才知道平平淡淡从从容容才是真。再回首，恍然如梦。再回首，我心依旧。只有那无尽的长路伴着我。

很小的时候就听姜育恒的歌了，比如《梅花三弄》《驿动的心》和《跟往事干杯》，都很动人。对我而言，好歌首先要动人，其次才是好听。

这首《再回首》是当时读初中的大姐教我唱的，我当时还小，八九岁的样子，还并不能对歌词有多么深刻的领悟。但是听到或唱起这首歌就会莫名地心疼、感动、温暖。总之，五味杂陈。我不得不惊叹音乐的魅力，让我在年幼时就可以感受到音乐的美好。也是从那个时候开始，我喜欢上了听歌和唱歌。

姜育恒当时人称忧郁王子，在他之后，印象中还有好几个歌手也被称为忧郁王子、悲伤歌王什么的。不知是自封的、他送的，还是包装的。但说真心话，从这些后来者的歌声中，我听不出什么忧郁，更感受不到什么悲伤。忧郁和悲伤是一种带给听者的感受，而不是卖点或噱头。把喜庆当噱头多少还有几分道理，但把忧郁当噱头，实在面目可憎。

“再回首”说明回首已不止一次。不是“终已不顾”，不是偶尔为之，是再三回首，不愿远走。直回首至暮云四合、荆棘密布。遮断归途的云也好，阻挡来路的荆棘也罢，都在告诉歌者：你回不去了，再也回不去了。该告别就告别吧，不要再屡屡回头。

歌者知道，只要继续往前走，从今夜开始，便不会再有难舍的旧梦。那些与你有的梦，今后再也无人懂。正如柳永《 雨霖铃 》中的那句“便纵有千种风情，更与何人说”。

歌者用第二人称“你”而不用第三人称“她”。便于对话，抒情直接，更为动人，而且给听者以极强的代入感。听者仿佛可以站在远处，静默地看着歌者一次次忧伤回望。

想起白居易的几句诗：南浦凄凄别，西风袅袅秋。一看肠一断，好去莫回头。

再次回首，对方的背影已经远走。再次回首，再也觅不得她芳踪。暮色笼盖四野，凉风起于天末。歌者的眼泪终于决堤，瞬间崩溃了双眼。张宇在《心术》中唱道“今生的约，说了再见，怎样的挥别都是纪念”。是啊，怎样的挥别都是纪念，怎样的回首都是惘然又枉然。

你走了，我也要走了，所幸还有你的祝福为伴，可以用来在没你的寒夜悄悄取暖。哪怕明天要面对伤痛和迷惑，有你的祝福在，我就不会太难过。

幽幽暗暗的岁月里，我曾孤独困惑，我曾反复追问这是为什么。后来才明白平平就是安宁，淡淡就是真味，从从容容便是永恒。再次回首，感觉过往的一切恍如一梦，而我牵念你的心却始终未变。

姜育恒在《与往事干杯》中唱道："人生际遇就像酒，有的苦，有的烈。这样的滋味，你我早晚要体会。也许那伤口还流着血，也许那眼角还有泪。现在的你让我陪你，喝一杯。"可是你走了，在我伤口流血、眼角带泪的时候，我又能与谁共同举杯呢？你带走的不是你的行李，是对我而言一个无比美好且无法复制的世界啊。

姜育恒在《驿动的心》中唱道"路过的人，我早已忘记。经过的事，已随风而去。驿动的心，已渐渐平息。"可是之于你，我又如何忘记？如何让一切随风？如何让心平息呢？你不是一个我路过的人，你是住在我心里的人啊。

可是无论如何，我毕竟还要继续往前走。走那无穷无尽的长路，走那无穷无尽没有你的日子。

《再回首》安静舒缓，深沉幽邃，哀而不伤。姜育恒忧郁低沉的嗓音在流水般钢琴伴奏的烘托下，愈发动人肺腑。

人这一生，要有多少次远行？多少次分别？多少次自我开解？多少次自我领悟呢？

天边飘来一段动心动情的歌声：往事如烟似梦，转眼岁月匆匆。谁为谁等候，谁为谁蹉跎，到此刻依然模糊在其中。

远行的你，是否知道我曾这样痴痴地回首再回首？直至把自己回首为一块会落泪的石头。

轻轻回眸，愁上心头，从此四季皆秋。

莫忘为何出发

——听《回到拉萨》

回到拉萨，回到了布达拉。回到拉萨，回到了布达拉宫。在雅鲁藏布江把我的心洗清，在雪山之巅把我的魂唤醒。爬过了唐古拉山，遇见了雪莲花。牵着我的手儿，我们回到了她的家。你根本不用担心太多的问题，她会教你如何找到你自己。雪山青草，美丽的喇嘛庙。没完没了的姑娘，她没完没了的笑。雪山青草，美丽的喇嘛庙。没完没了地唱，我们没完没了地跳。拉呀咿呀咿呀咿呀咿呀咿呀萨，感觉是我的家。拉呀咿呀咿呀咿呀咿呀咿呀萨，我美丽的雪莲花。

纯净的天空中，有着一颗纯净的心。不必为明天愁，也不必为今天忧。来吧来吧我们一起回拉萨，回到我们阔别已经很久的家。拉呀咿呀咿呀咿呀咿呀咿呀拉呀咿呀咿呀咿呀咿呀，来吧来吧来吧来吧来吧来吧来吧来吧来呀咿呀。

《无地自容》MV 中的窦唯，《梦回唐朝》MV 中的丁武，《回到拉萨》MV 中的郑钧，一个比一个睥睨万夫，一个比一个霸气侧漏，听完就一个感觉——牛！

郑钧的《赤裸裸》《私奔》《长安长安》也不错，但最大气最个性最带摇滚范儿的还是这首《回到拉萨》。

我们先来看歌曲的名字。郑钧是陕西西安人，而拉萨在西藏，按理说应该叫走向拉萨，而不是回到拉萨。那他为何这么说呢？我们一点点儿来看。

吉他、铃声，再加上从雪域高原飘来的女子藏声，营造了一种雄浑而神秘的氛围。然后歌者拖着长音而又慵懒地唱道“回到拉萨，回到了布达拉。回到拉萨，回到了布达拉宫”。布达拉宫是拉萨的标志性建筑，是当时的藏族赞普松赞干布为纪念与唐朝文成公主和亲而建造的。“布达拉”为藏语，是普陀之意。而普陀山上居住的正是佛教救苦救难大慈大悲的观音菩萨。可以说布达拉宫既有深沉的历史感，又有浓厚的宗教意味。整首歌以“布达拉宫”这个典型意象开头，显得格外大气。

雅鲁藏布江是中国最长的高原河流，被藏民视为“摇篮”和“母亲河”。在雅鲁藏布江将心洗清，可以理解为在母亲的怀抱中找回最初的自我和最真的本心。而在雪山之巅，那纯净至极也安静至极的地方则最适合将魂灵唤醒。

先是在水中净化自己，后是在雪上唤醒自己。为何如此？因为人往往在行走中迷失自我。返程，其实在很多时候比启程更为艰难。

唐古拉山的蒙语意思是“雄鹰飞不过去的高山”。歌者可以爬过唐古拉山，朝圣之心可见一斑。唐古拉山还是长江、怒江和澜沧江的发源地，从源头爬过，也暗含寻根之意。不说看到了雪莲花，说“遇见”了雪莲花，将雪莲花人格化，形象而又亲切，

还带着几分邂逅时的惊喜。

谁“牵着我的手”？是她。她又是谁？当然就是拉萨。到了拉萨，你根本不用担心太多的问题，她一定会教你找到你自己。“根本”二字，那么理直气壮，那么不容置疑。这就是拉萨的魅力与魔力。

歌者唱到这里，架子鼓也铿锵响起，高潮部分亦随之到来。

拉萨有什么样的景象呢？自然景观有雪山青草，人文景观有美丽的喇嘛庙。拉萨有什么样的人呢？拉萨有没完没了的姑娘，她们有着没完没了的笑容。“没完没了”四个字竟然可以这么用，而且还用得如此传神。“没完没了”仅仅理解为“多”是不够的。我的理解是，西藏的女孩子们都很漂亮，或者让人看起来都很舒服、都很健康。看到这样的女孩子，我们往往会多看几眼，但西藏这样的女孩子实在太多了，你多看几眼某一位女孩子，就会错过另一位女孩子。甚至，哪怕你每个女孩子只看一眼，也会错过其他女孩子。因为毕竟，我们只有一双眼睛呀，而且还不得不受到视线的限制。这就不禁让想领略更多美好的你产生一种徒呼奈何的感觉。徒呼奈何的次数多了，你可能就会嗔怒，就会忍不住说这样的女孩子也太“没完没了”了吧？

郑钧，我的理解对不对？

就像陆放翁欣赏梅花时的慨叹：“何方可化身千亿，一树梅花一放翁。”好梅花太多了，眼睛却只有一双。不想辜负美，又绝无分身术。这种绝望，让人心疼而又心动。

为何西藏会有这么多美好的姑娘？原因很简单：因为它是西藏，是江水流淌、雪山矗立的地方。

这些姑娘带着没完没了的笑容，她们没有那种客套般的矜持和职业般的优雅，她们想笑就笑，如同唐古拉山顶上那盛开的雪莲，圣洁而又温暖。她们笑得甚至让你觉得难以适应、难以招架。所以歌者才说她们的笑容“没完没了”。

“没完没了”四个字，用得实在是好，令人拍案叫绝！

这样美的地方，这样好的姑娘，这样家一般的港湾。面对这美好的一切，除了唱起来，跳起来，放纵起来，释放起来，还有什么别的可做呢？那就唱吧，跳吧，放纵吧，释放吧！没完没了，没完没了。如果我到了西藏，有一个藏族同胞冲我伸出了手，我也会忍不住跟他们唱起来跳起来的。

人生，又有多少次机会可以如此释放？

纯净的天空，纯净的心，不为明天的事而愁，也不为今天的事而忧。在拉萨彻底放空自己、感受生活，也感受那个日益走近的自己。

歌者一开始说“感觉是我的家”，后面则说“回到我们阔别已经很久的家”。由仿佛到确定，“回到拉萨”这个歌名的用意已然明了。“回到拉萨”就是回家啊，而家，就是精神的原乡。

歌曲配乐摇滚而庄严，歌者歌声暴烈而空旷，再加上神来的藏族女声背景，《回到拉萨》在艺术性与流行性的统一上达到了惊人的高度。

许巍在他歌唱西藏的那首《第三极》中唱道：“旅人等在那里，虔诚仰望着云开。

咏唱回荡那里，伴着寂寞的旅程。”既寂寞又虔诚。其实，走每一条朝圣之路应该都是既寂寞又虔诚的吧？君不见那些藏民在大雪之中依然磕长头去朝圣，目光坚毅而从容。

我们每一个被世俗蒙住双眼、被功利污染心灵的人都需要去虔诚寻找自己的拉萨，回到自己阔别已久的家。

无论走多远，都不要忘记我们为何出发。

远方召唤我

——听《橄榄树》

不要问我从哪里来，我的故乡在远方。为什么流浪？流浪远方，流浪。为了天空飞翔的小鸟，为了山间轻流的小溪。为了宽阔的草原，流浪远方，流浪。还有还有，为了梦中的橄榄树，橄榄树。不要问我从哪里来，我的故乡在远方。为什么流浪？为什么流浪远方？为了我梦中的橄榄树。

不要问我从哪里来，我的故乡在远方。为什么流浪？流浪远方，流浪。

《橄榄树》是由李泰祥作曲、三毛作词、齐豫演唱的一首歌曲，收录在齐豫 1979 年 7 月 9 日发行的同名专辑《橄榄树》中。这首歌曲是齐豫的代表作品之一，也是华语流行乐坛的殿堂级曲目。齐豫说《橄榄树》是上天送给她的宝。其实何止是齐豫，《橄榄树》这首歌应该是上天送给所有喜欢音乐的人的宝。雅致又舒服的歌词，简单并动人的旋律，纯粹且深沉的情感。只要听过这首歌的人，几乎没有不喜欢的。

歌者一上来就说“不要问我从哪里来，我的故乡在远方”。歌者分明在跟一个人或某些人对话。她说她的故乡在远方，也许是远方某个说来别人也未必听说过的地方，所以不必跟人详说；也许歌者自己也不知自己的故乡在何方，所以干脆用“远方”这个模糊的概念来代替。

歌者自问，或者有人在问歌者为何流浪，为何流浪远方。歌者答为了天空飞翔的小鸟，为了山间轻流的小溪，为了宽阔的草原。小鸟，小溪，草原。有动有静，有俯有仰，自由，奔放，而又宽广。

三毛原来的歌词大概意思是如果流浪是为了小鸟、小溪和草原，就没必要流浪。

两个版本哪个更好呢？

我认为各有各的好。我们惯常听到的版本用具体的意象写出了词作者对自由奔放生活的向往。而三毛原来的歌词则写出了流浪不必拘泥于看什么，只要继续往远方走就可以的随性与豁达。

除了小鸟、小溪和草原，歌者还想为了那梦中的橄榄树。

为何一定是橄榄树，而不是其他的树呢？

《圣经》中诺亚方舟的故事告诉我们橄榄象征着和平与希望。橄榄树的生命力极强，能够适应各种不同的生存环境，所以它也象征着顽强的拼搏精神。橄榄树对三毛而言还有一重重要意义。1978 年李泰祥要她写一些歌词，催得紧，她一个晚上写了九首，其中一首就是《橄榄树》。三毛的丈夫荷西的故乡在西班牙南部，那里最有名之处就是产橄榄——原来如此。

1979 年，荷西去世，正是齐豫《橄榄树》发行的那一年。

歌者继续唱“不要问我从哪里来”，继续问自己“为什么流浪”。而这一次，她没有再提及小鸟、小溪和草原，只提到了橄榄树。可见橄榄树的重要地位。而在歌曲的最后一部分，连橄榄树也不再提及，只是说要流浪，要流浪远方。

和平与希望，顽强与故乡，这些也都不再牵念，只是流浪再流浪。越不知为何，就越是要走下去，边走边寻找答案，走向远方。

整首歌“流浪”这个词足足出现了十次，“远方”这个词也出现了七次，可谓一唱三叹。流浪是什么？流浪就是流转各地、行踪无定、走走停停、四海为家，听起来很是潇洒。就像许巍在《曾经的你》中唱的那样“曾梦想仗剑走天涯，看一看世间的繁华。年少的心中有些轻狂，如今已四海为家”。但无休止的流浪呢？被迫的那种流浪呢？前途渺茫、身心皆疲的那种流浪呢？

任何事，也许你只有往下追问，才能知道它的难处。

竹林七贤中的阮籍会因为痛在心而口难开在穷途放声大哭，刘震云《一句顶一万句》中的塾师老汪会因为无人了解而疯狂行走。三毛的流浪，到底是为何呢？

三毛的父亲陈嗣庆先生回忆三毛常说的一句话：生命不在于长短，而在于是否痛快地活过。

只是想知道，三毛这一生，活得是否真正痛快呢？如果是，她的眸子里为何总有一层淡淡的忧伤？研究孔子的李零说任何一个在现实世界找不到精神家园的人都是丧家犬。三毛是不是也一直没有找到呢？

《橄榄树》的编曲独具匠心，用的是空心吉他、吹管乐器、笛子和铁琴以及李泰祥先生常使用的古典弦乐，既古典又流行。整首歌弥漫着一层忧伤的云雾，但这云雾又是缥缈的、不至于让人泫然泣下的、恰到好处的那种。齐豫空灵清澈真挚动情的歌声犹如天籁，将整首歌的意境与情感诠释得极为到位。尤其是那句“还有，还有，为了梦中的橄榄树，橄榄树。不要问我从哪里来，我的故乡在远方”。“还有”和“橄榄树”都是唱两遍，这种有意识的强调给人留下深刻的印象。而最后的“远方”二字特别是“远”字用长音去唱，听起来就感觉那地方非常的遥远。中国的语言文字实在妙不可言。

好歌，尤其是《橄榄树》这种好歌总是能让你动容。如果你再了解了撒哈拉之心——三毛那浪漫又凄美的一生，就更容易被它深深打动。

浪漫红尘中，谁在远方等我？没人回答我，我悄悄地出发了……

此情长留心间

——听《一剪梅》

真情像草原广阔，层层风雨不能阻隔。总有云开日出时候，万丈阳光照耀你我。真情像梅花开过，冷冷冰雪不能淹没。就在最冷枝头绽放，看见春天走向你我。雪花飘飘，北风萧萧，天地一片苍茫。一剪寒梅傲立雪中，只为伊人飘香。爱我所爱，无怨无悔，此情长留心间。

雪花飘飘，北风萧萧，天地一片苍茫。一剪寒梅傲立雪中，只为伊人飘香。爱我所爱，无怨无悔，此情长留心间。

有人说开心麻花的《夏洛特烦恼》让老歌《一剪梅》翻红，我不这么觉得。因为《一剪梅》一直都很红。有些歌曲是用来流行的，有些歌曲是用来流传的。齐豫的《橄榄树》和费玉清的《一剪梅》就是用来流传的。

想听最轻柔干净又最真挚动情的歌声，女歌手只有邓丽君，男歌手则只有费玉清。费玉清在唱歌时数十年如一日西装革履弯腿提臀抬头望月陶醉含笑，怎一个“美”字了得！一个人将自己的习惯最终坚持成了一种风格，实在不简单。

《一剪梅》这首歌是我小时候就很喜欢的一首歌，这么说当然暴露了年龄，不过没关系。能遇到这样的好歌，别说暴露年龄，老上几岁都可以。

歌曲以木笛开始，极尽缠绵婉转之能事，然后架子鼓进来，渲染开阔厚重的氛围。随后二胡响起，忧伤倾诉，接着费玉清柔声细语的歌声传来。当“真情”两个字淌进听者耳膜时，木鱼也不失时机地一声声敲响，给人以空寂冷落之感，美好又冷寂，《一剪梅》的开篇实在动人。

真情像草原一般广阔，写出了真情之美好、之勃勃生机。也正因如此，哪怕风雨来袭，甚至朝来寒雨晚来风那样频繁，真情也无法被阻隔。歌者相信，只要真情不变，再多的风雨也总会随着云开日出而消散。万丈阳光早晚会照耀在你我的身上。“万丈阳光”写出了阳光之磅礴、之不可阻挡。就像真情之不可阻挡。“你我”二字极为亲切，像是在跟有情人对话，又像是在跟每一个听者对话。

真情像梅花一般开过，写出了真情之纯洁、之坚韧。也正因如此，哪怕冷冷冰雪，也无法将这傲雪的真情淹没。歌者相信，真情会以最无畏的姿态在最冷的枝头绽放，那个时候，你我就可以看到春天踏歌而来！

经不住人世间风霜雪雨考验的感情，是不能称之为真情的。

“雪花飘飘，北风萧萧”，两组叠词勾勒出冰天雪地的寒冬之景，而视听结合的手

法又给听者以身临其境的感受。在这天地一片苍茫的环境之中，一剪寒梅傲立雪中。梅花常见为红色、粉色和白色三种花色，我愿意此时的梅花为红色。白雪红梅，相得益彰。而红色也更能表现真情之热烈、之璀璨。

寒梅因何绽放？因为它要为伊人飘香。爱上自己应该爱的人，就可以无怨无悔，也应该无怨无悔。让这真情就像傲雪绽放的梅花，永开在我的心间。每一次想起都惊艳双眸，每一次回味都梅香悠长。在费玉清唱“飘香”的“香”字和“心间”的“心”字时，颤音荡气回肠，深情无限。听者切莫错过。

第一遍唱毕，幽怨的二胡声悄然响起，深情过渡。木鱼声声敲击，击打在听者的心头。在听者的情绪被调动到一定程度时，歌者“雪花飘飘，北风萧萧”的歌声再次响起。和声也随之响起，这样不仅增强了气势，也显得这份情感的传达不是为某一个人，而是为天下所有的有情人。

齐豫和周华健合唱的《天下有情人》中有这样几句歌词：爱是迷迷糊糊天地初开的时候，那已经盛放的玫瑰。爱是踏破红尘望穿秋水，只因为爱过的人不说后悔。

不说后悔，其本身就是一种美。

人这一辈子，不需要多么轰轰烈烈，只要可以不后悔地爱一次，便已足够幸福。

“心间”的“间”字唱响时木笛也随之登场，然后二胡也再次亮相，与开篇遥相呼应。男声和声在二胡声中进行最后的收尾。

《一剪梅》意境古雅深沉，歌声优美动人，听完后感觉真情是多么美好的东西，人世是多么美好的所在。因一首歌而更真切地感受到美，感受到真。因一首歌而更有勇气去爱一个人，更有慧心去爱这个世界。这样的歌不是好歌，还有怎样的歌能被称为好歌呢？

一剪寒梅，一生挚爱。此歌长在脑海，此情长留心间。

可望而不可即

——听《天边》

天边有一对双星，那是我梦中的眼睛。山中有一片晨雾，那是你昨夜的柔情。我要登上，登上山顶，去寻觅雾中的身影。我要跨上，跨上骏马，去追逐遥远的星星，星星。

天边有一棵大树，那是我心中的绿荫。远方有一座高山，那是你博大的胸襟。我要树下，树下采撷，去编织美丽的憧憬。我要山下，山下放牧，去追寻你的足印，足印。

我愿与你策马同行，奔驰在草原的深处。我愿与你展翅飞翔，遨游在蓝天的穹谷，穹谷。

《天边》是一首老歌，但我第一次听到它却是在湖南卫视《我是歌手》的舞台上。“帝王之声”韩磊将这首情歌演绎得荡气回肠，令人如痴如醉。一位戴着眼镜的婶婶级听众在台下随着音乐的节奏手之舞之的画面更是让人印象深刻。好音乐，就是有这样的魔力！

歌曲以忧伤的马头琴和儒雅的钢琴开篇，随后以缠绵清脆的笛子渲染氛围，然后韩磊宽阔浑厚的歌声缓缓响起。

天边有一对双星，那竟然是歌者梦中的眼睛。为何如此作比呢？那是因为星星明亮，心上人的眼睛亦明亮。星星眨啊眨，心上人的眼睛亦眨啊眨。天边的星星朦朦胧胧，梦中心上人的眼波亦朦朦胧胧。

山中有一片晨雾，那竟然是歌者心上人昨夜的柔情。为何如此作比呢？那是因为晨雾温柔，心上人亦温柔。晨雾缭绕山中，心上人亦缭绕我心头。晨雾如梦似幻，心上人亦如梦似幻。

歌者不想让心上人如梦似幻，他要登上山顶，去寻觅那雾中的身影，去印证那昨夜的柔情；他要跨上骏马，去追逐那遥远的星星，让那星光般的眸子真真实实地眨在自己面前。

天边有一棵大树，那是歌者心中的绿荫。这绿荫，可以给歌者送来一抹阴凉。远方有一座高山，那是心上人博大的胸襟。这胸襟，可以给歌者送来几许慰藉。

原来心上人不仅如星星般美丽、晨雾般温柔，还如大树高山般丰富博大。这样的女性，怎不令人心向往之？有人说无论男女，如果既能保持本性别的优势，又兼具异性的一些特质，往往更有魅力。所以大气的女人总是更容易令男人心折，细腻的男人总是更容易让女人心动。这种说法我高度认同。《天边》中塑造的女性就是这样一个魅

力非凡的女性。也难怪歌者要在树下采撷，用采来的花草去编织美丽的憧憬；难怪歌者要在山下放牧，去追寻心上人那美丽的足印。

我若碰到这样一个女子，多半也会如此的。

歌者唱到这里，开始使用蒙古人的长调来烘托过渡。值得一提的是，韩磊在唱长调时对气息的把控极为到位，真是千回百转，百转千回，抑扬顿挫，顾盼生辉，大开大合，酣畅淋漓。让人如入云端，如至草原。真想同歌者一起纵马驰骋，一起展翅飞翔，追寻心上人于天边。

长调结束时架子鼓适时跟进，情绪也自然来到高点。歌者高唱“我愿与你策马同行，奔驰在草原的深处。我愿与你展翅飞翔，遨游在蓝天的穹谷，穹谷”。当你由歌者恢宏的长调想到云端，想到草原，草原和蓝天便恰好如约而至。我们的感受和词作者的歌词竟然高度一致，这种审美愉悦真不是一般的歌曲可以媲美的。

能听懂，能动情，原来是一件如此美好的事。

《天边》传递的感情是大气的、深情的，却也是略带伤感与困惑的。因为心上人是那般美好，却因“天边”这种距离让歌者几多叹息。哪怕骑上骏马，登上山顶，哪怕树下采摘，山下放牧，可还是很有可能一无所获。

李白在《长相思》中写道：“美人如花隔云端，上有青冥之高天，下有渌水之波澜。天长地远魂飞苦，梦魂不到关山难。长相思，摧心肝。”

《天边》的歌者虽然没有摧心肝，但寻而不得的困惑与伤感是有的。只是他并没有沉溺于其中。而是憧憬着与心上人策马同行、展翅飞翔，显得从容而又乐观。草原深处，蓝天穹谷，都是极开阔极深沉之景，如果能够和你在这青青草原上并肩驰骋，在这蓝蓝穹谷中比翼翱翔，如此自由，如此恣肆，如此远离尘嚣，该是一件多么幸福的事。

跑到哪里都可以，飞到哪里都可以，只要身边的人是你。而你我并肩携手走过的这开阔草原和深远天空，又像极了你我的爱情。

也许我最终还是寻而不得，但我依然会选择继续追寻。因为足够美好的你，已为这追寻赋予了足够美好的意义。人这一辈子，能为一件值得去做的事淌汗流泪，是一种幸福。至于能否做到，尽人事，安天命就好。

我深情相望，你在水一方。天边的你，让我如此念念不忘。

年轻的风

——听《红蜻蜓》

飞呀飞呀，看那红色蜻蜓飞在蓝色天空，游戏在风中不断追逐他的梦。天空是永恒的家，大地就是它的王国，飞翔是生活。我们的童年也像追逐成长吹来的风，轻轻地吹着梦想慢慢升空。红色的蜻蜓是我小时候的小小英雄，多希望有一天能和它一起飞。

当烦恼愈来愈多，玻璃弹珠愈来愈少，我知道我已慢慢地长大了。红色的蜻蜓曾几何时，也在我岁月慢慢不见了。我们都已经长大，好多梦正在飞。就像童年看到的，红色的蜻蜓。我们都已经长大，好多梦还要飞，就像现在心目中，红色的蜻蜓。

《红蜻蜓》是与童年和少年挥手作别的一首歌。

它以三只小虎青春洋溢的“哈哈”声开篇，然后红蜻蜓才以飞翔的姿态出现在听者眼前。

歌者连用两个“飞呀”，既可指红蜻蜓飞来飞去，不知停歇，也可以指飞来飞去的不止一只红蜻蜓，而是好多只。这就是叠词的功用与魅力。红色蜻蜓飞在蓝色天空，色彩映衬，极富画面感。蜻蜓游戏在风中，好像在不断追逐属于它们的梦。因为它们有不知疲倦的翅膀，所以天空是它们永恒的家。因为它们俯瞰大地，君临天下，所以大地就是它们的王国，飞翔就是它们的生活。

歌者唱到这里，蜻蜓的美丽与自由、奔放与追求，都已在听者的脑海中清晰可见。

说完蜻蜓，歌者开始说自己。

几乎人人在童年时都盼望快快长大，所以歌者唱“我们的童年也像追逐成长吹来的风”。风，我们是永远都追不到的，但只要你停下来，风自然会吹到你的身上。

就像成长，你不用去追，它自会以它应有的速度来到你身旁，让你或欣喜万分，或猝不及防。

风儿吹着梦想慢慢升空。随着年龄的增长，我们的梦想越来越多，越来越疯狂。那红色的蜻蜓成了我们小时候的小小英雄。我们也希望和它一样展翅高飞，这样，我们就可以随风去追逐那慢慢升空的梦想。

可是当烦恼越来越多，玻璃弹珠越来越少，我们知道，我们已经慢慢地长大了。有部美剧叫《成长的烦恼》，成长本身就伴随着烦恼。玻璃弹珠则是男孩子童年时的标配。玻璃弹珠越来越少了，红色的蜻蜓也在眨眼间在我们业已长大的天空中消失不见。

其实不是蜻蜓不见了，是我们渐渐失落了看蜻蜓追蜻蜓的那份心情。

歌者接着唱“我们都已经长大，好多梦正在飞”。“已经长大”较之前的“慢慢长大”更进一步。而后面的“好多梦还要飞”则比此句中的“好多梦正在飞”更进一步。

童年看到的红色蜻蜓和现在心目中的红色蜻蜓一实一虚。前者梦如蜻蜓，后者蜻蜓如梦。

三只小虎从唱《青苹果乐园》时的奔放华丽，到唱《红蜻蜓》时的清新自然，又何尝不是一种成长呢？

歌曲以三只小虎青春洋溢的“哈哈”声收尾，与开篇遥相呼应。只是经历了一番心灵回顾之旅，此时的青春洋溢便增添了几分成熟与豁达。时光飞逝，岁月流转。如今，三只小虎早已各奔东西，听小虎队的我们也已年近不惑。那红色蜻蜓早已飞远，那青春容颜再也不见。红蜻蜓啊，你翩翩的舞姿、动人的体态，是我一生的怀念。

蜻蜓，青梦；青梦，蜻蜓。

不用哀伤，无须徘徊。把红色蜻蜓装在心里，让它永远保持飞翔的姿态，这样的我们，便会永远年轻。快看，飞入我们眼帘的——那只红色蜻蜓！

女人如花花似梦

——听《女人花》

我有花一朵，种在我心中，含苞待放意幽幽。朝朝与暮暮，我切切地等候，有心的人来入梦。女人花摇曳在红尘中。女人花随风轻轻摆动。只盼望有一双温柔手，能抚慰我内心的寂寞。我有花一朵，花香满枝头，谁来真心寻芳踪？花开不多时啊，堪折直须折，女人如花花似梦。

我有花一朵，长在我心中，真情真爱无人懂。遍地的野草，已占满了山坡。孤芳自赏最心痛。女人花摇曳在红尘中，女人花随风轻轻摆动。只盼望有一双温柔手，能抚慰我内心的寂寞。女人花摇曳在红尘中，女人花随风轻轻摆动，若是你闻过了花香浓，别问我花儿是为谁红。

爱过知情重，醉过知酒浓，花开花谢终是空。缘分不停留，像春风来又走，女人如花花似梦。缘分不停留，像春风来又走，女人如花花似梦，女人如花花似梦。

邓丽君甜美，徐小凤雍容，凤飞飞飘逸，王菲空灵，梅艳芳沧桑。沧桑的梅艳芳最有代表性的一首歌就是这首《女人花》。

为何叫女人花呢？因为花朵既美丽又短暂，如女人那美丽又易逝的容颜。

歌者唱“我有花一朵，种在我心中，含苞待放意幽幽”。花儿未开，但心扉已开。如果不是如此，又怎会在朝朝暮暮之中切切地等候那有心之人来入梦呢？“幽幽”二字写出了女儿的娇羞心事，“切切”二字则写出女儿的迫切情怀。歌者继续唱“女人花摇曳在红尘中，女人花随风轻轻摆动”。之前含苞待放的花朵转眼间已经开满枝头。它随风摇曳，轻轻摆动，诉说着心中的万般柔情。歌者盼望有一双温柔的手，来抚慰自己内心的寂寞。可是花香满了枝头，又有谁来真心寻觅我芳踪呢？唉，花无百日红，人无再少年。花开堪折直须折，莫待无花空折枝啊！

女人如花一般美丽又短暂，花儿像梦一样美好又虚幻。

“女人如花花似梦”，这种连珠喻，若非有极佳的机缘与极高的悟性，是断然写不出的。

歌者第三次唱起“我有花一朵”，说明至此还无人采折，所以歌者唱“真情真爱无人懂”。遍地野草也已攻城略地，长满山坡，而那美丽娇艳的女人花却依旧孤芳自赏，顾影自怜。都说“天生丽质难自弃”，可是自己不想掩饰自己的漂亮又有什么用呢？无人欣赏，无人喝彩。在一次次失望中还是要继续随风摆动，风情万种。路过的人呀，哪怕你停下来，为我驻足片刻，闻一闻我花香的浓郁，就能知道花儿为谁而这样红。

《女人花》唱至此处，女人在错望、失望、绝望中依旧热望、渴望、盼望。这种纠结，这份执着，实在令人动容。

歌者不知再如何表达自己的内心。她只有幽幽地说“爱过知情重，醉过知酒浓，花开花谢终是空”。不爱怎会知道情重？不醉怎会知道酒浓？不为我停留，怎会知道我的美好与芬芳呢？唉，花开花谢，转眼成空。

歌者继续倾诉“缘分不停留，像春风来又走，女人如花花似梦”，且连唱两遍。缘分飘忽不定，如春风来了又走。春风催放花千树，但这不负责到底的春风吹过之后呢？也只任那花朵枯萎零落，归尘归土。

梅艳芳低沉沧桑的歌声与静静流淌的钢琴声相得益彰，把渴望绽放、渴望欣赏的女儿心事表露无遗。

也不知这一切是花的损失，还是那些有意无意错过这花期的人的损失？不过话虽如此，人生苦短，相逢良难。为什么不能彼此珍惜，而要彼此错过？为什么要两败俱伤，而不两相成全呢？

余秀华在一首诗中写道：我的土地在什么时候都可以生根发芽，你什么时候来都风调雨顺。

问题是，你什么时候来呢？

梅艳芳 1997 年推出这首歌，2003 年去世，仅仅活了四十岁，一生未嫁。

梅艳芳菲，可是即使坚韧如梅花，也有凋零的那一刻。女人如花花似梦，女人如花花似梦啊！

世上，还有比“缘分”二字更难破解的谜题么？

花蝶相逢天注定

——听《蝶花》

蝶变似花，花前花。蝶化飞花，花谢花。花谢蝶飞，自还家。蝶飞花雨，吹花。

花蝶静如，蝶中花。花动如蝶，蝶恋花。蝶飞花在，孤自家。花洒蝶花，礼花。

桑吉平措在我心目中是一位很神秘的歌者。搜到的图片上他都是僧侣式穿着、阳光般的笑容，让人感觉像一位悟透禅机的智者。而他纯美的歌词、动人的演唱又让人感觉像一位深情无悔的红尘男儿。比如《相见》和《佛说》。而最让人惊讶的是，这两者在他身上竟可以和谐共生！除了感叹造化的神奇，我还能说些什么呢？

先是优雅舒缓如流水般的钢琴声一点点响起，再是桑吉平措轻柔的如同山巅飘来的“啦啦”声铺设背景，空灵美妙。然后“蝶变似花”四个字传至听者耳膜。歌声音量大大超越背景音乐，犹如一个人在你耳畔深情唱响。

“蝶变似花，花前花。”五彩斑斓的蝴蝶展翅飞舞，就像那姹紫嫣红的花朵。于是花前的蝴蝶，就成了花前的花。蝴蝶与花朵两相依傍，这是蝴蝶与花朵最幸福的时刻，彼此成就，相得益彰。

“蝶化飞花，花谢花。”飞来飞去的蝴蝶如同飞来飞去的落花，于是蝴蝶就成了花谢后的花。蝴蝶与花朵两相感伤，这是蝴蝶与花朵比较不幸的时刻，虽蝶似飞花，但飞花终将化为虚无。

“花谢蝶飞，自还家。蝶飞花雨，吹花。”花儿谢了，蝶也飞了，各自还家，从此天涯。蝴蝶飞在漫天花雨之中，像在吹动着、惜别着这些掉落的花朵。这是蝴蝶与花朵最不幸的时刻，花朵挽留不了飞走的蝴蝶，蝴蝶也挽留不了掉落的花朵，两者都无可奈何。

第一部分唱完，桑吉平措轻柔动情的“啦啦”声再次响起，随着这歌声的指引，我们可以想象蝴蝶与花儿的相互变幻，深情无情。

“花蝶静如，蝶中花。”像花一样的蝴蝶安安静静，就像蝶群中盛开了一朵安静美丽的花。

“花动如蝶，蝶恋花。”像蝴蝶一样的花摇曳身姿，就像花丛中闯进一只爱恋鲜花的蝶。

蝶静如花，花动如蝶，这是多么美好的比喻与想象。也许蝴蝶的前世就是一朵花，花儿的前世就是一只蝶。美丽的花是蝶的芳魂，飞动的蝶是花的芳心。

“蝶飞花在，孤自家。”蝴蝶飞走了，花儿还在。孤孤单单的蝴蝶归至自家。

“花洒蝶花，礼花。”是比较难理解的一句。若“蝶花”是蝴蝶一样的花，那前面

的“花”应该就是花一样的蝴蝶。所以可以理解为像花朵一样的蝴蝶洒落在像蝴蝶一样的花朵身上，就像在礼见那花朵。这样解释不是不可以，但说蝴蝶洒落在花朵身上，总觉得不是特别合适。哪怕蝴蝶如花，可以洒落。但是若“洒落”的主语是花，那么这一句的意思就只能是花儿洒落在如花的蝴蝶身上，像是在礼见这如花的蝴蝶。但这样一来，“蝶花”就成了蝴蝶，也不太合适。到底什么意思，只能去问词作者桑吉平措了。当然，无论哪一种理解，这一句都唱出了蝴蝶与花朵的互敬互爱与依依难舍。

大自然是神奇的，植物中就有花，动物中就有蝶。蝶恋花，花爱蝶，密不可分。我有时甚至怀疑造物主把蝴蝶和花任意一个的属性给搞错了，它们应该是同一种事物才对呀。

不过，有一点大家要知道，蝴蝶是色盲。它们只有单眼，只能感光，是感受不到花朵之美的。感受不到花朵的美却还是恋恋不去，是不是更能印证前世今生里，它们那神秘的缘分？

歌者在《佛说》中唱道“转山转水转佛塔，只为途中与你相见”，有情人重逢已如此艰难，那蝶与花又经历了多少周折，才能真心相拥呢？

桑吉平措悠远深情的“啦啦”声再次响起，蝴蝶与花的故事也在这歌声中完成升华，走向永恒。

哪怕看不到美好，也依然拥抱美好，这是蝴蝶给予我们最好的启示。哪怕不能飞翔，也依然摇曳身姿，这是花朵给予我们的最美的馈赠。

花朵的寿命是短暂的，“花无百日红”。蝴蝶的寿命更短暂，一般不超过两个月，短的甚至只有一两个星期。蝴蝶只能拥有一个春天，但是一个春天也足够了，因为它们可以在自己短暂的一生中与春花那同样短暂的一生产生如此美好的交集。

双手合十，祈愿人世间多一些蝶与花这种美好的相遇。这样的人生，才更幸福而完满啊！

众生皆苦多自度

——听《十点半的地铁》

十点半的地铁，终于每个人都有了座位。温热的风，终于能轻轻地静静地吹。身边的姑娘，胖胖的她，重重地靠着我睡。我没有推，我不忍心推，她看起来好累。矮下了身子，向后仰，我懒散地伸长了腿。对面的大叔，在鼾声之中张大了嘴。旁边的阿姨，左摇右晃，她睡得找不到北。身边的妹妹，和朋友谈谁，是是非非。我也疲倦了，这是我唯一不失眠的地方。悲伤的、难过的，在这里我没有力气去想。城市的夜在头上，沉默经过它的心上。尽管它千疮百孔，仍在夜里笑得冷艳漂亮。

十点半的地铁，终于每个人都有了座位。温热的风，终于能轻轻地静静地吹。对面的阿姨醒了又睡，她没什么可依偎。身边的妹妹，不知道为谁，流着眼泪。我也疲倦了，这是我唯一不失眠的地方。悲伤的、难过的，在这里我没有力气去想。城市的夜，在头上，沉默经过它的心上。尽管它千疮百孔，仍在夜里笑得冷艳漂亮。我也疲倦了，这是我唯一不失眠的地方。沉重的、烫手的，在这里都可以暂时放放。等到了站，下了车，余下的路还有好长，不去想，管它呢，让风吹在我脸上。

十点半的地铁，终于每个人都有了座位。温柔的风，终于能轻轻地轻轻地吹。

清华才子、音乐诗人、清新段子手是李健身上诸多标签中比较鲜明的几个。李健儒雅、优质，既有些淡淡的忧郁气质，又一身的贵族范儿。既高端又接地气，确是当今乐坛颇为独特的存在。

李健的好歌实在太多了。他歌唱对爱的执着，比如“我是为你而来，不在乎穿越绵绵山脉”。他歌唱对爱的无奈，比如“这一生一世，这世间太少，不够证明融化冰雪的深情”，再比如“用尽一生的时间，竟学不会遗忘”。他歌唱对爱的无悔，比如“所有的爱都是冒险，那就心甘情愿”，再比如“相遇之后是别离，当初又为何欢喜，哪管这么多道理，把你刻在我心里”。他歌唱爱屋及乌的心理，如“我最爱秋天，是遇见你的季节”。他歌唱爱上的欢喜，如“春风起时何处拦，哪有湖水不受牵连。你如细雨忽然来，心生涟漪让梦难安”。他歌唱思念爱人的状态，如“想你时你在天边，想你时你在眼前。想你时你在脑海，想你时你在心田”等。

我总觉得一个人只有对人世有足够的爱意与敬意，才会写出这么多与爱有关的美丽的句子。这也是李健的歌声非常打动人的一个不容忽视的原因。

听了李健的情歌，再听“对你爱爱爱不完”“我爱你，爱着你，就像老鼠爱大米”“亲爱的，你慢慢飞，小心天边带刺的玫瑰”“狼爱上羊呀，爱得疯狂”“那一夜你没有拒绝我，那一夜我伤害了你”等一类的所谓情歌，我只能说，有些歌，只是貌似歌而已。

但是我今天却没有选择李健的情歌来赏析，甚至这首《十点半的地铁》都不是李健首唱的。可我还是选择了它，除了李健那温润如美玉、清澈似流水的嗓音，还有谁能把这首充满温情的歌演绎得如此动人呢?

地铁以其快捷便宜而颇受上班族青睐，也正因这青睐，地铁里往往是比较拥挤的。晚上十点半的时候其实有些地方的地铁里还是会抢不到座位，不过，不那么拥挤却是真的。

劳累了一天，多么希望地铁上是有座的，可以歇一歇劳累的身体，也歇一歇疲惫的心。十点半的地铁，终于每个人都有了座位。“终于”二字，可以看出人们对拥有座位一事的迫切，当然也可以看出人们的疲倦。有座的人，可以幸福地享受那轻轻地静静地吹着的温热的风。地铁是人员的集散地，可以从中看到人生百态。

胖胖的姑娘靠着我睡，她看起来是那么累，累得让我都不忍心去推。一个“不忍”，看出人性的纯良与美好。因为经历，所以懂得；因为懂得，所以慈悲。平凡人呵护平凡人，是一件多么温暖的事。

我们的安全感不是来自王子或游侠，因为我们碰到王子或游侠的概率太低。我们的安全感来自身边每一个心中有爱、肩膀有力的平凡人。

大叔在鼾声中张大了嘴，阿姨睡得找不着北，都不用再顾忌什么形象，累了就放开自我去睡，如果连睡觉都那么拘谨，人活着岂不太累？也有没睡的，比如身边的妹妹，在跟朋友议论是非。比如“我”，懒散地伸长了腿，看着身边的人和事，感受着生活的重压与纯粹。“我”也是疲倦的，疲倦得甚至连悲伤和难过都没有力气去想。

地铁之上是车上众生在其中忙碌了整整一天的城市。城市是有重量的，到底有多重，城市地下地铁里因为拥有一个座位便觉幸福的人们自然懂得。

阿姨醒了又睡，她没什么可以去依偎，这照应了之前的“摇摇晃晃”。坎坎坷坷世间路，摇摇晃晃世间人。世上绝大多数人还是要靠自己去撑，就像这位阿姨无处依偎。那些泪流满面的夜晚，又有谁能递过一块毛巾？想起了《西西里的美丽传说》中玛琳娜想抽烟时男人纷纷拿出打火机献媚的场景。那么多男人，那么多火机，可就是没有一个男人拿掉她嘴里的香烟，温柔地对着眼泪即将淌下苍白的脸的她说：“别哭，跟我走。”

身边的妹妹，流着眼泪。“我”不知道她为了谁，其实就算知道，我又能做些什么呢？各人的路只能各人去走，各人的心结也只能各人去了结。

每个人，其实都是各自天涯的沦落人。

也许我们能做的，只是把沉重的和烫手的在这地铁里暂时放一放，等到了站，下了车，还是要走那余下的长路，还是要面对着那周而复始的一天一天，还是要继续挤地铁，并因拥有座位这一点儿微薄需求的达成而欣慰满足。

都不想了，都不管了。有风可吹就好好吹一吹风，心事那么重，如何走前程?

李健说做一个幸福的人，比成功更酷。但是如果不取得一些必需的成功，我们如何拥有幸福？人生的真相也许正如李健所唱的“跋山涉水看不见，命如山，远似轻舟，世间沧海”。

《十点半的地铁》用三两个人暂时的休憩来写城市众生的劳累与疲倦，用一些人的眼泪来写世事的无常与无奈。没有大悲，也没有大喜。就像我们每日面对的庸常的生活。

吉他不急不缓，李健娓娓道来，故事平平常常，地铁来来往往。

可是我还是被这平常的故事和平凡的人们深深打动。众生皆苦，多为自度，谁能真正做到潇洒走一回或过把瘾就死呢？

十点半的地铁，终于每个人都有了座位。坐下来歇一歇吧，毕竟如歌中所唱，余下的路还有好长。明天，又是一个忙忙碌碌的日子。

虚度也是一种浪漫

——听《我想和你虚度时光》

早春微寒，踏着露水走走。采朵野花，放在你的床头。惊扰几只未醒宿鸟，邂逅几只蹦跳游虫。捆起几束阳光，让时光静静地溜走。风筝悠悠，想念放飞的手。帆船夜晚，眺望灯塔的愁。何时与你立黄昏？对饮之时把酒分？何时不再独行路？窗下问我粥可温？如果说我想和你虚度这时光，会是怎样？也许我会把那些好听的故事，都挂在树上。还会把我们的果实，都赠予山水，让它见证两个，不离不弃的人。如果说你陪我到清晨到黄昏，会是怎样？也许我还有更多的故事，要对你讲。还会把那些未曾浪费的光阴，全部都给你，让你不再彷徨，满心欢喜。

晚上查完宿舍回家的路上，冷风残月、夜黑如墨。到家，收到同事分享的这首歌，听完，心中满是欢喜。

早春，天气微寒，地上还有露珠。可即便如此，我还是要出去走走。我觅得一朵野花，归来放在你的床头。我相信，那一掷千金换来的九百九十九朵玫瑰，也比不上我亲手为你觅得的这朵野花，带着早春露水的野花。

口琴悠扬，心声悠扬。这样美的清晨、这样美的野花、这样美的你、这样美的心情。

宿鸟还未醒，游虫正在蹦。我漫步在这春天的原野上，只觉得心里又满又空，好像什么都没有，又好像什么都拥有。自由自在，幸福满盈。阳光成了有形的丝带，可以被我轻轻捆起，慢些，再慢些，任时光像小偷一样静静地溜走。

“惊扰”二字以宿鸟为主，我为客。“邂逅”二字则以我为主，游虫为客。阳光可以被“捆”起，时光可以“溜”走，这大自然的一切，与我相看两不厌，和谐共生，一派天然。

白天风筝悠悠，夜晚帆船生愁，一天又一天，想着你，念着你，从月尾到日头。

“想念”二字皆为心字底，牵肠挂肚，一往情深。帆船上“眺望”灯塔，我在此岸“眺望”彼岸的你。所谓伊人，在水一方。

何时才能与你一起笑看夕阳西下？何时才能与你一起把酒言欢，不负年华？何时才能不再走这一个人的长路？何时才能等到你来问我粥已温好了呢？我这些自认为并不奢侈的愿望，对你来讲，是否却是一种过分的要求？

听到这儿才知道，原来之前采野花放床头这件事只是一种美好的想象。

我不敢说你一定会为我而来，但我好想摘得几枚如果，尝尝它们的滋味。如果我想和你虚度时光，会是怎样呢？也许我会把那些好听的故事，都挂在树上，任你采摘，任你品尝，任你欢笑，任你忧伤。我还会把我们爱的果实都分给那山那水，让那山山水水都来为我们见证，让我们的爱情可以在斑驳的岁月中声声传唱。

歌者爱得那么谦卑，又那么骄傲；那么隐忍，又那么强烈。有你，我就有了整个世界；没了你，世界再大，又空荡荡的有何意义呢？

如果你能陪我从清晨到黄昏，又会是怎样呢？也许我还有更多的故事要对你讲，我会把那些未曾被浪费的光阴也全部都给你，只为你能不彷徨，满心欢喜。

这样想来，我到底又能给你些什么呢？也许只是一朵野花、几个故事，只是痴痴地为你明灭的双眼和时刻为你准备的心跳。我不想和你周游世界，或者没有那个本钱。我只想和你虚度时光，把时光一点点消耗掉，而不是让时光反过来消耗我们。

吉他轻轻柔柔，手鼓也轻轻柔柔，清脆的铃儿时隐时现，像一个精灵；曼妙的口琴轻轻掠过，像山谷中吹来的清新的风。

《金刚经》有云：一切有为法，如梦幻泡影，如露亦如电，应作如是观。

是啊，应作如是观。

我爱，别再犹豫了。让我们一起去采野花吧，让我们一起去惊扰宿鸟和邂逅游虫吧。一切美好，我好想与你分享。酒已热，粥已温，帆船已靠岸，灯火已黄昏……

听着歌，想着事，心里静极了，暖极了。哪怕窗外依然是冷风残月，夜黑如墨。

想起余秀华女士写的那首《找一个性感的男人共度余生》：

清晨 / 他是要去屋后的园子走走的 / 偶尔他会回过头来 / 看看晨光落满的窗子和里面的人 / 但是他更钟情一只小小的黄雀儿 / 它翅膀上细细的伤口他也看得到 / 他去菜园里摘两个西红柿 / 洗干净做成汤 / 他们一起吃 / 吃得很慢 / 偶尔说一两句 / 说过就忘记了 / 偶尔他把她嘴角的饭粒 / 擦下来 / 他的眼睛那么亮 / 仿佛天空倒映下来的湖水

相同的是两个男人都性感，接地气又特诗意的那种性感。不同的是牧云先生是在歌唱男人对那女子的期待，而余女士则在诗中表达女子对那男人的憧憬。

我想，如果这一男一女恰好在相互寻找，该有多好。

错位的爱情，总是让人唏嘘不已。

我想和你虚度时光，其实怎能说是虚度呢？只要有你在，每一分每一秒我都满心欢喜。

那欢喜，不正是活着的意义么？

快去拥抱

——听《奶奶》

小的时候总觉得你唠叨，可现在想想那时有多美好。长大以后你别把我忘掉，奶奶的话和那首发黄的歌谣。记忆中你的微笑，哄我入眠温暖的怀抱。每次路口不敢去回首，每次人生的跌倒，留下的总是渺小，分别太久我才知道。你含着泪说别害怕，奶奶的笑为你撑腰。你为什么会变老啊？我还来不及拥抱，等到繁华落幕我才知道。我好想你可知道，孩子都已经长高，你用思念和牵挂在为我骄傲。

你为什么会变老啊？我还来不及拥抱，等到繁华落幕我才知道。我好想你可知道，孩子都已经长高。你用思念和牵挂在为我骄傲，你用思念和牵挂在为我骄傲。

忧伤婉转的小提琴轻轻开启乐章，然后是一声童稚的呼唤“奶奶”，接着钢琴和笛子先后进来，到了乐曲高昂处，架子鼓不失时机地敲响。等歌者第一句歌词唱响，只剩下钢琴不紧不慢地跟着，以烘托歌者回忆奶奶的忧伤情绪。

歌词通篇用的是第二人称，便于对话，抒情直接。人小时候，一般都是烦长辈唠叨的。我们可以看看“婆婆妈妈”这个成语，这个成语的意思就是唠叨。用名词来表形容词的意思，这样的成语并不多。没办法，谁让婆婆（常指奶奶或姥姥）和妈妈是最爱唠叨我们的人呢。我不知其他人是怎么想的，反正我从来没把它当一个贬义词来看，而是充满了感激与敬意。

我们为何烦唠叨？因为好多对人世艰险的提醒对于懵懂无知的我们来说，都是危言耸听。可是现在想想，才知道那些被人不厌其烦善意提醒的画面有多美好。

拥有时不觉得，失去时才明白。感伤怀旧是永不过时的心理定律，或者说人性定律。

隔辈亲是非常自然的一种家庭现象。因为老一辈不用考虑太多教育孙辈的事，只要去表达爱就可以。况且人老了，心也就更软了，一般也不会去训斥孙辈。还有一点，严父慈母是家庭的常见配置，而奶奶作为父亲的母亲，又往往扮演着救护孙辈的角色，其慈爱程度可想而知。

孙儿渐渐长大了，奶奶也越来越老了。歌者希望奶奶不要忘了长大的孙儿，歌者还记得奶奶的话和那首已经陈旧发黄的歌谣。唱到这里，吉他也进入伴奏，随着歌者的心潮而起伏。

奶奶的微笑在孙儿的脑海中定格，奶奶温暖的怀抱好像伸出手依然可以触摸得到，可是奶奶还是会一点点儿走远，并终将消失在我们无法企及的天边。每次离家时走到路口不敢再去回首，因为再也看不到奶奶站在树下冲自己挥手，是老人卧病在床还是

老人已仙去，歌曲并没有交代。我们只知道奶奶不可能再站在村头路口送歌者便已足够。生老病死是自然现象，这话不假。可是我们看待他人的生老病死与看待亲人的生老病死又怎会一概而论呢？

在你那里，也许只是无关痛痒的自然轮回。但在我这里，却是肝肠寸断的山河变色。

奶奶虽然不舍孙儿远行，却依旧含着泪对孙儿说别害怕，奶奶的笑可以为你撑腰。那含泪的微笑，想想都觉得心酸而又幸福。

架子鼓铿锵响起，歌者的情绪也到了高潮。“你为什么会变老啊？我还来不及拥抱，等到繁华落幕我才知道。我好想你可知道，孩子都已经长高，你用思念和牵挂在为我骄傲。”

我们这一辈子，哪怕用最高明的化妆手段，都不可能把自己的妈妈打扮成一个青春洋溢的小姑娘，我们只能任由皱纹爬上她的眉梢眼角，任由寒霜覆盖她的如瀑青丝。当然，我们更不可能让奶奶重返青春。但是孩子长大了，大部分能够拥抱自己的妈妈，却不一定有机会拥抱自己的奶奶。因为很多时候，步履蹒跚却终将走远的奶奶等不及。

“来不及拥抱”中的“拥”字歌者略带哭腔，这种绝望，这种无奈，除了哭泣流泪，又能怎样呢？

人被称为万物之灵，但只要是万物之一，就都逃不脱生老病死的铁律。老一辈可能都抱过我们，而我们却常常没机会去抱抱他们。以我为例，我从未见过我的姥姥、姥爷，我对我的奶奶只有极浅的印象，我的爷爷去世于我上大三那一年。四位老人，我有三位都没来得及去拥抱。“来不及拥抱”，可算这世上最令人悲伤的事实之一了。

孩子都已经长高，但奶奶已经不知道。她对孙辈的思念与牵挂固然可以穿越时空，但一辈又一辈之后，后辈中又有几人能知晓自己身上流淌的血脉中，涌动着那么多的关怀与惦念呢？

当歌者唱完，婉转的笛声和铿然的钢琴声再次响起，最后在笛声的颤音中，那声童稚的“奶奶”再次传入耳膜。首尾呼应，余音绕梁。

笔者认为将收尾的童音改为歌者的声音可能更好，更能体现就在这一首歌的时间里，一切已物是人非。

整首歌没有华丽讲究的语言，只有深情忧伤的诉说。可能奶奶这样的女性根本无须修饰吧。前段时间有个重外孙女、外孙女、女儿逐次喊妈的短视频火爆网络。最后当那位穿着花棉袄的老妈妈一脸笑容地从屋里应声走出，很多已经失去自己母亲或祖母的儿辈孙辈们都已泪落沾襟。

每一个孩子，请你珍惜你的每一位长辈，想抱就抱一抱他（她）们吧，因为一旦阴阳两隔，便是后会无期。

明月千里寄相思

——听《望月》

望着月亮的时候，常常想起你。望着你的时候，就想起月亮。世界上最美，最美的是月亮。比月亮更美，更美的是你。没有你的日子里，我常常望着月亮。那溶溶的月色就像，你的脸庞。月亮抚慰，抚慰着我的心。我的泪水，浸湿了月光。

月亮在天上，我在地上。就像你在海角，我在天涯。月亮升得再高，也高不过天啊。你走得多么远，也走不出我的思念。

望着月亮的时候，常常想起你。望着你的时候，就想起月亮。世界上最美，最美的是月亮。比月亮更美，更美的是你。更美的是你。

月球大概形成于地球形成之后不久的45亿年前，它本身并不发光，只反射太阳光。这样说来，月亮和地球已经相依相伴45亿多年了。而大概二三十万年前到四万年前，早期智人才出现。也就是说月亮孤零零悬在天上几十亿年，才迎来了她的观众。

我不知道最初的人类是怎样看待月亮这夜晚天然的灯盏的，也不知道是从谁开始有了望月相思的冲动。只知道早在《诗经·陈风·月出》中就有望月思人的记载。

月出皎兮，佼人僚兮。舒窈纠兮，劳心悄兮。月出皓兮，佼人懰兮。舒忧受兮，劳心慅兮。月出照兮，佼人燎兮。舒夭绍兮，劳心惨兮。

翻译成白话文就是：月亮出来多明亮，美人仪容真漂亮。身姿窈窕步轻盈，让我思念心烦忧。月亮出来多洁白，美人仪容真姣好。身姿窈窕步舒缓，让我思念心忧愁。月亮出来光普照，美人仪容真美好。身姿窈窕步优美，让我思念心烦躁。

通过读这首情诗我们知道：三千多年前，就已经有人将月亮比作自己思而不得的心上人了。

在最有名的李白床前的月亮、苏轼赤壁的月亮之后，宋祖英唱起了这首《望月》。

“望着月亮的时候，常常想起你。”轻描淡写的开头，实在不算稀奇。

“望着你的时候，就想起月亮。”将对方比作月亮，也不算什么稀奇。

但追问一下再把两句话连起来咀嚼感受一番，意味就很是不同了。为何望着月亮的时候，常常会想起你？因为你如月亮一般美好，也如月亮一般与我远离。为何望着你的时候就会想起月亮？我们当然也可以理解为因为月亮如你一般美好，如你一般与我远离。但我们还可以这样理解：因为望着你，就会想起以前望月想你的情形。望得多了，你和月亮就成了不可分割的统一体。正如李商隐写的“君问归期未有期，巴山夜雨涨秋池。何当共剪西窗烛，却话巴山夜雨时”。与你久别重逢时千言万语不知从何

说起，不如说一说当时我在巴山夜雨涨秋池时想你的心情吧，那涨满的秋池就是我对你满溢的相思。

我们再把两句连起来赏析：望月想你，望你想月，循环往复，缠绵悱恻。“望”有“看”的意思，但“望”比“看”更深情，也更有距离感。所以我们往往会说“凝望”而不说“凝看”，往往会说“遥望”而不说“遥看”。而且“望”除了“看”的意思，还有“渴望”和“盼望”的意味。带着这种意味再去品读“望着你”，你会有更酸楚的感受。

“世界上最美，最美的是月亮。比月亮更美，更美的是你”乍一看像“今年春节不收礼，收礼只收脑白金”这种前后矛盾的病句。但细细品味你自会明白：前半句是大家的普遍认同，后半句是歌者的个人立场。我们都知道世界上最美的是月亮，但在我这里，你比月亮更美，如此而已。哪怕其他人都认为你不够美丽又有什么关系呢？反正在我心目中你就是最美的。

回答最美的是你，对我而言，属于条件反射。别说旁人，就是我自己，也是没奈何的。

没有你的日子里，我常常望着月亮。那溶溶的月色就像，你的脸庞。月亮抚慰，抚慰着我的心。我的泪水，浸湿了月光。

我们把“没有你的日子里，我常常望着月亮”和“望着月亮的时候，常常想起你”放在一起赏析，就会明白，其实常常望月，本来就是因为常常想你。

什么叫溶溶的月色呢？溶溶的月色就是像流水一样温柔的月色。北宋诗人晏殊就曾写有“梨花院落溶溶月，柳絮池塘淡淡风”这样两句极柔极美的诗句。

溶溶的月色，温柔无限。你的脸庞亦温柔无限。这样温柔无限的月亮抚慰着我的心，按理说我应该好过一些。但事实是月亮越是温柔，我就越想念你的温柔。我的泪水，就这样在期待温柔的你走近我而直到明月西流你也没有走近我的绝望中浸湿了这一地的月光。不说“打湿”说“浸湿”，可见泪水流淌之慢、流淌之多。

邓丽君在《恰似你的温柔》中唱道：“到如今年复一年，我不能停止怀念。怀念你，怀念从前。但愿那海风再起，只为那浪花的手，恰似你的温柔。”

可是无论有多恰似你的温柔，也毕竟不是你的温柔。前面我一直在唱月亮如你、你如月亮，但无论月亮多么像你，也终究不是你。我的泪水串串流下，无奈辜负这温柔的月光。

徐小凤在她的《明月千里寄相思》中唱道：“人隔千里路悠悠，未曾遥问，心已愁。请明月，代问候，思念的人儿泪常流。”表达的意思和《望月》极为相近。

问题又出现了，既然这么多人因望月思人而流泪，却又为何常常痴痴地去望月呢？

我的理解是：想你，固然会流泪。但若不想你，则根本活不下去。

都知相思苦，依旧苦相思。

真正的有情人怎会因害怕相思之苦而不去相思呢？这固然是一种甜蜜的痛苦，却又何尝不是一种痛苦的甜蜜呢？

月亮在天上，我在地上。就像你在海角，我在天涯。月亮升得再高，也高不过天啊。你走得多么远，也走不出我的思念。

你我天各一方，只能深深相望，我为你唱的歌你听不见，我为你洒的泪你看不到。这是多么残酷的事实。

可是毕竟我还可以想你、念你，就像那月亮再高也高不过天，你走得再远，也走不出我的思念。

是啊，不能一起生活，至少能一起活着。想到这个世上有一个你在，能与我共享这一轮明月，也是一种幸福。

想起李春波唱的几句歌词：飘啊飘的一段情，是幻还是空。蓦然回首你仍在，浪漫红尘中。

你在就好。

望着月亮的时候，常常想起你。望着你的时候，就想起月亮。世界上最美，最美的是月亮。比月亮更美，更美的是你。更美的是你。

再次望月，再次想你，再次说你是我心目中的最美。歌曲就在这样的往复中走向尾声。

缠绵婉转的小提琴，缠绵婉转的歌声，缠绵婉转的情感，缠绵婉转的人生。

月亮已来了几十亿年，陪伴我们每个人的时间不过短短一生。

你出现在我生命中也许只是短短的一程，我却将你我的相遇视为几十亿年前地球与月亮的那场命中注定的相逢。

见又如何
——听《好久不见》

我来到，你的城市，走过你来时的路。想象着，没我的日子，你是怎样的孤独。拿着你，给的照片，熟悉的那一条街。只是没了你的画面，我们回不到那天。你会不会忽然地出现，在街角的咖啡店？我会带着笑脸，挥手寒暄，和你坐着聊聊天。我多么想和你见一面，看看你最近改变。不再去说从前，只是寒暄，对你说一句，只是说一句，好久不见。

拿着你，给的照片，熟悉的那一条街。只是没了你的画面，我们回不到那天。你会不会忽然地出现，在街角的咖啡店？我会带着笑脸，挥手寒暄，和你坐着聊聊天。我多么想和你见一面，看看你最近改变。不再去说从前，只是寒暄，对你说一句，只是说一句，好久不见。

都说陈奕迅是继许冠杰和张学友之后的香港第三代歌神，但两年前他的歌我听得并不多。虽说前些年他的《十年》和《爱情转移》很是流行，听起来也不错，但觉得只是旋律舒服，并没能打动我。直到两年前无意中听到这首低沉得不能再低沉、自言自语式的《好久不见》。

听过这首歌之后，我又把陈奕迅其他的歌找来听，越听越喜欢。

舒缓的钢琴声淡定传来，然后陈奕迅低沉沙哑的歌声响起。歌者和话筒的距离很近，能清晰地听到换气的声音，好像一个忧伤的中年男人坐在你对面低声倾诉。

“你的城市”说明不属于我，但你曾从这座城市走向我、靠近我。如今，我来到你的城市，走着你走向我的那条路。

因爱上一个人而亲近一座城。哪怕没有遇到你，走在你的城市，也会有一种与你同在的暖意。

我走在你曾走过的路上，想象着没我的日子，你该怎样的孤独。一想到你孤独，想到你这些年一个人丈量这长长的街道，我暖意初生的心里便如同刀割。

为何你会走向我却最终要回到你的城市？为何我来到你的城市却只能凭想象而不敢去找你？这些问题我们都不知道答案。这是一个没有头尾的故事，我们只能调动自己的想象去丰富它，丰富成我们认为的样子。

歌者知道没有自己陪伴，对方一定是孤独的。因为歌者也同样孤独。“你是怎样的孤独”说的其实是“我是怎样的孤独”。这与白居易《邯郸冬至夜思家》中的“想得家中夜深坐，还应说着远行人”借家人惦念自己来写自己思念家人的手法是一样的。

拿着你给的照片，看到了熟悉的那一条街。照片上你的笑靥仍在，那条街道也还在，但我们却再也回不到那相依相伴的从前。陈奕迅在他的《吟游诗人》中唱道：“还记得，你说世界上美好事情真的特别多，只是很容易擦肩而过。”对我而言，最美好的事情其实就是和你在一起，只是这些美好这样容易就擦肩而过。

世上最痛苦的告别不是遥相挥手，而是擦肩而过，因为擦肩而过说明距离很近。这样近的距离，却还是要各奔东西。

歌曲在“我们回不到那天”之前用的称谓都是“我”或“你”，到此才出现了“我们”，而“我们”第一次出现时，却已是“回不到那天”。好不容易可以与你并提，却已两相分离。

陈奕迅在他的《我们》中唱道：“我最大的遗憾，是你的遗憾，与我有关。”

这样的“我们”，多么遗憾。

带着这遗憾，我大胆地想：“你会不会忽然地出现，在街角的咖啡店？”如果真的可以实现，我会微笑着与你寒暄，坐在咖啡店里聊一聊天。没有热泪，没有拥抱，只是微笑着望着你，把你对我说的每一句话，都珍藏在心里。用这份珍藏来多少消弭一些遗憾。“十年之后，我们是朋友。还可以问候，只是那种温柔，再也找不到拥抱的理由。”找不到就找不到，能见到你，已是莫大的幸福。

歌者唱到这里，还是那样克制，那样不动声色。好像哪怕失去了最爱，依然可以自我疗伤，依然可以淡然处之。

但是如果真的深爱过，怎么可能做到如此克制呢？歌者在他的《无人之境》中唱道：“这个世界最坏罪名，叫太易动情，但我喜欢这罪名。”一个太易动情的人，不可能如此克制的，不可能。

果然，歌者接着唱道：“我多么想和你见一面，看看你最近改变。”歌者终于不再被动等待对方忽然出现而是主动祈愿和对方见上一面。没有别的奢求，只是想看看对方过得好不好，不谈从前，只说一句“好久不见”。

最后的“好久不见”四个字中“好久”二字唱完停顿片刻，“不见”二字才传入听者耳膜。给人感觉好像真的已过了好久。

深爱的双方多有“一日不见，如三秋兮”的感慨。而歌中好久不见的两个人重逢时又应如何？

陈奕迅在他的《人来人往》中唱“最美长发未留在我手，我也开心饮过酒”，在《积木》中唱“我们的关系多像积木啊，不堪一击却又千变万化”，在《最佳损友》中唱“很多东西今生只给你，保守直到永久，别人如何明白透”。

曾经穿过你的长发的我的手，如今已空空。曾经如城堡一样坚固的爱情，却像积木一样不堪一击。但无论如何，我最真的美好今生只会给你也只能给你，别人根本无从明白。

歌者也愿意像他《稳稳的幸福》中唱的那样“我要稳稳的幸福，能用双手去碰触，每次伸手入怀中，有你的温度”，但事实却像《明年今日》中唱的那样“明年今日，别再要失眠。明年今日，未见你一年”。

爱情不会为任何人停站，想开往地老天荒，需要多勇敢？我想见的笑脸，到头来只剩怀念。

亲爱的，好久不见，好久不见，好久不见。真的遇到你，千言万语竟不知从何说起，只是深深地望着长发如昨、笑靥不再的你说：“好久不见。”

钢琴声低徊不已，歌声亦低徊不已。心里含泪而眼角带笑，柔情万缕却只言片语，让人既感动又难过。

阳光月色，街头巷角，咖啡一杯，心事半生。

好久不见，你还好么？若你客气地说还不错，我会开心么？若你如实说不好，我又能为你做些什么呢？

淋湿的回忆

——听《冬季到台北来看雨》

冬季到台北来看雨，别在异乡哭泣。冬季到台北来看雨，梦是唯一行李。轻轻回来不吵醒往事，就当我从来不曾远离。如果相逢把话藏心底，没有人比我更懂你。天还是天，喔雨还是雨，我的伞下不再有你。我还是我，喔你还是你，只是多了一个冬季。

冬季到台北来看雨，别在异乡哭泣。冬季到台北来看雨，也许会遇见你。街道冷清心事却拥挤，每一个角落都有回忆。如果相逢也不必逃避，我终将擦肩而去。天还是天，喔雨还是雨，这城市我不再熟悉。我还是我，喔你还是你，只是多了一个冬季。

天还是天，喔雨还是雨，这城市我不再熟悉。我还是我，喔你还是你，只是多了一个冬季，只是多了一个冬季。

喜欢孟庭苇好多年了，二十多年总有了，这当然又暴露了年龄。无论长相、名字，还是歌声，孟庭苇都是我最喜欢的那种类型。

她的声音空灵、深情、清脆、淡雅，冷冽时如春夜的流水，温暖时如秋日的阳光。

孟庭苇好听的歌实在太多了，但传唱度最高且上过春晚的《风中有朵雨做的云》略显做作，很有名的一首《你究竟有几个好妹妹》又感觉怨妇气太重，《校园里的消息传得特别快》很青春但代表不了她的风格，《谁的眼泪在飞》又感觉过于忧伤。选来选去，最后选定了这首《冬季到台北来看雨》。

孟庭苇带“雨”字的歌有好几首，比如《无声的雨》《红雨》《不下雨就出太阳吧》《风中有朵雨做的云》和《走在雨中》。她在1991年因一曲《你看你看月亮的脸》走红而被称为“月亮公主”，但我觉得还是叫“雨公主”更合适。

《冬季到台北来看雨》是首张力十足的歌。有泪但不流，有话但不说，悲而不痛，哀而不伤。而越是如此，便越能让人体会到抒情主人公波澜不惊下的波涛汹涌。

电子音乐慢慢铺垫，随后架子鼓敲击心弦，接着钢琴优雅进入，然后孟庭苇冷冽的声音自冬季的冷雨中传来。可以说从听到第一个字“冬”时我就喜欢上了这首歌。是的，一个字就打动了我的心，当时我应该只有十来岁的样子。好好品味一番她唱这个“冬”字时的那种韵味儿，相信你也会瞬间喜欢上。

“冬季到台北来看雨”一句中用“来”而不是“去”，说明抒情主人公已经到了台北，主人公告诉自己不要在异乡哭泣，听到这儿我们就会知道这是首有故事的歌。冬季到台北来看雨，唯一的行李竟然只是自己的梦。以无形写有形，给人印象很是深刻。

听到这儿不由地想起秦观以无形写有形的名句——“自在飞花轻似梦，无边丝雨细

如愁”。飞花似梦，早晚凋零；细雨如愁，挥之不去。

“轻轻回来”说明之前遇到“你”时就是在台北，此番来此乃是故地重游。“不吵醒往事”又是用的以无形写有形的技法。为何不愿吵醒往事？因为怕自己情难自已，因为已经跟自己说好“别在异乡哭泣”。

“就当我从来未曾远离”，是自欺，也是自我保护。不曾远离此地，不曾远离你。只要不曾远离，也就不会有今日冷落的心情，伴着这冷落的雨滴。

如果真的与你相逢，我也会把话藏在心底，因为在这个世界上，根本没有人比我更懂你。可是，我如此懂你，却不是陪伴在你身边的那个人。我如此懂你，却还是带着梦的行李重游故地，又小心翼翼地不敢去触碰属于你我的往事。我如此懂你，想见你你却不知我来此，碰到你却说不出只言片语。

懂你，是之于你的意义。我如此懂你，却又这么多事情不能做，那么我懂你这件事之于我，又有多大意义呢？

思来想去，还是有意义的。我最懂你，而不是其他人，从这个意义上来说，你是属于我的，这就够了吧。

天还是那样的天，雨还是那样的雨，只是我的伞下不再有你。

人生最痛苦的事不是从未拥有，而是曾经拥有。

我还是这样的我，你还是这样的你，只是你我之间多了一个冬季。

人生最悲哀的事不是分别数年杳无音讯，而是仅仅过了一个冬季便物是人非。

第一部分听完，歌者如泣如诉，听者如痴如醉。

冬季到台北来看雨，反复叮咛自己别在异乡哭泣。可是，万一遇见你，我会不会泪落如雨？因为下雨，街道如此冷清；也因为下雨，想到以前与你雨中同伞漫步的场景，心事如此拥挤。台北的每一个角落都有与你有关的回忆，就算遇不到你，也会在任何一个角落想起你。

触景生情，睹物思人，是多么让人无奈的一种心理机制啊。

不过相逢也没什么，我也不会逃避，既然缘分已尽，就让我与你擦肩而去。

天还是那样的天，雨还是那样的雨，想到即使遇到你也会与你擦肩而过，这城市对于我而言，便不再熟悉。

身边有你的台北，如梦似幻，如诗如画。身边没你的台北，幻已碎，梦已醒，画已残，诗已终。根本不是同一个地方，不是。

我还是这样的我，你还是这样的你，只是多了一个冬季。

其实哪里是多了一个冬季呢？多的是一道无法逾越的鸿沟——都在人世，却没有在一起；多的是一道我一生都解不开的谜题——曾经深爱，却没有在一起。

孟庭苇曾在《往事》中唱“小河流，我愿陪在你身旁，听你唱，永恒的歌声”，曾在《一个爱上浪漫的人》中唱“就让我们，拥抱彼此的天真。两个人的寒冷，靠在一起就是微温”。这种祈愿，这种憧憬，多么美好，多么令人神往。但是世上的爱情，却常常像她在《无声的雨》中唱的那样：“经过多少孤单，从没让你陪伴，谁相信，我也

那么勇敢。”

是啊，谁相信我有那么勇敢？可以一个人来台北看雨，可以想起你却没想遇见你，可以遇见你却没想留住你。

无论你对我来台北是否有感应，我爱你这件事最终是我自己的事，这便是我来台北看雨的理由。

冷冽的歌声，冷冽的细雨，冷冽的无常人世，冷冽的点点滴滴。

冬季到台北来看雨，一个人走在雨中，望着你也忘着你。再走一遍那些刻满你我故事的地方吧，是追忆，却也是告别；是告别，却也是追忆。

那些刻骨铭心的温柔，都在雨中凄迷。

那些海枯石烂的誓言，皆已随风而去。

别用泪水逼我放手

——听《稻草人》

我的双脚浸进爱中，等了已好久好久。你的手从指间经过，只能碰却不能握。心里好多话对你说，你却看着我沉默。这样的相爱哪儿有错，命运也难说服我。我不是个稻草人，不能动不能说。已把爱紧紧绑心中。我不是个稻草人，没人爱没人懂。再难再疯我要结果。我不是个稻草人，看天亮看日落。就等你给我一双手。我不是个稻草人，不做梦不还手。别用泪水逼我放手。

就算全世界都笑我，爱个人谁敢说错？就算全世界都怪我，我只要你跟我走。我不是个稻草人，不能动不能说。已把爱紧紧绑心中。我不是个稻草人，没人爱没人懂。再难再疯我要结果。我不是个稻草人，看天亮看日落。就等你给我一双手。我不是个稻草人，不做梦不还手。别用泪水逼我放手。

现在很多人尤其是年轻人对林志颖的认识也许只是《爸爸去哪儿》中的那个帅帅而暖暖的老爸，其实他还是中国演艺圈里第一个职业赛车手，在中国雷诺赛车场上屡屡夺冠。不是玩票，是冠军级别的选手。他也是冻龄男神的代表。有多冻龄呢？郭德纲只比他大一岁……

也许你会说这些你都知道。那么你可知道 1992 年，林志颖在他十七岁那年出道，出道即巅峰，一年出了三张个人音乐专辑，以一己之力终结了风头无两的小虎队对台湾少男少女的统治么？ 1993 年小虎队再度合体，却再也不复当初的辉煌，就是因为林志颖的横空出世。

林志颖 1999 年与原小虎队成员苏有朋一起参演电视剧《绝代双骄》。林志颖饰演的小鱼儿和苏有朋饰演的花无缺成为一代人的经典记忆。

2000 年 8 月，林志颖在珠海赛车场拿到赛车生涯的第一个冠军，并成立了自己的科技公司。早在林志颖十岁时，也就是 1984 年，他便参加遥控车比赛获全台湾亚军，并告诉记者自己的梦想是当一名赛车手。十五岁时，他依靠自己打工赚的钱，买下自己生平第一辆车（50cc 打挡摩托车）。执着梦想的人，运气都不会太坏。

2001 年，林志颖拿到赛车的七个冠军。参与拍摄电视剧《天龙八部》，饰演呆萌正直深情可爱的大理国世子段誉，受到广泛赞誉。同一年，任美国南加州反毒大使，是得此奖项的亚裔艺人第一人。2003 年，获得国际杰出青年奖，是继好莱坞巨星汤姆·克鲁斯后获此殊荣的艺人。旧金山定 2003 年 10 月 17 日为“林志颖日”。2012 年进军建材行业，为爱子投资绿色建材。2013 年担任安徽卫视《超级演说家》导师，同一年，参与录制湖南卫视爆款综艺《爸爸去哪儿》。

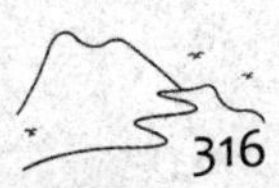

是的，很多人所知道的林志颖，原来只是 2013 年的那个林志颖。

唱歌、拍电影、演电视、开赛车、建公司、任导师，样样行，行行精。这样一路开挂、一帅到底的人生，真不是平凡普通如我辈所能企及的。

带着这种望洋兴叹又欣喜相逢的情绪，让我们一起来品读林志颖这首抒情金曲《稻草人》吧。

《稻草人》是发行于同名专辑里的一首歌曲，也是电视剧《绝代双骄》的插曲。

钢琴缓缓流淌，提琴轻轻诉说，然后伴奏音乐骤然停顿，片刻后，歌者用他深情清澈的歌声娓娓道来。

我的双脚浸进爱中，等了已好久好久。你的手从指间经过，只能碰却不能握。

双脚浸进爱中，感受到了爱情之水的温度。但我只能痴痴地等啊等，等着你听到我因你而剧烈的心跳。你向我走过来，手从我的指尖经过，我只能碰到却不能握。握不住你的手，自然更抓不到你的心。

心里好多话对你说，你却看着我沉默。这样的相爱哪儿有错，命运也难说服我。

为何好多话？因为我“等了已好久好久”，因为面对你的纤纤素手我“只能碰却不能握”。可是面对这样一个痴痴望着你的我，你却总是沉默又沉默。你是不是觉得我不能爱你，不发一言是怕伤害我？或者你觉得自己不能爱我，所以用沉默表示拒绝呢？我想问你也问苍天“这样的相爱哪儿有错”，就算是铁定的命运，也休想说服我。我不要无言的结局，我不要。

我不是个不能动也不能说的稻草人，对你的爱，已紧紧绑在我的心中。一个“绑”字写出对爱人的爱之深切。我不是个没人爱没人懂的稻草人，哪怕再难，哪怕再疯，我也要等到一个结果。一个“疯”字写出对爱人的恋之痴狂。

我从天亮等到日落，就等你给我一双手。天亮日落，日落天亮，好久好久，好久好久。我痴痴恋恋的那双手如今伸向了谁呢？

我不做梦，因为拥有你是我一生的事业。我不还手，因为为了你我甘愿经受任何的折磨。我只是怕你哭着对我说不要再去找你，怕你用泪水逼我放手。林志颖在他的《是不是你》中唱“总在夜深人静想起了你，那一双温柔的眼睛。这种感觉不知该说给谁听，怕听见脸红的声音”，在他的《快乐至上》中唱“再苦再烦我活得认真”。

我活得如此认真，爱得如此认真，想得如此认真，却还是被你的眼泪轻松击溃。

歌者唱到这里，按理说已经濒临绝望。但他又忍不住继续痴痴地表白道：你可知道，就算全世界都笑我，我也没觉得自己爱上你有什么错。你可知道，就算全世界都怪我，我也愿意与全世界为敌，只要你能跟我走，我就是最后的赢家。歌者对“怪”字的发音处理得极为细腻，显得倔强而又深情，听者切莫错过。

但是再倔强深情，也只是我的一厢情愿。就算再难再疯我都不怕，就算全世界笑我、怪我，我都不会后退半步，甚至就算为了这份爱情，让我付出一切，我也能做到“只要你要，只要我有”。但只要你在我面前流下泪来，我就只能选择放手。

林志颖在他的《对望》中唱“满天的星光就算给我，一千个愿望。我只想换你，一直陪在我身旁”。可是如果你不在我身旁，别说满天，就算满天满山满海的星光，对一个心绪黯淡的我来说，又有什么意义呢？

当你用泪水逼我放手时，我也忍不住潸然泪下。这一刻我又多么希望自己变成一个稻草人，不能动，不能说，没人爱，没人疼。因为这样，我就可以不用如此难过。

就变成一个稻草人吧，傻傻地站在地头田野，从天亮到日落。直到倒下，直到谁也记不得曾有个稻草人在这里站立过。而我对你的爱情，也腐烂成尘，无处传说。

只是我想知道，如果有一天，你经过我曾站立并最终倒下的地方，心头会不会有一丝悸动呢？如果有，已经成尘成土的我，会不会又一次——泪眼滂沱？

静候天地老

——听《忘忧草》

让软弱的我们懂得残忍，狠狠面对人生每次寒冷。依依不舍的爱过的人，往往有缘没有分。谁把谁真的当真？谁为谁心疼？谁是唯一谁的人？伤痕累累的天真的灵魂，早已不承认还有什么神。美丽的人生、善良的人，心痛心酸心事，太微不足道。来来往往的你我遇到，相识不如相望淡淡一笑。忘忧草忘了就好，梦里知多少。某天涯海角、某个小岛，某年某月某日某一次拥抱。青青河畔草，静静等天荒地老。

周华健是谁？现在的年轻人可能只知道周华健的《朋友》和《真心英雄》，武侠迷知道他的《刀剑如梦》和《难念的经》，资深歌迷则知道他的《孤枕难眠》和《风雨无阻》。对于我这个年龄段的人而言，印象最深的应该是1993年传唱于大街小巷的那首《花心》。

读高中的一个晚上，我戴着耳机听收音机，无意中听到了这首《忘忧草》。不像《风雨无阻》那般忧郁深沉，不像《真心英雄》那般励志抒情，不像《亲亲我的宝贝》那般活泼温暖，也不像《刀剑如梦》那般豪气纵横，总之跟周华健绝大部分歌曲的风格都不一样。什么感觉呢？就是民谣那种安静，安静而又令人久久回味的一种感觉。这种感觉让人欣喜，难以言喻的那种欣喜。

感谢高中的那个夜晚，感谢那部破旧的收音机。

钢琴迂回着轻轻铺垫，然后周华健成熟温暖的歌声柔声响起。

让软弱的我们懂得残忍，狠狠面对人生每次寒冷。

想深入地了解青春，首先要了解青春早晚会走向终结；想深入地明白人生，首先要明白人生并不总是月朗风清。无论我们有多软弱，生活都不会对我们留情。

生活不同情弱者，或者说生活不同情任何人。

懂得残忍的过程是痛苦的，母体是那样温暖而安全，而人世间的种种，早已超过了一个母亲所能保护的范围。怎么办呢？只能用更狠的姿态迎向凶狠的命运，只能用更凛冽的眼神去面对人生的寒冷。

周华健的声音很轻很轻，但传达的意味却很重很重。是不是已经习惯了残忍与寒冷，所以才那样波澜不惊呢？

依依不舍的爱过的人，往往有缘没有分。

多少爱，最终变成了爱过？多少依依不舍，最终擦肩而过？有缘无分是比天灾人祸更残忍的现实，这种爱而不得的寒冷还能用狠狠的态度去面对么？“往往”二字多么令人悲伤。世间的痴男怨女为何如此之多？月下老人是不是老眼昏花系错了红线呢？

谁把谁真的当真？谁为谁心疼？谁是唯一谁的人？伤痕累累的天真的灵魂，早已不承认还有什么神。

歌者接连发问，无奈而又深沉。答案很简单，当然是真心爱着你在乎你的人才会把你当真，为你心疼，是你唯一的人。可是这样一个人到哪里寻觅？就算凭栏望断了天涯路，可山长水远知何处呢？

天真的灵魂最容易相信美好，而世间种种却有着这样多的不美好，灵魂受伤便成了想当然的结果，直到伤痕累累，天真转为世故，便再也不承认也不相信这世间还有什么主持公理的神了。

如果所谓成熟只是麻木地适应一切而且身心安顿，那这种成熟要来何用呢？

美丽的人生、善良的人，心痛心酸心事，太微不足道。来来往往的你我遇到，相识不如相望淡淡一笑。

可是无论如何，人生还是美丽的，大部分人还是善良的，那些心痛心酸的心事放到历史长河或生命高度去看的话，也实在是微不足道。那么当你我在滚滚红尘茫茫人海中相遇时，不必曾经相识，只需淡淡一笑，悠然相望。

歌曲唱到这里，既在自我劝慰，也在劝慰世人。

不由想起金庸《倚天屠龙记》中明教教众在光明顶上的那段话：焚我残躯，熊熊圣火。生亦何欢，死亦何苦？为善除恶，唯光明故。喜乐悲愁，皆归尘土。怜我世人，忧患实多。怜我世人，忧患实多。

是啊，忧患实多，更需从容度过。

忘忧草，忘了就好，梦里知多少。某天涯海角、某个小岛，某年某月某日某一次拥抱。青青河畔草，静静等天荒地老。

像忘忧草那样，该忘的忘了就好，适当的健忘是对我们自身的一种保护。如果总是对那些伤心的往事念念不忘，我们又如何用比较平静的心态去面对这时而温柔时而苍凉的人世呢？一夜风雨湿窗棂，梦里花落知多少。

不管是在哪处天涯还是海角，不管是在哪个不知名的小岛，不管是在哪个说得上来或说不上来的时刻，甚至不管遇到的是哪一个有缘或无缘的人，遇到就相互拥抱吧。因为拥抱过这一次，这一生可能就再也不会遇到。

2001 年 9 月 17 日，台北遭逢百年来最严重的大洪水，周华健想为所有人找一首能够遮风挡雨的民谣，因此完成了这首歌的创作。

《忘忧草》是一首揭示残忍现实，又告诉我们要勇毅豁达地去生活的治愈系民谣。

《本草纲目》中说忘忧草可安五脏、利心志、开胸开膈，令人心平气和。《本草注》说它令人好欢，乐而忘忧。忘忧草的花语是忘忧、难忘的爱。

冷暖自知，苦乐随缘，让我们好好活着，让我们相互微笑，让我们忘掉烦扰，让我们试着拥抱。送自己一棵忘忧草或者干脆把自己变成一棵忘忧草，傲立河畔，笑看风霜。绵绵思远道，静候天地老。

绵绵思远道，静候天地老。

为你着迷

——听《往后余生》

在没风的地方找太阳，在你冷的地方做暖阳。人事纷纷，你总太天真。往后的余生，我只要你。往后余生，风雪是你，平淡是你，清贫也是你。荣华是你，心底温柔是你。目光所至，也是你。

想带你去看晴空万里，想大声告诉你我为你着迷。往事匆匆，你总会被感动。往后的余生，我只要你。往后余生，冬雪是你，春花是你，夏雨也是你。秋黄是你，四季冷暖是你。目光所至，也是你。往后余生，风雪是你，平淡是你，清贫也是你。荣华是你，心底温柔是你。目光所至，也是你。目光所至，也是你。

吉他声干干净净又温温暖暖地传来，然后马良的歌声也低低沉沉又温温暖暖地传来。

为何要在没风的地方找太阳呢？我想是因为无风吹过就像无人关怀，这个时候需要自己去找寻生命中的太阳来自我慰藉、自我取暖。为何要在你冷的地方做暖阳呢？因为我一直在乎着你。我不仅可以自我慰藉、自我取暖，还可以在你冷的地方做你的暖阳，给你温暖，给你力量。

人世如此纷繁，你却总是那样天真。这样天真纯挚的你，如何应对这纷繁的人世呢？不过没关系，你应对不了，我就来帮你应对。歌者不说“往后余生，你需要我”，也不说“往后余生，我来帮你”。因为帮你应对人世纷纷这件事，不是你的需要，而是我的需要。如果你不需要我，我对你的帮助有何意义？那让我如何更好地去爱你呢？歌者不说“往后余生，我来陪你”，也不说“往后余生，我只爱你”，而说“往后余生，我只要你”。因为无论“陪你”还是“爱你”都不如“要你”更坚决，更无所畏惧。是的亲爱的，我就喜欢你这份天真，这份任凭人世如何纷繁都始终不变的天真。这个世界，玩儿阴谋阳谋和拼脸厚心黑的人已经太多了，往后余生，我只想要你这样一个心静如水也心清如水的女子。

风霜雨雪，有你便从容来去；平平淡淡，有你便精彩至极；清清贫贫，有你便满心富足；荣华富贵，有你才有意义。你是我心底的温柔，是我眼角的泪滴，是我胸口的阵痛与甜蜜。既然决定跟你在一起，我便不再羡慕什么天堂，也不再害怕什么地狱。反正有你在，你在便无端欢喜。

亲爱的你可知道，我的目光无论多么深邃，那尽头也只是一个你而已。

第一部分听完，一个深情无限、满含爱意的男人已然出现在听者的面前。这个男

人特别像《我想和你虚度时光》中的那个性感又温厚的男人，只是更坚决执着一些。

架子鼓铿锵传来，歌者的情感也越发坦白。

好想带你去看晴空万里，因为美好的风景我总想与你分享，或者说不能与你分享的风景，其实根本就算不上风景的。好想告诉你我为你着迷，不着迷我怎会如此心甘情愿且死心塌地？怎会如此从容应对且无端欢喜？

往事匆匆，你总是那样容易被感动。因为天真纯挚的你，始终相信人性的美好与世界的美好。这样一个容易被感动且同你眼中人性与世界一样美好的你，怎让我不着迷？怎让我不只想要你？

冬雪轻舞飞扬，身边是你；春花灿然开放，身边是你；夏雨骤然而降，身边是你。秋叶黄花堆积，身边是你；冷或暖的四季，身边皆是你。

人生起伏，四季变换，辗转飘零，聚散悲欢。有一个你在，一切便都可成为温柔而美丽的故事。

爱上一个值得用生命去爱的人，会觉得整个世界都可爱起来。

歌声轻柔婉转，歌词质朴动人。爱情其实并不需要强强联合，不需要夫妻齐心、其利断金。那样太功利也太俗气。爱情只需要那种久久甚至永远心动的感觉。所以歌曲中的男子才会在面对这样一个天真的容易被感动的女子时，不笑其不精于世故，而是珍惜这份纯真纯净，并决定用余生去珍藏、去呵护。

只是这样的女子还剩多少？这样的男子又到何处寻觅呢？

往后余生，只愿做一个简单纯粹、有花可嗅、有泪可流的人，如果恰好你也是这样的人，请与我一起去面对这纷繁人世，一起去行走这紫陌红尘。

爱上一个人，根本不需要什么山盟海誓，只需在四季轮回的平平淡淡里能永葆一脸笑意地跟她在一起。

往后余生，为你着迷；往后余生，我只要你。

努力奔跑

——听《背包》

轻轻地打开背包，发现我的行囊，是一本年轻的护照。通过了成长的骄傲，投入另一个天涯海角。装过了多少希望，装过多少惆怅，像一张岁月的邮票。把自己寄给明天，背着旧愁新情，不断地寻找。我那穿过风花雪月的年少，我那驮着岁月的背包，我的青春梦里落花知多少，寂寞旅途谁明了？曾经为你痴狂多少泪和笑，曾经无怨无悔的浪潮。我的流浪路上几多云和树，只有背包陪着我奔跑。

《背包》发行于 1994 年 3 月，算是一首很老的歌了。但至今听起来还是觉得青春无敌，英气扑面。君不见多少听这首歌长大的男人都已成了油腻大叔，唱它的苏有朋却还是那个英俊帅气又阳光洒脱的乖乖虎与五阿哥，好像时光唯独对他偏爱而手下留情。

为何要“轻轻地”将背包打开？因为那里面保存着比金子还要珍贵的记忆。当时自己的行囊只是一本叫作“年轻”的护照。什么都不带，只身闯天涯。英国作家王尔德到美国旅游，入境时，海关官员问他有什么东西要报关，他傲娇地说：“除了才华，我一无所有。”那么背包上路的歌者则更简单：“除了年轻，我一所无有。”

因为只有年轻这一种资本，所以免不了要跌跌撞撞、摸索前行。在这跌跌撞撞与摸索前行中一步步成长，一步步成熟，从骄傲转为谦逊，再从谦逊转为骄傲。带着成长成熟的感悟，从一个天涯海角，跑向另一个天涯海角。年轻人，是不怕山高路远的，他们怕的只是心里的路被自己堵死，远方的梦被自己扼杀。只要心底还燃烧着最初的梦想，他们随时可以让热血再次满腔！

背包里曾装满希望，也曾装满惆怅，其实没有希望也就不会有惆怅，而没有惆怅，又怎会燃起更炽烈的希望呢？人生就是这样的，我们需要执着于希望，也需要开解和悦纳自己，如此才能轻装上阵，奔赴下一个年轻的战场。年轻人不怕犯错，只怕错过。“花无百日红，人无再少年。”犯了错可以改，错过了可能就再也无法追回了。

背包是年轻的护照，背包是岁月的邮票。把自己寄给明天，把年轻邮给未来。谁知道明天的自己还敢不敢只带着年轻这一项资本寻觅梦想？谁知道未来的那个青年还会不会背着背包勇闯天涯呢？

我们不必知道，因为这个背着背包的人正背着旧愁新情不断寻找，在这寻找中越长越高。

我那穿过风花雪月的年少，我那驮着岁月的背包，我的青春梦里落花知多少，寂寞旅途谁明了？

“风花雪月”照应上文的“旧愁新情”，穿过风花雪月的人，有几个能做到“万花丛中过，片叶不沾身”呢？更多的应该还是“悠悠一缕香，飘在深深回眸中”吧。一个“驼”字形象生动地写出了岁月的重压感。人世沧桑，不经历过的人，怎知道岁月流逝的可怕？怎知道以伤痕换成长的艰辛？青春梦里落花几何？寂寞旅途有谁明了？谁知道呢？也许，只有背上的背包知道。

原来的风花雪月使现在一个人的旅途更显寂寞。背上的背包，默默地将我拥抱。

年轻人总是这样的：他们渴望有人明了，又好像不需要任何人明了。这是年轻的困惑与孤独，也是年轻的肆意与骄傲。

曾经为你痴狂多少泪和笑，曾经无怨无悔的浪潮。我的流浪路上几多云和树，只有背包陪着我奔跑。

为你痴狂的那些泪和笑，其实都已卷入那无怨无悔的浪潮。至于这个“你”是人是风景还是梦想，都已不再重要。既然已无怨无悔，便都可以笑着说“一切都是最好的安排”。爱一场，我很知足。

“渭北春天树，江东日暮云。”这暮云与春树参差错落在我的流浪路上，让我一时间忘记了那些孤独与困惑，可是很快，这云和树便都消失不见，只有背包，只有它陪着我继续奔跑！

这世上，有几人能陪我们走到最后呢？

《背包》是属于年轻人的歌，它唱出了年轻的忧伤，也唱出了年轻的美好，而且这美好比忧伤更多，传递着向上的力量。

想起席慕蓉的那首《青春》：

所有的结局都已写好 / 所有的泪水也都已启程 / 却忽然忘了是怎么样的一个开始 / 在那个古老的不再回来的夏日 / 无论我如何地去追索 / 年轻的你只如云影掠过 / 而你微笑的面容极浅极淡 / 逐渐隐没在日落后的群岚 / 遂翻开那发黄的扉页 / 命运将它装订得极为拙劣 / 含着泪，我一读再读 / 却不得不承认 / 青春是一本太仓促的书

青春之可贵在于它无法重来，青春之迷人在于它机会无限。仓促就仓促吧，只要我们早些意识到这一点，我们的青春便会少些遗憾，精彩非常！

歌曲的开篇配乐中有少男少女的啦啦声，青春张扬，活力四射。等歌者的歌声响起时，轻快的钢琴声也随之传来，点染在歌中少年的闯荡之路上。高潮部分，架子鼓不失时机地响起，让人感觉这就是高歌猛进、张狂肆意的青春！

凯鲁亚克在他的《在路上》中写道：“我还年轻，我渴望上路。”喂，朋友，你渴望上路么？如果你和我一样渴望，那就背上年轻的背包，背上困惑与骄傲，背上忧伤与美好，背上梦里落花，背上树荫与云影，驮着岁月，与我一起，努力奔跑！

淡淡情愫，深深回望

——听《一朵花两朵花三朵花》

记得这一年夏天，我住在花店旁边。卖鲜花的小女孩，总是坐门前。每天清晨睁开眼，花香飘满我房间。可是夏天快过去，归途那么远。一朵花两朵花三朵花，开遍你窗前。为何在我离去的时候开得那么鲜艳？一朵花两朵花三朵花，开遍你的家。女孩大哥哥要走了，你可记得他？

记得这一年夏天，我住在花店旁边。卖鲜花的小女孩，总是坐门前。每天清晨睁开眼，花香飘满我房间。可是夏天快过去，归途那么远。一朵花两朵花三朵花，开遍你窗前。为何在我离去的时候开得那么鲜艳？一朵花两朵花三朵花，开遍你的家。女孩大哥哥要走了，你可记得他？一朵花两朵花三朵花，雨在轻轻下。什么时候再来这里买一束回家？一朵花两朵花三朵花，心里放不下。留给我曾经在这里，度过的年华。

这首《一朵花两朵花三朵花》发行于 1994 年，是大陆歌手殷浩的代表作之一，另一首歌《从你的房子里面走出来》在当时的传唱度更高。殷浩推出自己首张音乐专辑《从你的房子里面走出来》时仅有十七岁，在全国火得一塌糊涂时也只有十八岁。但因性格孤傲，与公司包装偶像的理念不合，发行第三张专辑后殷浩被“雪藏”。从大红大紫到无人问津，其中滋味，想必极苦。1996 年，殷浩代表湖南电视台参加“青歌赛”并荣获季军，但还是没能改变自己的命运。2007 年殷浩放下身段，报名参加平民选秀节目《快乐男声》。但第一轮便惨遭淘汰，且被比其出道要晚的快男评委沈黎晖批得几乎一无是处。殷浩不甘失败，毅然赴京做了一名北漂音乐人，但依然岑寂无名。2013 年 11 月，殷浩参加婚恋类节目《我们约会吧》，又遭遇全场女嘉宾灭灯。曾被著名音乐人李海鹰称为“广东岭南音乐的新奇迹”的殷浩，竟沦落至此，实在令人感慨唏嘘。

细数流年，沧海桑田。人世间的事，真的是很难说得清啊！

《一朵花两朵花三朵花》的音乐风格清新欢快中带着一丝淡淡的惆怅，与《从你的房子里面走出来》的风格极为类似。

“记得这一年夏天，我住在花店旁边。卖鲜花的小女孩，总是坐门前。”

歌曲开篇对时间、地点和人物的交代使歌曲呈现出鲜明的叙事性，很容易便把听者带进了歌者的歌唱世界。

夏天的花无疑是最艳丽的，而自己恰恰就住在花店的旁边。我一直认为与书店或花店为邻是人世间最美好的相遇。要么守着花香，要么守着书香，当然若一边是花店一边是书店就更美好了！我觉得这才是真正的“坐拥双美”。而在歌者这里，还有着比

花香更美好的事物，那就是那个总是坐在花店门前招揽生意的卖鲜花的女孩儿。

女孩儿长什么样子歌者没说，女孩儿说过什么话歌者也没说。女孩儿只是每天坐在花店的门前，花面交相映，任稚嫩而美好的光辉在自己的脸上骄傲地流淌。

“每天清晨睁开眼，花香飘满我房间。可是夏天快过去，归途那么远。”

让我们试着想一想，每天清晨醒来，花香便像一群调皮的孩子一样迫不及待地涌入你的房间，叽叽喳喳地说个不停亦笑个不停，让你房间的每一寸土地上和每一缕空气中都洋溢着青春与美好。你翻身从窗玻璃看去，那位卖花的小女孩儿已经坐在了花店的门前，阳光贪婪地洒在她红扑扑的小脸儿上。这样的生活是多么幸福。一路走来，追随我写作脚步而阅读的朋友，一定会发现我特别爱用“幸福”这个词。是的，我始终认为感知幸福、创造幸福、传递幸福和诠释幸福才是我们每个人一生中最最重要的事。

清晨醒来，花香满怀，每日如此，幸福常在。

可是歌者忽然情绪一转，开始慨叹为何归途那么远。原来歌者住在花店旁边只是权宜之计，这里不是故乡，而是他乡。原来歌者在享受着花店带来的幸福时却在心心念念着归期。问题是，想家固然难受，而离开这美丽的花店与可爱的女孩儿是不是也是一种折磨？

人生最痛苦的是两难啊。

背井离乡让人心酸难过，但在另一个地方待久了又很难在离开时无动于衷。正如李健在《异乡人》中唱的那样，“不知不觉把他乡当成了故乡，只是偶尔难过时不经意遥望远方”。

歌者唱“一朵花两朵花三朵花，开遍你窗前。为何在我离去的时候开得那么鲜艳？”是啊，如果不那样鲜艳，我可能还不会那样眷恋。歌者唱“一朵花两朵花三朵花，开遍你的家。女孩大哥哥要走了，你可记得他？”女孩儿没有回答，女孩儿还是每天坐在花店的门前，这个所谓大哥哥的忧伤与眷恋似乎与她无关。若干年后，那早已长大成人并已嫁为人妇的花店门前的女孩儿是否知道有这样一个大哥哥曾经因为她而不忍离去呢？在这个世上，谁是谁的牵挂？这牵挂又是否有意义呢？

二十二年之后，民谣歌者赵雷的一首《玛丽》问世。他在开篇唱道：“飘在异乡的雪，覆盖了春天。我没能看到灿烂的时节。亲爱的玛丽，我会想念着你，我是多么的讨厌分离。”可是再讨厌，也不得不分离。再灿烂的时节，我们也无法一直停留。赵雷唱“加油站旁的海鸥，机场路上的松柏，挥挥手眼泪就落下来，我多想和那些光阴永远住下来，我不能，我不能”。赵雷不能永远住下来，殷浩也不能永远住下来。游子，只能不断告别。

清新动感的旋律中，殷浩又一次吟唱着“为何在我离去的时候开得那么鲜艳”，吟唱着“你可记得他”。

这两个离别时的发问依然没有答案。于是歌者继续唱道：“一朵花两朵花三朵花，雨在轻轻下。什么时候再来这里买一束回家？一朵花两朵花三朵花，心里放不下。留

给我曾经在这里，度过的年华。”

轻轻的雨，虽然不是瓢泼而降，却更能表达歌者那缠绵的思绪。什么时候再买一束鲜花回家呢？什么时候再摸一摸那小女孩儿的小脑袋瓜呢？什么时候再体验一次那清晨醒来花香满怀的幸福呢？歌者问着自己，可是自己也没有答案。

那一朵花两朵花三朵花就是那一桩桩一件件一幕幕难以忘怀的往事与场面。心里放不下可以理解，换作任何一个善于领略美好和感知幸福的人，应该都会放不下吧。把往事留住就是把那度过的年华留住，只要我们没有忘掉那些如歌似幻的美好往事，我们就永远年轻。

殷浩唱“一朵花两朵花三朵花，心里放不下”，赵雷唱“我多想和时光一样潇洒地离开，我没能，我没能”。放不下就放不下，潇洒不成就潇洒不成吧。人活一辈子，若能把什么事都看轻看淡并轻易消化掉，那要眼底的泪水和心中的温存做什么用呢？

淡淡情愫，深深回望。背上行囊，装满花香，在苍茫人海之中继续前行，边走边想亦边走边唱。

1994 年的殷浩是否能想到若干年后的一败再败，无法重来？这个问题，我也没有答案。不过我知道或者说我坚信：只要我们真正爱着并努力着，那花香便永远都在！

从我们自己的房子里面走出来，外面的世界有多精彩。从我们自己的房子里面走出来，别再默默无语守着我们的窗台。走出来，莫徘徊。走出来，别等待。

你看前方，一朵花在开，两朵花在开，三朵花在开……

跋

小时候，母亲就爱给我买小人书和童话故事书，什么《小精灵》《哪吒闹海》《薛刚反唐》，什么《安徒生童话》《格林童话》《一天一个新童话》，等等等等。记得上一年级时有次发高烧，母亲为了给我解闷，给我买了《东方大侠》和《中国书画名家故事》的小人书。那时家里穷，没有电视机，想看电视节目得早早吃过晚饭搬着小凳子去别人家占地方。所幸还有这些书可以看，有这些故事可以读。我家虽然没有电视，但小伙伴们谁都不如我知道的故事多。记得在一个月光如水的晚上，我和几个小伙伴儿趴在场院里的草垛上，他们嚷着让我讲故事，我给他们讲《太阳东面月亮西面的城堡》。我眉飞色舞地讲，他们津津有味地听，那种感觉真的很爽。

可以说，我的童年就是在与小人书和童话书的厮混中度过的。

后来开始慢慢接触《西游记》和《水浒传》，开始似懂非懂地看《聊斋志异》。母亲经常到地摊上淘人家看过的《知音》《读者》类的书。小学四年级那年，上初中的二姐给我买回了《雷锋的故事》和漫画版的《史记故事》。在家人潜移默化的影响下，阅读成了我的一个难以割舍的习惯。

上初中时，我曾疯狂迷恋过金庸和古龙，为英雄好汉们的壮怀激烈激动得几乎喷出血来。我还读了大量三毛、刘墉和林清玄的作品，被他们的细腻打动，被他们的哲思征服。再后来又接触到鲁迅先生的杂文和小说，我也学着用先生的眼光去审视这个见怪不怪的世界。

高中，我读了《红楼梦》，小时候一读就头大，所以高中才好好地读了一遍。此后，我又读了《平凡的世界》和《活着》，孙少平的奋斗精神和福贵活下去的信念给了我太多力量与感动。

大学读的书类型更多。《史记》《资治通鉴》类的史书，《武经七书》类的兵书，《古文观止》类的古典散文著作，各种人物传记、各类心理学著作等。那套附有译文的《资治通鉴》整整二十本，我用了一年的时间才读完。当我把最后一本还回学校图书馆

的时候，不由地产生一种前所未有的成就感。

参加工作后，为了教学需要，也是为了涵养性情，我又老老实实地读了一遍《论语》和《诗经》，而《唐诗鉴赏辞典》和《宋词鉴赏辞典》更是被我翻了个烂熟。

曾国藩认为读书不做摘记，读也白读。我有四大本和两小本读书笔记，从高中到如今也零零碎碎地写了很多鉴赏感悟类的文字。

写作十几年来，常有一些同事中的知己或一路相随的读者朋友问我是否有出书之想，我都摇头说不敢。因为我虽然读过几本书，也写过一些东西，但自知鉴赏能力有限，文字功底一般，与出书的距离还是比较远的。

不过近两年随着写的东西越来越多，而且得到了一些文字水平较高朋友的肯定与指点，于是出书的胆子就渐渐大了起来。

我把以前写的文字认真整理润色，又把以前想写却一直没有动笔写的“总有那么一首歌”系列写了出来，便有了这四十多万字。之后，我又一字一句校对润色了几遍，这才是呈献给读者朋友您现在的模样。

我所品评的诗词佳句和名著人物，也许各路名家均已品评过，为避免拾人牙慧，所以我尽量感性地去还原各个作者或人物的内心世界。能令读者或脸生笑意，或眼含泪滴，或沉思不语，则于愿足矣。

比较喜欢的几十首歌曲，也被列入我的鉴赏范围。配乐的鉴赏不是不专业，是特别不专业，但愿没有错得离谱。但歌真的是好歌，朋友们可以把这些歌找来听一听。

我还年轻，阅历见识尚浅，文笔功夫有限，所以有些观点难免幼稚，有些语句难免粗糙。将《踏月空山》付梓成书，确实惶恐之至。但不弄斧到班门，又如何得到方家的指点？

感谢所有爱我和我爱的人给我向前走的信念与勇气。

真心期待您的批评与指点。

张春晓

2019 年 7 月 28 日